btb
Aus Freude am Lesen

btb

Buch

Drei Männer, drei Todesfälle, drei rätselhafte Geschichten: Da ist zu einen David Moerk, der Übersetzer. Er ist auf der Suche nach seiner verschwundenen Frau und übersetzt gleichzeitig ein Buch, das ihn in immer größere Verwirrungen stürzt: Hat der Autor seinen eigenen Tod vorhergesehen? Dann gibt es da Leon, den Psychotherapeuten, der von einer eleganten, reichen Frau konsultiert wird, die angeblich fürchtet, sie könne einen Mord begehen. Meint sie es ernst? Und dann ist da noch Studienrat Marr, Lehrer für Geschichte und Philosophie, der sich unversehens damit konfrontiert sieht, unter Mordverdacht zu stehen, obwohl er sich nicht daran erinnern kann, etwas Unrechtes getan zu haben.

»Barins Dreieck« ist ein Buch, das einem Schauer über den Rücken jagt, spannend geschrieben und mit einer gehörigen Portion Unwirklichkeit versehen – wie die Van-Veeteren-Krimis in einem fiktiven Romanland angesiedelt. Ein intensiver Psychothriller, der Nervenkitzel und Spannung bietet bis zum Schluss.

Autor

Håkan Nesser, geboren 1950, ist einer der interessantesten und aufregendsten Krimiautoren Schwedens. Für seine Kriminalromane um Kommissar Van Veeteren und seine literarisch anspruchsvollen Psychothriller erhielt er zahlreiche Auszeichnungen, sie sind in mehrere Sprachen übersetzt und wurden erfolgreich verfilmt. »Barins Dreieck« hält er selbst für eines seiner wichtigsten Bücher.

Håkan Nesser bei btb–TB

Das grobmaschige Netz. Roman (72380) · Das vierte Opfer. Roman (72719) · Das falsche Urteil. Roman (72598) · Die Frau mit dem Muttermal. Roman (72280) · Der Kommissar und das Schweigen. Roman (72599) · Münsters Fall. Roman (72557) · Der unglückliche Mörder. Roman (72628)

Håkan Nesser bei btb–HC

Der Tote vom Strand. Roman (75060) · Die Katze, die Schwalbe, die Rose und der Tod. Roman (75079)

Kim Novak badete nie im See von Genezareth. Roman (75027)

Håkan Nesser

Barins Dreieck

Roman

Aus dem Schwedischen
von Christel Hildebrandt

btb

Die schwedische Originalausgabe erschien 1996 unter dem Titel
»Barins triangel« bei Albert Bonniers Förlag, Stockholm

Umwelthinweis:
Alle bedruckten Materialien dieses Taschenbuches
sind chlorfrei und umweltschonend.

btb Taschenbücher erscheinen im Goldmann Verlag,
einem Unternehmen der Verlagsgruppe Random House

1. Auflage
Deutsche Erstveröffentlichung November 2003

Umschlaggestaltung: Design Team München
Umschlagfoto: Zefa/Masterfile
Satz: IBV Satz- und Datentechnik GmbH, Berlin
RK · Herstellung: Augustin Wiesbeck
Made in Germany
ISBN 3-442-73171-2
www.btb-verlag.de

FÜR NATALIA

Zur gleichen Zeit, irgendwo anders
hebt immer die junge Mutter
– zum ersten Mal –
ihr verkrüppeltes Kind der Sonne entgegen

Zur gleichen Zeit, irgendwo anders
erwacht immer der Greis in der Nacht
und weiß
dass er den Morgen nicht erreichen wird

Zur gleichen Zeit, irgendwo anders
stehen immer die gleichen Pferde
– oder andere –
träumend unter dem Baum
Mihail Barin

At such times, I conclude, the soul
can only hang in the dark, like a white
bat, and let darkness have the day.
Martin Amis

Es werde Licht!
Erstes Buch Mose 1.3

Rein

I

Ich hatte zwei Gründe, nach A. zu reisen, vielleicht sogar drei, und weil es mein Ziel ist, über alles so genau wie möglich Rechenschaft abzulegen, wähle ich sie als Ausgangspunkt. Meine Reise nach A.

Wie ich es jetzt in dem noch nicht Geschriebenen sehe, besteht natürlich das Risiko, dass Sachen und Dinge verwischen, unklar werden. Dass es mir vielleicht nicht gänzlich gelingt, alle Ereignisse und Zusammenhänge auseinander zu halten. Und dann ist es natürlich eine gute Regel, wenn man sich an die Chronologie hält, die sich sowieso anbietet. Auch wenn ich – das ist zumindest meine Hoffnung – nicht der Versuchung verfallen bin, mich, so weit es geht, in das Urgestein der Zeit zurückzuverirren.

Wer kann sagen, wann etwas eigentlich anfängt?

Wer?

Der erste Anlass war also dieses Rundfunkkonzert. Beethovens Violinkonzert, das bekanntermaßen in D-Dur gespielt wird, es soll angeblich im Jahr 1806 in erster Linie für den Geiger Franz Clement geschrieben worden sein, und es heißt, dass Beethoven selbst es als so ein Meisterwerk ansah, dass er nie wieder versuchte, in diesem Genre etwas zu schreiben. Unübertrefflich, mit anderen Worten.

Wie üblich hatte ich es mir mit einer Decke über den Beinen auf meinem Barnedale-Sofa bequem gemacht. Ein Glas Portwein stand in Reichweite auf dem Tisch, dazu eine Schale mit Nüssen und eine einsame Kerze. Ich erinnere mich noch, wie mir der Gedanke kam, dass der leicht flackernde Lichtkegel in gewisser Weise den Abstand zwischen mir und der Musik zu gestalten schien, dieses undurchdringliche Land, die schwammige, aber definitive Grenze zwischen dem Ich und dem Es. Draußen peitschte ein hartnäckiger Regen gegen das Fenster, wir hatten schon Mitte November, und das Wetter war, wie es zu dieser Jahreszeit zu sein pflegt. Dunkel, nass und schwermütig. Böige Winde jagten durch die Straßen und Gassen, und die Temperatur war in den letzten Wochen zwischen Null und einigen Graden darüber hin und her gependelt. Nie höher.

Die Sendung begann wenige Minuten nach zwanzig Uhr, und ich befand mich bald in diesem Zustand, der sowohl starke Konzentration als auch Entspannung beinhaltet und der so charakteristisch, vielleicht auch einzigartig für ein gutes Musikerlebnis ist. Vielleicht bin ich auch für ein paar Minuten eingenickt, aber ich bin mir sicher, dass ich trotzdem nicht einen Ton von Corrado Blanchettis souveränem Spiel verpasst habe.

Das Husten kam ganz zum Schluss, gerade während der leisesten Partie vom Rondo, und es versetzte mir einen Schlag. Ich habe immer wieder sowohl über das Geräusch als auch über meine Reaktion darauf nachgedacht, und ich weiß, dass es eigentlich keinerlei Zweifel in irgendeiner Richtung daran gibt. Es war ein elektrischer Stoß, ganz einfach. Elektrisch. Emotional. Ich verfiel in einen Schockzustand, und er dauerte eine ganze Weile: Während ich abgestumpft dem Schlussakkord des Konzerts lauschte, während des folgenden Applauses und bis der Rundfunksprecher erklärte, dass wir gerade Beethovens Violinkonzert in einer Einspielung der Rundfunksymphoniker in A. genossen hätten. Der Solist sei Corrado Blanchetti gewesen, das Datum des Konzertes der 4. Mai dieses Jahres.

Ich will nicht leugnen, dass es trotzdem bereits vom ersten

Augenblick an einen gewissen intellektuellen Zweifel gab. Auf eine bestimmte Art war mir der Gedanke, ich könnte mich verhört haben, fremd. Dass ich mich geirrt haben könnte. Ich überlegte, verwarf und analysierte diese nur Sekunden währende Hörerinnerung wirklich kritisch. Ich bin weiß Gott kein Mensch schneller Entschlüsse, aber in meinem tiefsten Inneren – im geschützten Raum der Gefühle – wusste ich natürlich, dass ich mich in keiner Weise selbst belogen hatte.

Das war sie gewesen. Das war Ewas Husten. Meine verschwundene Ehefrau hatte während dieser gut ein halbes Jahr alten Aufnahme irgendwo im Publikum gesessen, und auf Grund eines leichten Kratzens im Hals, das zu unterdrücken ihr nicht gelungen war, erhielt ich das erste Lebenszeichen von ihr seit mehr als drei Jahren.

Ein Husten aus A. Eineinhalb Minuten vor Ende von Beethovens Violinkonzert in D-Dur. Natürlich mag es sonderbar und unglaublich klingen, aber im Lichte von vielem anderen betrachtet, was mir früher und auch später noch zustieß, erscheint es wiederum gar nicht mehr so aufregend.

Es kostete mich eine gute Woche – neun Tage, um genau zu sein –, um an die Aufnahme des Rundfunksenders zu kommen (mein Tonbandgerät war während der Sendung leider ausgeschaltet gewesen, da ich vergessen hatte, neue Bänder zu kaufen), aber so sehr es den Zweifeln auch gelungen war, während dieser Wartezeit ihre Klauen in mich zu schlagen, so lockerte sich der Griff doch unmittelbar, als ich mich hinsetzen und das Konzert noch einmal hören konnte. Vier, fünf Mal spulte ich vor und zurück bei der betreffenden Stelle, und jedes Mal versuchte ich, mir wieder ganz unvoreingenommen und gleichzeitig besonders aufmerksam das Geräusch anzuhören.

Ich kann es natürlich nicht beschreiben. Gibt es überhaupt Worte für so etwas wie ein Husten? Mir kommt der Gedanke, wie wenig von unserer Wirklichkeit und unseren Vorstellungen von ihr eigentlich in den Bereich der Sprache fällt. Während es also kein Problem für mich darstellt, mit Hilfe eines ganz kurzen Höreindrucks das Charakteristische an dem spezifischen Husten eines Menschen herauszufiltern – unter dem von Millionen –, besitze ich kaum ein adäquates Wort oder einen Ausdruck, um dieses Geräusch zu beschreiben. Ich nehme an, dass eine genaue Unterscheidung mit Hilfe komparativer Luftfrequenzkurven und ähnlicher Techniken zu Stande kommen könnte, aber was mich betrifft, war dieser Aspekt von Anfang an überflüssig und uninteressant.

Es war Ewa, die da hustete. Am 4. Mai hatte sie in A. gesessen und Beethovens Violinkonzert gehört. Ich hatte es sofort gewusst, als ich es hörte, und ich wusste es immer noch genau, nachdem ich es mir wieder und wieder angehört hatte.

Sie lebte. Sie lebte, und es gab sie. Zumindest vor sechs Monaten.

Und das versetzte mir einen Schlag, wie schon gesagt.

Der zweite Grund, nach A. zu fahren, trat zwei Wochen nach dem Rundfunkkonzert ein. Frühmorgens rief mich der Verleger Arnold Kerr an und teilte mir mit, dass Rein tot sei und dass er soeben dessen neues Manuskript erhalten habe.

Das klang natürlich gleichzeitig verwirrend und ein wenig widersprüchlich, und noch am gleichen Tag verabredeten wir uns im Klosterkeller zur Mittagszeit, um die Geschichte zu erörtern.

Das heißt, das Wenige zu erörtern, das es zu diesem Zeitpunkt zu erörtern gab. Rein sei tot, stellte Kerr fest und stocherte ein wenig lustlos mit der Gabel in seinen Fettucini herum. Die genauen Umstände waren noch unbekannt, aber er war während der letzten Jahre nie so richtig gesund gewesen, also war es so gesehen keine große Überraschung. Ich versuchte natürlich, Details zu erfahren, aber die meiste Zeit saß Kerr nur da und zuckte abwehrend mit den Schultern, und bald war klar, dass er nicht besonders viel darüber wusste, was eigentlich passiert war. Er hatte die Nachricht per Telefon erhalten. Zimmermann hatte am vergangenen Abend aus A. angerufen und die Tatsache mitgeteilt, und Kerr nahm an, dass alle näheren Umstände in dem Pressecommuniqué stehen würden, das zwar zugegebenermaßen ungewöhnlich lange auf sich warten ließ, aber mit Sicherheit bis zum Abend auftauchen würde. Rein war schließlich ein bekannter Mann gewesen, sowohl in seinem Heimatland als auch in einigen anderen Teilen der zivilisierten Welt.

Wählerisch und möglicherweise ein wenig schwierig, aber viel gelesen und geschätzt, oh doch. Und in gut zehn Sprachen übersetzt. Und hier kam ich ins Bild – oder war besser gesagt hereingekommen. Reins frühe Werke – die Tschandala-Suite und seine Essays – hatte noch Henry Darke in unsere Sprache übersetzt und interpretiert, aber seit Kroulls Schweigen hatte ich es übernommen. Darkes Krankheit hatte allen Übersetzeraufträgen einen Riegel vorgeschoben, und in vielen Gesprächen war mir außerdem klar geworden, dass er nie mit seinem letztendlichen Text oder mit seiner Beziehung zu Rein selbst zufrieden gewesen war. Bei einer unserer letzten Zusammenkünfte – nur wenige Monate vor Darkes Dahinscheiden – drückte er es sogar mit den Worten aus, dass Rein ihm Unlust bereite. Zu diesem Zeitpunkt kannte ich Rein noch nicht persönlich und fand natürlich, dass das ein bisschen merkwürdig klang, aber mit den Jahren hatte ich seine Äußerung immer besser verstehen können und mich Darkes Standpunkt angenähert, das will ich gar nicht leugnen. Ich war Rein zwar nur bei vier, fünf Gelegenheiten begegnet, aber unweigerlich war mir etwas schwer zu Akzeptierendes in seiner Person aufgefallen. Ich habe nie wirklich sagen können, worauf es eigentlich beruhte, aber nichtsdestotrotz war dieses Gefühl vorhanden.

Ja, auf jeden Fall bis zu dem Tag, an dem Kerr und ich im Klosterkeller saßen und darüber grübelten, warum immer noch nichts von seinem Dahinscheiden bekannt geworden war, weder in den Zeitungen noch im Rundfunk oder Fernsehen. Obwohl doch seitdem mindestens vierundzwanzig Stunden vergangen sein mussten, jedenfalls so ungefähr.

»Und was war das mit dem Manuskript?«, fragte ich.

Kerr bückte sich und wühlte in seiner Aktentasche, die an einem Tischbein lehnte. Zog einen gelben Ordner heraus, kreuz und quer mit einem Gummiband umwickelt.

»Das ist ja das verdammt Merkwürdige daran«, sagte er und wischte sich etwas nervös die Mundwinkel mit der Serviette ab.

Er schob die Gummibänder herunter und öffnete den Ordner, zog einen Papierbogen heraus, den obersten des Stapels, und reichte ihn mir. Er war handgeschrieben, schwarze Tinte, ziemlich ausladende Piktur. Ich erkannte sie wieder.

A., den 17. XI. 199-
Ich schicke Ihnen mein letztes Manuskript zur Übersetzung und Veröffentlichung. Verboten ist jeglicher Kontakt mit meinen Verlegern und anderen. Das Buch darf unter keinen Umständen in meiner Muttersprache herauskommen. Höchste Diskretion ist notwendig.
Hochachtungsvoll
Germund Rein
P.S. Das ist die einzige Kopie. Ich gehe davon aus, dass ich mich auf Sie verlassen kann. D.S.

Ich sah Kerr an.

»Was zum Teufel bedeutet das?«

Er breitete die Arme aus.

»Keine Ahnung.«

Er erklärte, dass das Paket am Tag zuvor angekommen sei, mit der Nachmittagspost, und dass er mehrere Male versucht habe, mit Rein telefonisch Kontakt aufzunehmen. Seine Versuche hätten, wie er sich ausdrückte, ein natürliches Ende gefunden, als Zimmermann ihn anrief und berichtete, dass Rein tot war.

Nach dieser Erläuterung saßen wir schweigend da und widmeten uns einige Minuten lang nur unserem Essen, und ich erinnere mich daran, dass es mir schwer fiel, den Blick von der gelben Mappe fern zu halten, die Kerr rechts von sich auf dem Tisch liegen hatte. Natürlich verspürte ich eine große Neugier, aber auch eine gewisse Verachtung. Mein letztes Treffen mit Rein hatte vor gut einem halben Jahr stattgefunden. Anlass war die Veröffentlichung seines letzten Buches in meiner Übersetzung gewesen. *Die roten Schwestern* hieß es. Wir hatten uns nur ganz kurz im Verlag gesehen, und wie üblich war er sehr wortkarg gewesen, fast schon autistisch, obwohl wir seine Anweisungen für die Pressekonferenz auf Punkt und Komma befolgt hatten. Wir hatten mit Champagner und Sherry angestoßen, Amundsen hatte seiner Hoffnung Ausdruck verliehen, dass das Buch ein Erfolg werden möge, und Rein hatte in seinem verschlissenen alten Kordanzug dagesessen und ausgesehen, als sei Verachtung das einzige Gefühl, zu dem er sich eventuell noch aufraffen könnte. Eine graue, gleichgültige und desinteressierte Verachtung, die zu verbergen er überhaupt keinen Versuch machte.

Nein, es wäre gelogen, wollte ich behaupten, ich hegte irgendwelche wärmeren Gefühle für Germund Rein.

»Und?«, fragte ich schließlich.

Kerr kaute zu Ende und schluckte umständlich hinunter, bevor er den Blick hob und mich aus seinen bleichen Verlegeraugen ansah. Gleichzeitig legte er sein Besteck weg und begann, mit den Fingern auf die gelbe Mappe zu trommeln.

»Ich habe mit Amundsen geredet.«

Ich nickte. Natürlich. Amundsen war der Verlagsleiter und derjenige, der die letztendliche Verantwortung trug.

»Wir sind ganz einer Meinung.«

Ich wartete. Er hörte auf zu trommeln. Faltete stattdessen die Hände und schaute aus dem Fenster auf den Karlsplatz, die Straßenbahnen und Horden von Tauben. Mir war klar, dass er durch diese einfache Gebärde dem Augenblick das Gewicht verleihen wollte, das ihm zustand. Kerr war nicht gerade dafür bekannt, einen Effekt zu versäumen.

»Du kannst es nehmen. Wir wollen, dass du es sofort übersetzt.«

Ich gab keine Antwort.

»Wenn es genauso viele Anspielungen enthält wie das vorherige, dann ist es sicher am besten, wenn du nach A. fährst. Soweit mir bekannt ist, gibt es doch nichts, was dich hier bindet, oder?«

Das war eine vollkommen richtige Vermutung, wohl wahr. Seit drei Jahren hatte ich außer meiner zweifelhaften Arbeit und meiner eigenen Trägheit nichts, was mich an dem Ort hielt, und das wusste Kerr verdammt genau. Dennoch konnte ich mich natürlich nicht einfach so auf der Stelle entscheiden, vielleicht hatte ich auch das Gefühl, ich müsste die Verlagsleute ein paar Stunden auf die Folter spannen, deshalb bat ich um Bedenkzeit. Zumindest für ein paar Tage – oder bis die Details um Reins Tod richtig bekannt geworden waren. Kerr ging auf meinen Wunsch ein, aber als wir uns vor dem Restaurant trennten, konnte ich deutlich erkennen, wie es in ihm gärte.

Das war natürlich alles andere als verwunderlich. Während ich durch den rauen Wind nach Hause ging, dachte ich über die Sache nach und versuchte mir die Lage etwas klarer zu machen. Wenn es stimmte, was Rein da in seinem Brief geschrieben hatte, dann handelte es sich hier um ein gewissermaßen jungfräuliches Manuskript. Ungelesen und unbekannt. Es war kein Problem, sich vorzustellen, für welche Sensation das in Verlagskreisen und bei der Bücher lesenden Allgemeinheit sorgen konnte, wenn es erschien. Germund Reins letztes Werk. Erste Veröffentlichung in Übersetzung! Warum nicht am Jahrestag des Dahinscheidens des Autors?

Ohne den Inhalt in Betracht zu ziehen, würde das Buch bestimmt im Handumdrehen an die Spitze der Bestsellerliste klettern und weiß Gott benötigtes Geld für den Verlag einbringen, der – und das war wohl kaum ein Geheimnis – es in den letzten Jahren ein wenig schwer gehabt hatte.

Voraussetzung dafür war natürlich, dass die Schweigepflicht eingehalten wurde und man die Sache mit der gebotenen Diskretion behandelte. Wie es um diese Besonderheit genau bestellt war, war natürlich in einem so frühen Stadium nur schwer zu sagen, aber wenn es so war, wie Kerr hoffte, dann gab es möglicherweise nur vier Menschen auf der ganzen Welt, die von der Existenz dieses Manuskripts wussten. Kerr und Amundsen. Ich selbst und Rein.

Und Rein war ganz offensichtlich tot.

Während wir im Klosterkeller gesessen hatten, hatte ich kein einziges Mal darum gebeten, mir die Mappe näher anschauen zu dürfen, und Kerr hatte es mir auch nicht angeboten. Und bis ich einen positiven Bescheid ablieferte, würde ich natürlich weiterhin in Unwissenheit über den Inhalt bleiben. Mit einer fast rituellen Gewissenhaftigkeit hatte Kerr die Gummibänder wieder an ihren Platz geschoben und das Manuskript in die Aktentasche. Nachdem wir in der Garderobe unsere Mäntel angezogen hatten, sicherte er außerdem noch den Taschengriff mit einer Kette an seinem Handgelenk. Es war nicht zu übersehen, dass er alles in allem wirklich die größte Sorgfalt aufwandte. Außerdem kam ich zu dem Schluss, dass sowohl er als auch Amundsen vermutlich Reins Ermahnung ad notam genommen und keine weitere Kopie gezogen hatten.

Was ich bisher berichtet habe, spielte sich am Donnerstag in der Woche vor dem ersten Advent ab, und auch wenn ich mich noch nicht entschieden hatte, so klärten sich die Dinge am nächsten Tag, als ich zu meinem Arbeitsplatz im Institut kam.

Schinkler und Vejmanen empfingen mich mit finsteren Mienen, und ich begriff sofort, was geschehen war. Wir hatten auf unser Ersuchen nach zusätzlichen Projektmitteln eine Absage erhalten. Ich fragte nach und bekam die Bestätigung mittels eines langen Fluchs von Vejmanen. Schinkler wedelte mit einem Brief vom Bildungsministerium herum, der vor einer halben Stunde eingetroffen war, und sah dabei sehr resigniert aus.

Uns dreien war die Lage nur allzu klar. Auch wenn wir nicht viel Zeit darauf verwendeten, die Sache zu diskutieren, so wussten wir doch, was das bedeutete.

Wir mussten runterschrauben. Wir waren drei Personen, und wir hatten nur Projektmittel für zwei.

Einmal Vollzeit und zweimal Teilzeit. Oder zweimal Vollzeit und einmal feuern.

Schinkler war der Älteste von uns. Vejmanen hatte Frau und Kinder. Wenn ich heute zurückblicke, bin ich immer noch davon überzeugt, dass ich keine große Wahl hatte.

»Ich glaube, ich kann ein Übersetzerstipendium kriegen«, sagte ich.

Vejmanen blickte zu Boden und kratzte sich nervös an der Handwurzel.

»Für wie lange?«, fragte Schinkler.

Ich zuckte mit den Schultern.

»Ein halbes Jahr, nehme ich mal an.«

»Dann ist es abgemacht«, sagte Schinkler. »Bis zum nächsten Herbst werden wir verdammt noch mal ja wohl wieder etwas Geld auftreiben können.«

Und damit war die Sache entschieden. Ich verbrachte den Vormittag damit, meinen Schreibtisch aufzuräumen und meinen bescheidenen Teil der Whiskyflasche zu leeren, die Vejmanen unten im Laden auf der anderen Straßenseite gekauft hatte, und als ich nach Hause kam, rief ich Kerr an und fragte ihn, ob er mehr über Reins Tod erfahren habe.

Das hatte er nicht. Ich erklärte ihm, dass ich beschlossen hatte, den Auftrag so oder so zu anzunehmen.

»Ausgezeichnet«, sagte Kerr. »Das ehrt dich.«

»Unter der Voraussetzung, dass ihr mir ein halbes Jahr in A. finanziert«, fügte ich hinzu.

»Das wollten wir dir sowieso vorschlagen«, stellte Kerr fest. »Ich nehme an, dass du im Translators' House wohnen kannst, oder?«

»Vermutlich«, erwiderte ich, und da der Whisky deutlich in den Schläfen zu spüren war, beendete ich das Gespräch. Ich beschloss, stattdessen einen Nachmittagsschlaf einzulegen. Das war am 23. November, und bevor ich einschlief, lag ich eine Weile da und dachte darüber nach, wie schnell es doch gehen kann, dass das Leben einfach auf ein ganz neues Gleis wechselt.

Das war kein fremder Gedanke, aber er hatte einige Jahre lang brach gelegen. Ob er mir anschließend noch in die Scheinwelt der Träume folgte, davon habe ich keine Ahnung. Auf jeden Fall habe ich keine Erinnerung daran. Überhaupt ist es selten, dass es mir gelingt, mir meine Träume ins Bewusstsein zu rufen, und die wenigen Male, dass sich das zutrug, dienten sie fast immer nur der Rechtfertigung meines Gemütszustands.

Natürlich ist das Vergessen ein sehr viel verlässlicherer Bundesgenosse als die Erinnerung, das habe ich immer wieder feststellen müssen.

Der 3. Januar war ein schrecklich kalter Tag. Die Temperatur fiel bis auf 15 Grad minus, und draußen auf dem Flugplatz wehte ein kräftiger, launischer Nordwind, der die meisten Abflüge um mehrere Stunden verspätete. Ich selbst war gezwungen, den ganzen Nachmittag in Erwartung meines Flugs in der Cafeteria zu verbringen, und hatte reichlich Zeit, darüber nachzudenken, worauf ich mich eigentlich einließ.

Vielleicht war es nur natürlich, dass dieses alte Gefühl der Austauschbarkeit sich über mich stülpte. Die Empfindung, dass alle diese Menschen, die um mich herum saßen und hingen oder ungeduldig zwischen den verschiedenen Taxfree-Läden herumirrten – alle aus ihren normalen Zusammenhängen herausgerissen –, eigentlich problemlos Platz und Identität hätten miteinander tauschen können. Dass es nur nötig wäre, unsere Pässe und Reisedokumente in einen großen Haufen auf den Boden zu legen und den Zufall – in Person irgendwelcher gelangweilter, anonymer Sicherheitspolizisten – uns ein neues Leben bescheren zu lassen. Willkürlich und gerecht, ohne jede Bevorzugung oder jedes Engagement.

Außerdem versuchte ich zu lesen. Nicht in Reins Manuskript, das Amundsen und Kerr am vergangenen Abend feierlich in einer kleinen Zeremonie bei mir abgeliefert hatten – ich hatte beschlossen, auf einen besseren Moment zu warten, mich ihm zu widmen –, nein, ich blätterte in ein paar dubiosen Kriminalromanen, die ich zwischen den Tagen gekauft hatte, und versuchte mich auf sie zu konzentrieren, aber keiner von ihnen vermochte mein Interesse so weit zu fesseln, dass ich dem Plot hinreichend folgen konnte.

Stattdessen dachte ich wie gesagt in erster Linie über die Situation nach. Über Ewa natürlich und darüber, wie ich die Suche nach ihr in A. gestalten sollte: inwieweit ich versuchen sollte, sie auf eigene Faust zu betreiben, oder ob es schlauer wäre, Kontakt mit einer Art Privatdetektiv aufzunehmen. Im Augenblick neigte ich dazu, erst einmal auf eigene Faust Ermittlungen anzustellen, um später vielleicht Hilfe zu suchen, wenn sie notwendig erschien.

Dass sie vielleicht überhaupt nicht notwendig sein könnte, ich glaube, darüber machte ich mir keine besonders großen Illusionen.

Aber in erster Linie dachte ich natürlich über Rein nach. Es war schwer, die Gedanken von ihm fern zu halten, auch wenn ich ehrlich gesagt keine große Lust hatte, seinen verfluchten Tod Tag und Nacht in meinem Kopf herumzuwälzen. Ich hatte das eine Zeit lang gemacht, es gab da nämlich einige Ungereimtheiten, und die würde es sicher so lange geben, bis man zumindest seine Leiche gefunden hätte.

Falls die jemals auftauchen würde. Die Neuigkeit von Reins Fortgang hatte sich seit dem Zeitpunkt, als Kerr den Telefonanruf von Zimmermann bekommen hatte, um fast vier Tage hingezogen. Soweit wir verstanden, beruhte das darauf, dass die Witwe des Schriftstellers sich geweigert hatte, den Abschiedsbrief als echt anzusehen, und jede Menge Analysen und Untersuchungen verlangt hatte, bevor sie die Tatsache akzeptierte und man mit der Meldung an die Presse gehen konnte. Und das auch erst, als das verlassene Motorboot gefunden worden war und gleichzeitig alle anderen Indizien in die gleiche unzweifelhafte Richtung deuteten, erst dann lenkte sie ein, und die Botschaft wurde über die Welt verbreitet.

Der Ort, den er sich ausgesucht hatte – oder besser: der wahrscheinliche Ort –, hatte hinsichtlich der Suche den Vorteil, zu dieser Jahreszeit weder Winde noch Unterwasserströmungen aufzuweisen, und vieles deutete darauf hin, dass der Körper ins Meer hinausgetragen worden war. Wenn es außerdem noch zutraf, dass er ein gewisses Gewicht am Leibe trug, so sprach sehr viel dafür, dass die Überreste des großen Neomystikers Germund Rein sich nunmehr irgendwo zwischen drei- und fünfhundert Metern Tiefe befanden. Zwanzig bis dreißig Kilometer aufs Meer hinaus, wenn man der vorsichtigen Einschätzung von C.G. Gautienne und Harald Weissvogel in der »Poost« folgte, jener Zeitung, die am weitesten bei dem Versuch ging, eine mögliche Lageposition zu bestimmen.

Irgendwie war das alles typisch für Germund Rein, und ich hatte keine Probleme, mir vorzustellen, wie er da unten in der Tiefe mit seinem verächtlichen Grinsen auf den Lippen lag, während die Fische an seinem schlaffen Altmännerfleisch knabberten.

Viel zu sublim, um sich von gewöhnlichen Sterblichen nach der üblichen Art und Weise in der Erde vergraben zu lassen. Unberührbar bis zum Letzten.

Natürlich war mir schon klar, dass derartige Gedanken wohl kaum eine besonders gute Grundlage für die Arbeit darstellten, die ich in A. auszuführen hatte. Wenn es etwas gibt, was alle Voraussetzungen dafür bietet, eine Übersetzungsarbeit zu stören, dann ist es das Gefühl von Feindseligkeit und Animosität gegenüber dem Urheber des Textes.

Aber ich hatte wie gesagt ja noch gar nicht angefangen, und vielleicht war es gar nicht so schlecht, die Aggressionen los zu werden, bevor es soweit war.

Ich glaube, das versuchte ich mir wenigstens einzureden.

Mein Flugzeug startete um 22 Uhr, genau sechs Stunden zu spät, und als wir nach einer ziemlich unruhigen Reise auf dem Flugplatz außerhalb von A. landeten, war es bereits nach Mitternacht. Die Fluggesellschaft bot allen Passagieren an, im Flughafenhotel zu übernachten, was ich – wie die meisten – annahm, und so konnte ich erst am Vormittag des 4. Januar am Hauptbahnhof von A. aus dem Zug steigen. Ich weiß eigentlich gar nicht, warum ich diese nebensächlichen Zeitangaben so genau vermerke, vielleicht ist das in erster Linie eine Frage der Kontrolle. Des Gefühls von Kontrolle, besser gesagt: das, was Rimley als *die notwendige Zeit- und Raumbelastung der Bewegung* bezeichnet, aber nachdem ich eine Zeit in A. verbracht hatte – in diesem stillstehenden Raum –, merkte ich schnell, wie unwichtig es für mich war, solche Begriffe wie Datum und Uhrzeit parat zu haben. Als ich in der Bibliothek arbeitete, kam es häufiger vor, dass man mich höflich hinauskomplimentierte, wenn es an der Zeit war, abends zu schließen, und ich erinnere mich, wie ich einmal – höchstwahrscheinlich im März oder April – verständnislos an der Tür eines kleinen Ladens rüttelte, weit nach Geschäftsschluss oder sonntags zu einer sehr frühen Stunde.

Aber wie gesagt, am 4. Januar traf ich ein. Am Vormittag. Und auch hier lag nicht gerade Frühling in der Luft.

Mit zwei schweren Reisetaschen und meiner abgewetzten Aktentasche (in der der gelbe Ordner lag, ein paar Lexika sowie ein großer Umschlag mit unzähligen Fotos von Ewa) nahm ich ein Taxi zum Translators' House. Von den sechs Gästezimmern waren vier belegt. Zwei Afrikaner, ein typischer Finne sowie ein rotwangiger Ire, dem ich auf der Treppe begegnete – er roch nach billigem Whisky und sprach mich in einer Art Deutsch an. Ich lehnte seine Einladung auf einen Drink in der Bar gegenüber ab, nahm mein Zimmer in Beschlag und beschloss, mir so bald wie möglich etwas Besseres zu suchen. Ich hatte die Wohnungsfrage mit Kerr und Amundsen diskutiert, und es herrschte eine gewisse Einigkeit darüber, dass das Translators' House vielleicht nicht die beste Lösung war, wenn man es recht bedachte. Vermutlich würde mein Aufenthalt an so einem Ort früher oder später Reins Verlegern zu Ohren kommen, und wir hatten uns ja dazu entschieden, uns strikt an den Letzten Willen des Verschiedenen zu halten. Diskretion Ehrensache. Meine Arbeit in A. sollte vonstatten gehen, ohne dass jemand darauf aufmerksam wurde. Die Aufregung und die Artikel nach Reins Tod hatten den ganzen Dezember über angehalten, und es gab natürlich mit der Neuauflage des einen oder anderen Buches großes Geld zu verdienen. Ganz zu schweigen davon, welches Echo sein letztes, hinterlassenes Buch verursachen würde. Eine posthum erscheinende Erstausgabe in Übersetzung. Absurder ging es nicht mehr, kein Zweifel.

Es lag immer noch da zwischen den gelben Pappdeckeln. Ich hatte Amundsen und Kerr gegenüber schwören müssen, mit meiner Tugend und meinem Leben darüber zu wachen. Dennoch hatten sie eine Kopie gezogen und sie tief in dem allerheiligsten Bankfach des Verlags deponiert – es gab trotz allem Grenzen, welches Risiko man eingehen musste, hatte Amundsen verlauten lassen. Meine Standhaftigkeit, die Lektüre des Manuskripts nicht bereits auf dem Hinflug anzufangen, mag möglicherweise etwas übertrieben erscheinen, aber sie hängt mit der Methode zusammen, nach der ich beim Übersetzen vorgehe. Wie vieles andere habe ich sie von Henry Darke geerbt, und mir ist klar geworden, dass sie in meiner Zunft nicht unbedingt üblich ist. Der Hauptgedanke dabei ist, dass die Interpretation, die Übersetzung, unmittelbar ansetzen muss, bereits beim ersten Kontakt mit dem Text, und hierzu bemühe ich mich, so wenig wie möglich mit meiner Lektüre im Vorsprung zu sein. Möglichst nur einen Absatz oder eine Zeile, allerhöchstens eine halbe Seite. Ich weiß, dass andere Übersetzer genau gegenteilig arbeiten. Sie ziehen es vor, das ganze Werk zwei- oder dreimal durchzuarbeiten, bevor sie sich an die Arbeit machen, aber wie gesagt hatte Henry Darke mir dieses Modell empfohlen, und mir wurde schnell klar, dass es mir mehr zusagte. Besonders bei einem Autor wie Germund Rein, bei dem man oft den Eindruck gewinnen konnte, dass er während des Schreibens oft selbst nicht genau wusste, wie es zwei Seiten später weitergehen sollte.

Im Translators' House gibt es neben den Gästezimmern eine gemeinsame Küche mit Herd, Kühlschrank und Gefriertruhe sowie eine ziemlich gut bestückte Bibliothek (besonders was Lexika betrifft natürlich) mit einer Reihe gut abgeschirmter und eigentlich ansprechender Arbeitsplätze. Aber an meinem ersten Tag erschien mir alles ziemlich heruntergekommen. Im Kühlschrank fand ich ein paar Dosen Bier, ein halbes Paket Butter und einen Käserest, der hier bestimmt schon seit lange vor Weihnachten sein trauriges Dasein fristete. Die Bibliothek sah staubig und wenig einladend aus, an drei der Arbeitsplätze waren die Lampen kaputt, und mir wurde schnell klar, dass es vollkommen ausgeschlossen war, mich mit Reins Manuskript in diesem Milieu niederzulassen. Der Kaffeeautomat im Eingang war außer Funktion, und Fräulein Franck, die vier Stunden am Tag in der so genannten Rezeption saß, erzählte, dass man bereits im Oktober einen neuen bestellt hatte, die Lieferung sich aber offensichtlich verzögerte. Sie ging dann auch die Putz- und Reinigungsgebräuche mit mir durch, wobei ich sie mit dem Hinweis darauf unterbrach, dass ich schon einmal hier gewohnt hatte und mich damit auskannte und dass ich außerdem vermutlich nur eine Woche bleiben würde.

Offensichtlich gelang es mir, sie mit diesen einfachen Informationen zu verletzen, denn sie putzte sich ostentativ die Nase und widmete sich wieder ihrer Stickerei, ohne noch ein Wort zu verlieren.

Ich überließ sie ihrem Schicksal und begab mich stattdessen in die Stadt. Es war wie gesagt ein ganz gewöhnlicher Dienstag, trotzdem waren ziemlich viele Menschen unterwegs, wie ich feststellen konnte, zumindest im Zentrum und in den Touristenbereichen. Die Kälte war beträchtlich, mehrere Kanäle waren zugefroren, und ein beißender Wind zog vom Meer heran. Ich schlüpfte in einige Buchläden und Musikgeschäfte, in erster Linie, um mich ein wenig aufzuwärmen. Saß dann in ein paar Cafés mit Bier und Zigaretten und starrte die Menschen an, und bald stellte ich fest, dass ich nach Ewa suchte. Alle Frauen mit dunklem, glattem Haar zogen sofort meinen Blick auf sich, und der Gedanke, dass ich ihr tatsächlich Aug in Aug gegenüberstehen könnte, war stimulierend und ein wenig beunruhigend zugleich.

Ich dachte an unseren letzten gemeinsamen Morgen in diesem kleinen Gebirgsort, bevor sie sich zu ihrer letzten Fahrt aufgemacht hatte, und daran, welch unendliche Zärtlichkeit ich für sie empfunden hatte, als sie ins Auto stieg und davonfuhr, um sich mit ihrem Geliebten zu treffen. Ich erinnere mich, wie ich auf dem Balkon stand und den Impuls, hinter ihr herzurufen, nur schwer unterdrücken konnte, während sie über den Hof fuhr und mir durch das heruntergekurbelte Seitenfenster zuwinkte. Wie ich sie warnen wollte. Sie dazu bringen wollte, hier zu bleiben, statt sich auf diese fatale Fahrt zu begeben. Als sie hinter der Steinmauer verschwunden war, konnte ich einen Schrei nicht mehr zurückhalten, aber der richtete natürlich nichts aus. Er war nur ein nutzloser Ausdruck der doppelbödigen Spannung, die in mir pochte. Nicht einmal der alte Hausmeister, der herumging und das Laub aus den Beeten unten herauskratzte, schien ihn gehört zu haben, und nachdem ich gesehen hatte, wie sie auf die kurvige Straße eingebogen war, die den Berg hinaufführte, drehte ich mich um, ging zurück ins Zimmer und nahm eine lange, erfrischende Dusche.

Nein, zuerst kroch ich ins Bett und versuchte zu lesen, so war das ... natürlich ein vollkommen hoffnungsloses Unterfangen.

Auf diese Art – indem ich einige Geschäfte aufsuchte und indem ich in Cafés saß und an Ewa dachte – zog ich langsam durch die zentralen Teile von A., hinunter zum Vondelpark und der Gemeindebibliothek in der Van Baerlestraat. Von meinem letzten Besuch wusste ich, dass sie die Tore dort immer erst nachmittags öffneten, sie dafür aber bis spät abends offen ließen, was mir für meine Zwecke außerordentlich dienlich erschien. Ein Morgenmensch war ich noch nie gewesen. Wichtige Dinge vor zwölf Uhr ausführen zu müssen, das war seit meiner Teenagerzeit meine Achillesferse gewesen. Die Abende und die frühen Nachtstunden, das ist mein Elixier, dann bin ich in Topform, sowohl mental als auch körperlich, und wenn man in einer Situation ist, in der man sich seinen Tagesrhythmus selbst einrichten kann, so gibt es natürlich keinen Grund, sich diese Morgen- und Vormittagsstunden im Bett zu verbieten.

Es stimmte. Montag bis Freitag: 14 – 20 Uhr, stand auf einem Anschlag an der Tür. Samstags: 12 – 16 Uhr. Also ganz ausgezeichnet. Ich ging an diesem ersten Tag nicht hinein, nahm mir aber einen Besuch am kommenden vor. Da ich keine übertrieben große Sehnsucht nach dem Translators' House verspürte, beschloss ich, den Rest des Nachmittags in der Stadt zu verbringen. Nachdem ich mehr oder weniger planlos ein paar Stunden herumgewandert war, fand ich an der Ecke Falckstraat/Reguliergracht eine kleine Zimmervermittlung. Ich ging hinein und erklärte meine Wünsche: ein einigermaßen zentrales Zimmer, gern in der Nähe des Vondelparks. Dusch- und Kochgelegenheit. Sechs Monate ungefähr. Nicht zu teuer. Die farbige junge Frau blätterte in einigen Ordnern und führte zwei Telefongespräche. Eventuell ließ sich etwas Passendes finden, erklärte sie, wenn ich die Möglichkeit hätte, in ein paar Tagen wieder hereinzuschauen.

Ich bedankte mich und versprach, spätestens am Freitag wiederzukommen.

An diesem ersten Abend kehrte ich erst sehr spät zum Translators' House zurück. Beschloss, dass ich mich ebenso gut ein wenig amüsieren konnte, bevor der Ernst begann. Also gönnte ich mir ein gutes Essen im Planner's und ein paar Stunden in den Bars um den Nieuwe Markt. Doch eigentlich war ich die meiste Zeit damit beschäftigt, darüber nachzudenken, wie ich die Suche nach Ewa gestalten sollte, aber ich glaube nicht, dass mir ein besonders tragkräftiger Aktionsplan eingefallen ist. Zumindest nichts, an das ich mich später erinnern konnte, und als ich schließlich gegen Mitternacht ins Bett fiel, konnte ich feststellen, dass ich immer noch nicht angefangen hatte, auch nur einen Zipfel des Schleiers über den beiden unheilvollen Affären zu lüften, derentwegen ich nach A. gekommen war.

Aber ich war an Ort und Stelle. Der Acker war bestellt, und auf der anderen Seite der Nacht würde es natürlich höchste Zeit sein, loszuschlagen. Ich erinnere mich auch noch, dass mir die Vorstellung von dieser unberührten Zukunft gefiel. Eine Tabula rasa, ein schneeweißes Feld, das ich noch nicht betreten hatte und auf dem noch alles Mögliche Seite an Seite ruhte.

Mit diesen Gedanken schlief ich ein.

Ich weiß, dass ich dir wehtue, aber ich bin gezwungen, meinen eigenen Weg zu gehen.«

Genau diese Worte hatte sie gewählt, sie hätten aus dem erstbesten modernen Melodram stammen können, und ich strich ihr vorsichtig eine Haarlocke von der Wange. Es war das erste Mal, und es war nicht das erste Mal. Wir lagen auf der Seite, sahen uns an in unserem bequemen Doppelbett, und ich erinnere mich, dass ich dachte, wie dubios Augen doch sein können. Dass sie plötzlich, wenn man ihnen zu nahe kommt, vollkommen leer werden. Der Ausdruck, der vielberufene Seelenspiegel, verschwindet bei einem Abstand zwischen zehn und fünfzehn Zentimetern wie durch einen Zauberspruch. Innerhalb dieser Grenze gibt es nichts. Keinen Weg und kein Versprechen. Nicht einmal die ruhige Feindseligkeit von Katzenaugen.

Wenn wir einem anderen Menschen allzu nah kommen, bleibt nur noch diese Zellenanhäufung, diese stechende Angelegenheit. Diese Erfahrung zu machen ist natürlich bitter, und es ist nicht immer leicht, wieder den rechten Abstand zu finden. Vielleicht ist es das, was man im Laufe der Jahre lernt. Ich nehme an, Sie wissen, wovon ich rede.

In unserem Fall war mir klar, dass sie nicht lange auf eigene Faust zurecht kommen würde, aber der Gedanke, sie einfach einmal laufen zu lassen, war schon verlockend, das muss ich zugeben.

Es war an einem Tag im August. An einem Vormittag, warm und verheißungsvoll wie eine sonnengereifte Pflaume. Wir hatten drei Wochen Urlaub vor uns, und im nächsten Augenblick erklärte sie mir, dass sie einen Liebhaber hatte. Ich unterdrückte den Wunsch, laut loszulachen, ich erinnere mich noch daran, als wenn es gestern gewesen wäre, und ich glaube nicht, dass sie mich dabei ansah. Den ganzen Sommer über war sie in Therapie gewesen, es war noch nicht einmal ein halbes Jahr her, seit sie entlassen worden war, und es war noch viel zu früh, die Zukunft zu planen.

Viel zu früh.

»Soll ich das Frühstück machen?«, fragte ich.

Sie zögerte kurz.

»Ja, gern«, sagte sie dann, und wir sahen uns verständnisvoll an.

»Fahren wir morgen?«

Sie gab keine Antwort. Zeigte keine Miene, die irgendwie zu interpretieren war, und ich stand auf, ging in die Küche und bereitete das Tablett vor.

In der ersten Nacht in A. träumte ich von Ewa, offensichtlich einen ziemlich erotischen Traum, denn ich wachte mit einer starken Erektion auf. Aber die legte sich bald und wurde von Kopfschmerzen und Übelkeit ersetzt. Während ich mit dem Kopf in den Händen auf der Toilette saß, versuchte ich zusammenzukriegen, wie viel Alkohol ich am vergangenen Abend in mich hineingeschüttet hatte, aber es gab da so einige Unschärfen, die nicht deutlicher werden wollten. Ich duschte lange unter dem erbärmlichen Rinnsal, den das Translators' House anbot, und machte mich so gegen Mittag auf den Weg hinaus in die Kälte. Die Aktentasche unter den Arm geklemmt, gelang es mir, eine Straßenbahn zu erklimmen, von der ich hoffte, dass sie ungefähr in die richtige Richtung fahren würde. Das tat sie auch, wie sich herausstellte, und auf Höhe Ceintuurbaan sprang ich ab. Schlüpfte in eine Bar und erwachte bei ein paar Scheiben Brot und einer Tasse schwarzen Kaffees wieder zum Leben. Dann ging ich das noch verbleibende Stück zur Bibliothek. Der Wind, der durch die Straßen und über die offenen Kanäle fegte, war mörderisch kalt, und mir war klar, dass ich mir zumindest einen vernünftigen Schal kaufen musste, wenn ich in dieser von Kälte geschüttelten Metropole gesund bleiben wollte.

Hinter dem Tresen befand sich im Augenblick nur eine dünne Frau in den Sechzigern, und ich wartete, bis sie einen dunkelhäutigen Herrn in Ulster und Turban bedient hatte. Nachdem seine Bücher gestempelt waren, trat ich näher und stellte mich vor. Erklärte, dass ich mit einer Übersetzungsarbeit beschäftigt sei und dass ich einen Platz bräuchte, an dem ich täglich ein paar Stunden in Ruhe und Frieden sitzen könnte.

Sie lächelte mich entgegenkommend und etwas schüchtern an, machte sich sofort die Mühe, um den Tresen herumzukommen, und begleitete mich zu den Arbeitstischen, die jeweils zu viert in sechs Reihen hinten in der Lexikaabteilung standen. Sie fragte, ob ich gern einen Tisch für mich reserviert haben wollte – es gäbe zwar immer genügend Platz, wie sie meinte, aber wenn ich Bücher und Arbeitsmaterial deponieren oder auch nur Papiere liegen lassen wollte, dann wäre das natürlich die eleganteste Lösung.

Ich bedankte mich und suchte mir einen Platz ganz links aus, nur wenige Meter von dem hohen, bleieingefassten Fenster entfernt, durch das man auf die Moerkerstraat und auf einen der Eingänge zum Vondelpark sehen konnte. Im Augenblick gab es, außer der Frau und mir, nur noch zwei andere Menschen im Raum, und ich ging davon aus, dass es wohl meistens so aussah. Sie nickte, wünschte mir viel Erfolg und schritt zurück zum Ausgabetresen. Ich ließ mich nieder und legte den gelben Ordner links von mir auf den Tisch. Rechts deponierte ich einen Collegeblock und vier neu gekaufte Stifte. Dann zog ich die Gummibänder ab und bereitete mich darauf vor, Germund Reins letztes Buch in Angriff zu nehmen.

Als ich die Bibliothek verließ, war es dunkel. Ich musste mehrere Stunden dort gesessen und gearbeitet haben, und trotzdem war ich nicht weiter als drei Seiten im Manuskript gekommen. Es war ein schwerer, rätselhafter Text, mit nichts zu vergleichen, was Rein früher geschrieben hatte, das konnte ich jetzt schon sehen. Wenn ich nicht gewusst hätte, dass er dahinter steckte, hätte ich es vermutlich niemals erraten. Noch war es zu früh, Milieu oder Handlung erkennen zu können, das einzig Sichere schien zu sein, dass ein Mann mit der Bezeichnung R vorkam, in dessen Gedanken sich diese ersten Seiten abspielten, gestaltet in einer Art innerem Monolog, in dem außerdem eine Frau, M, und ein anderer Mann, G, eine gewisse Rolle zu spielen schienen. Möglicherweise ließ sich erahnen, dass sich das Ganze zu einer Art Dreiecksdrama entwickeln sollte, es gab Zeichen, die darauf hindeuteten, aber es konnte auch noch eine ganz andere Wendung nehmen, und als ich für diesen Tag einen Punkt machte, musste ich mir eingestehen, dass ich das Ganze noch nicht so recht im Griff hatte.

Allein für den ersten Absatz hatte ich bestimmt fast eine Stunde gebraucht, und als ich ihn später noch einmal durchlas (während ich im 'de Knijp saß und aufs Essen wartete), schien es mir trotzdem, als hätte ich den Kern von Reins Text nicht getroffen. Oder den Ton, besser gesagt: Es ist natürlich der Akkord, der wichtig ist, auf dieser Grundlage können dann die einzelnen Worte und Ausdrücke mit einer gewissen Freiheit gesetzt werden, das ist eine Sache, die ich im Laufe der Zeit gelernt habe.

> Die Totalität (*so fing es an*) von Rs Zeit auf der Welt wächst nicht mehr, es gibt sie noch, aber nur, ja, nur verschwindend dünn, ein Gaffen, ein Schrei nach Halt und Lob, immer dieses Lob, wie Tau, vergänglich wie Tau, inbrünstig und flackernd, und M. Wo ist M in diesen Tagen zu finden? Ihr Profil bleibt immer noch eine Weile stehen, nachdem sie den Kopf

gedreht und das Zimmer verlassen hat, eine verwirrende Frau. Bleibt auch in R zurück, Bild legt sich auf Bild, Kante an Kante, alle diese Zeiten sind stets parallel zugegen, sogar das Jetzt. Er hat sie geschlagen, sicher, er hat seine Hand erhoben, aber wie ein Baum von Regen und Sturm lebt, so ist auch sie seins, der Schmerz und die Wut und das Feuer, die reinigen und heilen und zusammenfügen, und er selbst war es, R persönlich, der sie einander vorstellte, M und G, vor vielen Jahren, auch das Kante an Kante, nebeneinander, und wie der Tropfen letztendlich den Stein aushöhlt, ist es jetzt auch soweit gekommen, um das wird sich alles drehen. Als R am Morgen aufwacht, ist er verwirrt. Seit einiger Zeit scheint alles verändert zu sein.

Mein Essen wurde gebracht, und ich klappte den Spiralblock zu. Während ich aß, fühlte ich diese Leere in mir, die sich immer einstellt nach Stunden konzentrierter Arbeit. Als würden die Welt und die Umgebung nicht mehr an mich herankommen können; die Menschen, das Gemurmel und die ruhigen Bewegungen in dem gut besuchten Lokal hätten sich ebenso gut irgendwo anders befinden und abspielen können – in einem anderen Medium, zu einer anderen Zeit. Ich saß in einem taubstummen Aquarium und schaute auf eine unbegreifliche Welt hinaus.

Zwei, drei Gläser halfen da meist, und dem war auch jetzt so. Als ich erneut auf die Straße trat, war ich wieder der Alte, und ich überlegte, ob ich nicht ebenso gut ins Kino gehen könnte, statt nach Hause zum Translators' House. Ich hatte keine große Lust, mehr als die Stunden, die ich zum Schlafen brauchte, in meinem düsteren Zimmer zu verbringen, und beschloss, die Frau in der Zimmervermittlung bereits morgen aufzusuchen, um zu hören, ob sie mir etwas anzubieten hatte.

Aber einen besonders verlockenden Film konnte ich nicht

auftreiben, es war auch schon ziemlich spät, also verbrachte ich den Rest des Abends stattdessen in einem Café mit Indianermusik, während ich darüber grübelte, wie ich eigentlich das Problem Ewa in Angriff nehmen sollte.

Einfach in der Stadt herumzulaufen und zu hoffen, sie irgendwo in dem Gewühle zu entdecken, das erschien mir alles in allem ziemlich vergeblich, aber welche Handlungsmöglichkeiten mir eigentlich offen standen, das war nur schwer auszumachen. Zumindest fiel es mir schwer, sie zu entdecken. Letztendlich gab es wohl nur eine Örtlichkeit hier in der Stadt, in der sie früher oder später auftauchen würde.

Konzerte. Klassische Musik. Meines Wissens gab es zwei Konzertsäle in A. mit durchgehend klassischem Repertoire. Concertgebouw und Nieuwe Halle. Ich hatte keine von beiden jemals aufgesucht, aber während ich hier bei meinem Bier saß und den dumpfen Flöten aus den Anden lauschte, beschloss ich, dass es an der Zeit wäre, mit ihrem Programm Bekanntschaft zu schließen.

Irgendwelche weitergehenden Ideen tauchten an diesem Abend nicht in meinem Kopf auf. Wahrscheinlich hatte Reins Text mich ziemlich erschöpft, und vielleicht hatte ich ja auch ein oder zwei Glas zu viel getrunken. Ich verließ die Bar gegen Mitternacht, fühlte mich aber nicht so betrunken, dass ich nicht den ganzen Weg bis zum Translators' House zu Fuß zurückgelegt hätte. Der Finne – ein imposanter Kerl, der mit seinem großen, buschigen Bart und seiner Stimme, die wie eine Posaune klang, nicht wenig Ähnlichkeit mit einem vorchristlichen Donnergott hatte – saß zusammen mit dem Iren in der Küche. Sie unterhielten einander mit Trinkliedern und schlüpfrigen Geschichten, und noch durch die Decke konnte ich ihre Lachsalven und verblüffenden Flüche eine ganze Zeit lang hören.

Wind vom Meer her. Temperatur um null Grad. Ab und zu spärlicher Schneefall oder unterkühlter Regen. Der Januar machte weiter, wie er begonnen hatte. Bereits am Samstag der ersten Woche wechselte ich meinen Wohnort, durch die Zimmervermittlung bekam ich eine kleine Zwei-Zimmer-Wohnung in der Ferdinand Bolstraat, nur zehn Minuten Fußweg von der Bibliothek entfernt. Der Besitzer war ein junger Fotograf, der soeben von National Geographic ein Halbjahresstipendium in Südamerika erhalten hatte, und unsere Abmachung umfasste auch die Pflege seiner Grünpflanzen und der Katze.

Letztere war eine träge, sterilisierte Sie mit Namen Beatrice, die abgesehen von einer halbstündlichen täglichen Visite über den Balkon zum Hof hinaus (wo sie passiv und ohne wirkliches Interesse saß und die Tauben beobachtete) sowie einigen Spaziergängen zum Futternapf und zum Katzenklo in der Küche kaum etwas anderes unternahm, als vor dem Gaskamin zu liegen und zu schlafen.

Das kleinere Zimmer war als Dunkelkammer eingerichtet, ich benutzte es nie, auf Grund der schlechten Isolierung verbrachte ich so gut wie die gesamte Zeit entweder im Bett oder auf dem Sessel vor der gleichen Wärmequelle wie Beatrice. Die einzige in der Wohnung, aber ich möchte betonen, dass ich dennoch vollkommen zufrieden mit der Situation war.

Vielleicht in erster Linie mit der Umgebung. Unten auf der Straße gab es alle möglichen Geschäfte, einen Albert Hijn, ein paar Bars und sogar eine Reinigung. Ich fand bald heraus, dass ich es nicht besser hätte treffen können, der Verkehr und das menschliche Treiben dort draußen waren während der meisten Stunden des Tages rege und abwechslungsreich, und wenn ich mich nur warm genug anzog, konnte ich am Fenster stehen und von meinem geradezu idealen Aussichtspunkt im zweiten Stock das Leben beobachten. Zweifellos gab mir das die Illusion von Kontrolle: dort zu stehen, zwar abgetrennt, aber dennoch nicht ohne Kontakt mit den Bewegungen in Zeit und Raum.

Was die Miete betrifft, so war sie erschwinglich, gewisse Korrekturen waren wegen der Blumen und Beatrice gemacht worden, und als ich mit Kerr telefonierte, stellte sich heraus, dass der Verlag nichts gegen die kleine Zusatzausgabe hatte, um die es verglichen mit dem Translators' House ging.

Durch den Umzug bekamen auch meine Tage eine einheitlichere und routinemäßigere Prägung. Ich schlief oft lange, meist bis elf oder halb zwölf vormittags. Duschte, zog mich an, ging hinunter und kaufte eine Zeitung und frisches Brot. Nahm im Sessel sitzend, Beatrice auf den Füßen, ein ausgiebiges Frühstück zu mir, wobei ich die Nachrichten über die Lage der Welt las sowie die Übersetzung vom vergangenen Tag. Machte eventuell ein paar Korrekturen, und so gegen Viertel vor zwei verließ ich die Wohnung. Zuerst spazierte ich durch ein paar windgeschützte Gassen, trat dann hinaus in den Wind über der Ruysdalegracht, ging die Kuyperlaan und die Van Baerlestraat entlang, um an der Bibliothek anzukommen, ein paar Minuten nachdem sich ihre Tore geöffnet hatten.

Meistens saß Frau Moewenroedhe da – die Frau, die sich am ersten Tag um mich gekümmert hatte –, aber manchmal auch eine von zwei jüngeren Frauen, die eine dunkel, eine leicht verlockende, scheue Schönheit, die andere rötlich und ein wenig übergewichtig. Keine von ihnen sprach mich an, sie nickten mir nur in einer Art ungeschriebenem Einverständnis zu, und auch mit Frau Moewenroedhe wechselte ich nur wenige Worte, aber ab dem dritten Tag bekam ich gegen halb fünf immer eine Tasse Tee und ein paar Kekse. Offensichtlich war das der Zeitpunkt, an dem sie sich selbst auch eine kleine Pause gönnten.

Besonders während dieser ersten Wochen hatte ich immerhin eine gewisse Kontrolle über die Stunden des Tages, das wird mir klar, wenn ich zurückschaue. Und das war ja irgendwie auch notwendig. Als ich das Programm der beiden Konzertsäle durchgegangen war, hatte ich mir ein Schema aufgestellt, nach dem ich vier bis fünf Veranstaltungen in der Woche besuchen wollte, was wiederum bedeutete, dass ich rechtzeitig in der Bibliothek aufbrechen musste, um noch essen zu können, bevor es Zeit für das Concertgebouw oder die Nieuwe Halle war.

Bald wurde mir klar, dass mein Konto es kaum zulassen würde, dass ich mehrmals in der Woche zu teuren Konzerten hastete, und so ging ich stattdessen dazu über, mich im Foyer aufzuhalten und zu verfolgen, wie die Zuschauer eintrafen. Manchmal überwachte ich stattdessen den Strom hinaus, aber welche Methode ich auch anwandte, ich sah während dieser kalten Januarabende nicht den Schimmer von Ewa, und auch wenn ich nicht direkt verzweifelte, so war ich mir doch bewusst, dass ich mir etwas Besseres einfallen lassen musste.

Ansonsten verbrachte ich die Abendstunden gern in den Cafés, besonders in einigen ziemlich schillernden, die auf meinem üblichen Heimweg lagen – Mart's beziehungsweise Dusart. Dort saß ich in einer Ecke und kam ab und zu ins Gespräch mit Menschen, vor allem mit älteren, etwas heruntergekommenen Herren, die den größten Teil ihres Lebens hinter sich gebracht und einen Grad an Illusionslosigkeit erreicht hatten, den ich befreiend fand und gern geteilt hätte. Auch auf Frauen stieß ich an diesen Abenden, aber auch wenn es sicher die eine oder andere unter ihnen gab, die nichts dagegen gehabt hätte, mit mir die Nacht zu verbringen, so kam es doch nie dazu, dass ich die Initiative in dieser Richtung ergriff. Wie dem auch sei, nur im Ausnahmefall kam ich vor ein Uhr ins Bett.

Auch wenn meine Gedanken in diesem ersten Monat natürlich häufig um Ewa kreisten und darum, was es wohl bedeuten könnte, dass sie während dieser Beethovenaufnahme hier in A. vor einem halben Jahr im Publikum gesessen hatte (ich hatte nachgeprüft, dass es wirklich im Concertgebouw stattgefunden hatte), so war es doch die Arbeit an Reins Text, die meine Konzentration immer mehr in Anspruch nahm.

Er war schwer und zäh, die ersten Seiten waren keine Ausnahme gewesen, aber dennoch gab es da etwas, was bald eine Art Verlockung auf mich ausübte. Etwas Verborgenes fast. Als enthielte das Manuskript eine Botschaft oder einen Subtext, den zu verstecken er sich alle Mühe der Welt gegeben hatte. Ich wusste nicht so recht, was, ahnte aber früh, dass es da etwas geben musste. Der Text war dicht und voller Gestrüpp, manchmal geradezu unbegreiflich, aber das Gefühl, dass unter dem Ganzen etwas lag, was einfach, rein und klar war, wurde immer unbestreitbarer, je weiter ich kam.

Es war auch nicht besonders umfangreich, das Manuskript. Nur gut hundertsechzig Seiten, und wenn es mir gelingen sollte, den Rhythmus von fünfzehn Seiten die Woche beizubehalten, so würde ich mit anderen Worten irgendwann um den Monatswechsel März – April damit durch sein. Mit einem ersten Entwurf jedenfalls. Dann brauchte es natürlich noch seine Zeit für die Feinarbeit und die Korrekturen, doch es war sicher, dass ich wie abgemacht im Juni fertig sein würde.

Aber dieser Subtext nahm mich anfangs gefangen. Verwirrte mich und ärgerte mich. Keines von Reins früheren Werken hatte diesen Grad der Komplikation erreicht, und gleichzeitig waren da natürlich noch die sonderbaren Umstände und Restriktionen betreffs der Herausgabe selbst. Einen Grund musste es schließlich dafür geben, dass er unbedingt wollte, dass das Buch in der Übersetzung statt in seiner eigenen Muttersprache herauskam; Kerr und Amundsen hatten in den Archiven geforscht, aber nichts Vergleichbares gefunden – natürlich einige hinausgeschmuggelte Texte aus diversen Diktaturen, Solschenizyn und andere, aber nichts in dieser Art. Ich weiß noch genau, dass ich versuchte, nicht groß darüber nachzudenken und Spekulationen aufzustellen, aber je mehr Zeit verging, je weiter ich ins Buch eindrang, umso überzeugter wurde ich, dass genau hier, im Text selbst, die Hintergründe zu Tage treten würden. Die Antwort auf die Frage, warum Germund Reins Buch in einer Übersetzung herauskommen sollte, fand sich im Buch selbst und sonst nirgends.

Trotz dieser wachsenden Einsicht verbot ich mir selbst, im Vorwege zu lesen. Standhaft und unerschütterlich meiner Methode treu, ging ich Zeile für Zeile vor, Absatz für Absatz, Seite für Seite. Die Verlockung war da, aber ich überwand sie ohne größere Anstrengungen.

Es ist nicht einfach, Reins Text zu beschreiben. Das hervorstechendste Stilmittel war zweifellos der innere Monolog, der zwischen der Hauptperson R und dem Verfasser selbst hin und her zu wandern schien, manchmal auch hin zu der Frau, zu M. Die einzige andere Person in dem Buch, zumindest anfangs, war ein gewisser Herr G, und in dichten, mehr oder weniger traumartigen Sequenzen schilderte Rein eine Art Beziehung zwischen diesen drei Figuren. Wie ich bereits erwähnt habe, konnte ich schon frühzeitig eine Dreiecksgeschichte zwischen den beiden Männern und der Frau erkennen – es tauchte hier und da auf, in ganz unterschiedlicher Tonlage und Wortwahl, und die Beziehung zwischen R und G war nicht die beste, und dass R dem Erzähler-Ich äußerst nahe zu stehen schien, das konnte meiner Aufmerksamkeit kaum entgehen.

Aber solange der Januar noch währte, war das eigentlich auch schon alles, was mir klar wurde. Es ist natürlich möglich, dass ich die wahren Verhältnisse bereits sehr viel früher hätte erahnen können, wenn ich nicht außerdem auch noch an Ewa zu denken gehabt hätte und meine Kräfte darauf hätte verwenden müssen, aber das ist trotzdem nur Spekulation. Vielleicht war das eine Engagement auch notwendig zur Entlastung des anderen. Wenn ich zurückdenke, dann überrascht mich, wie oft ich mich damals voll und ganz entweder dem einen oder dem anderen gewidmet haben muss. Entweder ich befand mich tief in Germund Reins Text, oder aber ich suchte mit Feuereifer nach meiner verschwundenen Ehefrau. Doch ich vermischte beides nie. Ich hielt meine Aufträge wie Öl und Wasser getrennt, und ich glaube auch, dass das genau die richtige Methode war.

In den allerletzten Tagen des Januars war es mir gelungen, meiner eintönigen und nichts bringenden Konzertüberwachungen von Herzen leid zu werden, und ich beschloss, neue Wege einzuschlagen. Unter der Rubrik »Privatdetektive« fand ich im Telefonbuch nicht weniger als sechzehn verschiedene Namen und Adressen, und nach meiner Arbeit in der Bibliothek verabredete ich eines Abends, mich mit einem gewissen Edgar L. Maertens in seinem Büro in der Prohaskaplein zu treffen.

»Können Sie mir Ihr Problem schildern?«, begann er, nachdem die Eingangsfloskeln überstanden waren und wir uns beide mit einem Bier und einer Zigarette gesetzt hatten. Er war älter, als ich gedacht hatte, an die Sechzig, mit kurzgeschorenem, grauem Haar und sanften blauen Augen, die ein gewisses Vertrauen erweckten.

»Arbeiten Sie schon lange in dieser Branche?«, fragte ich.

Er lachte kurz auf.

»Seit dreißig Jahren.«

»So lange?«

»Das ist Weltrekord. Sie können sich mir beruhigt anvertrauen. Also?«

Ich zog die Fotos aus der Innentasche und legte sie auf den Tisch. Er betrachtete sie kurz.

»Eine Frau.«

Das war keine Frage, nur eine müde Feststellung. Er zog an seiner Zigarette und schaute mich an. Ich zog es vor zu schweigen.

»Lassen Sie mich erst fragen, ob Sie auch sicher sind, dass Sie das hier wirklich durchführen wollen.«

Der Ton von Resignation in seiner Stimme war klar und eindeutig. Ich nickte.

»Überwachung oder verschwunden?«

»Verschwunden«, sagte ich.

»Gut«, sagte er. »Ich ziehe die Suche nach Verschwundenen vor.«

»Warum?«

Er gab keine Antwort.

»Wann ist sie verschwunden?«

»Vor drei Jahren. Vor gut drei Jahren.«

Er machte sich Notizen.

»Name?«

Ich gab ihn an und fügte hinzu, dass sie ihn sicher nicht mehr benutzte.

»Haben Sie das überprüft?«

»Ja. Es gibt niemanden mit diesem Namen in A.«

»Und Sie haben Grund zu der Annahme, dass sie sich hier aufhält?«

Ich nickte.

»Dann seien Sie doch so gut und erzählen die ganze Sache in kurzen Zügen.«

Das tat ich. Ließ natürlich einige entscheidende Punkte aus, aber bemühte mich dennoch, alles anzugeben, was von Bedeutung sein könnte. Als ich fertig war, reagierte er nicht sofort. Stattdessen beugte er sich über den Tisch und studierte Ewas Fotos etwas genauer.

»All right«, sagte er dann. »Ich übernehme die Sache.«

Ich war gar nicht auf die Idee gekommen, dass er hätte ablehnen können, erst jetzt erkannte ich, dass es wohl kaum ein Traumjob war, um den ich ihn hier bat.

»Ich kann natürlich keinen Erfolg garantieren«, erklärte er. »Ich schlage vor, dass wir einen Monat abmachen. Wenn wir sie bis dahin nicht aufgespürt haben, dann fürchte ich, dass wir die Sache wohl abschreiben müssen. Ich nehme an, Sie wünschen Diskretion.«

»Vollste Diskretion«, bestätigte ich.

Er nickte.

»Was das Honorar betrifft«, begann er das Gespräch abzuschließen, »so nehme ich nur die Hälfte, wenn ich keinen Erfolg vorzuweisen habe.«

Er schrieb zwei Summen auf den Block vor sich und drehte ihn herum, damit ich sie lesen konnte. Ich begriff, dass es gar keinen Zweck hatte, seine Dienste nach dem vereinbarten Monat noch weiter in Anspruch zu nehmen.

»Wie sehen Sie die Chancen?«, fragte ich.

Er zuckte mit den Schultern.

»Wenn sie wirklich hier in der Stadt ist, dann werden wir sie wohl aufspüren. Ich habe einen kleinen Mitarbeiterstab.«

»Wie Sherlock Holmes?«

»So ungefähr. Hat sie einen Grund, unterzutauchen? Noch einen anderen, als was sich aus der Geschichte schließen lässt, meine ich.«

Ich überlegte.

»Nein ...«

»Sie zögern.«

»Jedenfalls keinen, den ich kenne.«

»Und Sie haben sie seit drei Jahren nicht gesehen?«

»Bald dreieinhalb.«

Er drückte die Zigarette aus und stand auf.

»Sind Sie wirklich sicher, dass Sie sie auch finden wollen?«

Seine Hartnäckigkeit in diesem Punkt begann mich so langsam ein wenig zu ärgern.

»Warum fragen Sie das?«

»Weil die meisten nach drei Jahren über eine Frau hinweggekommen sind. Sie aber demnach nicht?«

Ich stand auch auf.

»Nein, ich nicht.«

Er zuckte wieder mit den Schultern.

»Sie können mir gleich ein paar Hunderter geben. Ich nehme an, dass Sie ab und zu vorbeischauen wollen, um zu hören, wie es läuft?«

Ich nickte.

»Dann würde ich montags und donnerstags vorschlagen. Wenn etwas Akutes passiert, dann lassen wir natürlich von uns hören.«

Wir schüttelten uns die Hand, und ich verließ ihn. Als ich auf die Straße trat, hatte der Regen an Stärke wieder zugenommen, und ich entschloss mich schnell, in die erstbeste Bar zu schlüpfen.

Sie hieß Nemesis, wie sich herausstellte, und während ich dasaß und mein dunkles Bier in mich hineinschlürfte, wusste ich nicht so recht, ob ich den Namen nun als ein gutes oder als ein schlechtes Omen ansehen sollte. Auf jeden Fall meinte ich, ein Gefühl der Bewegung spüren zu können nach dem trostlosen Auf-der-Stelle-Treten der letzten Wochen. Bis auf Weiteres beschloss ich, meine Hoffnung an diese vage Empfindung zu knüpfen.

Und da der Regen anhielt, blieb ich noch einige Stunden im Nemesis sitzen, bevor ich mich einigermaßen trockenen Fußes nach Hause begeben konnte. Ich habe nicht den leisesten Schimmer, wie spät es gewesen ist, als ich ins Bett kroch, aber als ich endlich aufwachte, war es jedenfalls Februar, und es lag eine rothaarige Frau an meiner Seite.

Ich fragte nie, wie sie eigentlich hieß, und sie schien auch kein Interesse daran zu haben, sich vorzustellen. Ohne viel Aufhebens duschte sie und verschwand dann. Das Einzige, was sie hinterließ, waren ein paar Haare auf dem Kopfkissen und ein schwacher Duft nach Chanel No.5.

Ich selbst blieb im Bett liegen, bis sich die Dämmerung herabsenkte. Dann stand ich auf und machte mich endlich auf den Weg zur Bibliothek, aber draußen auf der Ruysdalekade war der Wind so stark, dass ich mich anders entschied. Ich kehrte um und kochte mir zu Hause stattdessen einen Zimtkaffee. Setzte mich mit Beatrice in den Sessel. Drehte die Heizung auf Maximum und hörte Bachs Brandenburgische Konzerte in dem zurückgelassenen Kassettenrecorder des Fotografen.

Lauschte Bach und dachte an Ewa.

Es war der 15. August, als wir losfuhren. Genau wie geplant verbrachten wir einige Tage in Deutschland, und ich spürte, dass ich sie wirklich liebte. Wir waren zu dem Zeitpunkt seit fast acht Jahren verheiratet, aber nie zuvor hatte ich es so intensiv gespürt. Etwas war zwischen uns gereift, und ich wusste, dass zwei Menschen es eigentlich nicht viel besser miteinander haben konnten als wir während dieser Reise. Es ist schwer, genauer zu sagen, welches Gefühl dem eigentlich zu Grunde lag, ich meinte, Züge in meiner Ehefrau zu entdecken, die ich früher nie gesehen hatte, aber wie weit diese Veränderung nun mit ihr oder mit mir selbst zu tun hatte, das konnte ich nicht ausmachen. Damals nicht und auch später nicht.

Vor dem Hintergrund dieser neuen Gefühlsregungen bedeuteten jedenfalls ihre Äußerungen, dass sie einen Liebhaber habe und dass wir uns trennen müssten, eine große Belastung für mich. Ich versuchte mehrere Male, auf die unterschiedlichsten Weisen, sie aus diesem Wahn herauszuholen, und schließlich fragte ich, um wen es sich denn handele.

»Mauritz«, antwortete sie nur.

Das war auf einem Rastplatz an der Autobahn. Wir aßen Eierbrote und tranken Kaffee, das Wetter war schön. Schwarzweißgemusterte Kühe trotteten kauend über eine Kleewiese, die sich zu einem Flüsschen herabsenkte, soweit ich mich erinnere. Ein ungewöhnlich schöner Rastplatz alles in allem.

»Mauritz Winckler?«

»Ja.«

»Du bist nicht ganz gescheit«, sagte ich. »Alle Frauen verlieben sich in ihren Therapeuten. Diesen Quatsch kannst du gleich vergessen.«

Sie sah mich mit ernstem Blick an.

»Ich weiß, dass ich dir wehtue«, wiederholte sie. »Aber meine Ehrlichkeit ist das Einzige, was ich habe. Er wird mich drunten in den Bergen treffen. So haben wir es abgemacht.«

Da schlug ich sie, und danach redeten wir mehrere Tage lang nicht mehr darüber.

Erst in der ersten Februarwoche begann ich der verborgenen Botschaft in Reins Text gewahr zu werden. Oder zumindest eines Aspekts davon. Spätabends, ein paar Minuten vor der Bibliotheksschließung, saß ich an meinem üblichen Tisch und ging das durch, was ich den Tag über zu Stande gebracht hatte. Die letzten Sätze lauteten:

Rs gesamte Besessenheit vom absoluten Augenblick, dieser Instanz, bei der alles schräge Zukurzkommen und alle missglückten Besteigungen über den Haufen geworfen werden, sollte doch nicht das Tageslicht erblicken, eine Einsicht, die M schon lange hegte. Nebeneinander zu leben oder parallel oder für seinen Nächsten, diesen Zweifel hatte es bei der Frau nie gegeben, nichts wurde in Frage gestellt, dort am Strand ist sie einfach nur dort am Strand, einfach dort, und sonst nichts. Ein anwesendes schweres Ding *in* der steintoten Sicherheit des Meeres, der Schatten und der schreienden Möwen. O sterile Mutter Nichtigkeit! Kalter Fisch, kalte Fische; Seetang, verrottender Seetang, ein Wind, der nichts bekämpft, nicht spricht, nichts bietet; nichts hat etwas mitzuteilen nach einer langen, langen Reise. So ist M.

Also das Wort *in*. Ich starrte es an. Las es ein paar Mal in dem kurzen Textabschnitt und konnte ums Verrecken keinen logischen Grund finden, diese unbedeutende Präposition kursiv zu setzen, und dann erinnerte ich mich an eine oder ein paar frühere Kursivsetzungen, die mir unmotiviert erschienen waren.

Ich blätterte zurück. Es gab nur noch zwei. Auf Seite vier das Wort *wie*. Auf Seite sechzehn der Begriff *der Dichter*.

wie der Dichter in

Genau in diesem Augenblick trat Frau Moewenroedhe in die Präsenzbibliothek und hustete diskret. Ich packte meine Sachen zusammen und verließ die Bibliothek. Daheim bei Ferdinand Bol holte ich sie wieder hervor und blätterte weiter im Text. Nach vielleicht zehn Minuten hatte ich alles durchgesehen. Im ganzen Manuskript befanden sich nur noch zwei weitere Begriffe, die in Kursiv gesetzt worden waren:

die Asche auf Seite 63

der Erde auf Seite 158

wie der Dichter in die Asche der Erde

Ich brauchte einige Sekunden, um den Zusammenhang zu verstehen. Dafür war er, als ich ihn erst einmal erkannt hatte, um so offensichtlicher. *Die Asche der Erde* war der Name einer Novelle in der Sammlung »Die Traumkuppel«. Eine ziemlich kurze, tragikomische Geschichte über einen Schriftsteller, der ausgerechnet auf dem Höhepunkt seiner literarischen Laufbahn von Zwangsvorstellungen heimgesucht wird und glaubt, dass seine Ehefrau ihn ermorden will. Ich schob die Papiere von mir. Dann stiegen in mir zwei ziemlich widersprüchliche Gefühle hoch.

Das erste war Wut. Oder Gereiztheit, die zumindest an Wut grenzte. Über etwas so unerhört Albernes. Warum in diesen fürchterlich schweren, teilweise fast unlesbaren Text etwas hineinschmuggeln? So etwas Billiges! Meine notdürftig unterdrückte Antipathie gegenüber Rein brach erneut auf, und ich weiß, dass ich einige Augenblicke lang mit dem Gedanken spielte, das Manuskript einfach an Kerr und Amundsen zurückzuschicken und sie aufzufordern, es doch zu verbrennen. Oder sich jemand anderen zu suchen, einen weniger sorgsamen Übersetzer.

Das andere Gefühl ist schwerer zu beschreiben. Etwas in Richtung Angst vielleicht, und mir wurde schnell bewusst, dass meine Empörung und meine Wut wohl in erster Linie eine Abwehrmaßnahme gegen diese ziemlich bedrohliche Empfindung waren. Eines dieser automatischen, willkürlichen Seelenpflaster.

Wie der Dichter in die Asche der Erde?

Es musste zehn Jahre her sein, seit er das geschrieben hatte. Fünf, seit ich es übersetzt hatte. Was zum Teufel hatte das zu bedeuten? Ich versuchte mich genau daran zu erinnern, wie die Novelle endete, schaffte es aber nicht.

Ich trat ans Fenster. Löschte das Licht und betrachtete die Wirklichkeit dort draußen. Im Augenblick bestand sie aus einem bleigrauen Himmel, einer dunklen Häuserfassade mit einer Reihe erleuchteter Schaufenster im Erdgeschoss – Muskens Slaapcentruum, Hava Nagila Shoarma Grillroom, Albert Hijn. Ein paar Radfahrer. Parkende Autos. Das Geräusch einer Straßenbahn, die vorbeiratterte. Autos, die auftauchten und verschwanden, und Straßenlaternen, die im Wind schaukelten.

Gegenstände, die stehen blieben, und Gegenstände, die sich auflösten. Ich erinnere mich an meine Gedanken, und ich erinnere mich, dass es schon damals kein Wort für diese Gedanken gab.

Ich glaube, niemals war meine Verachtung der Sprache gegenüber größer als damals, als ich an diesem Abend am Fenster stand, Reins Kursivierungen im Hinterkopf rumorend. Nach einer Weile ging ich zurück zum Sessel, legte mir Beatrice auf den Schoß und saß eine ziemlich lange Zeit mit ihr im Dunkeln.

Dann ging ich hinaus. Trank mich zielstrebig in einigen der Cafés in der nächsten Umgebung um Sinn und Verstand. Meine Unruhe lag die ganze Zeit wie ein irritierendes Flimmern unter der Haut, ein unerreichbares Jucken, und erst lange Zeit später, viel später in dieser Nacht, als ich hinauf schwankte und mich in die Toilette erbrach, da ließ es etwas nach.

Am folgenden Tag schien die Sonne. Statt in die Bibliothek zu gehen, marschierte ich weiter bis zum Vondelpark, in dem ich dann herumlief, solange das Licht es ermöglichte. Fasste einen Entschluss, die jüngste Zukunft betreffend, und am Abend rief ich Kerr an.

»Wie läuft es?«, wollte er aufgeräumt wissen, aber nicht ohne einen Hauch von Unruhe in der Stimme.

»Ausgezeichnet«, erklärte ich. »Ich brauche nur ein paar Informationen.«

»Ja?«

»Wie heißt Reins Ehefrau?«

»Mariam. Mariam Kadhar. Warum?«

Ich antwortete nicht.

»Könntet ihr mir einen Bericht über seinen Tod schicken?«

»Über wessen? Reins?«

»Natürlich. Ich brauche eine Zusammenfassung, will das nicht von hier aus anfordern. Das könnte eine gewisse Aufmerksamkeit hervorrufen.«

»Ich verstehe.«

Ich konnte hören, dass er gerade das nicht tat.

»Ob ihr die Zeitungen einmal sorgfältig durchgehen könnten?«

»Hat das etwas mit dem Manuskript zu tun?«

»Das ist nicht ausgeschlossen.«

»Ist ja verrückt.«

»So schnell wie möglich, ja?«

»Ja, natürlich.«

Wir beendeten das Gespräch. Ich verließ die Telefonzelle, und ich wusste nur zu gut, dass ich gegen meinen Willen Kerrs und Amundsens Enthusiasmus für das Rein-Projekt geschürt hatte. Vor meinem inneren Auge konnte ich sehen, wie sie sich die Hände rieben. Und warum auch nicht? Ein Verlag, der mit einem posthum erscheinenden Buch eines der großen Neomystiker herauskommt, ein Buch, das außerdem ein neues Licht auf seinen Tod wirft. Was konnte man eigentlich noch mehr erwarten? Wenn man so einen Leckerbissen nicht zu verkaufen verstand, dann war es vermutlich das Beste, den Job ganz an den Nagel zu hängen.

Ich selbst spürte nicht sehr viel Lust, das harte Brot in der Bibliothek wieder in Angriff zu nehmen, obwohl ich doch wusste, dass ich im Text weiterkommen musste. Es verlockte mich und stieß mich ab, beides zugleich, aber vielleicht ging es auch in erster Linie darum, diese mir widerstrebende Neugier zu bekämpfen, die ich bezüglich der Umstände von Reins Tod langsam spürte. Jetzt fiel mir ein, dass ich hätte fragen sollen, ob es auch einen G in Reins Nähe gab, solange ich Kerr noch an der Leitung gehabt hatte, beschloss dann aber, das auf eine spätere Gelegenheit zu verschieben. Alles in Betracht gezogen, war mein vermeintlicher Verdacht zu diesem Zeitpunkt nichts anderes als ein ungezielter und unbegründeter Schuss ins Blaue. Mit der Zeit wurde die Sache ja etwas klarer, aber zu diesem Zeitpunkt wie auch während der folgenden Tage, während ich mich weiter durch die schwer zugänglichen Formulierungen im Manuskript kämpfte, war ich immer noch bereit, alles als ein reines Werk der Phantasie abzutun. Ein Zusammentreffen sonderbarer Umstände sowie Überinterpretation, nicht viel mehr.

Meine Kontakte mit Privatdetektiv Maertens verliefen regelmäßig so, wie wir es abgemacht hatten. Montags und donnerstags schaute ich nach meiner Arbeit in der Bibliothek in seinem Büro in der Prohaskaplein vorbei, und jedesmal zuckte er nur etwas bedauernd mit den Schultern und erklärte, dass man noch keine Spur gefunden habe.

Nach einer Anzahl derartiger Besuche begann ich zweifellos ein wenig die Hoffnung aufzugeben. Maertens zeigte sich nie auch nur im Geringsten davon peinlich berührt, dass er nichts zu Stande gebracht hatte, und die Sache hatte mich bereits eine ganze Menge gekostet. Schließlich fragte ich ihn direkt, ob er glaube, dass es überhaupt irgendwelche Erfolgsaussichten geben könnte, aber er antwortete nur, dass es unmöglich sei, irgendeine Prognose zu stellen.

Als ich das Detektivbüro an diesem Abend verließ – es muss irgendwann so Mitte Februar gewesen sein –, herrschte Mutlosigkeit in mir. Ich hatte mich zielstrebig und langsam bis zu Seite 90 in Reins Manuskript vorgearbeitet, gut über die Hälfte mit anderen Worten, aber die letzten Tage waren zäh gewesen. Die Sprache war ab und zu fast undurchdringlich, und auch wenn ich inzwischen ziemlich problemlos die passenden Begriffe und Formulierungen fand, so schien mir oft, als ergäbe der Text überhaupt keinen Sinn. Zumindest keinen Sinn, den ich hätte entdecken können. Einfach nur ein trostlos unkontrollierter innerer Monolog, meistens bei der Hauptperson R angesiedelt, ab und zu träumerisch, aber auf Worten und Wortmassen aufgebaut statt auf Bildern. Meine Ahnung hinsichtlich einer verborgenen Botschaft war mir immer unwahrscheinlicher geworden, und das Einzige, was ich noch vor mir hatte, wie ich annahm, das waren weitere siebzig Seiten des gleichen Breis. Und ich begann mich auch zu fragen, welche Leser diese subjektive Betonprosa eigentlich ansprechen sollte und ob Kerr und Amundsen sich nicht doch zu früh die Hände gerieben hatten.

Über die Dichter-Sequenz konnte ich natürlich weiter grübeln, aber dass diese sieben Worte den ganzen Sinn des hinterlassenen Textes ausmachen sollten, das erschien mir doch ziemlich unverhältnismäßig.

Als ich an diesem Abend ins Nemesis trat – ja, ich bin mir ziemlich sicher, dass es genau der 15. Februar war –, da hätte ich Rein am liebsten zur Hölle gewünscht. Wo er andererseits wohl bereits war.

Ich trank stehenden Fußes zwei Bier, dann ging ich geradewegs nach Hause. Auf der Treppe lag meine Post, an diesem Tag bestehend aus einem einzigen, ziemlich dicken Brief, und als ich den Absender las, wusste ich, dass er von Kerr war, der mir endlich den Bericht über Reins Tod geschickt hatte, um den ich ihn gebeten hatte. (Erst sehr viel später erfuhr ich von dem Unfall seiner Tochter, der der Grund dafür war, dass es so lange gedauert hatte.)

Wenig später saß ich im Sessel mit einer Tasse Tee in der Hand und Beatrice auf dem Schoß und las Kerrs Bericht. Er war sechs Seiten lang, Kerr hatte sich zweifellos ziemliche Mühe gegeben, und als ich fertig war, ging ich sofort alles noch einmal durch. Es waren eigentlich keine besonderes Aufsehen erregenden Informationen, nichts, was ich nicht schon vorher gewusst hatte, aber als ich nun alle Umstände in dieser komprimierten Form serviert bekam, da meinte ich, den einen oder anderen Berührungspunkt mit dem Text zu erahnen, den ich gerade übersetzte. Nichts, was unmittelbar greifbar war, aber ich beschloss dennoch, am nächsten Tag alles, was ich bisher geschrieben hatte, noch einmal sorgfältig durchzugehen, um zu überprüfen, ob es möglicherweise etwas brachte.

Oberflächlich betrachtet hatte Reins Tod auf den ersten Blick nichts besonders Merkwürdiges an sich. Am Freitag, dem 19. November, war er zusammen mit seiner Frau und seinem Verleger in das Haus des Ehepaars am Behrensee gefahren. Nach einem ziemlich feuchten Abend und einer ebensolchen Nacht war die Gattin am folgenden Tag so gegen Mittag aufgewacht und hatte zufällig einen Abschiedsbrief gefunden, der sich noch in der Schreibmaschine befand. Er war kurz und vielleicht nicht ganz eindeutig (wobei der exakte Wortlaut aber nie zur Presse durchgesickert war), doch als man am folgenden Abend Reins Motorboot verlassen in einer Bucht gut zehn Kilometer weiter nördlich an der Küste fand, wo es gegen die Felsen schlug, begann man, den Zusammenhang zu begreifen. Die Polizei wurde informiert, aber es dauerte, wie gesagt, noch eine ganze Woche, bevor Mariam Kadhar wirklich glaubte, dass ihr berühmter Ehemann sich tatsächlich in dieser Nacht oder ganz frühmorgens aufs Meer hinaus begeben und sich dann das Leben genommen hatte, indem er sich dem Schoß des Meeres anvertraute. Der einzige Passus des Briefs, der durchgesickert war, lautete: »Ich nehme unsere alte Bronzedame mit, so werde ich nicht wieder auftauchen und erspare euch die Peinlichkeit ...«

Die alte Bronzeskulptur, ein Geschütz von gut fünfzehn Kilo, wurde wirklich vermisst, und es wurde deshalb angenommen, dass Rein sie sich in irgendeiner Form an seinen Körper gebunden hatte, bevor er über Bord sprang.

Und ausgehend von der Position des zurückgelassenen Boots, den herrschenden Wind- und Strömungsverhältnissen sowie dem Gewicht von Rein plus der Bronzeskulptur wurden später gewisse Berechnungen angestellt, um herauszufinden, wo wohl die leiblichen Überreste von Germund Rein ihren letztendlichen Ruheplatz gefunden hatten. Die Fehlermarge war natürlich groß, und die Prognosen, ob es jemals gelingen würde, ihn herauszuziehen, waren bereits von Anfang an den Versuchen vergleichbar, das versunkene Atlantis ausfindig zu machen. Folglich hatte man es auch gar nicht erst groß probiert – zumindest nicht mehr, als nötig ist, um ein wenig guten Willen zu zeigen.

Was die Gründe für Reins Selbstmord betrifft, so gab es unterschiedliche Reaktionen und Theorien, aber es war im Prinzip nur die allgemeine Bandbreite von Vermutungen, die in so einem Fall zu Tage tritt.

Warum hatte er es getan? Hätte man es wissen müssen? Hatte er keine Signale ausgesandt? Und so weiter.

Aber was wissen wir eigentlich über das Innerste unserer Nächsten und über ihre tiefsten Beweggründe? So fasste ein gewisser Bejman die allgemeine Meinung in der »Allgemejne« zusammen. Rein gar nichts.

Das war alles. Kerr hatte auch so einige Fragen, vor allem wollte er natürlich wissen, wozu ich diese Informationen brauchte. Da ich es kaum selbst wusste, dachte ich gar nicht daran, ihm den Gefallen zu tun und ihm schriftlich Rapport zu erstatten. Stattdessen stopfte ich die Bögen wieder in den Umschlag, erhob mich, stellte mich ans Fenster und betrachtete wieder einmal den abnehmenden Verkehr vor Ferdinand Bol. Das Gefühl einer ungemeinen Leere und Nichtigkeit hing für einige Minuten über mir, ich erinnere mich, dass ich eine Zigarette rauchte und darüber nachdachte, ob es eigentlich möglich wäre, sich umzubringen, wenn man einfach mit dem Kopf voran auf die Straße hinuntersprang. Ich nahm es nicht an. Vermutlich würde ich mir nur eine Art deprimierender, bleibender Invalidität zuziehen, mit der sicher nicht groß Staat zu machen war.

Als diese Gefühle abebbten, wurden sie ersetzt von einer kleinen Welle von Handlungsbereitschaft, und ich beschloss, vorsichtig mit Mariam Kadhar Kontakt aufzunehmen. Wieweit das mehr Staat machen sollte, das stand natürlich in den Sternen, aber gerade dann, wenn wir solche Beschlüsse fassen, deren Konsequenzen wir gar nicht überschauen können, spüren wir die Tatkraft ein wenig in unseren sklerotischen Adern blubbern.

Ich weiß, ich zitiere, weiß aber nicht mehr, wen.

Als wir in Graues, unserer Stadt in den Bergen, ankamen, war es frühmorgens, und wir waren die ganze Nacht durchgefahren. Genauer gesagt war ich die ganze Nacht gefahren, während Ewa auf dem Rücksitz gelegen und unter unserer blaukarierten Decke aus Biarritz geschlafen hatte. Zumindest die letzten Stunden, während ich Poulenc und Satie im Autoradio hörte und zuschaute, wie die Dunkelheit sich aus den Tälern hob.

Es war ein schöner Morgen, zweifellos. Das Haus, die engen Gassen, die Berge und die ganze Welt lagen frisch gewaschen und unschuldig da, und ich parkte auf dem geschlossenen, unregelmäßig gepflasterten Markt. Stieg aus dem Wagen und spülte mir die Müdigkeit unter der leise plätschernden Fontäne aus dem Gesicht. Die Sonne stieg gerade im Osten über den Gebirgskamm und warf ein sanftes Licht auf die schlafenden Fassaden. Ich stand da und schaute dem Schauspiel mit tropfnassem Haar zu und dachte, dass man eigentlich an jedem beliebigen Ort auf der Welt ankommen kann, wenn es so früh am Morgen ist. Dann weckte ich Ewa, und ich erinnere mich an meine Enttäuschung darüber, dass sie es nicht schaffte, aus ihrer eigenen Müdigkeit herauszukommen und diesen ewigen, schnell vorübergehenden Augenblick ebenso stark zu erleben, wie ich es tat.

Wir suchten unser Hotel, das ein Stück außerhalb des Ortes lag, direkt an einer ziemlich steilen Bergwand und mit einer atemberaubenden Aussicht über die Berge auf der anderen Seite des Tals. Wir checkten ein, Ewa schlief wieder ein und ich auch, jedenfalls nach einer Weile.

Es war natürlich ein Touristenort, aber in erster Linie winterbetont, und als wir am Nachmittag eine erste Inspektionsrunde machten, stellten wir fest, dass er angenehm spärlich mit Deutschen und lärmenden Amerikanern bestückt war. Wir aßen in einem der drei Gasthöfe, und als wir fertig waren, erklärte Ewa, dass es ihr wirklich wehtue, dass wir nicht weiter zusammen sein könnten. Ich fragte ein wenig sarkastisch, wann denn zu erwarten sei, dass ihr Liebhaber auftauchte, und sie erklärte, dass er bereits an Ort und Stelle sei. In einem kleinen Ort im nächsten Tal, genauer gesagt, und sie hatte versprochen, ihn am nächsten Abend anzurufen.

Wir bezahlten und gingen zurück zum Hotel. Teilten uns eine Flasche Wein auf unserem Balkon, und während wir dort saßen, ließ sie mich für einige Minuten allein, um unten von der Rezeption aus zu telefonieren. Sie kam bald wieder, und ich spürte, dass sie von so einem verklärten Licht umgeben war, wie ich es ab und zu in unserer allerersten gemeinsamen Zeit bemerkt hatte. Ich goss mehr Wein ins Glas und schwor mir, dass ich es nie, niemals im Leben zulassen würde, dass ein anderer Mann sie bekommen würde.

Etwas später liebten wir uns. Hart und brutal, wie wir es ab und zu taten, und anschließend, als sie aus dem Badezimmer kam, sagte sie: »Das war das letzte Mal. Ich weiß, dass ich dir wehtue, aber das war das letzte Mal, dass wir uns geliebt haben.«

»Du gehörst mir, Ewa«, sagte ich, »bilde dir nur nichts anderes ein.«

Sie gab keine Antwort, und wir lagen ziemlich lange schweigend nebeneinander, bis wir einschliefen. Vielleicht ahnte ich schon da, dass sie wirklich meinte, was sie sagte, und dass ich eigentlich bereits der Verlierer war. Hinterher wusste ich es natürlich, aber es ist nicht unwesentlich, auf welche Art man sich entscheidet zu verlieren.

Nach ungefähr 95 Seiten wurde Reins Text plötzlich deutlicher. An einem dieser grauen Tage mit Nieselregen um den 20. Februar herum übersetzte ich folgendes Stück:

> Rs Besessenheit, dass er mit Gedanken und Worten jede Situation ihres Inhalts, ihrer Faktizität, ihres Wesens entleeren kann, das ist noch nicht einmal alles. Dazu gehört auch, zu erobern und die Wirklichkeit zu bezwingen. Die Entlarvung, die Fähigkeit, sie unter die Feder zu bannen, heißt, sie zu besiegen. M und G. Bis zum letzten Buchstaben beschreiben und bloßlegen zu können, was da vor sich geht, bedeutet, es zum Nichts zu erklären. Das glaubt er, in dieser Raserei macht er sich Tag und Nacht Notizen, mit dieser Waffe verdingt er sich und tötet, tötet und tötet immer wieder, und dennoch stehen sie da. M und G. Sie stehen da, als Ding-für-sich, zwei Dinge, ein Ding, alle Dinge, und diese verfluchte Besessenheit wendet nur den Speer und die Messer gegen seine eigene eingefallene Brust. Sie und er. Er und sie. Er weiß. Sie weiß. G weiß. Er müsste aus seinem eigenen Kopf jetzt heraus. Aus seinem Herzen. Müsste einen Felsen finden, um den Überblick zurückzuerlangen, müsste klar denken können, verstehen, Was wollen sie tun? Wie sehen ihre Pläne aus, was ist das für eine Zukunft, die sie mit dieser unendlich wachsamen Vorsicht herausmeißeln? Plötzlich, eines Abends in Dagoville, erhält seine Angst einen neuen Namen. Einen infernalischen Namen. Er fürchtet um sein Leben. R hat Angst. Er packt die Feder und fängt an zu schreiben, jetzt fängt er ernsthaft an, und diese und die folgenden Nächte ist er in dieser Angst verankert.

Ich lehnte mich zurück. Schaute mich im Raum um. Nur an zwei anderen Tischen brannte noch Licht, dort saßen die alten, vertrauten Besucher – ein älterer Jude mit weißem Bart und Kalotte, der immer donnerstags und freitags hierher kam und mit einer Art kabbalistischer Texte beschäftigt zu sein schien, sowie eine Frau in den Vierzigern, die hin und wieder aufzutauchen pflegte und sich jedesmal mit schwerem Seufzen über dicke Anatomiebücher beugte.

Vor dem Fenster strömte der Regen herab, aber schräg gegenüber auf der anderen Straßenseite waren schon die gelben Lampen des Café Vlissingen eingeschaltet. Es war von allen unzähligen Cafés dieser Stadt ausgerechnet das Café Vlissingen, das mein Stammlokal wurde, ich kann nicht sagen, warum. Vermutlich lag es nur an der subtilen Balance einer Reihe von Nichtigkeiten, aber ich wusste, dass das hier meine Heimstatt werden würde, wenn ich einmal dauerhaft in A. wohnen würde. Ich packte meine Sachen zusammen und verließ meinen Arbeitstisch. Meine Gedanken brauchten ein Bier und eine Zigarette, das war deutlich zu spüren, und als ich überlegte, fiel mir ein, dass ich den ganzen Tag über außer der vier Kekse, die meine tägliche Tasse Tee begleiteten, noch nichts gegessen hatte.

R fürchtet?, dachte ich, während ich die Moerkerstraat überquerte. Sie und er? Er und sie?

Und ich hatte urplötzlich das Gefühl, draußen zu sein und auf dünnem Eis zu laufen.

Mariam Kadhar war Kettenraucherin.

Sie war eine dünne, dunkle kleine Frau mit morgenländischen Zügen und einer Sinnlichkeit, die in der Luft zu spüren war. Wahrscheinlich gab sie sich alle Mühe, sie verborgen zu halten. Mit wenig Erfolg, mit oder gegen ihren Willen war sie die Art von Frau, die den Eindruck vermittelt, noch zwanzig Sekunden vor der eigenen Ankunft nackt gewesen zu sein. Und es zwanzig Sekunden, nachdem man gegangen ist, wieder zu sein. Ich stellte mich vor.

»Sie haben angerufen?«

»Ja, ich hoffe, ich komme nicht ungelegen, wie gesagt.«

»Haben wir uns nicht schon einmal gesehen?«

»Das glaube ich nicht. Ich hätte es bestimmt nicht vergessen.«

Sie nahm die Antwort ohne mit der Wimper zu zucken entgegen und führte mich weiter ins Haus hinein. In einem Raum, der wohl Reins Bibliothek und Arbeitsraum gewesen war, hatte sie ein Tablett mit Portwein, Nüssen und getrockneten Früchten auf einen kleinen rauchfarbenen Glastisch gestellt. Die Wände waren vom Boden bis zur Decke mit Bücherregalen bekleidet, durch ein großes Panoramafenster konnte man auf den überwucherten Garten sehen, der an einem der Kanäle endete. Ich versuchte mich zu orientieren und vermutete, dass es die Prinzengracht sein müsste.

Wir setzten uns, und plötzlich wünschte ich mir, mich ganz woanders zu befinden. Oder zumindest mit jemand anderem hier zu sitzen. Das Gefühl war sehr stark, und ich erinnere mich, dass ich fest die Augen schloss und schnell versuchte, es abzuschütteln, aber ich kann nicht behaupten, dass es mir wirklich gelang.

»Sie haben die Bücher meines Mannes übersetzt?«

»Ja.«

»Welche?«

Ich zählte die Titel auf. Sie nickte ein paar Mal leicht, als erinnerte sie sich wieder an einige, nachdem ich sie jetzt genannt hatte. Als wäre jedes Buch auch ein Teil ihres eigenen Lebens. Und so abwegig war das ja auch nicht.

»Sie waren lange verheiratet?«

»Fünfzehn Jahre.«

Ich räusperte mich.

»Ja, meine Wege haben mich hier vorbeigeführt, wie gesagt. Ich wollte Ihnen gern mein Beileid aussprechen. Ich habe ihn sehr geschätzt ... seine Bücher, meine ich. Wir haben uns ein paar Mal getroffen ...«

Gelaber. Sie nickte wieder und zündete eine neue Zigarette

an. Goss sich Portwein ein, wir prosteten uns vage und wortlos zu.

»Er hat einige Male von Ihnen gesprochen«, sagte sie. »Ich glaube, er hat Ihre Übersetzungen geschätzt.«

»Wirklich? Das freut mich ... es muss schwer für Sie sein?«

Sie zögerte einen Augenblick.

»Ja«, sagte sie dann. »Ich denke, es ist schwer. Aber ich habe mich noch nicht daran gewöhnt ... obwohl schon mehrere Monate vergangen sind. Ich weiß nicht, ob ich mich überhaupt daran gewöhnen will. Man muss auch in der Dunkelheit leben können.«

»Ist es schmerzhaft für Sie, von ihm zu sprechen?«

»Ganz und gar nicht. Ich halte ihn auf diese Art am Leben. Ich habe auch mehrere seiner Bücher wieder gelesen. Das ist ... das ist, als hätten sie eine neue Bedeutung bekommen, ich weiß nicht, ob das nur persönlich ist ... weil ich ihm so nahe stand, meine ich.«

Mir wurde klar, dass ein geeigneterer Zeitpunkt vermutlich nicht kommen würde.

»Verzeihen Sie mir meine Frage, aber womit war er beschäftigt, bevor er starb? Ich meine, was hat er geschrieben?«

»Warum fragen Sie das?«

Ich zuckte mit den Schultern und versuchte unschuldig zu gucken.

»Ich weiß es nicht. Mir ist nur, als gäbe es eine Linie in seiner Autorenschaft, die auf etwas hindeutet ... aber es ist nichts mehr daraus geworden.«

»Doch, natürlich hat er geschrieben.«

»Ja, und?«

»Wir wissen nicht, wo es ist.«

»Wie meinen Sie das?«

Sie zögerte erneut. Zog ein paar Mal hastig an der Zigarette. Mir kam der Gedanke, dass ein Mensch, der auf diese Art kettenraucht, natürlich keine besonders guten Nerven haben kann. Vielleicht strengte unser Gespräch sie sogar noch mehr an als mich. Das war ein Gedanke, der mir das vage Gefühl vermittelte, dass ich noch die Kontrolle hatte. Aber es war vage und flüchtig.

»Er saß den ganzen Herbst an einem Manuskript, bis zu … ja, bis zu seinem Tod. Aber es ist nicht mehr da. Vielleicht hat er es vernichtet. Verbrannt oder … es mit sich genommen.«

»Wovon handelte es?«

Sie seufzte.

»Ich weiß es nicht. Er war sehr verschwiegen, das war er immer, aber ich glaube, er war zufrieden damit, denn es hat ihn sehr beschäftigt. Das konnte man ihm ansehen.«

»Er war ein großer Schriftsteller.«

Sie lachte kurz auf.

»Ich weiß.«

Ich trank ein wenig Portwein. Wünschte, ich wäre in einer Position, um weitere Fragen stellen zu können. Warum er sich das Leben genommen hatte. Und warum sie sich weigerte, das zu akzeptieren.

Ob sie möglicherweise einen Geliebten hatte, der G hieß.

Natürlich war das ausgeschlossen. Stattdessen unterhielten wir uns noch eine Weile über einige seiner Bücher, vor allem über die letzten beiden, die ich während einer intensiven Acht-Monats-Periode vor ein paar Jahren übersetzt und immer noch in Erinnerung hatte, und wir beide drückten unser Bedauern darüber aus, dass er sein letztes Buch mit in den Tod genommen hatte. Nach ungefähr zwanzig Minuten wurde offensichtlich, dass meine Anwesenheit sie anstrengte, und mir war klar, dass es an der Zeit war, sie zu verlassen.

In der Tür hielt sie mich noch kurz auf.

»Ich verstehe trotzdem immer noch nicht, warum Sie mich treffen wollten. War da wirklich sonst nichts?«

»Ich habe Sie gestört.«

»Nein, ganz und gar nicht. Ich habe nur den Eindruck …«

»Was für einen Eindruck?«

»Dass Sie etwas viel Wichtigeres auf dem Herzen haben.«

Ich versuchte zu lächeln.

»Tut mir Leid. Das habe ich ganz und gar nicht. Ich bin nur ein großer Bewunderer der Werke Ihres Mannes, das ist alles.«

Sie schaute zu mir hoch, sicher war sie fünfundzwanzig Zentimeter kleiner als ich, und als wir ziemlich dicht beieinander in der Türöffnung standen, wusste ich plötzlich, was für ein Gefühl es wäre, ihren Kopf an meine Brust zu drücken. Sie hielt meinem Blick eine Sekunde länger als nötig stand, dann machte sie einen halben Schritt zurück, und wir nahmen Abschied voneinander, ohne uns zu berühren.

Als ich auf die Straße trat, lag Schnee in der Luft. Große, schwere Flocken segelten langsam zwischen den dunklen Häusern hinunter, und ich erinnere mich, dass ich versuchte, ein paar mit meinen ausgestreckten Händen einzufangen, aber sie schienen nicht einmal die Nähe meiner Haut ertragen zu können, und eine Berührung schon gar nicht.

Mein Kopf war natürlich voll von Mariam Kadhar, das wäre er sicher bei jedem Wetter gewesen, aber es war auch noch etwas an diesen Schneeflocken, das mir einiges über sie zu sagen schien. Weit entfernt von Worten, wie ich mir einbilde, hinter denen sich so viele Bezüge verbergen.

Ja, in dem großen, frischen Schweigen außerhalb von Sprache und Zeichen und anderem Tand. Um mit Rein zu sprechen.

Wenn ich mich recht erinnere, war es erst zwei Tage nach meinem Besuch bei Mariam Kadhar, dass ich merkte, dass mich jemand überwachte.

Das erste Mal kam das Gefühl an einem Morgen, als ich außergewöhnlich früh auf den Beinen war – ich machte einen Spaziergang zum Waterloo Markt –, und der Eindruck wurde von meinem Gehirn registriert, ohne dass es mir bewusst war. Erst am Nachmittag, als mein Beschatter mir folgte und sich an einen der hinteren Tische in der Präsenzbibliothek setzte, in der ich mich aufhielt, ging mir ein Licht auf, und ich erkannte, dass es die gleiche Person war, die draußen vor einem Tabakladen in der Utrechtstraat gewartet hatte, während ich Zigaretten kaufte. Ein langer, etwas gebeugter Mann ungefähr in meinem Alter, mit dunklem, schütterem Haar und braun getönter Brille. In der Bibliothek hatte er seinen Mantel über den Stuhlrücken gehängt, und als er mir auffiel, blätterte er in einem Buch, das er wohl mehr oder weniger zufällig aus dem Regal genommen hatte. Ich konnte mich natürlich nicht umdrehen, um ihn zu beobachten, aber als ich etwas später mit meiner Tasche unter dem Arm zur Toilette ging, passierte ich ihn nur mit einem Meter Abstand und konnte sein Aussehen ziemlich genau studieren. So eingehend zumindest, dass ich ihn sicher wiedererkennen würde, sollte er noch einmal auftauchen.

Noch war ich natürlich nicht hundertprozentig sicher, dass es sich wirklich so verhielt, wie ich vermutete – dass er mich tatsächlich beschattete. Aber das wurde ich noch am gleichen Abend. Als ich für den Tag meine Arbeit beendet hatte, ging ich zu Maertens' Büro in der Prohaskaplein, da es ein Donnerstag war, und nach nur wenigen hundert Metern hatte ich das Gefühl, als würde sich jemand in meinen Fußspuren bewegen. Ich steigerte die Geschwindigkeit, machte einen Umweg über Megse Plein und Verdammspark, lief ein paar Mal um die gleichen Häuserblocks auf der nördlichen Seite des Parks und schlüpfte schließlich in eine enge Gasse, in der ich hinter ein paar Fahrrädern niedergekauert wartete. Nach nur zehn Sekunden kam er auf der Straße an mir vorbei.

Ich blieb noch ein paar Minuten in dem Hof, bevor ich die beiden Blocks zu Maertens' Büro entlangging. Insgesamt kam mir das Ganze fast bizarr vor. Wer es auch war, der mich da beschattete und meine Tätigkeiten beobachtete, und welches Ziel auch immer dahinter liegen mochte, so hinterließ es insgesamt einen Eindruck von Amateurhaftigkeit. Außerdem konnte ich auch mit viel Mühe keinen Sinn darin erkennen. Am wahrscheinlichsten schien mir, dass es etwas mit meinem Besuch bei Mariam Kadhar zu tun hatte. Oder dass etwas über Reins Manuskript an die Öffentlichkeit gesickert war.

Irgendwelche anderen Alternativen fielen mir in diesem Stadium nicht ein.

Als ich bei Maertens ins Büro trat, kam mir der Gedanke, dass die einzige Erklärung für die Tollpatschigkeit meines Schattens nur sein konnte, dass er sich absichtlich so verhielt. Der Grund war, dass ich merken sollte, dass er mich beschattete, aber ich hatte keine Zeit, darüber nachzudenken, welcher Plan dahinter stecken konnte.

Zumindest nicht im Augenblick. Zum ersten Mal, seit ich ihn besuchte, hatte Maertens nämlich etwas zu präsentieren. Er betonte zwar, dass es sich sehr wohl um eine Sackgasse handeln könnte, und empfahl mir, nicht allzu große Hoffnungen zu hegen.

Dann schob er einen kleinen braunen Umschlag über den Schreibtisch. Ich öffnete ihn und las eine Adresse, die ich nicht kannte.

»Einer der Vororte«, erklärte Maertens. »Mit dem Zug sind Sie in einer halben Stunde dort.«

»Das heißt, Sie haben sie da gesehen?«

Er vollführte sein übliches Schulterzucken.

»Nicht ich persönlich. Einer meiner Mitarbeiter.«

»Wann?«

»Gestern. Er sah sie in eines der Hochhäuser gehen, aber sie nahm den Fahrstuhl, und er konnte nicht ausmachen, in welchem Stockwerk sie ausstieg. Er hinkt ein wenig und hat Probleme mit Treppen ... ja, wir haben den Eingang natürlich heute überwacht, aber sie hat sich nicht blicken lassen.«

»Sind Sie sicher, dass sie es ist?«

»Oh nein«, lachte er. »Das Muttermal stimmt, aber wer kann sagen, wie eine Frau nach drei Jahren aussieht?«

Ich schob den Umschlag in die Brusttasche und verließ ihn. Als ich auf die Straße trat, schlug die Uhr der Keymerkyrkan gerade neun, und mir war klar, dass ich meinen Besuch in den Vororten besser auf den folgenden Tag verschieben sollte.

Am nächsten Tag aßen wir in unserem Hotel zu Mittag, und während wir anschließend Kaffee tranken und eine Zigarette rauchten, erklärte sie mir, dass sie am folgenden Tag zu Mauritz Winckler fahren wollte.

Was auch geschah. Ich stand auf dem Balkon und sah sie mit dem Wagen die gewundene Straße hinauffahren, die über den Berg ins Tal und zu den Orten auf der anderen Seite führte. Ich konnte ihre Fahrt bis zu dem Pass zwischen den zwei dunklen Massiven verfolgen, wo sich der weiße Audi plötzlich auflöste und unversehens wie eine Schneeflocke im Wasser verschwand.

Der Tag war im gleichen Ton gestimmt; trübe und mit bedrohlichen Wolkenformationen, die über den Gipfeln hingen. Gerade aus diesem Grund entschloss ich mich zu einer Bergwanderung. Ich hatte keine Lust, mich zwischen den Menschen und Häusern zu bewegen, hatte eigentlich keine Lust, irgendjemanden außer meiner Ehefrau zu sehen, aber ich erinnere mich an dieses Gefühl, das besagt, wie notwendig es ist, sich zu bewegen. Habe es immer wieder gehabt. Wenn die Unruhe der Seele zu stark wird, muss sie in etwas Körperliches umgesetzt werden, und kurz nach zwölf Uhr machte ich mich mit ein paar Flaschen Bier und einem Paket Butterbroten, das man mir in der Küche zurechtgemacht hatte, auf den Weg.

Nach einer guten Stunde war der Regen über mir. Aber ich

fand bald eine Grotte, in der ich dann den ganzen Nachmittag verbrachte, auf einem Stein saß und durch den Wasservorhang die Landschaft betrachtete, die an diesem Tag all ihre Konturen und viel von ihrer Schönheit verloren hatte.

Ich saß da, trank meine Bierflaschen leer und kaute langsam meine Butterbrote, während ich einen Plan nach dem anderen verwarf. Dachte auch eine Zeit lang an die sonderbar glatte Haut auf der Innenseite der Schenkel meiner Ehefrau – die von anderen Frauen übrigens auch, aber vor allen an Ewas. Es erschien mir, zumindest damals, so paradox unschuldig, dieses sanfte Fleisch, und ich überlegte, ob es wohl möglich wäre, allein mit Hilfe des Gefühls, durch die leichte Berührung der Fingerspitzen, herauszufinden, wo am Körper eine gewisse Hautpartie gelegen war.

Diese Gedanken verwirrten mich natürlich ein wenig, und die letztendliche Lösung tauchte erst auf, als ich schon auf dem Weg zurück war, aber als ich in die Hotelrezeption trat, stand sie doch klar und deutlich vor mir. Nicht bis ins letzte Detail, aber in groben Zügen, und mit einem Gefühl verbitterter Zufriedenheit stellte ich mich unter die Dusche und ließ an Stelle des kalten Stromes, der mich während der gesamten stundenlangen Rückwanderung besprengt hatte, das warme Wasser treten.

Ich glaube, meine Idee stammte aus einem alten Film, den ich in meiner Jugend gesehen hatte, wahrscheinlich im Fernsehen, aber ich kann mich nicht mehr an den Titel erinnern, konnte es schon damals nicht, vielleicht handelte es sich ja auch nur um den Archetypen aller Verbrechen, dessen Ursprung so unklar wie die Suppe ist, mit der mich die Wirtin am gleichen Abend in meiner Einsamkeit zu quälen beliebte.

Es war eine große Einsamkeit und eine trostlose Suppe.

Als Ewa zurückkam, war es drei Uhr nachts, und ich tat, als schliefe ich. Ich war ziemlich überzeugt davon, dass ihr klar war, dass ich nur simulierte, aber sie spielte ihre Rolle und schlich vorsichtig in dem dunklen Zimmer herum, genau wie ich es selbst ein halbes Jahr zuvor getan hatte.

Ich habe vergessen, wie die Frau hieß.

Der Vorort hieß Wassingen und bestand aus gut zwanzig Hochhäusern und einem Einkaufszentrum. Irgendwelche älteren Gebäude konnte ich nicht entdecken, und ich nahm an, dass alles zusammen aus den späten Sechziger- oder Siebzigerjahren stammte.

Vom Bahnhof aus folgte ich der sich windenden Schlange von Menschen, die nach einem stinkenden und bekritzelten Fußgängertunnel das widerstrebende Tageslicht auf einem grauen, herzlosen Markt sahen. Geschäfte und verschiedene Serviceeinrichtungen umkränzten den Markt auf drei Seiten, von der vierten wehte ein kräftiger Wind vom Meer her. Ich erinnere mich, dass mir der Gedanke kam, so müsse die Hölle aussehen.

Ich suchte das betreffende Haus. Es war eine graubraune Betongeschichte mit Nässeflecken, sechzehn Stockwerke hoch. Ich machte eine grobe Schätzung und kam zu dem Schluss, dass es so um eintausend, eintausendzweihundert Menschen beherbergen musste. Auf den Namensschildern drinnen im Eingang, in den der von Privatdetektiv Maertens Geschickte vermutlich meine Ehefrau hatte hineingehen sehen, standen zweiundsiebzig verschiedene Namen. Ich verließ das Gebäude wieder und setzte mich in ein Café im Einkaufszentrum. Dachte über verschiedene alternative Strategien nach, während ich versuchte, alle Frauen im Blick zu behalten, die in der einen oder anderen Richtung vorbeigingen.

Es tauchte kein tauglicher Handlungsplan in meinem Kopf auf, nur ein wachsendes Gefühl von Hoffnungslosigkeit und Verzweiflung, aber dann fiel mein Blick auf den Zeitungskiosk, der gegenüber vom Café lag. Ich trank meinen Kaffee aus, ging hinüber und suchte eine Weile in dem Sortiment, schließlich kaufte ich sechs Exemplare einer christlichen Wochenzeitschrift mit dem Namen »Wachet auf«. Anschließend begab ich mich zurück zum Hochhaus und machte mich an die Arbeit.

Eine gute Stunde später hatte ich an vierundsechzig Türen geklingelt. Da es inzwischen schon ziemlich spät am Freitagnachmittag war, hatte ich bei den meisten Erfolg gehabt, genauer gesagt bei sechsundvierzig, ich hatte zwei Exemplare von »Wachet auf« verkauft und nicht den geringsten Schimmer von Ewa gesehen.

Ich warf die restlichen Exemplare der Zeitschrift in den Müllschlucker und ging zurück zu dem Tunnel, der zum Bahnhof führte. Die Dämmerung senkte sich, das Gefühl der Entfremdung begann mich ernsthaft zu überfallen, und während ich auf den Zug wartete, trank ich drei Gläser Whisky in der Bar. Versuchte auch ein Gespräch mit dem Barkeeper anzufangen, einem fast hünenhaften Bodybuildertypen mit Tätowierungen in der Länge wie Breite, aber er brummte nur abweisend und hob erst gar nicht seinen Blick von dem Computerspiel, das vor ihm auf dem Tresen lag. Ich stellte fest, dass er ein wenig die Lippen bewegte, während er las.

Wieder daheim in der Ferdinand Bolstraat, rief ich aus dem Café Maertens an, aber wie gesagt, es war Freitagabend, und ich bekam keine Antwort. Also musste ich bis Montag warten, um nach der Rechnung zu fragen und seine Dienste zu kündigen.

Ich blieb den ganzen Abend beim Whisky. Ich erinnere mich, dass ich in einer Bar in der Nähe des Leidse Plein fast einen Streit mit einem rotwangigen Norweger anfing und auf dem Heimweg über ein Fahrrad auf dem Fußweg stolperte und mir ein paar deutliche Schürfwunden an den Knöcheln zuzog.

Aber das eindeutig Schlimmste an diesem Abend war doch, dass ich es schaffte, die Liste zu verlieren, auf der ich sorgfältig alle Wohnungen notiert hatte, in die ich draußen in Wassingen hineingeschaut hatte, und wenn ich jetzt zurückblicke, so ist mir klar, dass das genau der Grund war, warum ich so lange zögerte, bevor ich meinen nächsten Besuch dort abstattete.

Auf jeden Fall weiß ich, dass ich in diesem Stadium auf keinen Fall den Gedanken aufgegeben hatte, nach Ewa zu suchen. Meine offensichtliche Schwäche an diesem Nachmittag und Abend war nur eine höchst zufällige Resignation gegenüber dieser Aufgabe.

Zufällig, und wie ich es sehe, in gewisser Weise verständlich.

Am Montag rechnete ich also mit Maertens ab. Ich suchte ihn bereits vor meinem Weg in die Bibliothek auf. Es gab einen kleinen Disput, inwiefern die Wassingen-Spur als ein substanzielles Resultat gewertet werden konnte oder nicht, aber zum Schluss gab er doch klein bei, und wir einigten uns auf das niedrigere Honorar.

Er wünschte mir nicht viel Glück, als wir uns mit Handschlag verabschiedeten, und ich begriff, dass er immer noch der Meinung war, dass es das Beste für mich wäre, wenn ich die ganze Sache vergessen und mich etwas Sinnvollerem widmen würde. Ich hatte schon einige kritische Anmerkungen hinsichtlich seines mangelnden Interesses und Engagements auf der Zunge, hielt sie aber zurück und verließ ihn ohne weiteren Kommentar.

Während des ganzen Wochenendes, ja, seit die Wassingen-Spur zu Tage getreten war, war es mir mehr oder weniger gelungen, die Frage nach meinem Beobachter zu verdrängen, aber in dem Moment, als ich durch die Türen der Bibliothek trat, fiel er mir wieder ein. Er tauchte wie ein Irrlicht in meinem Bewusstsein auf, ohne Vorwarnung, und ich erinnere mich, dass ich das Gefühl hatte, ich könnte seine Anwesenheit im Lesesaal heraufbeschwören.

Deshalb war es fast mit einem Gefühl der Enttäuschung verbunden, als ich feststellen musste, dass der Saal vollkommen leer war. Während des ganzen Nachmittags, an dem ich an Reins Manuskript weiterarbeitete, hatte ich nur eine gute halbe Stunde Gesellschaft, da flüsterten zwei Studenten über irgendeiner gemeinsamen Arbeit an einem Tisch ganz weit hinten.

Von einem Verfolger sah ich nicht einmal den Schatten.

Es verrinnt im Sand, dachte ich an diesem Montag bei mehreren Anlässen. Alles verrinnt im Sand, das ist üblich so in diesem verfluchten Leben.

Und trotzdem wusste ich, dass dem nicht so war. Trotzdem wusste ich, dass alles früher oder später klein beigeben würde. Es war nur eine Frage der Zeit und der Fähigkeit, ein wenig Geduld und Ausdauer zu zeigen. Man muss nur die Zeichen sehen.

Auch Reins Text war in den ersten Tagen dieser Woche nicht besonders aufregend. Wenn ich mich recht erinnere, so stieß ich erst am Donnerstag auf etwas, das mich von Neuem dazu zwang zu spekulieren. Nach vielen Seiten eines ziemlich unscharfen Rückblicks auf die Kindheit von irgendjemandem – höchstwahrscheinlich Rs eigene – öffnete sich plötzlich der Text, und während mein Tee in dem gelben Plastikbecher kalt wurde, übersetzte ich folgenden Absatz:

> Dokumentation. Während der flüchtigen Augenblicke, wenn die Pein nachlässt, beginnt R an die Dokumentation zu denken. Wenn alles vorbei ist, darf die Wunde sich nicht einfach schließen wie eine Fußspur im Wasser, durch die Diktatur des Vergessens und des flüchtigen Jetzt. Eines Vormittags, als sie auf dem Markt Gemüse kauft, immer dieses Gemüse, das nicht mehr als einen Tag alt sein darf, ihr Memento mori, da durchsucht er ihre Sachen, sie weiß, dass er das niemals tun würde, und hat sich gar keine Mühe gegeben, etwas zu verstecken. Er findet Briefe, vier Briefe, drei sind schon deutlich genug, der

vierte eine Verschwörung. Sie haben sich verschworen, tatsächlich, er spürt, wie ihm die Schweißtropfen auf die Stirn treten, als ihm das klar wird, sie haben sich gegen sein Leben verschworen. R geht hinaus an den Strand, füllt die Lunge mit reiner, klarer Meeresluft, geht weiter ins Wasser hinaus, bis zur Taille geht er, bleibt dort in den ruhigen Wellen stehen und sieht sein Leben ebenso flüchtig und ebenso vergeblich kämpfend wie die schleimigen blauen Quallen, die zu weit ans Land treiben und es nie wieder schaffen, zurück ins Meer zu gelangen. Er kehrt ins Haus zurück, sie ist immer noch bei dem Gemüse auf dem Markt, das dauert seine Zeit, vielleicht bumst sie ja auch mit G, er schiebt die Briefe in eine Tasche, fährt in die Stadt und kopiert sie, sie ist immer noch fort, als er zurückkommt. R zögert. Kopien für die Nachwelt? Er wählt den halben Weg und schiebt zwei zwischen die Unterhosen im Schrank, legt zwei Originale plus zwei Kopien in eine Plastiktüte, wickelt diese in ein Wachstuch, sehr bewusst und sehr umständlich widmet er sich diesen Absicherungen für die Nachwelt. Er geht hinaus in den Schuppen, holt einen Spaten, schaut sich um und überlegt. Mitten auf dem weichen, hügeligen Rasen steht diese monströse hässliche Sonnenuhr, und in der lockeren Erde auf ihrer Nordseite vergräbt er seinen Schatz und sein Testament. Trinkt mehrere Gläser Whisky, M immer noch nicht zurück, sie bumst mit G, jetzt weiß er das, zwischen breit gespreizten Schenkeln nimmt sie Gs trägen Samen entgegen, zwei verschwitzte Tiere in einem Hotelzimmer in der Stadt. Im Belvedere vermutlich oder im Kraus in der Nachbarstadt ein Stück weiter, denn sie sind ja so verdammt vorsichtig, M und G, R trinkt jetzt noch mehr Whisky, und er sieht sie trotzdem vor sich. Wie sie bumsen und dumm über sein Leben schwätzen, daran gibt es jetzt gar keinen Zweifel mehr, er setzt sich hin, um zu schreiben, seine Abwehr werden wie immer diese Worte sein, diese dünnen, blutleeren Abstraktionen, um mit ihnen die verschwitzten Mörderkörper zu fangen, in einem unerbittlich wachsenden Kokon von Worten um das stinkende Fleisch. R hat Angst, und R weiß, aber R schreibt.

Seite einhundertzweiundzwanzig bis einhundertdreiundzwanzig. An diesem Abend brach ich endlich Darkes Regel. Ohne mich um eine Übersetzung zu kümmern, las ich einfach den Rest des Manuskripts.

Ja, im Schein der schweren Stehlampe aus Gusseisen und mit Beatrice auf meinen Füßen las ich die letzten vierzig Seiten von Germund Reins Autorenschaft. Die allerletzten Zeilen waren ein Zitat aus einem seiner ersten Bücher, der Legende von der Wahrheit:

> Wenn wir auch eines Tages unser Leben nicht mehr verstehen, so müssen wir trotzdem weitermachen, als wären wir ein Buch oder ein Film. Es gibt keine anderen Anweisungen.

Ich lege die Papiere hin. Es ist ein paar Minuten nach elf, und ich spüre, dass mein Körper gespannt wie eine Stahlfeder ist. Ich stehe auf und versuche mich zu entspannen, wandere eine Weile in der Wohnung hin und her und stelle mich schließlich mit einer Zigarette ans Fenster. Lösche die Lampe und betrachte wie an so vielen Abenden die spärlichen Bewegungen draußen in der Dunkelheit. Die Gedanken türmen sich in mir auf, gleiten durch- und ineinander und drängen die Worte auf beruhigende Weise ab. Dennoch ist mir natürlich klar, dass ich etwas machen muss. Ich bin bis zu einem bestimmten Punkt gekommen, und alle Verteidigungsanlagen sind eingerissen. Ich kann nicht verstehen, warum er es mir überlassen hat, aber ab jetzt ist es zu spät, sich freizukaufen. Es ist nicht an Horatio, Zweifel zu hegen.

Nach einer Weile lässt die Anspannung nach. Ich gehe hinunter ins Café, trinke an diesem Abend aber nur ein paar Bier, und mit klarem Kopf beschließe ich, nach welcher Strategie ich in Zukunft vorzugehen habe.

Es ist natürlich nichts Überraschendes. Ich sehe im Augenblick keine alternativen Lösungen, und ich werde sie auch später nicht finden.

Ich hatte Janis Hoorne seit zweieinhalb Jahren nicht mehr gesehen, aber er stand im Telefonbuch, und als ich ihn anrief, hatte er kein Problem, sich an unsere letzte Begegnung zu erinnern.

Sie hatte im Zusammenhang mit einer kleinen Buchmesse in Kiel stattgefunden, und wir hatten ein paar Abende gemeinsam in Bars verbracht. Wie sich herausstellte, war er der gleiche Typ Steppenwolf wie ich, und es hatte vieles gegeben, worüber wir uns unterhalten konnten, auch wenn sein doch recht ansehnlicher Schnapskonsum gewisse Hürden in den Weg gelegt hatte.

Gewissen Dingen, die sonst vielleicht gesagt worden wären. Andererseits weiß ich, dass er hin und wieder eine Weile in verschiedenen Kliniken verbracht hatte, aber als er sich jetzt am Telefon meldete – es war ein Nachmittag am ersten Sonntag im März –, da klang er wohlartikuliert und energisch. Er war gerade mit einem Projekt fürs Fernsehen beschäftigt, es ging um verschiedene rechtsextremistische Bewegungen, wie er mir erklärte, befand sich mitten in einer intensiven Schaffensphase, schien sich aber trotzdem fast enthusiastisch darüber zu freuen, dass ich von mir hören ließ.

Eigentlich wollte ich ja nur eine einfache Auskunft von ihm – es war mir über legale Quellen nicht gelungen, die Adresse von Reins Sommerhaus in Erfahrung zu bringen, und da ich wusste, dass Hoorne schon einmal dort gewesen war – das hatte er mir während der Kielwoche erzählt –, war er der erste Anlaufpunkt, der mir einfiel.

Wie auch immer, er beharrte auf einem Treffen, und wir verabredeten uns im Suuryajja, einem kleinen indonesischen Restaurant im Greijpstraaviertel, und zwar für den Montagabend.

Es wurde eine lange Sitzung mit Essen und Trinken und Gesprächen über existenzielle Dinge in dieser speziellen, ein wenig sarkastischen Tonlage, an die ich mich noch von den Abenden vor zweieinhalb Jahren gut erinnerte. Hoorne zeigte keinerlei Verwunderung darüber, dass ich plante, zu Reins Haus am Meer hinauszufahren – mein Deckmantel war, dass ich mit der Aufzeichnung einiger privater Erinnerungen beschäftigt war, die vielleicht irgendwann in eine Biografie münden sollten –, und als wir uns endlich in den frühen Morgenstunden trennten, hatte ich sowohl die Adresse als auch eine sorgfältig gezeichnete Wegbeschreibung in der Innentasche. Das Haus lief meist unter der Bezeichnung »Der Kirschgartenhof«, wie ich außerdem erfuhr, aber er wusste nicht, warum. Es hatte natürlich mit Tschechow zu tun, aber welche Berührungspunkte es da genau gab, konnte keiner von uns ermitteln, trotz gewisser Spekulationen. Ganz vorsichtig hatte ich auch versucht, ihn ein wenig hinsichtlich Rein und dessen Ehe auszufragen – Hoorne hatte ihn ja trotz allem flüchtig gekannt –, aber irgendwelche Informationen, die dahingehend interpretiert werden könnten, dass ein gewisser Verdacht über dem Todesfall lag, hatte ich nicht erhalten. Eher im Gegenteil. Für Hoorne war der Selbstmord keine Überraschung gewesen. Rein hatte sich in einer schwierigen Phase befunden – in einer dieser Flauten des Lebens, in denen es eigentlich nur darum geht, ob das Pendel weit genug ausschlägt oder nicht.

Die natürlichste Sache der Welt.

Ich bedrängte ihn auch nicht weiter. Ich wusste nicht, welche Kanäle er so hatte und mit welchen Menschen er verkehrte – soweit er überhaupt mit Menschen Kontakt hatte. Das, was ich vorhatte, war ja in diesem Fall nicht unbedingt abhängig von mehr oder weniger wohlbegründeten Spekulationen. Auf meine Frage, ob die Ehe zwischen Rein und Mariam Kadhar wohl glücklich gewesen sei, zuckte er nur abwehrend die Schultern und konterte mit der Gegenfrage, ob ich schon einmal etwas vom Wesen der Frau als solcher gehört hätte. Offenbar erschien ihm diese Antwort sowohl genial als auch erschöpfend, und ich wechselte das Thema.

Wir trennten uns wie gesagt erst spät. Da ich auf jeden Fall noch ein paar Monate in A. zu bleiben gedachte, vereinbarten wir außerdem ein erneutes Treffen in ein paar Wochen, er rechnete damit, dann die Arbeit fürs Fernsehen abgeschlossen zu haben. Seine Idee war, dass wir vielleicht ein Wochenende draußen am Meer in Molnar verbringen könnten – übrigens nur ein paar Kilometer von Reins Haus entfernt –, wo er offenbar eine kleine Hütte von seinem Vater, dem nicht ganz unbekannten Kriegshistoriker Pieter Hoorne, geerbt hatte.

Ich erklärte, dass ich mich auf so eine Verabredung freuen würde, hatte aber gleichzeitig das Gefühl, die Dinge könnten in ein paar Wochen so eine Wendung nehmen, dass aus der Sache nichts werden könnte.

Am Tag nach meinem Treffen mit Janis Hoorne verbrachte ich eine Stunde damit, die Zug- und Busverbindungen nach Behrensee zu studieren, dem Ort, der Reins Haus am nächsten lag. Danach gab ich auf. Wenn ich die öffentlichen Verkehrsmittel benutzen wollte, würde das mehrmaliges lästiges Umsteigen und außerdem einen vier Kilometer langen Spaziergang entlang der Küste bedeuten. Also beschloss ich, stattdessen lieber für einen Tag ein Auto zu nehmen.

Kurz vor Ladenschluss mietete ich bei Hertz in der Burgisgracht für den ganzen Mittwoch einen kleinen Renault, und als ich den Laden wieder verließ, stieß ich erneut auf meinen Bewacher.

Er stand auf der anderen Seite des schmalen Kanals und

versuchte so zu tun, als betrachte er etwas unten in dem schwarzen, unbeweglichen Wasser. Er hatte seinen langen Mantel gegen eine Lederjacke mit Fellkragen getauscht und trug eine gestrickte dunkle Mütze auf dem Kopf, aber ich wusste sofort, dass er es war. Das gleiche lange Pferdegesicht, die gleichen hochgezogenen Schultern und die gleiche schlechte Haltung. Die gleiche Brille.

Einen kurzen Moment lang war ich unschlüssig, was ich tun sollte, und vielleicht reichte das, um ihm klar zu machen, dass ich ihn bemerkt hatte. Ich ging langsam Richtung Zentrum, und er folgte mir tatsächlich, aber irgendwo in der Kalverstraat bog er in eine Gasse ab und verschwand.

Obwohl ich eine Weile herumlief, konnte ich ihn nicht wieder entdecken, und schließlich gab ich auf und nahm die Straßenbahn heim zu Ferdinand Bol. Während ich an den Haltegriffen schaukelte, schwor ich mir, ihn das nächste Mal nicht entkommen zu lassen, aber ob es nun das Beste wäre, ihm einfach gegenüberzutreten oder zu versuchen, die Rollen zu tauschen, darüber war ich mir nicht im Klaren.

Es fiel mir überhaupt schwer zu begreifen, was da an diesen ersten Tagen im März eigentlich vor sich ging. Das Wetter war plötzlich in die reinsten Frühlingstemperaturen umgeschlagen, und irgendwie hatte ich das Gefühl, als bedeute es gleichzeitig eine Veränderung in ganz anderer Beziehung. In dem Spiel, das da um mich herum vor sich ging (ich weiß, dass ich es als ein genau solches sah), schien meine eigene Position die ganze Zeit zwischen verschiedenen Punkten und Spielsteinen hin- und herzulavieren, und wenn es überhaupt ein Gefühl gab, das sich während dieser Zeit festbiss, dann war es das, manipuliert zu werden. Die Illusion, dass meine Beschlüsse und Handlungen wirklich von einer Art eigenem, freiem Willen gelenkt wurden, war zweifellos nur schwer aufrecht zu halten, und ich erinnere mich, dass ich mehr als einmal zu dem Schluss kam, dass genau das im Zentrum aller Fragen stand.

Eine Illusion.

»Aber begreifst du denn nicht, dass das ein Irrtum ist?«, fragte ich.

»Das ist kein Irrtum«, sagte Ewa, ohne mich auch nur anzusehen.

Weiter kamen wir nicht, während wir im Restaurant von Gasthof Nummer zwei saßen. Wir aßen stattdessen schweigend, und ich spürte, dass die Sprache und die Worte plötzlich bleischwer geworden waren und dass keiner von uns in der Lage wäre, sie aus dem tiefen Sumpf herauszuziehen, in dem wir gelandet waren. Genau wie vor einem drohenden Krieg befanden wir uns nahe dem Punkt, an dem alle Verhandlungen scheitern und nur noch die nackte Tat übrig bleibt.

Anschließend machten wir einen ausgedehnten Spaziergang durch die Stadt. Saßen dann lange unter einer der Kastanien vor dem wegen der Sommerferien geschlossenen Schulgebäude und betrachteten die schwarz gekleideten, älteren Herren, die ein Stück weiter das Flussufer hinunter Boule spielten.

»Ich hatte schließlich auch schon andere Frauen«, sagte ich.

Ewa sagte nichts. Ein Eichhörnchen sprang von der Kastanie herunter, verharrte einen Moment vor unseren Füßen und sah uns an, bevor es weiterhüpfte. Ich weiß nicht, warum ich mich an dieses kleine Tier erinnere und an die Sekunde, als es ganz still hielt und uns aus nur einem Meter Entfernung ansah, aber ich tat es, und ich weiß, dass ich es nie werde vergessen können. Vielleicht hat es etwas mit den Augen des Tieres zu tun und mit der unausgesprochenen Frage, die es immer gibt, mit der ich nie fertig werden kann, wie ich annehme.

»Das bedeutet doch gar nichts«, erklärte ich.

Sie holte tief Luft.

»Genau das ist der Unterschied«, sagte sie.

»Was?«, fragte ich.

»Ich habe nur einen gehabt, und das bedeutet alles.«

Ich gab keine Antwort, und nach einer Weile standen wir auf und gingen zurück zum Hotel.

Am folgenden Tag, unserem vierten in Graues, erklärte ich Ewa, dass ich gern den Tag allein verbringen wollte, um über einiges nachzudenken. Ich sagte, ich bräuchte auch den Wagen, unseren weißen Audi, den wir für den Sommer gemietet hatten, und sie hatte nichts dagegen einzuwenden. Mir kam der Gedanke, dass Mauritz Winckler natürlich auch ein Auto in seinem Ort auf der anderen Seite des Passes hatte. Wenn sie also die Absicht hatten, sich zu treffen, dann war das kein Hinderungsgrund.

Gleich nach dem Frühstück machte ich mich auf den Weg und richtete meine ganze Aufmerksamkeit auf alle Details der Fahrt den Pass hinauf. Es war ein klarer Tag mit nur vereinzelten Wolkenstreifen am Himmel, und als ich oben angekommen war, konnte ich feststellen, dass es sich wirklich so verhielt, wie ich es mir ausgerechnet hatte. Der einzige kritische Punkt schien genau an der Ausfahrt vom Hotel zu liegen, aber gesetzt den Fall, dass man nicht wegen eines Fahrzeugs draußen auf der Straße anhalten musste, gab es auch hier keinen Grund, auf die Bremse zu treten. Die zehn Minuten lange Fahrt hinauf enthielt ein paar Haarnadelkurven, aber die Steigung war so steil, dass ich nicht einmal darüber nachdachte, den Fuß vom Gaspedal zu nehmen.

Ich fuhr über den Gipfel und hielt an einer kleinen Parkbucht mit kilometerweiter Sicht über die Landschaft auf der anderen Seite. Eine Touristentafel informierte darüber, dass die Höhe über dem Meeresspiegel 1820 Meter betrug und dass die umgebenden Gipfel bei fast 3000 Metern lagen. Ich setzte mich auf die Absperrung, rauchte eine Zigarette und versuchte dem sich windenden Asphaltband hinunter zum Ort zu folgen, das ich weit unter mir eher erahnen als sehen konnte. Der Weg tauchte auf, verschwand dann wieder hinter Klippen und Felsvorsprüngen, es handelte sich natürlich um die gleiche umständliche Abfahrt, die ich mich gerade heraufgekämpft hatte. Ein Stück unter mir, nur wenige Kilometer entfernt, konnte ich die künstlich glatte Oberfläche des Lauernreservoirs sehen, einer gigantischen Staudammanlage, über die ich in den Touristenbroschüren gelesen hatte. Die Farbe war undurchdringlich grün, und wenn ich mich recht erinnere, so hatte darin gestanden, dass sie bis zu einer Milliarde Kubikmeter Wasser fassen konnte.

Ich drückte meine Zigarette aus. Schloss die Augen und versuchte alles vor mir zu sehen. Das war nicht besonders schwer.

Überhaupt nicht.

Statt weiter zum Staudamm und zum nächsten Ort zu fahren, beschloss ich, zunächst noch einmal die Ausfahrt zu überprüfen. Ich fuhr zurück nach Graues, trank in dem Café am Marktplatz ein Bier, und dann machte ich mich wieder auf den Weg nach oben. Auf diese Weise passierte ich unser Hotel zweimal, hielt aber nicht an, um den kritischen Punkt an der Ausfahrt zu untersuchen – ich wusste schließlich nicht, ob Ewa immer noch in unserem Zimmer war oder ob sie schon irgendwo in den Armen von Mauritz Winckler lag.

Und es gab auch nichts, was dagegen gesprochen hätte, dass sie beides tat.

Dass sie in seinen Armen in unserem Zimmer lag, meine ich.

Mein zweiter Versuch bestätigte die Schlussfolgerungen aus dem ersten. Vom Hotel hoch bis zum Pass zwischen dem Bergmassiv waren es elf Minuten, und ich war kein einziges Mal auch nur in die Nähe des Bremspedals gekommen. Soweit war also alles in Ordnung, aber es blieb natürlich noch der entscheidende Teil.

Die Abfahrt.

Ich brauchte fast drei Stunden, um das wahrscheinliche Szenario herauszufinden, und während dieser Zeit fuhr ich nicht weniger als acht Mal die gleiche Wegstrecke in jede Richtung. Ich saß auch mehrere Male oben auf dem Parkplatz, rauchte und überlegte. Um ein so realistisches Bild wie möglich von dem Ganzen zu erhalten, versuchte ich wirklich, mich so weit wie möglich nach unten zu begeben, ohne die Bremsen zu benutzen, und die beiden letzten Male riskierte ich offensichtlich mein eigenes Leben, als ich im niedrigsten Gang durch die Kurven brauste. Ich kontrollierte außerdem, ob es nicht irgendwelche Haltestreifen oder andere denkbare Rettungsinseln auf der Strecke gab, und mit verbissener Zufriedenheit konnte ich alle derartigen Möglichkeiten ausschließen.

Als Längstes gelang es mir, die Straße gut einen Kilometer hinunter zu gelangen, aber das setzte auch allerhöchste Bereitschaft und den ersten Gang von Anfang an voraus. Die vier ersten Kurven zu meistern war nicht unmöglich. Ich kam zu dem Schluss, dass sogar ein Fahrer unter Schock sie würde meistern können, und es war auch gar nicht die Frage, ob irgendwelche Haarnadelkurven mit ein wenig Glück einen relativ sanften Stopp an der Bergwand ermöglichen könnten. Was danach folgte, war umso schlimmer – eine bis zu hundert Meter lange, sich kräftig neigende gerade Strecke mit einer senkrechten Bergwand zur rechten Seite und einem ebenso senkrechten Abgrund zur linken. Wie ich es auch anstellte, es war unmöglich, die Geschwindigkeit vor der Rechtskurve, die am Ende der geraden Strecke folgte, ausreichend zu drosseln, ohne die Bremsen zu benutzen. Als ich sie trat, wurde der Wagen unhaltbar nach links gezogen, an eine streckenweise zerbröckelte, ungefähr dreißig Zentimeter hohe Steinmauer, den einzigen Schutz hier, und ich zog schließlich die Schlussfolgerung daraus, dass es hier, ganz genau hier, geschehen würde.

Es ging hier wie gesagt fast senkrecht nach unten, und zwar ungefähr fünfzig Meter tief. Am Abgrund folgten eine leichte Neigung, spitze Klippen und Felsbrocken, aber keine Vegetation – und anschließend das Beste von allem: die bewegungslose, matte Oberfläche des Lauernstausees.

Insgesamt eine Fallhöhe von vielleicht hundert Metern. Der eine oder andere Stoß gegen die Bergseite, und dann platsch hinein in eine Milliarde Kubikmeter grünen Schmelzwassers.

Nein, es war absolut kein Problem, sich das vorzustellen.

Ich aß in Wörmlingen, dem ersten Ort in dem Tal unterhalb des Staudamms. Schrieb ein paar Postkarten an Freunde und Bekannte und erzählte ihnen, wie herrlich wir es in unseren Ferien hatten. L und S gegenüber verriet ich außerdem, dass sowohl Ewa als auch ich diese Reise wie eine Art zweiten Honeymoon empfanden und dass es wahrlich kein Problem war, verborgene Liebesnester in der Bergwelt zu finden.

Als ich zum letzten Mal über den Pass fuhr, hatte ich bereits damit begonnen, über die technischen Aspekte des Unternehmens nachzudenken, mit Maschinen und Autos hatte ich immer schon gut umgehen können, und ich wusste, dass es mir kaum größere Mühe bereiten würde. Das einzige, was vielleicht ein wenig Köpfchen und Planung erforderte, war die Frage, wo ich es machen konnte. Trotz allem brauchte ich ein paar Stunden Zeit, um ungestört arbeiten zu können, aber ich war überzeugt davon, dass auch dieses Detail geklärt werden würde.

Am Nachmittag des folgenden Tags erzählte Ewa mir, dass sie am kommenden Tag gern den Wagen wieder hätte, und zu diesem Zeitpunkt hatte ich auch dieses noch ausstehende kleine Problem bereits gelöst.

»Ja, mach das«, antwortete ich, ohne von dem Buch aufzusehen, in dem ich gerade blätterte. »Nimm ihn. Ich habe heute Morgen getankt, du kannst so losfahren.«

Ich erinnere mich auch noch, dass sie zu mir kam und mir für eine Sekunde die Hand auf die Schulter legte, doch das war ein flüchtiges vorübergehendes Phänomen, und mein Blick blieb weiter gesenkt.

Ich hatte offenbar ziemlich schlecht geschlafen in der Nacht, bevor ich zu Reins Haus hinausfuhr, denn obwohl es nur gut hundert Kilometer waren, war ich gezwungen, ungefähr auf halbem Weg anzuhalten und schwarzen Kaffee zu trinken.

Um mich wach zu halten.

Ansonsten waren es der gleiche hohe Himmel und die gleichen frühlingshaften Winde wie während der letzten Tage, sicher bis zu fünfzehn Grad, und man konnte spüren, wie die Erde unter den Füßen anschwoll. Das Wetter hatte zweifellos auch einen günstigen Einfluss auf meinen Gemütszustand und meine Tatkraft. Der Beschluss, hinauszufahren und nach den kompromittierenden Briefen zu graben, war nicht so einfach zu fassen gewesen, und ich brauchte jede Unterstützung, die es nur gab. Sicher suchte ich auch – bewusst oder unbewusst – nach allen möglichen Zeichen, die auch nur andeutungsweise positiv gedeutet werden konnten und besagten, dass ich auf dem rechten Weg war. Der Suche danach hatte ich mich eigentlich bereits während meines ganzen Aufenthalts in A. gewidmet – nur dass es an diesem Tag so ungewöhnlich greifbar erschien. Eine wärmende Sonne. Weiße und gelbe Blumen, die aus den Gräben ragten. Ein entgegenkommendes Lächeln der jungen Frau, die an der Kasse stand, als ich den Kaffee bezahlte. Was auch immer.

Vielleicht hätte mich der Gegensatz – ein schlechtes Omen und eine übellaunige Kassiererin – von allem abgehalten. So im Nachhinein ist das natürlich schwer zu sagen. Aber es war nun einmal, wie es war, es ist trotzdem gewiss kein dummer Gedanke, dass alles anders hätte laufen können, wenn nur das Wetter in dieser zweiten Märzwoche ein kleines bisschen neutraler gewesen wäre.

In Behrensee war Markttag. Ich parkte vor der Kirche, und mit Hoornes Skizze in der Hand stürzte ich mich ins Gewühl und versuchte mich zu orientieren. Ich sah von hier aus noch keinen Schimmer vom Meer, konnte es aber ganz deutlich in den Nasenflügeln spüren. Vielleicht auch hören: wie ein dumpfes, leises Brausen unter allen Menschenstimmen und dem Lärm, der über dem Markt hing. Ein halb verrostetes Straßenschild gab außerdem Auskunft darüber, dass der Abstand zum Strand nur anderthalb Kilometer betrug.

Aus irgendeinem Grund überfiel mich die unbezwingbare Lust, mich an den Ständen mit Proviant zu versorgen, bevor ich weiterfuhr, und als ich mich eine halbe Stunde später – die Uhr an dem niedrigen, weiß getünchten Rathaus hatte soeben eins geschlagen – zum Strand hinaus bewegte, hatte ich einen ziemlich gut gefüllten Karton neben mir auf dem Beifahrersitz. Obst, Brot, selbstgemachte Marmelade und Käse. Sowie eine Flasche Cidre, mit dem ich, soweit ich verstand, ein wenig vorsichtig sein sollte.

Einige hundert Meter vor der Uferböschung mit hohem Gras und windgepeitschten Büschen teilte sich der Weg, und ich bog nach Süden ab. Laut Janis Hoorne war es nunmehr eine Frage von gut drei Kilometern, und ich musste linkerhand nach einer zerfallenen Mühle Ausschau halten. Dann sollte man den Kirschgartenhof in einem schützenden Ring von Kiefernbäumen gleich unterhalb des Hügels sehen können. Ich fuhr vorsichtig den schmalen Asphaltpfad entlang, der außerdem noch teilweise von Treibsand bedeckt war, und nach ein paar Minuten war ich ganz richtig an der abgerissenen Mühle angekommen. Ich hielt an und schaute mich um.

Genau, da lag rechts ein Haus, das der Beschreibung entsprach, von Bäumen umgeben. Es gab dort auch einen blauen, abgeblätterten Briefkasten und eine Zufahrt, die zu einer Art natürlicher Garage zwischen den Bäumen führte, mit Platz für vier, fünf Fahrzeuge.

Und das war auch das Problem. Unter dem Schatten spendenden Dach stand ein roter Mercedes, und ich musste erkennen, dass das warme Wetter nicht nur ein Bundesgenosse war, wie ich es mir eingebildet hatte. Offenbar hatte es auch noch andere Menschen ans Meer gelockt, und da ich keine besonders große Lust hatte, entweder mit Mariam Kadhar oder sonst jemandem zusammenzutreffen, ließ ich die Kupplung kommen und rollte langsam weiter südwärts.

Als ich außer Sichtweise des Hauses war, bog ich von dem Weg ab und parkte bei einer weiteren Ansammlung knorriger Fichten. Ich nahm an, dass man sie hinter dem Strand angepflanzt hatte, damit sie den Sand halten sollten, aber sicher dienten sie auch gut als schattige Picknickplätze für Familien, die in den Sommermonaten ihren Sonntagsausflug hierher machten. Zumindest in den Bereichen, die sich zwischen den Ferienhäusern erstreckten, die ziemlich vereinzelt dalagen, in sicherem Abstand voneinander. Ich hatte keinen richtigen Eindruck von Reins Haus bekommen, zog aber doch den Schluss, dass es in die alleroberste Preisklasse gehörte.

Und warum auch nicht?

Mit meinem Karton in der Hand trat ich hinaus in den Wind und ging an den Strand. Wanderte eine ziemlich lange Strecke wieder zurück nach Norden. Ich hielt mich an den festen, feuchten Sand, der ab und zu von der schäumenden Brandung geleckt wurde, und ging in verhaltener Geschwindigkeit, das Gesicht fast nach hinten gedreht, genau der gleißenden Sonne zugewandt. Über dem Wasser schwebten Möwen und erfüllten die Luft mit ihren klagenden Schreien. Ein einsamer Jogger in rotem Trainingsanzug und eine Frau mit Hund begegneten mir, ansonsten lag der Strand verlassen da: bis hin zur

Landzunge vor Behrensee, wo das Land langsam anstieg – und auch nach Süden hin, soweit man sehen konnte.

Nach vielleicht zwanzig Minuten kletterte ich erneut den Abhang hinauf. Begann wieder zurück zu den Sanddünen zu gehen, und als ich mich ungefähr auf gleicher Höhe mit dem Kirschgartenhof befand, kroch ich in eine schützende Kuhle und bereitete mich aufs Warten vor.

Die Sonne wärmte richtig. Ich aß ein wenig Käse und Brot, trank einige Schlucke von dem starken, süßen Cidre, und innerhalb von zehn Minuten war ich eingeschlafen.

Als ich aufwachte, wusste ich nicht, wo ich war.

Wie viele Menschen – ich habe dieses Phänomen sowohl mit Ärzten als auch mit Laien diskutiert – überfallen mich ab und zu morgens schwarze Augenblicke. Eingefrorene Augenblicke, in denen die Zeit still steht, nachdem man aus dem Schlaf in das stumme Äußere der Wirklichkeit geworfen wurde und eigentlich wer auch immer sein könnte. Zu welcher Zeit und an welchem Ort auch immer. Seit Ewas Verschwinden legte ich Wert darauf, das Freiheitsgefühl in diesem Augenblick des Unterbewusstseins zu spüren – und hatte auf diese Art, während der drei Jahre, die inzwischen vergangen waren, ein paar Minuten gesammelt, in denen ich sie sozusagen noch bei mir hatte. Das ist doch etwas, hatte ich immer gedacht, aber diesmal – hier draußen am Meer vor Behrensee – war nicht die Rede von diesen einfachen, trostreichen Dingen. Es war etwas viel Stärkeres, vielleicht auch etwas im Wesen ganz anderes, das glaube ich jedenfalls.

Ich lag auf dem Rücken. Über mir kreisten die Möwen in einer hohen, blauen Himmelssphäre. Die Sonne wärmte. Ich konnte das Meer und den Wind hören, der im Strandgras raschelte. Sekunden vergingen.

Ewa?, dachte ich. Das war der erste Gedanke, der die Lebensumstände wieder ins rechte Lot zu rücken pflegte. Ich erinnerte mich an Graues.

Erinnerte mich an meine Rückkehr vor dreieinhalb Jahren.

Erinnerte mich an das Polizeiverhör. Kommissar Morts grünes Hemd mit den Schweißrosetten unter den Achseln.

An die Gespräche mit guten Freunden und Fürsorgern.

Monate im Krankenhaus, den Auszug aus der Wohnung.

Meine neue Arbeit und die Wiederaufnahme von Übersetzungen. Die missglückte Affäre mit Maureen. Die missglückte Reise mit B.

Wo befand ich mich?

Eine Ameise kroch mir über den Hals. Die Möwen schrien. Wo?

Es mussten eine Minute oder mehr vergangen sein, als das Bewusstsein plötzlich wieder einsetzte, und das, was mich zurückgeführt hatte, war das Husten.

So deutlich, als würde sie hier neben mir im Sand liegen, hörte ich noch einmal Ewas Husten während Beethovens Violinkonzert, und das war ein Gefühl ... ja, ich glaube, das muss das gleiche Gefühl gewesen sein, das man empfindet, wenn man erschossen wird. Oder wenn der elektrische Stuhl mit dem Strom gekoppelt wird.

Ich überlebte. Schloss die Augen und holte die Cidreflasche aus meiner Plastiktüte. Trank vorsichtig einen Schluck und zündete, immer noch ohne die Augen zu öffnen, eine Zigarette an.

Während ich sie rauchte, blieb ich liegen, rührte mich nicht. Langsam kam ich zur Ruhe, und um mein Gehirn mit etwas Neutralem zu beschäftigen, versuchte ich über die willkürlichen Mechanismen des Gedächtnisses nachzudenken.

Oder gab es da keine Willkür? Ist das Gedächtnis – oder das Vergessen, was ich natürlich eigentlich meine – unsere einzige wirklich wirksame Medizin gegen das Leben?

Ich denke schon. Dachte das zumindest, während ich da in meiner Grube im Sand lag, und es gibt wahrscheinlich nichts, was mir seitdem Grund gegeben hat, meine Meinung diesbezüglich zu ändern.

Das Vergessen.

Auf jeden Fall erholte ich mich nach wenigen Minuten. Ich zog mich über den Rand, um nach dem Kirschgartenhof Ausschau zu halten. Das Haus wurde größtenteils von den Fichten verdeckt, aber der rote Mercedes stand noch dort, und aus dem Schornstein, der knapp über die Bäume hinausragte, schlängelte sich ein dünner Rauchfaden, der sogleich vom Wind zerrissen wurde.

Ich schaute auf die Uhr. Halb drei. Ich sank wieder zurück in den Sand. Formulierte zwei Fragen:

Hatte man die Absicht, über Nacht zu bleiben?

Wann war es dunkel genug, dass ich mich vorwagen konnte?

Während ich noch einmal ein wenig von meinem Proviant nahm, kam mir der Gedanke, dass ja viel von der Lage der Sonnenuhr selbst abhängig war und dass ich mich auf jeden Fall vortasten und sie bei Tageslicht lokalisieren musste. In der Dunkelheit herumzuschleichen und sie suchen zu müssen, das sagte mir nicht gerade zu.

Ein paar Stunden später wusste ich, was ich wissen musste. Die Sonnenuhr war wirklich eine so zweifelhafte Geschichte wie in Reins Text angedeutet – eine überdimensionierte, gespreizte Bronzeskulptur, in einsamer Majestät mitten auf der großen Rasenfläche platziert. Der Abstand zum Haus betrug gut und gerne zwanzig Meter, und ich schätzte, dass es ein ziemlich risikofreies Unternehmen sein würde, sich im Schatten der Dunkelheit dorthin zu schleichen und zu graben. Der Mercedes stand immer noch da. Ich hatte flüchtig ein paar Menschen erspäht, aber offensichtlich hielt man sich trotz des Wetters vorwiegend drinnen auf. Oder zumindest geschützt vor fremden Blicken. Ich selbst lag die meiste Zeit auf dem Bauch, den Kopf zwischen zwei Grasbüschel geschoben, und hatte auf diese Art und Weise einen guten Überblick darüber, was sich möglicherweise dort im Kirschgartenhof ereignen würde.

Was nicht besonders viel war. Und nicht besonders aufregend. Während ich dalag und darauf wartete, dass die Dunkelheit einsetzen würde, gelang es mir, zwanzig Zigaretten zu rauchen, was mehr als meine normale Tagesration ist, und mein Proviant war schon lange vor der Dämmerung aufgebraucht.

Aber es gab auch eine wachsende Ruhe. Eine Art Verschnaufpause in diesen ereignislosen Stunden am Strand, und ich denke, die brauchte ich, speicherte sie in mir, um sie später wieder hervorzuholen. Nach meiner erinnerungslosen Minute und dem schockartigen Erwachen entspannten sich meine Nerven, die Erregung im Körper ließ nach, und als ich mich kurz nach halb neun vorsichtig aufmachte, um mich dem Haus zu nähern, fühlte ich mich nicht besonders nervös. In einem Fenster im Erdgeschoss war Licht, aber der Schein reichte nur wenige Meter auf den Rasen, und mir war klar, dass die Sonnenuhr für einen möglichen Betrachter im Haus sich vermutlich nicht einmal vor dem Strandwall und den umstehenden dunklen Bäumen abhob.

Ich schlich geduckt über das Gras. Erreichte die Uhr, die auf einem meterhohen gemauerten Sockel stand. Ich suchte mit den Händen in der losen Erde um diesen Fuß herum. Einen Spaten mitzunehmen hatte ich gar nicht in Erwägung gezogen, ich wusste ja, dass Rein kaum die Möglichkeit gehabt hatte, besonders tief zu graben, und nach nur wenigen Minuten der Suche stieß ich ganz richtig auf das, was ich suchte.

Es war ein ziemlich kleines, flaches Paket. Genau wie er es beschrieben hatte, war es in ein Stück Wachstuch gewickelt, das wohl so fünfzehn mal zwanzig Zentimeter groß und ein paar Zentimeter dick war. Ich bürstete es ab, strich die Erde um den Sockel wieder glatt und schlich zurück zwischen die Bäume, hinunter zum Strand. Gerade in dem Moment, als ich über den Hügel kam, brach der Mond hinter einer Wolke hervor und legte einen Teppich glitzernden Silbers über die Bucht. Mir war klar, dass auch dies nur eines der vielen Zeichen war.

Die Rückfahrt nach A. dauerte eineinhalb Stunden. Meine Gemütsverfassung war immer noch konzentriert und neutral. Reins Paket lag neben mir auf dem Beifahrersitz, und ich warf ab und zu einen Blick darauf, ohne dass es irgendeine Erregung oder viele Gedanken in mir erweckt hätte.

Und als ich später – nachdem ich Wagen und Schlüssel nach üblicher Manier bei Hertz abgeliefert hatte – ein paar Drinks im Vlissingen nahm, da erinnere ich, dass ich es sogar ein paar Mal unbewacht auf meinem Tisch liegen ließ, während ich zur Bar oder Toilette ging.

Vielleicht ging es darum, dem Schicksal eine Chance zu geben, wenn nicht sogar, es herauszufordern. Dass es eingreife, bevor es zu spät war.

Aber nichts in dieser Richtung passierte. Das Schicksal war an diesem Abend nicht im Dienst. Ich kam so gegen Mitternacht wieder in meiner Wohnung an, und nachdem ich Beatrices Kiste sauber gemacht und ihr Fressen gegeben hatte, schob ich das ziemlich schmutzige Dokument hinter die oberste Bücherreihe im Bücherregal. Beschloss außerdem, es dort ein paar Tage liegen zu lassen, um auch mir selbst eine zumindest hypothetische Chance zu geben, von dieser ganzen Sache die Finger zu lassen.

Offenbar war mein Nachmittagsschlaf draußen am Meer nicht ausreichend gewesen, denn ich erinnere mich, dass ich es kaum schaffte, mir die Kleider auszuziehen, bevor ich ins Bett fiel.

An gewissen Tagen kann es vorkommen, dass man abends als anderer Mensch ins Bett geht, als man morgens aufgestanden ist. Ich weiß, dass ich gerade noch denken konnte – bevor ich an diesem ermüdenden Abend einschlief –, dass es genau so ein Tag gewesen war.

Nachdem sie losgefahren war, ging ich wieder zu Bett. Lag eine Weile dort und versuchte in den beiden Büchern zu lesen, die ich gerade als Lektüre hatte, aber es fiel mir schwer, mich zu konzentrieren. Stattdessen stand ich auf und nahm eine lange, heiße Dusche, während ich überlegte, wie ich diesen Tag rumkriegen sollte ... Mir fällt ein, dass ich diese kleinen Vorhaben bereits an anderer Stelle beschrieben habe, aber hier stehen sie nun im richtigen Zusammenhang.

Schließlich entschloss ich mich zu einem Spaziergang am Fluss entlang. Das Bedürfnis, mich zu bewegen, war überdeutlich und das Wetter bedeutend besser als während meiner Exkursion vor ein paar Tagen zu der Grotte hinauf. Ich wollte die Wirtin diesmal nicht um Proviant bitten, am Fluss standen verschiedene Häuser, und sicher würde ich Geschäfte und Cafés finden, die offen hatten.

Es wurde ein schöner Tag. Mehr als vier Stunden wanderte ich an dem viel Wasser führenden Fluss entlang. Machte hin und wieder kurze Pausen, während der ich mich auf einen Stein setzte, die beeindruckende Natur betrachtete und den Anglern zuschaute, die ihre Präzisionsangeln in das brausende Wasser warfen. Insgesamt begab ich mich wohl fünf Kilometer stromaufwärts, wo ich ein kleines Café mit angeschlossenem Souvenirladen fand. Ich aß ein Brot und trank zwei Bier, durstig von der Anstrengung und dem heißen Wetter. Kaufte auch noch ein paar Ansichtskarten und unterhielt mich eine Weile mit dem Besitzer, einem fülligen, gemütlichen Tiroler, der ziemlich herumgekommen war, wie sich herausstellte. Er war sogar Anfang der achtziger Jahre für ein paar Stunden zu Besuch in meiner Heimatstadt gewesen.

Wieder zurück in Graues, aß ich in Gasthof Nummer drei, lief eine Weile herum und schaute mir die Läden an, und als ich durch die Hoteltür ging, zeigte die Uhr bereits sieben Uhr abends. Madame H begrüßte mich wie üblich aus ihrer Portiersloge, fragte, ob ich einen schönen Tag gehabt habe, und ich antwortete, dass er sehr anregend gewesen sei.

»Ist meine Frau schon zurück?«, fragte ich.

»Noch nicht.«

Sie schüttelte den Kopf, und möglicherweise gab es einen kleinen Riss in ihrem Lächeln. Vielleicht hatte sie schon registriert, dass wir ungewöhnlich viel Zeit getrennt voneinander verbrachten, ich und meine Frau. Ich nickte aber vollkommen unbeschwert und nahm den Schlüssel entgegen, den sie über den blank polierten Marmortresen schob.

Doch als ich oben auf dem Zimmer ankam, platzte etwas in mir. Ohne Vorwarnung wurde ich von äußerst heftigen Bauchschmerzen befallen, wie Messer bohrten sie sich in meinen Bauch, besonders in den Bereich direkt unter dem Nabel, und dann kam die Übelkeit. Ich schleppte mich ins Bad, sank vor dem Toilettenstuhl auf die Knie, und bald hatte ich alles von mir gegeben, was ich im Laufe des Tages gegessen hatte.

Anschließend wankte ich zurück ins Zimmer und fiel erschöpft aufs Bett. Durch die Balkontüren, die angelehnt waren, hörte ich die Glocke der kleinen Kapelle am Abhang unten halb acht schlagen. Zwei spröde Schläge, die fast unangenehm lange Zeit über dem Tal zu hängen schienen.

Ich schloss die Augen und versuchte an gar nichts zu denken.

Am Abend des folgenden Tages – es war ein Samstag – erzählte ich Madame H, dass meine Ehefrau verschwunden sei, und nach dem Hochamt am Sonntag kam die Polizei ins Spiel.

Es geschah in Form eines äußerst freundlichen Herrn Ahrenmeyer, eines sechzigjährigen mageren Mannes, dem stellvertretenden Polizeichef von Graues. In der Winterzeit, wenn die Touristenströme am stärksten waren, hatte er immer noch ein paar Mann zusätzlich zur Hilfe, aber während des restlichen Jahres war die Kriminalität in der Gemeinde so gering, dass man – zumindest laut Madame H – eigentlich ebenso gut ganz und gar auf Uniformen hätte verzichten können. Es gab etwas Unausgesprochenes zwischen ihr und Herrn Ahrenmeyer, aber worauf sich das begründete, konnte ich nie herausfinden. Vielleicht eine enttäuschte Liebe, sie schienen ungefähr im gleichen Alter zu sein.

Wir saßen draußen auf dem Balkon, und er machte sich in seinem schwarzen Block Notizen, während er Pfeife rauchte und ab und zu seine bedauernde und herzliche Anteilnahme ausdrückte. Seine größte Sorge war zweifellos, dass Ewa in seinem Distrikt und in keinem anderen verschwunden war, aber er war doch weitsichtig genug zu verstehen, dass mein Leiden größer war als seins.

Er stellte überhaupt keine Fragen, abgesehen von Ewas Aussehen und dem des Audis oder dem Zeitpunkt, wann sie losgefahren war, und als er mich nach knapp zwanzig Minuten verließ, geschah das mit dem Versprechen, sogleich eine Suchmeldung rauszugeben. Er versprach mir außerdem, das Foto, das ich ihm geliehen hatte, umgehend zurückzubringen, sobald er es kopiert habe.

Erst drei Tage später tauchte Kommissar Mort auf, und ich weiß nicht, ob Ahrenmeyer ihn angefordert hatte oder ob man den Beschluss höher in der Polizeihierarchie getroffen hatte. Er war jedenfalls von entschieden gröberem Kaliber. Klein und kräftig mit schwarzem, schütterem Haar voll Pomade. Sowie eiskalten grünen Augen. Ich erinnere mich, dass ich überlegte, dass man sicher dazu ausersehen ist, früher oder später Polizist zu werden, wenn man mit solchen Augen geboren wird.

Diesmal fand das Verhör in dem Polizeirevier von Graues statt. An einem wackligen Resopaltisch und mit laufendem Tonband. Ich erinnere mich noch sehr genau.

»Sagen Sie mir, was Sie glauben!«, fing er an.

Ich konnte gar nicht so schnell antworten, wie er weiterredete.

»Sie wissen, wo sie sich befindet, nicht wahr?«

»Nein …«

»Es muss einen Grund dafür geben, dass Ihre Frau einfach auf und davon ist. Wollen Sie das etwa leugnen?«

»Ja. Es muss ihr etwas zugestoßen sein …«

»Und was?«

Ich zuckte mit den Schultern. Er deutete auf das Tonbandgerät.

»Ich weiß es nicht«, sagte ich.

»Hätten Sie eine Idee?«

»Nein.«

Er beugte sich zu mir vor, sodass ich seinen schlechten Atem riechen konnte. Aus irgendeinem Grund schwitzte er auch noch stark, obwohl er seine Jacke über die Stuhllehne gehängt hatte und in Hemdsärmeln vor mir saß.

»Sie haben sich gestritten, stimmt's?«

»Nein.«

»Sie lügen.«

»Nein. Warum hätten wir uns streiten sollen?«

Er ließ ein Lachen vernehmen, das sich eher wie ein Bellen anhörte.

»Frau Handska vom Hotel hat berichtet, dass Sie fast die ganze Zeit getrennt verbrachten.«

»…«

»Nun?«

»Wir haben unterschiedliche Interessen.«

»Ach, erzählen Sie mir doch keine Märchen.«

Es entstand eine Pause, während der wir uns unsere Zigaretten anzündeten.

»Hatten Sie irgendeinen Grund, Ihre Ehefrau aus dem Weg zu räumen?«

Ich erinnere mich, dass mir genau an diesem Punkt Rauch in den Hals kam, es muss also gleich beim ersten Zug passiert sein. Die darauf folgende Hustenattacke war so schlimm, dass er schließlich aufstand, um den Tisch herumging und mir auf den Rücken klopfte.

Mir war klar, dass ich durch meine plötzliche Unpässlichkeit kaum irgendwelche Pluspunkte hatte sammeln können, gleichzeitig spürte ich eine gewisse Wut in mir aufsteigen.

»Danke. Was wollen Sie damit andeuten?«

»Andeuten?«

Er ging zurück und setzte sich wieder.

»Sie deuten an, dass ich etwas mit dem Verschwinden meiner Ehefrau zu tun habe.«

»Wie meinen Sie das?«

Für einen kurzen Moment konnte ich nicht sagen, ob er nun wirklich so dumm war oder ob er davon ausging, dass ich es war. Oder ob es sich nur um eine Art Taktik gemäß der Spielregeln handelte. Ich sagte gar nichts.

»Erzählen Sie mir, was passiert ist«, forderte er mich nach einer halben Minute Schweigen auf.

»Ich wollte den Fluss entlang wandern, und Ewa wollte lieber einen Ausflug mit dem Auto machen«, erklärte ich. »Wenn man so lange verheiratet ist wie wir, dann lässt man dem anderen die Freiheit.«

»Wirklich?«

»Jedenfalls, wenn man einen Funken gesunden Menschenverstand hat.«

»Und Sie meinen, das haben Sie?«

»Ja.«

»Und Sie wissen nicht, wohin Ihre Frau wollte?«

»Nein.«

»Bestimmt nicht?«

»Bestimmt nicht.«

Und so ging es weiter. Mehr als eine Stunde saßen wir da und führten unseren Schlagabtausch über dem Tonbandgerät in dem rapsgelben Arrestraum. Ohne jede Vorwarnung stellte er plötzlich das Band ab, zog sich die Jacke an und erklärte, dass es für dieses Mal genüge.

Und ganz richtig kam er ein paar Tage später wieder, an dem Morgen des Tages, an dem ich Graues verließ, um via Genf mit dem Flugzeug nach Hause zurückzukehren. Ich hatte es etwas eilig, und unser Gespräch beschränkte sich auf knapp fünfzehn Minuten, aber seine Taktik hatte sich nicht nennenswert verändert. Der gleiche plumpe Versuch, mich mit Unterstellungen zu überrumpeln ... der gleiche eiskalte Blick, das gleiche verschwitzte Hemd – oder zumindest ein ähnliches –, und als er mich endlich wieder verließ, spürte ich, wie froh ich war, ihn endlich los zu sein.

Irgendwelche Hinweise bezüglich meiner verschwundenen Ehefrau waren während der Tage, die ich noch im Hotel geblieben war, auch nicht eingetrudelt. Ich begab mich nie wieder hoch in die Berge, und von einem Mauritz Winckler hörte ich nichts. Weder damals noch später.

Nach einer zweieinhalb Stunden langen Taxifahrt kam ich am Nachmittag des 30. August auf dem Flugplatz von Genf an, und kurze Zeit später konnte ich an Bord des normalen Abendflugzeugs gehen. Die ganze Reise wurde vom Konsulat bezahlt, etwas, das – soweit ich es verstanden habe – in so einem Fall üblich ist.

Die erste Zeit nach meiner Heimkehr verlief ohne größere Intermezzi. Ewas und mein Bekanntenkreis hatte sich auf nur vier, fünf Personen beschränkt, die anfangs mit so einer Regelmäßigkeit auftauchten, dass ich schon den Verdacht hegte, sie hätten einen Terminplan untereinander ausgemacht. Erst ab Ende September nahmen die Besuche normalere Abstände an, und ich konnte mich an die Einsamkeit gewöhnen und mich ihr anpassen.

Über unsere Polizeibehörden wurde ich laufend darüber unterrichtet, wie die Suche nach Ewa verlief. Eine Zeit lang hatte man sogar einen Inspektor ganztägig auf den Fall angesetzt. Ich schaute normalerweise einmal die Woche im Revier vorbei – freitagnachmittags, wenn ich von meiner Arbeit kam –, um die letzten Neuigkeiten zu erfahren, die sich jedesmal höchstens auf neue Vermutungen und Hypothesen beschränkten. Ab Anfang Oktober bekam der Inspektor andere Aufgaben zugeteilt, und wir beschlossen, dass wir ebenso gut voneinander hören lassen konnten, wenn etwas Konkreteres auftauchte.

Was niemals passierte.

Es war mitten in diesem Monat – im Oktober –, dass ich meinen ersten Versuch startete, Mauritz Winckler zu finden. Natürlich in allergrößter Heimlichkeit.

Aus einigen Telefongesprächen erfuhr ich, dass er weggezogen war und offenbar in irgendeinem anderen europäischen Land lebte. In welchem, das wusste niemand, und ich war auch nicht so erpicht darauf, es herauszubekommen.

Im November schließlich rechnete wohl kaum noch jemand damit, dass Ewa zurückkommen würde. Eine neue Frau bekam ihren alten Job, und Frau Loewe, Ewas Mutter, zu der wir beide außerordentlich schlechte Beziehungen gehabt hatten, ließ von sich hören und wollte wissen, ob wir nicht eine Art Gedenkgottesdienst veranstalten sollten. Ich erklärte ihr, dass es nicht üblich ist, verschwundene Menschen zu beerdigen, und dass ich daran nicht interessiert sei.

Genau eine Woche nach diesem Gespräch ereignete sich mein Zusammenbruch. Er ereignete sich, ohne jedes Vorspiel, irgendwann zwischen drei und vier Uhr in der Nacht auf einen Dienstag. Zur Wolfsstunde also.

Ich erlebte ihn, indem ich zunächst aufwachte und nach ein paar schwarzen Sekunden mich in einem Fall wiederfand, ich fiel oder wurde vielmehr in ein schwarzes Loch hineingesogen. Ich fiel und fiel, die Geschwindigkeit war Schwindel erregend, das Gefühl schrecklich. Ich habe später versucht, es zu beschreiben, aber jedes Mal haben die Worte mich im Stich gelassen. Und mit der Zeit habe ich begriffen, dass es keine dafür gibt.

Man fand mich blutig und verletzt, aber immer noch bei einer Art von Bewusstsein, auf dem Bürgersteig unter meinem Schlafzimmerfenster, und es dauerte, wie gesagt, ungefähr zehn Wochen, bis ich wieder ins gleiche Bett zurückkriechen konnte.

Ich möchte behaupten, dass ich zu diesem Zeitpunkt ein anderer Mensch geworden war.

In den zehn, zwölf Tagen, die auf meinen Ausflug ans Meer folgten, hielt ich mich äußerst genau an festgelegte Routinen. Ich war immer schon an Ort und Stelle, wenn Frau Moewenroedhe die Türen zur Bibliothek öffnete, hatte meistens bereits ein paar Minuten draußen auf dem Bürgersteig gewartet. Wir wechselten immer noch nicht viele Worte – meistens nur einen kurzen Kommentar hinsichtlich des Wetters, der frühe Frühling hielt sich, und nachmittags konnte ich durch mein Fenster neben meinem Arbeitstisch sehen, wie die Leute in kurzen Hemdsärmeln und in dünnen, leichten Sommerkleidern die Moerkerstraat entlanggingen. Und das, obwohl wir erst Mitte März hatten. Aber drinnen im Staub der Präsenzbibliothek herrschten das ganze Jahr über die gleichen Bedingungen, und es beschäftigte mich nicht weiter, dass die Natur offenbar etwas aus dem Gleis geraten war.

Außerdem hob ich nur im Ausnahmefall den Blick so weit, dass ich hinausschauen konnte. Zielbewusst, teilweise fast mit dem Gefühl der Besessenheit, arbeitete ich mich durch die letzten vierzig Seiten von Reins Text. Ich bemühte mich, in meiner Gewissenhaftigkeit und Konzentration nicht nachzulassen, und mein durchschnittliches Pensum lag irgendwo zwischen vier und fünf Seiten pro Tag. Ich verließ nie meinen Platz, wenn ich erst einmal in Gang gekommen war. Nahm um halb fünf meine Tasse Tee und meine Kekse entgegen und beendete meine Arbeit erst, wenn Frau Moewenroedhe oder eine der anderen beiden Frauen hereinkam und mich darauf hinwies, dass gleich geschlossen werde. Ich konnte sehen, dass zumindest die Rothaarige mir gern die eine oder andere Frage gestellt hätte, aber ich vermied geschickt ihren Blick, und so kam sie nie zum Zuge.

Auf dem Heimweg aß ich in einem der Restaurants auf der Van Baerlestraat – im Keyser oder im La Falote vorzugsweise – und verbrachte dann ein paar Stunden im Vlissingen, wo ich zwei Bier und zwei Glas Whisky trank, während ich in den Tageszeitungen blätterte oder einfach nur die Menschen beobachtete. Die meisten waren Stammgäste, und ich hatte schon früher damit angefangen, mehreren wiedererkennend zuzunicken.

Natürlich widmete ich einen Teil meiner Gedanken auch der Zukunft. Obwohl ich immer noch das Wachstuchpaket unberührt auf dem Bücherregal liegen hatte, näherte ich mich unerbittlich dem Punkt, an dem ich es öffnen musste, und wenn sich dann herausstellen sollte, dass der Inhalt so aussah, wie ich dachte, würden sich die Positionen natürlich ziemlich radikal verändern.

Ein neues Blatt. Um nicht zu sagen: ein neues Kapitel.

Wahrscheinlich war es das, was hinter meinem Vorsatz lag, mit der Übersetzung fertig zu sein, bevor ich den nächsten Schritt machte. Es konnte sicherlich nicht die Rede von einem überarbeiteten Text sein, den Kerr und Amundsen in die Hände bekamen – nur meine handgeschriebene erste Version –, aber ich hatte von der ersten Seite an gewissenhaft gearbeitet, und wenn sich herausstellen würde, dass sie tatsächlich lieber noch ein paar Monate warten würden, dann konnte ich ihnen natürlich immer noch die Alternative bieten. Aber sollten sich die Dinge in der Lage befinden, die ich zu diesem Zeitpunkt annahm, dann war ich ziemlich überzeugt davon, dass sie nicht zögern würden. Eher würden sie alles, was sie in den Händen hielten, fallen lassen, direkt in die Setzerei und Druckerei laufen und zusehen, das Buch so schnell wie überhaupt nur möglich auf den Ladentisch des Buchhändlers zu kriegen.

Und natürlich bekam alles – wenn meine Spekulationen richtig waren – den unverkennbaren Anflug von Sensation. Ein literarischer Scoop gewissermaßen, ganz einfach; in weit höherem Maße, als meine Auftraggeber es sich hatten erträumen können.

Das waren natürlich nur meine Einschätzungen. Aber während ich des Abends in meiner verrauchten Ecke im Vlissingen saß, wusste ich trotzdem, dass es genau so aussehen würde.

Es gab ganz einfach kein Anzeichen für das Gegenteil.

Eine Frage, die immer wieder auftauchte, war natürlich die, wie Rein selbst sich eigentlich zu all dem verhielt. Schließlich war er der Anstifter und Regisseur, das war kaum zu leugnen.

Lag er in seinem geräumigen Grab und drehte sich?

Oder lachte er sich ins Fäustchen?

Wenn ich mich recht erinnere, dann war es ein Mittwoch, an dem ich schließlich mit der Übersetzung fertig war. Es war jedenfalls kurz nach dem Tee. Ich sammelte meine Papiere, Bücher und den Block zusammen. Stopfte alles in die Aktentasche und verließ zum letzten Mal meinen Tisch. Als ich auf die Straße gekommen war, ging ich zu dem Blumenhändler, der immer am Eingang zum Vondelpark steht, und kaufte einen großen Strauß Blumen. Kehrte zur Bibliothek zurück und überreichte das Bouquet Frau Moewenroedhe, wobei ich ganz herzlich für das großzügige Entgegenkommen dankte, das man mir erwiesen hatte. Meine Arbeit war beendet, erklärte ich ihr, aber ich würde sicher noch ein paar Mal hereinschauen, da ich mich noch ein paar Monate in A. aufhalten wollte. Ich sah, dass Frau Moewenroedhe ganz gerührt war, aber sie fand nicht die richtigen Worte, und nach ein paar ziemlich banalen Abschiedsphrasen trennten wir uns.

Am gleichen Abend ging ich noch einmal die gesamte Übersetzung durch. Das dauerte gut sechs Stunden, ich machte natürlich die eine oder andere Korrektur, aber insgesamt erschien mir das Endresultat zufriedenstellender, als ich gedacht hatte. Trotz der Tiefe des Textes und seines Komplikationsgrads meinte ich, insgesamt die richtige Tonlage und die passenden Ebenen gefunden zu haben, und ich konnte keine Abschnitte ausmachen, mit denen ich direkt unzufrieden war.

Als ich fertig war, zeigte die Uhr bereits Viertel nach zwei. Ich ging in die Küche und goss mir ein paar Finger Whisky in ein normales Trinkglas. Anschließend kehrte ich ins Zimmer zurück und zog das Päckchen aus dem Bücherregal.

Ich setzte mich in den Sessel und wickelte es vorsichtig aus. Genau wie Rein angegeben hatte, enthielt es zunächst eine weitere Verpackung in Form einer gelben Plastiktüte.

Drinnen vier weiße, zusammengefaltete Papierbögen. Keinen Umschlag.

Bevor ich anfing zu lesen, stellte ich fest, dass es sich um zwei Originale und zwei Kopien zu handeln schien. Maschinengeschrieben. Soweit ich beurteilen konnte, auf der gleichen Maschine.

Ich trank einen Schluck Whisky und las.

Es dauerte nur fünf Minuten. Ich kippte den Rest des Glases in mich hinein und las noch einmal.

Lehnte mich im Sessel zurück und dachte eine Weile nach. Versuchte neue Gesichtspunkte und Lösungen zu finden, was mir jedoch nicht gelang. Ich versuchte die Zeugenaussagen meiner Sinne zu bezweifeln. Auch das war mir nicht möglich.

Die Sache war klar. Rein war ermordet worden.

Ermordet.

Ich hatte es schon seit einiger Zeit gewusst. Nur die letzte Bestätigung hatte gefehlt, aber als ich sie jetzt vorliegen hatte, erfüllte sich mein Gewissen nur mit einem sehr starken Gefühl der Unwirklichkeit.

Germund Rein war ermordet worden.

Von M. Mariam Kadhar. Und G.

Ich wusste immer noch nicht, wer G war. Alle vier Briefe waren mit O unterzeichnet, was mir ein wenig merkwürdig erschien. Eine ganze Weile ließ ich mich von diesem Buchstaben verwirren, griff dann schließlich zum Telefon – welches für Ortsgespräche in A. nicht gesperrt war – und wählte die Nummer von Janis Hoorne.

»Wer ist G?«, fragte ich, als eine verschlafene Stimme nach zehnmaligem Klingeln antwortete.

Es dauerte eine Weile, bis er die richtige Wellenlänge gefunden hatte, aber als dem so war, herrschte kein Zweifel.

»Gerlach natürlich.«

Der Name klang bekannt, aber ich war gezwungen, ihn zu bitten, ein wenig genauer zu werden.

»Otto Gerlach. Sein Verleger natürlich. Hast du ihn nie kennen gelernt?«

Ich erinnere mich, dass ich fast laut auflachte. Plötzlich waren alle Teile an ihren Platz gefallen. O und G. Das heimliche Spiel. Die Frage nach der Übersetzung. Die Forderung nach Diskretion. Alles.

Ich dankte Janis Hoorne und legte den Hörer auf. Nahm Beatrice auf den Schoß. Löschte das Licht, saß ein paar Minuten nur da und starrte in die Dunkelheit.

Verdammt noch mal, dachte ich.

Hätte ich es nicht früher wissen müssen?, dachte ich auch noch.

Mit der Zeit sah ich ein, dass ich mir kaum etwas vorzuwerfen hatte. Und konnte auch nicht erkennen, dass es einen wesentlichen Unterschied ausgemacht hätte, wenn ich ein wenig früher den Durchblick gehabt hätte.

Nein, überhaupt keinen, genau genommen.

Zehn Minuten später hatte ich die Briefe wieder hinter die Bücher geschoben. Bevor ich einschlief, versuchte ich mich daran zu erinnern, wie Otto Gerlach aussah – ich hatte ihn nie getroffen, aber er war ein ziemlich großer Name in der Verlagswelt, und ich war mir sicher, dass ich ihn das eine oder andere Mal schon auf einem Foto gesehen hatte. Doch das einzige, was ich mir in Erinnerung rufen konnte, war ein ziemlich grob geschnitztes Gesicht mit dicht zusammenstehenden, dunklen Augen und einem fleischigen Mund, und wieso eine Frau wie Mariam Kadhar jemandem von dieser Art verfallen konnte, erschien mir ziemlich unbegreiflich. Aber dann erinnerte ich mich an das, was Hoorne über das Wesen der Frau gesagt hatte, und außerdem musste mein Erinnerungsbild ja nicht besonders zuverlässig sein.

Als ich einschlief, geschah das mit dem Gefühl, dass ich eigentlich gar keine Zeit zum Schlafen hatte.

Ein paar Stunden später war ich auch ganz richtig wieder auf den Beinen. Ich ging mit schnellen Schritten zum Postamt in der Magdeburger Laan und rief Kerr an. Es stellte sich heraus, dass er nicht zu sprechen war, dafür bekam ich aber schnell Amundsen an den Hörer.

Ich erklärte ihm die Lage. Ich konnte fast hören, wie sein Herz zu rasen begann, während ich erzählte, und wie sein Schreibtischstuhl quietschte, weil er vor lauter Erregung darauf hin und her rutschte. Als ich fertig war, musste ich fast alles noch einmal wiederholen, erst dann konnte ich meinen Vorschlag anbringen.

Ohne langes Zögern stimmte er ihm zu, und natürlich hatte ich auch gar nichts anderes erwartet. Der Verlag war bereit, meinen weiteren Aufenthalt in A. bis Mitte Juni zu finanzieren. Ich würde sofort meine Übersetzung schicken – nachdem ich zunächst eine Sicherheitskopie gemacht hätte, die ich dann an sicherem Ort verwahren sollte.

Anschließend sollte ich zur Polizei gehen.

Und genau in dieser Reihenfolge führte ich meine Geschäfte auch aus. Das Kopieren dauerte eine Stunde in einem Copyshop etwas weiter unten in der Magdeburger Laan. Anschließend schickte ich die Originalübersetzung vom gleichen Postamt ab, von dem aus ich telefoniert hatte. Ging dann nach Hause und legte die Kopie aufs Bücherregal.

Auf dem Weg zum Polizeirevier in der Utrecht Straat machte ich einmal Halt und trank in einem Café im gleichen Viertel einen Whisky. Es war zwar in letzter Zeit etwas viel in dieser Beziehung geworden, aber mir war klar, dass ich etwas brauchte. Ich trank mein Glas an der Bar, und während ich dort stand, fiel mir die ganze Zeit Mariam Kadhars starke sinnliche Ausstrahlung ein. Ihre zarten Schultern und ihre offensichtliche Nacktheit unter den Kleidern. Ich weiß noch, dass es sehr ruhig im Café war, so ruhig, dass ich, als ich die Augen schloss, kein Problem hatte, mir ihre Gestalt auf dem leeren Hocker neben mir vorzustellen.

Ein paar Minuten später trat ich durch die halb transparenten Glastüren des Polizeireviers, erklärte einer Beamtin am Empfang, worum es ging, und nach einigem Hin und Her durfte ich einem schroffen, aber Vertrauen erweckenden Kriminalinspektor die ganze Geschichte darlegen. Ich erinnere mich, dass er deBries hieß und dass er eine Ajax-Nadel am Revers hatte.

Diesem geläuterten Polizeioffizier überließ ich auch – gegen Quittung, etwas, worauf Amundsen größten Wert gelegt hatte – Reins Originalmanuskript sowie die vier Briefe, und als ich sehr viel später wieder auf die Utrecht Straat trat, geschah das mit einer gewissen Hoffnung, dass der eine Grund für meine Reise nach A. sich damit erledigt haben sollte und dass ich ab jetzt umso mehr Kraft und Zeit dem anderen widmen könnte.

Ich muss zurückschauend zugeben, dass ich in diesem Punkt weitestgehend erhört wurde.

II

Am dritten Tag in Folge wache ich sehr früh auf. Stehe in den Morgenstunden auf meinem Balkon und schaue zu, wie Herrn Kazantsakis beiden kräftigen Söhne sich auf das vollkommen ruhig glänzende Wasser begeben, um zu fischen.

Es ist kaum mehr als ein Ritual, genau wie viele andere Arbeiten in diesen Breiten. Sie sind meist so drei, vier Stunden draußen, kommen dann kurz vor Mittag zurück und präsentieren unter Äußerungen des Bedauerns und Achselzucken den Touristen ihren mageren Fang. Normalerweise ein Dutzend kleine, rötliche Fische, die man später im Restaurant zum Mittagessen bekam. Gebraten, wie sie waren, mit Haut und Gräten und ohne Salz, Kräuter oder besonders viel Phantasie.

Thalatta, denke ich und kehre zurück ins Dunkel des Zimmers. Suche Schreibheft und Stift, Zigaretten und Wasserflasche. Gehe wieder hinaus. Setze mich auf dem Plastikstuhl zurecht, um mit dem Schreiben anzufangen. Es ist erst zwanzig nach sechs. Die Kühle der Nacht hängt noch in der Luft und wird es noch eineinhalb Stunden tun. Der Balkon liegt im Schatten, eigentlich ist das jetzt der einzig nutzbare Teil der Wohnung während der hellen Stunden des Tages.

Die Insel ist so verdammt schön. Nicht zuletzt deshalb hoffe ich, dass ich mich auf Henderson verlassen kann und dass ich wirklich den richtigen Platz gefunden habe. Auf jeden Fall gedenke ich, den Monat noch hier zu bleiben und nichts dem Zufall zu überlassen.

Ich denke auch an diesem Morgen eine Weile an Henderson und seine unscharfen Fotos. Und an das Meer, die Berge und die Olivenhaine. Dann zünde ich mir eine Zigarette an und fange an zu schreiben.

Es war am 3. April, als Mariam Kadhar und Otto Gerlach verhaftet wurden. Ich hörte es in den Rundfunknachrichten, hatte sie gerade eingeschaltet, während ich in der engen Küche stand und meinen Morgenkaffee zubereitete.

Ich hatte davon natürlich gewusst, aber es so aus dem Mund des Nachrichtensprechers zu hören, ließ mich doch zusammenzucken. Als würde es erst jetzt Wirklichkeit werden, und irgendwie war dem ja auch so. Bis zu diesem Morgen war nichts an die Medien durchgesickert – mehr als zwei Wochen lang hatte die Polizei in absoluter Verschwiegenheit gearbeitet. Ich weiß nicht, ob das nur ein Zufall war oder ob sie wirklich alles daransetzten, die Diskretion zu wahren.

Jetzt war es plötzlich eine öffentliche Sache. Schon als ich mich eine Stunde später auf dem Hauptbahnhof befand, um den Pendelzug hinaus nach Wassingen zu nehmen, hatte ich das Gefühl, als würde sich alles um die Neuigkeit drehen. Fotos von allen dreien – von Rein, Mariam Kadhar und Otto Gerlach – waren auf den Aushängern und den Titelseiten der Morgenzeitungen zu sehen, und ich erinnere mich, dass ich den Eindruck eines Films hatte, bei dem der Regisseur ohne jede Vorwarnung beschlossen hatte, seinen Zuschauern selbst den Dolchstoß zu versetzen: in dieser alles entscheidenden Szene, in der das Ganze plötzlich umkippt, wenn alle alten, finsteren Andeutungen deutlich werden und man in ein neues Tempo geworfen wird.

Genau in so einem Augenblick also, in dem man sich oft entscheidet, ob man nun den Saal verlässt oder ob es sich doch lohnen könnte, sitzen zu bleiben und die Geschichte bis zum Ende zu verfolgen.

Als ich meinen Zug bestiegen hatte und dieser losgefahren

war, empfand ich tatsächlich ein gewisses Gefühl der Befreiung, weil ich aus der Stadt fuhr.

Das war also mein erstes Wiedersehen mit Wassingen, an dem Tag, als M und G am Schandpfahl der Öffentlichkeit zur Schau gestellt wurden, und es war mehr als ein Monat seit letztem Mal vergangen. Nachdem ich Reins Manuskript aus den Händen gelegt hatte, hatte ich ein paar ziemlich lustlose Abende in der Nieuwe Halle und im Concertgebouw verbracht, aber natürlich nicht den Schatten von Ewa entdeckt. Es war mir auch nicht gelungen, irgendwelche besonders attraktiven Pläne hervorzuzaubern, während ich im Vlissingen oder in einigen anderen Bars bei Bier und Zigaretten saß. Vielleicht hatte ich eine Weile mit dem Gedanken gespielt, sie einfach nicht mehr weiter zu suchen, aber im nüchternen Morgenlicht hatte ich natürlich alle derartigen Ideen wieder beiseite geschoben.

Schließlich entschied ich mich also zu einem weiteren Versuch in Wassingen. Wieweit ich mir tatsächlich einbildete, dass es etwas bringen könnte, das ist im Nachhinein schwer zu sagen. Ehrlich gesagt glaubte ich nicht besonders daran, dass es wirklich Ewa gewesen war, die einer von Maertens' Leuten dort draußen Ende Februar gesehen hatte. Wahrscheinlich war mir der Gedanke, dass es überhaupt keinen derartigen Beobachter gegeben hatte, sondern dass Maertens das Ganze sich nur ausgedacht hatte, um den Anschein zu erwecken, dass er zumindest auf irgendetwas gestoßen war, auch nicht sehr fremd. Wie auch immer, ich war mir darüber klar, dass die Wassingen-Spur nicht mehr als ein Strohhalm war, aber mangels anderer Möglichkeiten musste ich mich an diesen klammern.

Außerdem war ich während des Monatswechsels März–April an einen Punkt gelangt, an dem ich die Suche nach Ewa als ein Ziel in sich selbst ansah. In gewissen klaren Momenten ahnte ich zwar, dass ich sie nie wiederfinden würde, aber weiterzuleben, ohne alles getan zu haben, was in meiner Macht stand, um sie zu finden, das erschien mir kaum möglich.

Zumindest erschien es mir damals nicht möglich.

Außerdem hatte ich Zeit. Bis Mitte Juni war mein Auskommen gesichert. Ich hatte keine Arbeit und keine Geschäfte, die ich zu erledigen hatte. Jeder Tag war eine leere Seite.

Warum also nicht suchen?

Der gleiche unbezwingbare Bodybuilder stand in der Bar und servierte meinen Whisky mit dem gleichen unbezähmbaren Oststaatencharme. Ich leerte das Glas in einem Zug und trat hinaus auf den Markt. Die Windstärke war ungefähr die gleiche wie letztes Mal, aber es war deutlich wärmer. Draußen vor der pseudo-italienischen Eisdiele hatte man sogar schon weiße Plastikstühle und den einen oder anderen Tisch hingestellt, obwohl man sicher noch mindestens einen Monat würde warten müssen, bevor jemand auf den Gedanken kam, sich hier niederzulassen.

Überhaupt war es spärlich mit Leuten bestückt. Noch war es früher Nachmittag, und auch wenn es sicher ein ziemlich großes Kader von Arbeitslosen und Langzeitkrankgeschriebenen in einer Gegend wie dieser hier gab, war klar, dass es wohl noch ein paar Stunden dauern würde, bis der richtige Verkehr zwischen den Geschäften einsetzte.

Ich durchschritt die kurze Arkade und kam vor Nummer 36 wieder heraus, Ewas Haus.

Ewas Haus? Ich zündete mir eine Zigarette an und starrte es eine Weile an. Sechzehn Stockwerke hoch. Graubraune Fassade mit ein paar nassen Flecken. Unendliche Reihen von kahlen Fenstern und eingefassten, winzigen Balkons.

Ich zog seufzend an der Zigarette. Ein Gefühl von hilfloser Sinnlosigkeit – vielleicht noch gewürzt mit einer Prise Absurdität – legte sich über mich, aber dann brach plötzlich die Sonne hinter einer Wolke hervor und blendete mich, sodass ich für einen Moment fast das Gleichgewicht verlor. Ich schloss die Augen und fasste mich. Dachte wieder an Beethovens Violinkonzert und an das Husten und an die Reihe der Ereignisse, die mich dazu gebracht hatten, vor diesem Mietshaus in einem Vorort von A. zu stehen, und ich spürte sogleich, dass es genau diese Art von Gedanken war, die ich von mir fernhalten sollte, wenn ich überhaupt weiterkommen wollte.

Folglich drückte ich die Zigarette aus und trat ein. Stellte mich vor die Namenstafel der Mieter und schrieb alle zweiundsiebzig Namen in mein Notizbuch. Das dauerte natürlich ein paar Minuten, und zwei Frauen – beide Immigrantinnen und mit schmuddeligen Kleinkindern im Schlepptau – warfen mir misstrauische Blicke zu, als sie an mir vorbeigingen.

Ich kehrte ins Zentrum zurück und richtete meine Schritte auf das Café, in dem ich schon das letzte Mal gesessen hatte. Zeigte dem Mädchen an der Kasse ein paar Fotos; sie war wirklich sehr entgegenkommend und studierte sie lange und gründlich, konnte aber schließlich doch nur bedauernd den Kopf schütteln.

Ich bedankte mich und kaufte eine Tasse Kaffee. Im Laufe der folgenden Stunden zeigte ich meine Fotos noch weiteren gut zwanzig Personen – sowohl im Zentrum als auch vor dem Eingang zu Ewas Haus, aber das Ergebnis war genauso niederschmetternd, wie ich es eigentlich hätte befürchten müssen.

Null und nichtig.

Ich hatte insgesamt zehn Arbeitstage in Wassingen geplant, nicht mehr und nicht weniger, und um nicht gleich am ersten Tag alle Möglichkeiten auszuschöpfen, gab ich mich zufrieden und nahm den Zug, der um 16.28 Uhr nach A. zurückfuhr.

Am Hauptbahnhof kaufte ich drei Tageszeitungen, mit ihnen bewaffnet, ließ ich mich etwas später im Planner's nieder, um dort zu essen und über den Mord an Germund Rein zu lesen.

Die Neuigkeit war eine Bombe, da gab es keinen Zweifel, und offenbar wusste man nicht so recht, wie man damit umgehen sollte. Die Polizei hatte ein kleines Kommuniqué herausgegeben, aber allem Anschein nach war es ziemlich inhaltslos, und irgendwelche anderen Äußerungen hatte es nicht gegeben. Was man in Journalistenkreisen wusste, war, dass Mariam Kadhar und Otto Gerlach verhaftet worden waren wegen des dringenden Verdachts, Germund Rein getötet zu haben. Das war alles.

Der Rest war reine Spekulation.

Und Liebesgeschichte. Ein Dreiecksdrama, wie jemand es nannte. Spekulationen darüber, was an diesem schicksalsschweren Tag im November draußen im Kirschgartenhof passiert war. Über den Abschiedsbrief.

Darüber, was die Polizei wohl auf die Spur gebracht hatte.

Letzteres war ein weites Feld. Die Polizei hatte nicht die geringste Andeutung verlauten lassen, und die Theorien, die man in den Zeitungen, die ich durchsah, präsentierte, hatten nur wenig mit der Wirklichkeit zu tun.

Dass sie – M und G – ein Verhältnis hatten, wurde allgemein vorausgesetzt, ebenso, dass das natürlich der springende Punkt war. Fotos von den beiden gab es unzählige, aber ich konnte kein einziges Bild entdecken, auf dem beide zusammen auftauchten. Gerade das erschien mir etwas merkwürdig, und ich musste feststellen, dass sie sich wirklich alle Mühe gegeben hatten, ihre Affäre vor den Augen der Welt geheim zu halten. Was ihnen offenbar auch sehr gut gelungen war. Keiner der vielen Schreiber, die jetzt das Wort ergriffen, wagte auch nur anzudeuten, dass ein diesbezügliches Gerücht im Umlauf sein könnte – weder vor noch nach Reins Tod.

Wie gesagt, es war eine Bombe, und keiner hatte die Lunte gerochen, als sie brannte.

Während ich meinen Kaffee trank, betrachtete ich die verschiedenen Fotos von Otto Gerlach sehr eingehend. Verglichen mit meinem Bild von ihm, wie ich es in Erinnerung hatte, muss ich zugeben, dass die Fotos in den Zeitungen sehr viel vorteilhafter waren. Ich konnte feststellen, dass er, genau wie Mariam Kadhar, bedeutend jünger sein musste als Rein, und auch wenn es nur schwer einzusehen war, warum eine Frau wie sie so einen Mann brauchen sollte, so hatte ich eigentlich noch mehr Probleme, mir zu erklären, welche Verwendung sie eigentlich für ihren Ehemann gehabt hatte. Ich dachte erneut an ihre zarten Achseln, und ich sah ihr Gesicht und die dünnen Nasenflügel vor mir. Plötzlich wurde mir bewusst, dass ich mich unter anderen Umständen problemlos in sie hätte verlieben können.

Aber nur unter anderen Umständen, natürlich. Das möchte ich betonen.

Auf dem Heimweg von Planner's ging ich ins Postamt in der Falckstraat und besorgte mir die beiden Telefonbücher von A., um einen großen Teil des Abends damit zu verbringen, die Nummern der zweiundsiebzig Mieter draußen in Wassingen herauszufinden.

Nicht weniger als neunundfünfzig waren aufgeführt, was zweifellos eine bedeutend höhere Anzahl war, als ich erwartet hatte. Vielleicht war das ja ein gutes Zeichen, wenn man alles in allem betrachtete. Auf jeden Fall wäre ich erst einmal eine Weile damit beschäftigt, und in meiner damaligen Situation fühlte ich eine gewisse Dankbarkeit dafür.

Es war schwer, zu dieser Zeit Rettungsbojen zu finden, und ich musste die hüten, die sich überhaupt boten. Außerdem verschwand Beatrice ausgerechnet an diesem Abend. Als ich sie vom Balkon, der zum Hof zeigte, holen wollte, kurz bevor ich ins Bett ging, war sie ganz einfach verschwunden. Wie sie es geschafft hatte, von dort wegzukommen, und welche Pläne hinter dieser Aktion standen, das waren Fragen, über die ich in den folgenden Tagen ein wenig grübelte, aber als sie knapp eine Woche später draußen saß und die Tauben anstarrte, begriff ich, dass sie sich einfach in einer Schleife der Wirklichkeit aufgehalten hatte, zu der weder ich noch irgendein anderer Mensch Zutritt hatten.

Vielleicht beneidete ich sie ja auch ein wenig. Zumindest weiß ich, dass ich ziemlich viel Respekt vor ihr hatte.

Es war Gallis Kazantsakis, der mich auf die Familienkapelle aufmerksam machte, die ganz oben auf dem Berggipfel im Südosten lag. Es soll dreihundertsechzig derartige Kapellen geben, weiß gekalkte kleine Heiligtümer, über die ganze Insel verstreut. Jede Familie mit Selbstachtung hat eine eigene, dem Himmel so nahe es nur geht und nicht so einfach zu erreichen.

Ich machte mich rechtzeitig vor Sonnenaufgang auf den Weg, und nach einer immer heißer werdenden Wanderung erreichte ich nach eineinviertel Stunden mein Ziel. Ich trat ein und entzündete auf dem winzigen Altar eine Kerze, ließ mich dann in dem schmalen Schattenstreifen an der Westseite nieder. Die ganze Insel hatte ich im Blick, die steil herabfallenden Klippen im Süden und Westen, die leicht zugänglichen Küsten im Osten und Norden. Mehrere kleine, geschützte Sandstrände hinter der Stadt, die ich bisher nicht gesehen hatte, fielen mir ins Auge, auch das eine oder andere allein stehende Haus, zu denen man nur mit dem Boot kam, da die Straße hinten am Hotel Phraxos ganz im Osten des Strandes endete. Ich beschloss zu untersuchen, wem diese – und andere – Privathäuser gehörten; es gibt eine ganze Menge davon überall auf der Insel. Es war gut möglich, dass ich genau an einem dieser vergessenen Orte das finden würde, was ich hier suchte.

Auch über die Zeit dachte ich nach. Über den Begriff Zeit. Mehr als drei Jahre waren seit den Geschehnissen in A. vergangen, aber in dieser unerhörten Landschaft, zu dieser frühen

Morgenstunde, schienen sie plötzlich zu einem Nichts zusammenzuschrumpfen. Das Entfernte und das Vergangene schienen zu wachsen und sich dem zerbrechlichen Jetzt zu nähern, das momentan nur aus meinem Rucksack mit Proviant und meinen verschwitzten Gliedmaßen bestand, die ich an die weißgekalkte Wand lehnte. Der Himmel, die Berge und das Meer – das bereits im Sonnendunst am Horizont verschwand –, sie waren alle ewig und unveränderlich.

Ein Punkt in Zeit und Raum, ebenso vergänglich und willkürlich wie das verebbende Eselgeschrei, das genau in diesem Moment über die Olivenhaine unterhalb der Stadt rollte. *Die parallele Existenz aller Zeitläufe,* wie Zimjonovitj sie beschreibt. Es waren natürlich keine besonders überraschenden Gefühle, die mich da überfielen, und vielleicht handelte es sich ja auch um etwas ganz anderes. Wie üblich hatte ich Probleme mit den Worten, und als der nächste Esel seine Klage hören ließ, fühlte ich mich nur noch müde und verschwitzt und ging lieber dazu über, den Proviant zu verzehren. Bewusst hob ich eine Wasserflasche für den Abstieg auf, zündete dann eine Zigarette an und holte mein Schreibheft heraus, um durchzulesen, was ich unter dem flackernden Schein der Petroleumlampe am gestrigen Abend niedergeschrieben hatte.

Und die Zeit schrumpfte weiter.

Als ich anfing, die Telefonliste abzuarbeiten, gingen meine allergeheimsten Hoffnungen natürlich dahin, dass ich plötzlich Ewas Stimme am anderen Ende der Leitung hören würde. Es war diese Eitelkeit, die mich vorwärts trieb, und im Laufe der restlichen Woche erreichte ich siebenundfünfzig von den neunundfünfzig Telefonteilnehmern. Neununddreißig meiner Anrufe wurden von Frauen beantwortet, nur achtzehn von Männern; zumindest eine Bestätigung dafür, dass Frauen mehr telefonieren als wir Männer. Meine Taktik war einfach – ich bat jedesmal, mit Ewa sprechen zu dürfen, erklärte, dass ich ein alter Bekannter sei, und dann versuchte ich die Antwort und das

Zögern dahingehend zu deuten, ob irgendwo der Hund begraben lag.

Um das Ganze ein wenig zu systematisieren, hatte ich auch eine Art Bewertungsskala eingeführt, in der ich unmittelbar nach dem Gespräch ein Minuszeichen hinter dem betreffenden Namen eintrug, wenn ich meinte, er wäre aus dem Spiel, ein Pluszeichen, wenn noch eine Möglichkeit bestand, sowie zwei Pluszeichen, wenn der Betreffende irgendwie bedrängt oder merkwürdig geklungen hatte.

Zwei der Frauen, die antworteten, hießen tatsächlich Ewa, und in beiden Fällen entspann sich ein etwas verwirrendes Gespräch, bis das Missverständnis geklärt werden konnte. Fast genauso ging es mir, als ein Herr Weivers nach langem Zögern seine Teenagertochter an den Hörer holte. Als ich nach dem letzten Gespräch meine Notizen durchging, stellte sich heraus, dass ich nicht weniger als zweiundvierzig Minuszeichen gemacht hatte, dreizehn Plus und nur zwei Doppelplus.

Natürlich war mir klar, dass diese Methode mit nahezu grandiosen Fehlerquoten besetzt war, aber trotzdem beschloss ich, meine weiteren Anstrengungen den beiden Doppelpluszeichen zu widmen – einem gewissen Laurids Reisin und einem N. Chomowska – sowie den dreizehn Mietern, mit denen ich bisher noch keinen Kontakt aufnehmen konnte. Die Methode – der Glaube ans System – bildet schließlich in einer holistischen Welt eine Art Lebensnotwendigkeit, genau wie Rimley es in seinem Buch über das Sein und das Gewahrwerden behauptet, und ich war so schlau, mich daran zu halten.

Ich schrieb die fünfzehn Namen auf eine neue Seite meines Notizbuches, und als ich am Montag in der Woche nach der Festnahme von Mariam Kadhar und Otto Gerlach von Neuem im Zug nach Wassingen saß, war ich voller Hoffnung. Es war inzwischen der siebte Tag, den ich mich mit der Wassingen-Spur beschäftigte, und da ich mir zehn Tage vorgenommen hatte, konnte ich feststellen, dass ich zumindest mehr als die Hälfte schon geschafft hatte. Ich beschloss außerdem, wirklich die ganze Woche in dem Vorort zu verbringen – jeden Tag von morgens bis abends –, und wenn das doch zu keinem Ergebnis führen würde, dann hätte ich zumindest die Befriedigung, alles versucht zu haben, was in meiner Macht stand, und könnte mich mit gutem Gewissen am kommenden Wochenende den Überlegungen widmen, neue Wege zu finden.

Meine erste Aufgabe bestand darin, an Türen zu klopfen. Obwohl es mitten am Tag war, war in zehn von fünfzehn Wohnungen jemand zu Hause, meine Theorie der Arbeitslosigkeit stimmte zweifellos. Wenn jemand öffnete, bat ich jedesmal, mit Ewa sprechen zu dürfen, und dem obligatorischen Kopfschütteln oder dem Versuch, die Tür direkt vor meiner Nase wieder zuzuschlagen, begegnete ich, indem ich mich schnell in den Flur drängte und eines der Fotos von Ewa zeigte. Ich erklärte, ich sei Privatdetektiv und suche nach der Frau auf diesem Foto. Nur zu ihrem eigenen Besten natürlich. Es bestand zwar das Risiko, dass Maertens' so genannter Helfer bereits vor sechs, sieben Wochen das gleiche aufdringliche Vorgehen angewandt hatte, aber aus den Reaktionen zu schließen, war das offenbar nicht der Fall gewesen. Mein Vertrauen in Maertens war nie geringer als an diesem Tag.

In einigen Fällen versuchte ich außerdem anzudeuten – ohne allzu deutlich zu werden –, dass eventuell eine Art von Belohnung winken würde, aber nur bei Herrn Kaunis – einem älteren und aufdringlich riechenden Mann – zeigte diese Verlockung ein wenig Erfolg. Leider war aber schnell deutlich, dass er das Ganze nur als Möglichkeit sah, ein wenig Geld für seine tägliche Dosis an Stimulantien zu beschaffen. Die Wohnung wie auch ihr Besitzer befanden sich in einem Zustand des bereits weit fortgeschrittenen Verfalls. Ich gab ihm fünf Gulden und verließ ihn mit dem intensiven Gefühl der Beklemmung.

Als ich fertig war, konnte ich feststellen, dass alles ganz normal war. Zurück auf Start. Niemand hatte auf Ewas Foto reagiert. Niemand wusste, wer sie war, und niemand hatte sie im Haus oder in der Umgebung gesehen.

Ich erinnere mich, dass das Bild des undurchdringlichen grünen Äußeren des Lauernstaudamms mir einen Augenblick lang durch den Kopf schoss. Es war das erste Mal seit langem, dafür aber umso heftiger.

Ich ging in das Café. Trank zwei Bier und strich die Namen auf meiner Liste ab. Ziemlich schnell verließ mich erneut der Mut, eine Regenfront war von Westen her aufgezogen und machte die Sache nicht gerade besser. Während ich rauchte und in meinem pathetischen Notizbuch hin und her blätterte, fühlte ich, wie eine heimtückische Schwäche ihre Klauen in mich bohrte. Das Bedürfnis, allein zu sein, keinen Blicken oder Worten ausgesetzt zu werden, wuchs in mir, und das war natürlich kein wünschenswerter Gemütszustand, wenn man bedenkt, welche Aufgaben ich mir auferlegt hatte.

Gleichzeitig wusste ich, dass ich an einem Punkt angelangt war, an dem ich es ganz einfach nicht mehr ertrug, mit Menschen konfrontiert zu werden. Rein logisch gesehen musste ich ja langsam im Haus bekannt sein. Ich hatte mit fast allen Mietern gesprochen – auch wenn die meisten nur meine Stimme am Telefon gehört hatten –, und es war nicht so abwegig anzunehmen, dass sie sich langsam wunderten. Wenn Ewa wirklich in dem Haus war, dann konnte ich davon ausgehen, dass mein Schnüffeln ihr zu Ohren gekommen war, vielleicht hatte es sogar die Chancen, ihr näher zu kommen, vermindert und verminderte sie noch mehr, je emsiger ich es versuchte.

Auf jeden Fall kam ich in dem Café zu diesem Schluss. Bald überlegte ich außerdem, welche Möglichkeiten ich mir durch meine plumpe Telefonbefragung und mein Klopfen an den Türen verspielt hatte, und schließlich beschloss ich, dass es langsam an der Zeit sei, etwas diskreter vorzugehen.

Das Beste wäre es, wie ich beschloss, einen Ort zu finden, an dem ich ungestört sitzen und in aller Ruhe das Portal und den Menschenstrom beobachten konnte, der ein und aus ging, und es dauerte nicht lange, bis ich herausgefunden hatte, was wohl die beste Lösung dieses Problems war.

Ich brauchte ein Auto. Es gab ganz einfach keinen unauffälligeren Standort mit Blick auf den Eingang als ein geparktes Auto. Sich im Regen auf eine Bank zu setzen und dann mit einer Zeitung oder einem Buch acht Stunden sitzen zu bleiben, das erschien mir aus guten Gründen undenkbar.

Ich trank mein Bier aus und wandte mich wieder dem Mädchen hinterm Tresen zu. Ich glaube, sie hatte eine Art Mutterinstinkt für mich entwickelt, und als ich sie fragte, ob sie wüsste, wo ich für ein paar Tage billig ein Auto mieten könnte, kam sie mir sofort entgegen. Holte einen Block aus ihrer Schürzentasche und schrieb die Adresse einer Tankstelle auf, fünf Minuten Fußweg vom Einkaufszentrum entfernt. Gleichzeitig gab sie mir den Rat, von Christa zu grüßen, das könnte mir einen Hunderter ersparen.

Ich bedankte mich und ging los. Eine halbe Stunde später hatte ich die Miete für vier Tage im Voraus für einen bedenklich verrosteten Peugeot bezahlt, der Preis war nicht unerschwinglich, aber ich erinnere mich, dass ich dennoch überlegte, ob er nicht auf einem Niveau mit dem Wert des ganzen Autos läge.

Wie dem auch sei, er lief. Gegen vier Uhr am gleichen Nachmittag parkte ich vor meiner Wohnung in der Ferdinand Bolstraat, und am folgenden Tag begann ich meine Überwachung von Hauseingang Nummer 36 D draußen in Wassingens gottverlassenem Zentrum.

Ich verbrachte drei ereignislose Tage dort draußen, bevor etwas geschah. Notdürftig getarnt saß ich hinter einer Tageszeitung mit einem knisternden Autoradio, Zigaretten und einer kleinen Dosis Whisky als einziger Gesellschaft. Die Position an sich war zweifellos optimal; es war nie ein Problem, einen Parkplatz in fünfzehn, zwanzig Metern Abstand vom Eingang zu bekommen, einen Punkt, von dem aus ich die vollkommene Kontrolle über alle hatte, die ein und aus gingen. Ich machte mir auch gewisse Notizen, in erster Linie, um den Zweifel fern und das Spiel am Laufen zu halten natürlich, aber ich glaube, gerade dadurch fiel mir ein Detail auf, das ich bisher nicht einkalkuliert hatte.

Das Ganze offenbarte sich durch eine Person, die ich in meinen Notizen unter der Bezeichnung M6 führte; eine einfache Chiffre: Mann Nummer 6 (ich hatte auch eine rudimentäre Beschreibung von ihm: zirka 60, hässlich, Filzhut, Pantoffelheld, was mehr als ausreichte, um ihn von anderen abzugrenzen). Was nun eintraf – am späten Donnerstagnachmittag – war, dass M6 zweimal nacheinander an mir vorbei und durch die Tür ging. Zwar mit einer Stunde Abstand, aber ohne in der Zwischenzeit hinausgegangen zu sein.

Da es nur diesen Eingang gab und ich nicht annehmen mochte, dass dieser bleichgesichtige Herr sich auf der Rückseite von einem Balkon abgeseilt hatte, erschien mir der Vorfall einige verwirrte Minuten lang, bis ich auf die Lösung kam, wie ein Unding und ein Mysterium.

Dann wurde es mir klar. Es musste eine Tiefgarage geben.

Ich fuhr um das Haus herum, suchte eine Weile, bis ich die Ein- und Ausfahrt fand, aber als es mir gelungen war, fühlte ich mich zweifellos ziemlich zufrieden. Ich beschloss außerdem umgehend, am nächsten Tag den Standort zu wechseln.

Und sei es nur der Abwechslung halber.

Und nur dank dieser Tatsache – diesem kleinen Wechsel des Parkplatzes vor dem Gebäude Nummer 36 im Zentrum von Wassingen – riss der Faden nicht ab.

Und nur deshalb gab es endlich den Durchbruch bei der Suche nach meiner verschwundenen Frau, auf den ich seit meiner Ankunft in A. vor mehr als drei Monaten gewartet hatte. Es ist natürlich nicht so einfach im Nachhinein zu sagen, aber ich behaupte heute noch, dass es schwer gewesen wäre, meine Anstrengungen noch viel länger aufrecht zu halten, wenn auch diese Woche ohne Ergebnis verlaufen wäre.

Es war kurz nach fünf Uhr. Ein grauer, alles durchdringender Nieselregen hatte sich endlich zurückgezogen, und ich saß bei heruntergekurbeltem Seitenfenster und einer frisch angezündeten Zigarette da. Das Garagentor ging auf, und ein dunkelblauer Mazda kam langsam die schmale Rampe heraufgekrochen. Gerade als der Wagen auf meiner Höhe war – mit ein paar Metern Abstand –, drehte der Fahrer den Kopf in meine Richtung, um zu kontrollieren, ob die Ausfahrt frei war, genau wie es alle anderen im Laufe des Tages gemacht hatten. Blickkontakt entstand dabei nie, trotzdem konnte ich ohne Probleme das Gesicht betrachten, das mir fast direkt zugewandt war. Es war mein Verfolger.

Einen kurzen Moment lang konnte ich ihn nicht einordnen, aber dann kam die Erinnerung zurück. Wie er sich hinter mich durch das Deijkstraaviertel geschlichen hatte. Wie er hinter mir in der Bibliothek gesessen hatte. Wie er aufs Wasser in der Reguliergracht gestarrt hatte. Ich konnte den Wagen starten, wenden und fuhr in die Richtung, in die er verschwunden war.

Mit klopfenden Schläfen, das soll nicht verschwiegen werden.

Ich habe noch nie etwas für so genannte Autojagden in der Kinowelt übrig gehabt, und mein Versuch, den blauen Mazda in diesen grauen, trüben Nachmittagsstunden draußen in Wassingen zu verfolgen, ließ die Wirklichkeit die Dichtung noch übertreffen.

Nach weniger als einer Minute hatte ich ihn verloren. Sah ihn Richtung Autobahn verschwinden, die nach A. führt, während ich selbst zwischen einem Fernlastzug und einem prachtvollen Mercedes eingeklemmt war und auf Grün wartete. Ich fluchte, trommelte aufs Lenkrad und rauchte hektisch, aber das nützte wenig. Als die Ampel endlich umschaltete, brauste ich natürlich sofort los, aber mein Peugeot war an diesem Tag nicht gerade in bester Form, und schnell wurde mir klar, dass es zwecklos war.

Da ich sowieso auf dem richtigen Weg war, fuhr ich weiter auf der Autobahn, und trotz allem konnte ich mich mit dem Gefühl einer leichten Euphorie eine Stunde später im Vlissingen niederlassen.

Noch später – sicher bereits gegen Mitternacht – kehrte ich in die Wohnung zurück. Auf der Treppe entdeckte ich einen Brief, der mir früher entgangen sein musste. Ich öffnete ihn, sobald ich durch die Tür war. Er war von der Staatsanwaltschaft, und man erklärte mir, dass ich mich am folgenden Tag im Gericht einzufinden hätte, um gewisse Fragen zu beantworten sowie eine Zeugenverfügung entgegenzunehmen.

Die Anklage gegen Mariam Kadhar und Otto Gerlach war nach allem zu urteilen am vorigen Tag erhoben worden, und man ließ mich wissen, dass die Gerichtsverhandlung vermutlich in einem Monat angesetzt werden würde.

Ich trank noch einen weiteren kleinen Whisky, obwohl ich schon das charakteristische Surren in den Schläfen spürte. Stellte mich ans dunkle Fenster und betrachtete die Menschen, die draußen herumliefen. Straßenbahnen, die vorbeirasselten, und Hausfassaden, die in gleichgültiger Unveränderlichkeit dastanden. Ich dachte noch einmal an den Tag und dann vage über die unterschiedliche Dichte der Zeit nach ... wie doch gewisse, lang gezogene Zeitstrecken vollkommen unbemerkt an uns vorbeiziehen, bar jeder Bedeutung und jeden Ereignisses, bis wir plötzlich in Wirbel zusammengedrängter Begebenheiten geworfen werden. Reine Bedeutungsgitter, und wahrscheinlich verhält es sich so, dass Ereignisse neue Ereignisse nach sich ziehen, nach den gleichen Gesetzen, die auch für jede Art von Magnetismus gelten.

Auf jeden Fall ahnte ich, dass dieser Hohlraum und diese Anhäufung von verdichteter Zeit einen direkten Widerschein in der trostlosen Reise der Meteoriten und der Himmelskörper durch das Weltall haben mussten. Deren dunkle Verfügungen.

Und ebenso, wie gesagt, deren vagen Gedanken.

Es war am Morgen nach diesem Abend, als ich Beatrice draußen auf dem Balkon jammern hörte.

Kerr trug einen neuen Anzug, und aus der diskreten, aber tadellosen Qualität konnte man wohl die Hausse ablesen, die im Verlag herrschte. Er war mit der Morgenmaschine gekommen und wollte nicht über Nacht bleiben. Ein paar Stunden Besprechung nur – so hatte er das Ziel seines Besuchs am vorigen Abend am Telefon erklärt.

Wir saßen bei ten Bosch, einem der teuersten Gasthäuser der ganzen Stadt, und Kerr bestellte unbekümmert sowohl d'Yquem als auch Lafitte. Ich gab mir wirklich alle Mühe, den Kaviar und die warme Entenbrust zu würdigen, aber es war noch nicht einmal ein Uhr, und ich habe immer Probleme, so früh am Tag schon Appetit zu entwickeln.

Es drehte sich natürlich um das Buch. Nach einem rekordverdächtig schnellen Satz war es jetzt fertig für den Druck – er hatte eine Korrektur dabei, die ich jedoch nicht durchlesen musste, da sie bereits von anderen durchgegangen worden war, wie er mir erklärte. Alles in allem gab es nur eine Sache, die fehlte.

Der Titel.

Reins Manuskript war ohne Titel gewesen. Ich hatte das zu Beginn meiner Übersetzungsarbeit bemerkt, aber dem dann später nicht mehr besonders große Aufmerksamkeit gewidmet. Aus Erfahrung wusste ich, dass Rein oft wankelmütig war, was den Titel betraf. Häufig änderte er ihn zwei oder drei Mal, bevor er zufrieden war.

Aber jetzt verhielt es sich natürlich anders. Die Verlagsherren waren gezwungen, die Frage selbst zu entscheiden, und da ich derjenige war, der sich am intensivsten mit dem Text beschäftigt hatte, war man zu der Meinung gelangt, ich könnte vielleicht einen Vorschlag machen. Das war nicht mehr als recht und billig, wie Kerr sich großzügig ausdrückte.

Ich ließ den d'Yquem über die Zunge rollen.

»Rein«, sagte ich.

Kerr nickte aufmunternd.

»Es soll Rein heißen«, erklärte ich.

»Nur Rein?«

»Ja.«

Er überlegte eine Weile.

»Ja, das ist wohl richtig«, sagte er dann.

»Wie läuft es mit den Urheberrechten?«, fragte ich. »Den Royalties und so?«

»Das wird ein Problem«, gab er zu. »Aber wir haben ja seinen Brief, und unsere Anwälte haben sich das angeschaut. Wenn wir es herausgebracht haben, werden wir Kontakt zu seiner Witwe aufnehmen. Ich gehe jedoch davon aus, dass wir das Recht auf das Originalmanuskript beanspruchen können. Weißt du, wann die Verhandlung anfangen soll?«

»In der ersten Maiwoche.«

»Du wirst als Zeuge dabei sein?«

Ich nickte. Er wischte sich den Mund mit der schweren Leinenserviette ab. Zögerte einen Moment.

»Was denkst du?«

»Was meinst du?«

»Waren sie es? Ja, natürlich müssen sie es gewesen sein, aber wie haben sie reagiert?«

»Ich haben keinen von beiden getroffen.«

»Nein, natürlich nicht ... aber – werden sie gestehen oder alles abstreiten?«

Ich zuckte mit den Achseln.

»Keine Ahnung.«

»Du hast nicht ... irgendwas gehört?«

»Nein.«

»Hm. Mariam Kadhar ist eine attraktive Frau, oder?«

Ich erwiderte nichts.

»Ich habe sie natürlich nur ein paar Mal getroffen ... bei Walker und im letzten Jahr in Nizza, aber verdammt, man merkt doch gleich, dass sie ein Rasseweib ist.«

Kerrs Bildersprache war nun einmal so.

»Kann schon sein«, sagte ich.

Er zögerte wieder.

»Versteht du, wovon es handelt? Das Buch, meine ich. Es scheint mir etwas mysteriös zu sein ... aber das muss ja kein Nachteil sein.«

»Nicht alles muss leicht zugänglich sein.«

»Nein, zum Glück nicht. Worüber ich nachgedacht habe, ist die Frage, ob nicht noch weitere verborgene Botschaften darin verborgen sind außer dieser ... einfachen. Man kann ja trotz allem das eine oder andere in so einem Text verbergen ... Allegorien wie bei Borges und leClerque beispielsweise. Chiffren geradezu ... ich weiß nicht, ob du schon mal darüber nachgedacht hast?«

Ich schüttelte den Kopf.

»Ich denke nicht«, sagte ich. »Er hatte nicht die Zeit für so etwas Kompliziertes. Hat schließlich alles innerhalb weniger Monate geschrieben ... und die Leuchtraketen, die er abschießt, sind ja nicht besonders subtil. Nicht wahr?«

Kerr nickte.

»Stimmt, da wirst du wohl Recht haben. Auf jeden Fall geben wir die Neuigkeit morgen bekannt. Amundsen hat einen kleinen Presseempfang arrangiert ... wie möchtest du es haben?«

»Wie ich es haben will?«

»Ja, dir ist doch wohl klar, dass du die Hauptperson dabei bist. Die Spinne im Netz sozusagen, verdammt, du bist doch derjenige, der das Buch übersetzt und sie überführt hat. Die

Journalisten werden ziemlich scharf auf dich sein, wir dachten, dass dir das klar ist ...«

Ich war natürlich darauf vorbereitet, aber mein anonymer Aufenthalt in der Ferdinand Bolstraat hatte mich offensichtlich in falscher Sicherheit gewiegt. In den letzten Wochen war meine Energie einzig und allein auf die Wassingen-Spur und die Suche nach Ewa gerichtet gewesen, und auch sonst erlebte ich ja mein Leben im Augenblick eher wie in einer Nische der Wirklichkeit und nicht in deren breitem Strombett.

Sozusagen. Ich dachte schweigend nach.

»Vielleicht wäre ein kleines Interview nicht ganz dumm, oder?«, fuhr Kerr fort und schenkte mehr Wein ein. »Natürlich exklusiv und nur in den richtigen Zeitungen. Du musst das selbst entscheiden, aber wenn wir ein paar Jungs schicken ... Rittmer und einen Fotografen vielleicht, dann könnten wir es so lenken, wie wir es haben wollen. Die Kontrolle behalten, wie Amundsen immer sagt.«

Ich musste zugeben, dass ich Kerr fast bewunderte für die Leichtigkeit, mit der er das vortrug, aber auch für seinen und Amundsens unerschütterlichen Sinn für ökonomische Realitäten. Die Frage war ja wohl, ob nicht eine verkäufliche Reportage über mich – in der jetzigen Situation oder in Zusammenhang mit dem Prozessbeginn – zumindest so viel einbringen würde, dass ich mich sozusagen hier unten in A. selbst trug. Es gab bereits reichlich Spekulationen im Rein-Fall, und die würden zweifellos in den nächsten Wochen noch zunehmen.

Und um wirkliche Neuigkeiten war es in Erwartung der Gerichtsakrobatik schlecht bestellt. Ich sah ein, dass ich trotz allem einiges zu bieten hatte. Ich trank von dem Wein.

»Nein, danke«, sagte ich. »Ich ziehe es vor, mich bedeckt zu halten.«

Kerr betrachtete mich schweigend einige Sekunden lang, und ich glaube, er sah ein, dass er in einer Sackgasse gelandet war.

»Warum bist du noch hier?«, fragte er.

»Ich habe meine Gründe.«

»Ja, sicher. Nun gut, mach, was du willst. Wer weiß, dass du dich hier aufhältst?«

»Niemand«, antwortete ich. »Ich bin ein Steppenwolf, ich dachte, das wüsstest du.«

»Niemand?«

Ich überlegte.

»Die Polizei und der Staatsanwalt«, korrigierte ich mich. »Und Janis Hoorne.«

»Hoorne?«

»Ja.«

»Ist er verschwiegen?«

»Wenn ich ihn darum bitte.«

Er nickte.

»All right. Dann machen wir das so. Aber dir ist doch wohl klar, dass du gejagt werden wirst, sobald das Verfahren loslegt?«

Doch, das sah ich schon ein. Aber es waren noch drei Wochen bis dahin, und es war meine Absicht, solange es nur möglich war, außerhalb des Lichts der Öffentlichkeit zu bleiben.

Wir schafften auch noch ein paar Cafés, Kerr und ich, und als ich ihn am Rembrandt Plein ins Taxi setzte, war er ziemlich beschwipst und allerbester Laune. Als Letztes versprach er, mir als Dank für meinen Einsatz eine kleine Gratifikation zu schicken, und ich ging davon aus, dass das als Besiegelung unseres Gentlemen's Agreement anzusehen war.

Wenn ich mich von meinen Verlegern nicht interviewen und prostituieren lassen wollte, dann sollte ich wenigstens auch keinen anderen Schwachkopf reinlassen.

Das war natürlich nicht mehr als recht und billig.

Mein zweiter Versuch der Autoverfolgungsjagd verlief bedeutend besser als der erste. Bereits gegen sechs Uhr am Montagmorgen war ich hinter der Nummer 36 D mit einem anderen Mietwagen an Ort und Stelle – diesmal einem ganz neuen und bedeutend schnelleren kleinen Renault –, und ich brauchte nur fünfundvierzig Minuten zu warten, bis er aus der Garage herausgekrochen kam.

Ich hatte mich diesmal mit einer Brille bewaffnet – und einem albernen braunroten Anklebebart, den ich in einem kleinen Kramladen in der Albert Cuypstraat gefunden hatte, und ich klemmte mich sofort dicht hinter ihn. Wie beim letzten Mal fuhr er ums Einkaufszentrum herum und fädelte sich in die rechte Fahrspur ein, um auf die Autobahn nach A. zu kommen. Während wir an der großen Kreuzung auf grünes Licht warteten, notierte ich mir das Autokennzeichen – wie weit es möglich sein würde, dadurch den Namen des Besitzers zu erfahren, davon hatte ich keine Ahnung, aber zumindest schwebte mir diese Möglichkeit vor.

Die Fahrt in Richtung A. verlief in ziemlich hoher Geschwindigkeit, aber ich hatte keine Probleme dranzubleiben. Der Verkehr war noch nicht besonders dicht, und ich konnte ihm einen Vorsprung von hundert Metern geben, ohne Gefahr zu laufen, ihn zu verlieren. Bei der Abfahrt 4 zum Ring hin bog er ins Zentrum ab, folgte der Alexanderlaan und dann der Prinzengracht bis zum Vollerimspark, wo er rechts in die Kreutzerstraat einbog und schließlich in einer schmalen Gasse mit Namen Palitzerstraat parkte. Ich beobachtete ihn aus zirka dreißig Metern Entfernung, sah, wie er aus dem Wagen stieg, abschloss und die Straße überquerte, um dann in ein großes Bürogebäude auf der anderen Straßenseite zu gehen.

Ich wartete ein paar Minuten. Fand einen Parkplatz gleich um die Ecke und ging zu Fuß zurück zum Hauseingang. Stellte fest, dass er geöffnet war, und trat ins Treppenhaus. Auf einer Tafel gleich links an der Wand standen die Firmen Stockwerk für Stockwerk aufgelistet.

Soweit ich erkennen konnte, waren die beiden ersten Etagen von einer Versicherungsgesellschaft belegt, Nummer drei von zwei verschiedenen Firmen mit unklarer Tätigkeit, vermutlich Importunternehmen irgendwelcher Art, die vierte und oberste von der Zeitschrift Hermes, von der ich schon einmal gehört zu haben meinte, aber nicht genau sagen konnte, in welches Genre sie fiel. Ich schrieb die Namen auf und überlegte eine Weile, drei oder vier Personen gingen derweil an mir vorbei ins Gebäude. Dann trat ich wieder hinaus auf die Straße. Ich fand ein Café an der Ecke, wo ich den Wagen geparkt hatte, ging dort hinein und setzte mich mit einer Tasse Kaffee an einen Fenstertisch.

Es war Viertel nach acht, stellte ich fest. Ich konnte weder den blauen Mazda noch das betreffende Haus sehen, beschloss aber, dass es in diesem Fall nicht so wichtig war.

Überhaupt nicht wichtig eigentlich. Ich wusste ja, wo er war. Er wohnte im Wohnblock 36 draußen in Wassingen, und er arbeitete hier in der Palitzerstraat. Letzteres war natürlich noch nicht ganz sicher, aber ich hielt es doch für äußerst wahrscheinlich, geradezu sicher. Um ganz auf der sicheren Seite zu sein, brauchte ich nichts anderes zu tun, als ein paar Mal am Tag zu überprüfen, ob das Auto noch dort stand. Vielleicht die Sache die Woche über verfolgen, und wenn es sich herausstellte, dass das Parken hier nur eine zufällige Angelegenheit war, so brauchte ich mich nur erneut in den Vorort zu der Tiefgarage zu begeben. Sonst nichts.

Nein, mein Verfolger sollte mir nicht wieder entkommen, da war ich mir sicher. Vermutlich würde es mir auch gelingen, ohne größere Probleme seinen Namen herauszufinden. Er musste ja einer von denen sein, die ich bereits auf meinen Listen verzeichnet hatte. Ich war zwar während meiner Klinkenputzerei nicht auf ihn gestoßen, aber vielleicht hatte ich schon am Telefon mit ihm gesprochen.

Mein Beschatter war eigentlich nicht mehr besonders interessant, wie ich feststellte, während ich am Kaffee nippte und so tat, als läse ich die Morgenzeitung, die aufgeschlagen auf dem Tisch lag. Was dagegen geklärt werden musste, war natürlich die Beziehung und Verbindung zu Ewa. Ich hatte ja bereits viel Zeit gehabt, darüber nachzudenken. Während des vergangenen Wochenendes hatte ich verschiedene bizarre Ideen und Möglichkeiten verworfen und war schließlich zu dem Schluss gekommen, dass es sich nur so verhalten konnte: Maertens hatte Recht gehabt. Ewa war tatsächlich draußen in Wassingen an diesem Tag gewesen, als sein hinkender Mitarbeiter sie gesehen hatte. Sie war in den Block Nr. 36 gegangen, aber sie hatte das gemacht, um meinen Verfolger zu treffen. Nicht, weil sie dort wohnte. Genauso offensichtlich war es, dass er mich in diesen Tagen Ende Februar und Anfang März auf Grund ihrer Initiative beschattet hatte. Es hatte also weder etwas mit Rein noch mit Mariam Kadhar zu tun. Ewa hatte ihn gebeten, mich im Blick zu behalten, und der Grund dafür konnte kaum ein anderer sein, als dass sie mich gesehen hatte.

Aus reinem Zufall vermutlich.

Irgendwo in A. In einem Café. Auf der Straße. In einem Geschäft, während ich einkaufte. Das war vermutlich alles. Ich hatte nach meiner verschwundenen Ehefrau gesucht, aber nun war sie es geworden, die mich sah, bevor ich sie entdeckte. Das Objekt wurde zum Subjekt, wenn man so wollte. Die Beute zum Jäger.

Natürlich musste ihr das zu denken gegeben haben, als sie mich entdeckte, und für sie musste es das Wichtigste sein herauszufinden, was ich in A. wollte. Hatte mein Aufenthalt irgendetwas mit ihr zu tun, oder war ich aus ganz anderen Gründen hier?

Was tat ihr Ehemann, der vor dreieinhalb Jahren versucht hatte, sie zu ermorden – und der möglicherweise immer noch in dem Glauben war, dass es ihm gelungen wäre –, hier, an ihrem neuen Wohnort?

Einfach ausgedrückt.

Und ihre erste Aktion, um eine Antwort auf diese Fragen zu bekommen, war gewesen, einen Beobachter anzuheuern.

Einen guten Freund? Einen Arbeitskollegen? Einen Bekannten, dem sie vertraute?

Während ich in dem morgenleeren Café saß, ging ich diese logische Gedankenkette noch einmal durch, und auch jetzt konnte ich keine Haken oder Schwachstellen entdecken. Die Verbindung zwischen Ewa und meinem Verfolger war ohne jeden logischen Zweifel sicher gezogen, und ich wusste, dass der Durchbruch geschafft war. Er war derjenige, der mich zu ihr führen würde.

Früher oder später. Mit oder gegen seinen Willen. Aber unwiederbringlich.

Diese Schlussfolgerungen enthielten natürlich eine gehörige Portion Glauben. Ich wusste, dass es darauf ankam, die Karten richtig auszuspielen, und genau diese Frage drängte sich mir auf und erforderte meine ganze Aufmerksamkeit und Konzentration.

Wie sollte ich mich verhalten? Was war der richtige Zug?

Diese verdammten Entscheidungen die ganze Zeit. Diese verfluchte verdichtete Zeit! Ich erinnere mich noch, dass ich so dachte.

Soweit ich sehen konnte, gab es genügend Möglichkeiten, Fehler zu machen, aber auf jeden Fall hatte ich im Augenblick das Gefühl, ich dürfte mich auf keinen Fall zu erkennen geben. Falls es sich später als notwendig herausstellen sollte, ihn zur Rede zu stellen, dann musste das natürlich mit Nachdruck und aller Härte geschehen – nach meinen Regeln, nicht nach seinen oder ihren.

Vielleicht lieber auch nicht ohne eine geeignete Waffe in der Hand.

Aber erst einmal im Verborgenen. Als ich in meinen Überlegungen so weit gekommen war, verließ ich das Café. Es gelang mir, einen Parkplatz auf der anderen Straßenseite zu finden, schräg gegenüber dem Bürohaus und so gelegen, dass ich ganz ungehindert beobachten konnte, welche Menschen hinein und heraus spazierten.

Auf diese Art und Weise verbrachte ich den ganzen Tag. Leute kamen und gingen, sowohl Männer als auch Frauen in ziemlich ausgewogener Zahl. Besonders während der Mittagszeit zwischen zwölf und zwei war der Strom dicht. Die meisten gingen nur zu einem kleinen Stadtteilrestaurant gleich um die Ecke hinter mir, während andere sich weiter fort auf den Weg machten. Ein paar nahmen den Wagen. Mein Schatten tauchte um Viertel nach zwölf zusammen mit einem anderen Mann und einer bedeutend jüngeren Frau auf, sie verschwanden um die Ecke, an der das Café lag. Alle drei kehrten kurz nach halb zwei zurück, und dann dauerte es fast bis halb sechs, bevor er wieder herauskam. Er ging geradewegs zu seinem Mazda und fuhr nach Wassingen hinaus. Ich folgte ihm eine Weile, aber sobald klar war, wohin es ging, ließ ich ihn laufen und fuhr stattdessen zurück zur Autovermietung.

Den ganzen Tag in der Palitzerstraat hatte ich nicht den Schatten von Ewa gesehen, und daraus schloss ich zunächst einmal, dass sie keine Arbeitskollegin des Schattens sein konnte. Außerdem hatte ich mich im Laufe des Nachmittags immer mutloser gefühlt, und ich glaube nicht, dass allein die Monotonie der Grund dafür war. Zum ersten Mal spürte ich außerdem den Hauch eines Zweifels und der Unsicherheit hinsichtlich einer möglicherweise in der Zukunft stattfindenden Begegnung mit Ewa. Bis dahin – bis zu diesem Tag Mitte April – hatte diese Frage mich nie beunruhigt, aber als sie das nun tat, erschien mir alles zusammen mit einem Mal ungemein schwer.

Wie ein altes Trauma, das man jahrelang erfolgreich unter Verschluss gehalten hatte, das sich aber plötzlich absolut nicht mehr unter den Teppich kehren ließ. Ein krankes Haustier.

Ich trank an diesem Abend, bis ich reichlich betrunken war. Ging aus der letzten Bar auch noch mit einer dunkelhäutigen, sehr anziehenden Frau, aber als wir vor ihrer Tür standen, bekam ich kalte Füße und verließ sie wortlos. Ich eilte durch die regennassen Straßen nach Hause, und ich erinnere mich, dass ich noch hörte, wie sie ein Fenster öffnete und etwas ziemlich Unanständiges hinter mir herschrie.

Es lässt sich nicht leugnen, dass ich sie gut verstehen konnte.

Die letzten Tage habe ich nicht besonders früh aufstehen können, was wohl in erster Linie daran liegt, dass ich bis in den frühen Morgen noch auf bin und schreibe. Drei Nächte nacheinander hing ein Vollmond über der Bucht und malte eine Silberstraße ins Wasser. Es sieht fast beklemmend aus. Ein beschwipster Schmierfink, kommt mir in den Sinn, der die Schöpfung nach einem grellen, geschmacklosen Teenagerheft malt.

Keinerlei Subtilität.

Aber am Strand brennt hier und da des Nachts ein Feuer, ich nehme an, dass die Jugendlichen, die drum herum sitzen, singen und geharzten Wein trinken, sich nicht besonders von der Wirklichkeit geplagt fühlen. Die meisten sind nackt, wie dem auch sei, und gestern Nacht, gerade als ich ins Bett gehen wollte, konnte ich beobachten, wie sich zwei von ihnen direkt unter meinem Balkon paarten.

Es geschah still und innerlich, das Mädchen saß auf dem Jungen und ritt ihn im Mondschein, und es fiel mir schwer, das Bild von der Netzhaut zu verbannen, als ich mich ins Bett legte und versuchte einzuschlafen. Wahrscheinlich verhält es sich so, dass ich nichts dagegen hätte, eine Frau im Mondlicht am Sandstrand zu lieben, oh nein.

Zum Teufel mit den Subtilitäten, kommt mir in den Sinn.

Einmal, nur ein einziges Mal, kehrte ich zurück nach Graues.

Aber nicht direkt nach Graues, ich blieb in Wörmlingen, dem Ort auf der anderen Seite des Passes, wohin ich an dem bewussten Tag gefahren und von wo aus ich Ansichtskarten geschrieben hatte und wo möglicherweise der Geliebte meiner Frau abgestiegen war.

Eine ganze Woche lang wohnte ich im Albergo Hans, und erst am vorletzten Tag fuhr ich noch einmal die gewundene Straße den Berg hinauf. Es war Mitte Mai, unten im Tal standen die Obstbäume in voller Blüte, weiter oben lag immer noch dichter Schnee. Die Passstraße war erst vor wenigen Wochen geöffnet worden.

Ein Jahr und neun Monate waren vergangen. Ich fuhr an dem bis zum Rand gefüllten Reservoir vorbei, ohne anzuhalten, weiter hinauf bis zu dem kleinen Parkplatz. Stieg aus und schaute über das Land. Nichts hatte sich verändert. Erst nach einer ganzen Weile war ich in der Lage, den Blick über den Abgrund zu senken und ihn auf der grünen Wasseroberfläche ruhen zu lassen. Vollkommen bewegungslos lag sie dort unter mir, es war ein klarer Tag, aber ich erinnere mich, dass die Sonne noch keine Glitzerpunkte warf und auch kein leichter Wind auch nur die geringste Kräuselung verursachte.

Ich ließ den Wagen stehen und ging die Straße weiter zu Fuß hinunter. Nach einer Weile hatte ich die scharfe Rechtskurve erreicht, ich ging langsamer und auf die linke Seite hinüber. Ich sah es bereits aus einiger Entfernung. Schnee und Eis hatten zwei Winter lang gearbeitet und ausgewaschen, aber hier klaffte ein Loch in der niedrigen Mauer aus Fels und Beton. Nicht groß und nicht ganz bis auf die Fahrbahn hinunter, aber ein Spalt – ein gezacktes V-Zeichen. Ich versuchte mich daran zu erinnern, schaffte es aber nicht. Stattdessen überfielen mich ein Gefühl der Erschöpfung und eine starke Übelkeit. Ich erbrach mich am Straßenrand zur Bergseite hin und machte mich dann augenblicklich daran, wieder hinauf zu meinem Auto zu steigen.

Anschließend fuhr ich hinunter, langsam und mit einem starken Gefühl der Verzweiflung. Am nächsten Tag verließ ich die Gegend für alle Zeit.

Vielleicht war es ja meine Absicht gewesen, auch Frau Handska aufzusuchen, vielleicht auch ein paar Worte mit Polizeimeister Ahrenmeyer zu wechseln, aber wie gesagt, ich kam nie wieder über den Berg.

Das Büro lag in der Apollolaan und war offenbar von einer Prachtwohnung in dem großen Jugendstilhaus abgetrennt worden. Ich klingelte, die Tür wurde von einem blassen jungen Mann in schwarzem Anzug und Polohemd geöffnet. Sein Gesicht war scharf geschnitten, sah etwas jüdisch aus, die Augen tief und nachdenklich. Ich stellte mich vor.

»Sie haben angerufen?«

»Ja.«

Es gab nicht viel mehr als einen Schreibtisch und zwei Stühle im Zimmer, das auf Grund der eingezogenen Wand fast aussah, als stünde es hochkant. Ich setzte mich und begann die Lage ohne weiteres Vorgeplänkel zu erklären.

»... eine Frau, die in ihrem früheren Leben Ewa hieß ...« Ich holte drei, vier Fotos heraus. »Das Einzige, was ich im Moment in der Hand habe, ist ein Mann, der einen blauen Mazda mit dem Kennzeichen H-124-MC fährt und im Wohnblock 36 draußen in Wassingen wohnt. Aufgang D ... ein Mann mit

Pferdegesicht und braun getönter Brille, der in der Palitzerstraat 15 arbeitet und das sichere Bindeglied zu der Frau ist, die ich suche ...«

Er schaute mich an und befingerte vorsichtig die Fotos.

»Warum klären Sie das nicht selbst?«

»Ich habe keine Zeit«, erklärte ich. »Aber es ist mit Sicherheit ein ziemlich einfacher Auftrag, und wenn Sie es nicht machen wollen, dann finde ich bestimmt jemand anderen. Und noch etwas: Ich habe keine Lust, unnötig viel Geld darauf zu verwenden.«

Ich hatte Kerrs versprochene Gratifikation am gleichen Morgen mit der Post erhalten, zweifellos kam der Zuschuss zur rechten Zeit, aber natürlich hatte ich nicht mehr so schrecklich viel Zeit, mich dieser Sache zu widmen.

»Ich hätte gern die Abmachung«, sagte ich, »dass Sie mir zusagen, den Namen und die Adresse der Frau innerhalb von einer Woche zu beschaffen.«

Er lachte.

»Solche Abmachungen geht man nicht einmal in der Hölle ein«, erklärte er und schob die Fotos auf dem Schreibtisch zu mir zurück. »Aber ich kann Ihnen einen guten Preis nennen und versprechen, dass ich tun werde, was ich kann. Es erscheint ja nicht gerade unmöglich, wenn man es recht betrachtet. Sie sind sicher, dass er sie kennt?«

Ich nickte.

»Und dass sie hier in der Stadt ist?«

»Ja.«

»Geben Sie mir jetzt dreihundert Gulden, und wenn ich innerhalb einer Woche nichts zu Stande gebracht habe, war's das.«

Ich zuckte mit den Schultern und holte meine Brieftasche heraus.

»Wo kann ich Sie erreichen?«

Ich schrieb meine Telefonnummer und meine Adresse auf den Block, der vor ihm lag. Er nahm das Geld und stand auf.

»Ich melde mich, sobald ich etwas habe. Wann kann ich Sie am besten erreichen?«

Ich überlegte.

»Vormittags«, sagte ich. »Ich arbeite oft bis spät in die Nacht, aber morgens bin ich zu Hause.«

»Ich verstehe.«

Wir gaben uns die Hand, und ich trat hinaus ins grelle Sonnenlicht der Apollolaan. Es waren nur fünf Minuten Fußweg nach Hause zur Ferdinand Bol, aber ich stellte fest, dass ich weder einen Grund noch viel Lust hatte, mich dorthin zu begeben.

Stattdessen machte ich mich auf den Weg einen Kanal entlang, dessen Namen ich nicht kannte und der an keiner einzigen Kreuzung ausgeschildert war. Wenn ich mich nicht irre, war ich auf dem Weg zum Balderispark, aber es konnte mir im Prinzip gleich sein, wenn ich irgendwo anders landete. Hauptsache Bewegung. Ich musste die Zeit herumbringen, das war alles. Am Tag zuvor war ich auf diese Art ziellos sechs, sieben Stunden herumgelaufen, während ich darüber nachdachte, was ich machen sollte, aber erst spät abends, als ich bei Mephisto essen war, hatte ich beschlossen, wieder einen Detektiv zu engagieren. Den Gedanken an Maertens hatte ich sofort verworfen. Nach einer Weile hatte ich mich für diesen Haarmann entschieden, und wenn er auch anfangs etwas blass wirkte, musste ich doch zugeben, dass ich nach dem kurzen Gespräch ein gewisses Vertrauen zu ihm gefasst hatte.

Ob es mir bei Maertens nach unserer ersten Begegnung genauso ergangen war, daran konnte ich mich nicht mehr erinnern.

Nach ungefähr zwanzig Minuten kam ich zu einem großen grünen, abgegrenzten Areal, von dem ich annahm, dass es der Balderispark war. Ich trat durch die Pforte, ging weiter zwischen Büschen, blühenden Bäumen und tosendem Vogelgesang. Hier und da hatten sich Menschen mit Picknickkörben und Decken niedergelassen, meistens Paare und Gruppen von

Studenten natürlich, aber auch die eine oder andere Frau in meinem Alter, und unter anderen Umständen wäre es möglich gewesen – sogar ziemlich wahrscheinlich –, dass ich mich einer dieser offensichtlich Suchenden genähert hätte.

Aber jetzt hielt ich mich an meine eigenen Pfade. Ich durchquerte den großzügig verwachsenen Park der Länge und Breite nach, und so gelang es mir, den Nachmittag herumzubringen. Als ich wieder bei Ferdinand Bol ankam, herrschte bereits eine schmutzige Dämmerung, und ich machte mir klar, dass es nur noch sechs Tage waren, bis die Gerichtsverhandlung gegen Mariam Kadhar und Otto Gerlach beginnen würde.

Der 4. Mai. Ich glaube, das war so ein Datum, das ich verdrängte. Ich weigerte mich zu akzeptieren, dass es immer näher kam, weil dann – wieder einmal – alles von neuen Vorzeichen und unvorhersehbaren Zufällen umgeben sein würde. Etwas, das nur mich betraf und gegen das ich mich in keiner Weise schützen konnte.

Wie ein Operationstermin. Oder ein Scheidungs …

Bereits am nächsten Morgen rief Haarmann an und nannte mir den Namen meines Verfolgers.

Elmer van der Leuwe.

Allein stehend, aber mit zwei Kindern aus einer früheren Ehe. Seit acht Jahren bei der Versicherungsgesellschaft Kreuger & Kreuger angestellt, die ihren Sitz in der Palitzerstraat hatte.

Und nur zwei Tage später erklärte er mir, dass es das Beste sei, die Arbeit für vierzehn Tage ruhen zu lassen. Van der Leuwe hatte nämlich gerade mit einem guten Freund eine Charterreise nach Kreta angetreten und würde nicht vor dem Sechzehnten wieder zurück sein. Eine Verbindung zu Ewa hatte Haarmann bisher nicht aufdecken können, und es schien – insbesondere da ich ja daran interessiert war, die Kosten niedrig zu halten – nur wenig sinnvoll, die Verfolgung während der zwei Wochen aufrecht zu halten.

Ich war der gleichen Meinung. Als ich den Hörer aufgelegt hatte, spürte ich, wie mich ein schrecklicher Widerwille überfiel. Mehrere Stunden lang blieb ich auf dem Bett liegen, rauchte eine Zigarette nach der anderen. Beatrice strich um mich herum und schien ernsthaft über etwas beunruhigt zu sein. Schließlich sah ich mich gezwungen, sie auf den Balkon zu lassen. Kurz darauf rief Janis Hoorne an, aber nur, um mir mitzuteilen, dass er in nächster Zeit nicht die Möglichkeit haben würde, sich mit mir zu treffen, da sich immer noch gewisse Komplikationen bei der Einspielung zeigten.

Blieb also nichts als warten.

Blieb also nichts, als in den Bars zu sitzen und die Gedanken im Zaum zu halten.

Nacht.

Ich sitze hier und schreibe und erkenne immer klarer, was für ein erbärmlich schlechtes Theaterstück das Leben ist. Es gibt keine klaren Linien. Keine Moral von der Geschicht. Die Schauspieler halten sich nicht an ihre Rollen, und selbst die Dramaturgie wankt hin und her wie ein zerbrechliches Schiff auf hoher See.

Eine hässliche Hure in viel zu großen Stöckelschuhen. Was auch immer.

Heute Abend ist die Mondstraße zu kleinen Wegen auf dem Wasser geschrumpft. Die Zikaden zirpen jetzt in der Dunkelheit ein wenig mehr in Einklang. Eine ungestimmte Gitarre ist unten vom Strand her zu hören, und die Luft hat eine Temperatur, dass sie nicht auf der Haut zu spüren ist.

Hier gibt es keinen Stress. Keine Angst und kein Leiden. Und der Dekor! Ich trinke einen Schluck lauwarme, geharzte Eselpisse und zünde mir die vierzigste Zigarette des Tages an. Die Petroleumlampe rußt wie immer. Hier gibt es keine Elektrizität. Nur den Mond und die Feuer. Und Petroleum.

Ich schreibe.

Unverdrossen sprudeln diese Worte über die Geschehnisse aus mir heraus. Ich bin die ganze Zeit voller Verzweiflung, fahre aber dennoch ohne zu zögern fort. Das ist ein Gefängnis, ein wahrhaftiges Gefängnis mit sich prostituierenden Kulissen, die selbst den Teufel täuschen könnten. Zwölf Tage sind seit meiner Ankunft vergangen. Ich weiß nicht, ob ich das finden werde, weshalb ich hergekommen bin, und vielleicht ist es auch gar nicht mehr so wichtig. Zum Teufel mit Hendersons Bildern! Es ist der Weg, der die Mühe sinnlos macht, ich bin nur noch einer dieser seelenlosen Akteure in diesem gottverdammten Stück, das keiner mehr anschaut. Das keiner geschrieben und keiner inszeniert hat. Gallis meint, das Schöne an dem Retsina sei, dass man eigentlich so viel davon trinken kann, wie man will. Ich glaube ihm. Die Flasche und das Glas, die vor mir stehen, enthalten zweifellos die reinste Eselspisse, aber trotzdem trinke ich tapfer weiter.

Gott ist mein Zeuge, wie betrunken ich bin. Ich bin nicht mehr in der Lage, das zu schreiben, was ich mir vor einer Stunde überlegt habe. Werde diese Seiten auf der anderen Seite der Nacht herausreißen. Meine Worte werden im hellen Tageslicht unter die Erde kriechen. Schamhafte, bleiche Leichenwürmer.

Und hätte ich dennoch angefangen, hätte ich wahrscheinlich nur folgendes geschrieben:

... und ganz rechts saß M.

Das ist eigentlich das einzige, woran ich mich noch erinnere.

Otto Gerlach saß ganz links. Tadellose Frisur und frisch rasiert. Im weißen Hemd, mit Schlips und Doppelreiher. Die Hände lagen vor ihm auf dem Tisch. Ein Sinnbild des wohlverdienten Erfolges.

Rechts von ihm saßen zwei Anwälte. Zunächst sein eigener, daneben der von Mariam Kadhar. Sie hatten also jeder einen, und ich wusste nicht, ob das wirklich etwas zu bedeuten hatte oder ob das nur gemacht worden war, damit sie auf diese Art und Weise weiter auseinander sitzen konnten.

... und ganz rechts saß M.

In Schwarz gekleidet. So ein einfacher, schulterfreier Fetzen, den nur eine bestimmte Sorte Frauen tragen kann und der ein Monatsgehalt kostet. Wie mir gesagt wurde.

Während ich aufstand und den Eid schwor, hob sie den Blick und schaute mich zwei Sekunden lang an. Anschließend betrachtete sie eine Weile die Schuhe des Staatsanwalts. Er stand schräg vor ihr auf dem dunklen Holzfußboden, und diese beiden Blicke unterschieden sich in nichts.

In absolut nichts.

Ich wurde gebeten, mich wieder hinzusetzen, was ich auch tat. Der Staatsanwalt näherte sich mir vorsichtig. Er war ein hoch gewachsener Mann in den Fünfzigern. Distinguiertes Gesicht mit einer Art halbgötterartigem, klassischem Profil, was er offensichtlich gern zur Schau stellte. Er ging um die Zeugenbank herum und stellte sich so, dass ich ihn von der linken Seite sah, während die Geschworenen und der größte Teil des Publikums seine rechte Flanke betrachten konnten. Er stand absolut still und ließ ein paar Sekunden verstreichen.

»David Moerk«, begann er.

Ich nickte.

»Sie heißen David Moerk?«, führte er aus.

»Ja«, gab ich zu.

»Erzählen Sie uns, warum Sie hier in A. sind!«

Ich erklärte meinen einen Grund ausführlich. Das dauerte einige Minuten, aber er unterbrach mich kein einziges Mal. Otto Gerlach saß unbeweglich da, die Hände ruhig auf dem Tisch, und ließ mich keine Sekunde aus den Augen. Dennoch meinte ich, erkennen zu können, dass seine Kiefer sich ein wenig bewegten, und mir wurde klar, dass er trotz seines Auftretens das Opfer widerstreitender Gefühle war. Mariam Kadhar dagegen hielt den Kopf gesenkt und erschien sehr viel entspannter als ihr Liebhaber.

»Danke«, sagte der Staatsanwalt, als ich fertig war. »Erzählen Sie uns von Ihrer Übersetzungsarbeit. Wie sie verlief und wann Sie Unrat zu wittern begannen.«

Ich fuhr fort. Während ich sprach, ließ ich den Blick durch den Raum schweifen. Verweilte eine Zeit lang bei den Geschworenen. Vier Männer und drei Frauen, die alle mit geradem Rücken und leicht besorgtem Gesichtsausdruck dasaßen. Ich ging weiter zu den Zuhörern, sowohl zu denen, die unten im Parkett saßen, als auch zu den erkennbaren ersten Reihen oben im Rang. Der Raum war voll besetzt, daran gab es keinen Zweifel. Es war der zweite Verhandlungstag, der erste wirklich ernsthafte. Der Tag zuvor war – nach dem, was ich in den Zeitungen gelesen hatte – in erster Linie den technischen Daten gewidmet gewesen und dazu benutzt worden, die Anklagepunkte festzulegen.

Heimtückischer Mord.

Beide hatten geleugnet. Das Vorgefecht war erledigt.

Die Zahl der Fragen war unendlich, laut der Presse. Einer der interessantesten Prozesse seit dem Fall Katz und Vermsten, schrieb der mit Laukoon Unterzeichnende im »Telegraaf«. Am Abend des ersten Tags hatte ein Kriminalmagazin im Fernsehen seine ganze Sendezeit dazu genutzt, den Fall zu diskutieren. Oder besser gesagt, Fragen zu stellen. Ich hatte einen Zipfel des Spektakels im Vlissingen gesehen.

Würden beide verurteilt werden?

Würde einer von ihnen alles auf sich nehmen? Wer?

Welche handfesten Beweise konnte der Staatsanwalt vorweisen? Wie hatte das Liebesdreieck eigentlich ausgesehen? Würden sie sich auf eine Art Verbrechen aus Leidenschaft berufen?

Etcetera.

»Was glauben Sie, warum Rein sein Buch auf diese Art herausgebracht haben wollte?«, fragte der Staatsanwalt.

Gerlachs Verteidiger protestierte. Erhob sich und erklärte, dass der Zeuge zu Spekulationen verleitet werden sollte. Ich schwieg.

»Abgelehnt«, entschied der Richter. »Die Geschworenen werden sicher davon ausgehen, dass der Zeuge sich seine eigenen Gedanken gemacht hat.«

Der Anwalt setzte sich wieder.

»Nun?«, fragte der Staatsanwalt.

»Können Sie die Frage wiederholen?«

»Warum wollte Rein das Buch in Übersetzung herausbringen?«

»Das ist doch offensichtlich.«

»Erklären Sie!«

Ich schaute Mariam Kadhar an. Durch die hoch gelegenen Fenster im Rang fiel die Sonne herein und tauchte ihr Schlüsselbein in marmorweißes Licht. Ich dachte wieder an ihre Nacktheit.

»Es steht im Manuskript, dass sie ihn ermorden wollten«, erklärte ich.

Die Antwort löste einige Unruhe auf dem Rang aus, und der Richter schlug ein paar Mal mit seinem großen Hammer auf den Tisch.

»Erklären Sie«, wiederholte der Staatsanwalt.

Ich erzählte von den Kursivierungen und davon, was Rein über die Briefe und die Sonnenuhr draußen im Kirschgartenhof geschrieben hatte. Sofort kam wieder Leben unter die Zuhörer, und der Richter schlug erneut mit dem Hammer.

»Können Sie mir erzählen, was Sie taten, als Sie diese Dinge entdeckten?«

Ich spürte langsam eine leichte Übelkeit. Es war heiß im Saal, und ein Duft nach teurem Rasierwasser hing in der Luft. Ich glaube, er stammte von Otto Gerlach. Ja, so in der Retrospektive weiß ich genau, dass er es gewesen sein muss.

»Ich habe das nachgeprüft.«

»Und wie?«

»Ich bin nach Behrensee gefahren und habe untersucht, ob es sich wirklich so verhält, wie geschrieben stand.«

»Sie haben also nach den Briefen gesucht?«

»Ja.«

»Und haben Sie sie an dem Platz gefunden, den er angegeben hatte?«

»Ja.«

»Haben Sie sie gelesen?«

»Später.«

»Und welchen Schluss haben Sie daraus gezogen?«

Es wurde wieder protestiert, diesmal von Mariam Kadhars Verteidiger. Der Richter lehnte erneut ab. Ich trank ein wenig Wasser. Es hatte ungefähr die gleiche Temperatur wie der Rest des Saals, und meine Übelkeit wurde nicht besser.

»Welchen Schluss haben Sie daraus gezogen?«, wiederholte der Staatsanwalt.

»Welchen Schluss hätten Sie daraus gezogen?«, konterte ich.

Der Richter griff ein und erklärte, dass es meine Aufgabe sei, Fragen zu beantworten, nicht, welche zu stellen. Ich nickte und trank noch einen Schluck.

»Ich zog den Schluss, dass Otto Gerlach und Mariam Kadhar Rein getötet haben.«

Der Damm brach, aber der Richter unternahm keinen Versuch, die Ruhe wieder herzustellen. Der Staatsanwalt dankte mir und setzte sich wieder hinter seinen Tisch.

Langsam verebbte das Gemurmel, der Richter erteilte Mariam Kadhars Anwalt das Wort, worauf dieser seinen Anzug zuknöpfte und sich in der gleichen einstudierten Art meiner Bank näherte, wie der Staatsanwalt es getan hatte. Er hatte zwar nicht das gleiche Profil, nahm aber im Großen und Ganzen die gleiche Position ein und wartete, bis das letzte Flüstern verklungen war, bevor er das Wort ergriff.

»Welcher Verlag hat Ihnen den Auftrag gegeben, Reins Manuskript zu übersetzen?«

Ich nannte ihn.

»Wissen Sie, wann das Buch herauskommt?«

Ich zuckte mit den Schultern.

»Jetzt in diesen Tagen, nehme ich an.«

»Laut meinen Informationen heute«, präzisierte er.

»Das ist möglich.«

»Wie groß ist die Auflage?«

»Keine Ahnung.«

Er zog ein Blatt Papier aus der Innentasche. Faltete es umständlich auf und betrachtete es mit einer Miene gespielter Überraschung.

»Fünfzigtausend«, sagte er.

Ich sagte nichts. Er nahm seine Brille ab und ließ sie hin und her schaukeln, indem er sie an einem Bügel festhielt.

»Haben Sie dazu etwas zu sagen?«

»Nein.«

»Ist das nicht eine sehr große Auflage? Wenn man an das Sprachgebiet denkt.«

Ich zuckte erneut mit den Schultern.

»Schon möglich. Aber Rein war ein großer Schriftsteller.«

»Daran besteht kein Zweifel.« Er studierte erneut seinen Zettel. »Ich habe hier die Verkaufszahlen seiner letzten beiden Bücher in Ihrem Land ... wissen Sie, um welche Zahl es sich da handelt?«

»Nein.«

»Zwölftausend. Für beide Titel, wie gesagt ... was sagen Sie dazu?«

Ich sagte gar nichts.

Er setzte sich die Brille leise lächelnd wieder auf.

»Sagen Sie mir, ist die Veröffentlichung nicht ein ziemlich gutes Geschäft für Ihren Verlag?«

»Kann schon sein.«

Er machte eine kleine Pause, drehte mir so lange den Rücken zu.

»Verhält es sich nicht so ...«, setzte er erneut an. »Ist es nicht so, dass diese ganze Geschichte eine reine Spekulation ist, um Geld mit einem außergewöhnlich einfach zu verkaufenden Bestseller zu verdienen?«

Ich trank ein wenig Wasser.

»Quatsch«, sagte ich.

»Wie bitte?«

»Quatsch!«, wiederholte ich mit lauter Stimme.

»Darf ich den Zeugen darum bitten, seine Sprache ein wenig zu zügeln«, warf der Richter ein.

Dazu hatte ich nichts zu sagen. Mariam Kadhars Verteidiger setzte sich. Der Gerlachs stand dafür auf und kam zu mir.

»Wer bezahlt Ihren Aufenthalt hier in A.?«, fragte er.

»Mein Verlag natürlich.«

»Dieses Manuskript, das Sie übersetzt haben … haben Sie irgendeinen Beweis dafür, dass es wirklich von Germund Rein stammt?«

»Wie meinen Sie das?«

»Woher wissen Sie, dass Rein es geschrieben hat?«

Langsam wurde ich wütend.

»Natürlich ist es von Rein. Von wem sollte es sonst sein?«

»Wie kam das Manuskript in Ihre Hände?«

»Ich habe es von Kerr bekommen.«

»Von Ihrem Verleger?«

»Ja, natürlich.«

»Und woher hatte Kerr es?«

»Rein hatte es ihm geschickt.«

»Woher wissen Sie das?«

»Weil er es mir erzählt hat natürlich.«

»Kerr?«

»Ja.«

»Sie haben keine anderen Quellen?«

»Was denn für Quellen?«

»Die bezeugen können, dass es sich wirklich so verhalten hat.«

Ich schnaubte.

»Wozu sollte ich die brauchen? Was ist das für ein Schwachsinn, den Sie da andeuten wollen?«

Ich bekam eine weitere, diesmal schärfere Rüge vom Richter. Der Anwalt stützte sich mit den Ellbogen auf die Schranke, die meine Bank umgab.

»Gibt es noch etwas anderes als das Wort Ihres Verlegers, das bestätigen kann, dass es tatsächlich Rein war, der ihm dieses Manuskript geschickt hat?«

»Nein.«

»Dann kann es also ein Bluff sein, oder?«

»Das glaube ich nicht.«

»Ich frage Sie nicht, was Sie glauben.«

»Ich sehe es als vollkommen ausgeschlossen an, dass mein Verleger mit der Unwahrheit operieren würde.«

»Auch wenn das bedeuten würde, dass der Verlag auf die Füße kommt?«

»Der Verlag steht bereits auf den Füßen.«

Der Anwalt lachte kurz auf.

»Wenn aber jemand anderes sich als Rein ausgegeben hätte, könnte dann nicht auch Ihr ehrenwerter Herr Verleger hinters Licht geführt worden sein?«

Ich dachte nach. Trank einen Schluck Wasser.

»Im Prinzip schon«, musste ich zugeben. »Aber ich halte das für ausgeschlossen.«

»Danke«, sagte der Verteidiger. »Das war alles.«

Der Richter gab mir zu verstehen, dass ich meinen Platz auf der Zeugenbank verlassen durfte, und ich wurde von dem gleichen Wachtmeister hinausgeführt, der mich auch hereingeholt hatte. Als ich die Angeklagebank passierte, versuchte ich noch einmal Augenkontakt mit Mariam Kadhar herzustellen, aber sie saß immer noch unbeweglich da, den Blick zu Boden gerichtet. Otto Gerlach dagegen betrachtete mich wütend, und es war klar, dass er mich am liebsten umgebracht hätte, wenn wir uns in etwas unzivilisierterer Umgebung befunden hätten.

Als ich die breite Treppe des Gerichtsgebäudes hinunterschritt, wurde ich von blendendem Sonnenschein empfangen. Ich schaute auf die Uhr und konnte feststellen, dass mein Auftritt weniger als eine Stunde in Anspruch genommen hatte.

Ich zog meine Jacke aus. Hängte sie mir über eine Schulter und ging ins Zentrum. Die Übelkeit war immer noch da, und ich sah ein, dass ich jetzt ein paar reelle Drinks brauchte, um das Gleichgewicht wiederherzustellen.

Ich träume selten, aber als sie auftauchte, wusste ich sofort, dass sie nicht wirklich war.

Die Kleidung war die gleiche wie vor Gericht, und ihre weißen Schultern schimmerten unnatürlich weiß mit Hilfe irgendeiner Art künstlicher Beleuchtung, die ich nicht lokalisieren konnte. Sie näherte sich mir langsam, sehr, sehr langsam und vorsichtig. Ich erkannte sofort, dass sie barfuß war, ohne auch nur hinzusehen, vielleicht hörte ich ihre weichen Fußsohlen auf dem dunklen Marmorboden. Oder erkannte sie. Der Kontrast zwischen dem Warmen, Sinnlichen und dem Kalten, Harten war messerscharf. Ich spürte den Boden selbst und erkannte ihn wieder, zweifellos war er aus dem Chor in der Pierra del'Angelokirche in Tusca, wo Ewa und ich uns vor zehn Jahren eine Nacht lang geliebt hatten. Vor elf, wenn man es genau nimmt. Zwei Schritte von mir entfernt blieb sie stehen und ließ ihr Kleid zu Boden fallen. Ihre hemmungslose Nacktheit erfüllte den gesamten dunklen Kirchenraum, ich griff nach ihr, umfasste sie, sog ihre Haut in meine Nasenflügel ein, ein Duft von Thymian und Sandelholz, das einen heißen Sommertag lang in der Sonne gelegen hat. Und von Lust. In einer weichen Knicksbewegung beugte sie sich herab und umschloss mit ihren Lippen mein steifes Glied, ließ sich auf die Knie nieder, ich folgte ihr, sie ließ mich los, legte sich mit gespreizten Beinen auf den Rücken, und ich drang in sie ein. Lautstark begannen wir uns zu lieben, genau wie wir es in jener Nacht vor langer Zeit gemacht hatten. Ihre Erregung hallte im Kirchenraum wider, als wir uns wie ... wie geile Heiden, wie gewissenlose Tiere, im Santa Margaretachor in der Pierra del'Angelokirche liebten.

Dann stand da plötzlich eine andere Frau in dem hohen Fensteroval, ich sah, dass es Ewa war und dass die Frau, die nun rittlings auf mir saß und gurgelnd ihren Kopf nach hinten warf, absolut nicht Ewa war, sondern Mariam Kadhar.

Ewa trug das gleiche schwarze Kleid. Sobald ich sie entdeckte, wand ich mich unter Mariam Kadhar heraus. Ewa näherte sich und ließ ihr Kleid zu Boden fallen, und ihr Körper zeigte die gleiche schimmernde Blässe, und sie näherte sich uns beiden, die wir auf dem Boden lagen. Ihre Augen leuchteten, und während sie sich langsam zwischen uns gleiten ließ, streichelte sie mit beiden Händen ihre Brüste und ihren Schoß. Ich kauerte mich zusammen und kroch ein Stück weiter, Ewa beugte sich über Mariam Kadhar, die immer noch leise jammerte, weil ich mich ihr entzogen hatte, dann drückte sie ihr Gesicht zwischen Mariams Beine, und die beiden liebten einander. Erregt. Innerlich und liederlich zugleich lagen sie da, den Mund in den Schoß der anderen vertieft, leckten und saugten. Ich saß mit dem Rücken an die Wand gelehnt da und konnte meinen Blick nicht von ihnen wenden. Nach einer Weile hielten sie inne und wandten sich mir zu. »Rein!«, flüsterten sie. »Komm zu uns, Rein!«, und plötzlich war eine zum Mann geworden, ich weiß nicht, welche von beiden. Erst jetzt versuchte ich zu fliehen, begriff endlich, wie gefährlich das alles war, aber nun war es zu spät. Sie packten mich an Armen und Beinen und zogen mich mitten auf den Boden, wo schräge Lichtstreifen durch das Seitenfenster hereinfielen. Die Frau, die ich jetzt eindeutig als Ewa identifizieren konnte, befahl dem Mann, zu gehen und etwas zu holen, und er verschwand zwischen den Bankreihen.

»Rein«, flüsterte sie. »Du bist doch Rein, oder?«

Als sie sprach, war ihr Gesicht nur wenige Zentimeter von

meinem entfernt, und ich spürte, wie die Worte mit ihrem Atem kamen und aufgenommen wurden, nicht durch meine Ohren, sondern durch meine Haut und meine Poren.

»Nein, ich bin nicht Rein«, sagte ich. »Ich bin David. Du bist Ewa.«

Ihre Nähe war wieder sehr stark. »Wir schaffen es, uns zu lieben, bevor er zurück ist!«, flüsterte sie. »Komm!«

Sie setzte sich rittlings auf mich. Führte mich in ihren heißen Schoß ein und begann sich langsam auf mir zu heben und zu senken. Sie war enger, heißer und schöner, als ich es jemals erlebt hatte, und ich war kurz davor zu kommen, da hörte ich in einiger Entfernung Schritte, die sich näherten und in dem leeren Kirchenraum widerhallten.

»Rein«, stöhnte die Frau, die mich ritt. »Rein! Ich liebe dich, aber ich muss dich töten.«

»Wer bist du?«, fragte ich. Ihre Brust war die von Ewa, da gab es keinen Zweifel, aber ihr Kopf war wieder nach hinten geworfen, so dass ich ihr Gesicht nicht sehen konnte. Und ihre Stimme war die aller Frauen.

»Komm«, sagte sie. »Nun komm doch.«

Und ich kam.

Anschließend wachte ich auf und hörte draußen auf der Ferdinand Bolstraat eine Straßenbahn vorbeifahren. Beatrice saß neben mir im Bett und starrte mich mit gelben, vorwurfsvollen Augen an.

Ich stand auf und ging ins Bad.

Ich las in der »Gazette« vom Erscheinen von *Rein*. Am gleichen Tag rief auch Kerr an und bestätigte, dass alle Informationen korrekt waren. Der Verkauf war an den ersten Tagen hervorragend gelaufen. Das Buch und seine Bedeutung in der soeben begonnenen Gerichtsverhandlung hatten in so gut wie jedem Medium in ganz Europa Aufsehen erregt. Die zu erwartende Klage von Otto Gerlach hatte nicht auf sich warten lassen, aber ein eventuelles Risiko, dass die Auflage eingezogen werden könnte – was Gerlach umgehend gefordert hatte –, lag nicht vor.

Es war offenbar mit dem ein oder anderen gedroht worden, aber im Verlag lachte man nur darüber und freute sich über die Publicity. Das Einzige, was möglicherweise ein wenig beunruhigen konnte, war die Tatsache, dass der Text Beweismaterial in einem laufenden Verfahren darstellte, aber da das Ganze nicht unter Ausschluss der Öffentlichkeit verhandelt wurde, rechnete man auch hier nicht mit Problemen.

»Ich habe einige Angebote hinsichtlich des Originalmanuskripts bekommen«, erklärte Kerr aufgekratzt. »Und wie geht es dir?«

»Inwiefern?«

»Verdammt, was weiß ich. Mit den Journalisten zum Beispiel.«

»Kein Problem«, antwortete ich, aber das stimmte natürlich nicht. Spät am gestrigen Abend hatte ich mich einer schönen Schriftstellerin von »de Journaal« verkauft. Ich hatte zweitausend Gulden für Interview plus Bilder bekommen, wäre aber natürlich sehr viel lieber ganz umsonst mit ihr ins Bett gegangen. Meine sexuelle Not war gerade in diesen Tagen ziemlich groß.

Das Telefon hatte auch ein paar Mal geklingelt. Ich weiß nicht, wie man an meine Nummer gekommen war, und jedesmal erklärte ich ganz verwundert, dass ein David Moerk nie unter dieser Adresse gewohnt habe.

Etwas später am gestrigen Abend hatte sich mir auch ein rotnasiger Zeilenschinder von einer obskuren Wochenzeitschrift aufgedrängt, als ich im Vlissingen saß, aber er ließ sich alles in allem relativ einfach abspeisen.

Nachdem ich fertig geduscht hatte – es war immer noch dieser Donnerstagmorgen in der ersten Verhandlungswoche –, spürte ich plötzlich eine unbezwingbare Lust, wieder dorthin zu gehen.

Zurück ins Gerichtsgebäude, meine ich. Um zu sehen, wie

sich das Ganze entwickelte, wie ich mir einzureden versuchte. Aber ich wusste natürlich, dass es sich eigentlich um Mariam Kadhar handelte. Ich musste sie wiedersehen. Überprüfen, ob sie aussah wie im Traum, schauen, ob es möglich war, einen kurzen Blickkontakt zu erhaschen, kontrollieren, ob ihre zerbrechlichen Schultern ihre Blässe behalten würden, komme, was da wolle.

Da meine Zeugenaussage erledigt war, gab es auch keinen Grund, warum ich mich fern halten sollte. Mein Part in der Geschichte war beendet, und ich hatte das gleiche Recht auf Einblick in die Rechtsmaschinerie wie jeder andere Staatsbürger. Oder auch Ausländer.

Sobald der Entschluss gefasst war, hatte ich es eilig. Ich stürzte auf die Straße in dem Bewusstsein, dass ich nur noch eine Viertelstunde hatte, bis die Zuhörer eingelassen würden. Ich winkte mir ein Taxi heran und bat den Fahrer, so schnell zum Gericht zu fahren, wie er konnte.

Ich muss wohl die Hoffnung gehabt haben, dass sie das gleiche schulterfreie Kleid tragen würde wie beim letzten Mal.

Das gleiche wie an dem Tag, als ich in den Zeugenstand trat.

Das gleiche wie im Traum.

Aber das tat sie nicht. Eine andere dunkle Geschichte, das schon, aber es enthüllte nicht den Schatten eines Schlüsselbeins.

Es gelang mir, einen guten Platz zu ergattern, obwohl ich etwas zu spät gekommen war, ganz rechts außen in der ersten Reihe der Tribüne, von wo aus ich einen guten Überblick hatte und Mariam Kadhars vollkommenes Profil direkt neben ihrem Anwalt sehen konnte.

Und wenn sie auf der Zeugenbank saß, wandte sie mir natürlich die andere Seite zu.

Eine atemlose Stille beherrschte den Saal, als sie aufstand und mit verhaltener Würde die wenigen Schritte zur Zeugenbank ging. Sie setzte sich, trank ein wenig Wasser und faltete die Hände vor sich im Schoß. Es war beeindruckend. Ich spürte, wie ich auf den Unterarmen eine Gänsehaut bekam.

Der Staatsanwalt nahm seinen üblichen Platz ein, sog die Wangen ein und ließ die Zunge einige Male über die Zähne gleiten, als hätte er soeben einen guten Cognac genossen und wolle sich nun vergewissern, dass ihm auch nichts von dem Nachgeschmack entging. Dann hustete er leicht in die Hand und begann.

»Frau Kadhar, wie lange waren Sie mit dem Schriftsteller Germund Rein verheiratet?«

Sie antwortete nicht sofort, es sah so aus, als würde sie tatsächlich nachrechnen.

»Fünfzehn Jahre. Daran fehlen nur zwei Monate.«

»Wie alt waren Sie, als Sie ihn geheiratet haben?«

»Vierundzwanzig.«

»Und wie alt war Ihr Mann damals?«

»Zweiundvierzig.«

Gleich rechts von mir saß ein älterer Mann, der sich Notizen machte. Es dauerte eine Weile, bis mir klar wurde, dass er sogar stenografierte, und ganz richtig stand am nächsten Tag Mariam Kadhars Verhör im »Telegraaf« zu lesen. Wort für Wort.

»Haben Sie Kinder?«

»Nein.«

»Sie waren vorher noch nie verheiratet?«

»Nein.«

»Und Ihr Mann?«

»Zweimal.«

Der Staatsanwalt nickte und machte eine kurze Pause. Immer noch konnte man wahrnehmen, wie nicht nur die Zuhörer auf der Tribüne, sondern selbst die Gerichtsdiener den Atem anhielten. Die Stille in dem vollbesetzten Saal erschien vakuumartig – als hätte sie eine Art akustischen Unterdruck produziert. Ich erinnere mich noch genau daran. Als Otto

Gerlachs Verteidiger zweimal mit seinem Kugelschreiber knipste, richteten sich eine Sekunde lang alle Blicke auf ihn.

»Hatte Germund Rein Kinder aus früheren Ehen?«

»Nein. Es kann doch nicht sein, dass Sie diese Fakten nicht bereits kennen?«

»Natürlich kenne ich sie, Frau Kadhar, aber nicht ich bin derjenige, der Ihre Schuld beurteilen soll.«

Sie seufzte, und das war es wohl, was wir brauchten, um auch wieder Luft zu holen.

»Ist es korrekt, dass Sie die alleinige Erbin Ihres Mannes sind?«

»Ja.«

»Wissen Sie, um welchen Betrag es sich dabei handelt?«

»Nicht genau.«

»Ich habe eine Aufstellung, die von fünf bis sechs Millionen Gulden spricht. Kommt das hin?«

»Ja.«

Neue kurze Pause. Mir kam die Frage in den Sinn, ob dieser hoch gewachsene Staatsanwalt vielleicht in seiner Freizeit dem Fechtsport frönte. Und ob auch Mariam Kadhar es tat. Das Verhör ähnelte zweifellos einem Kampf auf dem Fechtboden: drei, vier, fünf Attacken und ebenso viele Paraden, dann eine kleine Pause, während der sich die Kombattanten auf den nächsten Ausfall vorbereiteten.

»Haben Sie Ihren Mann geliebt, Frau Kadhar?«

»Ja.«

Die Antwort kam ohne Zittern, und ich glaube nicht, dass es viele Leute im Saal gab, die daran zweifelten, dass sie die Wahrheit sagte.

»Waren Sie Ihrem Mann treu?«

»Ich verstehe die Frage nicht.«

Der Staatsanwalt tat so überrascht wie ein drittklassiger Schmierenkomödiant.

»Ich habe gefragt, ob Sie ihm treu waren. Wie kann es sein, dass Sie eine so einfache Frage nicht verstehen?«

»Treue ist kein eindeutiger Begriff.«

Er lachte kurz auf.

»Das kann schon sein. Pflegten Sie Verhältnisse mit anderen Männern zu haben?«

Ihr Anwalt sprang von seinem Stuhl auf und protestierte.

»Würden Sie bitte die Frage anders formulieren«, bat der Richter, und der Staatsanwalt nickte mehrere Male gehorsam.

»Stimmt es, dass Sie mit dem Verleger Ihres Mannes, Otto Gerlach, eine sexuelle Beziehung hatten?«

»Ja.«

Auch diesmal nicht das geringste Zögern. Der Staatsanwalt machte eine sehr kurze Pause, um Luft zu holen, bevor er aufs Neue auf den gleichen Punkt einhieb.

»Wann hat Ihr Verhältnis mit Gerlach begonnen?«

»Vor zweieinhalb Jahren.«

»Wusste Ihr Mann davon?«

»Nein.«

»Sind Sie sich dessen sicher?«

Sie zögerte einen Moment.

»Ich glaube, zum Schluss hat er es geahnt.«

»Was meinen Sie mit ›zum Schluss‹?«

»Vielleicht seit dem letzten Sommer.«

»Was bringt Sie zu der Annahme?«

Sie zuckte leicht mit den Schultern, gab aber keine Antwort. Der Staatsanwalt wiederholte seine Frage.

»Ich weiß es nicht«, sagte sie. »Es ist nur so ein Gefühl.«

»Warum waren Sie Ihrem Mann untreu, wenn Sie ihn doch liebten?«

»Ich wäre Ihnen dankbar, wenn ich diese Frage nicht beantworten müsste.«

»Frau Kadhar«, unterbrach der Richter und beugte sich in ihre Richtung. »Ich möchte Sie bitten, doch zu bedenken, dass wir hier versuchen, Gerechtigkeit zu üben. Je mehr Informationen Sie uns vorenthalten, umso größeren Spielraum geben Sie den Spekulationen.«

»Soweit ich verstanden habe, habe ich das Recht, die ganze Zeit zu schweigen, wenn ich es will?«

»Das ist vollkommen richtig«, gab der Richter zu. »Sie können selbst entscheiden, welche Fragen Sie beantworten wollen und welche nicht. Aber wenn Sie wirklich unschuldig sind, dann ist es fast immer am besten, zu reden statt zu schweigen.«

»Wie lautete die letzte Frage?«

Der Staatsanwalt hatte das kleine Zwischenspiel des Richters mit gesenktem Kopf angehört. Jetzt räusperte er sich und wiederholte: »Sie behaupten, dass Sie Ihren Mann liebten. Warum waren Sie ihm untreu, wenn Sie ihn doch liebten?«

»Unser Zusammenleben funktionierte nicht mehr.«

Zum ersten Mal an diesem Tag brach auf der Tribüne Gemurmel aus. Der Richter hob seinen Hammer, brauchte ihn aber gar nicht auf den Tisch fallen zu lassen, um die Ruhe wiederherzustellen.

»Haben Sie Otto Gerlach auch geliebt?«

Sie saß einige Sekunden schweigend da, aber es sah nicht so aus, als überlegte sie. Ihr Anwalt gab ihr mit der Hand ein Zeichen – ich nahm an, dass er wissen wollte, ob er wieder protestieren sollte –, aber sie schüttelte nur leicht den Kopf.

»Ich möchte diese Frage nicht beantworten.«

»Warum nicht?«

»Wen ich liebe und wen ich nicht liebe, das ist allein meine Sache.«

»Sie sind des Mordes angeklagt, Frau Kadhar.«

»Das ist mir klar.«

»Haben Sie Ihren Mann ermordet?«

»Ich habe meinen Mann nicht ermordet.«

»Ich habe Informationen, nach denen er Sie geschlagen hat.«

»Ach.«

»Stimmt das?«

»Es ist zweimal passiert.«

»Wie schwer?«

»Beim zweiten Mal musste ich einen Arzt aufsuchen.«

»Wann war das?«

» Vor ungefähr einem Jahr.«

»Was war der Grund?«

»Es war mein Fehler.«

»Was meinen Sie damit?«

»Einspruch!«, unterbrach ihr Anwalt, der aufgestanden war. »Der Staatsanwalt stellt die ganze Zeit suggestive und nicht die Sache betreffende Fragen. Ich beantrage, dass er zur Sache kommt oder sich setzt!«

Die Sätze ernteten im Publikum einen gewissen Beifall, und der Richter stimmte ihnen zu.

»Möchte der Staatsanwalt so gut sein und sich ab jetzt um das zu verhandelnde Verbrechen kümmern«, befahl er mit säuerlicher Miene.

»Aber gerne doch«, lachte der Staatsanwalt, der offensichtlich diese Art von Zurechtweisung nicht weiter ernst nahm. »Erzählen Sie mir von der Nacht, in der Ihr Mann starb, Frau Kadhar!«

Mariam Kadhar saß eine Weile schweigend da. Dann wandte sie ihren Kopf dem Richter zu.

»Kann ich vorher kurz mit meinem Anwalt reden?«

Der Richter nickte, und der Anwalt eilte zu ihr. Nach einer flüsternden Besprechung ging er zum Richter und teilte diesem etwas mit. Der Richter schrieb einige Zeilen auf ein Papier und richtete sich auf.

»Das Gericht macht eine kurze Pause«, erklärte er und klopfte mit dem Hammer auf den Tisch. »Fünfzehn Minuten Pause!«

Die Tage werden immer heißer. Solange die Sonne am Himmel steht, ist es eigentlich undenkbar, sich irgendwo anders aufzuhalten als unten am Wasser. Ich habe versucht, mich im Haus oder oben im Olivenhain aufzuhalten, aber dort wird es schnell unerträglich. Nur das Meer ist in der Lage, einem ausreichend Kühlung zu geben, man muss gar nicht baden, sich nur in seiner Nähe aufhalten, im Schatten, ab und zu die Füße eintauchen oder den Kopf abkühlen.

Thalatta.

Vor kurzem habe ich versucht, der steinigen, kantigen Küste um die Landzunge im Osten zu folgen. Der Hintergedanke dabei war, den ersten der abgelegenen Sandstrände zu erreichen und vielleicht das Haus ein wenig näher zu inspizieren, das ich oben von der Kapelle aus gesehen hatte. Natürlich wäre es einfacher gewesen, mit dem Boot dorthin zu fahren, ich werde auf jeden Fall in den nächsten Tagen eins mieten. Die Strapaze kostete mich alles in allem mehr als drei Stunden, und trotzdem kam ich nicht so recht zum Zuge – was aber meine eigene Entscheidung war. Der Strand war nämlich mit einem guten Dutzend Menschen bevölkert, die alle so nackt, wie Gott sie schuf, am Strand herumliefen. Männer, Frauen und Kinder. Zwei Boote waren auch an Ort und Stelle: eine ziemlich große Motorjacht, die ein Stück weiter draußen im Wasser dümpelte, sowie ein kleineres Holzboot, das auf den Strand gezogen worden war, ungefähr der gleiche Typ wie das der Brüder Kazantsakis. Das Haus lag fünfzig Meter den Abhang hinauf, ein großes, weiß gekalktes Gebäude, umgeben von Zypressen. Die Terrasse lief rundherum, soweit ich erkennen konnte, Sonnenschirme, weiße Möbel und Badehandtücher bezeugten, dass die ganze Sippe hier wohnte, woraus ich den Schluss zog, dass es sich vermutlich nicht um Griechen handelte, da sie in so schamloser Nacktheit am Strand aufgetreten waren.

Aber genug davon. Einige Abende war ich mit dem Bus in den Hauptort gefahren und hatte unter Weinranken in den Tavernen gesessen. Es herrschte ein lebhaftes Treiben, und die örtliche Bevölkerung verbindet sich gern mit den Touristen zu einer ausgewogenen Mischung. Ich habe ein paar Mal meine Fotos gezeigt, und zumindest zweimal haben sie ein wiedererkennendes Nicken und Lächeln hervorgerufen. Ich bin mir jedoch nicht sicher, ob das wirklich etwas bedeutet oder ob es nur ein Ausdruck von Höflichkeit und allgemeinem Wohlwollen ist. Man spricht hier so gut wie ausschließlich Griechisch, abgesehen von den gebräuchlichsten Servicephrasen, und außerdem gibt es da noch etwas, was mich zurückhält.

Etwas schwer Begreifliches und gleichzeitig ganz Einfaches.

Ein Gefühl, als wollte ich nichts forcieren. Es gibt gewisse Muster, Dinge, die auch auf dieser Insel ihren Gang gehen müssen. Ich habe reichlich Zeit, und auch wenn ich bis jetzt noch kein entscheidendes Zeichen erhalten habe, so scheint es mir, als wäre ich doch am richtigen Ort. Noch ist dieses Gefühl natürlich nicht besonders tragfähig, und vielleicht ist es gerade diese Brüchigkeit, die dazu führt, dass ich es nicht belasten will.

Ein beschädigter Vogelflügel, der langsam am Abheilen ist, aber immer noch keinen richtigen Flug überstehen würde. Ein Embryo, der wächst und wächst, aber im Sonnenlicht zerstört würde.

Und ganz besonders unter dieser unbarmherzig brennenden Sonne.

Wie ein Vogel, genau so beschrieb sie sich damals, als wir zusammenkamen. Ein Vogel mit verletztem Flügel.

»Bis ich geheilt bin, kann ich nicht geben«, sagte sie. »Nur empfangen.«

Das gefiel mir sehr. Das gab unserer Beziehung von Anfang an den Rahmen, und ich akzeptierte ihn ohne jedes Zögern. Es dauerte fast einen Monat, bis wir uns körperlich liebten, auch das sagte mir zu. Es gab mir außerdem Zeit, eine andere Affäre zu beenden, mit der ich noch nicht richtig fertig war.

Als wir heirateten, war sie immer noch mein verletzter Vogel. Dann verlor sie zwei Kinder, bevor sie reif und lebensfähig waren, und das besiegelte nur noch unseren Bund. Erst nach der zweiten Fehlgeburt genügte meine Stärke nicht mehr, das Vakuum ihrer Schwäche zu füllen. Ein Jahr lang lebten wir in getrennten Welten, es ergab sich, dass ich mir meinen Teil mit dem Recht des starken Männchens nahm, während Ewa sich hinter den matten Gardinen der Krankheit verborgen hielt.

»Adagio«, wie Ewa während dieser Zeit immer sagte. »Im Augenblick befinden wir uns im Adagio. Das ist nichts Besonderes.«

Aber natürlich war es nicht so.

Ich traf Mauritz Winckler drei oder vier Mal, und er machte keinen ansprechenden Eindruck auf mich. In seinem Auftreten und in seiner Art, selbst über die schlimmsten Trivialitäten zu reden, lag etwas vorwurfsvoll Geschäftiges.

Nachdem Ewa entlassen worden war, hatten wir ein paar prachtvolle Streitereien, und ein paar Mal kam es zum Handgemenge, aber wir versöhnten uns und gingen gestärkt aus der Schlacht. Was aber Mauritz Winckler nie verstehen konnte. Auch wenn er diese Dinge nie zur Sprache brachte, so schimmerte doch seine vorurteilsbehaftete Einstellung mir gegenüber durch alle Schleier seiner Worte und seines Lächelns.

Nein, Mauritz Winckler begriff nie die Moral von dem verletzten Vogel und den Rechten und Pflichten des Stärkeren, und mir fiel es ungewöhnlich schwer, ihn zu tolerieren.

Von Anfang an. Bereits lange Zeit, bevor er der Liebhaber meiner Frau wurde.

Die Dämmerung senkt sich schnell, das Dunkel wächst aus den Winkeln heraus. Ich liege auf meinem Bett und sehe, wie die Konturen des Zimmers verschwimmen. Ich versuche sie mir vor meinem inneren Auge herbeizurufen, meine Frau und ihren Liebhaber, aber die Bilder sind falsch und verharren nur einen Augenblick. Ich taste nach dem Retsina-Glas auf dem Nachttisch. Finde es und nehme einen großen Schluck. Denke über das jämmerliche Lebensschauspiel nach, über das ich vor ein paar Tagen schrieb. Versuche zu verstehen, wie es möglich sein könnte, eine Art von fixen Punkten und Sinn zu schaffen, und komme nur wieder zu der bitteren Antwort, die ich schon kenne.

Was eigentlich zu erwarten war. Ich lasse mich doch nicht mit heruntergelassenen Hosen auf alle möglichen Arrangements ein. Schließlich liege ich allein der Verbitterung wegen hier in der heißen Dunkelheit auf der martialisch schönen Insel.

Einzig und allein der Sache wegen.

Mariam Kadhars Bericht von der Nacht zwischen dem 19. und dem 20. November dauerte – unterbrochen durch Fragen und Einwürfe von Staatsanwalt, Verteidigern und Richter – fünfundvierzig Minuten, und ich nehme an, dass jeder einzelne Geschworene von ihrer Schuld überzeugt war, als sie fertig war. Ihre Schultern waren die ganze Zeit entspannt und ruhig, ihre Stimme versagte kein einziges Mal, dennoch pflanzte sie langsam, aber sicher den Samen der Überzeugung in uns alle.

Schuldig.

Danach half nichts mehr.

Keine Sympathien. Kein marmorweißes Schlüsselbein und keine finsteren Umstände.

Otto Gerlachs Zeugenaussage folgte nach einer kurzen Pause, und auch wenn er in vielerlei Hinsicht einen anderen Eindruck als seine Geliebte vermittelte, gelang es ihm nicht, die Situation zu retten. Im Großen und Ganzen präsentierte er die gleiche Version der Ereignisse und Verhältnisse, wie Mariam Kadhar es getan hatte, und eigentlich dienten seine verzweifelten Versuche keinem anderen Ziel, als all die düsteren Fakten, die den Rahmen für den bösen, jähen Tod des großen Germund Rein darstellten, noch einmal zu bekräftigen und in uns zu verankern. Wie auch am folgenden Tag in einigen der Zeitungszusammenfassungen zu lesen war.

Beide gaben ohne Umschweife zu, dass sie ein Verhältnis miteinander hatten – seit knapp drei Jahren, auch wenn es anfangs eher von sporadischer Natur gewesen war. Die Sache – das betonten sowohl M als auch G – war vorzugsweise sexueller Natur und hatte seine Wurzeln in Reins erwiesenem Unvermögen auf diesem Feld. In Zusammenhang mit diesen Aussagen stellte der Staatsanwalt einen Teil ziemlich suggestiver Fragen und schaffte es, vor allem Mariam Kadhar ein wenig zu verwirren. Ich konnte deutlich sehen, wie das Wohlwollen in mehreren Gesichtern der Zuhörer erlosch, als sie versuchte, ihre Lage zu erklären, und wie die Mundwinkel von zwei Frauen unter den Geschworenen heruntergingen, als sie sie betrachteten. Auf die Frage, warum man Rein denn nicht eingeweiht habe, lachte Mariam Kadhar auf und zeigte mit einer einfachen Kopfbewegung, was sie von der Ansicht des Staatsanwalts bezüglich dieser Art von Affären hielt.

Auch das machte natürlich keinen besonders positiven Eindruck.

Was die Tatsachen betrifft, so hatte Otto Gerlach sich also – wie verabredet war – gegen sieben Uhr abends am 19. November draußen im Kirschgartenhof eingefunden. Es war geplant gewesen – so wurde zumindest behauptet –, dass auch Helmut Rühdegger, einer der Lektoren des Verlags, ihn begleiten sollte, aber es war etwas dazwischen gekommen – was genau, wusste man nicht. Ich erinnere mich, dass ich deshalb eine leichte Verärgerung empfand. Es musste doch wohl die einfachste Sache der Welt sein, bei Rühdegger selbst nachzufragen, aber das war offensichtlich nicht gemacht worden, weder von Kläger- noch von Verteidigerseite.

Wie auch immer, man aß tapfer zu dritt draußen in der Strandvilla, und ziemlich schnell stellte sich heraus, dass Germund Rein übelster Laune war – diese fast pubertäre Mischung aus Größenwahn und untergründiger Selbstverachtung, die für Autoren und andere Kreative nicht unüblich ist (laut Otto Gerlach, der offensichtlich zu wissen schien, wovon er sprach). Dass Rein jedoch irgendeinen Verdacht gegenüber seiner Ehefrau und seinem Verleger hegen könnte, das hatte keiner von beiden bemerkt. Weder zu diesem schicksalsschweren Zeitpunkt noch früher im Herbst. Ich muss sagen, dass ich ihre Hartnäckigkeit in diesem Punkt nicht so recht verstand. Es war doch – zumindest zum Zeitpunkt der Gerichtsverhandlung – offensichtlich, dass Rein ein starkes, nur zu begründetes Misstrauen hegte, und wozu es eigentlich dienen sollte, davon so ausdrücklich Abstand zu nehmen, das war nur schwer verständlich. Sowohl im Gerichtssaal als auch später. Dennoch wurde kategorisch geleugnet, dass die schlechte Laune des Autors an diesem Abend in irgendeiner Art etwas mit ihrem lichtscheuen Verhältnis zu tun haben könnte.

Irgendwann gegen Mitternacht – um Viertel vor zwölf laut M, fünf Minuten nach zwölf nach G – hatte Rein jedenfalls genug von der Gesellschaft. Mit einer Cognacflasche in der Hand war er die Treppe zum Obergeschoss hinaufgewankt, hatte beide gebeten, sich doch zum Teufel zu scheren, und sich in seinem Zimmer eingeschlossen. Es war abgemacht gewesen, dass Otto Gerlach übernachten sollte, aber dennoch und trotz der offensichtlichen Trunkenheit des Gastgebers, nutzten sie, so behaupteten sie jedenfalls, die Gelegenheit, das Nachtlager zu teilen, nicht. Gegen halb zwei Uhr brachen sie von den Ledersesseln auf und zogen sich in ihre Zimmer zurück. Otto Gerlach erklärte, er habe dann noch eine Weile im Bett gelesen, sei irgendwann zwischen Viertel nach zwei und halb drei eingeschlafen. Mariam Kadhar fiel – laut eigener Aussage – sofort in den Schlaf, als sie den Kopf aufs Kopfkissen legte.

Das war im Großen und Ganzen alles. Am Morgen danach war Otto Gerlach als Erster kurz nach zehn Uhr auf den Beinen, erst eineinhalb Stunden später entdeckte Mariam Kadhar den Brief in der Schreibmaschine in Reins Zimmer. Zuvor hatte sie mehrere Male gerufen und geklopft, mochte ihren Gatten aber nicht stören, wenn er denn seine Ruhe haben wollte, wie sie behauptete. Erst sehr spät betrat sie also sein Zimmer.

Der Brief war kein Geheimnis. Der Staatsanwalt las ihn laut

vor und fragte, ob er identisch sei mit dem, der in der Maschine gesteckt habe. Sowohl M als auch G erklärten, dass dem so sei. Außerdem fragte er, was sie denn dazu sagten, dass es auf dem Briefbogen keinen einzigen Fingerabdruck von Rein gab, aber keiner von beiden konnte dazu eine logische Erklärung abliefern, und beide Male konnte ich erkennen, wie die Geschworenen ihre Stirn runzelten.

Was die anderen Briefe betraf, die ich unter der Sonnenuhr ausgegraben hatte, so vertraten Mariam Kadhar wie auch Otto Gerlach einen Standpunkt, der einige Verwunderung hervorrief. Sowohl während der Gerichtsverhandlung als auch in den Analysen in den Zeitungen danach.

Alle Briefe waren auf der gleichen Maschine geschrieben, wie eine Expertise festgestellt hatte: auf einer kleinen, tragbaren Triumph Adler, die Gerlach gehörte und die normalerweise in seinem Büro im Verlag stand, die er aber ab und zu auch mit auf seine Reisen nahm. Der Staatsanwalt zeigte sich ein wenig verwundert darüber, dass er in unserer computerisierten Welt nicht eine etwas modernere Maschine benutzte, aber der Verlagschef erwiderte nur, dass er schon immer rechtschaffene alte Schreibmaschinen den elektronischen Apparaten vorgezogen habe.

Der Haken war der vierte Brief. Dass G die ersten drei, nicht besonders gut verschlüsselten Liebeserklärungen geschrieben hatte, gab er ohne das geringste Zögern zu, aber was den vierten betraf – in dem das Mordkomplott selbst skizziert wurde, Gedanken geäußert wurden, Rein zu töten –, so leugnete er entschieden, jemals etwas in dieser Art geschrieben zu haben. Das Gleiche behauptete Mariam Kadhar. Sie habe diese Zeilen nie zuvor gelesen, wie sie behauptete. Erst bei der Polizei hätte sie das, danach habe sie augenblicklich alle Verbindungen zu dem Urheber abgebrochen, das versicherte sie nachdrücklich. Dieser vierte Brief war genau wie die anderen nur vage datiert ... Spätherbst 199-, aber da das geplante Wochenende als kurz bevorstehend erwähnt wird, war es zumindest die Auffassung des Staatsanwalts, dass er irgendwann im Laufe der vierzehn Tage vor Reins Tod geschrieben worden sein musste.

Auf die Frage des Staatsanwalts, ob man irgendeine Erklärung dafür habe, dass der Brief zwischen Mariam Kadhars Unterwäsche und unter der Sonnenuhr gefunden worden war, hatte keiner der beiden Angeklagten etwas vorzubringen, und vielleicht sprach das ein klein wenig zu ihren Gunsten, dass sie gar nicht erst versuchten, Theorien oder Spekulationen in irgendeiner Richtung aufzubauen. Was das Original und die Kopien in der Kommode betraf, so erklärte Mariam Kadhar ohne zu zögern, dass sie sie ein paar Wochen nach dem Tod ihres Mannes weggeworfen habe, und der Staatsanwalt schien nicht daran interessiert, in diesem Punkt weiter zu insistieren.

»Waren Sie vertraut mit Gargantua?«, fragte er stattdessen.

Gargantua war Reins Boot.

»Ja, sicher«, antwortete Mariam Kadhar ohne offensichtliche Unruhe.

»Natürlich«, antwortete Otto Gerlach eine Stunde später. »Das war ein normales Boot mit einem Außenbordmotor. Ohne irgendwelche Besonderheiten.«

»Danke«, sagte der Staatsanwalt.

Beide Male.

Nein, ich war ganz sicher nicht der Einzige, der den Eindruck hatte, dass alles gelaufen war, als Mariam Kadhar den Zeugenstand mit gesenktem Kopf verließ. Die letzten sonderbaren Umstände, die der Staatsanwalt anführte, waren ökonomischer Art, und dass diese ihr Sorgen bereiteten, war nicht zu übersehen.

In den letzten Wochen vor dem schicksalshaften Abend hatte Mariam Kadhar zwei große Summen von einem von Reins Bankkonten abgehoben, zu dem sie Zugang hatte. Einhunderttausend Gulden am 7. November und einhundertzehntausend acht Tage später. Auf die direkte Frage, wozu sie das

Geld habe benutzen wollen, konnte sie nur erwidern, dass Rein sie darum gebeten habe, die betreffenden Summen abzuheben, und dass sie keine Ahnung gehabt habe, was er damit zu tun gedachte.

»Haben Sie häufiger Summen dieser Höhe für ihn abgehoben?«, fragte der Staatsanwalt.

»Nein.«

»Nie?«

»Vielleicht früher mal.«

»Ohne dass Sie wussten, wozu das Geld gebraucht wurde?«

»Ja.«

»Und was glauben Sie, wozu er es diesmal haben wollte?«

»Ich weiß es nicht.«

»Haben Sie nicht gefragt?«

»Doch.«

»Ja, und?«

»Er hat mir nicht geantwortet.«

»Fanden Sie das nicht merkwürdig?«

Sie zögerte kurz.

»Möglicherweise. Mein Mann war ein ungewöhnlicher Mensch.«

»Das glaube ich wohl. Aber wie dem auch sei, auch uns ist es nicht gelungen, herauszufinden, wo das Geld gelandet ist. Was sagen Sie dazu?«

Sie zuckte wieder mit den Schultern.

»Ich weiß nicht.«

»Irgendwelche Ideen?«

»Nein.«

Der Staatsanwalt machte eine Pause, um der nächsten Frage Nachdruck zu verleihen.

»Und es verhielt sich nicht vielleicht so, dass Sie das Geld für sich behielten?«

»Natürlich nicht.«

»Kein einziges Mal?«

»Nein.«

»Gibt es jemanden, der beweisen kann, dass Sie das Geld tatsächlich Ihrem Mann übergeben haben?«

Sie überlegte.

»Nein.«

Und wenn ich mich recht erinnere, so verließ sie gleich nach dieser einfachen Feststellung den Zeugenstand.

Ich verließ das Gerichtsgebäude mit einem Gefühl der Ermattung. Aber auch mit der Empfindung, dass es jetzt vorbei sei; mit einer Art bitterer Erleichterung, ungefähr wie nach einem Zahnarztbesuch.

In den folgenden Tagen hielt sich dieses Gefühl. Ich wanderte in der Stadt herum ohne Ziel und ohne Hast, saß in den Parks oder Cafés und las oder betrachtete die Menschen und erlaubte mir ziemlich unbekümmert, das schöne Wetter zu genießen. Die Zeit schien mir erneut durch die Finger zu rinnen. Es war unmöglich, es nicht zu bemerken – dass ich mich wieder einmal in einer Periode der Leere und der Durchlässigkeit befand. Ein Wartesaal mit einem verspäteten Zug. Ich las natürlich die Zeitungsartikel, in denen vor Prozessende kräftig spekuliert wurde, über das Buch und die Urheberrechtsfrage, aber im Großen und Ganzen berührte mich das alles herzlich wenig. Ich begriff, dass meine Rolle beendet war, dass ich nunmehr hier im Gambrinus, im Mephisto oder im Vlissingen sitzen und das Schauspiel mit hochgezogenen Augenbrauen wie jeder andere auch betrachten konnte.

Ich trank an diesen Tagen nicht besonders viel. Sicher, ich ging abends ein paar Mal in Bars, aber meistens war ich schon weit vor Mitternacht wieder daheim bei Beatrice, und als Janis Hoorne anrief und mit mir ans Meer fahren wollte, lehnte ich dankend ab und bat ihn, die Verabredung auf einen späteren Termin zu verschieben. Ich glaube, wir einigten uns auf Anfang Juni. Ich hatte damals noch keine Ahnung, dass es in diesem Jahr keinen Juni geben würde.

Natürlich wusste ich, dass diese zufällig entstandene Mulde

aus Ruhe und Distanz nicht für alle Zeiten währen würde. Im Gegenteil, es war mir absolut bewusst, dass es sich nur um eine Periode notwendiger Inhaltslosigkeit vor der nächsten Konzentrationsphase handelte. Vor der nächsten zähen Ansammlung von Meteoriten in der Zeitschleife.

Die Verdichtung kam – wie zu erwarten war – im Zusammenhang mit dem Wochenende genau Mitte Mai.

Am Freitag wurde das Urteil im Fall Rein gefällt. Ich hörte davon im Radio während einer der Nachrichtensendungen des Vormittags in gleicher Weise, wie ich von der Verhaftung erfahren hatte. Ich erinnere mich, dass das Fenster zur Straße weit offen stand, und während der Reporter langsam das kurze Kommuniqué verlas, hatte ich das Gefühl, als würde die ganze Stadt den Atem anhalten. Zumindest für ein paar Sekunden. Es war jedenfalls ein merkwürdiges Erlebnis. Ich kann es mir immer noch ohne Probleme ins Gedächtnis rufen.

Mariam Kadhar schuldig.

Otto Gerlach schuldig.

Heimtückischer Mord.

Entschieden ohne jeden Zweifel. Einigkeit unter den Geschworenen. Die Länge der Strafe war noch nicht festgelegt, aber es gab nichts, was darauf hindeutete, dass es auf etwas anderes als die Höchststrafe hinauslaufen würde. Zwölf Jahre für beide.

Keine mildernden Umstände. Keiner von beiden weniger oder mehr schuldig als der andere. Kein Pardon.

Ich schaltete das Radio aus, und die Stadt drang wieder zum Fenster herein.

Ungefähr eine Woche später – am Samstagvormittag – rief Kerr an und teilte mir mit, dass die Verkaufszahlen sich jetzt um die fünfundvierzigtausend bewegten und dass die zweite Auflage (von noch einmal fünfzigtausend Exemplaren) gestartet würde. Er fragte, ob ich mehr Geld brauche, und ich nahm einen weiteren kleinen Vorschuss mit Freuden entgegen.

An diesem Abend betrank ich mich sinnlos. Ging anschließend mit einer Frau in ihre Wohnung in der Max Willemstraat, aber ich glaube, weder sie noch ich hatten viel von unserem dürftigen Beischlaf auf ihrem Wohnzimmerboden.

Sie jedenfalls bestimmt nicht.

Am Sonntag – Sonntag, dem 16. Mai – teilte mir dann Haarmann mit, dass Elmer van der Leuwe am gleichen Abend auf dem Flughafen landen würde und dass er die Absicht habe, seine Beobachtung wieder aufzunehmen.

Unter der Voraussetzung, dass es immer noch mein Wunsch sei, nach meiner verschwundenen Ehefrau zu suchen?

Das war es, wie ich erklärte. Nachdem ich den Hörer aufgelegt hatte, stand ich auf, ging in die Küche und nahm zwei Tabletten gegen die äußerst dominanten Kopfschmerzen. Etwas verwundert stellte ich fest, dass es regnete – ein warmer, weicher Frühlingsregen – und dass sich vor der offenen Balkontür ein nasser Fleck bildete, der schnell größer wurde.

Es war die Doris mit den Sommersprossen – im Vlissingen gab es zwei Kellnerinnen namens Doris, beide um die fünfundzwanzig, beide blond, beide schön auf diese kühle nordeuropäische Art, aber nur eine von ihnen hatte Sommersprossen –, die Doris mit den Sommersprossen also, die irgendwann gegen vier Uhr nachmittags aufmerksamkeitsheischend den Finger hob und den Ton des Fernsehapparats, der ganz hinten in einer Ecke des Lokals an der Decke hing, lauter drehte.

Ich habe immer wieder an diese Kurznachrichten denken müssen, hatte das Gefühl, als ich das Vlissingen verließ, ich hätte es in einer Art Zeitlupe gesehen, da doch alles mit so einer absurden Deutlichkeit haften blieb: die leicht aufgerissenen Augen der Reporterin, als glaubte sie selbst nicht so recht, was sie da verkündete, ihre Stimme, ihre berufsübliche Phrasierung und professionelle Unberührtheit, über einem Abgrund unterdrückter Erregung balancierend.

Und die Bilder.

Des Gefängnisses. Des Ganges. Der Zellentür und der Polizeibeamtin, die vollkommen unberührt die Fragen des unsichtbaren Reporters in ein blaues Mikrofon mit dem Emblem von Kanal 5 hinein beantwortete.

Und die Worte, die immer noch in mir zu sitzen scheinen, und aus dem Augenwinkel heraus sehe ich, wie Doris das Rauchen vergisst, so dass die Asche an ihrer Zigarette schließlich so lang wird, dass sie herabfällt.

»Können Sie uns erzählen, was passiert ist?«, fragt der Reporter und hustet dabei zweimal, einmal direkt ins Mikrofon.

»Ja …«, zögert die Polizeibeamtin anfangs. »Sie hat um Papier und Stift gebeten, und es gibt keine Vorschrift, die das verbietet.«

»Sie haben ihr Papier und Stift gegeben?«

»Meine Kollegin.«

»Ihre Kollegin hat ihr Papier und Stift gegeben?«

»Ja.«

»Und dann?«

»Dann wollte ich ihr sagen, dass sie ihren Termin mit dem Pfarrer hatte.«

»Mit dem Pfarrer?«

»Ja, sie hatte darum gebeten, mit einem Pfarrer sprechen zu dürfen.«

»Sie gingen zu ihrer Zelle?«

»Ja. Ich habe durch die Klappe geguckt und gesehen, dass sie auf dem Boden liegt.«

»Was haben Sie dann gemacht?«

»Ich habe aufgeschlossen und bin hineingegangen. Sie lag auf dem Bauch. Zuerst habe ich sie gefragt, wie es ihr geht, und als sie nicht geantwortet hat, habe ich sie umgedreht … Es war ein kleiner Blutfleck auf dem Boden, und dann habe ich ihr Auge gesehen.«

»Sie wussten, was passiert war?«

»Ja. Sie hat sich den Stift ins Auge gerammt.«

»Den ganzen Stift?«

»Ja. Es schaute nichts mehr heraus.«

»War sie tot?«

»Ja. Ich habe Hilfe herbeigerufen, und wir konnten nur noch feststellen, dass sie tot war.«

»Wie haben Sie reagiert?«

Anfangs Schweigen. Die Kamera zoomt langsam an das Gesicht der Polizeibeamtin heran, und man kann deutlich sehen, dass sie nicht weiß, worauf sie ihren Blick richten soll. Aber immer noch keine besondere Erregung. Es zuckt nur ein paar Mal in ihrem linken Mundwinkel.

»Es war schrecklich ...«, sagt sie schließlich, eher den Konventionen verpflichtet, wie ich denke.

Dann erzählt der Reporter, dass er Erich Molder heißt und dass sie zurück ins Studio geben.

»Wir wiederholen«, sagt die Frau mit den aufgerissenen Augen, »dass Mariam Kadhar, die Ehefrau des verstorbenen Schriftstellers Germund Rein und vor kurzem wegen Mordes zu zwölf Jahren Gefängnis verurteilt, sich vor knapp einer Stunde im Untersuchungsgefängnis in der Burgislaan das Leben genommen hat. Hier wartete sie darauf, ins Frauengefängnis von Bossingen überführt zu werden. Mariam Kadhar wurde neununddreißig Jahre alt. Wir bringen weitere Einzelheiten in unserem Abendprogramm.«

Damit ist die Sendung beendet. Doris zieht endlich wieder an ihrer Zigarette, ich betrachte ihren gepunkteten Unterarm – wie er sich hebt und senkt, während sie das tut. Dann schaltet sie den Fernseher aus, ich stehe von meinem Platz am Fenster auf und verlasse das Lokal. Draußen auf der Straße trifft mich der grelle Sonnenschein wie ein elektrischer Schlag. Ich bleibe einen Moment lang mit geschlossenen Augen stehen, halte mich an einem Fahrrad fest, das gegen die Wand gelehnt ist. Ich spüre eine eigenartige, intensive Übelkeit, und der Metallgeschmack auf der Zunge ist scharf und deutlich.

Nach ein paar Sekunden habe ich mich wieder im Griff und gehe nun in die Ferdinand Bolstraat.

Ich lese darüber. Stelle fest, dass es vollkommen richtig beschrieben wurde. Hinzuzufügen wäre noch, dass es Montag, der 17. Mai, war und außerdem der bis dahin heißeste Tag des Jahres.

Ich gieße mir aus der zerkratzten Karaffe Wasser ein, eine Nebelwolke breitet sich im Ouzo-Glas aus. Ich sitze allein unter dem Sonnenschirm, warte, dass die Siesta zu Ende geht, ich habe eine Stunde auf einer Bank bei der Bougainvillea nördlich der Kirche geschlafen, aber jetzt sitze ich hier mit meinem Umschlag.

Hotel Ormos. Es gibt noch drei andere hier im Ort, aber das Ormos hat die Grandesse. Die Grandesse und die Aussicht. Unter mir, ganz hinten auf der zerklüfteten Landzunge, liegt die alte Festung, zu der ein unglaublich staubiger Bus die Besucher tagein, tagaus verfrachtet.

Ausgenommen die Siestastunden. Die jetzt langsam zu Ende gehen, die Hitze ist immer noch lähmend, aber die Sonne steht schräg, und die Schatten breiten sich langsam zwischen den Häusern aus. Sobald Herr Valathakos herauskommt und die Gitter seines Souvenirladens aufschließt, werde ich zu ihm gehen. Es ist nur über die Gasse. Valathakos ist der einzige Geschäftsmann im Ort, der immer noch Gitter hat, es gibt Leute, die über ihn den Kopf schütteln, ihn einen Esel oder einen Athener nennen, obwohl er doch genauso gebürtiger Insulaner ist wie sie und im Gegensatz zu vielen anderen das ganze Jahr über hier lebt.

Als ich mich vorstelle, zeigt sich, dass er nichts dagegen hat, einen Ouzo im Ormos zu trinken. Er verschließt das Gitter wieder, und wir lassen uns an dem gleichen Tisch nieder, an dem ich die letzte Stunde verbracht habe.

Ich verspüre eine gewisse Nervosität, ich habe nur noch eine Woche Zeit, und Herr Valathakos ist eine Trumpfkarte. Das weiß ich seit ein paar Tagen, habe nur auf die richtige Gelegenheit gewartet, und als ich ihm die Fotos hinschiebe, kann ich spüren, wie mir das Blut in die Schläfen steigt und dass sich auf meiner Oberlippe Schweißtropfen bilden. Sie sind kalt und schmecken nach allem, nur nicht nach Salz.

Bevor er die Bilder anschaut, prosten wir uns zu. Dann nimmt er den breitkrempigen Strohhut ab und wischt sich die Stirn mit der Innenseite seiner behaarten Hand ab. Setzt den Hut wieder an Ort und Stelle und zündet sich eine Zigarette an.

Er geht sorgfältig vor. Fährt sich mit den Fingern über die blauschwarzen Bartstoppeln und studiert die Fotos lange und gründlich. Dann nickt er und fragt, ob ich eine Karte habe.

Ich entfalte sie. Er deutet lachend auf seinen Laden, und ich bestätige, dass ich sie mir genau dort besorgt habe. Er schiebt sie zurecht, fährt mit dem Blick ein paar Mal kreuz und quer darüber, als wolle er sich orientieren und kontrollieren, dass es sich auch wirklich um die richtige Insel handelt. Dann sucht er nach einem Stift. Ich reiche ihm einen, und er malt ein großes, deutliches Kreuz in eine der kleinen Buchten auf der Nordseite.

»Boat!«, sagt er. »No road!«

Ich nicke. Taste nach ein paar Scheinen in der Brusttasche meines Hemds, aber er macht eine diskrete, abweisende Geste mit der Hand.

»No italiano«, erklärt er. »Greek.«

Ich bitte um Verzeihung. Wir lehnen uns zurück und trinken beide einen Schluck.

Bei Albert Hijn kaufe ich vier Flaschen Whisky und ebenso viele Dosen Katzenfutter. Ich kann in diesen Tagen immer noch einen deutlichen Zug von Rationalität in meinen Handlungen erkennen. Ich gieße die Blumen, mache Beatrices Kiste sauber und schütte frischen Sand nach. Gebe ihr Futter in ihre Schale – eine großzügige Portion, die für ein paar Tage reichen müsste –, bevor ich mich in den Sessel setze und anfange zu trinken, einzig und allein mit dem Ziel, einen angenehmen Grad der Bewusstlosigkeit zu erlangen.

Methodisch und ohne Eile leere ich das eine Glas nach dem anderen. Lasse den Alkohol seine Wirkung tun und die Herrschaft übernehmen, aber ohne mich zu ereifern, ohne in diese Gruben von Stillstand und Unpässlichkeit zu fallen. Ohne Engagement sozusagen – ein leises, klinisches Trinken, bei dem ich die ganze Zeit mit einem isolierten Teil meines Bewusstseins den Prozess unter strenger Aufsicht und Kontrolle halte.

Ich habe das schon früher durchgemacht, und ich weiß, worum es geht.

In den frühen Nachtstunden versuche ich mich ein paar Mal mit dem Stift zu beschäftigen. Mit dem Stift und dem Auge. Versuche ihn zu balancieren, und es gelingt mir tatsächlich, ein Bleistift zwischen Auge und Hand. Die scharf angespitzte Spitze ruht auf dem glatten Äußeren des Auges – ein leichter, fast nicht spürbarer Druck ist nötig, um sie an Ort und Stelle zu halten –, der hintere Teil ruht auf einem Punkt direkt im Zentrum meiner leicht gewölbten Handfläche: Rückenlage, der Stift mehr oder minder in lotrechter Bahn, alles andere ist zum Scheitern verurteilt ... Ich balanciere ihn auf diese Art und lasse den Impulsen ihren Lauf und breche dann ab, lasse ihnen ihren Lauf und breche ab. Das ist eine schwierige Prozedur, zweifellos. Die Spitze rutscht schnell aus ihrer Position, und nach einer Weile wird mir klar, dass es wahrscheinlich auch mit dem stärksten Druck nicht möglich ist, den Augapfel selbst zu penetrieren. Was dagegen das Resultat wäre: der Stift dringt über oder unter dem Auge ins Gehirn, es muss einfach ausweichen, auf seinem Fundament herumrutschen, den Weg freimachen, aber es wird sich kaum aufspießen und durchbohren lassen ... das ist irgendwie ein ärgerlicher Schluss, ein Ausrutscher aus der absoluten Perfektion, die mir vorschwebte, aber dennoch muss ich mich damit abfinden und es akzeptieren.

Ich wache im grellen Morgenlicht auf. Begebe mich mit einer Flasche zur Toilette und trinke weiter. Die ersten Schlucke kommen wieder hoch, aber nach einer Weile gelingt es mir, die brennenden Tropfen in mir zu behalten. Dann liege ich in der Dunkelheit und in dem leichten Geruch nach sauren Magensäften und lasse die Stunden und Sekunden sich durch den Tag fressen.

Wieder wird es Nacht. Ich habe nur unklare Erinnerungen daran, wie auch an den folgenden Tag, irgendwann ist der Whisky zu Ende, ich finde eine Flasche süßen Wein im Küchenschrank. Es ist ein ekliges Gebräu, und gegen Abend befinde ich mich erneut auf der Toilette, den Magen von innen nach außen gekehrt. Eine kalte, unbarmherzige Nüchternheit naht, ich bin in kaltem Schweiß und übel riechender Angst gebadet, versucht, auf dem Boden zu einer schützenden Fötusstellung zusammenzukriechen, werde aber letztendlich von der Kälte und dem Schüttelfrost zerrissen. Explosionen in den Nerven und im Fleisch. Krämpfe und eine plötzlich einsetzende Atemnot, bevor ich schließlich in einen schwarzen, traumlosen Schlaf versinke.

Eine Serie von Telefonsignalen kommt und geht. Beatrice kommt und geht. Durch die halb geöffnete Toilettentür sickert erneut Tageslicht herein. Ich falle wieder in Schlaf. Neues Klingeln, Schmerzen in der rechten Hüfte und der Schulter auf dem harten Boden.

Schließlich stehe ich auf. Trinke direkt aus dem Wasserhahn, wasche mir Gesicht und Hände. Erneutes Klingeln. Ich bewege mich langsam aufs Zimmer zu und gehe ans Telefon.

Haarmann.

Privatdetektiv Haarmann.

»Ich versuche schon die ganze Zeit, Sie zu erreichen.«

»Das tut mir Leid.«

»Wirklich?«

»Was wollen Sie?«

»Ich habe Neuigkeiten.«

»...«

»Sind Sie noch dran?«

»Natürlich.«

»Ich habe sie gefunden.«

»Wen?«

»Wen? Na, Ihre Frau natürlich. Wie geht es Ihnen eigentlich?«

»Danke, ausgezeichnet. Entschuldigen Sie, ich bin nur gerade aufgewacht ... und wo befindet sie sich?«

Er macht eine Pause, ich nehme an, dass er sich eine Zigarette anzündet.

»Wenn Sie herkommen, bekommen Sie die Informationen, die Sie brauchen. Nehmen Sie Geld mit, dann können wir auch gleich die Rechnung machen. Passt es Ihnen in einer Stunde?«

Ich schaue auf die Uhr. Ein paar Minuten nach zehn. Also Vormittag, ich habe keine Ahnung mehr, welcher Wochentag gerade ist.

»In einer Stunde«, sage ich.

Das Leben ist nutzlos. Aber wenn eine Tür geöffnet wird, dann müssen wir weiter gehen. Das ist unsere Pflicht und sonst gar nichts.«

So waren ihre Worte, und ich wusste natürlich, dass sie das irgendwo gelesen oder gehört hatte. So war das oft mit Ewa. Sie schnappte Phrasen und Sprüche in allen möglichen Zusammenhängen auf: in Filmen, Zeitungen, in Diskussionen im Fernsehen, konnte sie Wochen und Monate speichern, um sie dann viel, viel später als ihre eigenen in Situationen und Zusammenhängen wiederzugeben, die auf irgendeine Art eine Relevanz für das Gesagte zu haben schienen.

Wie an diesem Sommermorgen.

Nutzlos?

Im Nachhinein weiß ich, dass vieles, was sie zu dieser Zeit so sagte, von Mauritz Winckler stammte. Vielleicht war mir das bereits damals klar, die Sache war nur, dass ich mich nicht besonders darum kümmerte. Ich reagierte nicht. Sie war mein verletzter Vogel, ich war ihr Mann und Gönner, so war die Beziehung zwischen uns … ich war der feste Boden, Ewa das verirrte Reh im Moor. Ihre Meinungen kamen und gingen, Stimmungen und Gefühlslagen wechselten von einem Tag zum anderen, manchmal von Stunde zu Stunde. Aber ich hörte ihr immer zu, und ich wankte nie, stand fest verwurzelt und unerschütterlich, damit sie sich jedesmal wieder hochziehen konnte, wenn sie Gefahr lief, zu tief zu sinken.

Der Fels. Der feste Punkt.

Das Adagio war jetzt vorüber.

Ich dachte an diese Dinge, als ich an diesem warmen Maitag durch A. ging. Das Büro lag weit hinten in der Greijpstraa, ich hätte natürlich die Straßenbahn nehmen können, aber etwas hielt mich davon ab. Vermutlich nur der Zeitfaktor. Ich brauchte Zeit, benötigte eine längere Promenade, bevor ich bereit war, jemandem wieder Aug in Aug gegenüberzustehen. Vielleicht auch einen Moment in einem Café. Es war wie gesagt ein heißer Tag. Wieder einer.

Haarmann hatte wissen wollen, ob ich die Details erfahren wollte oder mich mit Namen und Adresse begnügte.

»Namen?«, hatte ich gefragt, und er hatte mir erklärt, dass sie jetzt Edita Sobranska hieß.

»Edita Sobranska?«

»Ja, offensichtlich.«

Ich erklärte, dass ich den Rest gut selbst herausfinden könnte und dass ich nicht daran interessiert sei, zu erfahren, wie er es angestellt hatte, sie aufzuspüren. Er nickte, und vielleicht war da ein Anzeichen von Zweifel in seinem Blick, aber ich verzog keine Miene. Er überreichte mir eine Karte mit Namen, Adresse und Telefonnummer. Ich schob sie in meine Brieftasche und bezahlte, was er verlangte. Achthundert Gulden ohne Quittung.

»Meinst du damit dein Leben, oder um wessen Leben geht es?«, erinnere ich mich damals gefragt zu haben.

»Unseres«, antwortete sie sofort überraschenderweise. »Unser gemeinsames Leben.«

Es war nicht üblich, dass sie es schaffte, ihre Argumentation weiterzuführen, wenn ich mit einem Einwand gekommen war.

»Unser Leben?«

»Ja, unseres. Wir geben einander gegenseitig keine Kraft

mehr. Wir wachsen nicht … wir fressen uns gegenseitig auf und fallen in uns zusammen. Wir fallen zusammen. Schrumpfen und schrumpfen, spürst du das nicht? Das musst du doch spüren, es gibt nichts, was deutlicher wäre. Wenn wir so weitermachen, werden wir eines schönen Tages ganz verschwunden sein.«

»Das sind doch nur Worte, Ewa«, sagte ich. »Worte ohne Sinn, das musst du doch einsehen. Sie bedeuten nichts.«

»Sie bedeuten alles«, sagte sie.

Alles.

Wer entscheidet, welche Worte einen Sinn haben und welche nicht?

Ich folgte der Prinzengracht ein langes Stück. In dem ruhigen braunen Wasser tummelten sich Enten und Cherokeegänse in zeitloser Faulheit. Zwischen Keyserstraat und Valdemarlaan standen die Rosskastanien in voller Blüte, die gewaltigen weißgrünen Zweige schienen gleichzeitig nach oben und unten zu streben. Nach der Sonne und nach dem Wasser. Ich erinnere mich, dass ich darüber eine Weile nachdachte, über diesen Zwiespalt und darüber, dass ich mich nicht entscheiden konnte, ob es sich um ein »Sowohl als auch« oder um ein »Entweder oder« handelte. Im Nachhinein erkenne ich, dass es sich hier um eine vollkommen fruchtlose Überlegung handelte, aber ich erinnere mich an das Bild, noch nach drei Jahren kann ich die Bäume dort draußen an der Prinzengracht sehen, und ich kann mich selbst unter ihnen spazieren gehen sehen, an diesem besonderen Tag mitten im Monat Mai. Spazieren und über die Bedürfnisbefriedigung dieser gewaltigen Bäume sinnieren.

Wärme und Wasser. Wärme oder Wasser.

Am Kreuger Plein blieb ich stehen. Betrachtete ein paar Sekunden lang die Cafés, bis ich mich im Oldener Maas niederließ. Dort saß ich eine Stunde lang an einem Tisch draußen auf dem Bürgersteig, aber ich trank nichts außer einem Kaffee und einem Glas Saft mit Eiswürfeln.

Spürte einen starken Zwiespalt in mir, während ich dort

saß, vielleicht ähnlich dem der Kastanien. Immer wieder zog ich die Karte aus der Brieftasche und betrachtete sie.

Edita Sobranska, Bergenerstraat 174.

Ich versuchte zu verstehen, woher sie den Namen genommen hatte. Er klang polnisch, da gab es keinen Zweifel, aber ich wusste von keiner einzigen slawischen Verknüpfung in Ewas Leben. Warum war sie also gerade darauf gekommen?

Vielleicht ist sie es ja doch nicht, dachte ich. Vielleicht ist es eine ganz andere Frau, und Haarmann hat sich geirrt. War das nach allem nicht die wahrscheinlichste Lösung?

Wenn dem so war, wenn die Frau in der Bergenerstraat sich als jemand anderes als meine verschwundene Frau herausstellen sollte, dann ... ja, dann würde ich die ganze Sache damit abblasen. Dann sollte es damit genug sein, dessen war ich mir absolut sicher, als ich das Oldener Maas verließ. Dass es – was immer auch geschah – jetzt vorbei war, das war der letzte Tag, alles ging eigentlich schon viel zu lange vor sich ... Ich hätte das schon früher einsehen müssen, aber lieber spät als nie.

Eine Viertelstunde später hatte ich die Bergenerstraat erreicht. Es war eine lange, ziemlich enge Straße, die vom Bergener Plein abging und in nordöstlicher Richtung zum V-Park und zu den Sportanlagen führte. Ganz gewöhnliche Vier- und Fünfetagenhäuser in dunklem Ziegelstein auf beiden Seiten. Schwarzgestrichene Einfahrten und dicht nebeneinander sitzende Fenster. Ab und zu ein Laden. Cafés ungefähr an jeder dritten Kreuzung.

Ich blieb vor der Nummer 174 stehen. Schaute mich in beide Richtungen um, bevor ich näher trat und die Namensschilder las. Dritter Stock: E. Sobranska, M. Winck. Ich griff zur Tür. Geschlossen. Ich klingelte. Niemand antwortete, aber ich hörte ein Klicken im Türschloss. Ich trat ein und ging die schmale, steile Treppe hinauf.

Mein erstes Klopfen führte zu keiner Reaktion, und ich versuchte es noch einmal, etwas fester. Ich hörte, wie in der Wohnung ein Radio ausgeschaltet wurde und wie sich Schritte näherten. Ein Schlüssel wurde ein paar Mal im Schloss umgedreht, die Tür geöffnet, und ich stand Auge in Auge mit …

Ich meine mich zu erinnern, dass es eine Sekunde dauerte, bis ich einsah, dass sie es tatsächlich war, aber ich bin mir nicht sicher. Sie war einfach gekleidet, schwarze Jeans und ein langes T-Shirt mit Batikdruck, und ihr Gesicht war so vertraut, dass ich mich dagegen wehren musste, ja, ich glaube, dass es dieses starke Identitätsgefühl war, das mich paradoxerweise zögern ließ.

Ich meine mich außerdem zu erinnern, dass wir eine Weile schweigend dastanden und uns nur ansahen, bevor wir anfingen zu sprechen, aber auch davon bin ich nicht mehr vollkommen überzeugt. Vielleicht ergriff sie sofort das Wort, auf jeden Fall war sie es, die das Schweigen brach, falls es denn zu brechen war.

»Ach, jetzt kommst du«, sagte sie.

Sie trat einen Schritt zurück, und ich betrat den kleinen Eingangsflur.

»Ja«, sagte ich. »Jetzt komme ich.«

Sie gab mir zu verstehen, dass ich doch weiter in die Wohnung kommen sollte. Sie ging vor und setzte sich in einen der drei Sessel, die um einen niedrigen Couchtisch aus Glas und Rohr standen. Ich zögerte erneut, aber dann nickte sie, und ich setzte mich ihr gegenüber.

»Also, jetzt kommst du«, wiederholte sie und verdrehte ein wenig die Augen, wobei mir einfiel, dass sie das ab und zu zu tun pflegte, wenn sie sich auf etwas Unklares oder Schwieriges zu konzentrieren versuchte. Ich gab keine Antwort.

»Möchtest du eine Tasse Tee?«, fragte sie nach einer Weile.

Ich nickte, und sie ging hinaus. Ich schloss die Augen und lehnte den Kopf gegen die hohe, weiche Rückenlehne. Hörte sie in der Küche mit Wasser, Kessel und Tassen klappern, während ich ganz still dasaß. Die Gedanken und Bewegungen in mir waren wortlos und abstrakt, fern jeder Grenze zum Begreifbaren. Aber schön, zweifellos wunderschön. Ich weiß, dass ich genau das dachte. Dann spürte ich die Anwesenheit von jemand anderem im Zimmer. Ich öffnete die Augen und sah Mauritz Winckler vor mir. Er hatte den Ellbogen auf eine hohe Kommode gestützt und betrachtete mich.

Ich erwiderte seinen Blick. Er trug immer noch die gleiche Brille und das gleiche kurz geschnittene, grau melierte Haar wie vor vier Jahren. Das kragenlose Hemd und die Kordhose konnten ebenfalls problemlos die gleichen sein, wie er sie die wenigen Male getragen hatte, als ich ihn getroffen hatte, aber ich will es nicht beschwören.

Keiner von uns sagte ein Wort, und nach ein paar Minuten kam Ewa mit einem Teetablett zurück. Sie blieb für einen Moment mitten im Raum stehen, sah uns einen nach dem anderen an, zuerst Mauritz Winckler, danach mich. Dann zwang sie sich zu einem Lächeln, schnell und vergänglich wie eine aufflatternde Schwalbe, und stellte das Tablett auf den Tisch.

»Was machst du in A.?«, fragte sie.

»Ich arbeite«, sagte ich.

»Was?«

»Eine Übersetzung.«

»Rein?«

»Ja.«

»Das habe ich mir fast gedacht.«

Mauritz Winckler hustete und setzte sich an den Tisch. Ewa goss aus einer großen Tonkanne Tee ein.

»Wohnt ihr schon lange hier?«, fragte ich.

»Drei Jahre.«

»Drei Jahre? Seit damals …?«

»Ja«, antwortete Mauritz Winckler. »Seit damals.«

Wir tranken unseren Tee. Ich schaute auf Ewas Muttermal auf der Wange und erinnerte mich daran, wie wir in einem Hotel in Nizza einmal in einem unserer allerersten Jahre gegenseitig unsere Muttermale gezählt hatten.

»Wie lange bleibst du?«, fragte sie.

Ich zuckte mit den Schultern.

»Nicht mehr so lange, nehme ich an. Meine Geschäfte neigen sich dem Ende zu.«

»Ich verstehe«, sagte Mauritz Winckler, und ich weiß noch, dass ich mich darüber wunderte, was er denn bitte schön wohl verstand.

Wieder schwiegen wir. Vermieden, uns anzusehen. Mauritz Winckler aß einen weichen Kuchen.

»Was ist in Graues passiert?«, fragte ich schließlich.

Ich hatte angenommen, dass sie sich zumindest einen Blick zuwerfen würden, aber das taten sie nicht. Stattdessen hoben sie beide ihren Blick und sahen mich an mit einem …

… mit einem Ernst, den ich als fast an der Grenze zur Unverschämtheit empfand, schließlich war ich als ein Gast mit den besten Absichten gekommen. Ich leerte schnell meine Teetasse, stellte sie mit einem nachdrücklichen Klirren auf die Untertasse und richtete mich auf.

»Was ist in Graues passiert?«, wiederholte ich mit etwas lauterer Stimme.

Mauritz Winckler schüttelte langsam den Kopf. Ewa stand auf.

»Ich glaube, es ist das Beste, wenn du jetzt gehst«, sagte sie.

Ich blieb noch einen Augenblick lang sitzen und ging mit mir selbst zu Rate, dann stand ich auf. Ewa ging wieder vor in den Flur, und als sie mit der Hand auf der Türklinke dastand, um mich hinauszulassen, fragte ich zum dritten Mal, jetzt mit leiser Stimme, damit Mauritz Winckler es nicht hören konnte.

»Was ist in Graues passiert?«

Sie öffnete die Tür.

»Ich denke gar nicht daran, dir das zu erklären, David«, sagte sie.

»Wie meinst du das?«

Sie sah mich mit dem gleichen fast quälenden Ernst an.

»Du fragst, was in Graues passiert ist. Gerade du solltest wissen, dass du kein Recht dazu hast.«

»Kein Recht?«

»Du hast nicht das Recht zu erfahren, was passiert ist.«

Ich erwiderte nichts.

»Vielleicht ist das gerade das Beklemmendste an allem«, fügte sie hinzu und wandte ihren Blick ab. »Dass du das nicht begreifst.«

Zwei sich vollkommen widersprechende Gedanken tauchten in meinem Kopf auf. Ich wog sie schnell gegeneinander ab, dann gab ich auf.

»Leb wohl, Ewa.«

Ich verließ sie, ohne sie noch einmal genauer anzusehen.

Zehn Minuten später hatte ich die Windemeerstraat erreicht. Auf dem breiten Fußweg spazierte ich in südwestlicher Richtung aufs Zentrum zu, die untergehende, aber immer noch wärmende Sonne im Gesicht. Es waren ziemlich viele Menschen unterwegs, ab und zu schloss ich für ein paar Sekunden die Augen und stieß in dem Gedränge mit einer Schulter zusammen – ich erinnere mich, dass es mir ein eigentümliches Gefühl der Dazugehörigkeit gab –, aber insgesamt verhielt ich mich nicht besonders auffällig verglichen mit den anderen Menschen in der Menge.

Ich ließ drei Straßenbahnen passieren, bevor ich die Gelegenheit nutzte. Das war an und für sich eine sehr einfache Prozedur – zwei Schritte schräg auf die Straße, und dann hörte plötzlich alles auf.

Alles.

III

Dennoch kam wieder eine Zeit, und ich begriff nicht, wozu sie gut sein sollte.

Eine Zeit, dünner als ein Vakuum, öder als das offene Meer, aber dann tauchte eines Tages Henderson mit seiner verrückten Behauptung und seinen Bildern auf.

Erneut irrlichterte ein Punkt in dem Nichts, verzögerte seinen Lauf und wuchs, und ich hatte bereits angefangen, ihm mit dem Blick zu folgen.

Und Sie haben Sie verlassen und sind wie ein getretener Hund davongetrottet?«

Ich antworte nicht. Schiebe mir ein paar ölige Oliven in den Mund und schaue übers Wasser. Die Sonne ist eine Handbreit über dem Horizont in ihrem üblichen Dunst untergegangen, und die Stille ist fast vollkommen. Wir sitzen draußen auf der Terrasse, jeder in einem dieser Korbsessel, die er – so behauptet er jedenfalls – selbst entworfen hat und von irgendwelchen Handwerkern in einer der Städte auf der Ostseite hat bauen lassen. Er hat auch das Haus zum Teil gebaut. Der kleine Kern von dreißig, vierzig Quadratmetern ist mit der Zeit auf das Doppelte angewachsen. Und auch modernisiert worden: Wasserleitungen von der Quelle in den Bergen wurden herangeführt, elektrischer Strom in einem Kabel von der Stadt herangeleitet. Terrassen und Weinranken am Abhang auf der Rückseite, und ein paar stattliche Zypressen, die er von dem Gelände auf der anderen Seite der Bucht hierher hatte bringen lassen und die allen Prophezeiungen zum Trotz hier Wurzeln geschlagen haben. Um die zwanzig eigene Olivenbäume, die, wie er behauptet, über fünfhundert Jahre alt sind. Den Berg hinauf führt ein gewundener Eselspfad zu einer Kapelle, die auch zu dem Besitz gehört, ein exzentrischer Franzose hat sie vor Jahren gebaut, mehr als fünfzig Jahre hat er hier zusammen mit einer Horde Katzen und einem Cembalo gelebt, ist dann aber im Herbst seines Lebens zurück nach Rouen gezogen und dort nach zwei Monaten gestorben. Die Katzen sind verschwunden, aber das Cembalo ist noch da.

Überhaupt lässt er kaum ein Detail in seinem Bericht aus, vielleicht ist alles zusammen reine Phantasie, auf jeden Fall ist mir klar, dass es ihm eine diebische Freude bereitet, endlich einmal wieder Zuhörer zu haben. Und wenn es nur einer ist. Und wenn nur ich es bin. Es ist offensichtlich, dass er keinen Umgang mit Menschen hat. Nimmt nur jede zweite oder dritte Woche das Boot um die Landzunge herum zum Ort, um sich mit Proviant zu versorgen, aber ansonsten lebt er in sublimer Abgeschiedenheit ... in einer Isolation, die ihn sehr viel redseliger hat werden lassen, als ich ihn in Erinnerung habe. Sicher eine akute, vorübergehende Geschwätzigkeit, und der Zug von Egozentrik und Eigenliebe ist kaum kleiner geworden. Vielleicht ein wenig konserviert und veredelt. Seine Hauptbeschäftigung in der Einsamkeit scheint es zu sein, Steine zu schleppen: entweder die Terrassen auszubessern oder die hohe, meterdicke Mauer weiterzubauen, die im Augenblick das Haus von zweieinhalb Seiten umgibt.

»Sie müssen mir doch zustimmen«, fährt er fort, »dass es unverzeihlich wäre, so eine Geschichte auf diese Art und Weise zu vergeuden? Eine Geschichte, die mit einem Niesen im Radio beginnt ...«

»Einem Husten.«

»Na, dann einem Husten, ist ja das Gleiche. Sie wollen sie also wie verschüttete Milch im Sand verrinnen lassen. Wie Eselspisse! Einfach liegen lassen und ...«

»... mich wie ein getretener Hund davonmachen, ja genau.«

Ich warte, während er sich eine Zigarette in dem affektiert langen Mundstück anzündet.

»Sie kennen meine kleinen Überlegungen hinsichtlich des Lebensmanuskripts?«

»Natürlich. Wobei es übrigens wohl kaum die Ihren sind. Sie wollen also behaupten, dass Ihre Geschichte umso viel besser ist?«

Er schnaubt.

»Der Vergleich ist schon eine Beleidigung.«

Er sieht mich nicht einmal an. Raucht und hat dabei den Blick aufs Meer gerichtet. Wahrscheinlich langweile ich ihn allmählich.

»War diese ganze verzwickte Intrige eigentlich nötig?«, frage ich nach einigen Sekunden des Schweigens.

»Natürlich«, erklärt er mit sichtlicher Irritation. »Was zum Teufel glauben Sie denn? Der Verdacht musste schließlich langsam keimen ... Sie glauben doch wohl nicht, dass es funktioniert hätte, wenn sie mit einem Mal im Rampenlicht gestanden hätten. Machen Sie sich doch nichts vor, Sie wissen ebenso gut wie ich, dass es so arrangiert werden musste ... schließlich haben Sie ja das Resultat!«

»Haben Sie auch mit ihrem Tod gerechnet?«

Er zuckt mit den Schultern.

»Das hat nichts mit der Sache zu tun. Was wollen Sie überhaupt damit sagen? Ihre eigene Ehefrau lebt schließlich glücklich und zufrieden mit Ihrem Rivalen zusammen! Sie sind doch wohl nicht hergekommen, um zu behaupten, Sie hätten alles so gemacht, wie Sie es sich gedacht haben?«

Er erlaubt sich ein Lachen.

»Verfluchter Dilettant! Ihnen ist es ja nicht einmal gelungen herauszufinden, was wirklich passiert ist!«

Ich betrachte ihn von der Seite, während er an dem geharzten Wein schnuppert ... das schwere Profil mit dem buschigen Haar, das unter der Sonne gebleicht ist. Einundsechzig Jahre alt, habe ich ausgerechnet, braun gebrannt, vital und rüstig, seine Gebrechlichkeit der letzten Jahre scheint er ganz und gar abgeschüttelt zu haben – wenn nichts Unvorhergesehenes eintrifft, dann spricht alles dafür, dass er in diesem versteckten Paradies noch ein Vierteljahrhundert leben kann. Mit seinen Steinen, seinen Oliven und seinen bereinigten Erinnerungen.

Wenn nicht etwas Unvorhergesehenes eintrifft, wie gesagt.

»Nein, ich weiß nicht, was in Graues passiert ist.«

Ich habe ihm meine Geschichte in groben Zügen erzählt, bin mir nicht sicher, ob er wirklich zugehört hat, aber es scheint sich doch in ihm festgesetzt zu haben. Aber jetzt hat er nichts mehr zu sagen.

»Letztens habe ich mich an ›Gilliams Versuchung‹ erinnert«, fahre ich nach einer Weile des Schweigens fort.

Das ist eine seiner frühesten Novellen: von einem Mann, der davon besessen ist, sein eigenes Leben wie das seiner Nächsten gemäß bestimmter Bilder und Zeichen zu lenken, die auf unterschiedliche Weise zu ihm kommen, in erster Linie in Träumen. Eine ziemlich bizarre Geschichte, die damit endet, dass er seine Frau und ihre beiden Söhne verbrennt. Die Versuchung im Titel verweist auf den Zweifel der Hauptperson vor dieser letztendlichen Handlung, auf die große Verlockung, nicht ... *nicht* den Anweisungen und seinen inneren Stimmen zu folgen.

Aber zum Schluss überwindet er auch das.

Rein lacht.

»Ach, die!« Er denkt eine Weile nach. »Ja, man kann schon behaupten, dass das hinkommt.«

»Wie haben Sie es gemacht?«, frage ich.

»Was?«

»Nun ja ... die Flucht?«

»Das war keine Flucht. Nur ein neuer Pass und eine einfache Verkleidung ... und das Geld natürlich.«

»Sie waren an diesem Abend nicht betrunken?«

»Höchstens ein klein wenig.«

»Trotzdem behaupte ich, dass Sie Glück hatten.«

»Quatsch.«

Während unseres gesamten Gesprächs habe ich darauf gewartet, dass er mir zumindest einmal für meine Hilfe dankt, eine gewisse Anerkennung dafür zeigt, dass ich seinen Erwartungen entsprochen und meine Rolle gespielt habe, wie er es geplant hatte, aber jetzt, wo die Sonne vollkommen verschwunden ist und die Dämmerung sich schnell auf uns senkt, da ist mir klar, dass er nicht im Traum daran denkt.

Soll der Meister der Puppe dafür danken, dass sie tanzt?

Der Marionette, weil sie auf das Ziehen der Fäden reagiert?

Natürlich nicht.

Ich schaue auf mein Boot hinunter, das ich auf den Strand gezogen habe. Es ist noch hell genug, um die unebenen Steinstufen ohne Licht hinunter gehen zu können (die noch aus der Zeit des Franzosen stammen), aber in einer halben Stunde wird es unmöglich sein. Rein ist wieder verstummt, und ich nehme an, dass seine relative Redseligkeit jetzt vollkommen erloschen ist. Ich betrachte ihn einige Sekunden lang, und obwohl er meinen Blick spüren muss, dreht er nicht den Kopf.

Es ist offensichtlich, dass er in Ruhe gelassen werden will, ich leere mein Glas und stehe auf.

»Ich glaube, es ist an der Zeit.«

Er nickt, erhebt sich aber nicht. Bleibt sitzen und rollt eine neue Zigarette in seiner plumpen Maschine.

Die Frage kommt, als ich ihm bereits den Rücken zugekehrt habe.

»Sie haben doch wohl nicht vor, das hier in die Medien zu bringen? Meine neue Identität ist wasserdicht, das möchte ich betonen. Es wäre einfach keine gute Idee.«

»Natürlich nicht.«

»Es wäre sicher auch nicht sehr opportun, wenn Sie als schlechter Verlierer auftreten würden, oder?«

»Keine Sorge.«

»Rein ist tot.«

»Rein ist tot. Auf Wiedersehen.«

»Auf Wiedersehen.«

Als ich das Boot erreicht habe, ist es bereits so dunkel, dass ich ihn oben auf der Terrasse nicht mehr erkennen kann. Ich will kein Licht machen und bin gezwungen, eine Weile unter dem Netz, das zusammengerollt auf dem Schiffsboden liegt, nach dem Messer zu suchen. Dann finde ich es.

Setze mich hin, wiege es in der Hand und fahre weitere zwanzig Minuten vorsichtig über die scharf geschliffene Klinge, während die Dunkelheit immer dichter wird. Denke über das eine oder andere nach, aber über nichts, was wichtig genug wäre, um es zu erwähnen, und nichts, was mir im Gedächtnis haften bleibt. Und als ich sehe, dass er oben ein Licht entzündet hat, mache ich mich erneut auf den Weg die unebenen Treppenstufen hinauf.

Alois

I

FREITAG, 18. APRIL

Heute hat mich meine Ehefrau verlassen. Ich war noch gar nicht richtig erwacht und hatte mir kaum den Schlaf aus den Augen gerieben, als sie plötzlich weg war. Um mich über den Stand der Dinge zu unterrichten, hatte sie einen Brief geschrieben. Der lag auf dem Küchentisch, ein wenig nachlässig gegen die Zeitung gelehnt. Ich las ihn, während ich auf meinen Kaffee blies, damit ich ihn trinken konnte. Ich habe heißen Kaffee schon immer verabscheut. Ganz besonders morgens.

Am Nachmittag rief ich aus dem Café an, um nachzuprüfen, ob sie nicht doch zurückgekommen wäre. Ich ließ es zwölfmal klingeln, bevor ich auflegte, dann bestellte ich mir ein Bier und überlegte, was ich machen sollte. Florian blieb einen Augenblick bei mir stehen, nachdem er das Glas vor mich hingestellt hatte.

»Schlechten Tag gehabt?«, fragte er.

»Meine Frau hat mich verlassen.«

»Ingrid?«

»Nein, Kristine. Wer ist Ingrid?«

»Verzeihung. Ich dachte …«

Ich habe nie erfahren, was er dachte. Er sog die Wangen auf seine charakteristische, ein wenig mondäne Art ein, ließ das Geld in die Schürzentasche rutschen, ohne es nachzuzählen, und setzte seinen ewigen Kreislauf fort.

Wir gehen schon seit fast zehn Jahren in dieses Café, Kristine und ich, und trotzdem weiß man hier also nicht, wie wir heißen. Manchmal habe ich das Gefühl, dass die Leute in unserer Stadt sich nicht in gleicher Weise umeinander kümmern wie in anderen Städten.

Ein schlechter Tag? überlegte ich und begann die Situation zu analysieren. Zunächst versuchte ich mein Leben in groben Zügen gedanklich einzurichten. Das wirkte fast lähmend, also gab ich es bald auf. Kaufte stattdessen eine kleine Schale eingelegter Oliven, von der griechischen Sorte, und ging dazu über, über die Wohnung nachzudenken, die sich keiner von uns beiden allein würde leisten können, und über die Möbel und Bücher, Schallplatten und Fotos und anderes, was wohl in einer Lage wie dieser in gleich große Haufen aufgeteilt werden musste ... und all das verfinsterte meine Aussichten noch mehr.

Schließlich ging ich lieber dazu über, stattdessen das Wochenende zu planen. Freitagabend – Samstag und Sonntag. Sofort erschienen die Dinge leichter zu handhaben.

Baxi's war fast das Erste, was mir einfiel, ich kann nicht sagen, wieso. Ich hatte dort sicher seit zehn Jahren meinen Fuß nicht mehr hineingesetzt, vermutlich nicht mehr, seit ich mit Kristine zusammen bin, aber jetzt war es mir klar, dass ich dorthin gehen musste. Wein trinken, der Jazzmusik zuhören und zusehen, zumindest ordentlich betrunken zu werden. Der Rest würde sich schon von selbst ergeben. Es war zweifellos wieder an der Zeit.

Es war natürlich typisch, dass ich als Allererstes Walther in die Arme lief. Ich hatte keine Ahnung, dass er im Baxi's verkehrte, oder überhaupt, dass er an Jazz interessiert war. Aber wir haben ja immer sorgfältig darauf geachtet, Arbeit und Privatleben voneinander getrennt zu halten, was bestimmt seinen Sinn hat, wenn es auch ab und zu schwer ist zu verstehen, welchen.

»Was für ein Glück!«, sagte er und zog mich zu sich aufs Sofa zwischen ihn und eine kleine dunkelhäutige Frau in Zebrafell. »Ich habe den ganzen Nachmittag versucht, dich zu erwischen, wo hast du dich herumgetrieben?«

»Ich hatte nur den Stecker rausgezogen.«

»Ach so. Na gut, jedenfalls bist du hier! Du musst dich morgen Vormittag um eine Klientin kümmern.«

»Nie im Leben«, erwiderte ich, wusste aber natürlich, dass das sowieso nichts nützte. Walther ist derjenige, der die Regeln bestimmt, und ich bin derjenige, der sie befolgt, von etwas anderem war nie die Rede. Ich werde es Ihnen später erklären, lassen Sie mich nur auf eine etwas günstigere Gelegenheit warten.

»Sie kommt um elf Uhr. Du musst Viertel vor da sein, um dich einzulesen. Du findest alles unter G. Gisela Enn.«

Es gehört zu Walthers Eigenheiten, unsere Klienten nach ihren Vornamen zu katalogisieren. Das hat mit der Integrität zu tun. Wahrscheinlich meint er, es wäre schwieriger für Außenstehende, auf diese Art an Informationen zu gelangen. Natürlich ist das der absolute Quatsch, aber verglichen mit vielem anderen in unserer Firma ist das nichts, worüber man sich aufregen sollte.

»Ihr seid euch wirklich ähnlich, ihr beiden ... seid ihr Zwillinge?«

Die Zebrafrau betrachtete uns amüsiert. Ließ ihren Blick von einem zum anderen wandern. Ihre glänzenden Metallohrringe klirrten.

Ja, natürlich sind wir uns ähnlich, Walther und ich, das ist doch sozusagen überhaupt erst die Voraussetzung. Auch darauf werde ich noch zurückkommen.

»Ich würde dich nicht darum bitten, wenn es nicht unbedingt nötig wäre, das weißt du.«

»Selbstverständlich.«

»Du kannst dir dafür nächste Woche einen Nachmittag frei nehmen.«

Ich stützte mich auf ein gestreiftes Knie und begann mich hochzuarbeiten.

»Willst du nicht noch eine Weile bei uns sitzen bleiben?«

Sie zeigte ihre Zähne. Vielleicht war es ja ein Lächeln.

»Einer von uns reicht.«

Ich nickte ihnen zu und dachte, dass Baxi's sich seit damals wirklich verändert hatte. Dann ging ich, setzte mich an die Bar, und nach ein paar reellen Drinks gelang es mir tatsächlich, ein paar Stunden in Ruhe und Frieden zuzubringen. Ich erinnere mich nicht mehr, worüber ich nachdachte und mit wem ich redete – ob ich mich überhaupt auf derartige Dinge einließ. Ich weiß nur noch, dass ich ziemlich viel rauchte und trank, ganz in Übereinstimmung mit meinen Absichten, und dass ich absolut nicht sagen kann, wann ich mich eigentlich von dort wieder aufmachte.

Aber nach Hause kam ich jedenfalls.

SAMSTAG, 19. APRIL

Ich stand kurz vor neun Uhr auf. Es war mir nicht gut bekommen, im Baxi's zu sitzen, das spürte ich sofort. Eine schwarze Symphonie pulsierte im Hinterkopf, und das Zähneputzen brachte eine leichte Übelkeit mit sich. In der letzten Zeit hatte ich größtenteils nüchtern gelebt, Kristine war diejenige, die nach einigen Unregelmäßigkeiten vor ein paar Jahren unseren neuen Stil eingeführt hatte, und an diesem Morgen beschloss ich, den eingeschlagenen Weg fortzusetzen.

Ich trank Orangensaft mit einem rohen Eigelb und eine halbe Tasse schwarzen Kaffee, mehr schaffte ich nicht. Ich dachte an Kristine. Vielleicht sollte ich ein wenig mehr über sie und unsere Beziehung erzählen, aber ich habe keine Lust dazu. Es geht hier nicht um sie, und wenn ich das Alte außen vor lassen kann, dann ist sie sicher nur dankbar dafür.

Ich erreichte Punkt halb elf Uhr die Praxis. Als Erstes öffnete ich beide Fenster, um die abgestandene Luft herauszulassen. Ich spürte sie an diesem Tag besonders deutlich, verbunden mit dem schlechten Geschmack im Mund und dem kräftigen Sonnenschein draußen in der Welt. Vogelgesang toste aus dem Universitätspark, und ich streckte mich mit der Mappe über Gisela Enn auf dem Sofa aus.

Sie enthielt ein einziges Blatt Papier. Darauf stand:

G. E. rief Freitagnachmittag an. Wollte unbedingt einen Termin. Kommt Samstag 11. Vorsicht.

Zwei Zeilen. Ich schenkte Walther einen Gedanken der Dankbarkeit. Das waren also die Instruktionen, von denen er gesprochen hatte. Ich blieb liegen und schaute das Papier an. Das einzige, was möglicherweise als Hinweis angesehen werden konnte, war das Wort »Vorsicht«.

Trotzdem war ich nicht besonders überrascht. Ich hatte das schon häufiger mitgemacht. Walther kann so sein. Ich schob die Hände hinter den Nacken und starrte an die Decke. Registrierte die schmetterlingsleichte Vibration in den Schläfen und hinter den Augen, die immer am Tag danach aufzutreten pflegen, die ich aber seit Jahren nicht mehr erlebt hatte.

Gisela Enn. Ich überlegte eine Weile, wie ich sie empfangen sollte. Ob ich direkt Augenkontakt aufnehmen sollte oder ob es besser wäre, bis zum Handschlag zu warten. Das sind die einzigen beiden Varianten, die wir zulassen, Walther und ich. Ja, wenn ich sage Walther und ich, dann meine ich eigentlich nur Walther, da wir ja ein- und dieselbe Person sind. In der Firma jedenfalls. Sowohl er als auch ich stellen Walther Borgmann dar, und da er der richtige Walther Borgmann ist, muss ich mich natürlich in das dreinfinden, was er sagt. Das ist nicht mehr als recht und billig. Er ist es, der die Zulassung hat, und es ist seine Praxis.

Außerdem war er schon mehrere Jahre dabei, bevor ich überhaupt ins Bild kam. So ist die Lage, und damit habe ich auch erklärt, warum ich mich seinem Wunsch im Baxi's nicht ohne weiteres widersetzen konnte.

Ich stand auf und ging in das hintere Zimmer. Sah nach, ob es Selters im Kühlschrank gab, dann zog ich die Arbeitskleidung an.

Schwarzer Pullover und dunkle Jacke aus so einem schlabbrigen Synthetikmaterial. Wir legen großen Wert darauf, immer die gleiche Kleidung zu tragen. Zum Teil hat das eine beruhigende Wirkung auf die Klienten, wie Walther sagt, zum Teil verringert es das Risiko, dass unser Doppelspiel aufgedeckt werden könnte. Es hängen immer mindestens zwei Jacken im Schrank sowie vier, fünf Polohemden. Was Hosen und Schuhe betrifft, so sind diese von geringerer Bedeutung, die Klienten haben meistens während der Konsultation nur unseren Oberkörper vor Augen. Wir sitzen üblicherweise hinter dem Schreibtisch.

Als ich Walther damals vor drei Jahren traf, hatte ich ihn nicht mehr gesehen, seit wir die Schule verlassen hatten. Ich hatte gar keine Ahnung, dass er in die Stadt zurückgekehrt war, wusste nichts darüber, wie das Leben ihm mitgespielt hatte.

Das Einzige, was offen zu Tage trat, als wir uns plötzlich Aug in Aug gegenüberstanden, war, dass wir uns immer noch wie ein Ei dem anderen ähnelten. Nicht nur im Gesicht, sondern in der ganzen Konstitution. Der Körperbau, die Haltung, die Gestik und alles. Innerhalb von mehr als zwanzig Jahren waren wir offensichtlich in genau der gleichen Art und Weise gealtert, es war uns sogar beiden geglückt, die gleiche dunkelbraune Haarfarbe zu behalten, und wir hatten die gleiche, ziemlich kurz gehaltene Frisur gewählt. Es gab keinen Zweifel: Leute, die uns zusammen sahen, würden uns als eineiige Zwillinge auffassen. Leute, die uns jeweils zu unterschiedlichen Gelegenheiten sahen, würden uns vermutlich für ein- und dieselbe Person halten.

Und das erst recht, wenn wir uns nicht darum bemühten, diesen Irrtum aufzuklären.

»Das ist ja wohl verrückt!«, rief Walther aus, nachdem wir uns gegenseitig eine Weile angestarrt hatten. »Du hörst von mir!«

Er rief mich zwei Tage später an, und wir verabredeten uns bei Kraus. Dort machte er seinen verrückten Vorschlag, und ich stimmte fast ohne zu zögern zu. Wir führten eine Versuchswoche durch, alles fiel zu unserer Zufriedenheit aus, und ich kündigte im Labor. Rodin, mein Chef, ließ mich wissen, dass ich kaum damit rechnen dürfte, wiederkommen zu können, und ich erklärte ihm, wenn es einen Ort auf der Welt gäbe, an den ich garantiert nicht zurückzukehren gedächte, wäre es sein verdammtes Labor.

Seitdem war ich also in Walthers Hand. Eigentlich hatte ich nie wirklich Grund gehabt, das zu bereuen. Zumindest nicht bis zu der Sache mit Gisela Enn.

Ich schaute auf die Uhr. Fünf nach. Sie kam zu spät. Ich holte einen Zettel aus der Schreibtischschublade und malte Palmen. Kleine, öde Inseln mit einsamen Palmen. Es hat mir immer gefallen, dieses Motiv zu kritzeln, während der Schulzeit malte ich ab und zu auch noch Skelette von Schiffbrüchigen, gern in sitzender Stellung, dazu, die sich wie auf den klassischen Witzzeichnungen an den Stamm lehnten. Aber mit der Zeit bin ich dazu übergegangen, diese Variante auszulassen.

Ich dachte natürlich auch an Kristine, und es war nicht einfach, das Leben an sich außen vor zu halten, während ich so wartete.

War es wirklich ihr Ernst, dass wir getrennte Wege gehen sollten, nachdem wir so lange gemeinsam gekämpft hatten? Das fragte ich mich.

Aber tief in mir wusste ich, dass es genau das war.

Ihr Ernst.

Wir, Walther und ich, haben als Regel, dass wir nicht länger als fünfzehn Minuten auf einen Klienten warten, und ich hatte schon zu hoffen gewagt, dass Gisela Enn nicht auftauchen würde, als ich Schritte draußen auf der Treppe hörte.

Laut klappernde Absätze machten vor der Tür Halt, und nach einigen Sekunden des Zögerns klingelte es.

Vermutlich hatte ich sofort diesen Eindruck. Dass es ein Problem werden würde, meine ich. Natürlich kann das auch erst retrospektiv entstanden sein – mit dem Fazit in der Hand, sozusagen –, aber es war nun einmal so, dass Walthers »Vorsicht« vor meinem inneren Auge aufleuchtete, sobald sie ins Zimmer trat, daran besteht kein Zweifel. Ich ergriff ihre Hand.

»Gisela Enn?«

»Ja.«

Eine dunkelhaarige Frau in den Vierzigern. Klein und zart, aber trotzdem voller Kraft. Ihre Haltung und ihre Art sich zu bewegen zeugten davon, dass sie es gewohnt war, mit Menschen umzugehen ... dass sie das Selbstbewusstsein und die Sicherheit einer Geschäftsfrau besaß. Aber vielleicht war das ja auch alles nur Schein. Vielleicht täuschte sie mich. Meine Verfassung war an diesem Morgen nicht die allerbeste. Auf jeden Fall kann ich mich rühmen, Urteilskraft genug zu haben, um erkennen zu können, wenn mich jemand hereinlegt.

Ich half ihr aus dem Mantel und bekam einen Hauch ziemlich anspruchsvollen Parfüms in die Nasenflügel. Sie setzte sich in den Sessel. Legte ein blaugetöntes Nylonbein über das andere und lehnte sich zurück. Ich holte ein Formular heraus und begann die Standardfragen durchzugehen.

»Ihr vollständiger Name?«

Viele Klienten geben natürlich ganz andere Namen als ihre eigenen an. Das gehört zum Spiel.

»Gisela Everitt Enn.«

»Mädchenname?"

»Delgado ..."

Sie strich eine Haarsträhne zurück. Sie war vollkommen schwarz, wahrscheinlich nicht aus eigener Kraft, glatt und halblang, und rahmte ein ziemlich schönes Gesicht mit hohen Wangenknochen und mandelförmigen Augen ein. Letztere gaben ihr einen leicht asiatischen Zug. Die Zeit hatte zwar hier und da ganze Arbeit geleistet, notdürftig vertuschte Falten um die Augen und den Mund sagten mir, dass sie zweifellos so einiges mitgemacht hatte.

»Familienstand?«

»Verheiratet, obwohl ...«

Sie zögerte. Ich ließ ihr Zeit.

»... wir leben nicht zusammen.«

Ich nickte.

»Mein Honorar beträgt zweihundert Gulden pro Stunde. Wenn wir uns mehr als zehn Mal treffen, bekommen Sie Rabatt.« Das schien sie gar nicht zu interessieren. Ich schob das Formular beiseite. Die Präludien waren überstanden.

»Darf ich Sie darum bitten, sich aufs Sofa zu legen.«

Sie warf mir einen überraschten Blick zu. Dann tat sie, wie ihr geheißen.

»Möchten Sie etwas über die Beine?«

»Ja, gern.«

Ich holte die Decke aus dem hinteren Zimmer.

»Ein größeres Kissen?«

»Nein danke.«

»Sie liegen bequem?«

»Ja.«

Ich setzte mich hinter den Schreibtisch.

»Ja, also, Frau Enn, darf ich Sie dann bitten, mir zu sagen, warum Sie gekommen sind.«

Sie holte tief Luft. Zog die Decke gerade. Ich nahm meine Armbanduhr ab und legte sie vor mich auf den Tisch.

Fünfundzwanzig Minuten nach elf zeigte sie.

Es kam nichts. Ich wartete eine Weile. Dann sagte ich:

»Sie haben alle Zeit, die Sie brauchen. Ich werde Sie nicht drängen oder unterbrechen.«

Anfangs hatte es mich verwundert.

Dass es so viele Menschen gab, die bereit waren, zweihundert Gulden die Stunde dafür zu zahlen, dass sie auf unserem abgenutzten Ledersofa liegen durften. Dort liegen und sich über ihre geplatzten Hoffnungen aussprechen, über ihre heruntergekommenen Träume und ihre jämmerlichen Ehepartner.

Aber das ist lange her. Jetzt reflektiere ich nicht mehr darüber. Ich sitze an meinem Platz hinter dem Schreibtisch, und mir ist klar, dass es für Frau Kumbach besser ist, herzukommen und zu erzählen, wie sie sich vorstellt, ihrem Mann, dem Oberlandesgerichtsrat, die Eier abzuschneiden, statt dass sie es wirklich tut ... Besser für Elias Morghetti, der einen Obstladen gleich unten in der Straße hat, einmal die Woche die Schuld dafür, dass sein einziger Sohn sich erhängt hat, auf sich zu nehmen, statt daheim vor dem Fernseher zu sitzen und die Kiefer aufeinander zu pressen, bis sie zerbrechen.

Ich verstehe – ich habe gelernt zu verstehen –, dass unsere Daseinsberechtigung groß ist, Walther Borgmanns und meine. Und dass wir richtig daran tun, dafür Geld zu nehmen.

Denn wer kauft schon seinen Seelenfrieden für ein Butterbrot und ein Ei, wenn man ihn für ein paar Hunderter haben kann?

Wie Walther immer zu sagen pflegt.

Aber wir feilschen nicht, und wir tragen den Trost nicht zu Markte. Doktor Borgmanns Praxis ist eine respektable Einrichtung, auch wenn nur die Hälfte von uns eine Lizenz hat. Die Leute kommen aus freien Stücken zu uns, und wenn sie uns verlassen, dann haben sie das bekommen, was sie haben wollten. Wir führen niemanden hinters Licht, selbst das Finanzamt kaum. Unsere Karten liegen offen da, und wer mit uns nicht zufrieden ist, der kann selbstverständlich woanders Hilfe suchen.

Nach anderem Trost. Anderen Schamanen.

Unsere Methode beruht in erster Linie darauf zu schweigen.

Der Klient redet, und wir schweigen. Wenn der Klient nicht reden will, warten wir auf ihn. Oder auf sie.

Das ist eine gute Methode. Selbstverständlich gehen wir nicht bis ins Absurde nach ihr vor.

Ich saß also da, malte Palmen und wartete, dass Frau Gisela Enn, geborene Delgado, anfangen würde zu reden. Meine Kopfschmerzen waren eine langsam anwachsende Wolke, und ich überlegte, ob es an der Zeit war, ihr etwas auf die Sprünge zu helfen ... manche Klienten bekommen Hemmungen, wenn sie allzu lange schweigend dagelegen haben, aber das ist natürlich von Fall zu Fall verschieden.

Und die Warnlampe leuchtete. Vorsicht.

Sie lag unbeweglich da. Hatte die Hände auf der Wolldecke gefaltet und schien auf den gleichen Fleck zu starren wie ich selbst vor einer halben Stunde. Nach einer Weile fragte ich:

»Möchten Sie ein Glas Selters?«

Ich sah ihr sofort an, dass ich sie beunruhigt hatte. Sie schluckte ein paar Mal, bevor sie herausbrachte:

»Ja, bitte. Wenn es nicht zu viel Mühe macht.«

Ich ging hinaus zum Kühlschrank. Als ich zurückkam, hatte sie sich auf dem Sofa aufgesetzt. Ich reichte ihr das Glas.

»Bitte.«

»Danke.«

Sie trank kleine Schlucke. Dann kam es.

»Ich glaube, ich werde jemanden töten.«

Sofort korrigierte sie sich.

»Nein, so ist es nicht. Entschuldigen Sie.«

Ich wartete.

»Ich habe einen Traum. Und in dem Traum, da werde ich ihn töten ...«

»Meinen Sie, dass Sie wirklich jemanden im Traum töten oder dass Sie es nur tun werden?«

»Ich werde es tun. Ich schaffe es nie. Wache immer vorher auf …«

Ich hatte mehrere Fragen auf der Zunge, hielt mich aber zurück. Saß nur ruhig auf der Schreibtischkante und kostete von meinem Wasser. Sie tat das Gleiche, und dann stellten wir unsere Gläser ab.

»Darf ich mich wieder hinlegen?«

»Natürlich.«

Wieder wurde es still. Ich ging zurück zu meinem Stuhl und den Palmenzeichnungen. Nach ein paar Minuten wurde mir klar, dass sie eingeschlafen war.

Ich weckte sie, als die vereinbarte Stunde um war. Sie bedankte sich, bezahlte mein Honorar und bat um einen neuen Termin. Ich blätterte in unserem Kalender und gab ihr einen neuen Termin am kommenden Mittwoch.

Sobald sie mich verlassen hatte, stellte ich mich hinter die Gardine ans Fenster. Ich sah, wie sie die Straße überquerte und zu einem dunkelblauen Wagen ging, der auf der anderen Seite stand. Sie suchte eine Weile in der Handtasche nach den Schlüsseln, und auch nachdem sie diese gefunden hatte und auf den Fahrersitz gesunken war, hatte sie es nicht eilig. Es dauerte eine ganze Zeit, bevor ich sah, wie sie aus K. hinausfuhr.

Ich hängte meine Jacke hin und zog mir den Pullover über den Kopf. Dann rief ich daheim an, um zu hören, ob Kristine möglicherweise zurückgekommen war.

Aber das war sie nicht.

Als ich die Tür wieder hinter mir zuschlug, hatte ich das Gefühl, dass mein Leben in erster Linie einem grauen, trübsinnigen Matsch glich.

SONNTAG, 20. APRIL

Ich fuhr schon im Morgengrauen los, um rechtzeitig vor dem Mittagessen bei Janos und Lynn zu sein. Ein greifbares Ekelgefühl hing während des größten Teils der Fahrt über mir, brachte mich aber nicht dazu umzukehren. Ich fühlte mich eigentlich für alles ziemlich unempfänglich, so wie man es an manchen Tagen halt tut. Janos und die Zwillinge waren damit beschäftigt, den Zaun zu streichen, als ich ankam. Janos schien die eigentliche Arbeit auszuführen, während die Zwillinge in erster Linie versuchten, sich selbst anzupinseln. Nach ihren Händen und ihren Haaren zu urteilen, war ihnen das ziemlich gut gelungen.

Ich stieg aus dem Auto. Spürte, wie mir das Hemd am Rücken klebte. Janos klopfte seine Pfeife am Zaunpfosten aus.

»Verdammte Gören. Wie geht's?«

»So lala.«

»So so ... viel Verkehr?«

»Nicht besonders. Bin über Kerran und Weid gefahren ... aber heiß, verdammt heiß.«

Janos kratzte sich an den Bartstoppeln.

»Du kannst vorm Essen noch ins Wasser springen. Ich glaube nicht, dass Lynn das Essen vor einer Stunde fertig hat.«

Er drückte den Deckel auf den Farbeimer und warf den Pinsel ins Gras. Wir gingen zusammen zum Haus.

»Hast du was gehört?«

Ich schüttelte den Kopf.

»Nein. Scheiße, was soll man dazu sagen?«

Ich sagte nichts. Lynn kam uns mit Wip, dem Jüngsten, auf den Hüften entgegen, die Zwillinge liefen ihr um die Beine. Ganz offensichtlich war sie wieder schwanger. In dem kräftigen Gegenlicht, das ihr rotes Haar glühen ließ, sah sie wie eine Art Fruchtbarkeitsgöttin aus.

Eine Sekunde lang fühlte ich heftigen Neid auf Janos. Dann kehrte der Ekel zurück, und ich wusste, dass ich unter keinen Umständen auf der Welt den Platz mit ihm würde tauschen wollen. Weder mit ihm noch mit sonst jemandem.

Am Nachmittag angelten wir ein paar Stunden, Janos und ich. Wir fuhren mit dem Boot hinaus und ankerten im Schutz der Schären. Die Sonne brannte, das Meer lag vollkommen spiegelblank da. Wir unterhielten uns, tranken Kaffee, und nicht ein einziger biss an. Alles in allem erschien es mir wie ein Sommertag in der Vorpubertät. So ein Tag, der sich durch das ganze Leben ziehen kann.

Wertbeständig wie ein vergoldeter Jahrmarktschip und Sinnbild dessen, wovon alles handelt, wenn es darauf ankommt.

Aber zu der Zeit, als wir zwölf Jahre alt waren, kannten wir einander noch nicht. Wohnten nicht einmal im gleichen Land. Also war es sicher nur eine Illusion.

»Du hast nicht vor, deinen Job zu wechseln?«

Gerade wollten wir zurückfahren. Ich dachte eine Weile nach. Vielleicht hatte ich sogar den Impuls, ihm zu erzählen, womit ich mich eigentlich beschäftigte, ja, ich denke schon. Seit drei Jahren arbeitete ich mit Walther zusammen, ohne dass jemand davon wusste. Nicht einmal Kristine. Das gehörte zu den Bedingungen. Ich durfte unter keinen Umständen etwas verlauten lassen, nicht einmal gegenüber meinen nächsten Angehörigen. Janos wie auch Lynn und alle anderen waren überzeugt davon, dass ich an einer geheimen, zweifellos äußerst wichtigen Sache saß, die dem Verteidigungsministerium zugeordnet war. Walther und ich hatten einige Mühe darauf verwandt, es überzeugend klingen zu lassen, und soweit ich weiß, ist auch nie irgendein Zweifel daran geäußert worden.

Jetzt jedoch, zusammen mit Janos in einem Boot an diesem schönen Sonntag, spürte ich wie gesagt eine kleine Regung. Die Verlockung, alles auszuplaudern. Aber bei näherer Betrachtung war es die Sache doch nicht wert.

»Nein«, sagte ich und schob eine Hand ins Wasser. »Ich denke nicht. Es reicht so schon.«

Janos zündete seine Pfeife an.

»Ich dachte nur, es wäre nicht schlecht, klar Schiff zu machen.«

»Klar Schiff?«

»Ja, umzusatteln. Auf der Stelle etwas Neues anzufangen ... denn du glaubst doch wohl nicht, dass sie zurückkommt?«

»Nein.«

»Siehst du.«

Ich sagte, dass ich über die Sache nachdenken würde. Ungefähr gleichzeitig verschwand die Sonne hinter den Baumwipfeln oben auf dem Berggipfel, und plötzlich wurde es kühl.

Plötzlich tauchte auch noch Gisela Enn in meinem Kopf auf. Ich hatte ihr den ganzen Tag lang so gut wie keinen Gedanken geschenkt, aber jetzt sah ich ihre dünne Gestalt nur allzu deutlich vor mir. Gisela Everitt Enn.

Was wollte sie?

Eigentlich.

Aber ich schob sie beiseite.

»Das Leben ist schon ein verdammtes Durcheinander«, sagte Janos, und ich weiß nicht, warum er ausgerechnet diese Worte wählte, wo er doch ganz offenbar nichts zu sagen hatte.

Ein paar Stunden später war es eigentlich an der Zeit abzufahren. Ich musste einsehen, dass der Tag insgesamt genauso misslungen war, wie zu befürchten gewesen war, und als ich mich endlich von dem letzten klebrigen Zwilling befreit hatte und die Seitenscheibe hochkurbeln wollte, da steckte Lynn ihren Kopf zu mir herein.

»Sei vorsichtig, versprich mir das!«

Sie sprach leise und strich mit der Hand über meinen Unterarm.

»Ich habe von dir geträumt. Ich habe ... so eine Ahnung. Du weißt, dass ich manchmal ganz besonders empfänglich bin, besonders, wenn ich ein Kind kriege.«

Du meinst also die ganze Zeit, dachte ich, aber dann kam mir in den Sinn, dass sie tatsächlich Kristines zweite Fehlgeburt vorausgesagt hatte. Jedenfalls wurde es im Nachhinein so behauptet. Aber wer es nun behauptete, daran konnte ich mich nicht mehr erinnern, auf jeden Fall nicht, während ich im Auto saß und darauf wartete, losfahren zu können. Ich schaute zu ihr auf.

»Du willst damit sagen, dass du wusstest, dass sie mich verlassen wird?«

Sie zögerte einen Moment. Fuhr sich mit der Zunge über die Zähne auf diese Art, wie sie es seit ihrer Jugendzeit tut, was mich auf den Gedanken brachte, dass ich sie eigentlich viel besser kannte als Janos.

»Nein ... nein, ich wusste es nicht. Aber es ist andererseits auch keine Überraschung, für keinen von uns. Es tut mir Leid, Leon, aber es ist einfach so. Ich habe das Gefühl, dass dir etwas Schlimmes passieren wird. Ich habe geträumt, dass du die Zähne verlierst ... du weißt, was das bedeutet?«

»Tod?«

»Ja, und dann hattest du die Wohnung voller herrenloser Katzen.«

»Herrenlose Katzen? Was zum Teufel bedeutet das denn?«

»Ungefähr das Gleiche.«

»Wirklich?«

»Ja.«

Sie beugte sich durch das Fenster zu mir herein und strich mir ein wenig unbeholfen über die Wange. Sie ist verrückt, dachte ich. Vollkommen verrückt, das habe ich schon die ganze Zeit gewusst.

»Du bist vorsichtig, ja?«

»Ich werde mir Mühe geben.«

Sie ließ mich los, ich kurbelte die Scheibe hoch, und wir winkten einander zum Abschied.

Die Dämmerung hatte bereits eingesetzt. Als ich auf die Autobahn kam, fegte eine scheinbar unendliche Karawane von Scheinwerfern an mir vorbei. Bestimmt dauerte es an die zehn Minuten, bis es mir gelang, mich in eine Lücke zu quetschen. Mir wurde klar, dass die Rückfahrt bedeutend längere Zeit in Anspruch nehmen würde als der Drei-Stunden-Trip vom Vormittag.

Fünfmal machte ich das Autoradio an und wieder aus. Rauchte drei Zigaretten rasch hintereinander. Versuchte meine Gedanken mit diesem und jenem zu beschäftigen. Aber mein Konzentrationsvermögen schien gegen Null zu tendieren, und schließlich gab ich auf.

Öffnete das Visier und gab der Angst nach.

Lass keine Katzen in dein Haus!

Was sollte das? Wie konnte ich mich von etwas so Infantilem, Sinnlosem ängstigen lassen?

Und warum tauchte Gisela Enn so selbstverständlich in dem ganzen Wirrwarr auf? Ich rechnete nach und kam zu dem Schluss, dass ich im Laufe der vergangenen Woche achtzehn oder neunzehn Klienten empfangen hatte. Außer Gisela gab es noch zwei Debüts.

Trotzdem war sie die Einzige, die sich die ganze Zeit in meinen Kopf drängte.

An der Abfahrt nach Kerran beschloss ich schnell, weiter auf der Autobahn zu fahren. Dieser Rosenkranz von Fahrzeugen schien mir plötzlich eine gewisse Sicherheit auszustrahlen, und ich empfand es als vermessen, dem gegenüber nicht meine Dankbarkeit zu zeigen.

Kurz nach Mitternacht war ich also zu Hause, ohne in einen Unfall verwickelt worden zu sein. Ich trank einen Schluck Gin, den ich im Schrank fand und der dort schon seit mehreren Jahren gestanden haben musste. Dann schlief ich in einer Wolke aus Gleichgültigkeit ein. Träumte weder von Katzen noch von Zähnen.

MITTWOCH, 23. APRIL

Wie beim letzten Mal kam sie zu spät. Zunächst machte ich mir Sorgen, dass sie mit Vassilis Rejmer, dem Schulhausmeister, zusammenstoßen könnte, aber dann rief er an und teilte mit, dass er eine Mittelohrentzündung habe, und bat darum, den Termin zu verschieben.

An diesem Tag hatte ich nach Rejmer keine weiteren Klienten mehr. Wenn ich unserer Fünfzehnminutenregel gefolgt wäre, hätte ich also die Praxis schließen und nach Hause gehen können.

Aber das tat ich nicht.

Ich wartete. Ich beschloss für mich selbst, mindestens eine Stunde zu warten. Saß da und überlegte, was ich am folgenden Tag unternehmen sollte, es war Walthers Dienstag, mein freier … im Prinzip arbeiten wir gleich viel, Walther und ich. Wir teilen uns nie einen Klienten, aber wir versuchen, darauf zu achten, dass wir ungefähr gleich viele haben. Unsere Einkünfte werden so eingeteilt, dass ich fünfunddreißig Prozent bekomme, Walther fünfundsechzig. Zu Anfang hatten wir 30:70, und in einem Jahr wollen wir zu den letztendlichen 40:60 übergehen. Das klingt vielleicht etwas ungerecht für den nicht Eingeweihten, aber man muss sich darüber im Klaren sein, dass es Walther ist, der Doktor Borgmann ist, nicht ich. Schon heute verdiene ich übrigens doppelt so viel, wie ich in Rodins verfluchtem Labor gekriegt habe.

Ich blätterte in der letzten Ausgabe der »Psychiatrischen

Zeitschrift«. Es war eine Sondernummer zum Thema Selbstmord. Da war eine ganze Menge dran, aber insgesamt sah ich es nicht als besonders unterhaltsame Lektüre an.

Ich hatte gerade angefangen, Palmen zu malen, als sie kam. Fast fünfzig Minuten verspätet.

Ich half ihr wieder aus dem Mantel. Ich glaube, es war der gleiche. Das Parfüm dagegen war ein anderes. Aber zweifellos genauso teuer.

»Entschuldigen Sie, dass ich zu spät komme. Ich war in einen Verkehrsunfall verwickelt.«

»Etwas Ernstes?«

»Nein, nein. Ein Radfahrer ist mir bei Rot hinten draufgefahren. Er wurde nur leicht verletzt, aber wir mussten trotzdem die Polizei rufen.«

»Ich verstehe.«

Sie nahm auf dem Sofa Platz, ohne dass ich sie darum bitten musste. Ich holte die Decke und setzte mich hinter den Schreibtisch.

»Sind Sie so gut und fahren da fort, wo Sie am Samstag aufgehört haben, Frau Enn.«

Sie erwiderte nichts. Schob die Decke zurecht und zog sie bis zum Kinn hoch, sonst nichts.

Nach ein paar Minuten erlaubte ich mir, das Wort zu ergreifen: »Nehmen Sie sich Zeit. Ich sitze hier und warte auf Sie.«

»Irritiert es Sie nicht, dass ich nichts sage?«

Ich zuckte zusammen. Vielleicht hatte ich schon die Hoffnung aufgegeben, oder aber ich hatte einfach an etwas ganz anderes gedacht.

»Mich irritiert man nicht so schnell, Frau Enn.«

»Hat es Sie nicht beunruhigt, was ich letztes Mal gesagt habe?«

»Nein.«

»Dass ich jemanden töten werde.«

»Nein, das beunruhigt mich nicht.«

»Sie fürchten nicht, dass ich es bereits getan haben könnte?«

»Was getan?«

»Ihn getötet.«

»Nein, ich glaube nicht, dass Sie jemanden getötet haben, Frau Enn. Warum sollten Sie das tun?«

Sie lachte. Drehte den Kopf und sah mich geradewegs an.

»Glauben Sie nicht, dass ich einen Grund habe?«

»Nein.«

Sie verschob ihren Blick wieder auf die weiße Zimmerdecke.

»Lieber Doktor Borgmann, ich versichere Ihnen, das ist noch lange nicht alles. Ohne jeden Zweifel habe ich das Recht, diesen Mann zu töten. Wenn Sie die Hintergründe kennen würden, dann würden Sie mir recht geben. Das brauchen wir gar nicht zu diskutieren.«

»Und was sind die Hintergründe, Frau Enn?«

Ich hoffte, dass sie sich nun bald entschließen würde, mit ihrer Erzählung anzufangen.

Jeder unserer Klienten hat seine Geschichte, das ist ja der Grund, warum sie kommen und sich auf unser Sofa legen. Um ihre Geschichte erzählen zu dürfen. Es kann lange dauern, sie zu gebären, und wie es abläuft, das lässt sich nicht immer vorhersagen … aber heraus muss sie, das ist ja gerade der Sinn des Ganzen.

Ich merkte, dass ich bereits zu viel gesagt hatte. Trotzdem wiederholte ich:

»Was sind die Hintergründe, Frau Enn?«

Es dauerte eine Weile, dann sagte sie:

»Ich brauche Ihre Hilfe, Doktor Borgmann. Aber in diesen Räumen sind Sie mir nicht von großem Nutzen.«

»Ich verstehe nicht.«

»Ich möchte, dass Sie mit mir kommen. Ich muss Ihnen zeigen, worum es geht.«

Ich zögerte.

»Sie brauchen sich keine Sorgen um Ihr Honorar zu machen. Ich habe mehr Geld, als ich jemals ausgeben könnte.«

Ich gab nach.

»Was sollte ich Ihrer Meinung nach tun?«

»Zu meinem Haus kommen. Morgen, wenn es geht, oder wann Sie Zeit haben … das dürfen Sie selbst entscheiden.«

Ich band mir die Armbanduhr um und stand auf.

»In Ordnung, Frau Enn. Wenn Sie mir Ihre Adresse geben, schaue ich morgen bei Ihnen vorbei. Passt es gegen elf Uhr?«

Sie zog eine Karte aus der Handtasche und reichte sie mir.

»Elf Uhr ist ausgezeichnet. Vielen Dank, Doktor Borgmann.«

Ich begleitete sie hinaus. Warf einen Blick auf die Karte, bevor ich mich hinter die Gardine stellte.

Gisela Enn. Villa Guarda. K-berg

Sie überquerte die Straße. Ging zu einem Auto, das auf der anderen Seite stand. Diesmal war es rot.

Zweifellos würde sie es sich leisten können, mein Honorar zu bezahlen.

Abends rief Kristine an. Es waren sechs Tage vergangen, seit sie mich verlassen hatte, also war es wirklich an der Zeit.

Das sagte ich ihr auch, und ich hörte, dass es ihr ein wenig peinlich war. Für einen kurzen Moment hatte ich eine Art Oberwasser, aber wie üblich war ich nicht in der Lage, das auszunutzen.

Es glitt mir durch die Finger.

Ich fragte sie natürlich, wo sie denn sei, und sie erzählte, dass sie an diesem weit entfernten Ort war, von dem ich auch angenommen hatte, dass sie sich dort aufhalten würde.

Schnell wurde mir klar, dass die Situation hoffnungslos war, und nach nicht einmal fünf Minuten brachen wir das Gespräch ab. Den größten Teil dieser kurzen Zeit hatten wir sowieso nur schweigend dagesessen. Dem unerhörten Abstand gelauscht, der sich zwischen uns auftat.

Es war sinnlos.

Ich ging hinaus, spazierte im Nieselregen herum. Stellte fest, dass ich am liebsten eine Fahrkarte irgendwohin kaufen würde – nicht zu Kristines Aufenthaltsort natürlich, sondern irgendwoanders hin. Weit, weit weg, so abgelegen wie nur möglich.

Tage und Nächte in einem Zug sitzen und schließlich an einem Bahnhof aussteigen in einer Stadt, in der ich noch nie gewesen war und in der niemand wusste, wer ich bin.

Sich dann mit der kleinen Reisetasche in der Dämmerung ein Zimmer in einem Hotel nehmen. Das Fenster zum Markt und zu den Stimmen aus dem Café hin öffnen.

Am folgenden Morgen als ein anderer Mensch aufwachen. Neu und lebenstüchtig und ohne Vergangenheit.

Ein Traum, auch er vollkommen sinnlos.

Ich war ziemlich durchnässt, als ich mich an meinen Stammtisch im Café setzte. Florian sah aus, als wollte er zumindest meine Füße und mein Haar trocknen, vermutlich dachte er in erster Linie an die Einrichtung.

»Ist die Frau zurückgekommen?«

»Nein.«

Ich bestellte einen Punsch. Ich brauchte etwas, um mich aufzuwärmen. Er zögerte einen Augenblick, als wollte er etwas Anteilnehmendes sagen.

Da er nicht die richtigen Worte fand, sog er die Wangen ein und verließ mich auf seine übliche Art.

Nicht weniger als vier Punsche schaffte ich, was in erster Linie daran lag, dass Ryszard kam und mir Gesellschaft leistete. Wir spielten eine Partie Schach, und er erzählte mir, dass er plane, bei der Polizei aufzuhören. Während des letzten Halbjahrs hatte er nicht einen einzigen Fall, für den er verantwortlich war, aufgeklärt. Dagegen war er sechsmal bedroht worden, dass ihn jemand umbringen wollte.

Ich fragte ihn, was er dann anzustellen gedachte, aber er schüttelte nur seinen großen Kopf. Es schien, als hätte er noch nicht weiter über seine Zukunft nachgedacht.

»Vielleicht schreibe ich ein Buch«, sagte er nach einer Weile. »Das Einzige, was meine Chefs an mir schätzten, das waren meine Rapporte.«

Gegen Ende des vierten Punsches war ich kurz davor, von Gisela zu erzählen. Ich begreife nicht, was über mich kam, und glücklicherweise konnte ich mich noch bremsen. Offensichtlich habe ich immer noch genügend Selbsterhaltungstrieb. Walther würde mich keine Minute länger dulden, wenn ich anfing, aus der Schule zu plaudern.

Ich war leicht beschwipst, als ich ins Bett ging, aber der Schlaf wollte sich dennoch nicht einstellen. Ich lag wach da, drehte und wendete mich in dem großen Doppelbett, und je mehr Zeit verstrich, umso mehr glitten meine Gedanken von Kristine zu Gisela.

Von einer langgezogenen, abgeschlossenen Vergangenheit zu einem nahe bevorstehenden, kurzen morgigen Tag. Ja, ungefähr so.

Sicher war es schon gegen vier Uhr, als ich einschlief. Ich erinnere mich, dass ich die Vögel singen hörte.

II

DONNERSTAG, 24. APRIL

Leisnerpark. K-berg.

Ich parkte den Wagen und kurbelte die Seitenscheibe herunter. Zündete mir eine Zigarette an und blieb sitzen, während ich sie rauchte. Ließ den Gedanken ihren Lauf. Es war erst Viertel vor. Ich wollte nicht zu früh kommen.

Über der Mauer und zwischen sich spreizenden Lärchen waren Teile des Hauses zu sehen. Der erste Stock mit Balkonen und Mansardendach. Dunkle, englische Ziegel. Hohe Fenster mit grünen Läden. Alles zusammen im tiefen Schatten des dichten Laubwerks des Parks.

Zu beiden Seiten des schmalen Asphaltwegs verliefen Reitwege. Die Mauer entlang plätscherte ein Bach, auf einer Holzbrücke ein Stück entfernt saßen ein paar Saatkrähen auf einem kleineren Kadaver. Vielleicht einem Fuchsjungen.

Wann verlassen junge Füchse den Bau?

Ich hatte keine Ahnung.

Die Bäume tropften noch von dem Regen, der gerade vorbeigezogen war, aber es war zu spüren, dass sich irgendwo da oben der blaue Himmel ausbreiten wollte. Keine anderen Häuser waren in der Nähe zu sehen. Keine Nachbarn. Nur die Villa Guarda. In majestätischer Einsamkeit. Eingepasst in das düstere, dunkle Grün des großen Parks.

Oder war das nur meine eigene trübe Stimmung, die abfärbte?

Während ich dasaß, versuchte ich zu erraten, wie viel man

wohl im Jahr verdienen musste, um es sich leisten zu können, so zu wohnen.

Ein paar Millionen? Reichte das?

Und wenn man nun so viel Geld hatte, was trieb einen dann dazu, sich einen Ort wie diesen auszusuchen?

Ich drückte die Klingel.

Der Mann, der öffnete, war in den Fünfzigern. Eine zusammengesetzte Persönlichkeit zweifellos. Ein Drittel Butler, ein Drittel Gärtner, ein Drittel Schwergewichtsmeister, so ungefähr.

»Doktor Borgmann.«

Das war eine Feststellung, keine Frage. Er verbeugte sich, indem er sein Kinn zwei Millimeter senkte.

»Ja.«

»Bitte schön. Hier entlang.«

Er ging den gefliesten Weg entlang vor. Ich registrierte, dass er links ein wenig hinkte. Vielleicht war er in seiner Jugend von einem Zug überfahren worden.

Sie saß in einem Liegestuhl draußen auf der Terrasse, wo es der Sonne tatsächlich gelang, ein paar dünne Strahlen durch das dichte Laub hindurchzuzwängen. Sie hatte eine Decke über den Beinen, und als sie mich erblickte, erhob sie sich nur ein klein wenig, indem sie sich auf die Armlehnen stützte und den Oberkörper ein bisschen vorbeugte.

Vor ihr stand ein ziemlich gewaltiges Frühstück, und plötzlich merkte ich, dass ich hungrig war. Ich war erst spät aufgewacht, hatte nicht mehr als ein Glas Saft und ein paar Vitaminkapseln runterbekommen. So hoffte ich, dass sie so redselig sein würde, dass es mir gelänge, ein paar Brote zu essen.

»Willkommen, Doktor Borgmann. Danke, dass Sie gekommen sind.«

Ich ließ mich auf dem anderen Liegestuhl nieder. Sie wandte sich dem Schwergewichtler zu.

»Zandor, wir werden wahrscheinlich nachher bei Judith reinschauen. Gehst du zu ihr und machst sie fertig?«

Er senkte sein Kinn und zog sich zurück.

»Zandor«, stellte Gisela Enn ihn vor.

Ich nickte.

Eine Weile saßen wir einfach nur schweigend da, und langsam begann ich wieder, an allem zu zweifeln. Dann machte sie eine Geste über den Tisch hinweg und brach die Stille.

»Bitte schön, Herr Doktor. Tee oder Kaffee?«

»Kaffee bitte.«

Sie goss aus der Thermoskanne ein.

»Ich hoffe, Sie haben nichts dagegen, hier draußen zu sitzen. Ist es eigentlich üblich, dass Sie ... Hausbesuche machen?«

»Es kommt vor.«

Ehrlich gesagt war es noch nie vorgekommen. Zumindest nicht, was mich betraf.

»Ich bin Ihnen dankbar, dass Sie sich die Mühe machen.«

»Ich werde dafür bezahlt, Frau Enn.«

Sie lächelte kurz. Ich glaube, das war das erste Mal. Die Augen waren daran nicht beteiligt.

»Sind Sie sicher, dass Sie nicht wissen, worum es geht, Doktor Borgmann?«

Ich verstand ihre Frage nicht.

»Wie bitte?«

»Sie haben keine ... nicht die geringste Ahnung?«

»Absolut keine.«

Ich verstand nicht, worauf sie hinaus wollte. Bisher hatte sie nicht den Schatten einer Andeutung fallen lassen. Gegen meinen Willen spürte ich, wie eine gewisse Neugier in mir aufstieg ... Ich schluckte und versuchte sie zu unterdrücken. Trank von meinem Kaffee. Er war immer noch sehr heiß. Ich biss von einem Brot ab. Lehnte mich zurück und wartete ab.

»Wie Sie sicher schon vermuten«, begann sie, »geht es nicht

um mich selbst … jedenfalls nicht in erster Linie, aber das werden Sie natürlich dann selbst entscheiden können. Ich fürchte, ich werde Ihnen eine große Verantwortung aufbürden, Doktor Borgmann. Sind Sie dafür bereit?«

»Natürlich«, antwortete ich. »Könnten Sie jetzt so freundlich sein und zur Sache kommen, Frau Enn?«

Sie räusperte sich.

»Wir sind ja alle beteiligt, nicht wahr? Wir ziehen selbst die Grenzen, wie viel Verantwortung wir übernehmen wollen … da gibt es keine festgelegten Grenzen.«

Ich nickte.

»Natürlich ist es meine Tochter, die im Mittelpunkt steht … und Sie können sich wirklich an nichts mehr erinnern? Sie haben keine Erkundigungen eingezogen?«

Erkundigungen?, dachte ich. Erkundigungen. Verdammt noch mal.

Natürlich hätte mir der Gedanke viel früher kommen müssen.

Dass es sich hier um eine alte Geschichte handelte.

Dass es nicht das erste Mal war, dass Walther Borgmann etwas mit Gisela Enn zu tun hatte.

Vorsicht! Ich spürte, wie sich eine Mischung aus Wut gegenüber Walther und Verärgerung über meine eigene Dummheit in mir ausbreitete. Warum hatte ich das nicht schon vorher erkannt? Warum hatte er mir das aufgebürdet? Was zum Teufel braute sich hier zusammen?

Du musst morgen Vormittag eine Klientin übernehmen …?

Ich betrachtete sie von der Seite, während sie mit dem Feuerzeug herumhantierte, das offensichtlich nicht funktionieren wollte. Der Schal über den Schultern rutschte ein wenig herunter, entblößte den dünnen Hals und ein Profil, das zweifellos sehr schön war.

Aber gleichzeitig angespannt. Ich reichte ihr mein Feuerzeug. Sie nahm es entgegen, legte es dann aber mit der Zigarette zusammen auf den Tisch.

Verfluchter Walther!, dachte ich wieder.

»Nein, ich habe keine Erkundigungen eingezogen«, erklärte ich. »Warum hätte ich das tun sollen? Was ist es, woran ich mich erinnern soll? Ich gehe davon aus, dass Sie mit offenen Karten spielen, Frau Enn, sonst können wir unser Gespräch an dieser Stelle gleich beenden.«

Sie erwiderte nichts, sah aber auch nicht besonders überrascht aus. Worum es auch immer ging – eine größere Rolle schien Walther nicht gespielt zu haben. Sie akzeptierte offenbar, dass ich mich an nichts erinnerte.

Vielleicht war es ja auch so, kam mir in den Sinn.

Dass Walther sich an nichts erinnerte. Dass er diese Frau, die hier auf der anderen Seite des Tisches saß und krampfhaft ihre Geschichte zurückhielt, ganz einfach vergessen hatte.

Ich entschied mich für diese Version. Aber wie dem auch war, es hatte sowieso kaum eine Bedeutung. Ich hatte keine Wahl. Musste das Spiel weiter mitspielen und durfte die Maske nicht fallen lassen.

Walthers Maske. Die Situation war nicht gerade neu für mich.

»Sie müssen entschuldigen, dass ich etwas Zeit brauche. Auch für mich ist das Ganze ein wenig fremd.«

»Natürlich. Machen Sie langsam, Frau Enn. Ihre Tochter, sagten Sie?«

Sie zündete die Zigarette an und nahm ein paar tiefe Züge.

»Ja, genau. Judith, meine Tochter ...«

Die Sonne verbarg sich hinter einer Wolke. Sie schloss die Augen. Biss sich auf die Lippen. Ich saß unbeweglich da und wartete. Irgendwo aus dem Haus war ein unterdrückter Schrei zu hören.

»Es geschah vor sechs Jahren ...«

Endlich, dachte ich.

»... vor sechs Jahren. Ich weiß nicht, ob Sie meinen Mann kennen?«

Sie nannte einen Namen und ein Finanzimperium. Letzteres kam mir bekannt vor.

»Zu der Zeit wohnten wir in Weill. Dort lebten wir seit unserer Hochzeit. Dieses Haus hier haben wir nach dem Unglück gekauft ... natürlich in erster Linie wegen der Umgebung.«

Als wollte sie das Haus in irgendeiner Form entschuldigen.

»Ich werde es genau so erzählen, wie es war, Herr Doktor, denn schließlich soll es dann in Ihren Händen liegen.«

Ich sagte nichts. Lehnte mich im Stuhl zurück und setzte eine neutrale Miene auf.

»Judith ist unser einziges Kind. Ich hatte eine schlimme Fehlgeburt, als sie drei Jahre alt war. Ich kann keine weiteren Kinder bekommen, ich möchte, dass Sie das wissen, Doktor Borgmann.«

»Wie alt ist Ihre Tochter?«

»Siebzehn. Sie war elf, als es passierte.«

Sie machte eine kleine Pause. Ich ließ sie verstreichen.

»Sie warten, dass ich zur Sache komme, nicht wahr?«

»Ich bin es gewohnt zu warten, Frau Enn.«

»Sie brauchen sich keine Sorgen zu machen. Sie werden alles erfahren, ich werde nichts auslassen. Wir wohnten also zu dieser Zeit in Weill ... hatten ein Haus am Rande der Stadt.

Bei Leishof, draußen am Meer. Judith ging im Zentrum zur Schule … in der Hagmaar Allee. Ich weiß nicht, ob Sie Weill kennen?«

»Ein wenig.«

»Meist war ich diejenige, die sie mit dem Auto zur Schule fuhr … und sie nachmittags wieder abholte. Manchmal ist sie mit dem Bus gefahren oder mit Eltern von Schulfreunden. Mein Mann hat sie auch ab und zu mal gebracht, aber in der Regel war er mit seiner Arbeit beschäftigt.«

Ich nickte. Das konnte ich mir gut vorstellen. Industriemagnaten haben sicher so einiges um die Ohren. Ich nahm mir noch ein Stück Brot. Etwas warnte mich, dass ich sicher bald den Appetit verlieren würde.

Eine vollkommen richtige Vermutung, wie sich herausstellte.

»Es war am 5. September, als es geschah, an einem Donnerstag. Doktor Borgmann, eine Sache muss ich klarstellen: Sie dürfen nicht glauben, dass das, was ich Ihnen berichten werde, mich unberührt lässt. Es ist nur so, dass ich es schon so lange in mir trage, jedes Detail. Es ist klar wie ein Kristall, alles zusammen, aber auch … irgendwie eingekapselt.«

»Ich verstehe.«

Sie beugte sich vor, umklammerte mit den Händen die Armlehnen.

»Das neue Schuljahr hatte gerade angefangen. Judith war elf Jahre alt. Wir waren erst ein paar Tage vorher zurückgekommen, aus Korsika, wir hatten dort ein Haus. Drei Wochen lang waren wir dort gewesen, es waren sehr schöne Wochen … ausnahmsweise hatte Claus es geschafft, sich freizumachen. Wir hatten Zeit für uns. Nur wir drei, wie eine richtige Familie.«

Ich stutzte. Sie vielleicht auch, denn sie brach ab und zündete sich eine Zigarette an.

»Hinterher hatte ich immer das Gefühl, dass darin ein besonderer Sinn gelegen haben könnte. In diesen letzten Wochen, direkt vor …«

Wieder verstummte sie. Es war offensichtlich, dass sie immer noch nicht so recht wusste, wie sie zur Sache kommen sollte. Nach einer Weile fragte ich:

»Was ist an diesem 5. September passiert?«

Sie schob sich das Haar zurück. Zog einige Male an der Zigarette, bevor sie weitersprach.

»Entschuldigen Sie. Der 5. September – das war ein schöner Tag, so ein richtiger Spätsommertag, wissen Sie. Mein Mann war geschäftlich in London. Er sollte am nächsten Tag zurückkommen, am Freitag. Schon morgens war die Luft warm. Wir waren vor dem Frühstück schwimmen, Judith und ich.

Sie schwamm so gern, konnte stundenlang in den Wellen liegen und sich tragen lassen. Ich fuhr sie zur Schule, wir lachten und alberten den ganzen Weg über miteinander. Judith machte eine Musiklehrerin nach, die sie neu bekommen hatte. Sie hatte ein Talent, andere zu imitieren, Doktor Borgmann … ein großes Talent, das sagten alle. Ich hatte an diesem Tag einiges zu erledigen, ziemlich viele verschiedene Dinge … Wir verabredeten, dass ich sie um zwei Uhr vor der Schule abholen würde, wenn ich es schaffte. Würde ich mich verspäten, sollte sie den Bus nehmen, wie immer. Die Haltestelle lag direkt vor dem Schulzaun, ähnliche Verabredungen hatten wir schon häufiger getroffen, das war nichts Besonderes. Leider wurde ich … aufgehalten.«

Sie verstummte. Drehte den Kopf und schaute mir direkt ins Gesicht. Plötzlich fegte ein kalter Wind durch den Garten. Ich erschauerte und hätte gern eine Decke über den Beinen gehabt.

»Sie wurden aufgehalten?«

Sie schaute woanders hin.

»Ja, ich wurde aufgehalten. Ich hatte eine Verabredung mit dem Kunstverein wegen einer Ausstellung. Ich beschäftigte mich zu der Zeit ziemlich viel mit Kunst. Erst gegen drei Uhr war ich fertig und fuhr dann natürlich direkt nach Hause. Judith war nicht da ...«

Sie stand auf. Ging ein paar Schritte über den Rasen und blieb dann stehen, den Rücken mir zugewandt. Einen Augenblick lang sah es aus, als betrachte sie etwas direkt über der Mauerkrone, ein kleines Detail im Schatten, aber vielleicht bildete ich mir das auch nur ein. Ich blieb sitzen, trank die letzten Kaffeetropfen und versuchte an nichts zu denken.

Walther sagt das immer. Wenn du fürchtest, dich zu engagieren, dann konzentriere dich auf nichts. Das ist nicht leicht, aber es ist die Anstrengung selbst, um die es geht.

Nichts.

»Judith war nicht da, und es lag auch keine Nachricht neben dem Telefon in der Küche. Ich war mit so etwas sehr genau, und es kam nur selten vor, dass sie vergaß aufzuschreiben, wohin sie gegangen war. Ich nahm an, dass sie am Strand zum Schwimmen war, aber sie hatte um vier Uhr Reitstunde, deshalb wunderte es mich ein wenig. Wir hatten darüber am Morgen geredet, und es war nicht ihre Art, so etwas zu vergessen ... Sie ritt sehr gern, fast genauso gern, wie sie schwamm. In der Küche stellte ich fest, dass sie nichts gegessen hatte, überhaupt gab es keinerlei Anzeichen dafür, dass sie überhaupt zu Hause gewesen war. Ihre Schultasche lag nicht im Flur wie sonst. Trotzdem nahm ich ein Handtuch und ging hinunter zu unserer üblichen Badestelle ... auch dort war sie nicht. Wissen Sie, wo sie war, Doktor Borgmann?«

»Nein.«

»Als ich zurück zum Haus kam, wartete Lisette schon. Sie war Judiths beste Freundin, sie wollten zusammen reiten ... Sie stand am Zaun, mit Reitkappe und Reitgerte, ihre roten Zöpfe wippten, und sie trampelte ungeduldig auf der Stelle. ›Wo ist Judith?‹, rief sie, sobald sie mich erblickte. ›Wir kommen zu spät!‹ ›Ich weiß es nicht‹, antwortete ich. ›Hast du sie nicht gesehen, Lisette?‹ Sie schüttelte den Kopf. ›Ich habe keine Lust, einsam und allein zu reiten.‹

Genau das sagte sie, Doktor Borgmann. ›Keine Lust, einsam und allein zu reiten.‹ Sie müssen doch zugeben, dass das merkwürdig klingt. Auf jeden Fall sagte ich ihr, dass es das Beste wäre, wenn sie sich auf den Weg machte. Denn ich wusste ja nicht, wo Judith geblieben war. Haben Sie wirklich keine Ahnung, wo sie war, Herr Doktor?«

Sie betrachtete mich äußerst aufmerksam. Ich gab keine Antwort.

»Ich werde Ihnen gleich sagen, wo sie sich befand«, erklärte sie. »Möchte nur, dass Sie sich zunächst ein Bild machen können. Darüber, was es heißt, nichts zu wissen, meine ich …«

Es verging eine Minute. Vielleicht zwei. Leise Geräusche waren aus dem Haus zu vernehmen, die ich aber nicht identifizieren konnte.

»Wir warteten fünfzehn Tage, mein Mann und ich«, sprach sie weiter. »Die ganze Zeit warteten wir, und dann haben wir es erfahren … Wir haben erfahren, dass sie schon damals, bereits als ich Lisette davontrotten sah, die Reitgerte hinter sich herziehend, schon zwei Stunden dort verbracht hatte …«

»Wo, Frau Enn?«

»In einer Wohnung in Weill. So einfach war das. Judith befand sich in einer dreckigen Zwei-Zimmer-Wohnung gleich hinter dem Bahnhof. Zusammen mit einem Mann. Dort blieb sie mehr als zwei Wochen lang.«

Die Einrichtung zeugte von einem klinisch guten Geschmack. Und von Geld.

Ein erneut einsetzender Regen hatte uns ins Haus vertrieben. Diese Art von Häusern hatte ich bisher nur in Krimiserien im Fernsehen gesehen, aber trotzdem gewusst, dass es sie tatsächlich auch in der Realität gab.

Ungefähr ebenso wirklich war auch das Empfinden, sich über den schwarzen Marmorboden zu bewegen – bis hin zu der graulila Sofagruppe und dem Tisch, der mindestens aus Onyx war. Das Einzige, was störte, das war Zandor, der vorausging und mir wieder den Weg zeigte. Er passte nicht in das Bild, störte irgendwie die ganze Komposition, wie ein Riss oder ein Schmutzfleck, und ich hoffte, dass seine gewaltige Körpermasse bald in irgendeine Richtung verschwinden würde.

Ich setzte mich mitten aufs Sofa.

»Möchten Sie etwas trinken?«

Ich schüttelte den Kopf.

»Gisela kommt gleich zurück.«

Es störte mich auch, dass er ihren Vornamen benutzte. Obwohl es vielleicht ja noch ein weiteres Drittel in seinem Wesen gab, das ihn dazu berechtigte. Was wusste denn ich?

Er ließ mich allein. Ich betrachtete das Bild über dem Kamin. Fragmente von Kalksteinsäulen irgendeiner ausgetrockneten Akropolis. Klassisch griechisch, blasses Ocker vor tiefblauem Meer.

Oder vielleicht auch Himmel.

Scherben, dachte ich.

Viele tausend Jahre alte Dinge. Je älter, je toter, umso mehr Leben hauchen wir ihm ein. Der Gegenstand an sich gibt den Sinn und die Herausforderung.

Kristine. Gisela.

Judith?

»Wir haben nie herausbekommen, wie er sie dazu gebracht hat, mit ihm zu gehen. Später war ich jedoch einmal in der Wohnung. Dritter Stock mit Blick auf die Bahngleise ... aber verrußte Fenster, durch die man kaum gucken konnte. Das größere Zimmer war nicht möbliert ... ein kahler Parkettboden, graugelbe Tapeten mit dunklen Flecken, wo einmal Bilder gehangen haben. In dem kleinen Zimmer nur eine große Matratze auf dem Boden. Ein paar schmutzige Kissen, eine Decke und ein paar Tücher ... kein Laken. Aber ein großer Spiegel ... dort haben sie sich aufgehalten.«

Sie wischte ein Staubkorn von der Onyxscheibe.

»Die Küche ging zum Hof. Ein Klapptisch und zwei Stühle. Der reinste Müll- und Abfallhaufen. Eine Speisekammer, in der er sie eingesperrt hatte. Es roch verrottet, Doktor Borgmann ... nach Verwesung. Keines der Fenster ließ sich öffnen. Sie waren zugenagelt. Und die Tür hatte fünf verschiedene Schlösser. Es dauerte fast eine Stunde, bis die Polizei hineinkommen konnte.«

Plötzlich spürte ich, wie sich meine Magenmuskeln zusammenzogen, und mir war klar, dass ich mich übergeben musste. Ich weiß nicht, ob es an den Butterbroten, am Punsch vom gestrigen Abend oder an ihrer Schilderung lag. Vermutlich war es eine Kombination von allem. Im Stillen verfluchte ich meine Schwäche, dann bat ich sie, mich zu entschuldigen, und fragte, wo denn die Toilette sei.

Sie sah mich etwas verwundert an, rief nach Zandor, und bald befand ich mich im Badezimmer. Hier war es ungefähr wie überall. Tiefblaue Kacheln mit grauweißer Marmorierung, die Handtücher dick wie aufgerautes Rinderleder, die Armaturen aus Kupfer. Die Badewanne groß genug, um darin schwimmen zu lernen.

Ich wusch mir das Gesicht mit kaltem Wasser und ließ mich auf dem Toilettenstuhl nieder. Nach einer Weile zogen sich die Wellen der Übelkeit zurück. Die Krämpfe ließen nach. Ich trocknete mich mit einem feuchten Handtuch ab und kehrte zu meiner Gastgeberin zurück.

Sie saß immer noch im gleichen Sessel und verriet mit keiner Miene, was sie von meiner Unpässlichkeit hielt.

»Entschuldigen Sie bitte, Frau Enn. Ob Sie so gut sind und fortfahren?«

Sie sah mich an. Etwas mitleidig, da gab es keinen Zweifel.

»Es ist schon eigenartig mit den Gefühlen, finden Sie nicht auch, Doktor Borgmann? Manchmal habe ich das Empfinden, als wäre es nur eine Art ... einmaliger Erscheinung.«

»Wie meinen Sie das?«

»Ich weiß es nicht genau, aber ist es nicht so, dass unsere Fähigkeit, etwas sehr Intensives zu erleben – Trauer oder Verzweiflung oder Wut –, begrenzt ist, wenn man alles in Betracht zieht? Mit der Zeit drängt sich immer etwas anderes in den Vordergrund, und zum Schluss gibt es nur noch eine Leere ... eine Art Verstummen. Ein Vakuum.«

Ich wartete.

»Alois, zum Beispiel.«

»Wer ist Alois?«

»Der Mann. Alois ist der Mann. Der Judith fünfzehn Tage lang in dieser Wohnung gefangen hielt und ununterbrochen vergewaltigt hat.«

»Ich ...«

Aber gerade jetzt fand ich keine Worte.

»Nach sechs Jahren hat sich nichts verändert. Mein Hass und meine Wut sind noch immer gleich stark ... und mein Wunsch, mich zu rächen. Ich glaube, Sie werden das verstehen können, Herr Doktor. Es lässt nicht nach, die Zeit bedeutet nichts. Aber es hat eine Art … Verschiebung stattgefunden.«

»Verschiebung?«

»Ja, etwas in der Art. Vom Herzen zum Hirn. Ich wüte nicht mehr herum, ich schreie nicht mehr. Fühle nichts. Mein Hass ist rein und kalt … effektiv, kann man vielleicht sagen. Ich weiß nicht, ob das eine normale Reaktion ist. Was meinen Sie?«

»Vermutlich.«

»Was ich damit sagen will, ist, dass wir vielleicht nur ein einziges Mal das richtige, wahre Gefühl erleben … beim ersten Mal. Danach ist alles nur eine Frage der Kopien, alles verblasst. Wissen Sie, was ich gemacht habe, als ich das erste Mal Alois begegnet bin, Herr Doktor?«

»Nein.«

»Ich habe mir selbst zwei Finger gebrochen, einen nach dem anderen. Das war am ersten Verhandlungstag. Man kann es immer noch sehen. Sie sind nie wieder richtig zusammengewachsen.«

Sie streckte die linke Hand über den Tisch. Der Zeige- und der Mittelfinger zeigten deutlich zur Seite, auch die Nägel erschienen mir ein wenig missgebildet.

»Ich bin mir nicht sicher, ob ich da Ihrer Meinung bin, Frau Enn …«

Sie zog die Hand zurück.

»Natürlich stimmt das für Ihren Fall«, fuhr ich fort, »aber andere Menschen können sehr wohl auf ganz andere Weise reagieren. Wollen Sie mir nicht erzählen, was weiter passiert ist … wenn es denn weitere Geschehnisse gibt?«

»Gern, Doktor Borgmann. Die Polizei fand Judith in einem Zustand, der später als spastische Katatonie beschrieben wurde. Ich nehme an, Sie wissen, was das bedeutet.«

»So ungefähr.«

»Ich glaube, ich brauche ihre körperlichen Verletzungen

nicht zu beschreiben. Sie können sie sich wohl vorstellen ... nein, ersparen Sie sich das lieber. Was die psychische Seite betrifft, so ist die Wunde nie verheilt. Judith ist heute noch so, wie wir sie damals gefunden haben. Nichts hat sich während der letzten sechs Jahre entwickelt oder verändert. Nichts, Herr Doktor. Sie ist stehen geblieben.«

Sie sah mich aus ihren Mandelaugen an, und ich hatte ganz deutlich das Empfinden, dass sie mich prüfen wollte. Plötzlich fielen mir zwei Dinge ein.

Walther? – Was hatte er damit zu schaffen?

Ich selbst? – Ich saß auf dem zweifarbigen Ledersofa in der Villa Guarda und hörte Gisela Enn zu. Das musste einen Grund haben.

»Sie werden sie gleich sehen, Doktor Borgmann. Dann können Sie sich selbst eine Meinung bilden.«

Während ich noch überlegte, fiel mir etwas anderes ein.

»Sie haben erzählt, dass Sie geträumt haben, Sie würden jemanden töten wollen. War dem nicht so?«

Gisela Enn verzog keine Miene.

Es war ein großes weißes Zimmer. Hätte sich gut als Künstleratelier geeignet. Das Licht, das durch die ovalen Dachfenster hereinflutete, war stark und ließ den vogelartigen Körper auf dem Bett noch kleiner erscheinen.

Die Einrichtung war spärlich. Grüne Pflanzen, weiße Korbstühle und ein Tisch aus Rohr. Ein Bücherregal mit wenigen Büchern. Ein einziges Bild. Eine Pietà über dem Bett.

Wir blieben in der Tür stehen. Das Mädchen auf dem Bett schien uns nicht bemerkt zu haben. Sie lag zusammengekauert da, mit angezogenen Knien, die Hände zwischen die Beine geschoben. Der Rücken war stark gebeugt, ihr Gesicht von langem dunklem Haar bedeckt. Ihre Kleidung war schwarz. Jeans und ein langärmliges Hemd. Wenn ich es nicht besser gewusst hätte, hätte ich sie auf elf oder zwölf Jahre geschätzt.

»Da haben Sie sie, Doktor Borgmann. Judith, meine Tochter.«

Sie senkte ihre Stimme nicht. Das Mädchen musste jedes Wort hören, reagierte aber nicht. Ich war mir sicher, dass sie nicht schlief. Hinter dem strähnigen Haar gab es offene Augen, aus irgendeinem Grund war das ganz offensichtlich.

»Sie verbringt fast den ganzen Tag auf diese Weise. Das ist die gleiche Haltung, in der man sie auch gefunden hat.«

Wir setzten uns auf die Korbsessel. Sie knackten laut, wie Korbmöbel es tun.

»Es ist vielleicht nicht ganz korrekt, was ich über ihre Entwicklung gesagt habe … dass sie still steht. Inzwischen isst sie, und sie geht zur Toilette. Das hat sie anfangs nicht getan. Die ersten Monate waren wir gezwungen, sie zu füttern, manchmal musste sie sogar an den Tropf. Sie ist auch nie aufgestanden, jetzt tut sie es zwar auch nicht besonders häufig … Wie Sie sehen, ist sie auch nicht mehr gewachsen. Sie ist genauso klein, wie sie damals war.«

Es war kein besonders angenehmes Gefühl, hier zu sitzen und zuzuhören, während sie über ihre Tochter sprach, als ob diese gar nicht … gar nicht anwesend wäre. Ich sagte das auch, aber Gisela Enn wischte den Einwand weg.

»Man gewöhnt sich daran, Herr Doktor. An alles gewöhnt man sich. Wir haben keinen Kontakt zu ihr … Zum Schluss akzeptiert man sogar das. Sie ist unnahbar, glauben Sie mir. Wir haben es sechs Jahre lang versucht. Mein Mann hat letzten Herbst aufgegeben, Zandor wird mich in ein paar Wochen verlassen.«

Sie machte eine Geste mit dem Kopf.

»Dieses Mädchen kann keinen anderen Menschen an sich heranlassen. Sie hat genug an sich selbst und mit dem, was passiert ist. Wir haben kein Recht, noch einmal in ihre Welt einzudringen.«

Sie trat ans Bett und strich dem Mädchen das Haar aus dem Gesicht. Das Mädchen zuckte zusammen und jammerte leise.

»Sie erträgt keine Berührung«, erklärte Gisela Enn und richtete sich auf. »Sie kann andere Menschen von sich abschirmen, solange sie sie nicht berühren, es interessiert sie nicht, dass wir hier im Zimmer sind, aber wenn jemand sie streift, reagiert sie augenblicklich.«

Jetzt sah ich ihre Augen. Sie waren graublau und blass, unerwartet hell in dem ziemlich dunklen Gesicht, und sie schienen sich in irgendeiner Form gegen ihren Willen zu öffnen. Der Blick war auf einen Punkt auf dem Teppich fixiert, der vor dem Bett lag. Der Mund zu einem dünnen Strich zusammengekniffen. Soweit ich sehen konnte, bewegten sich die Kiefer ein wenig, immer rundherum, als würde sie an etwas saugen. Ich wandte mich ab. Fühlte mich schlechter, als ich zu zeigen bereit war.

»Trotzdem müssen wir sie anfassen. Jeden Tag. Ihre Muskelanspannung ist gefährlich stark. Wir zwingen ihr jeden Tag eine halbe Stunde Massage auf. Wir wechseln uns ab, Zandor und ich, manchmal machen wir es auch zusammen ... das ist keine schöne Arbeit, Doktor Borgmann, aber die Ärzte betonen immer wieder, dass es nötig ist. Judith ist jedes Mal wieder gleich stark verängstigt. Und oft schreit sie anfangs.«

Sie machte eine Pause. Ging zur Balkontür am anderen Ende des Zimmers. Ich drehte den Kopf und betrachtete das kleine Bild.

Die Mutter und der gekreuzigte Sohn.

Die Mutter und die vergewaltigte Tochter?

Warum hatte man eine Pietà hier hingehängt?

Plötzlich spürte ich, wie mir das Blut in die Hände strömte, und eine Sekunde lang war mir klar, dass ich es zerstören wollte. Hingehen und das Bild von der Wand reißen, ganz einfach. Es in Stücke reißen oder verbrennen, damit es nie wieder da hängen könnte mit seiner durchtriebenen preziösen Art, ja, ich weiß, wovon ich rede ... aber nach dem ersten Impuls war alles wieder genauso lähmend wie vor ein paar Tagen, als ich über das Leben an sich nachdachte.

Genau das, lähmend.

»Was soll ich Ihrer Meinung nach tun, Frau Enn?«

Wir saßen wieder in den Ledermöbeln. Zandor hatte Sherry und eine Schale mit Nüssen hingestellt. Ich versuchte mir vorzustellen, wie er den dünnen Vogelkörper da oben massierte. Es war grotesk. Ich versuchte mir außerdem vorzustellen: ein paar schmutzige Kissen. Einen großen Spiegel. Eine Elfjährige.

»Sie haben keinen Vorschlag, Herr Doktor?«

»Wie meinen Sie das?«

Sie zögerte einen Moment. Vielleicht wartete sie auch nur. Wartete, ob ich nicht etwas ... verraten würde?

»Ich bitte nur um einen Vorschlag.«

»Einen Vorschlag? Ich weiß nicht, worauf Sie hinaus wollen, Frau Enn. Was sollte ich ausrichten können, was Sie nicht bereits ... was die Ärzte nicht bereits versucht haben? Sie haben doch alle denkbaren Spezialisten aufgesucht, wie Sie erzählt haben. Mir ist nicht klar, was für eine Art Hilfe ich Ihnen geben könnte, die Sie nicht bereits ...«

Ich brach von allein ab. Aus irgendeinem Grund schien es mir schrecklich anstrengend, diese Worte auszusprechen ... sie hallten in meinen Ohren wider, als ob ... als ob ich tatsächlich hier sitzen würde und versuchen, sie hinters Licht zu führen. Ich dachte ein weiteres Mal an Walther und verfluchte ihn zum dritten oder vielleicht sogar schon zum vierten Mal an diesem Tag.

»Verzeihen Sie mir«, sagte sie nach einer kurzen Pause. »Ich habe vergessen, dass Ihnen noch nicht alles wirklich klar ist, Doktor Borgmann. Es ist vielleicht besser, wenn wir ein andermal darauf zurückkommen. Falls Sie bereit sind, unsere ... Treffen fortzusetzen?«

Ich antwortete nicht. Lehnte mich nur im Sofa zurück und hoffte, sie würde mir eine Art Ausweg zeigen. Schaute dabei wieder auf die verwitterten Kalksteinfragmente. Dachte an nichts.

Ich verließ die Villa Guarda zehn Minuten später. Ohne irgendeinen Ausweg gefunden zu haben.

Aber mit einem weißen Umschlag.

Ich riss ihn auf, als ich das Auto daheim in M. geparkt hatte. Er enthielt eintausend Gulden. Zwei glatte Fünfhundert-Gulden-Scheine. Ich hielt sie in der Hand, während ich über den Markt ging, und in einer plötzlichen Eingebung presste ich sie in eine Sammelbüchse für irgendein unterdrücktes Volk auf der anderen Seite der Weltkugel. Der farbige Jüngling lächelte aufmunternd und schenkte mir eine kleine Nadel, die ich am Revers befestigen konnte.

Sie war gelb und schwarz. Mit einem Spaten und zwei Blutstropfen in Rot. Ich weiß nicht so recht, was es symbolisieren sollte, aber ich beschloss, sie Judith zu schenken, wenn ich die Chance haben sollte, sie wiederzusehen. Bis dahin befestigte ich sie auf der Innenseite meines Jackenrevers.

III

DONNERSTAG, 24. – FREITAG, 25. APRIL

Mein erster Gedanke war natürlich, so viel wie möglich von Walther in Erfahrung zu bringen.

Den Abend über versuchte ich ihn mehrmals telefonisch zu erreichen, aber ohne Resultat. Je später es wurde (ich saß die ganze Zeit unten im Café in Gesellschaft von V und G, und später auch noch Ryszard), umso mehr Zweifel kamen mir aber. Da war etwas an der Geschichte, das mir nicht behagte. Immer stärker wurde dieses Gefühl, je länger ich darüber nachdachte ... als ob diese Gisela Enn und ihre gemarterte Tochter etwas waren, das nur mich selbst anging und sonst niemanden. Etwas höchst Persönliches und Privates – fast von einer Aura der Unanständigkeit umgeben, und nichts, dessen ich mich wie auch immer entledigen konnte.

Ich fand natürlich keine besonders stichhaltigen Argumente, um dieses Gefühl zu untermauern, aber als ich ins Bett ging, hatte ich jedenfalls einen Entschluss gefasst. Ich würde Walther nicht informieren. Zumindest nicht im Augenblick.

Erst einmal würde ich mehr über die Verhältnisse in der Villa Guarda herauszufinden versuchen.

Ich wollte mehr über dieses stumme Vogelwesen wissen, bevor ich jemand anderem darüber etwas mitteilte. Vielleicht war es auch eine Frage des Vertrauens – des ausgesprochenen und nicht ausgesprochenen –, aber ich glaube, in ebenso hohem Grade drehte es sich um ein Spiel.

Ich habe schon immer einen Hang zum Spielen gehabt. Ganz besonders, wenn Regeln und Grundlagen noch nicht vollkommen aufgedeckt sind.

Während alles noch offen ist. Auch die Qualität und die Möglichkeiten der Spielsteine.

Am Freitagvormittag hatten Walther und ich unsere wöchentliche Besprechung. Ich erzählte nichts. Wie üblich gingen wir die kommende Woche durch. Was mich betraf, so war kein neuer Klient angekündigt, ich hatte nur die alten Vertrauten und einen, der ein paar Tage zuvor Premiere gehabt hatte.

Es ist Walther, der darauf beharrt, den Ausdruck »Premiere« zu benutzen, nicht ich. Von irgendwelchen »Finalen« ist dagegen bei uns nur selten die Rede.

Er verließ die Praxis gegen zwölf Uhr. Im Laufe des Nachmittags hatte ich zwei Termine. Z – ein junger, ziemlich neurotischer Mazedonier, der nicht darüber hinwegzukommen schien, dass seine Freundin ihn wegen eines Landsmanns verlassen hatte.

Und dann Frau Kumbach, von der ich schon erzählt habe.

Ich kam gegen fünf Uhr nach Hause, und die Rastlosigkeit schlug ihre Krallen in mich, sobald ich die Tür hinter mir zugezogen hatte. Es war eine Woche vergangen, seit Kristine verschwunden war, und jetzt, im Gegensatz zum letzten Freitag, erschien mir das Wochenende viel zu lang und öd. Unerträglich und trostlos. Ich hatte nicht einmal Lust, ins Café zu gehen ... noch weniger ins Baxi's natürlich, das wahrlich nicht meinen Erwartungen entsprochen hatte.

Irgendeine andere Alternative fiel mir nicht ein. Ich bestellte telefonisch eine Pizza und versuchte drei oder vier alte Freunde zu erreichen (darunter Janos), aber es schien, als wären sie nicht sonderlich interessiert daran, mit mir zu reden.

Zwischen neun und halb eins saß ich vorm Fernseher und schaute mir eine idiotische Sendung nach der anderen an. Das

Einzige, was ich mir wünschte: dass die Stunden möglichst schnell verrinnen würden, damit ich ins Bett gehen konnte.

Als ich glücklich im Bett lag, konnte ich natürlich nicht einschlafen. Lag ins Laken eingewickelt da, schwitzte und drehte und wendete mich bis weit zum Morgengrauen.

Die ganze Zeit tauchte das Bild des Mädchens vor mir auf.

Judith.

Ihr schmaler, angespannter kleiner Vogelkörper. Unerreichbar in dem großen, weißen Zimmer.

Zandor tauchte auch auf. Und Gisela und ihr rauer, kontrollierter Tonfall, während sie die ganze Geschichte erzählte.

Übrigens – war es die ganze?

»Ich werde jemanden töten.«

Ich hatte das Gefühl, als würde es mir gelingen, diese Worte immer wieder zu verdrängen. Jedes Mal, wenn sie wieder auftauchten, überraschten sie mich von Neuem.

Und Alois?

Kurz nach halb drei stand ich auf und suchte den Autoatlas heraus. Ich ging davon aus, dass die Entfernung nach Weill nicht mehr als zweihundert Kilometer betrug. Aber als ich es nachrechnete, stellte sich heraus, dass es fast dreihundertzehn waren.

Was mir nur entgegenkam. Es war zumindest eine Möglichkeit, den Samstag herumzubringen.

SAMSTAG, 26. APRIL

Ich war genau um halb vier da. Regenschleier und Industriequalm hatten die Stadt in einen dünnen Nebel gehüllt. Einen Dunst, der alle Farben zu einem einzigen langweiligen Grauton auszuwaschen schien. Als schiene alles im Begriff zu sein zu verschwinden – unter die Erde oder vielleicht nur in das gebrochene Auge des Betrachters, in dem eins vom anderen nicht mehr zu unterscheiden war. Es gab eine Zeit, da sah ich einen gewissen Sinn darin, eben solch ein Zuschauer zu sein, aber das ist schon lange her.

Die Verkehrsdichte war dünn wie in der Nacht. Ich fuhr quer durchs Zentrum. Dann die wenigen Kilometer weiter bis zum Meer, stellte den Wagen bei einer der Molen ab und wanderte den Strand entlang. Alles war verlassen. Das Meer roch nach dem Meer vom letzten Jahr, die Sommercafés und Vergnügungsparks waren mit undurchsichtiger Plastikfolie überzogen, die Strandkörbe waren zu Hunderten und Aberhunderten gestapelt. Hotels und Restaurants schienen hermetisch abgeriegelt zu sein.

Obwohl doch die Sommersaison nur wenige Wochen entfernt sein konnte?

Mir begegneten ein paar Jogger und einige Hunde mit ihren Besitzern. Ansonsten spazierte ich ganz ungestört. Nur wenige Dinge schenken mir größere Zufriedenheit, als in dieser Art allein am Meer entlangzugehen ... zu spüren, wie sich die Feuchtigkeit und das Salz langsam in Kleidung und Haut drängen … und natürlich genoss ich auch diesen Spaziergang, aber ich kehrte bedeutend früher um, als ich es unter anderen Umständen getan hätte, da bin ich mir ganz sicher.

Ich nahm ein frühes Mittagessen im Bahnhofsrestaurant ein, und während ich dort saß, hatte ich gute Sicht auf die Rückseite des Bahnhofs. Von meinem Fenstertisch aus konnte ich mindestens fünfzig Meter in jede Richtung sehen … eine breite, aber nicht besonders stark befahrene Straße mit einer langen Reihe verrußter Mietskasernen auf der anderen Seite. Vier oder fünf Stockwerke hohe Häuser. Kaum Geschäfte. Ein Milch- und Brotladen. Eine Gemüsehalle eine halbe Treppe unterhalb der Straße. Auf dem schmalen Fußweg bewegte sich so gut wie kein Mensch. Überhaupt waren nicht viele Leute unterwegs … aber es war ja auch die tote Zeit. Samstagnachmittag, der in den Samstagabend übergeht.

Im Restaurant war es genauso. Eine Gruppe schäbiger Männer trank ihr Bier an einem etwas abgelegenen Tisch. Eine ältere Frau saß über ein Pastagericht und eine Zeitung gebeugt und verströmte schon von weitem Einsamkeit.

Ich aß langsam, während ich die sechs Haustüren beobachtete, die in meinem Blickfeld lagen. Nur bei zweien passierte etwas während der Stunde, die ich dort verbrachte. Eine Frau und ein Mann traten aus einer Tür direkt neben dem Milch- und Brotladen, der offenbar am Wochenende geschlossen war. Ein Junge, vielleicht fünfzehn oder sechzehn Jahre alt, kam mit dem Fahrrad und eilte in die Tür, die meinem Aussichtspunkt genau gegenüber lag.

Ansonsten geschah nichts.

Was hatte ich hier zu tun?

Nach dem Essen spürte ich plötzlich, wie sinnlos das alles war.

Vielleicht war es auch die Dämmerung, die mich die Geduld verlieren ließ. Sie kam früh, im Schutz von Regen und Smog.

In einem dieser Häuser war es passiert.

Blick auf die Bahngleise ... es stimmte.

Hinter einem dieser unzähligen Fenster gab es ein kleines Zimmer, in dem vor sechs Jahren eine große Matratze auf dem Boden gelegen hatte.

In dem es nach Verwesung gestunken hatte und in dem es eine Speisekammer gab, die groß genug war, um eine Elfjährige aufzunehmen.

Hinter einer dieser Türen in einem dieser Treppenaufgänge musste sich eine Tür befinden ...

Was hatte sie gesagt? Wie viele Schlösser?

Fünf?

Wie üblich war es, so viele Schlösser an einer Tür zu haben? Ich überlegte. Ich selbst hatte zwei. Benutzte aber nie mehr als eins, Kristine auch nicht. Ich konnte mich nicht daran erinnern, jemals eine Tür mit fünf Schlössern gesehen zu haben.

Aber vielleicht handelte es sich dabei ja auch um Riegel, Ketten und ähnliches, an der Innenseite festmontiert?

Andererseits: Wenn man nun wirklich jemanden einschließen will, dann wäre es natürlich praktischer, es von außen machen zu können. Ich winkte der Kellnerin und bat sie um die Rechnung.

Im siebten Aufgang klappte es.

Zumindest versuchte ich es mir einzureden. Die Haustüren waren alle verschlossen gewesen. Um Haaresbreite wäre ich ins Auto gesprungen und unverrichteter Dinge wieder nach Hause gefahren, aber dann fiel mir ein, dass es natürlich auch zum Hof hin einen Zugang geben musste. Ich ging um eine der Mietskasernen herum, kam in einen langen, engen, asphaltierten Hof, der an der ganzen Wohnblockkette entlang lief. Fahrradständer mit Wellblechdach. Nackte, widerborstige Büsche. Wäscheleinen und ängstliche Katzen. Es gab zwölf Türen, zwei für jedes Haus, wie ich mir ausrechnete ... keine von ihnen schien verschlossen zu sein, einige standen sogar weit offen, vermutlich, damit der Treppenhausgeruch etwas gelüftet werden konnte. Der war ziemlich aufdringlich, schwer und süßlich, fast in jedem Haus identisch … Ich überlegte, woran das wohl liegen konnte. Woher er stammte.

Verwesung?

Im dritten Stock war es. Genau wie sie gesagt hatte. Die Wohnung lag am Ende des kleinen Korridors, am weitesten von der Treppe entfernt … eine grünbraune, abgeblätterte Tür, ebenso düster wie alle anderen. Ein Briefschlitz in Brusthöhe, ein rostiger Klingelknopf am Türrahmen. Ein Spion.

Vier verschiedene Schlüssellöcher. Warum sollte es da nicht auf der Innenseite noch ein fünftes Schloss geben?

Auf dem Namensschild stand ein Name, den ich nicht aussprechen konnte. Indisch oder aus Sri Lanka vermutlich. Ich drückte den Klingelknopf. Wartete eine halbe Minute und versuchte es noch einmal.

Keine Antwort.

Ich versuchte es ein drittes Mal.

Nichts. Vorsichtig drückte ich die Klinke hinunter.

Verschlossen. Was hatte ich eigentlich erwartet?

Ich blieb ziemlich lange dort stehen und überlegte, was ich als Nächstes tun sollte. Eine korpulente Dame mit einem ebenso korpulenten Dackel im Gefolge ging an mir vorbei nach oben. Ich drehte ihr den Rücken zu. Schaute direkt auf die Tür, als hätte ich soeben geklingelt und wartete nur darauf, eingelassen zu werden.

Schließlich beschloss ich, es bei den Nachbarn zu versuchen. Auf jedem Stockwerk gab es drei Wohnungen, aber in keiner der beiden anderen war jemand zu Hause. Zumindest öffnete niemand, als ich klingelte, und langsam kamen mir wieder Zweifel … dennoch beschloss ich, es noch ein Stockwerk tiefer zu versuchen; weiter nach oben würde ich das Risiko eingehen, wieder auf die Dame mit Hund zu stoßen, eine Alternative, die mir absolut nicht zusagte. Irgendwie hatte ich ein Gefühl, als hätte sie mich ertappt, und mir war klar, dass ich kaum irgendwelche Informationen von ihr erhalten würde, selbst wenn sie welche hätte.

Es war eine Elena Kleminska, die öffnete. Zumindest stand das an der Tür.

»Entschuldigen Sie. Ich komme in einer etwas speziellen Angelegenheit ...«

Eine dünne, leicht gebeugte Frau mit einem Stock in der Hand. Ziemlich alt, irgendwo zwischen siebzig und fünfundsiebzig wahrscheinlich. Das Haar war grau, aber dick und glänzend und zu einem Kranz um den Schädel geflochten. Die Augen sahen klar und forschend aus.

»Ich kaufe nichts.«

»Nein, ich verkaufe auch nichts ...«

»Und ich möchte nichts mit Sekten zu tun haben.«

»Keine Sorge. Ich will auch nicht Ihre Seele retten.«

»Was wollen Sie dann?«

Ich beschloss, so nah wie möglich bei der Wahrheit zu bleiben. Warum sollte ich nicht? Ich stellte mich mit meinem richtigen Namen vor und erklärte ihr, dass ich als Psychiater arbeitete ... dass es um eine Geschichte ging, die sich vor ungefähr sechs Jahren ereignet hatte.

Obwohl ich leider nicht sicher war, ob es sich hier um das richtige Haus handelte.

Sie betrachtete mich forschend, und ich brach meine Rede ab.

»Natürlich ist es das richtige Haus«, sagte sie. »Weiß Gott ... das ist hier oben passiert.«

Sie machte ein Zeichen mit dem Kopf.

»Was wollen Sie wissen?«

Der Regen fiel noch eine ganze Weile an diesem Abend. Erst als ich an Breytenburg vorbei war und das Hochland erreichte, konnte ich die Scheibenwischer ausstellen.

Der Verkehr war spärlich, besonders hier oben auf der Landstraße 242 durch die Heide. Ich war bei Lindau von der Autobahn abgefahren. Ich zog die kleineren, sich schlängelnden Straßen vor, auf denen man sich immer noch nach der Landschaft richten musste. Mit der Geschwindigkeit heruntergehen. Radfahrern und Fußgängern ausweichen. Durch Städte und Dörfer schleichen.

Ich machte auch ein paar Mal Halt. Angelockt von den gelben Lichtern der örtlichen Cafés saß ich dort mit einem Glas Bier oder einer Tasse Kaffee und ließ mich vom Abend und den Menschen einhüllen. Ich hatte es nicht eilig. Es spielte keine Rolle, ob ich ein oder zwei Stunden nach Mitternacht zu Hause war. Ich würde sowieso am Sonntag so lange schlafen können, wie ich wollte.

Meine Gedanken beschäftigten sich natürlich mit Judith, aber sie waren nicht besonders aufdringlich.

Es ging mich etwas an, es ging mich nichts an.

Auf jeden Fall gab es Stimmen in mir, die sagten, dass ich für die Sache keinerlei Verantwortung übernehmen musste. Dass es eine Geschichte war, in die ich nur hineingerutscht war, weil Kristine mich verlassen hatte. Etwas, um das Vakuum auszufüllen.

Und wer sollte wohl ein Verantwortungsgefühl gegenüber diesem unzugänglichen kleinen Vogelwesen empfinden, wenn nicht der, der es getan hatte?

Das war eine gute Frage.

Sie kam mir immer wieder in den Sinn.

Etwas wirklich Neues hatte ich von Elena Kleminska nicht erfahren.

Aber was könnte dem auch noch hinzugefügt werden?

Welche Lücken müssten denn in einem Bericht über einen Mann ausgefüllt werden, der eine Elfjährige zwei Wochen lang vergewaltigt? Wen interessieren die Details? Wer will sie hören?

Dass er erst seit einem Monat in dem Haus gewohnt hatte. Dass er die Wohnung von seinem Bruder übernommen hatte, einem Werftarbeiter, der nach Kanada emigriert war.

Dass eine der Nachbarinnen sich hinterher daran erinnerte, ihnen auf der Treppe begegnet zu sein, und dass das Mädchen eine große Puppe im Arm hatte ... sie war noch ganz neu, ihr Kopf noch in Zellophan eingewickelt.

Oder dass er, der Mann, erst kurz zuvor aus der psychiatrischen Klinik von Rejmershus entlassen worden war ... aber das wusste man natürlich nicht vorher.

Hinterher? Ja, da stand alles in Flammenschrift an der Wand geschrieben.

Bevor es passierte, hatte man nichts gewusst, auch nicht während der Tage ... niemand schien ihn überhaupt beachtet zu haben. Niemand hatte Notiz von ihm genommen. Warum hätte man das tun sollen?

Und wenn dem schon so war, was für eine Rolle spielte es da noch, dass er bereits früher wegen brutaler Vergewaltigung Minderjähriger verurteilt worden war? Dass er bereits nach wenigen Monaten aus dem Gefängnis in die geschlossene psychiatrische Anstalt überführt worden war? Was hatte das für eine Bedeutung, wenn doch sowieso alles zu spät war, alles schon geschehen war? Könnte ich darauf eine Antwort geben?

Das konnte ich nicht, trotzdem wusste sie zu berichten, Elena Kleminska. Das und noch ein wenig mehr. Aber nicht besonders viel.

Die gleiche graugrüne Windjacke beide Male, als sie ihn sah. Die gleichen schweren Stiefel. Ein dünner Schnurrbart. Etwas Merkwürdiges im Blick, das hatte ihr nicht gefallen. Aber um bei der Wahrheit zu bleiben, so hatte sie nichts geahnt. Hatte nichts ahnen wollen. Und die anderen auch nicht.

Erst hinterher. Da hatten sich die Nachbarn getroffen und in größter Diskretion ihre Beobachtungen ausgetauscht. Da hatte Herr Vargas, der Hausmeister, widerstrebend eine Art finsterer Heldenrolle zugeschrieben bekommen ... Er war derjenige gewesen, der bemerkt hatte, dass da nicht alles mit rechten Dingen zuging, und nachdem er acht Tage gezögert hatte, hatte er die Polizei alarmiert.

Im Café in St. M- geschah etwas.

Oder aber es geschah nichts.

Ich kann mich nicht so recht entscheiden.

Es war kurz nach elf Uhr, ich hatte noch hundertzehn Kilometer zu fahren. Mit meinem Kaffeebecher ließ ich mich an einem freien Tisch nieder, davon gab es nicht so viele.

Ein Stück entfernt von mir saß eine Frau, auch sie saß allein an einem Tisch. Der Abstand zwischen uns war nicht groß. Vielleicht drei oder vier Meter, aber dennoch zu groß, als dass wir hätten miteinander reden können. Viel zu groß. Der Lärmpegel war hoch. Vor allem an der Bar, wo die Leute in doppelter Reihe standen.

Unsere Blicke trafen sich. Sie war noch jung, höchstens fünfundzwanzig Jahre alt, und sie machte nicht sofort Eindruck auf mich. Aber bereits nach wenigen Minuten hatten sich unsere Blicke viel zu oft getroffen ...

Sie war dunkel. Ich weiß eigentlich selbst nicht, warum ich

mit dieser Episode meine Zeit vergeude. Vielleicht nur, damit sie nicht in Vergessenheit gerät … auch ihr Kostüm war dunkel, ich meine mich zu erinnern, dass sie ein Kostüm trug. Ihre Züge waren markant. Wenn sie eine Schönheit besaß, dann war diese nicht sofort ins Auge fallend. Ich nahm an, dass sie Russin war.

Es gibt eine Grenze, wie Walther immer zu sagen pflegt, an der Situationen keine weitere Belastung mehr ertragen. Jedenfalls nicht, wenn das, was war, weitergeführt werden soll.

Und nicht in etwas anderes übergehen soll.

Ich zündete mir die zweite Zigarette an und wusste, dass ich sie nicht wieder ansehen durfte. Nicht ohne ernste Absichten.

Oder um sie um Verzeihung zu bitten und dann das Lokal zu verlassen.

Um dem zu entgehen, ja, genau um das zu vermeiden, drehte ich mich etwas herum. Ich lehnte mich ein wenig auf dem Stuhl nach hinten und legte die Ellbogen auf den Tisch … und entdeckte, dass es an der Wand fast genau zwischen uns einen Spiegel gab. Schräg hinter der jungen Frau.

In dem leicht zerkratzten Glas war ihr Profil zu sehen. Da war nichts, worüber ich verfügen konnte.

Ich sah Merkwürdigkeiten in diesem Glas. Im Nachhinein ist schwer zu sagen, welche. An einem fremden Ort, unterwegs, wie deutlich kann da nicht plötzlich alles hervortreten?

Wie unbekümmert spiegelt sich da nicht die innere Landschaft in der äußeren wider?

Und umgekehrt.

Plötzlich wandte sie den Kopf. Es geschah so schnell, dass ich gar keine Chance hatte. Sie sah mich ganz fest, ruhig und lächelnd an, so dass mir klar wurde, dass sie es die ganze Zeit gewusst hatte.

Nur eine Weile gewartet hatte, um mich hereinzulegen.

Ich war ertappt. Die Grenze war gesprengt. Ich begegnete ihrem Blick und gab alles zu. Dann trank ich den letzten

Schluck Kaffee und eilte davon. Ich ging an ihrem Tisch mit abgewandtem Kopf vorbei. An der Tür hielt ich kurz inne, hörte sie rufen:

»Warte …«

Ich warf einen Blick zurück. Sie hatte sich halb erhoben. Hob die Hand, als wolle sie … als wolle sie?

Ich zögerte eine Sekunde. Dann öffnete ich die Tür und schlüpfte hinaus.

Der Nieselregen hatte wieder eingesetzt. Ich hastete zum Auto, das auf der anderen Straßenseite stand. Sprang hinein und fuhr davon, ohne mich umzusehen.

Nach gut fünfhundert Metern bremste ich jäh. Wendete und fuhr, so schnell ich konnte, zurück zum Café. Sprang aus dem Wagen, rannte zur Tür … Ich bin überzeugt davon, dass ich nicht mehr als höchstens fünf Minuten fort war.

Das hatte genügt.

Sie war nicht mehr da.

Auto zu fahren und nachzudenken sind zwei verschiedene Paar Dinge. Die sich normalerweise nicht stören. Erst recht nicht des Nachts. Nach der Pause in St. M- schien mir jedoch, als ob alles zu einer sinnlosen Kette von Menschen und Ereignissen würde, wobei ich die ganze Zeit einen nach dem anderen hinter mir ließ. Wie die Autos, denen ich begegnete, wie die Städte, durch die ich fuhr, wie die Telefonmasten, an denen ich vorbeiglitt.

Kristine … Gisela Enn … Judith. Weill … die verschlossene Tür … diese Frau.

Und die Grenzüberschreitung und die Flucht und die Flucht zurück.

Zu spät.

Von einem bestimmten Aussichtspunkt aus wird alles so deprimierend deutlich, dass einem gar nichts anderes übrig bleibt, als sich einen neuen zu suchen.

Im Traum türmen sich die Bilder aufeinander.

Sie werden zusammengedrängt und bevölkert und legen sich übereinander. Bilden ein unbegreifliches Mosaik. Ein verwirrendes Muster, das nie zur Ruhe kommt, das sich allen Versuchen der Interpretation verweigert.

Aber zu jedem einzelnen Augenblick gibt es einen bestimmten Fokus. Ein oder ein paar Bilder, die besonders deutlich hervortreten.

Bevor sie entweichen. Unscharf werden. Von den anderen gespalten werden.

Das Bild von Kristines Gesicht. Sie steht da und lehnt sich schwer gegen das Waschbecken. Ich sehe ihre abgewandten Augen im Spiegel, und ich weiß, dass wir auch unser zweites Kind verlieren werden.

Das Bild meines Vaters. Wir rennen zu ihm, kommen vom Waldrand herbeigelaufen ... festgeklemmt unter dem Holzanhänger liegt er. Den Kopf gegen den Boden gedrückt, aber die Hejmermütze im gleichen korrekten Winkel wie immer auf dem Kopf, die Brille an Ort und Stelle. Das eine Brillenglas ist zu einer Eisblume zersplittert. Das kleine Blutrinnsal, das aus seinem Mundwinkel sickert, die Lippen bewegen sich ein ganz, ganz klein wenig ... als habe er uns immer noch etwas zu sagen.

Es ist ein mächtiges, entsetzliches Bild.

Das Bild von Judith. Nicht, wie ich sie tatsächlich in diesem hellen Zimmer gesehen habe, sondern keuchend die Treppen hochsteigend. Lächelnd – sogar lachend – mit zerzaustem Haar, Eisresten um den Mund und mit der großen Puppe in einer Hand. Ich stehe oben auf dem Treppenabsatz und sehe sie kommen ... die andere, die andere Hand, von der großen Faust des Mannes umschlossen. Der Hand des Mannes, des Vergewaltigers ... Alois' Hand.

Das Bild von Alois. Kein Gesicht, kein Fleisch. Nur eine schneidend scharfe Kontur. Die groteske Silhouette eines Menschen, die sich mit ihrer brennenden Schärfe über alle anderen Bilder legt und sie erdrückt. Alois.

Ein Stimme zwischen all den Bildern: »Ich werde jemanden töten.«

Ich wälze mich unruhig im Bett hin und her und wache auf. Die digitalen Propheten des Radioweckers verkünden, dass die Wirklichkeit jetzt 05.04 Uhr ist. Ich stehe auf. Gehe ins Bad. Wasche mir das Gesicht. Bleibe lange stehen und betrachte mein eigenes Bild im Spiegel. In gewissen Augenblicken sieht es fremder aus als alles, was ich sonst jemals gesehen habe.

Ich gehe zurück ins Bett. Eine Amsel singt draußen im Hof. Zu dieser Uhrzeit singt sie sonst nicht.

Als ich wieder anfange zu träumen, zeigen die ersten Bilder den Radiowecker und die Amsel. Ihr Paarungsspiel ist stumm und belanglos.

Es gelingt ihnen nicht.

MONTAG, 28. APRIL – FREITAG, 2. MAI

Am Montag schlug das Wetter um, und woran ich mich am meisten erinnere, wenn ich an die Tage um den Monatswechsel denke, das ist die vibrierende Hitze. Temperaturen von 30 Grad und mehr sind nicht üblich in unserer Stadt, aber jetzt schoss das Quecksilber bis zu 32 und 34 Grad hoch, und das fast eine ganze Woche lang. Die Leute liefen in kurzen Hosen und Sommerkleidern herum, man sonnte sich in der Mittagspause im Park und badete im Boolssee. Draußen in W-maacht schlugen Ginster und die Forsythien aus.

Das war bestimmt irgendein Rekord für diese Jahreszeit.

In der Praxis saßen wir schwitzend in unseren Pullovern, Walther und ich. Hinter geschlossenen Fenstern und heruntergelassenen Jalousien ... es war schwer, sich vorzustellen, dass wir wirklich noch fünf Wochen so weitermachen sollten. Normalerweise schließen wir von Mitte Juni bis Anfang September. Wenn es etwas gibt, worüber ich mich wirklich nicht beklagen kann, dann ist es mein Sommerurlaub. Im Labor hatte ich fünf Wochen Urlaub. Punkt, Schluss.

Walther und ich machen auch noch einmal um die Weihnachts- und Neujahrsfeiertage drei Wochen lang zu, wenn man alles in allem also zusammenrechnet – dann arbeite ich nicht mehr als acht Monate im Jahr in diesem Betrieb.

Das Einkommen hingegen reicht aus, um meine Bedürfnisse zu befriedigen. Zumindest war es bisher so.

Es waren die üblichen Klienten. Und die üblichen Litaneien.

Vielleicht war es einfach etwas zu heiß, um alles richtig ernst zu nehmen. So ein Gefühl hatte ich, auch wenn ich das natürlich nie durchsickern ließ.

Arnold H, der Fußballtrainer, klagte jedenfalls darüber, dass das Sofa klebte, und Fräulein deWitt-Rozenstein brach mehr als eine Viertelstunde vor der Zeit ab und behauptete, sie bekäme keine Luft mehr. Ich gab ihr Selters und wedelte ihr mit der Zeitung Luft zu, aber das nützte nichts. Sie könne einfach nicht wieder anfangen. Also machten wir ab, dass sie in der nächsten Woche fünfzehn Minuten länger bekommen würde.

Fräulein Miller von der Schuldirektion hingegen kam ausgezeichnet mit der Hitze zurecht, wie sie mir erzählte, und wie üblich verwandte sie viel Zeit darauf, mir zu erklären, welch großes Vertrauen sie doch in mich hatte.

Für einen Nichteingeweihten mag es merkwürdig erscheinen, dass ich ohne weiteres in die Rolle eines Therapeuten schlüpfen konnte, und anfangs war ich selbst auch sehr skeptisch. Aber Walther lehrte mich die Grundlagen und hegte niemals einen Zweifel daran, dass ich es schaffen würde. Ohne Walther hätte ich nie eine Chance gehabt, das muss ich wirklich unterstreichen, und ansonsten sagte ausgerechnet Fräulein Miller einmal etwas ziemlich Zutreffendes:

»Es liegt an der Nase, Herr Doktor«, sagte sie. »Ein guter Seelenklempner muss einen ordentlichen Zinken haben. Männer mit kleinen Nasen haben dünne Stimmchen, so ist es nun einmal ... Würden Sie zu einem Psychiater mit piepsiger Stimme gehen, Herr Doktor? Nun? Nie im Leben würde ich so einem vertrauen.«

Walther pflegte die gleiche Sache anders auszudrücken:

»Der Klient ist das Soloinstrument. Du selbst spielst nur die Begleitung ... äußerst sparsam und im Bass.«

Ich glaube, das stimmt. In Ermangelung von Taten benutzen wir die Sprache, in Ermangelung von Worten müssen wir uns mit den Tönen begnügen … und dann sind Schweigen oder die gut gewählten Basstöne das Richtige.

Wie dem auch sei, jedenfalls haben wir beide ganz prachtvolle Nasen, sowohl Walther als auch ich.

Vielleicht lag es auch an der Hitze, dass es mir gelang, die ganze Geschichte mit Gisela Enn und ihrer Tochter für ein paar Tage in den Hintergrund zu schieben. Jedenfalls dachte ich nicht besonders viel darüber nach, aber schließlich hatte ich ja auch am Wochenende sehr viel mehr ausgerichtet, als man erwarten durfte.

Hin und wieder tauchten sie zwar in meinen Träumen auf … das kleine Mädchen, die hässlichen Mietskasernen, die verschlossene Tür, aber tagsüber schenkte ich ihnen nicht besonders große Beachtung.

Und an die Frau in St. M- dachte ich gar nicht mehr.

Am Donnerstag kam ein Brief von Kristine. Er war maschinengeschrieben, nicht länger als eine Seite, und er gab keinerlei Grund zu Optimismus. Dennoch fand ich es schön, ihn zu bekommen.

In den letzten Zeilen schrieb sie:

»Ich werde in zwei Wochen zurückkehren. Lass uns dann alles diskutieren.«

Ich ertappte mich bei dem Gedanken, dass es gut war, dass es noch zwei Wochen und nicht nur eine bis dahin waren.

Wir hatten Telefonsprechstunde zwischen 9 und 10 Uhr, Walther und ich. Das ist übrigens die einzige Zeit, in der das Telefon eingestöpselt ist … nun ja, wie Walther es damit hält, das weiß ich natürlich nicht. An diesem Freitag war ich an der Reihe, und es war wohl ein paar Minuten nach zehn, als Gisela Enn anrief.

»Ich möchte Ihre Dienste erneut in Anspruch nehmen, Doktor Borgmann.«

»Möchten Sie einen Termin, oder ...?«

»Ich möchte, dass Sie wieder hierher kommen.«

Ich überlegte einen Moment. Ihr Begehren war kaum eine Überraschung. Ohne mir dessen bewusst zu sein, hatte ich natürlich auf das Gespräch gewartet.

»Um es genauer zu sagen, was soll ich Ihrer Meinung nach tun, Frau Enn?«

»Muss ich das erklären?«

»Nicht, wenn es Ihnen widerstrebt.«

»Gut. Sie werden es schon verstehen, so oder so.«

»Wann?«

»Wenn Sie herkommen. Sie machen sich doch keine Sorgen um Ihr Honorar, Herr Doktor?«

»Absolut nicht. Aber ich ...«

»Ja?«

»Ich würde trotzdem gern eine Vorstellung davon haben, wofür Sie mich bezahlen.«

»Ich fordere nichts.«

»Nichts?«

»Nichts. Zumindest nichts, was Sie nicht selbst von sich fordern. Ich glaube schon, dass Sie das hier beurteilen können.«

Ich erwiderte nichts. Einige Sekunden lang war die Leitung still. Dann fragte sie:

»Kann ich damit rechnen, dass Sie kommen?«

»Wann sollte das sein?«

»Wann auch immer in den nächsten zehn Tagen. Wenn Sie nur vor dem Sechzehnten kommen könnten, dann können Sie sich den Tag aussuchen, der Ihnen am besten passt. Aber ich möchte, dass Sie viel Zeit mitbringen.«

Ich blätterte in meinem Kalender.

»Am Donnerstag nächster Woche?«

»Ausgezeichnet. Sie sind um elf Uhr willkommen, Herr Doktor, genau wie beim letzten Mal. Und Sie haben den Tag zur Verfügung?«

»Ja.«

»Danke, Herr Doktor.«

Ich legte den Hörer auf. Wollte gerade unsere Verabredung notieren, tat es dann aber doch nicht. Beschloss, es nicht aufzuschreiben.

Der Donnerstag war mein freier Tag. Walther brauchte auch diesmal nichts davon zu wissen.

Ich trank die Selters und zog mir den Pullover aus. Die Hitze war betäubend.

IV

DONNERSTAG, 8. MAI

Willkommen, Doktor Borgmann.«

Zandors Lächeln war schnell überstanden. Ungefähr wie der Flug einer Schwalbe. Wie beim letzten Mal führte er mich in den Garten. Der wirkte jetzt tiefer. Dunkler und dichter irgendwie, durch die Bäume sickerte ein Muster aus Licht und Schatten. Sonnenflecken irrten unruhig über Gras und Büsche. Mir fiel auf, wie lautlos es hier innerhalb der Mauern war. Das dumpfe Grün versetzte alles in Stille, sog alle Geräusche auf. Unsere Schritte über die Steinfliesen waren nicht zu hören. Als Gisela Enn ihre Teetasse draußen auf der Terrasse hinstellte, war kein Klirren vom Porzellan zu hören. Eine taube, stumme Welt, dachte ich. Eine gemalte Landschaft mit ein paar wenigen, kaum lebendigen Gestalten. Ein Gemälde, dessen Farbe vor langer Zeit getrocknet ist, dem nur noch das Altern und Verwittern bleibt.

Es war kein gutes Gefühl. Ich suchte bereits nach einer Zigarette, bevor ich mich am Tisch niedergelassen hatte.

Gisela Enn saß im gleichen Liegestuhl wie beim letzten Mal, aber nicht sie zog meine Aufmerksamkeit auf sich.

Es war das Vogelwesen in dem anderen Stuhl, das Hässlichste auf dem ganzen Gemälde. Und dennoch, oder vielleicht gerade deshalb, war es schwer, den Blick auf etwas anderes zu richten. In gleicher Position zusammengekauert, wie sie in ihrem Zimmer gelegen hatte, saß sie nun hier. In sich selbst verkrochen. Wahrscheinlich hatte Zandor oder Gisela sie einfach aus dem Bett gehoben und hierher versetzt.

Sie auf den Stuhl gesetzt, ohne sie eigentlich zu bewegen. Der Kopf war zur Seite gedreht und gesenkt. Das Haar hing in dünnen Strähnen herab und verdeckte den größten Teil des Gesichts.

Die Hände versteckt. Beine und Füße angezogen.

Ich nickte stumm und setzte mich auf den dritten Liegestuhl. Gisela schenkte aus der Glaskanne ein. Ich registrierte, dass vor Judith weder Tasse noch Teller stand.

»Es gibt Therapien, Herr Doktor, das wissen Sie natürlich. Glauben Sie nicht, dass wir es nicht versucht hätten. Wir haben fast alles ausprobiert, aber sie fällt immer wieder zurück ... das ist das Entscheidende.«

Keine Einleitungen. Heute war nicht die Rede davon, Zeit zu vergeuden. Sie hatte eine braungetönte Sonnenbrille aufgesetzt, so dunkel, dass ich ihren Blick dahinter nicht erkennen konnte.

Das führte einen Hauch von Feindseligkeit mit sich. Ich setzte mich zurecht, drehte den Stuhl so, dass ich sie nicht ansehen musste, während wir miteinander sprachen.

»Selbst wenn es uns gelingt, sie dazu zu bringen, dass sie Berührungen erträgt – und das dauert immer mehrere Stunden, das versichere ich Ihnen –, so ist sie beim nächsten Mal wieder genauso verschreckt. Ich glaube, sie vergisst alles außer diese fünfzehn Tage. Sie hat nur eine einzige Erinnerung. Einen einzigen Gedanken.«

»Hat sie nie gesprochen? Ich meine, seitdem?«

»Nein.«

»Sie wissen nicht, was ... was in ihr vor sich geht?«

»Woher sollen wir das wissen?«

Ich schaute das Mädchen an. Hatte einen Moment lang den Eindruck, dass dort ein sehr, sehr alter Körper lag ... oder dass er gar nichts mit der Zeit zu tun hatte. Ein halbes Jahrhundert würde weder etwas verbessern noch verschlechtern. Die gleiche Haltung, das gleiche stumme Nach-innen-gewandt-sein, das gleiche Spiel von Licht und Schatten.

Von den gleichen Baumkronen oder von anderen.

Als dächte sie in den gleichen Bahnen, sagte Gisela Enn:

»Glauben Sie, dass ein Leben durch einen Körper rinnen kann, ohne andere Spuren als das Altern selbst zu hinterlassen, Doktor Borgmann? Das reine, biologische Altern?«

»Ich weiß es nicht«, antwortete ich nach einer kurzen Pause.

War es möglich?, überlegte ich.

Dass nichts mehr in dieses kleine Wesen eindringen würde? Niemals?

Judith.

Elf Jahre alt. Oder siebzehn. Oder siebzig.

Kein Unterschied.

»Glauben Sie an die Todesstrafe, Doktor Borgmann?«

Ich gab keine Antwort.

»Nun?«

»Nein, ich glaube nicht an die Todesstrafe.«

»Unter keinen Umständen?«

»Nein, nicht im Normalfall ...«

»Im Normalfall? Wer hat denn gesagt, dass die Todesstrafe im Normalfall verhängt werden sollte? Das müssten Sie doch am besten wissen, Herr Doktor!«

Ich verstand nicht, worauf sie hinaus wollte. Zündete mir eine Zigarette an und wartete ab.

»Wenn Sie Richter wären, welche Strafe würden Sie für angemessen halten, ja, genau, angemessen für einen Mann wie Alois?«

Ich betrachtete wieder Judith. Die Frage war sinnlos. Ich überlegte, ob Gisela Enn wirklich glaubte, ich würde eine Antwort geben. Es schien nicht so, aber ihr Blick hinter den dunklen Gläsern war unnahbar.

»Ich kann verstehen, dass Sie nichts sagen. Es ist eine von

diesen Fragen, die man einfach so stellt, nicht wahr? Keiner muss dazu Stellung beziehen, solange man nicht selbst vor der Frage steht. Das ist kein moralisches Territorium, eine ziemlich angenehme Position, ja, Sie verstehen sicher.«

»Was meinen Sie?«

»Kein Urteil fällen zu müssen! Vielleicht sind Sie sogar der Meinung, dass die ganze Frage nach einer Bestrafung in so einem Fall keine Bedeutung hat ... der Schaden ist ja bereits eingetreten. Was kann man jetzt noch machen? Ist das Ihre Sichtweise, Doktor Borgmann?«

»Nein ...«

»Nein, natürlich nicht. Jemand muss es schließlich tun. Jemand muss die Verantwortung übernehmen, sonst würden ja Menschen wie Alois frei herumlaufen. Wenn keiner die Strafe festlegen würde ...«

Ich zog es vor zu schweigen. Fand, dass die Fragestellung langsam sinnlos wurde, und überlegte ganz vage, wie es eigentlich um Gisela Enns psychische Gesundheit bestellt war.

»... und sie vollstrecken würde.«

Plötzlich dachte ich an Lynn. Ich schloss die Augen und sah ihren roten Haarschwall vor mir.

Sei vorsichtig, Leon, versprich mir das!

»Sie glauben an Strafe, Herr Doktor? Dass Menschen für ihre Handlungen zur Rechenschaft gezogen werden ... wo würden wir sonst landen?«

Ich räusperte mich und setzte mich auf. Versuchte Zeit zu gewinnen, wie ich annehme. Hatte einen Moment lang das Gefühl, als wäre etwas kurz davor, mich zu packen. Etwas, das in den letzten Wochen in meiner Nähe gewesen war, aber ich hatte mir nie die Zeit genommen, darauf zu warten und ihm in die Augen zu schauen ... ja, so etwas in der Art. Diffus und schwer fassbar, aber gleichzeitig allgegenwärtig.

»Ja, natürlich. Ich glaube, man sollte für seine bösen Taten bestraft werden ... und belohnt für die guten.«

»Gut. Es ist gut, dass Sie mit mir einer Meinung sind, Herr Doktor.«

Es wurde still. Judith bewegte sich ein wenig. Die Sonnenflecken tanzten über ihren Körper. Ich hob meine Teetasse hoch, um zu trinken, stellte sie aber wieder ab, als ich merkte, dass meine Hand zitterte.

Der plötzliche Schrei aufgescheuchter Vögel zerriss die Stille. Judith reagierte nicht, aber Gisela und ich lauschten und wandten unsere Aufmerksamkeit für einen Moment dem Park zu.

Dann bürstete sie sich ein paar Brotkrümel vom Kleid und nahm den Faden wieder auf:

»Lassen Sie mich die Frage anders stellen, Herr Doktor. Was glauben Sie? Was denken Sie, welche Strafe er bekommen hat?«

Ich überlegte. Hatte nicht die geringste Ahnung. Und auch keine Lust, darauf zu antworten, aber sie wartete einfach ab.

»Ich weiß es nicht, Frau Enn. Ich nehme an, das Wichtigste ist, dass er nicht wieder herauskommt ... aber ob nun Gefängnis oder geschlossene Psychiatrie? Nein, das weiß ich nicht.«

»Sie meinen, er dürfte nicht wieder freikommen? Interessant, Herr Doktor, sehr interessant.«

Wieder wartete sie ab. Es wurde mir immer klarer, dass sie darauf aus war, mich in irgendeiner Form an die Wand zu stellen. Ich hatte außerdem den Eindruck, als spräche die Stille gegen mich ... als wäre zu schweigen gleichbedeutend mit gestehen.

Was gestehen?

»Ich kann es natürlich nicht mit aller Sicherheit sagen«, versuchte ich es, »aber schließlich war er schon vorbestraft, und zwar einschlägig, nicht wahr?«

»Woher wissen Sie das?«

Die Frage kam wie ein Peitschenschlag. Ich musste einsehen, dass ich mich verplappert hatte ... Ich hatte nicht von meiner Fahrt nach Weill erzählt. Auch nicht von dem Besuch in der Mietskaserne. Und nicht von Frau Kleminska. Aber was spielte das auch für eine Rolle? Was für einen Unterschied machte es, wenn ich dieses oder jenes wusste?

»Wer hat das gesagt, Doktor Borgmann? Dass er vorbestraft war.«

Ich fummelte an meinem Zigarettenpäckchen herum. Sie beugte sich zu mir vor. Stützte die Ellbogen auf die Knie und musterte mich.

Es gelang mir, eine Zigarette herauszuziehen und sie anzuzünden. Ich versuchte mich zu entspannen.

»Ich denke ... dass Sie mir das erzählt haben.«

»Nein, Herr Doktor, das habe ich nicht erzählt.«

»Aber war es denn nicht so ... dass er schon einmal verurteilt worden war?«

Sie antwortete nicht, doch ich konnte ihren Blick hinter den Gläsern spüren. Die Fragen türmten sich plötzlich in meinem Kopf auf. Warum saß ich hier? Worauf wollte sie hinaus? Was hatte das für eine Bedeutung, dass ich das wusste? Oder besser: Was glaubte Gisela Enn, was für eine Bedeutung es hatte?

Und warum redete ich mir die ganze Zeit ein, dass ich ihr nichts von der Fahrt nach Weill erzählen durfte?

Wir saßen einige Minuten lang schweigend da. Die Sonnenflecken spielten. Was zum Teufel tue ich hier?, dachte ich wieder. Gisela lehnte sich zurück. Ein kleiner Vogel, vermutlich ein Spatz, landete auf der Terrasse, nur einen halben Meter von Judiths Stuhl entfernt. Er schien uns eine Weile einen nach dem anderen zu betrachten, pickte dann ein paar Brotkrümel auf und flog wieder davon. Ich holte ein paar Mal tief Luft. Zumindest versuchte ich es.

»Doch, ja«, sagte sie schließlich. »Sie haben vollkommen Recht. Natürlich hatte er früher schon ähnliche Dinge gemacht … erinnern Sie sich wirklich nicht, Doktor Borgmann? Fällt es Ihnen nicht ein?«

Da begriff ich.

Walther.

Manchmal stelle ich fest, dass ich ein Idiot bin. Das ist jedes Mal wieder gleich schmerzhaft. Ich drückte die Zigarette aus und überlegte, wie lange es wohl noch dauern würde, bis ich entlarvt war.

»Marienhof. Kennen Sie das?«

Ich nickte. Es hatte zu meinem Training bei Walther gehört, dass ich zumindest den Namen unserer größten Einrichtung für psychisch Kranke kannte.

»Psychiatrische Betreuung in der geschlossenen Abteilung auf dem Marienhof. Das hat er gekriegt. Für unbestimmte Zeit. Nun?«

»Nun?«

»Finden Sie, dass es eine angemessen harte Strafe ist?«

»…«

»Sie antworten nicht, Herr Doktor. Nun ja, ich will Sie nicht drängen. Möchten Sie wissen, was ich davon halte … was ich und mein Mann davon gehalten haben?«

Ihre Stimme schien um eine halbe Oktave zu steigen, aber sie klang weiterhin ganz gesammelt. Ich gab keine Antwort.

»Wir fanden die Strafe lächerlich.«

»Lächerlich?«

»Ein Hohn, Doktor Borgmann. Genau das … einen Hohn. Sind Sie nicht auch der Meinung?«

»Wie meinen Sie das?«

Sie schüttelte den Kopf über meine Begriffsstutzigkeit. Ich verzog keine Miene.

»Ich meine, dass die Strafe nicht einmal in die Nähe irgendeiner Art von Gerechtigkeit kommt. Genau genommen ist es ja nicht einmal eine Strafe. Psychiatrische Betreuung – genau das ist es, womit wir Judith belegt haben, seit es passiert ist.

Sie sehen das Resultat ... Ist es also Sinn der Sache, dass Täter und Opfer mit gleicher Münze bezahlt werden? Finden Sie das richtig, Doktor Borgmann? Finden Sie das wirklich?«

Ich antwortete nicht.

Hatte keine gute Antwort.

»Wissen Sie, was nach zwei Jahren passiert ist?«

»Nein.«

»Sie können es nicht erraten?«

Ich schüttelte den Kopf.

»Er bekam Freigang.«

Sie machte eine Pause. Judith bewegte sich unruhig auf ihrem Stuhl. Ich schaute sie an und konnte mir denken, dass ihre Stellung unbequem war, aber vielleicht erreichten sie auch solche Empfindungen nicht mehr.

»Zwei Tage Freigang ... Mein Mann hatte viele Verbindungen, wie Männer es in seiner Position haben, unter anderem zu einem Assistenzarzt auf der Abteilung, auf der Alois untergebracht war. Durch ihn erfuhren wir davon, und durch ihn wussten wir, wann es wieder so weit sein würde.«

Und dann war mir klar, was kommen würde. Von einer Sekunde auf die andere war alles glasklar. Es erschien mir wie eine bittere Erleichterung. Aber auf jeden Fall eine Erleichterung. Ich konnte nicht unmittelbar ausmachen, was sie eigentlich beinhaltete.

»Wie haben Sie sich verhalten?«, fragte ich.

Sie lächelte. Ebenso flüchtig wie Zandor.

»Ich sehe, Sie verstehen, Doktor Borgmann. Das ist gut ... Wie wir vorgegangen sind, wollen Sie wissen? Es war ganz einfach ... keine Probleme. Wir sind ihm mit dem Wagen gefolgt, als er aus der Anstalt spaziert ist. Es war fast schon Abend. Die Dämmerung senkte sich, etwas feuchtkalt und kaum Leute auf der Straße. Nur Claus und ich, sonst keine anderen Beteiligten. Ein paar Straßen weiter gibt es ein kleines Waldstück. Da haben wir ihn geschnappt.«

»Ihn geschnappt?«

»Mit Chloroform. Ja, es war wirklich sehr einfach.«

Sie schaute in den Garten. Ich glaube, ja, ich bin mir sicher, dass sie es genoss, auf meine nächste Frage zu warten. Die kommen musste.

»Was haben Sie mit ihm gemacht, Frau Enn?«

Endlich nahm sie die Brille ab.

»Was wir mit ihm gemacht haben, Doktor Borgmann? Wir haben uns natürlich um ihn gekümmert. Wir haben ihn hierher gebracht.«

»Und wo ist er jetzt?«

»Hier natürlich. Seitdem wohnt er hier im Haus, Herr Doktor. Seit fast drei Jahren.«

Ich hatte es geahnt, eine Weile schon.

Ich hob sie auf und war überrascht über die Leichtigkeit. Die Vogelassoziation kam zurück, der Eindruck von zerbrechlichen Knochen, sogar von Flugfähigkeit, wurde verstärkt. Ein Bild von Ikaros blitzte kurz in meinem Kopf auf.

Dann spürte ich die Intensität. Jeder Muskel musste bis zum Äußersten angespannt sein. Der dünne Körper vibrierte, wie bei einem kleinen Tier, einer Maus oder einem Meerschweinchen. Seit meiner Laborzeit bin ich es gewöhnt, mit allen möglichen Versuchskaninchen umzugehen, ich weiß also, wovon ich rede.

Sie jammerte leise. Ein unruhiger, klagender Ton, der sich zwischen verschlossenen Lippen hervordrängte, zwischen fest zusammengepresstem Kiefer. Als wir die Treppe hinaufgingen, stieg er an, sowohl in der Lautstärke als auch in der Tonhöhe ... wurde außerdem zerhackt, zu einer Reihe kurzer, gedämpfter Schreie.

Meine unmittelbare Reaktion war, sie von mir werfen zu wollen, das muss ich ohne Umschweife zugeben. Mein physisches Unbehagen wuchs mit jedem Schritt. Es war, als würden sich ihre Angst, ihr Krampf und ihre Panik direkt in meinen eigenen Körper hineinverpflanzen, und ich fürchtete, ich würde das nie wieder loswerden.

Sie nie wieder loslassen können.

Meine Reaktion ist natürlich schwer zu akzeptieren. Sie ist mir immer noch peinlich, wenn ich daran denke, aber dieses Gefühl war nicht zu leugnen. Ein Gefühl des Ekels. Eine intensive Nähe, die bei mir Übelkeit erzeugte. Und hinterher einen noch größeren Ekel mir selbst gegenüber.

Ich spüre, wie sich wieder der kalte Schweiß unter meiner Haut sammelt, während ich das schreibe.

Sie nie wieder loslassen können?

Ich legte sie aufs Bett. Sie zog sich noch weiter zusammen und fuhr mit dem Jammern fort. Gisela stand mit einer nicht angezündeten Zigarette auf der Türschwelle. Ich sah sie an; zweifellos hatte sie meine Probleme bemerkt, aber sie sagte nichts. Schien mir nichts vorwerfen zu wollen.

»Legen Sie die Decke über sie. Es ist etwas kühl.«

Ich zog die dünne Decke bis über Judiths Schultern. Schob ihr Haar zur Seite, so dass ihr Gesicht zu sehen war. Die Lippen waren zu einem dünnen Strich zusammengepresst, die Augen fast geschlossen.

»Sie bewegt sich nicht von allein?«, fragte ich. »Kann sie nicht gehen?«

»Doch, aber nicht, wenn jemand anwesend ist. Sie isst auch nur, wenn sie allein ist ...«

Ich nickte.

»... und geht nie weiter als bis zur Toilette.«

Ich schaute das Mädchen an. Konnte mir kaum vorstellen, dass dieser zitternde Körper sich wirklich aus eigener Kraft aufrecht halten konnte.

Ich hob den Blick. Wieder die Pietà. Sie hing höchstens einen Meter hoch an der Wand. Direkt über dem Bett. Meine Gereiztheit vom vorigen Mal ließ sich diesmal nicht blicken.

Ob sie sie wohl anschaute? Ich schluckte und ließ den Blick zwischen dem Mädchen und dem toten Heiland schweifen.

Ob sie das Bild anschaute? Ob sie begriff, was es darstellte?

Und dann die immer wiederkehrende Frage: Was zum Teufel machte ich hier eigentlich?

Der Raum lag unter der Erde. Tief unten im Kellergeschoss. Hierhin mussten wir hinuntersteigen, und wir taten das auf einer gusseisernen Wendeltreppe, so einer, wie man sie aus alten Filmen kennt. Zumindest aus einer bestimmten Art von Filmen, und als ich mich hinter Gisela dort hinuntermühte, bekam ich wieder dieses aufdringliche Gefühl.

Dass es nur ein Film war. Dass sich alles eigentlich nicht wirklich ereignete … dass es sich nur um eine unmotivierte, idiotische Einbildung handelte. Eine schwarze Schimäre. Ebenso klar war mir natürlich auch, dass daneben nichts anderes existierte. Es gab nur dieses Szenario, ich hatte diese Rolle in diesem verdammten Film zugeschrieben bekommen, konnte nur entscheiden, ob ich mitspielen oder abspringen wollte.

Ganz oder gar nicht. Es gab sonst nichts. Kein anderes Leben und keinen anderen Film. Die Voraussetzungen waren sowieso immer die gleichen.

Wie sie es immer waren.

Die Luft hier unten war schwerer. Schwer und wahrhaftig. Etwas stach mir in die Nase, ein schwacher, aber charakteristischer Geruch von etwas, was ich nicht identifizieren konnte, von einer Art Desinfektionsmittel, wie ich denke. Gisela ging vor, führte mich durch einen langen, schmalen Gang, der von einer Reihe von Lichtpunkten in Kniehöhe erleuchtet wurde. Als wir angekommen waren, stellte ich fest, dass wir uns nicht mehr direkt unter dem Haus befanden. Wenn wir uns aufgraben würden, direkt nach oben, kämen wir vermutlich irgendwo draußen im Garten hoch.

Es war ziemlich tief unten. Der Gang war zuletzt deutlich abgefallen, sicher hatten wir so einige Klafter Erde über unseren Köpfen.

Aber nun der Raum.

Schließlich kamen wir an eine Eisentür mit zweifachem Riegel, oben und unten verschlossen. Gisela zog einen Schlüsselbund heraus, schloss umständlich auf, und dann schoben wir gemeinsam die Riegel auf. Die Tür war mindestens zehn Zentimeter dick. Sie muss eine halbe Tonne gewogen haben, trotzdem glitt sie sanft und leicht auf gut geölten Scharnieren auf.

Drinnen war nicht viel Platz. Eineinhalb Meter Breite und höchstens ein Meter Tiefe. An der gegenüberliegenden Wand befand sich eine weitere Tür mit einem Fenster aus dickem Panzerglas mit eingearbeiteten Metallfäden. Es war nicht groß hier, reichte aber, dass man bequem auf einem der beiden Stühle sitzen und ungestörte Aussicht auf den Raum haben konnte, der sich auf der anderen Seite befand.

Dieser Raum war noch einmal nach unten abgesenkt – nicht viel, nur ein paar Dezimeter – und er war hell ausgeleuchtet. Er hatte die Form eines Kreissegments, in dessen Spitze wir uns befanden. Insgesamt war er ungefähr zwölf, fünfzehn Quadratmeter groß, und dank seiner Form gab es keine Winkel oder Ecken, die einem Betrachter in unserer Position entgehen konnten. Der Überblick war vollkommen, und das war natürlich kein Zufall.

Zufälle hatten hier nichts zu suchen.

Die Wände, wie auch der Boden und die Decke, waren aus Beton, alles zusammen in der gleichen verdünnten, weißgrauen Nuance. Die Deckenhöhe machte vermutlich höchstens hundertfünfzig Zentimeter aus, vielleicht hundertsechzig ... der Mann, der da drinnen auf dem Boden lag, konnte bestimmt nicht aufrecht stehen, obwohl er deutlich kleiner als der Durchschnitt zu sein schien.

Er war vollkommen nackt, abgesehen von einem Armreif und einem Fußreif aus Metall. Aber die waren nicht als Schmuck gedacht, sie dienten nur zur Befestigung der Drahtseile, die ihn an die hintere Wand fesselten.

Die einzigen Gegenstände im Raum, außer dem Mann, waren ein gelber Plastikeimer und ein paar Brot- und Obststücke, die vor ihm auf dem Boden lagen.

Mir war klar, dass ich endlich Alois zu sehen bekam.

Ich lehnte die Stirn gegen das Panzerglas und schaute in den Raum.

Vielleicht nur ein paar Sekunden. Vielleicht einige Minuten. Das ist schwer zu sagen.

Nichts geschah. Er bewegte sich nicht, aber ich glaube nicht, dass er schlief. Lag nur da in seiner stummen Nacktheit, und ich konnte den Blick nicht von ihm wenden. Eine Theaterszene, ein Tableau mit einem einzigen, vollkommenen Darsteller, einsam in dem blendend weißen Scheinwerferlicht. Der Blick musste nicht suchen, er wurde festgenagelt; es gab nicht die kleinste Ablenkung, und ich weiß, dass ich von Anfang an genoss, ihn anzuschauen.

Ich habe mich später gefragt, mit welchem Recht. Offensichtlich erlebte ich, wie sich meine Sinne schärften, so als ob ... so als ob das leise Basssolo endlich kommt, auf das man so lange gewartet hat. Und ich erinnere mich noch, was ich dachte:

Das ist die Bewährung. Das und nichts anderes.

Gisela hustete und brach damit die Erstarrung. Sie hatte sich auf einen der Stühle gesetzt, ein Bein über das andere gelegt, es sich bequem gemacht. Schräg von unten beobachtete sie mich, ihr Blick schielte ein wenig, eine Falte teilte die Stirn. Ich setzte mich.

»Erkennen Sie ihn wieder?«

»Nein.«

Mir war der Zusammenhang zwischen Alois und Walther immer noch nicht klar, aber es gab nur einen Weg, den ich gehen konnte.

Mich zurückhalten. Nicht dazwischen geraten. Sie sprechen lassen.

»Ich kann Sie verstehen, Doktor Borgmann«, gab sie zu. »Er hat sich hier unten ziemlich verändert, ich selbst kann mich kaum daran erinnern, wie er anfangs aussah. Sie können sein Gesicht nicht sehen?«

»Nein.«

Seine Haltung war der Judiths nicht unähnlich, kam mir in den Sinn. Angezogene Knie, ein Arm über dem Kopf. Ich konnte dünnes, strähniges Haar erahnen, eine fleckige, eingefallene Wange ... der Körper sah krank aus, skrofulös mager, die Rippen stachen hervor. Die Haut war grauweiß mit großen roten Flecken hier und da. Beine und Arme schienen wund zu sein, besonders an den Ringen. Nein, ich erkannte ihn nicht wieder.

»Sechs Jahre«, sagte Gisela, »es ist jetzt fast sechs Jahre her. Man kann nicht erwarten, dass Sie so scharfsichtig sind, Doktor Borgmann, aber ich werde Ihnen auf die Sprünge helfen. Hingsten ... sagt Ihnen der Name nichts? Alois Hingsen?«

Sie wartete, und ich hörte, wie sie den Atem anhielt.

»Fahren Sie fort, Frau Enn«, sagte ich. »Ich glaube, ich ahne so langsam, worauf Sie hinaus wollen.«

Das war ein Bluff, aber sie stellte es nicht in Frage.

»Im Juli 199-. Rejmershus, Abteilung 4 ... nun, Doktor Borgmann?«

»Ja, ich verstehe, was Sie meinen, aber das ist doch nicht Ihr Ernst?«

»Sie haben in dem Sommer dort Dienst getan als Urlaubsvertretung für den Klinikleiter ...«

Und nun begriff ich. Ganz plötzlich, genau genommen während der wenigen Sekunden, die sie brauchte, um eine Zigarette anzuzünden, fügte sich die ganze Geschichte zusammen. Und gab mir kaum einen Anlass zur Erleichterung.

Ganz im Gegenteil.

»Seit vier Jahren saß er dort, als Sie hinzukamen, Doktor Borgmann ... seit vier Jahren! Und es war nie die Rede von Entlassung gewesen. Solange Professor Huygens das Ruder in der Hand hatte, war nicht einmal die Rede von Freigang gewesen. Und trotzdem ... trotzdem ...!«

Ich hätte weitersprechen können. Die Erzählung übernehmen, aber es war nicht meine Geschichte. Es war offensichtlich, dass sie ohne Einmischung bis zum Ende kommen wollte, sie beugte sich über mich, packte meinen Unterarm und sprach weiter, das Gesicht nur wenige Dezimeter entfernt. Ich konnte den Mentholtabak in ihrem Atem riechen.

»... trotzdem haben Sie ihn gesund geschrieben, Doktor Borgmann! Nachdem Sie ihn während weniger Wochen sporadisch getroffen haben, haben Sie ihn für vollkommen gesund erklärt und freigelassen!«

»Es gibt natürlich ...«

Sie unterbrach mich.

»Was gibt es? Mildernde Umstände? Haben Sie ein Zusatzhonorar für eingesparte Betten bekommen, Doktor Borgmann? Stehen Sie immer noch zu Ihrer Beurteilung? Sehen Sie ihn sich an! Bitte schön ... Alois Hingsen, Herr Doktor! Im vollen Gebrauch aller seiner Sinne!«

Plötzlich überschlug sich ihre Stimme. Sie zog heftig an der Zigarette und sammelte sich.

»Sie haben diesen Mann rausgelassen ...«

Ihre langen Nägel kratzten über das Glas.

»... Sie haben Alois Hingsen freigelassen, sodass er an diesem Tag in Weill in seinem Auto vor der Schule sitzen konnte.«

Sie verstummte. Offenbar reichte es. Sie lehnte sich auf ihrem Stuhl zurück.

Ich schloss die Augen. Betrachtete die Bilder, die aus der Dunkelheit hervorquollen.

Eine große Matratze auf dem Boden.

Ein Spiegel. Die Speisekammer.

Ich öffnete die Augen. Der Mann dort drinnen rührte sich nicht. Es war sehr still hier unter der Erde zwischen den Eisentüren.

Wenn ich es überhaupt bemerkt hatte, dieses viereckige Ding, das zwischen unseren Stühlen stand, dann hatte ich es wohl für einen normalen Tisch gehalten. Jetzt öffnete sie den Deckel, und ich sah, dass es ein Tonbandgerät war. Nicht so ein moderner Kassettenrekorder, sondern ein so genanntes gutes altes Tonbandgerät.

Es befand sich kein normales Band auf den Spulen, nur eine Bandschlinge ...die sich derart drehte, dass sie immer wieder um den Tonkopf laufen konnte ... immer wieder der gleiche kleine Riemen, so oft wie er nur wollte.

Sie drückte auf einen Knopf. Eine rote Lampe leuchtete.

»Möchten Sie hören, Herr Doktor?«

Plötzlich war eine Spur von Erregung in ihrer Stimme zu vernehmen. Ein leichtes triumphales Zittern. Ich antwortete nicht.

»Das ist für ihn aufgenommen worden. Da drinnen gibt es Lautsprecher.«

Sie zeigte hinein, und ich bemerkte die beiden etwas dunkleren Rechtecke oben an der Decke.

»Aber man kann es auch ausgezeichnet hier hören ... es dauert nur eine halbe Minute. Das können wir uns doch gönnen, Doktor Borgmann, oder was meinen Sie?«

Sie stellte das Band an. Der Mann im Raum zuckte zusammen. Legte sich auch den anderen Arm über den Kopf.

Mozart. Ich bin kein Kenner klassischer Musik, aber diese hier konnte ich sofort identifizieren. Serenade für Bläser, zweiter Satz. Einen Augenblick lang dachte ich an Kristine, gerade diese Musik gehört mit zu den schönsten Augenblicken. Es gibt da ein paar Abende, bevor wir so richtig zusammengekommen waren: in Biedermanns Keller, nur sie und ich ...

Der Klang war rein und klar, eine ausgezeichnete Anlage, da gab es keinen Zweifel. Ich überlegte, was wohl noch käme.

Fünfzehn Sekunden lang rein und klar. Dann durchschnitt ein fast unerträgliches Geräusch die Musik, automatisch hob ich die Hände an die Ohren – ein scharfes, wahnsinnig starkes, metallisches Aufheulen, vielleicht hätte ich ausmachen können, was es war, auch wenn sie es nicht gesagt hätte.

»Messer gegen Glas, Herr Doktor! Einfach, aber sehr effektiv ... finden Sie nicht?«

Das nächste Geräusch hätte ich dagegen nie erraten können.

Außer dass es von einem Menschen stammte. Möglicherweise von Alois.

Der Schrei war abstoßend. In die Länge gezogen, und trotzdem die ganze Zeit unglaublich stark. Mir war klar, dass der Schmerz, der dahinter stand, schrecklich gewesen sein musste, ich konnte noch denken, dass es sich um den Moment des Todes handeln konnte oder um den kurz davor.

Das war falsch. Aber nicht ganz.

Die Musik begann von Neuem. Das Band war einmal herumgelaufen. Genau wie sie gesagt hatte, konnte es sich nicht um mehr als eine halbe Minute gehandelt haben. Sie drückte auf einen anderen Knopf, und die Geräusche verstummten. Aber das Band drehte sich weiter.

Dort drinnen wiederholte sich alles.

Mozart ... das Messer ... der Schrei.

»Was halten Sie von dem Letzten?«

Ich schüttelte den Kopf.

»Was glauben Sie, was das ist?«

»Ich weiß es nicht.«

»Das war Claus' Idee. Ein glänzender Einfall, da müssen Sie

mir doch zustimmen, Doktor Borgmann. Wir haben ihn aufgenommen, während wir ihn kastriert haben … es ist sein eigener Schrei. Wie finden Sie das?«

Sie klappte den Deckel zu, ohne das Band abzustellen. Erhob sich und schob die Tür auf, durch die wir gekommen waren.

»Adieu, Doktor Borgmann. Ich bin froh, jetzt alles in Ihre Hände legen zu können.«

Ich zog mich auf die Armlehnen hoch, aber bevor ich auf den Beinen war, war sie über die Schwelle verschwunden. Hatte die Tür hinter sich geschlossen und die Riegel vorgeschoben. Ich rüttelte ein paar Mal daran, aber vergeblich. Ich sank wieder auf den Stuhl. Spürte, wie mir der Schweiß auf der Stirn ausbrach.

Drinnen im Raum hatte Alois angefangen, sich zu bewegen. Er stand auf allen Vieren, auf den Knien und den Ellbogen, den Schädel gegen den Boden gedrückt, wiegte er sich hin und her.

Hin und her.

Wenn nichts auf etwas anderes hinzielt, wird alles zur eigenen Vollendung.

Hin und her. Hin und her. Hin und her.

Ich rüttelte wieder an der Tür. Verschlossen. Ich war hier unten eingesperrt.

Ich setzte mich auf den Stuhl. Legte ein Bein über das andere. Wechselte die Beine. Wechselte die Stühle. Schaute durch das Fenster hinein.

Alois wiegte sich hin und her. Ich schaute die Essensreste auf dem Boden an. Ein ziemlich großes Stück dunkles Brot. Ein kleineres Stück und ein paar Krümel. Eine halbe Apfelsine ... es sah aus, als wäre direkt von ihr abgebissen worden, mit Schale und allem. Ein paar Apfelstücke und eine Tomate. Die Schale von vier, fünf Bananen. Zwei halb aufgegessene Bananen.

Hin und her.

Das Gelb des Plastikeimers.

Hin und her.

Das war die Bewährung.

Es gibt ganz verschiedene Erinnerungen, das habe ich gelernt. Einige sind tief verankert, andere schwimmen dicht unter der Oberfläche, sie zeigen sich auf unterschiedliche Weise, tauchen zu den verschiedensten Anlässen und aus unterschiedlichen Gründen auf. Verblassen schnell oder langsam.

Die Erinnerung an Alois verblasst überhaupt nicht. Sie ist immer präsent. Wird mit jeder neuen Zelle in meinem Körper wieder geboren und braucht gar nicht erst aufzutauchen.

Sie ist immer bei mir. Welch teuflische Präzision, dachte ich. Die geschlossene Tür in meinem Rücken, das Fenster zu Alois ... ich werde jemanden töten, das Mädchen ohne Alter, Kristines plötzliche Einsicht.

Und ich begriff mit blendender Klarheit, dass nichts von all dem etwas mit dem Spiel des Zufalls zu tun hatte. Begriff, dass das Wort Zufall nur einer von vielen Ausdrücken und Spielplänen der Unwissenheit ist.

Gleichzeitig begann ich eine gewisse Übelkeit und eine zunehmende Spannung in den Schläfen zu spüren, und das war in der Phase, in der Alois einen neuen Rhythmus einnahm.

Anfangs kroch er nur auf die hintere, leicht gebogene Wand zu. Sehr langsam kam er voran, langsam und vorsichtig. Den Kopf ganz zum Boden ausgestreckt ... schnuppernd, er roch sich vor.

Als die Drahtseile sich spannten, blieb er stehen, balancierte auf dem freien Bein und dem freien Arm ... der angekettete Arm wurde zurückgezogen, bis er einen fast unnatürlichen Winkel einnahm, ich konnte mir die Schmerzen in dem Schultergelenk vorstellen, trotzdem versuchte er, sich weiterzuarbeiten, spannte das Seil noch um ein paar Millimeter.

Um den äußersten Punkt zu erreichen.

Die Grenze der Freiheit.

Dann hob er den Kopf, immer noch in Balance. Einen Augenblick lang stand er in dieser Position absolut still da, dann kehrte er um und begann in die andere Richtung zu kriechen. Langsam. Schnuppernd auf die Wand zu ... zu dem anderen Endpunkt. Die Seile wurden wieder gestreckt. Von Neuem blieb er stehen. Balancierte, hob den Kopf, kehrte um.

Die ganze Strecke mochte wohl fünf Meter messen. In eine Ecke gelangte er nie.

Alles geschah bis zur Vollendung. Die Präzision war hundertprozentig. Bis ins letzte Detail hinein wiederholte Alois seine Bewegungen. Die Punkte, auf die er seine Hände und Knie positionierte, waren immer die gleichen. Das Wiegen des Kopfs von einer Seite zur anderen, die Krümmung des Rückens, die Flecken, an denen er schnüffelte ... eine Choreografie, so ausgefeilt und sich wiederholend wie die Arbeit des Wassertropfens im Stein.

Ich erinnere mich an etwas:

Wenn man jeden Tag zu genau dem gleichen Zeitpunkt und mit einer unermüdlichen Überzeugung genau die gleiche Handlung ausführt, dann wird man die Welt verändern.

Ist das die Art, wie wir rauskommen? Uns aus der Umklammerung befreien?

Wie sollte es sonst gehen?

Ich stellte das Tonbandgerät ab, und er stand auf. Erst jetzt erinnerte ich mich wieder an das Geräusch. Natürlich hätte ich sein monotones Kriechen schon früher bremsen können. Dass seine Bewegungen von ... von der Musik bedingt wurden, das war mir nur einfach nicht eingefallen. Einen Moment lang überlegte ich, sie wieder einzuschalten, um es nachzuprüfen, aber ich war nicht in der Lage dazu.

Er stand jetzt auf allen Vieren ganz still da. Wiegte sich wieder hin und her, aber nur ein wenig. Ich zündete mir eine Zigarette an, ließ die Minuten verstreichen. Dann stand er auf.

Wie vermutet konnte er nicht aufrecht stehen. Stattdessen winkelte er seinen Kopf kräftig seitlich an und konnte auf diese Art und Weise den Rücken strecken. Das Gesicht erschien grotesk. Ich sah ihn jetzt en face vor mir ... er starrte mich an, allerdings mit verdrehtem Kopf, die Augen senkrecht, den Mund geöffnet. Ein Speichelfaden tropfte auf den Boden.

Langsam und mit der gleichen geduldigen Vorsicht begann

er sich vorwärts zu bewegen. Direkt auf mich zu, die ganze Zeit mir dem rechten Ohr und der Schläfe die Decke streifend. Ungefähr auf halbem Wege war Schluss. Das Armseil straffte sich, mit seinem ganzen Gewicht beugte er sich vor, zum Fenster hin und blieb fast in den Seilen hängen ... das Gesicht richtete sich auf, der Mund mit den fleischigen, kaputten Lippen war weit aufgesperrt, der Blick starr, ein Gerstenkorn unter dem linken Augenlid verlieh seiner Physiognomie noch einen zusätzlichen Eindruck der Deformität, braune, zerfressene Zähne, eingefallene Wangen, dünne, bebende Nasenflügel ...

Ich starrte zurück. Später habe ich darüber nachgedacht, warum ich dem Blick nicht auswich, aber die Antwort war mir sicher schon damals sonnenklar. So wie heute.

Wir weichen dem Fremdartigen nicht aus. Wenn das, was uns anschaut, nicht länger etwas Menschliches an sich hat, was haben wir dann zu verlieren?

Ich drückte die Klinke hinunter, ohne darüber nachgedacht zu haben. Die Tür zu Alois war unverschlossen. Ich schob sie ein paar Zentimeter auf, schloss sie dann aber schnell wieder. Alois fuhr zurück. Warf sich gegen die Wand. Wandte mir den Rücken zu und presste das Gesicht zu Boden.

Warum?, fragte ich mich, aber auch darüber brauchte ich nicht lange nachzugrübeln. Ich sah ein, dass das Glasfenster zwischen den Räumen ein so genannter One-way-screen sein musste, dass ihm nie bewusst gewesen war, dass ihn jemand beobachtete. Dass man beobachten konnte, ohne selbst beobachtet zu werden. Ich wartete ein paar Minuten ab. Alois bewegte sich keinen Deut. Dann öffnete ich die Tür erneut.

Der Geruch schlug mir entgegen. Schwer, süß und beißend. Exkremente und alte Essensreste zweifellos. Verwesung, dachte ich.

Der Brechreiz überfiel mich in Wellen. Ich blieb eine Weile auf dem Stuhl sitzen, umklammerte die Stuhllehnen und versuchte, mich daran zu gewöhnen. Überlegte, wie oft er wohl einen neuen Eimer bekam. Dann hockte ich mich hin und trat in den Raum.

Noch immer gab er keinen Mucks von sich. Langsam näherte ich mich ihm, mit gekrümmten Knien, gekrümmtem Rücken. Hockte mich hinter ihn. Plötzlich war mein Kopf bleischwer, der Schweiß lief mir übers Gesicht ... die Atmosphäre hier drinnen erinnerte an ein Treibhaus, an sehr warme Verwesung. Ich wischte mir die Stirn mit dem Hemdärmel ab, zögerte, wie es weitergehen sollte.

»Alois«, versuchte ich es, aber meine Stimme trug nicht. Es wurde nicht mehr als ein Zischen.

Er reagierte nicht. Ich streckte eine Hand aus. Hielt sie zunächst ein paar Dezimeter entfernt ausgestreckt. Schluckte und schluckte. Der Drang, mich zu übergeben, wurde immer intensiver.

Dann drückte ich eine Handfläche auf seinen Rücken.

Er war kalt.

Kalt, rau und klebrig. Alles gleichzeitig. Er grunzte.

Ich zog die Hand wieder zurück. Spürte plötzlich, wie mein Gesichtsfeld schrumpfte. Gelbe Flecken tanzten. Ich kam auf die Füße, aber bevor ich den Raum hatte verlassen können, hatte mein Magen genug. Ich übergab mich an einer Wand.

Wankte durch die Tür hinaus. Zog sie hinter mir zu und sank auf einem der Stühle nieder. Der Schweiß lief in Bächen. Ich begann zu zittern.

Ich zitterte in einem fort. Schüttelfrost überfiel mich, ein Eisenband wurde um meinen Kopf festgezurrt, die Krämpfe kamen wieder, jetzt leer und brennend ... Ich rutschte vom Stuhl, kauerte mich an der Wand hin, um wenigstens das noch zusammenzuhalten, was übrig war.

Ich zog die Knie an mich, legte die Arme um den Kopf und schloss krampfhaft die Augen. Endlich spürte ich, wie die Dunkelheit und die Stille ihre betäubende Decke über meinen Rücken und meine Bilder zogen.

Ein fremder Ort überfiel mich im Traum. Und dennoch so eigenartig vertraut. Häuser und Straßen und die Brunnen auf dem Marktplatz waren goldgelb wie alte verwitterte, sonnenbeschienene Kalksteinsäulen. Das Licht war südländisch, eine frühe Mittelmeerdämmerung, die schnell in die Nacht überging. Ich spazierte auf heißen Bürgersteigen heimwärts, suchte den Schatten der Hauswände, die im Nachmittagsschatten gelegen hatten, und ich trug eine dünne Aktentasche und eine Zeitung unter dem Arm. Ich machte bei meinem Café Halt, unter der Markise faltete ich meine Zeitung auseinander und trank Eiskaffee durch einen weichen Strohhalm aus Papier. Ich rauchte eine Zigarette und saß da, ein Bein übers andere geschlagen. Mein Anzug war weiß, etwas angeschmutzt nach der Arbeit des Tages, nicht aus Leinen, sondern aus Baumwolle. Und Florian ging und wässerte die Straße mit einer grünen Gießkanne, damit der Staub sich legte, und überall waren Katzen.

Sie krochen aus ihren Verstecken in den Einfahrten und Nischen hervor, strichen um mich herum und hieben ihre Klauen in meine weißen Wildlederschuhe. Gelb und grau, gestreift und schwarz, die meisten mager, zerkratzt, mit schütterem Fell, eine mit einem vollkommen blauen Auge, von einer Haut überzogen wie in dieser Novelle, und sie folgten mir alle, als ich von meinem Tisch aufstand.

In langen Reihen kamen sie angelaufen. Eine ganze Horde

herrenloser Katzen verfolgte meine Spur, lief mit mir durch den Eingang, die Treppen hinauf. Jammernd blieben sie stehen und schmiegten sich an die Wand, während ich in der Jackentasche nach den Schlüsseln suchte ... und die Hitze war unerträglich, und der Lärm von den Bars unten auf der Straße stieg durch den Fahrstuhlschacht bis hier hinauf und auch das Klappern des Gitters des Juweliers, wenn er wieder für den Abend öffnete. Ich spürte, wie Lynn mich am Arm packte. Sie schüttelte den Arm und rief immer wieder:

»Lass keine Katzen ins Haus! Lass keine Katzen ins Haus!«

Ich fauchte die Tiere an und trat nach ihnen. Jagte sie die Treppe hinunter, aber sie kamen unbeirrbar wieder hoch ... die ganze Zeit hielt ich krampfhaft die Schlüssel in der Hand und traute mich nicht, die Tür zu öffnen. Stattdessen sank ich zu Boden, rutschte mit dem Rücken die Wand entlang ... ihre Augen blitzten vor mir in der Dunkelheit auf, aus der Stadt hörte ich Rufe in einer Sprache, die ich nicht verstand, und die Katzen krochen auf meinen Schoß, und die Dunkelheit schloss sich immer weiter um mich, und die Verwesung drang in meine Nasenflügel. Die Katzen stanken nach Tod, ich konnte sie nicht länger von mir fern halten. Ich umarmte sie, versuchte ihnen durch den Druck meines Körper das Leben auszupressen, aber es gelang mir nicht, sie drückten sich an mich, dichter und dichter, und die Hitze und die Gerüche überfluteten uns, drangen in uns ... und in der vibrierenden Dunkelheit zeigte sich langsam ein Mozartbläser und ein kleines Vogelmädchen, das durch den Fahrstuhlschacht auf uns zu flog, und sie umklammerte eine Puppe in braungelbem Zellophan, mit goldgelocktem Haar. Sie blieb direkt vor unseren Köpfen stehen, riss das Zellophan von der Puppe, und die Puppe begann zu sprechen. Sie sagte:

»Ich bin Gott. Ich bin es, der Gott ist. Seht, was ihr mit mir gemacht habt!«

Und ich verstand überhaupt nichts, und ich schrie Gott an:

»Ich verstehe nichts! Ich habe damit gar nichts zu tun!«

Aber Gott lachte nur höhnisch und sagte:

»Du darfst nur mit Ja oder Nein antworten. Ja oder Nein? Ja oder Nein?«

Und ich schrie wieder, dass ich nicht mitmachen wollte und dass ich überhaupt nichts verstanden hätte.

»Ja oder Nein! Ja oder Nein! Ja oder Nein!« beharrte die Puppe Gott, und ein dünner Speichelfaden, nein, ein Blutfaden lief aus ihrem Mundwinkel aus Porzellan.

»Ich will nicht! Lass mich in Ruhe!«, schrie ich, und die Katzen gruben ihre Klauen in mich, und Gott lachte höhnisch, und das Vogelmädchen begann zu weinen.

»Ja oder Nein! Ja oder Nein!«, so dröhnte es jetzt von allen Seiten, und ich spürte, wie sich der Geruch nach Feuer mit dem der Verwesung zu vermischen begann. Dichte Rauchwolken schoben sich über die Treppenstufen, und die Katzen klammerten sich an mir fest, krochen immer höher hinauf, sie hingen mir am Hals und in meinem Haar ... und das Vogelmädchen warf Gott von sich, so dass dieser auf dem schwarzen Steinfußboden in tausend Scherben zerfiel.

Ja oder Nein?

»Ja«, keuchte ich.

Zandor hustete.

Nein, war mein erster Gedanke.

Nein.

Aber ich wusste, dass es zu spät war. Ich öffnete die Augen. Das Zimmer war genauso hell wie Judiths. Weiße Wände, weiße Decke, weiße Gardinen, die sich leicht im Wind bewegten. Ich lag auf einem Bett, eine dünne Decke über den Beinen. Zandor stand in der Türöffnung. Dunkler Anzug, dunkles Hemd, kein Schlips.

Keine Pietà an der Wand.

»Doktor Borgmann. Sind Sie jetzt wach?«

»Ja.«

Mein Mund war sehr trocken. Die Zunge klebte am Gaumen.

»Ich gehe jetzt.«

»Kann ich etwas zu trinken haben?«

Er schenkte Wasser aus der Karaffe ein, die auf dem Tisch stand.

»Bitte schön. Ich verlasse Sie jetzt, Doktor Borgmann. Ich habe nach Judith gesehen. Sie hat gegessen. Alois hat einen neuen Eimer bekommen.«

Ich trank in großen Zügen. Goss mir erneut aus der Karaffe ein.

»Frau Enn hat mich gebeten, Ihnen das hier zu geben.«

Er reichte mir einen Umschlag. Der war dick und ziemlich schwer. Dann drehte er sich auf dem Absatz um und verschwand durch die Tür.

»Warten Sie ...«

Ich konnte hören, wie er die Treppe hinunterlief. Ich kam auf die Beine, aber sofort wurde mir schwarz vor Augen. Es ist sowieso zu spät, dachte ich und sank wieder zurück aufs Bett. Mein Körper fühlte sich zittrig an, wie nach einer Magen-Darm-Grippe mit Übergeben und Durchfall ... Ich trank noch mehr Wasser.

Nach einer Weile konnte ich zum Fenster gehen. Sah gerade noch Zandor durch das Tor in der Mauer verschwinden. Er hatte eine große Reisetasche und einen Diplomatenkoffer bei sich. Blieb einen Moment lang stehen, schaute zurück zum Haus. Als wollte er sich vergewissern, dass er auch nichts vergessen hatte.

Dann schloss er das Tor hinter sich und war verschwunden.

Ich öffnete das Kuvert.

Ein Bündel Fünfhundert-Gulden-Scheine. Ich zählte nach. Zwanzig Stück.

Ein Brief.

Ganz kurz. Handgeschrieben. Blaue Tinte, schöne, ebenmäßige Handschrift. Ich setzte mich aufs Bett und las.

Doktor Borgmann!
Ich bin weit fortgereist. Mein Ehemann steht im Telefonbuch, aber ich rate Ihnen, ihn nicht in die Sache hineinzuziehen. Ich hoffe, Sie werden tun, was Ihre Pflicht ist.
Viele Grüße, Gisela Enn

Ich schaute auf die Uhr. Zehn Minuten nach sechs. Ich hatte mehr als sieben Stunden in der Villa Guarda verbracht.

Sieben Stunden – wenn die Vorzeichen gebrochen werden und alle Voraussetzungen aufgelöst, dann ist es fast eine Befriedigung, dass die Zeitpunkte an sich dennoch weiterhin existieren und einander ablösen; das habe ich immer so empfunden, ich weiß nicht, ob es sich dabei nur um einen privaten Trostgrund handelt.

Jetzt hatte ich absolut nicht dieses Gefühl. Es erschien mir unsinnig. Eine Beschäftigung, wie einem Sterbenden ein Pflaster aufkleben. Ich nahm meine Armbanduhr ab und warf sie zu Boden.

Zertrampelte sie mit der Hacke.

Sie nie wieder loslassen.

Ich hebe sie auf. Versuche, sie dazu zu bringen, mir einen Arm um den Hals zu legen, aber sie zieht ihn wieder zurück. Ich drehe sie um, halte sie wie ein kleines Kind, drücke sie ein wenig an mich, aber sie dreht sich weg. Ihr Nacken ist angespannt, das Gesicht versucht herauszukommen … nach unten. Die Augen verschwimmen, der Atem geht stoßend. Ihr Jammern ertönt in Wellen.

Ich bleibe mitten im Raum still stehen und halte sie im Arm. Wiege sie vorsichtig hin und her. Suche nach einem Lied, finde aber keins. Ich habe so etwas noch nie vorher gemacht. Es ist bereits halbdunkel im Zimmer. Ein Zweig schlägt ans Fenster.

Sie nie wieder loslassen.

Langsam gehe ich los.

Aus dem Zimmer. Die Treppe hinunter. Am Onyxtisch und der Ledersitzgruppe vorbei, am Kamin und dem Säulenfragment. Über den schwarzen Marmorfußboden. Ein Szenarium, so wirklich wie … nein, ich habe keinen Vergleich mehr. Fühle mich sonderbar neu.

Ich schiebe die Tür mit der Schulter auf, Zandor muss sie nur angelehnt haben. Trete hinaus in den Garten, in den großen, stillen Garten. Die Luft ist kühl. Wieder versuche ich ihren Körper ein wenig dichter an mich zu pressen, allein, um sie zu wärmen. Ihre Unruhe nimmt zu. Sie zittert und bebt, ihre Hände sind fest geschlossen, und sie reibt sich mit ihnen übers Gesicht. Tief unten in ihr ruft eine Stimme.

Schmutzige Kissen, denke ich.

Ein Spiegel, eine große Matratze.

Herr Vargas, der acht Tage lang zögerte.

Es ist fast dunkel. Ich gehe über die Steinplatten. Durch das Tor.

Schaue mich nicht um.

Nie wieder loslassen.

Sie ist so leicht. So unbegreiflich leicht. Ich trage sie, als wenn es nichts wäre, kann sie mit einem Arm halten, während ich in der Tasche nach den Autoschlüsseln suche.

Ich hebe sie auf den Rücksitz. Sie rollt herum, dreht das Gesicht nach innen. Ich wickle eine Decke um sie. Ihr Klagen ist jetzt eintönig und laut.

Ich starte den Wagen. Schalte die Scheinwerfer ein und fahre aus dem Park hinaus. Die Bäume hüllen sich in ihr Laub, nichts kommt an uns heran.

Nie wieder.

V

SONNTAG, 25. MAI

Ein warmer Tag mit Wind aus dem Süden. Die Leute haben die Stadt verlassen, das Straßenpflaster brennt unter den Füßen. Das Café ist so gut wie menschenleer.

Es ist Wochen her, seit ich das letzte Mal hier war. Alles ist noch beim Alten. Dennoch erscheint es mir fremd, als hätte das Altbekannte und das, was einmal war, einen neuen Sinn bekommen. Glänzend und schwer zu deuten. Ich gehe hinaus und lasse mich an einem der Tische auf dem Bürgersteig nieder. Florian kommt und wischt mit seinem Handtuch sauber.

»Heiß heute.«

Ich nicke und bestelle ein Bier.

»Ist die Frau wieder zurück?«

»Ja.«

»Kristine?«

»Ja ... Kristine.«

Er fährt fort in seinem Kreislauf. Die Fliegen summen unter der Markise. Eine Frau sitzt allein an einem Tisch ein Stück von mir entfernt. Ich schaue sie nicht an.

Die Dinge haben sich verändert, wie ich bemerkt habe. Winzig kleine Geschehnisse in der Peripherie verschieben langsam, aber sicher das ganze System.

Wenn man jeden Tag, zu genau dem gleichen Zeitpunkt ...

Das ist mehr als ein Gedanke, und ich trage ihn jetzt schon lange in mir.

Florian kommt mit meinem Bier.

»Das geht auf Kosten des Hauses. Ich gebe heute ein Glas aus … herzlichen Glückwunsch.«

»Danke.«

Er bleibt stehen, kratzt sich im Nacken.

Das Reden fällt ihm nicht leicht, dem Florian. Nach einer Weile verlässt er mich.

Ihr Bett steht in unserem Schlafzimmer. Alle drei liegen wir da, zwischen den gleichen Wänden. Kristine und ich schlafen nicht viel. Wir haben uns zwei Wochen lang neu kennen gelernt, und wir brauchen keinen Schlaf.

Eines Nachts weckten wir sie, als wir uns liebten. Ich bin mir sicher, dass sie uns ansah. Wir brachen ab. Kristine saß ganz still auf mir, ich war noch in ihr, und ich hörte Judith im anderen Bett atmen, ein zurückgehaltenes Atmen, ja, ich weiß, das sie uns beobachtete.

Die Silhouette von Kristines nacktem Körper vor dem Fenster muss sie gesehen haben; die Stille im Zimmer war intensiv, und wir verharrten alle drei in unserer Position. Erst nach einer halben Stunde oder mehr ließ meine Frau mich frei und kroch vorsichtig an meine Seite.

Wir haben uns jetzt jede Nacht geliebt, seit Kristine zurückgekommen ist, manchmal auch noch einmal morgens. Ich habe das Gefühl, als lebten wir in einer großen Zeit.

FREITAG, 27. JUNI

Ein freier Tag.

Janos rudert mit gleichmäßigen, kräftigen Zügen. Wir haben keinen Motor, die Zwillinge haben an der Benzinleitung herumgebastelt. Der Wind weht direkt vom Meer her, wir steuern fast rechtwinklig gegen die Wellen. Ab und zu bekommen wir einen harten Schlag verpasst. Judith sitzt zusammengekauert zwischen meinen Füßen, sie scheint sich nicht um das Schwanken zu kümmern.

Langsam nähern wir uns dem vertrauten seichten Wasser zwischen den Inseln. Lynn und Kristine stehen am Strand, die Zwillinge neben sich. Sie winken, und Lynn ruft etwas, wie ich annehme, aber der Wind zerreißt alle Geräusche, die von Land kommen.

Ich zünde für Janos die Pfeife an. Es dauert eine halbe Stunde, um hinauszukommen. Wir reden nicht viel. Es erfordert Konzentration, in den Wellen zu rudern. Sie sind nicht rau, aber trotzdem, man verliert leicht die Orientierung. Ich beschäftige mich mit dem Angelgerät. Streiche Judith übers Haar. Sie scheint es nicht zu merken, es geschieht zu viel gleichzeitig um sie herum.

Wir ankern im Lee hinter der Vrejsdynning. Werfen ein paar Mal aus, aber ohne große Erwartung. Dann befestigen wir den Schwimmer und klemmen die Angel unter dem Sitzbrett fest.

Machen es uns bequem. Suchen im Rucksack, holen Kaffee und Butterbrote heraus.

Die Sonne brennt ziemlich. Wir ziehen uns die Hemden aus. Es ist jetzt mitten am Tag, ein Schwanenpaar hat Junge bekommen, in einer langen Reihe schwimmen sie an uns vorbei auf dem Weg in die schützende Bucht. Ich folge ihrem Weg mit dem Fernglas, aber eine kaum merkliche Bewegung lässt mich einen Blick auf Judith werfen.

Vorsichtig, als ginge es um die schwierigste Präzisionsarbeit, schiebt sie die Hand über die Reling und taucht sie ins Wasser. Nach wenigen Sekunden zieht sie sie wieder zu sich. Wischt sie am Pullover ab und sitzt da, als wenn nichts geschehen wäre. Ich sage nichts. Janos sitzt zurückgelehnt da, mit geschlossenen Augen die Sonne genießend. Das Meer glitzert. Ich putze mir die Nase, habe wohl einen Allergieanfall. Die Möwen schreien.

DIENSTAG, 26. SEPTEMBER.

Ich schaue durchs Fenster auf die kranken Ulmen im Universitätspark. Die meisten haben bereits das Laub abgeworfen. Es wird nur noch ein paar Jahre dauern, bis man beschließt, sie abzuholzen und neue zu pflanzen. Vielleicht ist der Beschluss bereits gefasst worden, denke ich. Vielleicht ist der Todestag dieser hundertjährigen Bäume festgelegt und kurz bevorstehend.

Mit halbem Ohr höre ich Herrn Vegele zu. Verspüre eine gewisse Ungeduld, aber natürlich muss er seine sechzig Minuten bekommen. Er hat mein Honorar bezahlt, und er ist sowieso der Letzte.

Der Einzige, dem ich nicht habe absagen können. Wir hatten heute Morgen eine kurze Besprechung, bevor Walther sich auf den Weg machte, haben beschlossen, welche Klienten ich übernehmen könnte und welche einen neuen Termin bekommen sollten. Ein Ränkespiel natürlich, sobald er aus der Tür war, rief ich alle an und sagte ab.

Sowohl Walthers als auch meinen Klienten. Nur Arnold Vegele konnte ich nicht erwischen.

Ich habe auch sauber gemacht. Nicht, dass ich so viele persönliche Dinge in der Praxis habe. Ich habe ja sozusagen niemals existiert. Wenn ich von hier fortgehe, werde ich nur meine Aktentasche und einen Schuhbeutel mitnehmen. Der einzige Punkt, in dem wir nicht übereinstimmten, Walther und ich, das war die Schuhgröße; er hat eineinhalb Nummern größere und außerdem bedeutend breitere Leisten. Das ist alles.

Ich schaue auf die Uhr, die ich vor mich auf den Schreibtisch gelegt habe. Noch fünfzehn Minuten. Ich denke an Walther. Sicher ist er um diese Zeit schon in Geldenaar ... er will vier Tage in seinem Sommerhaus verbringen, es geht um einen Artikel für die Dezembernummer der »Psychiatrischen Zeitschrift«. Über Gestalttherapie, wenn ich es richtig verstanden habe.

Er hat viele Eisen im Feuer, der Walther. Ich habe mich vergewissert, dass er dort allein sein wird, wir haben Monate auf so eine Gelegenheit gewartet. Es ist lange her, dass wir den Entschluss gefasst haben, zeitweise hatten wir das Gefühl, alles würde uns aus den Händen gleiten.

Man muss sich immer wieder daran erinnern, dass Muster und Gerechtigkeit unterschiedliche Dinge sind.

Ich zeichne eine Palme. Höre geduldig Herrn Vegele zu. Es ist schwer zu sagen, wie man mit ihm verfahren soll. Seine Geschichte ist schon etwas Besonderes, kein Zweifel ... er wird aussterben.

Nicht Herr Vegele selbst, aber seine Familie. Er ist der letzte Vegele. Rosig und frisch zwar, aber falls nicht etwas Radikales eintrifft, wird er das Ende der Geschichte bilden.

Das Geschlecht ist ungarisch. Die Ahnentafel geht zurück bis ins dreizehnte Jahrhundert, das Gut der Vorväter heißt Págasjütl und liegt in Siebenbürgen. Einige Ruinenreste gibt es immer noch dort. Herr Vegele selbst war dort und hat es sich angeschaut. Besonders während des sechzehnten und siebzehnten Jahrhunderts war die Familie mächtig und einflussreich. Man besaß Ländereien in vier Königreichen und hatte Verbindung zu den Habsburgern. Während des letzten Jahrhunderts ist es jedoch bergab gegangen. Zweig für Zweig ist verdorrt und abgefallen, und jetzt gibt es nur noch Arnold Vegele.

Mittleren Alters und ohne die Spur eines Erben.

Die Aussichten, einen zu bekommen, sind schlecht. Bereits in jungen Jahren entdeckte er seine homosexuellen Neigungen, und so ist es dann auch gelaufen.

Ich huste, um anzudeuten, dass die Stunde sich ihrem Ende zuneigt. Herr Vegele setzt sich auf. Knöpft den obersten Hemdkragen zu. Ein äußerst ordentlicher Mann, Arnold Vegele.

»Wie nähert man sich eigentlich einer Frau, Herr Doktor?«

»Sie meinen, mit ernsten Absichten?«

»Ja.«

Ich überlege, während er sich die Schuhe zubindet.

»Es gibt viele Möglichkeiten«, sage ich dann. »Unendlich viele eigentlich. Wenn Sie sich Ihrer Absichten nur sicher sind, dann werden Sie einen Weg finden.«

»Jaha ... ja, das ist natürlich genau das Problem.«

Ich nicke und halte ihm die Tür auf.

Dann lasse ich die Jalousien herunter und stelle in der Küche das Gas ab. Ziehe mich um, hänge den Pullover und die Jacke in den Schrank. Schaue mich ein letztes Mal um, will aber nicht eine Sekunde länger als nötig hier bleiben. Ich laufe die Treppen hinunter, obwohl ich es eigentlich nicht eilig habe. Ich bin nicht verspätet, aber die mehrmonatige Wartezeit hat sich in meinem Körper angesammelt.

Der Tag der Konjunktionen, denke ich. Heute ist der Tag der Konjunktionen.

Ich hätte die Sterne studieren sollen.

Frühabends. Wir parken am Waldrand, ein gutes Stück vom Eingang entfernt. Bleiben ein paar Minuten noch sitzen. Ich rauche eine Zigarette. Kristine hält meine rechte Hand zwischen ihren. Wir sagen nichts. Sitzen schweigend da und ruhen uns nur aus. Judith schläft auf dem Rücksitz. Wir lauschen ihren Atemzügen. Sie sind gleichmäßig und verhältnismäßig ruhig. Kristine zieht die Decke über Judiths Beine.

Ich drücke die Zigarette aus. Öffne die Tür, stelle einen Fuß auf den Kies. Kristine lässt meine Hand los.

»Du bist dir sicher?«

Ich nicke.

»Zwanzig Minuten?«

»Allerhöchstens eine halbe Stunde.«

»Der gelbe Pavillon?«

»Ja.« Ich steige aus dem Auto.

Im Glaskasten sitzt eine Wache. Ein junger Mann mit gepflegtem Bart, ein Kreuzworträtsel vor sich aufgeschlagen.

»Walther Borgmann. Ich habe einen Besuch bei einem Patienten verabredet.«

Er blättert in seinen Listen. Schaut auf und gibt mir ein Formular, das ich ausfüllen soll. Als ich fertig bin, bekomme ich eine kleine Plastikkarte mit scharfen Kanten.

»Sechsundzwanzig. Der Pavillon unten am See. Melden Sie sich dort einfach an der Rezeption.«

Ich bedanke mich und trete durch das Tor. Es ist ein schöner Abend. Die Sonne steht tief, die Bäume duften nach Regen, obwohl es bereits Herbst ist.

Die Gebäude sind groß und eckig. Drei oder vier Stockwerke hoch, grüngrau oder blassgelb. Ich sehe kaum Menschen, ein paar, die dicht gedrängt um einen Tisch sitzen ... ein älterer Mann, der mir auf dem Kiesweg entgegen kommt, er hat einen Stock und geht mit schweren, schlurfenden Schritten ... ein junger Mann sitzt auf einer Bank und raucht, er hat eine Hundeleine in der Hand. Alle sind grün gekleidet. Jacken mit Gürteln und weite, umgekrempelte Hosen.

Ich melde mich in der Rezeption an. Zeige meine Plastikkarte. Man klingelt nach einem Pfleger, er taucht nach einer Weile auf, ein untersetzter, kräftiger Jüngling mit kurz geschnittenem, rotem Haar, so kurz, dass die Kopfhaut durchschimmert. Er hat Tätowierungen auf beiden Unterarmen, und die ganze Zeit läuft er vor mir her und spielt dabei mit seinem Schlüsselbund.

Es gibt viele Türen, die aufgeschlossen werden müssen, damit wir vorankommen. Flure und Treppen.

Endlich sind wir da. Er lässt mich in einen dunkelgrünen Raum ein. Folgt mir und bleibt gleich bei der Tür stehen. Schiebt die Hände in die Taschen und wiegt sich auf den Hacken und Spitzen.

Mein erster Eindruck ist, dass der Raum auf die Seite gekippt ist. Die Proportionen sind sonderbar: tief, schmal und sehr hoch. Das einzige Fenster liegt ganz oben unter der Decke. Es lässt so gut wie kein Licht herein und ist vergittert, obwohl es nicht größer als dreißig mal dreißig Zentimeter ist und es wohl unmöglich sein muss, dort hinaufzukommen.

Das spielt keine Rolle. Ich kenne das.

Das Inventar besteht aus einem Bett, einem Stuhl und einem Tisch mit einer kleinen Lampe. Mir ist klar, dass das Zimmer von einem größeren abgetrennt worden sein muss, nicht einmal ein Irrenhausarchitekt würde auf den Gedanken kommen, so etwas zu entwerfen.

Mein zweiter Eindruck gehört Alois.

Er sitzt mit gekreuzten Beinen auf dem Bett und reibt sich den Kopf. Die Hände sind umwickelt, ich weiß, warum. Auf beiden Seiten des Kopfes sind die Haare weggescheuert. Die Haut scheint rot und entzündet zu sein, an einer Stelle sieht sie aus wie eine offene Wunde.

Ich stehe still da und schaue ihn an. Fasse mich innerhalb der nächsten Sekunden, suche nach einem Zweifel, aber es gibt keinen. Ich schließe die Augen ... Versuche mir die Wunde größer vorzustellen. Eitrig, voller Maden oder Fliegen.

Es nützt nichts. Ich schaue ihn wieder an. Er wiegt sich langsam hin und her. Die Augen sind halb geschlossen, der Mund eine Spur geöffnet. Der Atem ist zu hören, etwas röchelnd. Er scheint uns nicht bemerkt zu haben.

Alles ist ungefähr so, wie ich es erwartet habe. Wie die Ärzte es beschrieben haben. Ich gehe zu dem Pfleger und bitte ihn, uns allein zu lassen. Er zögert kurz, aber dann sucht er nach den Zigaretten in seiner Brusttasche.

»Na gut, fünf Minuten.«

Ich stelle mich ans Fußende. Betrachte ihn.

»Alois«, sage ich.

Das Wiegen hört auf. Die Hände halten inne, aber er lässt sie an den empfindlichen Kopfseiten liegen. Wie ein Boxer oder ein Säugling.

»Alois«, sage ich wieder.

Langsam hebt er den Blick. Seine bleichen Augen sehen mich geradewegs an, verraten aber nichts. Ich kann nicht sagen, ob etwas in ihm geschieht.

Ich merke, wie ich die Kiefer zusammenbeiße. Umklammere die Metallrohre des Bettgestells. Er starrt mich mit seinen trüben Augen an. Mit seinem Idiotenblick.

Woran erinnerst du dich?, denke ich.

An eine Puppe? An einen süßlichen Geruch? An deine Hände auf ihren elfjährigen Hüften?

Ich trete an die Bettseite. Stehe dicht neben ihm. Er senkt seinen Blick, dreht aber nicht den Kopf. Ich streiche über das scharf geschliffene Metall in meiner Tasche. Dann tue ich es.

Ich lege ihn auf die Seite und ziehe die gelbe Krankenhausdecke über ihn. Setze mich auf den Stuhl und warte, dass der Pfleger fertig geraucht hat. Stelle fest, dass ich einen etwas schlechten Geschmack im Mund habe, erinnere mich aber daran, dass im Handschuhfach im Auto ein Paket Kaugummi liegt.

»Schläft er?«

Ich nicke. Der Pfleger löscht das Licht und schließt ab. Er spielt mit seinem Schlüsselbund. Während ich ihm durch die Flure folge, versuche ich mich erneut auf nichts zu konzentrieren.

Auf gar nichts.

Das gelingt mir ganz gut, aber als ich auf die Treppe hinaustrete, empfinde ich trotzdem die Abendluft als befreiend und kühl im Gesicht. Die Dunkelheit hat eingesetzt, und fast sofort entdecke ich die Parkleuchte des Autos.

Ich schaue mich um. Es gibt keine Menschen mehr hier im Park. Schnell laufe ich über das taufeuchte Gras, bis zum Zaun. Er ist nicht besonders gesichert, in einer halben Minute bin ich auf der anderen Seite. Judith ist aufgewacht. Sie schaut mich durch das Rückfenster an, und ich habe das Gefühl, dass sie auf mich gewartet hat.

Was sicher nur Einbildung ist. Kristine hält die Tür auf.

»Alles klar?«

»Alles klar.«

»Willst du fahren? Oder soll ich zunächst?«

Ich zucke mit den Schultern. Das spielt keine Rolle. Wir haben eine lange Nacht vor uns.

Marr

(Aus Studienrat Marrs hinterlassenen Aufzeichnungen)

I

Was noch?
Mein Name?
Jakob Daniel Marr.

1

Ein eigentümliche Begebenheit

Im November verlor der Holunder endlich seine Blätter, und zu der Zeit begann es.

Am Donnerstag in der Woche vor dem Totensonntag, wenn man genau sein will. Es gibt natürlich keinen Grund, nicht genau zu sein. Ganz im Gegenteil. Vermutlich ist das von Bedeutung.

Ich war an diesem Morgen etwas spät. Während ich über die Straße zum Parkplatz hastete – wir, die in dem alten Viertel wohnen und ein Auto haben, lassen es nachts immer unten am Grote Markt stehen, um Parkraum ist es schlecht bestellt, alles ist ja zu einer anderen Zeit gebaut worden, mit anderen Bräuchen und anderen Transportmethoden als unseren … Während ich also auf dem Weg die Böttchergasse hinunter war, da hörte ich die Glocken des Doms Viertel nach läuten. Ein spröder Klang, wie immer begleitet von einer Krähenschar, die aufflog und wieder landete.

Ich benutze zu viele Worte, wie ich selbst merke. Habe Probleme, für das hier eine Einleitung zu finden. Eigentlich war es gar nicht anders zu erwarten, aber ich möchte Ihnen ja auch gern eine Art Hintergrund geben. Eine kleine Ahnung zumindest, auf was Sie sich hier einlassen.

Vielleicht habe ich es schon getan. Ich wohne in einer Stadt, im alten Stadtkern. Hier gibt es einen Dom. Ich besitze ein Auto, die Uhr ist Viertel nach irgendetwas. Es ist ein Donnerstag im November, ich habe mich verspätet.

Und der Holunder hat sein Laub verloren. Ja, das genügt.

Vom Grote Markt bis zum Elementar, dem Gymnasium, an dem ich arbeite, dauert es entweder dreizehn oder sechzehn Minuten mit dem Auto. Das hängt davon ab, ob die Schranke am Bahnübergang unten ist oder nicht. Ich weiß, dass es logisch wäre, wenn es manchmal auch vierzehn oder fünfzehn Minuten dauern würde, aber das tut es merkwürdigerweise nie. Vielleicht ist das eine Instanz des »dialektischen Grauzonenproblems«, von dem Zimjonovic in seinen Memoiren schreibt, aber ich habe mir nie die Mühe gemacht, diese Frage näher zu untersuchen. Es gibt so viel, was bei Zimjonovic unklar ist. Dreizehn oder sechzehn, so ist es nun einmal. Ich fahre jetzt seit zehn Jahren die gleiche Strecke, ich weiß, wovon ich rede.

Wie dem auch sei, ich genieße diese Minuten. Ja, mehr als das, ich will ganz ehrlich sein. Ich bin abhängig von ihnen. Vielleicht sollte ich schreiben, dass ich abhängig von ihnen war, da sich doch inzwischen so vieles verändert hat, aber warum sich mit diesen Spitzfindigkeiten aufhalten? Damals wie heute. Bevor Sie wissen, was mir zugestoßen ist, liegt ja sowohl meine Vergangenheit als auch meine Gegenwart noch in der Zukunft. In Ihrer Zukunft und in der Zukunft der Erzählung.

Verzeihen Sie, ich schweife schon wieder ab. Es ist spät in der Nacht, ich habe beschlossen, nur nachts zu schreiben, die Dunkelheit scheint mir genau die richtige Grundlage zu bilden für das, was ich zu erzählen habe. Das richtige Element.

Was noch?

Mein Name?

Jakob Daniel Marr.

Ich bin es, der Jakob Daniel Marr ist. Bitte glauben Sie meinen Worten. Das bin ich. Ich bin ... war ... an diesem Morgen im November gerade 48 Jahre geworden.

Ich war verheiratet. Lebte in einer mäßig glücklichen Ehe, die mit Liebe begann und mit einem Arrangement endete, wenn Sie verstehen, was ich meine. Wir haben jung geheiratet. Früh Kinder bekommen. Zwei Stück, beide sind ausgeflogen, das eine nach dem anderen. Einen Sohn und eine Tochter, sechsundzwanzig und dreiundzwanzig.

Und ich arbeitete wie gesagt seit fast zwei Jahrzehnten im Elementar. Als Lehrer für Geschichte und Philosophie. Ich habe keine Veranlagung für Horrorromantik und pflege zu wissen, wovon ich rede. Mehr als die meisten, möchte ich einmal behaupten.

Genug davon. Wir werden noch auf das eine oder andere zurückkommen, wenn sich die Gelegenheit bietet. Jetzt sitze ich bereits im Auto. Die Morgenminuten rinnen dahin, dreizehn oder sechzehn, und es gibt andere Dinge, die fertig gemacht werden müssen, bevor ich angekommen bin.

Vielleicht hat es in erster Linie mit der Konstitution zu tun. Vielleicht bin ich trotz allem eine anfällige Person. Andererseits kann es aber auch so sein, dass ich eigentlich ein sehr starker Mensch bin. Während ich das schreibe, fällt es mir schwer, diesbezüglich eine Entscheidung zu treffen. Erlauben Sie mir diesmal, den Begriff undefiniert stehen zu lassen. Übrigens ist das nicht Ihre Entscheidung, sondern meine. Ich lasse mich nicht einkreisen, damit müssen Sie sich schon abfinden. Das gehört zu den Bedingungen, lassen Sie uns also ein Abkommen dahingehend treffen, dass das in Zukunft nicht mehr in Frage gestellt wird.

Diese morgendlichen Fahrten mit dem Wagen haben sich also im Laufe der Jahre zu einer Art Notwendigkeit entwickelt. Eine Schleuse, in der ich mich eine Weile aufhalten muss, bevor ich bereit bin, mich in die Welt und in die so genannte Wirklichkeit zu begeben.

Stärke oder Schwäche? Urteilen Sie selbst! Wie auch immer, es ist in gewisser Weise für die Seele unerlässlich, ein meditativer Zustand, dessen Gewicht und Bedeutung ich wie viele meiner Mitbrüder und Schwestern zu schätzen weiß. Diejenigen, die allen Geboten und Schwierigkeiten trotzen und weiterhin allein in ihrem Wagen zur Arbeit fahren. Die sich weigern, auf kargen Trottoiren auf Busse zu warten, die niemals kommen. Oder auf die Straßenbahn. Die nicht bereit sind, sich dem noch bettwarmen Ekel eingepferchter Körper in aufgezwungener Intimität auszusetzen. Ganz zu schweigen von dem Erkältungsrisiko.

Warum strengen sich unsere Behörden nicht an, unsere Bedürfnisse zu verstehen, statt sie zu bekämpfen? Alles, was Menschen mit einiger Penetranz und Regelmäßigkeit unternehmen, muss ja wohl auf irgendeinem grundlegenden Bedürfnis begründet sein.

Das ist natürlich eine Binsenweisheit. Ich weiß nicht so recht, warum ich das hier behandle, ich dachte, es wäre nötig, und deshalb habe ich es gemacht. Manchmal verspüre ich einen unbändigen Drang, mich mit der quälenden, monumentalen Dummheit der Obrigkeit auseinander zu setzen.

Die Schranken waren unten. Sechzehn Minuten statt dreizehn. Kein Zweifel, ich würde zu spät kommen.

Doppelstunde mit der naturwissenschaftlichen Unterprima. Die Sache beunruhigte mich nicht besonders. Eine reife, homogene Klasse, da würde keiner gleich ins Sekretariat rennen ... Während ich darauf wartete, dass der Zug vorbeifahren würde, ging ich die ersten Minuten der Stunde durch. Das war eine Regel, die ich im Laufe der Jahre gelernt hatte – zu unterrichten ist ungefähr wie Schach spielen. Plane nie mehr als zwei, drei Züge, der Rest ist sowieso unübersehbar.

Ich parkte auf meinem üblichen Platz hinter der Turnhalle. Ging schnell, aber ohne Hast quer über den Schulhof, unter den Doppellinden hindurch und trat durch den Haupteingang. Die Zentralgarderobe lag leer und verlassen da, abgesehen von ein paar Mädchen, die Richtung Chemietrakt eilten.

Ich zögerte einen Moment, dann beschloss ich, direkt in den Unterrichtsraum zu gehen statt zuerst ins Lehrerzimmer, wie ich es sonst immer tue.

Tat.

Ich heiße also Jakob Daniel Marr. Das möchte ich unterstreichen. Um fünf Minuten nach halb neun gehe ich an diesem Donnerstagmorgen im November die Treppen in dem Gymnasium hinauf, in dem ich seit neunzehn Jahren arbeite. Gehe die Treppe hoch, biege nach links auf den leeren Flur ein. Komme an den halb transparenten Glastüren vorbei und trete in die Domäne des Geschichtsbereichs ein. Gehe an der beschmierten Büste von Heinrich Kottke vorbei. Stelle etwas verwundert fest, dass kein Schüler vor dem Saal XII steht.

Sind sie doch zum Sekretariat gegangen?, denke ich. Verdammt noch mal!

Ich erreiche die Tür. Ziehe die Schlüssel aus der Jackentasche und will gerade aufschließen, als ich höre, dass schon jemand drinnen ist.

Ich stecke die Schlüssel wieder ein, öffne die Tür und will den Raum betreten.

Da sehe ich, dass ich schon am Lehrerpult stehe.

Ja, ich sehe mich selbst mit dem rechten Ellbogen auf die Buchstütze an der Ecke gelehnt stehen, wie ich es meistens zu Beginn des Unterrichts tue, bevor die Arbeit so richtig los geht. Keiner hat bemerkt, dass die Tür sich geöffnet hat, ich schiebe sie vorsichtig wieder zu. Ich eile die Treppen hinunter. In der Haupthalle sitzt einer unserer indonesischen Putzmänner, er ist tief in ein Taschenbuch versunken und hebt nicht den Blick.

Ich komme auf den Hof. Eile zum Auto. Kriege die Tür auf, werfe die Aktentasche hinein und setze mich hinters Steuer.

Ich zünde eine Zigarette an. Normalerweise rauche ich nicht im Auto, aber in diesem Moment ist es mir vollkommen gleich. Meine Hände zittern, und es dauert eine Weile, bevor es mir gelingt, den Schlüssel umzudrehen und zu starten.

2

Auf der Autobahn

Ich weiß nicht, ob Sie das als eine normale Reaktion ansehen würden, aber mein spontaner Entschluss war, geradewegs nach Norden zu fahren.

Schnell und problemlos kam ich durch Deijkstraa und Bossingen, die Ortsteile auf der anderen Flussseite, und nach zehn Minuten war ich auf der Autobahn. Der Verkehr war in diesen Morgenstunden nicht sehr dicht, der Himmel hoch und blass, wie er manchmal im November ist, zumindest in unserem Landstrich. Leichte Wolkenbäuschchen, vermutlich die Reste von etwas Größerem, segelten sorglos um die vollkommen weiße Sonne, die mir kalt und unendlich weit entfernt zu sein schien.

Das Wetter war also schön und die Verkehrsdichte nur gering. Ich konnte angenehm die Geschwindigkeit halten und spürte zweifellos eine gewisse Dankbarkeit diesbezüglich. Seit langem war mir schon klar, dass eine einigermaßen schnelle Bewegung durch den Raum oft stimulierend auf das Denken wirkt. Der Kopf wird klarer, wenn man Auto fährt, um es mal einfach auszudrücken. Zumindest wenn man mit einer mäßig schnellen Geschwindigkeit fährt.

Und zumindest anfangs.

Als ich schließlich wagte, mich dem, was geschehen war, zu nähern – dass es nur richtig für mich war, es zunächst auf Abstand zu halten, ich denke, das werden Sie sicher verstehen –, gelang es mir dennoch nicht, eine gewisse Ordnung in das Geschehen zu bringen.

Was war mir zugestoßen – ich hatte mich an einem anderen Ort befunden als an dem, an dem ich doch faktisch war? Durch die halb geöffnete Tür von Saal XII hatte ich mich selbst in dem Raum betrachten können.

Ich hoffe, Sie verstehen, welch starkes Erlebnis das bedeutet, auch wenn die meisten von Ihnen niemals etwas Ähnliches erleben werden. Vielleicht muss ich auch von Anfang an betonen, dass es sich in keiner Weise um einen Irrtum handelte, um eine Verwechslung oder irgendeine Art von Halluzination von meiner Seite. Meine psychische Gesundheit war zwar nicht immer die allerbeste – ich habe ein paar kürzere Aufenthalte in einer Institution hinter mir –, aber in diesem Fall war ich, und da bin ich mir nach wie vor hundertprozentig sicher, im vollen Besitz meiner geistigen Kräfte.

Ich war es, der da am Pult gestanden hatte, und ich war es, der in der Tür stand.

Die Sache kann ganz einfach nicht bestritten werden.

Trotzdem war es wohl ungefähr das, was ich während der ersten zehn Minuten der ersten Stunde dort draußen auf der Autobahn tat.

Es zu bestreiten, meine ich.

Jeder braucht seinen Glauben, aber für eine Person mit zumindest rudimentärer philosophischer Schulung ist es einfach schwer, so ohne weiteres zu akzeptieren, dass ein und derselbe Körper zu ein und demselben Zeitpunkt sich an verschiedenen Punkten des Raumes befindet. Wenn auch ziemlich nah beieinander.

In erster Linie war es natürlich eine Frage meines eigenen Körpers. Die Sache empörte mich, mit anderen Worten. Aber ich möchte unterstreichen, dass es sich eigentlich nur um eine intellektuelle Empörung handelte. Diese besondere, ein wenig schroffe Aufwallung, die man gern gegenüber einer Ungerechtigkeit, einer absurden Behauptung oder einem Widerspruch empfindet.

Schnell kam ich zu dem Schluss, dass die Lage gefühlsmäßig eine andere war. In keiner Weise hatte ich irgendetwas gegen das Eingetroffene einzuwenden.

Wenn es für mich möglich war, mich in Saal XII zu befinden, meinen Unterricht zu erteilen und meinen Unterhalt zu verdienen, während ich gleichzeitig etwas vollkommen anderes tat, beispielsweise hier im Auto sitzen, so hatte ich nichts dagegen. Zumindest nicht unter der Voraussetzung, dass ich sehr viel lieber hier im Auto war.

Was sich zu dieser Zeit – ich schaute auf die Uhr: 09.25 Uhr – im Elementar zutrug, davon hatte ich nicht die geringste Ahnung. Es war zu hoffen, dass ich auf dem besten Wege war, den zweiten Teil der Doppelstunde mit der Klasse abzuwickeln. Vielleicht hatte ich den Universalstreit abgehandelt und den Schülern einige geeignete Texte in die Hand gedrückt. Es gibt da bestimmte Muster, auch wenn ich wie gesagt nie die ganze Unterrichtsstunde plane.

Haben Sie Einwände?

Während ich so im Nachhinein versuche, meine Gedanken und meinen Gemütszustand an diesem ersten Tag zu rekonstruieren, habe ich das Gefühl, dass alles etwas … unengagiert erscheint, oder?

Geradezu leichtsinnig.

Ist es wirklich möglich, so könnten Sie sich fragen, dass ich mich nach so einem Erlebnis einfach ins Auto gesetzt habe und planlos davongebraust bin? Einem Erlebnis, das angemessenerweise … angemessenerweise – was?, muss ich Sie fragen.

Wie hätten Sie selbst sich verhalten?

Sie glauben, Sie wüssten es!

Sich auf den Boden geworfen? Mit den Augen gerollt und

Schaum vor den Mund bekommen? Hätten Sie Hilfe gesucht? Wären zu einem Pfarrer gegangen? Zum Arzt? Oder zum Psychiater?

In dem Fall haben Sie nicht das hinter sich, was ich hinter mir habe – zwei Krankenhausaufenthalte.

Lassen Sie mich Ihnen einen Rat geben: Wenn Sie das Gefühl haben, wahnsinnig zu werden – halten Sie es so lange geheim, wie es nur geht!

Vielleicht würden Sie versuchen, mehr über den Stand der Dinge herauszubekommen? In der Schule anrufen und nachfragen?

Sind Sie sich dessen sicher? Hand aufs Herz!

All right. Das war ja auch genau das, was ich nach einer Weile tat. Früher oder später wird das Bedürfnis, sich zu vergewissern, einfach zu stark, aber das war nichts, was mich zu Anfang beschäftigte, während dieser ersten Stunden. In keiner Weise. Ganz im Gegenteil. Wenn ich ehrlich sein soll, dann erschien mir diese ganze Situation alles andere als unangenehm. Es gab Gedanken, die mich während dieser dreizehn oder sechzehn Morgenminuten stärker als andere beschäftigt hatten, und zu denen gehört zweifellos die Überlegung, alles hinzuschmeißen. Einfach nur weiterzufahren. An diesem verfluchten Gymnasium vorbeizufahren, in dem ich meine Jugend und meine Mannesjahre vergeudet habe. Abhauen. Sich davonstehlen. Am Abend in einer fremden Stadt sein. Das gesamte Geld vom Konto abheben, in einem verborgenen, aber sauberen Hotel unterkommen. Am Abend im Speisesaal bei einem schweren Wein sitzen und auf das Essen warten, während ich die Abendzeitung überfliege ... Oder die Frau beobachte, die allein ein paar Tische weiter sitzt.

Ich gehe davon aus, dass Ihnen diese Gedanken vertraut sind. Wenn Sie sich so etwas nie überlegt haben, dann weiß ich nicht, ob ich Sie bedauern oder auslachen soll. Die Frage ist dabei doch nur, welche Bedeutung und welche Schwere wir ihnen geben.

Zu viele Worte?
Ich weiß. Wir müssen in der Geschichte weiterkommen.

Es gehört zu den Routinen im Elementargymnasium, das wir während der Vormittagspause zusammen Kaffee trinken. Mit den Jahren ist auch das zu einem unabdingbaren Ritual geworden, und nachdem ich fast zwei Stunden in meinem Auto gesessen hatte, spürte ich plötzlich, wie mich eine große Müdigkeit überkam. Mir war klar, dass es Zeit für eine Pause war, und genau in dem Moment tauchte das Schild auf.

Café Freiheit, 500 Meter

Ich blinkte, und eine halbe Minute später hatte ich die Autobahn verlassen.

3

Intermezzo im Café Freiheit

Der Weg verengte sich und führte hinunter. In einer lang gestreckten Kurve fiel er zu einem Fluss hinab, der sich durch die offene Landschaft schnitt. Plötzlich war ich in einem Nebel, der mich fast zu einer Vollbremsung zwang. Die Sicht betrug höchstens noch zehn Meter. Ich rollte mit größter Vorsicht weiter, das eine Auge am Straßenrand, um mich zumindest auf der richtigen Seite zu halten. Was sich in diesem dichten Nebel verbarg, wie die Landschaft aussah, was vor mir lag, davon hatte ich nicht die geringste Vorstellung. Ich war von dieser konturlosen, grauweißen Decke eingehüllt und umschlungen.

Eingeschlossen und ausgeschlossen.

Die Kurven wechselten einander ab. Mal nach rechts, mal nach links. Angespannt saß ich über das Lenkrad gebeugt da und spähte, so gut es ging, hinaus, um nicht das feuchte Asphaltband aus den Augen zu verlieren. Darüber hinaus schien die Straße auch noch immer schmaler zu werden, was vielleicht nur eine Illusion war, trotzdem hatte ich den Eindruck, als würde ich mich langsam in etwas Schmales, Enges hineinbegeben, etwas, das nach und nach schrumpfte und das in nichts anderem als in einer Sackgasse enden konnte.

Es ist schwer zu sagen, wie lange ich in diesem Nebel fuhr. Während es sich ereignete, erschien es mir unendlich lang, trotz des erdrückenden Gefühls des Schrumpfens und Verdrängens … und als ich endlich heraus kam, schätzte ich die vergangene Zeit sicher zwischen einer und zwei Stunden.

Jetzt, im Nachhinein, wenn ich zurückschaue, bin ich eher geneigt, sie in Minuten zu berechnen. Fünfzehn. Vielleicht zwanzig.

Unser Eindruck von Zeit ist so abhängig vom Raum.

Verstehen Sie, was ich meine? Ich möchte Sie in keiner Weise unterschätzen, aber andererseits auch nicht zu viel voraussetzen.

Im Nebel gibt es keinen Raum, meine ich. Zweifellos existiert ein festes Verhältnis, in dem Zeit und Raum einander austarieren, ein Verhältnis, das zum Beispiel mit Hilfe von Belinskijs Koeffizient einen Fingerzeig darauf geben kann, wie lange Zeit ich in einem bestimmten Raum zubringe, um eine korrekte Vorstellung davon zu erhalten. Es dauert einfach länger, eine Wüste zu erforschen als, sagen wir, eine Truhe.

Möglicherweise beschäftigten mich genau solche Gedanken, als ich im Schritttempo durch den Nebel auf das Café Freiheit zurollte, und sicher erinnerte ich mich an Bergson und an Hillard. Das Café selbst hatte ich jedenfalls fast vollkommen vergessen, in erster Linie wünschte ich nur, dass dieser ewige, wabernde, undurchdringliche Nebel irgendwann aufhören würde. Café oder nicht, das war mir herzlich gleichgültig.

Dann tauchte es auf.

Nach einer Steigung von nur knapp zehn Metern war der Nebel wie weggefegt. Ich lehnte mich zurück und entspannte mich. Spürte eine unmittelbare Starre in den Schultern und wollte gerade die Fahrt beschleunigen, als ich das große Haus mit den weißen Buchstaben auf dem Giebel sah:

CAFÉ FREIHEIT
SERVICE ALLER ART
HERZLICH WILLKOMMEN

Ich fuhr zwischen mannshohen Zaunpfählen hinein und parkte dicht an der Wand, neben einem alten, ziemlich mitgenommenen Amerikaner. Schwarzweiß, reichlich verrostet. Ich stieg aus und streckte mich. Von den Schaukeln auf der Häuserrückseite war ein Quietschen zu hören, Schreie und Lachen. Zwei gefleckte Pferde weideten in einer Umzäunung hinter einem symbolischen Gatter. Aus dem Misthaufen neben der Scheune stieg Dunst auf. Eine Katze kam heran und strich um meine Beine.

Ich folgte einem handgemalten Schild. Nahm die Treppe mit zwei Schritten und trat durch die Tür. Über der eine helle Glocke meine Ankunft verkündete.

Die Frau hinter dem Tresen sah aus, als wäre sie in den Vierzigern, und ich begriff sofort, dass sie auf mich gewartet hatte. Sie war schön, aber nicht auf diese sofort ins Auge fallende Art. Ihr Haar war dunkel und dicht, halblang und glänzend, und rahmte ein Gesicht mit markanten Zügen und fülligem Mund ein. Die Kleidung bestand aus einer roten Synthetiksache, die sich eng an Hüften und Brüste schmiegte. Groß, aber nicht schwer. Vermutlich hatte sie nie gestillt. Ich hörte Rufe und Lachen von den Schaukeln.

Sehr schnell, noch bevor wir miteinander sprachen, noch bevor unsere Augen sich begegneten, wusste ich, dass sie keinen Faden am Körper trug, abgesehen von dem dünnen Kleid. Durch eine Öffnung im Tresen sah ich, dass sie nackte Beine und Füße hatte.

Ich heiße Jakob Daniel Marr. Ich erzähle nur, was mir zugestoßen ist, und trotzdem weiß ich, dass Sie mir jetzt so langsam nicht mehr glauben.

Sie nehmen an, dass ich träume. Oder mir etwas einbilde. Vielleicht haben einige von Ihnen ja auch den Eindruck, ich würde eine Art symbolisches Geschehen beschreiben. Etwas Illusorisches, das ich mir zurechtgelegt habe, das abgewägt und interpretiert werden muss und nur rein metaphorisch verstanden werden kann.

Feige Bande, sage ich da nur. Bücherwürmer!

Die Frau war nackt unter ihrem Kleid, so war es. Und sie schnappte sich meinen Blick und ließ ihn nicht wieder los. Zwinkerte ein wenig mit den Augen, holte tief Luft, wobei sie gleichzeitig mit einer nur allzu deutlichen Geste die Hüften vorschob und eine Hand auf der Schenkelinnenseite platzierte.

Sie öffnete den Mund. Ich sah ihre Zungenspitze, und plötzlich erkannte ich die Geste wieder. Während eines Schwindel erregenden kurzen Augenblicks war sie meine Geliebte Nancy.

Nancy, und zwar genau so, wie sie fünf Sekunden vor einem Orgasmus aussieht. Ich gebe zu, ich habe Ihnen bisher noch nichts von Nancy erzählt, aber hier ist jetzt nicht der rechte Platz dafür. Sicher bekommen wir die Gelegenheit, darauf später noch einmal zurückzukommen.

Ich wich dem Blick aus. Verschob ihn ein kurzes Stück nach rechts – nur wenige Dezimeter, dort bekam ich im Spiegel einen Eindruck davon, wie das Lokal hinter meinem Rücken aussah. Natürlich hätte ich mich ebenso gut umdrehen können, aber das erschien mir irgendwie unhöflich. Wenn die Cafébesitzerin wirklich dabei war, einen Orgasmus zu kriegen, dann wäre es ja wohl nicht zu viel von mir verlangt, zumindest ein wenig Interesse zu zeigen.

Das Lokal war leer und sehr klein. Nur vier Tische mit jeweils zwei Stühlen. Ein Flipperautomat direkt neben dem Eingang und ein schwarzer Schäferhund, der neben einem Treppenaufgang in der hintersten Ecke wachte.

Verstohlen ließ ich den Blick weitergleiten, jetzt über den Tresen mit den Getränken und Backwaren. Käsebrötchen, Kopenhagener, Butterkuchen, einige Varianten von Schokoladenbiskuits. Der Kaffee stand auf einer Wärmeplatte und duftete frisch gebrüht.

Sie hatte eine Luke aufgeklappt und war jetzt auf dem Weg

um den Tresen herum. Sie näherte sich langsam und zielbewusst, immer noch mit vorgeschobenem Unterleib und einer Hand auf dem Schenkel. Nur wenige Sekunden, dann würde sie sich sicher gegen mich drücken, und was dann folgen würde, das war nicht schwer vorauszusehen.

Merkwürdig genug, und leider fühlte ich mich selbst außerstande zu einem größeren Engagement. Ich fühlte überhaupt keine Erregung. Obwohl es hier doch um eine schöne Frau mit einem aufreizenden, sinnlichen Aussehen ging. Ihr Körper war wohlgeformt und üppig, und offensichtlich war sie bereit, mich hier auf der Stelle zu lieben. Auf dem Boden, auf einem der Tische. An den Tresen gelehnt vielleicht ...

Da müsste ich doch zumindest eine gewisse Erektion spüren. Aber es war ein merkwürdiger Tag, das war mir ja schon klar geworden. Statt dieser warmen, geilen Frau einfach entgegenzugehen, gab es ein anderes Bedürfnis, das seine Befriedigung einforderte. Das kräftige Aroma der Kaffeemaschine und die frischen Brötchen mit ihrem dick geschnittenen gelben Käse und den grünen Paprikaringen ließen mir das Wasser im Mund zusammenlaufen, während mein Glied schlaff und gleichgültig hinunterhing.

Dennoch war es natürlich schwer, den Blick von ihr zu wenden.

Einen halben Meter vor mir blieb sie stehen. Packte auch mit der anderen Hand das Kleid, und mit einer einzigen fließenden Bewegung zog sie es hoch und klemmte es in den Achseln fest. Ihre Brust war wirklich füllig, die Brustwarzen stachen hervor, groß, schwarz und steif. Ich senkte den Blick. Ihr Schoß war kräftig behaart und bewegte sich langsam vor und zurück.

Sie befeuchtete die Lippen mit der Zunge, und in übertrieben leisem und langsamem Tonfall sagte sie:

»Du darfst nicht zögern.«

Ich erwiderte nichts.

»Nicht zögern«, wiederholte sie.

Sie nahm meine Hand und führte sie an ihren Schoß, wobei sie gleichzeitig die Beine spreizte.

»Ich weiß nicht«, sagte ich.

Im gleichen Moment wurde irgendwo eine Tür geöffnet, schwere Schritte näherten sich. Sie ließ das Kleid fallen und ging zu dem Schäferhund.

Ein großer, magerer Mann betrat den Raum.

»Leonora«, sagte er. Es klang ein Ton von Melancholie in seiner Stimme mit, und ich begriff, dass er die Situation durchschaut hatte.

Sicher war es nichts Neues für ihn.

Er blieb stehen, die Hände in die Seiten gestemmt, während er sie betrachtete. Er gab dem Hund einige aufmunternde Klapse, murmelte etwas, und dann verschwand sie die Treppe hinauf.

»Hat sie Sie angefasst?«, fragte der Mann.

»Nein ...«

»Meine Frau ist nicht ganz gesund. Ich hoffe, Sie nehmen ihr das nicht übel. Darf ich Ihnen dafür etwas spendieren? Sozusagen als Pflaster auf die Wunde ...«

Er lachte hohl, und der große Kummer in seinen Augen war nicht zu übersehen.

4

Der betrübte Liebeshavarist
Ein Einschub

Nun trägt ja jeder Tag seinen eigenen Wendepunkt in sich.

Diesen Augenblick, in dem der unumgängliche Glückswurf seinen Platz hat. An bestimmten grauen Tagen kann das Geschehen sich natürlich in die Länge ziehen und verblassen – so verwaschen sein, dass es in erster Linie nur die Frage von einem ansteigenden Gefühl ist, das in ein fallendes übergeht. Ein Gipfel, den wir gar nicht bemerken, wenn wir ihn überschreiten, auch wenn wir die ganze Zeit nach ihm Ausschau halten.

An anderen Tagen überfällt uns die Einsicht mit überraschendem Schmerz. Die Unschuld wird uns genommen. Versprechen werden gebrochen. Unsere unspezifische Sehnsucht entschließt sich, noch eine Nacht zu warten.

Sie wissen, wovon ich rede, nicht wahr?

An diesem Tag, es war immer noch der Donnerstag wie gesagt, natürlich will ich darauf hinaus, da traf der Wendepunkt genau zwischen zwei Käsebroten im Café Freiheit ein. Mit einer halben Tasse noch nicht getrunkenen Kaffees.

Mein magerer Wirt strich die ganze Zeit im Lokal herum und überwachte meine einfache Mahlzeit. Er wachte mit traurigen Augen, vorsichtig in weiten Kreisen um meinen Tisch wandernd. Ab und zu schien er Zeilen aus einem Lied zu summen, aber zum Schluss wurde alles von einer Durchsichtigkeit überdeckt, mit einem Seufzer zog er einen Stuhl heraus und ließ sich mir gegenüber nieder.

Da er mich eingeladen hatte, konnte ich natürlich nicht einfach so wieder wegfahren. Vielleicht wäre es auch unter anderen Umständen nicht möglich gewesen. Sein Bedürfnis zu sprechen lag offen zu Tage. Hinter den angespannten Kiefermuskeln lagen die Worte bereit. Während ich eine Zigarette aus meiner zerknitterten Packung herausklopfte, nickte ich ihm aufmunternd zu.

»Erzählen Sie«, sagte ich. Ein Hauch von Erleichterung zeigte sich augenblicklich auf seinem Gesicht. Er räusperte sich und fuhr sich mit der Hand durch das grau melierte Haar.

»Wir haben einander die Freiheit gegeben«, setzte er an. »Ich war derjenige, der sie forderte, und alles ist nur meine Schuld.«

Er schaute mich an, aber ich hatte keine Fragen.

»Drei Jahre waren wir verheiratet, als ich mich plötzlich und ganz gegen meinen Willen in eine andere Frau verliebte. Heftig und rettungslos. Ich zwang meine Frau ...«

Er verstummte. Wir konnten sie oben hin und her gehen hören, und wir hoben beide für einen Moment den Blick. Der Schäferhund an der Treppe jaulte unglücklich.

»... ich zwang meine Frau, mich die Affäre ausleben zu lassen.«

Ich nickte.

»Einen Monat lang hatte ich eine intensive Liebesbeziehung mit einer anderen Frau. Dann war es vorbei. Ich ging wieder zurück zu meiner Frau, aber von dem Augenblick an war sie für mich verloren.«

Ich rauchte und schaute aus dem Fenster. Ein paar Kinder waren in den Straßenkreuzer geklettert. Sie saßen drinnen, schalteten und versuchten das Lenkrad zu drehen.

Ich will das nicht hören, dachte ich. Lass mich weggehen!

Warum musst du mich dieser Sinnlosigkeit aussetzen? Habe ich nicht genug mit meinen eigenen Sachen zu schaffen?

»Sie hatte inzwischen vier andere Liebhaber gehabt. War bereits von einem von ihnen schwanger. Haben Sie unsere Kinder gesehen?«

Ich zuckte mit den Schultern, was immer das auch bedeuten sollte.

»Fünf Kinder von fünf verschiedenen Vätern. Vielleicht bin ich einer von ihnen, aber ich bin mir dessen absolut nicht sicher ...«

Wir hörten sie wieder. Ein paar zögerliche Liederzeilen, die die Treppe herunter klangen und den Hund die Ohren spitzen ließen. Vielleicht war es sogar die gleiche Melodie, die der Mann gesummt hatte. Vielleicht war es ja ihr Lied?

Draußen kam die Sonne hinter einer Wolke hervor. Ein Kind war auf einen Baum geklettert und rief den anderen etwas zu. Ich bemerkte, dass ich die Hände fest unter dem Tisch geballt hatte und das Blut in meinen Schläfen pochte.

Und dann?, dachte ich.

Und dann?

Warum berichte ich das? Es muss Sie ja genauso irritieren, wie es mich irritiert hat.

Warum hat sie nicht gestillt?

Warum berichte ich das?

Ich verließ das Café Freiheit mit einem schlechten Geschmack im Mund. Der Nebel war verschwunden, vielleicht nahm ich auch einfach nur einen anderen Weg. Auf jeden Fall war ich sehr viel früher wieder auf der Autobahn, als ich gedacht hatte.

Ohne weiter nachzudenken, was ich eigentlich tat, schlug ich den Weg Richtung Süden ein. Immer noch war der Verkehr nur vereinzelt, und ich stellte fest, dass ich ungefähr zu der Zeit in K- eintreffen würde, zu der ich unter normalen Umständen meine Arbeit beendete.

Was ich erzählen wollte, ist das mit dem Wendepunkt. Wenn er nicht so früh an diesem Tag eingetreten wäre, dann spricht nichts dafür, dass ich überhaupt jemals nach K- zurückgefahren wäre.

Und in dem Falle hätte ja wohl alles anders ausgesehen, nicht wahr?

5

Im Schlupfwinkel des eigenen Heims

Ich bitte um Entschuldigung.

Ich muss mich noch einmal mit diesem ersten Tag beschäftigen. Vielleicht wäre es ja gar nicht nötig, aber nicht einmal im Nachhinein kann ich entscheiden, was von Gewicht ist und welche Details ich ebenso gut hätte auslassen können. Überhaupt habe ich während der ganzen Zeit Probleme, Strukturen und Muster zu finden, und wenn ich ab und zu abschweife, so bitte ich Sie, wie schon gesagt, um Verzeihung.

Ich finde ganz einfach den kürzesten Weg nicht mehr.

Weiß nicht, wo ich den entlarvenden Schnitt ansetzen soll.

Meine Rückkehr nach K- trat ungefähr zu der Zeit ein, wie ich es erwartet hatte. Ein leichterer Verkehrsunfall in Höhe von Gimsen hatte mich zwar um gut zehn Minuten zurückgeworfen, aber kurz nach halb vier hatte ich einen freien Platz auf dem Grote Markt gefunden und ging wieder die Böttchergasse hinauf.

Eine zunehmende Unruhe hatte mich die ganze Fahrt über begleitet, und als ich jetzt über die abgenutzten Pflastersteine lief und den Prachtgiebel des Rathauses vor mir sah – diese vertrauten Schritte, dieses viele hundert Jahre alte Milieu, das ich in- und auswendig kenne –, da schien es mir, als ob eine große Angst mich überfiele.

Eine plötzliche Schutzlosigkeit. Das Gefühl, auf Gedeih und Verderb unbekannten Mächten ausgeliefert zu sein ... ja, ungefähr so. Möglicherweise war da auch noch der Verdacht, dass mich jemand beobachten könnte. Die Gasse lag leer und verlassen da, trotzdem hatte ich das ganz deutliche Gefühl von ... der Anwesenheit von etwas? Vielleicht war das gar nichts Neues. Vielleicht hatte es das bereits früher am Nachmittag gegeben, ich weiß es nicht.

Schweißtropfen traten mir auf die Stirn. Meine Hand umklammerte den Griff der Aktentasche. Ich spürte heftiges Herzklopfen und war gezwungen, für ein paar Sekunden stehen zu bleiben und mich an die Mauer zu lehnen.

Die Mauer, die das Sankt-Vincent-Kloster umschließt. Eine der Sehenswürdigkeiten unserer Stadt, wie man wohl sagen darf. Ich stand dort mit geschlossenen Augen und schwerem Atem. Suchte in der Tasche nach einem Taschentuch, um mir damit die Stirn abzuwischen, aber das Einzige, was ich fand, das waren ein paar Lottoscheine, die ich am Tag zuvor in einem Tabakladen mitgenommen hatte. Das Bedürfnis, ins Haus zu kommen, die Tür zu schließen und mich in meinem Zimmer zu verstecken, war plötzlich überwältigend stark, gleichzeitig erschien mir der Weg – diese lächerlichen hundertfünfzig Meter – fast unüberwindlich.

Eine Schlucht ohne Brücke. Ein schwarzer Schlund.

Trotzdem kam ich natürlich nach Hause. Wie im Schlaf zwar, aber ohne Probleme. Ich zögerte noch eine Weile im Hausflur, wusste nicht, ob ich die Treppen oder den Fahrstuhl nehmen sollte, bis ich mich für Ersteres entschied. Dann lief ich den ganzen Weg hinauf (unsere Wohnung liegt im vierten Stock, habe ich das schon gesagt?), obwohl es kräftig in Kopf und Brust hämmerte.

Schloss die Tür auf. Warf die Aktentasche auf den Korbstuhl. Zog Jacke und Schuhe aus und konnte endlich durchatmen.

Verschloss die Tür.

Welch endlose Hilflosigkeit.

Meine Frau war nicht zu Hause.

Es ist höchste Zeit, dass ich sie vorstelle. Nicht, weil sie eine entscheidende Rolle in der Sache spielen würde, aber trotzdem. Wir haben, wie gesagt, uns früher einmal geliebt.

Maria Diotima heißt sie. Hört auf Mima. Sie ist zwei Jahre jünger als ich und arbeitet als Direktorin im Museum für Moderne Kunst hier in unserer Stadt. Das macht sie seit zwölf Jahren, wenn ich in der Eile richtig gerechnet habe. Wir haben getrennte Schlaf- und Arbeitszimmer, und unser Liebesleben hat schon seit langer Zeit aufgehört zu existieren.

Unser gemeinsames Liebesleben, will ich damit sagen. Wie ich schon nebenbei erwähnte, habe ich eine Geliebte: Nancy, 32 Jahre alt, mit der ich jetzt aber Ihre Zeit nicht vergeuden will. Mima hat auch einen anderen, den Dritten nacheinander in genau so vielen Jahren, wenn ich richtig unterrichtet bin. Wir halten einander, so gut es geht, aus diesen Privatsachen heraus; mit der Zeit wird die Liebe ja zu einer Pflanze, die am besten in Einzelzimmern gedeiht. Die kaum mehr als ziemlich sporadische Pflege fordert oder erträgt.

Sie sind doch meiner Meinung? Ich merke, dass ich wieder ins Präsens verfallen bin. Als ob alles so weitergehen würde. Seinen geordneten Gang … das sich immer wiederholende, runde Leben in einer kreisförmigen Zeitauffassung.

Nichts könnte falscher sein.

Auf dem Küchentisch fand ich einen Zettel von Mima.

Sie war in die Hauptstadt gefahren, um eine Delegation des Künstlerverbands zu treffen, stand dort. Wollte bei ihrer Freundin Liz übernachten.

Liz? Vielleicht war das ein Euphemismus für etwas ganz anderes. Was weiß ich? Auf jeden Fall hatte ich den Abend und das Haus für mich. Ich streckte mich auf dem Bett aus mit der Zeitung, die ich gekauft hatte, als ich tanken musste. Las die Artikel, blätterte zu den Auslandsnachrichten und schlief ein.

Ich wachte im Dunkeln auf.

Blieb ruhig auf dem Rücken liegen und versuchte mir die Träume wieder ins Gedächtnis zu rufen. Da war etwas an ihnen gewesen, das spürte ich deutlich, aber sie hielten sich fern. Blieben unter der nüchternen Haut des Wachseins verborgen. Dennoch blieb ich eine ganze Weile liegen und versuchte mein Bewusstsein offen zu halten. Empfänglich für alles, was da kommen konnte, aber der Augenblick verschloss sich, und nichts geschah.

Nichts traf ein, und keine Gedanken kamen.

Ich stand auf und machte mir eine einfache Mahlzeit. Aß, wusch ab und schaute mir die Fernsehnachrichten an.

Anschließend rief ich drei verschiedene Freunde an, aber wie sich zeigte, war keiner anwesend.

Wie groß ist eigentlich die Wahrscheinlichkeit für so etwas?

Eine halbe Stunde lang spielte ich mit meinem Computer Schach. Verlor zwei Partien und gewann eine.

Schließlich rief ich meine Mutter an. Nach acht Freizeichen fiel mir ein, dass ja heute ihr Bridgeabend war. Ich legte den Hörer wieder auf.

Ich schrieb meinen Namen ein paar Mal auf ein Stück weißes Papier.

Ich heiße Jakob Daniel Marr.

Jakob Daniel Marr. Jakob Daniel Marr.

Zwischen zehn und halb zwölf guckte ich mir einen französischen Film aus den Sechzigern im Fernsehen an. Dann duschte ich und ging kurz nach zwölf ins Bett.

Ich konnte nicht einschlafen. Vielleicht war mein Mittagsschlaf zu lang gewesen ... vielleicht hatten die vielfältigen Ereignisse des Tages Mühe, zur Ruhe zu kommen. Obwohl ich mich wirklich anstrengte, die Gedanken von den Ereignissen am Morgen fern zu halten, türmte sich alles vor mir auf.

Alles?

Ich sah mich in der Tür stehen. Ich stand da und starrte auf mich selbst am Lehrerpult. Das Licht fiel durch die lange Fensterreihe herein, kam außerdem noch von den Deckenlampen … deutlicher konnte es nicht sein.

Warum drehte ich nicht den Kopf und erwiderte den Blick? Hätte ich nicht bemerken müssen, dass die Tür aufging, auch wenn die Schüler es nicht taten?

Bevor ich endlich einschlief, fiel mir auf, dass ich den ganzen Tag mit keinem Menschen gesprochen hatte, abgesehen von dem Mann und der Frau im Café Freiheit.

6

Klimkes Paradox und schwarze Trikots

Am Freitag hatte ich erst nach der Mittagspause Unterricht in einer Klasse, die ich auch am Tag zuvor gehabt hatte. Bis dahin war alles wie üblich verlaufen, auch wenn ich natürlich eine gewisse Anspannung und Wachsamkeit verspürte … als würde ich die ganze Zeit über dünnes Eis gehen, ich erinnere mich, dass ich so dachte. Als könnte etwas jeden Augenblick brechen und als ginge es darum, die ersten Zeichen dafür auf keinen Fall zu übersehen. Ich hatte mich geflissentlich von jeder Form von Nachforschung zurückgehalten, aber je länger der Tag wurde, umso klarer war geworden, dass ich offensichtlich am gestrigen Tag in keiner Weise von den üblichen Routinen abgewichen war. Nichts, was darauf hindeutete, dass ich geistesabwesend gewesen war oder mich in irgendeiner Form unnormal verhalten hätte, tauchte auf. Nicht das geringste Zeichen.

Ich fühlte mich mit anderen Worten ziemlich sicher im Sattel, als ich die Klasse hereinließ. Scherzte auf meine übliche, etwas akademische Art mit einigen der Mädchen. Notierte die Fehlenden im Klassenbuch. Stellte mich ans Lehrerpult und lehnte mich gegen die Buchstütze. Ließ die Klasse zur Ruhe kommen.

»Lübbisch«, sagte ich dann. »Fasse bitte zusammen, worüber wir gestern gesprochen haben!«

Lübbisch war eine sichere Karte. Er gehörte meistens zu den zwei, drei Besten bei den Arbeiten und hörte bei Zusammenfassungen und Befragungen immer zu.

Genau wie ich erwartet hatte, hielt er jetzt, mit Hilfe seiner Notizen, einen ziemlich ausführlichen Vortrag über Kants und Humes Standpunkte hinsichtlich der wissenschaftstheoretischen Frage. Genau über das Thema, das ich am vergangenen Tag hatte behandeln wollen.

Und offenbar auch getan hatte.

Ich dankte Lübbisch und entschied mich schnell zu einer weiteren Kontrolle. Einer entscheidenden Prüfung.

»Und Klimkes Paradox?«, fragte ich.

Ein halbes Dutzend Hände reckten sich in die Höhe. Einige eifrig, andere eher zögerlich. Ich konnte nicht umhin, ich musste lächeln.

Es gibt einige unter Ihnen, die noch nie von Klimkes Paradox gehört haben, habe ich Recht? Aufrichtig gesagt bezweifle ich, dass überhaupt einer von Ihnen davon gehört hat, auch wenn ich, wie gesagt, Sie nicht unterschätzen möchte.

Aber das war natürlich der Punkt. Die Wahrscheinlichkeit, dass jemand anderes als ich selbst diese Fußnote der Geschichte der Philosophie kennen würde, musste wirklich als gegen Null tendierend angesehen werden.

Ich ließ Irmgaard Wojdat das Vergnügen, die Klimkeschen Spitzfindigkeiten zu präsentieren und zu widerlegen. Anschließend gingen wir zwanglos zu Locke und Berkeley über.

Ich muss zugeben, dass die Situation, auch wenn ich gefühlsmäßig natürlich eine gewisse Erleichterung verspürte, auf der intellektuellen und rationalen Seite alles andere als zufriedenstellend war. Die Prämissen waren klar und deutlich. Das Problem lag offen zu Tage, die unmöglichsten Schlussfolgerungen türmten sich plötzlich vor mir auf ... für diejenigen unter Ihnen, die nie unterrichtet haben, möchte ich gern betonen, wie einfach es ist, allen möglichen abstrusen Überlegungen anheim zu fallen, wenn man sich hinter dem Pult befindet, eine ruhig arbeitende Klasse vor sich. Während die Schüler also gegen Ende der Stunde einen Teil von Texten allein bearbeiteten, tauchten die absurdesten Erklärungsversuche in meinem Kopf auf, einer unsympathischer als der andere und alle mit einem ziemlich deutlichen Hauch von Sciencefiction ... fremde Wesen, die mich in Besitz nahmen, Außerirdische, die meine Gehirnzellen manipulierten, halluzinatorische Drogen im Morgenkaffee und ähnliche zweifelhafte Dinge. Eine einigermaßen haltbare Theorie zu fabrizieren gelang mir dagegen nicht, ich kam nicht einmal in die Nähe davon, und als es zum Stundenschluss läutete, empfand ich eher eine zunehmende Irritation all dem gegenüber. Als wäre das Ganze nur die Frage einer Gleichung, der, wenn man alles in Betracht zog, die Lösung fehlte und die viel zu viel von meiner Zeit und Konzentration in Anspruch nahm.

Ein Zeichen ohne Bedeutung. Eine Absurdität.

Erst auf dem Heimweg passierte etwas. Während ich im Vorraum des Lehrerzimmers stand und mir den Mantel anzog, klopfte mir Friedendorff, unser taktvoller Religionslehrer, auf die Schulter.

»Du, worüber wir gestern geredet haben ...«, sagte er und kratzte sich dabei am Nasenrücken. »Das lassen wir, ja?«

Ich erstarrte, nickte dann aber doch. Spürte, wie meine Wangen heiß wurden.

»Sie würde sowieso niemals mit schwarzen Trikots einverstanden sein, und außerdem könnte die Sache missverstanden werden ...«

Er lachte kurz auf und verschwand in der Herrentoilette.

Es ist natürlich alles andere als sicher, dass diese kurze Episode überhaupt in einem größeren Zusammenhang irgendwelche Bedeutung hat, aber ich weiß, dass ich später – während des gesamten folgenden Abends (den ich allein in meiner Wohnung verbrachte) – über Friedendorffs Satz nachdachte und grübelte. Später übrigens auch noch.

Wer war *sie*?

Was wollten Friedendorff und ich mit Trikots?

Ich kann es mir nur schwer verzeihen. Ich hätte die Sache anpacken müssen, bevor es zu spät war.

Als es noch möglich war.

7

Bernard
Der Eindringling im Arbeitszimmer

Drei Wochen vergingen. Der Dezember kam mit Regen und nördlichen Winden. Ein paar Tage lang hatten wir Besuch von einem gemeinsamen alten Freund, Bernard, und ausnahmsweise verbrachten Mima und ich die Abende zusammen.

Vielleicht müsste betont werden, dass meine Frau und ich nichts unausgesprochen zwischen uns haben stehen lassen. Auch wenn wir nicht mehr so richtig wie Mann und Frau miteinander leben, so haben wir doch eine harmonische und gut funktionierende Beziehung zueinander. Wir haben eine gemeinsame Kasse, im Großen und Ganzen zumindest, und wir wohnen in der gleichen Wohnung – in der alten Fünf-Zimmer-Wohnung, in der unsere Kinder aufgewachsen sind und in der sich fast unsere gesamte gemeinsame Geschichte abgespielt hat. Unsere Sicherheit ist hier, unsere vertrauten, eingesessenen Möbel, unsere Bücher, unsere Bilder, unsere Fotoalben. Unsere Flugzeugschwinge aus dem Ersten Weltkrieg.

Helmut, unser Sohn, behauptete zwar während eines kürzeren Besuchs und bei einem Meinungsaustausch einmal, wir würden im Museum unseres Lebens leben, aber Helmut und auch seine Schwester haben immer schon die Tendenz gehabt, Dinge zu übertreiben. Vielleicht gehört das ja zur Jugend.

Oder sagte er Mausoleum?

Wie dem auch sei, Bernards Besuch bedeutete eine willkommene Unterbrechung der Routine. Wir nahmen gemeinsame Mahlzeiten zu uns, was sonst nur in Ausnahmefällen geschieht, wir tranken einige gute Weine, und wir saßen zusammen in den Sesseln und sprachen über verflossene Zeiten. Ich glaube, Bernard hegt immer noch eine alte Jugendliebe für Mima, aber ich habe die Frage danach niemals gestellt, und wir haben uns diesem Thema nie genähert. Auf jeden Fall bin ich mir sicher, dass Mima wie auch Bernard diese Abende ebenso schätzten wie ich.

An dem Morgen, als Bernard wieder abfahren wollte – er wohnt seit vielen Jahren oben in G-lingen, draußen an der Küste –, fuhr ich ihn zum Bahnhof. Bernard hatte schon immer Angst vorm Fliegen, seit einem kleineren Unfall in seiner Kindheit, und er fährt fast ausnahmslos mit der Eisenbahn, ganz gleich zu welcher Zeit und welcher Gelegenheit.

Nachdem ich ihn in den Zug gesetzt und ihm zum Abschied gewinkt hatte, beschloss ich – nach einem gewissen Zögern –, direkt in die Schule zu fahren. Es waren zwar noch eineinhalb Stunden bis zu meiner ersten Unterrichtsstunde, aber ich hatte ein paar noch nicht korrigierte Arbeiten auf dem Schreibtisch liegen und konnte sie ebenso gut jetzt durchgehen und mir damit ein wenig Abendarbeit ersparen.

Es ist möglich, das kann ich ohne Probleme gleich zugeben, dass ich an diesem Morgen nicht in allerbester Form war. Drei späte Abende hintereinander mit Wein und Zigaretten hinterlassen natürlich ihre Spuren, auch wenn wir uns nicht gerade irgendwelchen Exzessen hingegeben hatten.

Vielleicht war es auch nur der fehlende Schlaf selbst, der dazu führte, dass ich ein gewisses Prickeln im Körper spürte und es hinter den Augen brannte, als ich ins Lehrerzimmer trat. Ich hängte meinen Mantel auf und holte mir eine Tasse schwarzen Kaffee aus der Kantine. Schaute die Post in meinem Fach durch und begab mich dann auf den Weg zu meinem Arbeitstisch im historischen Flügel.

Die erste Stunde war im Gang, es summte hinter den Türen, und wenn ich jetzt wieder daran denke, kann ich mit Sicherheit sagen, dass ich auf keinen einzigen Menschen mehr gestoßen bin, nachdem ich meinen Fuß ins Lehrerzimmer gesetzt hatte. Weder dort noch in der Kantine, noch auf den Fluren.

Dagegen weiß ich heute nicht mehr, ob ich damals wirklich eine Vorahnung hatte ... ob es tatsächlich etwas gab, was mich zögern ließ, bevor ich die Tür zum Arbeitszimmer öffnete.

Oder ob es nur etwas war, was ich im Nachhinein konstruiert habe.

Auf jeden Fall machte das Husten mir alles klar. Es war ein äußerst schwaches Geräusch, eher ein Räuspern eigentlich. Dennoch war es ein Gefühl, als hätte ich einen elektrischen Schlag bekommen. Sofort war mir alles klar. Auf der Stelle.

Ich hatte gerade erst die Tür geöffnet, nur einen Spalt, um den Schlüssel wieder herauszuziehen, während ich sie mit dem Knie offen hielt ... eine dieser eingeübten, reflexartigen Bewegungen, die wir Hunderte und Aberhunderte von Malen am Tag ausführen. Ich fühlte ein paar Kaffeetropfen auf meiner Hand. Offensichtlich war ich von dem Geräusch zusammengezuckt und hatte gespritzt.

Ich holte tief Luft und betrat den Raum. Ließ den Schlüsselbund in die Jackentasche gleiten. Schloss die Tür hinter mir. Hob den Blick.

Das Zimmer ist lang gestreckt, das kann möglicherweise für Sie von Interesse sein. Lang gestreckt, mit hoher Decke, die Wände von Bücherregalen verdeckt. Die wiederum mit Sekundärliteratur und Klassensätzen gefüllt sind. Direkt vorm Fenster, das die ganze Stirnseite einnimmt, gibt es drei Arbeitsplätze. Meinen eigenen, die der Kollegen Friijs und Kasparsen.

Friijs, Marr und Kasparsen.

Er saß in der Mitte. Oder besser gesagt:

In der Mitte saß Studienrat Marr. Auf seinem üblichen Platz. Den Rücken demjenigen zugewandt, der gerade ins Zimmer gekommen war. Leicht über den Tisch gebeugt.

So wie es aussah, war er dabei, Aufsätze zu korrigieren.

Links von mir stand ein Kaffeebecher, eine Kopie dessen, den der Besucher in der Hand hielt.

Der Besucher erlaubte es sich, diese Details zu notieren, er war diesmal nicht in Eile ... die Kleidung stimmte vollkommen überein: braune Kordjacke, hellere Hose. Bermucchi-Schuhe, die ich im letzten Sommer auf Sizilien gekauft hatte.

Ein paar stille Sekunden lang blieb der Besucher dort stehen, während Jakob Daniel Marr weiter an seinem Schreibtisch arbeitete, dann kehrte er ihm den Rücken, verließ das Zimmer und hastete die Treppen hinunter.

Immer noch kein Mensch zu sehen. Ich warf den Becher, mit Kaffee und allem, in einen Papierkorb, warf mir Mantel und Schal über den Arm und lief weiter auf die Straße hinaus.

Eilte unter die kahlen Linden an der Sporthalle und dem Parkplatz. Fummelte eine Weile mit den Schlüsseln herum, bis es mir gelang, die Autotür zu öffnen. Ich sprang hinein und fuhr los, mit einem Gefühl großer Aufgewühltheit.

Ungefähr so war es, ja.

8

Hotel Belvedere

Diesmal änderte ich die Fahrtrichtung. Fuhr nach Süden. Bog in Höhe von Kerran von der Autobahn ab und nahm die kleineren Straßen über die Heide. Ich mochte die Heidelandschaft schon immer.

Diese Aufgewühltheit, die ich beim Verlassen der Schule gespürt hatte, legte sich bald, dagegen stellte sich diese leichte Euphorie, diese Befriedigung darüber, der Arbeit entkommen zu sein, die ich letztes Mal verspürt hatte, nicht wieder ein. Obwohl ich wirklich versuchte, sie herbeizurufen.

Stattdessen lagen Verwirrung und Angst auf der Lauer, das Gefühl, ich wäre dabei, die Kontrolle über etwas zu verlieren, dass ich nicht mehr steuern könnte, was da mit mir geschah, und dass eigentlich alles eintreffen könnte. Nichts schien länger unmöglich zu sein. Ich weiß nicht, ob Ihnen so ein Gefühl vertraut ist. Ich hoffe, dass zumindest einige von Ihnen sich in meine Situation versetzen können: Vielleicht gibt es auch jemanden, der meinen Widerwillen versteht, meine Erlebnisse jemand anderem mitzuteilen.

Meine Frau anzurufen und ihr alles zu erzählen zum Beispiel ... und Rat und Unterstützung zu bekommen oder was man sich immer so denken könnte.

Vielleicht verstehen Sie mich, wie gesagt, vielleicht ja auch nicht.

Meine erste Krankheitsphase – ich erwähne das in einer Art Zwang, Rechenschaft abzulegen – trat vor ungefähr fünf Jahren ein, im Zusammenhang mit Mimas Wunsch, sich scheiden zu lassen. Eigentlich wäre es viel logischer gewesen, wenn sie diejenige gewesen wäre, um die man sich kümmerte, und nicht ich. Eine Scheidung in der Situation, in der wir uns damals befanden, hätte nur in einer Katastrophe enden können. In erster Linie für meine Ehefrau. Mehrere Monate lang versuchte ich sie dazu zu bringen, das doch einzusehen, und es waren diese Monate, das geballte Gewicht aller nächtlichen Konferenzen und Gespräche, was mich schließlich zusammenbrechen ließ.

Nichts Schlechtes, was nicht auch etwas Gutes in sich birgt. Das Thema Scheidung verschwand von der Tagesordnung, und nach meiner »Ruhephase«, wie ich sie manchmal nannte, von drei Monaten konnten wir zu der üblichen Routine zurückkehren. Ich erlitt zwar im darauf folgenden Jahr noch einen leichten Rückfall – verbunden damit, dass unsere Tochter Veje ganz plötzlich nach Moeser zu einem dunkelhäutigen Jüngling ziehen wollte, der fast ihr Leben ruiniert hätte –, aber da kann man eher von einer Art Nachbeben sprechen. Die Ringe auf dem Wasser sozusagen. Veje kam bereits nach ein paar Wochen zurück, und auch wenn sie mir und meiner Frau gegenüber niemals Dankbarkeit für unsere Hilfe und unsere Hartnäckigkeit gezeigt hat, so weiß ich doch, dass diese ganze Geschichte eine bittere, aber nützliche Medizin in ihrem Leben bedeutete.

Aber nicht das wollte ich berichten. Ich habe es nur aufgegriffen, um deutlich zu machen, warum ich mich nicht ohne weiteres dieser erniedrigenden Behandlung aussetzen wollte, der die Seelenkranken in unserer Gesellschaft oft ausgesetzt werden. Und um meinen Widerwillen zu begründen, den ich in diesem Fall der Idee gegenüber empfand, mich irgendjemandem sonst anzuvertrauen.

Hand aufs Herz, wie würden Sie auf eine Person reagieren, die zu Ihnen kommt und Ihnen eine Geschichte wie die meine erzählt? Dem zweimal etwas zugestoßen ist … ja, wie soll man das nennen, was ich erlitten habe? Physische Schizophrenie, wie mein Therapeut es später eher scherzhaft nannte?

Wenn Sie außerdem noch im Hinterkopf haben, dass der Betreffende bereits ein paar Mal wegen psychischer Leiden im Krankenhaus war?

Würden Sie meinen Worten glauben?

Ich wage es zu bezweifeln.

Außerdem gibt es ja bis jetzt keinen Beweis dafür, dass Sie wirklich existieren.

Sie sind nur eine Konstruktion, ich hoffe, Sie nehmen mir das nicht übel. Ich brauche ganz dringend etwas, in dem ich meine Worte spiegeln kann.

Ja, ich mag die Heidelandschaft. Besonders die hochgelegenen Teile in der Gegend von Kerran und Weid, wo man an gewissen klaren Tagen fast unendlich weit sehen kann und wo es kein Problem ist, sich einzubilden, man schwebe über der Welt.

Aber an diesem Tag herrschte Nebel. Schwere, dahinziehende Wolken, die wahrscheinlich bald zerreißen und den Regen freigeben würden. Es gab so gut wie keinen Verkehr, nur in den Orten sah ich ab und zu ein Lebewesen. Ein paar Ziegen. Schwarz gekleidete Alte mit einem Einkaufsnetz in der Hand. Hunde und Kinder, die um die niedrigen Steinhäuser herumsprangen.

Ganz bis nach Weigan kam ich, fast einhundertzwanzig Kilometer weit, bevor ich mir die Frage stellte, wohin ich eigentlich auf dem Weg war. Die Uhr ging auf eins zu, und es sah aus, als würde die Dämmerung bereits einsetzen, was natürlich ein Unding war.

Ich hatte also die Heidelandschaft hinter mir gelassen und war aufs Flachland herunter gekommen, und da Weigan die erste richtige Stadt war, in deren Nähe ich überhaupt gekommen war, seit ich K- verlassen hatte, bog ich ab Richtung Stadtzentrum.

Als ich auf den Markt fuhr, überkamen mich zwei äußerst starke Gefühle.

Zum Einen wusste ich plötzlich, dass ich nicht in der Lage sein würde, auch nur einen einzigen Kilometer in dieser Art weiterzufahren. Unter keinen Umständen aber würde ich umkehren und wieder zurückfahren können, ja, dieser Gedanke erschien mir noch viel unmöglicher.

Andererseits erinnerte ich mich. Bereits als ich aus dem Auto stieg, wusste ich, dass das hier ein Ort war, an dem ich mich schon früher einmal befunden hatte. Dass es nicht das erste Mal war, dass ich die schwarze Granitskulptur mit dem leise plätschernden Wasser umrundete und zwischen ein paar niedrigen Holzbuden parkte. Genau zwischen diesen grünbraun gebeizten Buden mit geschlossenen Luken und Papierkörben aus blassgelbem Plastik. Ich blieb ein paar Minuten sitzen und versuchte mich daran zu erinnern, wann wohl mein früherer Besuch stattgefunden haben mochte, aber in meinem umnebelten Kopf tauchten keine Bilder der Erinnerung auf.

Dennoch wurde ich meiner Sache umso sicherer, je länger ich darüber nachdachte, besonders die hohen, hellgelben Fassaden mir genau gegenüber, mit ihren schönen Giebeln und den schmalen, gotischen Buchstaben in Grünspanfarbe, schienen gewisse Erinnerungen in mir zu wecken:

HOTEL BELVEDERE

Der Name sagte mir nichts.

Ich kurbelte das Seitenfenster herunter und zündete mir eine Zigarette an. Dichter Regen setzte ein. Einige Teile des Hochlands waren noch schneebedeckt gewesen, aber hier in der Tiefebene herrschte ein feuchteres, milderes Klima. Sicher lag die Temperatur so um die zehn Grad, der leichte Wind fühlte sich alles andere als kalt an.

Ich schaute mich um und stellte fest, dass direkt neben dem Hotel eine Bank lag. Ich zog meine Brieftasche heraus und schaute nach, ob ich auch meine Scheckkarte dabei hatte. Dann drückte ich die Zigarette aus. Stieg aus dem Wagen, schlug den Mantelkragen hoch und betrat die Bank.

Ich hob tausend Gulden ab. Was immer ich für Absichten haben mochte, das würde erst einmal für ein paar Tage reichen. Die Kassiererin lächelte mich freundlich an, und als sie mir das Geld überreichte, berührten sich einen Augenblick lang zufällig unsere Finger. Ich erinnere mich noch sehr deutlich daran, erinnere mich auch, dass mir das ein gehöriges Gefühl von Zuversicht gab.

In der Hotellobby waren ungewöhnlich viele Menschen, zumindest wenn man bedenkt, dass es sich um einen ganz gewöhnlichen Dienstag im Dezember handelte. Ganz überwiegend handelte es sich um Herren mittleren Alters und älter. Außerdem fiel mir auf, dass sie fast alle einen Bart trugen.

Die Erklärung für dieses ziemliche Gewimmel gab ein eingerahmtes Schild in der Rezeption:

Fifth International Conference
of Telepathy
Weigan, Dec 6-9, 199-

Es gelang mir, die Aufmerksamkeit der jungen, gehetzt wirkenden Dame hinter der Rezeption zu erlangen. Bat um ein Zimmer mit Dusche für zwei Nächte.

»Tut mir Leid«, lächelte sie und breitete die Arme aus. »Wir sind voll belegt. Die Konferenz beginnt in einer halben Stunde.«

Einer der Bärte drängte sich an mir vorbei.

»Ist Doktor Barboza endlich gekommen?«

Sie schüttelte den Kopf, der Bart verschwand. Ich dachte eine Weile nach. Wartete, bis die junge Frau mit etwas anderem beschäftigt war, dann wandte ich mich an ihren Kollegen, einen spindeldürren Herrn mit Pomade im Haar und Ring im Ohr.

»Entschuldigen Sie«, sagte ich. »Mein Name ist Doktor Barboza. Ich glaube, hier ist ein Zimmer für mich reserviert?«

»Aber sicher.«

Mit einer schnellen Geste drehte er das Journal herum, und ich trug mich ein. Nahm den Schlüssel für Zimmer Nummer 321 entgegen und begab mich ohne übertriebene Eile die Treppen hinauf.

9

Nachmittag mit Mühen

Einer meiner Therapeuten während meines ersten Krankenhausaufenthalts benutzte ab und zu einen Ausdruck, den ich nicht wieder vergessen konnte, vielleicht weil er einfach zu idiotisch klang.

Man solle auf der Welle der Tatkraft surfen, sagte er, und Sie müssen mir doch zustimmen, dass dieser Begriff eine gewisse Armut an Metaphorik bezeugt. Vielleicht gilt das auch für die gesamte Zunft, nicht nur für diesen einzelnen Psychiater. Oft konnte ich den Eindruck gewinnen, dass man, wenn es um die Seele geht, sich leisten kann, was man will.

Surfen auf der Welle der Tatkraft?

Wie lächerlich das auch klingt, es war jedenfalls ungefähr das, womit ich mich beschäftigte, nachdem ich in mein Zimmer gegangen war. Der Trick an der Rezeption erfüllte mich zeitweise mit so viel Zuversicht, dass ich es wagte, zum Telefon zu greifen.

Es war noch nicht einmal halb zwei. Noch fand die letzte Stunde im Elementargymnasium statt. Geschichte in einer Oberprima, sprachlicher Zweig. Saal XIV. Die Stromlandkulturen. Besonders am Ganges. Harappa. Mohenjo-Daro …

Es war Frau deHuuis, die antwortete. Ich verstellte meine Stimme, so gut ich konnte, und bat, mit Studienrat Marr sprechen zu dürfen.

Der Herr Studienrat ist im Unterricht, erfuhr ich. Wäre es möglich, noch einmal anzurufen, oder könne er zurückrufen?

Nichts von beidem, leider. Meine Angelegenheit sei äußerst dringend, sie dulde keinen Aufschub. Man müsse bitte unverzüglich dafür sorgen, dass er ans Telefon komme.

Frau deHuuis murmelte etwas, was ich nicht verstehen konnte. Ich hörte sie nach Rejmer rufen, dem jüngeren unserer beiden Hausmeister, anschließend bat sie mich, ein paar Minuten zu warten.

Während dieser Minuten saß ich auf der Bettkante, den Hörer fest ans Ohr gedrückt. Ich verfolgte den Sekundenzeiger meiner Armbanduhr, und die ganze Zeit spürte ich, wie die Welle der Tatkraft unter mir verebbte.

Sie sank mit verzweifelt schneller Geschwindigkeit, bis nur noch eine hoffnungslos ruhige Pfütze von Brackwasser übrig blieb. Vielleicht hätte jedenfalls mein Therapeut die Lage so ausgedrückt, und als ich hörte, dass Studienrat Marr den Hörer am anderen Ende der Leitung aufnahm, spürte ich nur noch, wie eine schreckliche Kälte meine Kehle, mein Sprachvermögen und meinen Atem umklammerte.

»Ja, Marr hier.«

Meine Stimme klang ein wenig nervös, das konnte man feststellen, es war natürlich nicht üblich, aus dem Unterricht gerufen zu werden. Aber es gab keinen Zweifel. Jedes Zehntel an Phonem war korrekt. Das war ich.

»Hallo?«

Unruhe mit einem Hauch von Verärgerung. Ich legte den Hörer auf und warf mich aufs Bett zurück.

In einer Seitengasse zwei Straßen hinter dem Markt fand ich Arnini's, ein unbedeutendes Restaurant mit Schwergewicht auf Pizzen und Pastagerichten. Ich schlüpfte hinein und fand ganz hinten in der Ecke einen Tisch. Bestellte Fettucini, einen kleinen Whisky und den Wein des Hauses. Der Kellner wischte sorgfältig den Tisch ab, fragte, ob ich fremd in der Stadt und wegen des Wettkampfs gekommen sei. Ich antwortete nur einsilbig und abweisend, und bald verschwand er im Dunkel.

Was für ein Wettkampf?, überlegte ich und versuchte mich an den Namen Weigan in irgendeinem Sportzusammenhang zu erinnern, aber es kam mir keine Idee. Natürlich hätte ich mein spätes Mittagessen ebenso gut im Hotel einnehmen können, ich nehme an, es war mein kleines Falschspiel an der Rezeption, das mich davon Abstand nehmen ließ. Zweifellos war es ein sehr viel sichereres Gefühl, sich von dort fern zu halten.

Die Pasta schmeckte ausgezeichnet. Neben dem Wein und dem Whisky gönnte ich mir zum Kaffee einen kleinen Cognac, und als ich Arnini's verließ, hatte ich mich zumindest über das Niveau des Brackwassers herausgekämpft.

Ein paar Stunden strich ich in dem dünnen Nieselregen herum, ziemlich planlos, auch wenn ich erneut versuchte, mir klar zu werden, ob ich wirklich schon einmal hier gewesen war. Aber ich konnte in dieser Frage zu keinem endgültigen Schluss kommen.

Dagegen fand ich einen ziemlich gut sortierten Weinladen, in dem ich mir zwei anständige Bordeaux besorgte. Außerdem ging ich noch ins Antiquariat am Markt – Krooner's, wenn ich mich recht erinnere – und kaufte ein Buch. *Die Legende von der Wahrheit* von J. P. Rimley, von dem ich wusste, dass Friijs es bei irgendeiner Gelegenheit einmal empfohlen hatte.

Schließlich musste ich ja auf irgendeine Weise den Abend und die Nacht hinter mich bringen.

Als ich zu meinem Zimmer zurückkam, steckte dort eine Mitteilung im Türfutter.

Bitte melden Sie sich umgehend bei der Rezeption!

Ich stellte die Tasche mit den Flaschen und Rimley ab. Fuhr mit dem Fahrstuhl wieder hinunter und ging zu dem glänzend polierten Tresen.

Der Spindeldürre hatte jetzt einen schärferen Zug um den Mund. Ich reichte ihm wortlos die Mitteilung. Er schaute mich an und zog eine Augenbraue hoch.

»Ich fürchte, ich habe Ihren Namen nicht mitbekommen.«

»Wieso?«

»Sie haben sich als Doktor Barboza eingetragen?«

Ich gab keine Antwort.

»Vor ungefähr einer Stunde haben wir ein Telegramm erhalten. Doktor Barboza teilte uns mit, dass er leider verhindert sei und nicht zur Konferenz kommen könne. Was sagen Sie dazu?«

»Das muss ein Missverständnis sein.«

Plötzlich sah er fast zufrieden aus. Ließ die Zunge über die Zähne gleiten und drehte am Ohrring.

»Ach, wirklich? Und wenn Sie dieser Doktor Barboza sind, warum sitzen Sie dann nicht mit den anderen im Konferenzsaal?«

Ich überlegte einen Moment.

»Hören Sie«, sagte ich und zog einen Hundertguldenschein aus der Brieftasche. »Ich brauche für zwei Nächte ein Zimmer. Und wenn dieser Barboza sowieso nicht zu kommen gedenkt, dann verstehe ich nicht, was für eine Rolle es spielt.«

Ich schob den Schein über den Tresen, und im Bruchteil einer Sekunde hatte er ihn sich geschnappt und in die Brusttasche gestopft.

»Na gut«, sagte er. »Aber ich hoffe, Sie entschuldigen, dass ich dennoch auf einer Bezahlung im Voraus bestehen muss. Für das Zimmer, meine ich ...«

Ich bezahlte für zwei Nächte und kehrte in mein zeitweiliges Domizil zurück. Setzte mich für eine Weile an den kleinen Schreibtisch und schaute aus dem Fenster. Es ging auf den Markt hinaus und auf die massive romanische Kirche, die unter einem immer dunkler werdenden Himmel brütete. Insgesamt ein ziemlich ansprechendes Bild, Menschen wanderten dort draußen umher, und ich blieb ein paar Minuten sitzen und betrachtete sie. Scheinbar planlos liefen sie über den offenen Platz – verschwanden in Einfahrten und Geschäften, tauchten wieder auf und schlugen andere Richtungen ein, mal zur einen Seite, mal zur anderen. Blieben ab und zu stehen und schienen miteinander einige Worte zu wechseln, bis sie aufs Neue davoneilten. Das war natürlich nicht besonders außergewöhnlich, aber mir kam der Gedanke, dass ich nicht den Namen eines Einzigen von ihnen wusste. Alle diese Personen, die sich da vor meinen Augen befanden, hätten ebenso gut eine Anhäufung vollkommen anderer Menschen sein können.

Andererseits: Wenn ich nun mein Fenster öffnete und beispielsweise »Maria« riefe, dann würden sicher einige von ihnen stehen bleiben. Bis auf weiteres beschloss ich, mich mit diesem Eindruck zu begnügen. Von der Kirche waren fünf Schläge zu hören. Ich öffnete eine der Flaschen, holte ein Glas aus dem Bad und streckte mich auf dem Bett aus.

10

Essen mit Rimley und Herrn Singh

Erneut erwachte ich. Ich musste also eingeschlafen sein. Prämisse und Schlussfolgerung, kein Raum für einen Zweifel. Die Flasche war zur Hälfte ausgetrunken, und mein Körper fühlte sich muffig an. Mir fiel ein, dass ich mit einigen anderen Bedürfnissen außer Durst und Lesehunger hätte rechnen sollen, während ich durch die Stadt schlenderte. Ein sauberes Hemd und ein Paar Unterhosen beispielsweise. Eine Zahnbürste hätte auch nicht geschadet.

Nun ja, das musste bis morgen warten, beschloss ich. Rimley lag aufgeschlagen neben dem Bett; offenbar hatte ich einige Seiten gelesen, auch wenn ich mich an nichts mehr erinnern konnte. Ich kam auf die Beine. Sah auf der Uhr, dass es noch nicht zu spät für ein Essen unten im Restaurant war.

Ich nahm schnell ein Bad und trank noch ein Glas Wein. Warf die Unterhose in den Papierkorb, ich konnte ohne sie essen, hatte ich beschlossen. Das Hemd musste gut genug sein.

Während ich mich auf diese Weise darauf vorbereitete, hinunter in den Speisesaal zu gehen, fühlte ich zumindest eine Spur von Vergnügen, diese alte Empfindung einer fremden Stadt und eines fremden Lebens. In Ermangelung einer Zeitung klemmte ich mir den Rimley unter den Arm und stieg leichten Fußes die Treppen hinunter. Betrat durch die Schwingtüren Belvederes Speisesaal.

Er war in Sepiabraun und Rot gehalten, mit schweren Damastgardinen und tadellosen weißen Tischdecken. Ungefähr zu drei Vierteln war er gefüllt. Zehn Prozent Frauen, siebzig Prozent Bärte, so ungefähr. Andere Gäste als die Telepathiker sah ich nicht. Der Geräuschpegel war ziemlich hoch, die Stimmung an diesem ersten Kongressabend ausgelassen. Man saß im Prinzip um zwei lange Tafeln, aber nur im Prinzip.

Offensichtlich befand man sich bereits weit im Dessert, die wenigen, vereinzelten Damen ließen mich an Fluglöcher denken.

Vor seinem Tod beschäftigte sich mein Vater einige Jahre mit Bienenzucht. Ich erinnere mich an seinen Lieblingsspruch aus dieser Zeit: Voltaire hat sich geirrt!, pflegte er zu glucksen. Man braucht seinen Garten nicht zu pflegen. Es reicht verdammt noch mal mit ein paar Bienenkörben!

Ich glaube, es war das einzige Mal, dass ich ihn jemals einen Kraftausdruck benutzen gehört habe.

Ich bekam einen Tisch ganz hinten im Raum – an einem Fenster, das nicht zum Markt, sondern zu einer kleineren Seitenstraße hinausging, auf eine enge Gasse. Ich schob die Gardine zur Seite. Die Fassade gegenüber war von einer einsamen Straßenlaterne mit schmutziggelbem Licht schwach erleuchtet. Offensichtlich handelte es sich um ein Krankenhaus irgendeiner Art, jedenfalls um eine Art Praxis. »Die Patienten werden gebeten, leise zu warten«, stand auf einem Anschlag an der Tür, direkt unter der einsamen Lampe. Ein Kellner räusperte sich, und ich ließ die Gardine los.

Ich bestellte und schlug den Rimley auf gut Glück auf. Ebenso wie der späte Wittgenstein bedient sich Rimley einer ziemlich freien, aphoristischen Technik mit nummerierten, oft sehr kurzen Paragraphen, die zu dritt, zu fünft oder sogar zu zehnt zusammenhängen können. Nichts hindert einen jedoch daran, alles in beliebiger Reihenfolge zu lesen oder auch ganz zufällig. Auf jeden Fall hatte Friijs das behauptet, und ich hatte keinen Grund, eine anders lautende Meinung zu vertreten.

»Diese Anwesenheit«, schreibt Rimley in Paragraph 126, und ich weiß nicht so recht, inwieweit ich ihn schon vorgestellt habe (ich hatte keine Möglichkeit, die Sache zu untersuchen, und außerdem habe ich das Buch verlegt), »ist jedoch nicht ohne weiteres wahrnehmbar; ich möchte sogar behaupten, dass sie nicht erfahrbar ist. Diese Eindruckslosigkeit an und für sich kann als eine der Bedingungen für ihre Existenz angesehen werden ... sie überhaupt zu entdecken, sie wahrzunehmen bedeutet, sie zu entlarven, sie ihrer Bedeutung und ihres Geheimnisses zu berauben ... als malte man Dunkelheit oder ließe die Stille erklingen; nur noch vergeblicher.«

Ich trank einen Schluck Wein und schaute mich im Saal um.

»Eine Anwesenheit, wie gesagt, die genau so viel wiegt wie die Ermangelung einer Abwesenheit und nicht mehr.«

Welch emsiges Training musste wohl notwendig sein, um zu lernen, das aufzufassen, was wir nicht wahrnehmen, dachte ich. Möglicherweise war ich auch der Meinung, dass ich einiges von deConzas herleiten konnte, aber ich war mir nicht vollkommen klar darüber. Kann ich voraussetzen, dass Sie Rimley gelesen haben oder nicht? Wer weiß? Auf jeden Fall kam mir der erste Tag und meine Verfassung in den Sinn, als ich durch die Böttchergasse ging ... der Moment, als ich gezwungen war, anzuhalten und mich an der Mauer abzustützen.

Wie anders sieht doch alles im Nachhinein aus. Wie leicht fällt es uns, das Zeugnis unserer Sinne zu bezweifeln, wenn sie nicht mehr ihre Reaktion zeigen.

War es eigentlich Angst?

Ist es möglich, dass wir Angst und Anwesenheit gleichzeitig empfinden? Ist es nicht immer so, dass es die Abwesenheit von etwas ist, was uns erschreckt? Ich klappte das Buch zu. Mein Essen kam, aber gerade als ich anfangen wollte, wurde ich eines älteren Herrn gewahr, der ein Stück von mir entfernt allein an einem Tisch saß. Er hatte schütteres Haar und trug keinen Bart, aber die gleiche kleine Plastikkarte am Revers wie alle anderen Kongressteilnehmer. Trotzdem saß er ganz allein da, etwas abgesondert von der übrigen Gesellschaft, genau wie ich. Auch er hatte irgendeine Lektüre auf dem Tisch liegen, ich konnte nicht genau erkennen, was es war ... eine Zeitung oder eine Fachzeitschrift wahrscheinlich, und zwischen den einzelnen Happen las er mit konzentrierter Miene.

Vielleicht lag es an unser beider Einsamkeit, dass unsere Blicke sich während der Mahlzeit ab und zu begegneten. Wenn die immer ausgelassener werdende Telepathikergruppe an diesem Abend den Kontinent in Belvederes Speisesaal ausmachte, dann waren der Dünnhaarige und ich zwei isolierte, aber autonome Inseln.

Vielleicht war da noch etwas anderes. Ich konnte nur mit Mühe den Gedanken an eine unsichtbare Anwesenheit beiseite schieben, natürlich hatte ich zu dem Zeitpunkt bereits einen gewissen Grad an Trunkenheit erreicht, aber ich meine dennoch behaupten zu können, dass es mehr Energie in dem Raum gab, als eigentlich der Fall hätte sein dürfen. Ein Überschuss ganz einfach, aber vielleicht war es auch nur mein eigenes Kraftfeld, das sich stärker zeigte als üblich; und über die Richtung der Kräfte kann ich gar nichts sagen.

Im Nachhinein will ich gern zugeben, dass ich mir nicht vollkommen sicher bin, wovon ich hier rede. Ich versuche nur eine Art Zustand wieder auferstehen zu lassen, den ich zweifellos leicht identifizieren könnte, wenn ich wieder in ihn geriete, der sich aber nicht so ohne weiteres erklären lässt. Oder vermitteln.

Wer noch nie die Farbe Rot gesehen hat, kann sie sich bekanntermaßen nicht vorstellen.

Vielleicht fehlen mir ja auch nur die Worte. Mein Alkoholpegel stieg, ich will gar nicht drum herum reden, und deshalb war ich auch gar nicht verwundert darüber, dass ich plötzlich mein Glas hob und diskret dem einsamen Fremden zuprostete.

Er lächelte nicht. Nahm nur höflich meine Einladung entgegen, indem er an seinem Wein nippte. Nach einer Weile deutete er aber doch auf den leeren Stuhl sich gegenüber. Ich machte ein Zeichen, um sicher zu sein, dass das sein Ernst war.

Das war es, gab er mir durch ein anderes Zeichen zu verstehen.

»Mein Name ist René Singh«, setzte er an. »Und Sie haben gar keinen Namen, wenn ich die Sache richtig verstehe?«

Ich nickte, mir war sofort klar, dass er auf die Geschichte mit Doktor Barboza anspielte.

»Ich muss sagen, das gefällt mir«, fuhr er fort. »Wollen Sie nicht einen Käseteller mit mir teilen?«

»Gern.«

Ich bot ihm eine Zigarette an, und eine Weile rauchten wir schweigend.

»Warum sitzen Sie nicht bei den anderen?«, fragte ich.

Er zögerte einige Sekunden mit der Antwort.

»Ich bin das schwarze Schaf«, sagte er dann.

»Das schwarze Schaf?«

Er nickte, lächelte nur kurz dabei.

»Ich bin Gedankenleser«, erklärte er.

Ich wartete auf eine Fortsetzung, aber es kam keine. Er rauchte und schaute aus dem Fenster.

»Wie kann ein Gedankenleser in der Telepathie ein schwarzes Schaf sein?«, fragte ich schließlich. »Ich hätte eher angenommen, das wäre das Gegenteil.«

»Ganz und gar nicht.« Er schüttelte den Kopf. »Das ist für die das Schlimmste. Es gibt einen gewissen Unterschied zwischen Theorie und Praxis, wissen Sie. Man muss dabei bedenken, dass sie Dozenturen und Lektorenstellen innehaben und mit ihrer Arbeit Frau und Kinder versorgen. Nichts kann eine größere Bedrohung ausmachen als ein richtiger Telepathiker. Einer, der diese Fähigkeit hat, meine ich … eigentlich ist es ganz natürlich, wenn man es sich recht überlegt.«

Dennoch fand ich, dass es etwas bizarr klang, kam aber im Augenblick auf kein Argument, das seine Behauptung hätte widerlegen können.

»Wie gehen Sie vor?«, fragte ich.

»Es gibt verschiedene Methoden und unterschiedliche Niveaus«, erklärte er. »Bestimmte Menschen kann ich zwingen, sich zu öffnen, andere muss ich aufspüren, die Peilung aufnehmen, lauschen ... oft nimmt das viel Zeit in Anspruch, besonders, wenn ich mit der betreffenden Person nicht weiter bekannt bin.«

Der Käseteller wurde serviert, begleitet von einer Flasche Portwein. Wir prosteten uns zu, und mir schien für einen Moment, als würde der Speisesaal schaukeln. Aber das stabilisierte sich gleich wieder, und wir ließen uns einen außerordentlich reifen Brie schmecken.

Auch wenn ich natürlich gern eine Kostprobe von Herrn Singhs behaupteten Fähigkeiten erlebt hätte, schien es mir etwas plump, ihn direkt darum zu bitten. Stattdessen führte ich einkreisende Manöver aus.

»Haben Sie schon immer diese Fähigkeit besessen? Ich meine ...«

Er wischte sich den Mund mit der Serviette ab, bevor er antwortete. Schien mit sich selbst zu Rate zu gehen.

»Seit meiner Jugend. Auf jeden Fall wurde es mir zu der Zeit bewusst. Ich habe einen Zwillingsbruder, der starb, als ich zwölf war. In den letzten Jahren war er krank und bettlägerig, und wir hatten einen äußerst engen Kontakt zueinander, auch wenn ich nicht bei ihm saß ...«

Er strich sich mit der Hand übers Kinn und richtete den Blick auf etwas hinter meinem Rücken.

»... ich will nicht behaupten, dass das mit seinem Tod zu Ende war.«

Ich zuckte zusammen. Starrte auf die Weintraube, die ich in der Hand hielt. Zweifellos hatte sie sich bewegt. Ein kleines

Zittern nur, aber dennoch! Ich stopfte sie in den Mund und zerbiss sie. Es vergingen ein paar Sekunden, und immer noch saß Herr Singh da und schaute mir über die Schulter. Gewiss war ich zu diesem Zeitpunkt schon ziemlich betrunken, daran besteht gar kein Zweifel, aber das Gefühl, das mich zunächst überfiel, war dennoch zu intensiv, als dass es nur mit meinem Alkoholkonsum hätte erklärt werden können …

Etwas grub in meinem Kopf.

Ja, ich merke, dass es ein wenig affektiert klingt, aber es ist wirklich kein schlechtes Bild. Meine Gedanken waren das Ziel eines Besuchs, und zwar eines ziemlich aufdringlichen. Jemand oder etwas wendete und drehte und wühlte darin herum, und es bestand natürlich kein Zweifel daran, wer hinter diesen Attacken steckte.

Er vergewaltigt mich, dachte ich.

»Verzeihung«, sagte er unvermittelt, und ich glaube, er errötete. »Ich wollte Sie nicht irgendwelchen Unannehmlichkeiten aussetzen. Es ist immer schwer zu sagen …«

Der Druck ließ nach.

»Danke«, sagte ich.

Es vergingen einige Sekunden.

»Sie selbst sind auch Zwilling?«, fragte er.

»Eigentlich nicht«, antwortete ich. »Ich hätte es sein können. Aber mein Bruder starb früher als Ihrer. Nur wenige Stunden nach der Geburt.«

»Und Sie tragen seinen Namen, wie ich annehme?«

Ich nickte.

»Jakob Daniel. Wir sollten Jakob und Daniel heißen … ich weiß nicht einmal, wer ich hätte sein sollen. Wenn Sie verstehen.«

Wieder verstummten wir. Auf dem Telepathikerkontinent brach man in einen unisonen Gesang aus, der jedoch bereits nach wenigen Takten in Trümmern zusammenfiel. Er wurde ersetzt durch Lachsalven und Rufe. Ich warf einen Blick hinüber und sah, dass eine der Königinnen mit einer hartnäckigen Drohnenhand kämpfte, die versuchte, ihr unter ihre Bluse zu greifen.

Herr Singh schenkte aus der Portweinkaraffe ein und bot mir eine Zigarette aus einem schwarzen Lederetui an. Der Tabak war fast grün, türkis vermutlich, und beim ersten Lungenzug geriet der Speisesaal erneut ins Wanken.

»Das ist eine schwere Bürde«, sagte er.

Ich konnte nicht ausmachen, ob das eine Frage oder eine Feststellung war.

»Ja«, gab ich zu. »Meine Mutter hat mir alles erklärt, als sie meinte, ich wäre dafür alt genug ... ich war acht, wenn ich mich richtig erinnere. Du hast nicht nur dein eigenes Leben zu tragen, sagte sie. Du musst für dich und außerdem für deinen armen Bruder leben.«

»Sie hat das niemals zurückgenommen?«

»Wie bitte?«

»Die Worte. Dass Sie für zwei leben müssen?«

»Nein. Sie ist inzwischen über achtzig ... nein, sie hat ihre Meinung nie geändert. Ganz im Gegenteil.«

Er nickte.

»Ich verstehe. Sie befinden sich im Augenblick in einer schwierigen Lage, wenn ich mich nicht irre?«

Ich gab keine Antwort.

»Ich kann Ihnen nur viel Glück wünschen«, sagte er und probierte erneut ein flüchtiges Lächeln. »Ich wünschte, ich könnte Ihnen helfen, aber ich bin nur ein Gedankenleser ... Die Leute gehen oft davon aus, dass wir, die wir das können, gleichzeitig noch eine Art magische Kraft besitzen, aber das ist natürlich der reine Nonsens. Ich kann Ihre Gedanken genau in gleicher Art und Weise studieren, wie Sie selbst es können, das ist alles. Der Unterschied ist nur, dass Sie in ihnen viel besser zu Hause sind. Ich muss sagen, dass die meisten Gedanken der Menschen reines Griechisch für mich sind.

Ich spreche kein Griechisch«, fügte er hinzu und breitete die Arme aus.

Wir saßen noch eine Weile beisammen, aßen vom Käseteller und tranken den Portwein aus. Er schlug mir vor dem Schlafengehen einen kürzeren Spaziergang vor, aber ich war alles andere als sicher, ob ich mich ohne Stütze noch auf den Beinen halten könnte, deshalb dankte ich ihm nur für die Gesellschaft und wünschte ihm eine gute Nacht.

Bald lag ich wieder im Bett, und als ich die Augen schloss, spürte ich, wie das Zimmer sowie das ganze Hotel sich langsam um mich drehten. Dennoch hatte ich noch so viel Geistesgegenwart, dass es mir gelang, bei der Rezeption anzurufen und einen Weckruf zu bestellen.

Ich musste natürlich am nächsten Tag anrufen und mich krankmelden. Wie immer das auch mit meinem Doppelgänger gehen mochte, ich konnte ja wohl kaum darauf vertrauen, dass er jeden Tag meine Arbeitskleidung anziehen würde?

Mit diesen Gedanken schlief ich ein.

11

Die Polizei greift ein

Der Regen schlug gegen das Fenster. Einen Moment lang glaubte ich, das hätte mich geweckt, aber dann klingelte das Telefon von Neuem. Ich erinnerte mich an meine Lage. Es war kein schönes Gefühl. Das Blut hämmerte hörbar in meinen Schläfen. Der Hals brannte. Hinter den Augen erwachte langsam ein stark pochender Schmerz.

Ich bekam Frau deHuuis an den Apparat. Migräne, sagte ich, und eigentlich war ich damit gar nicht so weit von der Wahrheit entfernt. Sie notierte das mechanisch, fragte, ob sie mich anrufen sollte, um mich zu informieren, ob man eine Vertretung gefunden habe ... Ich erwiderte, dass ich wahrscheinlich den Stecker herausziehen würde, je nachdem, wie sich die Krankheit entwickelte.

Dann legte ich den Hörer auf. Schloss die Augen und sank wieder ins Bett zurück.

Ich erinnere mich, dass ich eine Zeit lang dem Regen lauschte und dass ich vorsichtig versuchte, den Kopfschmerz wegzumassieren, indem ich mit den Fingern hinter den Ohren und im Nacken arbeitete. Aber nicht mit viel Erfolg, stattdessen nahm das Gefühl der Übelkeit nur noch zu.

Es gab einen feuchten Fleck an der Decke, wie mir jetzt auffiel, nicht besonders groß, ungefähr wie eine Handfläche, aber die Form erinnerte an ein Gesicht im Profil ... Ein paar Minuten lag ich da und betrachtete ihn, während ich mit den Fingern arbeitete. Ich versuchte herauszubekommen, was für eine Art von Gesicht das wohl sein könnte, aber ich kam damit nicht weit, wahrscheinlich ist es auch so, dass fast alles zu einem Gesicht werden kann, wenn man nur den richtigen Blickwinkel einnimmt.

Ich machte mir ein paar vage Gedanken über den Fleck und die Sache an sich, aber offenbar bargen diese keine besondere Prägnanz in sich. Auf jeden Fall war es nichts, was irgendwelche Spuren in mir hinterließ. Dann wiederholte ich meinen Namen noch ein paar Mal leise nur für mich, und als ich wieder einschlief, begann ich sofort, von Herrn Singh zu träumen.

Ja, ich bin mir sicher, dass ich von ihm träumte, und davon, wie er aus eigener Kraft flog. Und das ist das verdammt Merkwürdige, Sie werden bald verstehen, warum.

Vor einer großen, jubelnden Volksmenge kletterte er auf die Balustrade, die unseren Balkon umgab. Wir wohnten offenbar in dem gleichen großen, mondänen Hotel in irgendeiner europäischen Großstadt, sogar in einem Zimmer … Er stellte sich also aufs Geländer und winkte mit beiden Armen allen Menschen zu. Der Jubel schwoll an, über die Schulter schaute er zu mir zurück, während ich im Schatten der Türöffnung stehen blieb … Er lächelte mir freundlich zu. Wirklich freundlich, es ist nicht zu viel gesagt, wenn ich behaupte, dass ihn ein liebevoller Schimmer umgab.

Dann warf er sich hinaus, und nach einem ersten Fall auf die Volksmenge auf dem Markt zu stieg er schräg nach oben und segelte der Sonne entgegen, während die Menschen riefen und ihn bejubelten und Hüte und Sonnenschirme in die Luft warfen.

Ich selbst verkroch mich hinter der Gardine, vor allen Blicken verborgen. Ich blieb dort stehen und schaute hinter ihm her, und ich wusste, dass er niemals wieder zurückkommen würde. Als er nur noch ein verschwindend kleiner Punkt an dem unendlichen Himmel war, ließ ich ihn aus den Augen.

Ich ließ ihn aus den Augen, sank zu Boden, und ich glaube, ich weinte.

»Darf ich um Ihren Namen bitten!«

Ein kräftiger Mann packte mich an einer Schulter und drehte mich auf den Rücken. In meinem Kopf blitzte es auf. Ich öffnete die Augen.

Das Gesicht war grob geschnitzt. Die Haare kurz geschnitten, die Kinnpartie vorgeschoben. Die geröteten Augen betrachteten mich mit einer Armlänge Abstand.

»Wo haben Sie Ihre Schuhe?«

Die Stimme kam von einem anderen Mann. Ich konnte nur seine Beine sehen, er stand am Fenster. Der Grobe schüttelte erneut meine Schulter.

»Sind Sie wach? Wie heißen Sie?«

Ich bekam einen Hustenanfall, und nur mit knapper Not gelang es mir, mich nicht über den Eindringling zu erbrechen.

Der Hintere trat ans Bett. Er war dünner. Sah aalglatt aus, mit zurückgekämmtem, dunklem Haar und einer Brille, durch die ich nicht hindurchsehen konnte. Er streckte mir ein blauweißes Plastikkärtchen hin. Ich erkannte, dass er irgendwie dem anderen übergeordnet sein musste.

»Polizei«, erklärte der Grobe. »Nun?«

»Ich … worum geht es?«, fragte ich.

»Der Name!«

»Marr«, sagte ich und musste wieder husten. Der Grobe ließ von mir ab und setzte sich auf einen Stuhl. Er zog einen Notizblock heraus.

»Marr?«, fragte er.

»Ja.«

»Vorname?«

»Jakob Daniel.«

Der Grobe notierte. Der Dünne fuhr sich mit der Hand über seine Bartstoppeln. Ein leises Raspeln war zu hören.

»Können Sie das beweisen?«

»Ja, natürlich. In meiner Brieftasche ...«

»Wo ist die?«

»In der Hose ... oder in der Innentasche der Jacke.«

Der Dünne holte meine Kleider. Warf sie aufs Bett.

»Wir haben alles durchsucht. Nichts zu finden!«

Ich grub in den Taschen. Fand Geld und Schlüssel in den Gesäßtaschen der Hose, sonst nichts.

»Haben Sie immer Ihr Geld lose in der Gesäßtasche?«

»Nein, nie. Darf ich darum bitten, dass Sie mir jetzt erklären, worum es eigentlich geht.«

»Das kommt später.«

Der Dünne nahm die Brille ab und putzte sie mit einem Taschentuch.

»Dann wollen wir mal sehen, ob wir Ihre Schuhe finden können.« Er lächelte kurz und gab mir Zeichen, aus dem Bett aufzustehen. Ich kam auf die Beine. Zog mir die Hose an.

»Warum?«, fragte ich.

»Später.«

»Meine Schuhe?«

Sie nickten beide und tauschten einen konspirativen Blick aus. Ich schaute mich um. Beugte mich hinab und guckte unters Bett. Eine Schmerzenswelle fuhr durch meinen Kopf. Ich öffnete die Tür zum Kleiderschrank. Nichts. Kontrollierte das Badezimmer. Der Dünne folgte mir mit einem halben Meter Abstand, ich konnte seinen Atem wie eine Fieberwelle im Nacken spüren. Ich setzte mich wieder aufs Bett.

»Warum sind Sie an meinen Schuhen so interessiert?«

»Ich glaube, es ist das Beste, wenn wir uns an die Regeln halten, Herr ... Marr.«

»An welche Regeln?«

»Wir stellen die Fragen. Sie antworten.«

Ich sagte nichts.

»Sind sie das hier?«

Der Grobe wühlte in einer Plastiktüte und zog meine Schuhe hervor.

»Ja … ja, das sind sie.«

»Sind Sie sicher?«

»Ja, natürlich.«

»Wo haben Sie sie gestern ausgezogen?«

»Hier … na, hier natürlich. Bevor ich ins Bett gegangen bin … normalerweise schlafe ich nicht in Schuhen.«

Das war verschwendete Mühe.

»Welche Nummer hat Ihr Zimmer?«

»321. Warum?«

»Und wie lässt es sich dann erklären, dass wir Ihre Schuhe in 306 gefunden haben?«

»Das … das weiß ich nicht.«

Plötzlich erwachte die Wut in mir. Das war natürlich auch höchste Zeit. Der Kopfschmerz, die Übelkeit und ein vages Schuldgefühl hatten sie lange genug zurückgehalten, aber jetzt reagierte ich endlich.

»Darf ich die Herren bitten, mir endlich zu erklären, was zum Teufel das alles soll! Ich lasse es nicht zu, so einer Inquisition ausgesetzt zu werden, und das noch vor … noch vor …«

Ich schaute auf die Uhr. Erst halb neun? Viele Minuten konnte ich seit dem Anruf nicht geschlafen haben.

»All right«, sagte der Dünne und trommelte mit den Fingern auf den Schenkel. »Es geht um einen Todesfall. Wir haben allen Anlass dazu, ein Verbrechen zu vermuten. Totschlag oder Mord … René Singh, sagt Ihnen der Name etwas?«

Ich schluckte.

»Herr Singh wurde heute Morgen tot vor dem Hotel gefunden … vor eineinhalb Stunden, um genau zu sein … sein Körper zerschmettert. Haben Sie dazu etwas zu sagen?«

»Nein …«

Es entstand eine Pause. Sie betrachteten mich jeweils von ihrem Platz aus. Der Dünne trommelte weiter mit den Fingern. Der Grobe sog die Unterlippe ein und zog die Augenbrauen hoch.

Ich schwieg.

»Sie haben den gestrigen Abend zusammen mit Herrn Singh verbracht. Ist das richtig?«

»Ja, aber …«

»Sie sind auch noch mit ihm auf sein Zimmer gegangen.«

»Nein, ich …«

»Sie haben Ihre Schuhe dort vergessen …«

»… Sie haben sich unter falschem Namen im Hotel eingeschrieben, und Sie können sich nicht ausweisen!«, vervollständigte der Grobe.

Wieder wurde es still. Nur das leise Vibrieren einer Wasserleitung war zu hören, und daneben natürlich mein emsig pochendes Blut. Der Dünne stand auf.

»Mein Name ist Mort«, sagte er. »Kriminalkommissar Mort. Es ist meine Pflicht, Ihnen mitzuteilen, dass Sie unter Verdacht stehen, René Singh getötet zu haben, und dass alles, was Sie sagen, gegen Sie verwendet werden kann.«

Ich schluckte erneut und schaute aus dem Fenster. Der Regen war spärlicher geworden, hing aber immer noch wie ein feuchter Schleier über dem Markt. Zwar war die Morgendämmerung zu spüren, aber der Haupteindruck bestand doch aus Dunkelheit und Verlassenheit.

Und einer gewissen Verwunderung darüber, dass ich keinerlei Verwunderung empfand.

12

Unschuldig verdächtigt
Eine Episode aus der Kindheit des Schreibers

Ich möchte Ihnen jetzt von einem wichtigen Ereignis in meiner Kindheit berichten. Der Grund dafür ist, dass ich glaube, dass ein kleiner psychologischer Blickwinkel nötig ist. Ich habe ja keine Ahnung davon, wie leicht es Ihnen fällt, den Zusammenhang zu erkennen. Wie schnell Sie die Fäden von dem einen Zustand zum anderen ziehen können. Wissen Sie zum Beispiel, was mit einem Text zwischen den Zeilen gemeint ist?

Ich bin geboren und aufgewachsen in Lingby an der Küste. Mein Vater und meine Mutter gingen in die Neue Kirche und wussten sehr bald, dass die Welt aufs Beste bestellt war, und auch, dass natürlich alles letztendlich in Gottes Händen ruhte. Mein Gerechtigkeitssinn war aufs Prächtigste entwickelt, das Gute bekam seine Belohnung, das Böse seine Strafe. Dass so etwas wie Ungerechtigkeit überhaupt existieren konnte, hielt ich nicht nur für unwahrscheinlich, sondern sogar für unmöglich. Zumindest in unserem Teil der Welt. Unter unserem Gott. Unschuldig verdächtigt zu werden beispielsweise… falsch angeklagt zu werden für etwas, das man nicht getan hatte, konnte eigentlich nur mit einem fast seligen Zustand verglichen werden. Da doch die Aufklärung, also der Triumph des Guten, mit Sicherheit unmittelbar hinter der Ecke schon auf der Lauer lag. Früher oder später erhielt die Tugend ihren

Lohn. Immer. Das war mein Kinderglaube, und der reichte bis zu einem gewissen Herbsttag in meinem zehnten Lebensjahr. Die Sache war folgende: Mein treuer Freund und Gefährte Rejmus, der Sohn des Schuhmachers, hatte eine Fensterscheibe im Schulgebäude zerbrochen. Sicher war das ein Missgeschick gewesen, aber ich erinnere mich nicht mehr an die genauen Umstände, es gibt da natürlich so einige denkbare Alternativen. Auf jeden Fall bedeutete dieser Verstoß laut geltender Praxis, dass der Täter sich bei unserem Furcht einflößenden Hausmeister Wülldorff einzustellen hatte, in dessen Büro, um das Geschehen zu melden und seine Strafe entgegenzunehmen. Diese konnte variieren von einer einfachen Ohrfeige bis zu zwanzig Schlägen mit dem Rohrstock auf das Gesäß – die Strafenskala war etwas willkürlich, eher abhängig von Wülldorffs jeweiliger Gemütsverfassung als von der Natur des Vergehens selbst. Aber eine Sache war sicher. Ohne Strafe kam niemand davon.

Mein Freund Rejmus erwies sich nun, genau wie viele andere, als ein Hasenfuß. Als unser freundliches Fräulein Majsen ihn ermahnte, zum Hausmeister zu gehen, brach er in Tränen aus und bat flehentlich, seiner Strafe zu entgehen.

Aber so etwas konnte natürlich nicht geduldet werden, und Fräulein Majsen griff zum üblichen Ausweg.

Ein Freund durfte als moralische Stütze und Trost mitgehen. Jakob Daniel vielleicht?

Ich erinnere mich daran, wie ich Rejmus an der Hand hielt, während wir über den Schulhof gingen. Es war ein klarer Tag mit hohem Himmel und glühenden Herbstfarben. Rejmus zog einen Fuß hinter dem anderen her und trat das Laub zur Seite, das die Ahornbäume und Ulmen abgeworfen hatten. Ich glaube, er sprach sogar vom Tod, aber ich ging auf seine düsteren Betrachtungen nicht ein, stattdessen geleitete ich ihn frisch und munter die Treppe zur Hausmeisterwohnung hinauf, und unverzagt klopfte ich dreimal an die grüne Tür.

»Herein!«, tönte Wülldorff. Es war seiner Stimme anzuhören, dass man sich wohl gleich auf den Rohrstock einstellen konnte.

Wir traten ein und schlossen die Tür hinter uns. Ein Dunst aus saurem Tabakrauch und altem Schweiß stand im Raum. Wülldorff saß hinter seinem großen Arbeitstisch und arbeitete an einem Stuhl. Schmutzig, rotwangig und riesig war er, und er blinzelte uns über den Rand seiner Halbbrille hinweg an. Die Pfeife hing ihm im Mundwinkel, und ich war der Meinung, noch nie in meinem Leben etwas Schrecklicheres gesehen zu haben. Ich spürte, wie Rejmus' Hand in meiner zitterte.

»Nun?«, knurrte Wülldorff.

»Einer von uns hat eine Scheibe zerschlagen«, sagte ich, immer noch unverzagt, und ich freute mich, dass meine raffinierte Formulierung ihn offensichtlich ein wenig aus der Fassung brachte.

»Einer von euch?«, dröhnte er. »Und wer zum Teufel hat es nun gemacht?«

Er schob sich halbwegs über den Tisch. Blieb so stehen, seinen schweren, stinkenden Oberkörper zu uns gebeugt, und ich erinnere mich noch, wie mein Herz sich über meinen Plan freute.

»Na, das war wohl ich«, sagte ich.

Rejmus zog die Hand weg, und ich spürte, wie er mich von der Seite aus anstarrte.

»Das glaube ich gern«, sagte Wülldorff und packte mich beim Arm. »Leg dich auf den Tisch!«

Ich brauchte nicht selbst hinaufzuklettern. Er packte mich unter den Armen und hob mich einfach hoch, legte mich zurecht, ohne sich um die vielen Dinge zu kümmern, die auf dem Tisch lagen und jetzt an verschiedenen Stellen in meinen Körper drückten und schnitten. Dann zog er mich zurecht, dass Kopf und Arme über den Rand hingen. Er schnappte sich seinen Rohrstock, ließ ihn ein paar Mal probeweise durch die Luft sausen und bereitete sich vor loszulegen …

»Stopp!«, rief ich in dem Moment aus, als er den Arm zum ersten Schlag hob.

»Was zum Teufel willst du?«

Ich drehte mich zur Seite und schaute ihm direkt in die Augen. Spielte meine Trumpfkarte aus.

»Ich war es nicht«, sagte ich. »Ich habe nur Spaß gemacht. Er war es!«

Ich zeigte auf Rejmus, der sich zitternd an die Wand presste.

Wülldorff ließ die Pfeife fallen.

»Verdammt noch mal, was …?«

Ich setzte mich auf. Mein Plan hatte funktioniert. Der Riese war offensichtlich konsterniert, ein Wort, das ich im Gemeindeblatt gelesen hatte. Im Glanze meiner Unschuld gestattete ich mir, übermütig zu gähnen, mich im Nacken zu kratzen und auf den Boden zu springen. Ich schaute Rejmus an, nickte ihm aufmunternd zu.

Aber dann traf das ein, was meinen Kinderglauben zerstörte. Vielleicht ahnen Sie es schon.

Rejmus bekam fünfzehn Schläge für das Fenster.

Ich bekam ebenso viele dafür, dass ich so dumm gewesen war, etwas auf mich zu nehmen, was ich gar nicht getan hatte.

Bei jedem Hieb war es, als dränge das Böse ein kleines Stück tiefer ein, sowohl in die Welt als auch in meine zehnjährige Seele, und ich wusste, dass ich von diesem Moment an nicht mehr der Gleiche sein würde.

Dinge würden sich von anderen Seiten zeigen, als ich es gewohnt war, und ich begriff, dass mir endlich die Augen geöffnet worden waren.

Ich war zehn Jahre alt, und es war natürlich höchste Zeit, dass ich meine Unschuld verlor.

Während ich von der Polizei abgeführt wurde, musste ich an Wülldorff denken. Es war nicht das erste Mal, dass ich seiner voller Dankbarkeit gedachte. Zwar war es so, dass ich einem

Missverständnis zum Opfer gefallen war ... zwar war ich erneut fälschlich angeklagt, aber welchen Grund hatte ich, irgendein Vertrauen zu verspüren? Welche Argumente gab es, die dafür sprachen, dass die Dinge wirklich aufgeklärt wurden?

Keine.

Die Welt, das hatte ich gelernt, sowohl von Wülldorff als auch von anderen, ist eine verdammt gutgläubige Geschichte, und die einzigen, die einigermaßen die Chance haben, zurecht zu kommen, dass sind die, die sich auf das Schlimmste gefasst machen.

Wenn Sie einmal überlegen, dann bin ich mir sicher, dass Sie mir diesbezüglich Recht geben, auch wenn Ihr eigenes Leben bis zum Rand mit Trost und Positivem angefüllt ist.

Wenn Sie zu denen gehören, die die Ausnahme bilden, meine ich.

Doch früher oder später, glauben Sie mir, da fallen Sie auch unter die Regel.

Ich wurde auf die Rückbank eines blauweißen Polizeiwagens geknufft. Mort und ein Beamter ließen sich zu meinen Seiten nieder, während der Grobe sich auf den Fahrersitz setzte.

Die Fahrt zum Polizeirevier dauerte kaum eine Minute; vermutlich wären wir zu Fuß schneller gewesen. Vor einem viereckigen Glaskasten gleich am Eingang blieben wir eine ganze Weile stehen, während zwei weitere Polizeibeamte dafür sorgten, dass alle Formalitäten auf gebührende Weise erledigt wurden. Ich gab Geld, Schlüssel, Mantel und Gürtel ab – und bekam dafür eine Quittung. Man notierte meinen Namen, die Personalkennziffer und einen Teil anderer Daten, nahm Fingerabdrücke von sämtlichen zehn Fingern und fragte, ob ich an irgendeiner Geschlechtskrankheit litte oder in anderer Weise ansteckend wäre. Dann wurde ich eine Treppe hinab geführt, weiter durch einen engen Flur in eine Zelle.

Sie war grün gehalten. Drei oder vier verschiedene Töne in

horizontalen Lagen. Hoch oben unter der Decke gab es ein kleines vergittertes Fenster, die Tür war aus Stahl, Wände, Decke und Boden aus Beton.

Das Inventar war einfach und praktisch. Ein Bett mit Kopfkissen und Decke. Ein Stuhl mit Segeltuchbezug. Ein an der Wand festgeschraubter Tisch. Ein Eimer. Irgendeine Art Klimaanlage sauste leise, und der Geruch von Desinfektionsmittel war scharf und aufdringlich.

Man verschloss umständlich die Tür, und dann war ich allein. Ich ließ mich aufs Bett fallen und machte das Licht aus. Das kleine Fenster ließ nicht viel von dem grauen Tag herein, ein hellerer Streifen unter der Decke, das war alles. Ich dachte, dass es eigentlich gar kein schlechter Ort war, wenn ich es dunkel haben wollte.

13

Fragen und Antworten
Nancy
Die Lage spitzt sich zu

Nach ein paar Stunden kam Mort mit dem Groben und einem Tonbandgerät zurück. Es schaltete den Apparat ein, zündete sich eine Zigarette an und öffnete den Knopf unter dem Krawattenknoten.

»Möchten Sie einen Anwalt haben?«

Ich schüttelte den Kopf. Er zeigte auf das Tonband.

»Nein«, erklärte ich.

»Warum nicht?«

»Ist nicht nötig. Ich habe nichts mit René Singhs Tod zu tun.«

Er nahm wieder die Brille ab. Suchte nach dem Putztuch in seinen Taschen, aber offenbar hatte er es irgendwo verlegt. Er seufzte und legte die Brille auf den Tisch.

»Wer sind Sie verdammt noch mal eigentlich?«

»Das habe ich Ihnen doch schon gesagt.«

»Marr?«

»Ja.«

Er wartete ab.

»Jakob Daniel Marr«, fuhr ich fort. »Ich arbeite als Studienrat für Philosophie und Geschichte im Elementargymnasium in K-.«

»Und warum haben Sie im Belvedere unter falschem Namen gewohnt?«

Ich erzählte von meinem kleinen Manöver an der Rezeption.

»Doktor Barboza?«

Er lächelte kurz, und ich stellte fest, dass seine Zähne gelb und messerscharf aussahen. Sie schienen besser in das Maul irgendeines kleinen Raubtiers zu passen ... in das eines Iltis' oder eines Marders vielleicht.

»Doktor Barboza, ja ...«

Er dachte ein paar Sekunden nach.

»Und Sie wissen nicht, wo Ihre Brieftasche geblieben ist?«

»Keine Ahnung.«

»Finden Sie es nicht merkwürdig, dass Ihre Brieftasche weg ist, Sie aber immer noch das Geld haben?«

»Sicher. Aber es haben sich schon merkwürdigere Dinge ereignet.«

»Was hat Sie nach Weigan geführt?«

Ich zuckte mit den Schultern. Er wartete wieder ab, aber ich gab keine Antwort.

»Privat oder dienstlich?«

»Privat.«

»Können Sie Ihre Angaben verifizieren?«

»Was für Angaben?«

»Na, Ihre Identität zum Beispiel.«

»Ja, natürlich. Sie können meine Frau anrufen ... oder meine Schule.«

Ich kam nicht dazu, darüber nachzudenken, was das eigentlich für Folgen haben könnte. Er reichte mir Block und Stift.

»Schreiben Sie mir bitte die Nummer Ihrer Frau auf.«

Ich schaute auf die Uhr.

»Sie ist um diese Zeit sicher schon zur Arbeit.«

»Dann geben Sie uns sicherheitshalber beide Nummern.«

Ich schrieb sie auf und schob den Block zurück. Er riss die Seite heraus und reichte sie dem Groben, der die ganze Zeit mit den Händen auf dem Rücken an der Tür gestanden hatte.

»Kurczak, kannst du das mal überprüfen?«

Der Grobe schob sich den Zettel in die Tasche und klingelte nach der Wache. Mort stellte das Tonbandgerät ab und wartete, bis wir allein waren. Dann zeigte er auf die Zigarettenschachtel und gab mir ein Zeichen, mich zu bedienen.

Ich tat ihm den Gefallen, obwohl ich eigentlich gar keine Lust hatte zu rauchen. Einen Augenblick hatte ich das Gefühl, dass er doch mein Gönner war, dieser schmächtige Kriminalkommissar. Er fummelte ein wenig am Tonbandgerät, bevor er es wieder zum Laufen brachte. Dann lehnte er sich zurück, schlug ein Bein übers andere und betrachtete mich mit ernster Miene, als würde er sich wirklich Sorgen um mich machen.

»Herr Marr, oder wie immer Sie auch heißen mögen, ist es nicht besser, wenn Sie gleich alles zugeben? Wenn Sie einfach nur erzählen, was passiert ist, ich verspreche Ihnen, dass Sie sich danach viel besser fühlen.«

Das war sicher nicht geplant, aber erneut konnte ich seine Raubtierzähne sehen, und ich begriff, dass er mich nur in falscher Sicherheit wiegen wollte. Mich dazu bringen, Zuversicht zu empfinden, mich vielleicht zu verplappern und etwas zu verraten.

Was zu verraten?

Ich beschloss zu schweigen. Oder höchstens einsilbig auf seine Fragen zu antworten … ich war noch nie in den Klauen der Rechtsmaschinerie gewesen, und ich wusste deshalb auch nicht, welche Taktik meinen Zielen am dienlichsten sein würde. Ein wenig Vorsicht und Zurückhaltung konnte jedenfalls nicht schaden.

Eine Viertelstunde später gab er auf. Schnappte sich das Tonbandgerät, klingelte nach der Wache und verließ mich. Ich konnte nicht ausmachen, welche Auffassung er von der Geschichte selbst hatte. Zumindest hatte ich das Gefühl, nicht ganz verloren zu haben, und ein gewisses Maß an Zufriedenheit begann sich meiner zu bemächtigen. Kaum war der Kommissar gegangen, da war es Zeit fürs Mittagessen. Ein Metalltablett wurde durch die Luke in der Tür geschoben, und ich stellte fest, dass ich zumindest ziemlich hungrig war.

Ich aß mit gutem Appetit einen Teller Fleischsuppe, reichlich grünen Salat, ein Stück dunkles Brot mit Käse, trank einen Plastikbecher Selters. Während ich diese Mahlzeit zu mir nahm, gab es die ganze Zeit ein wachsames Auge im Guckloch der Tür, aber das störte mich nicht. Als ich fertig war, stand ich auf, die Luke wurde geöffnet, und ich reichte der ausgestreckten, tätowierten Hand das Tablett.

Ich schaute auf die Uhr. Zwanzig Minuten nach zwölf. Unter normalen Umständen, wenn das ein ganz normaler Tag gewesen wäre, dann hätte ich in fünf Minuten eine Doppelstunde in Geschichte mit der Unterprima in Saal XII angefangen.

Ich streckte mich auf dem Bett aus und starrte an die Decke. Ich muss zugeben, dass ich zu dem Zeitpunkt nicht hätte sagen können, was mir am fremdesten erschien.

Wenn alles zerreißt, kann das manchmal ganz plötzlich passieren, ich möchte, dass Sie das im Hinterkopf behalten.

Ich heiße Jakob Daniel Marr, und ich habe eine Geliebte, die Nancy Goertz heißt.

Nachdem ich also im Keller des Polizeireviers von Weigan zu Mittag gegessen hatte, streckte ich mich auf dem Bett aus, löschte das Licht und dachte an sie.

Wenn man einen Scherz machen möchte, kann man sagen, dass Nancy nur zwei hervorragende Eigenschaften hat, und das sind ihre Brüste.

Das ist natürlich übertrieben, aber dennoch ist ein Körnchen Wahrheit darin. Auch wenn es sicher Männer gibt, die sich die Geliebte wegen ihrer intellektuellen Fähigkeiten halten, so gehöre ich nun einmal nicht zu ihnen. Auf jeden Fall ist Nancy ein liebes, freundliches Mädchen, und im Bett übertrifft sie die meisten. Zumindest die meisten, mit denen ich zu tun gehabt habe, was einiges heißen will, aber nicht alles.

Wir lernten uns im Zusammenhang mit meiner ersten Krankheitsphase kennen. Es war eine ziemlich erotische Geschichte ... ich denke gern daran zurück, aber ich will jetzt damit keine Zeit vergeuden. Ich weiß, dass sie immer noch ab und zu einige Drogen nimmt, doch das hat sie unter Kontrolle, und ich bin keiner, der moralisiert. Ab und zu arbeitet sie in einer Boutique, bei der ihre Schwester Teilhaberin ist, aber ihre hauptsächlichen Einkünfte kommen natürlich vom Sozialamt und von ihren Liebhabern.

Wir sind vier Stück. Drei ständige und ein zeitweiser, wenn ich mich auf diese Art ausdrücken darf. Es ist mir schon klar, dass es einige unter Ihnen geben wird, die so ein Arrangement nach ihren eigenen Werten beurteilen, aber ich bitte Sie, dieses eine Mal ein wenig großzügig zu sein. Ich treffe Nancy jede zweite oder dritte Woche, und genauso tun es die anderen. Insgesamt geht Nancy also mit ihren Liebhabern sechs oder vielleicht sieben Mal im Monat ins Bett, und das ist ja wohl kaum mehr, als viele ehrenwerte Männer von ihren treuen und tugendhaften Frauen verlangen.

Worauf ich hinaus will: Mir kam der Gedanke – während ich da unten in meiner dunklen Zelle lag –, dass es viel besser gewesen wäre, wenn ich Nancys Nummer angegeben hätte. Irgendwie erschien sie mir sehr viel zuverlässiger als Mima, meine Ehefrau.

Ich weiß nicht, woher mir diese Idee kam, und ich weiß auch nicht, ob das ein neuer Gedanke war oder ob er bereits die ganze Zeit vorhanden gewesen und mir erst jetzt auf Grund meiner kritischen und ungewöhnlichen Lage gekommen war.

Dass ich Nancy mehr vertraute als Mima, meine ich.

Ich weiß jedenfalls, dass es mir sehr eigentümlich vorkam, während ich dort lag, und auch jetzt, wenn ich wieder daran zurückdenke, erscheint mir der Gedanke sonderbar.

Dass es Nancy war, die ich am liebsten bei mir gehabt hätte, das ist natürlich eine andere Sache, und es ist gut möglich, dass es diese Sehnsucht des Körpers war, die auf andere Dinge abfärbte. Nancys Haut ist immer warm, müssen Sie wissen, und manchmal, wenn wir uns lieben, habe ich die Empfindung, dass sie eigentlich mehr vom Leben weiß als jeder andere Mensch, den ich kenne.

Ich glaube sogar behaupten zu können, dass ich niemals einen bösen Gedanken über sie gedacht oder ihr ein böses Wort gesagt habe.

Das ist doch etwas sonderbar, finden Sie nicht auch?

Natürlich dachte ich während der Stunde, die verging, bis Mort zurückkehrte, über alles Mögliche nach, aber wenn ich ehrlich bin, dann stand Nancy im Mittelpunkt meiner Gedanken.

Der Kriminalkommissar war diesmal allein, ohne Tonbandgerät und ohne Kurczak. Seine Lippen waren verkniffen und blutleer, und ich sah sofort, dass er keine guten Neuigkeiten zu vermelden hatte.

»Legen Sie endlich die Karten auf den Tisch!«, sagte er und stemmte die Hände in die Seiten.

Ich antwortete nicht.

»Ich will keine Zeit mehr an Sie vergeuden«, fuhr er fort. »Ich will Ihnen nur mitteilen, dass wir sowohl mit Frau Marr als auch mit dem Elementargymnasium in K- Kontakt aufgenommen haben. Studienrat Marr liegt mit einer Migräne zu Hause. Gestern Abend hat er mit seiner Frau bis elf Uhr, bis er ins Bett ging, Fernsehen geguckt. Wer immer Sie auch sind, es ist endlich an der Zeit, dass Sie mit der Wahrheit herausrücken!«

»Das muss ...«, setzte ich an. »Ein Missverständnis ...«

Mehr Worte kamen nicht. Etwas hatte mich an der Kehle gepackt und umklammerte sie, so dass ich einen Moment lang glaubte, erwürgt zu werden. Nach wenigen Sekunden hörte das aber auf, und ich erinnere mich, dass ich den Mund weit aufriss, um Luft zu bekommen.

»Ich gebe Ihnen zwei Stunden Bedenkzeit!«, zischte der Kommissar. »Wenn ich zurückkomme, will ich einen vollständigen Bericht mit allen Einzelheiten. Ich hoffe, Ihnen ist klar, dass wir mit Ihnen kein Federlesen machen!«

Er klopfte zweimal an die Tür, und die Wache ließ ihn hinaus. Bevor er verschwand, drehte er sich noch einmal zu mir um.

»Das sieht nicht gut für Sie aus«, sagte er. »Überhaupt nicht gut.«

14

Ein beschwerlicher Nachmittag

Wie schwer ist es doch, über diese Stunden zu schreiben, die ich in der grünen Zelle verbracht habe ... zum Teil hat das natürlich mit der Unschärfe meiner Erinnerungsbilder selbst zu tun, zum Teil aber auch, ich zögere nicht, das zu erwähnen, mit einem gewissen Schamgefühl, das eigentlich keine größere Berechtigung hat.

Das heißt, wenn man gewissenhaft meine Situation betrachtet. Und warum sollte man das nicht?

Diese Nachmittagsstunden also, die ja doch irgendwie verstrichen sein müssen, nachdem der Kriminalkommissar mich mit der Nachricht zurückließ, dass ich am vergangenen Abend daheim mit meiner Frau Fernsehen geguckt hätte.

Ich erinnere mich an sie, und ich erinnere mich nicht.

Ich erinnere mich, wie ich ausgestreckt auf dem Rücken lag und mich an das eiserne Bettgestell klammerte. Scharfe Rostflocken schnitten mir in die Hand, und ich weiß, dass ich wünschte, sie würden mir noch tiefer unter die Haut kriechen, für alle Zeit bei mir und in mir bleiben. Wie ein Reizmittel oder ein Siegel oder etwas in der Art, denke ich.

Ich erinnere mich, wie mich ein Zittern und Schwitzanfälle überkamen, dazu starke Kopfschmerzen. Ein Eisenband, das langsam um meine Schläfen zusammengezogen wurde. Das gleiche Eisen, die gleichen Rostflocken.

Ich erinnere mich nicht, wie ich die Innenseite meiner Unterarme aufkratzte, und auch nicht, wie es mir gelang, mich selbst bewusstlos zu schlagen.

Und nichts von Ärzten und Polizisten, die bei mir waren und mir eine Zwangsjacke anzogen.

Auch weiß ich nicht mehr, ob die anschließenden Halluzinationen eine direkte Folge irgendeiner Droge waren, die man mir injizierte, oder ob sie sich von allein einstellten. Jedenfalls war es die nackte Glühlampe unter dem Blechschirm oben an der Decke, die sie bewirkten. Ich habe auch keine Probleme, sie mir wieder ins Gedächtnis zu rufen. Wenn ich die Augen schließe, kann ich sie vor mir sehen, diesen pulsierenden, gelben Lichtkreis, der sich ein wenig wie ein Atmen bewegt oder wie Wellen, die endlos über einen lang gestreckten Strand rollen ... und wie das Bild, mein Bild vom Licht, vom Atmen, den Wellen, langsam von zwei aufragenden, gegenüber platzierten Flanken verdeckt wird. Es wird dunkler und dunkler, es ist feucht von Blut, und dieses pulsierende Licht ist plötzlich weit weg. Ich liege auf dem Rücken in dem warmen Blut, das aber so schnell erstarrt und kalt wird, oh, so schnell ... zwischen diesen gewaltigen Frauenschenkeln liege ich, und ich erkenne, was da vor sich geht oder was ich hier tue. Stimmen sind zu hören, auch aus der Entfernung ... und das abschließende Klirren eines scharfen Instruments, das in eine harte Schale gelegt wird, und ich weiß plötzlich, dass ich genau in diesem Moment geboren werde und dass mein gesamtes Leben genau in einer Stunde ablaufen wird und dass es diese Totalität meiner gesammelten Eindrücke von der Welt ist, die mich die ganze Zeit überfällt. Das geht alles natürlich ganz schnell, es bleibt keine Zeit auszuwählen, zu zaudern oder auf die Zukunft zu verweisen, verdammt noch mal, ich werde ja in fünfundfünfzig Minuten sterben ...

Der Geruch und der Geschmack und die Konsistenz von warmem, aber erkaltendem Blut. Dieses eigentümliche, ferne

Licht. Die Stimmen und die scharfen Geräusche. Und ein schrecklicher Schmerz, der aus mir selbst entsteht und der bald alle anderen Empfindungen dominiert.

Kaum bin ich aus dem Schoß meiner Mutter gekommen, schon ruft mich der Tod zurück.

Das Licht, das Blut, die Geräusche.

Der Schmerz.

Das Licht, das Blut …

Ja, das ist die Halluzination an diesem Nachmittag, so kommt die Welt zu mir, und es ist natürlich keine Kunst, sie im Nachhinein zu interpretieren, zu verstehen und sich auf andere Art darüber zu erheben.

Aber, meine Damen und Herren, wenn wir nun wirklich in diesem ganzheitlichen Spinngewebe leben, in dem eins das andere bedingt, in dem alles sich durch alles bewegt und in dem jede Sache ihre Spuren hinterlässt, in dem nichts … nichts es verträgt, ausradiert zu werden … auf welchen unergründlichen Wegen werden sich dann die letzten Gedanken dieses sterbenden Kindes fortpflanzen, welche Energieformen sind notwendig, um dieses schwarze Loch zu überbrücken?

Diese Abgründe.

Ich heiße Jakob Daniel Marr.

Jakob Daniel.

Ich erwachte verdreht und wund. Lag wie ein Kafka-Käfer auf dem Rücken und spürte sofort das wachsame Auge im Guckloch. Außerdem war ich mir augenblicklich darüber im Klaren, dass man mir etwas Beruhigendes verabreicht hatte. Schließlich hatte ich das ja früher schon mitgemacht … er hatte etwas Bekanntes an sich, dieser Zustand, ein bitterer Metallgeschmack auf der Zunge und eine Art taube, zähe Schwere im Körper. Vermutlich keine stärkeren Drogen, da ich ja aus eigener Kraft aufgewacht war. Moridon vielleicht oder eine kleine Dosis Valgan.

Soweit ich es beurteilen konnte, war es immer noch Nachmittag. Spärliches Tageslicht sickerte durch das Fensterloch herein, vom Flur her war ein klappernder Teewagen zu hören. Offenbar war es wieder Zeit zum Essen. Meine Uhr saß schlecht, ich konnte sie unmöglich unter der Zwangsjacke erreichen, ich machte ein paar Versuche, gab aber schnell auf. Der Körper juckte und war irritiert, zumindest was die oberen Hautschichten betraf, und ich erinnere mich, dass ich dachte, jetzt würde ich jedes Geständnis unterschreiben, wenn ich dafür nur ein reelles Bad erhalten würde.

Ich rief nach der Wache, aber ohne Reaktion. Vielleicht war derjenige mit der Essensausgabe beschäftigt; stattdessen fing ich an, mich im Bett hin und her zu rollen, und kam so schließlich auf die Füße. Ich schleppte mich bis zum Klingelknopf an der Tür, beugte mich vor und drückte ihn mit der Stirn ein. Klingelte noch einmal und setzte mich dann aufs Bett.

Statt der Wache war es Mort, der die Tür öffnete. Mort und ein Polizeibeamter, der sehr jung und fast schüchtern aussah. Sie traten in meine Zelle, und ich bemerkte sofort, dass etwas Neues passiert sein musste. Der Kommissar erschien mir müde und erschöpft, er hatte die Hände tief in die Taschen seines feuchten, zerknitterten Mantels geschoben. Es schien ihn kaum zu freuen, mich wiederzusehen, er sog die Wangen ein, und die Raubtierphysiognomie trat deutlicher als je zuvor zum Vorschein.

»Nimm ihm den Quatsch ab!«

Der Beamte löste die Gurte der Jacke, und bald war ich befreit. Ich rieb mir die Arme und betrachtete befremdet die Wunden um meine Handgelenke. Der Kommissar räusperte sich.

»Sie können gehen!«

Ich senkte die Arme.

»Wie bitte?«

»Ja, Sie können jetzt gehen. Sie brauchen nur noch Ihre Sachen bei dem Wachhabenden abzuholen und zu quittieren, dann fahren wir Sie zurück ins Hotel.«

Ich musste mich auf die Bettkante setzen. Es gab einen Hauch von Scham in seiner Stimme, aber nur einen sehr dünnen. Ich schaute starr zu Boden, während sich Worte und Gedanken in meiner Brust stapelten. Ein Insekt war auf dem Weg aus seinem sicheren Versteck unter dem Bett, ein kleines Tier von nur wenigen Millimetern ... Ich folgte ihm mit dem Blick. Unverdrossen kroch es zwischen den schlecht geputzten Schuhen des Kommissars hindurch und verschwand in einem Loch in der gegenüber liegenden Wand.

Das ist noch mal gut gegangen, dachte ich. Dann bat ich um eine Zigarette, und Mort streckte mir ein Päckchen hin.

»Wären Sie so nett, mir eine Erklärung zu geben?«, fragte ich, nachdem ich Feuer bekommen hatte.

Mort seufzte.

»Wir haben den Fall aufgeklärt«, sagte er.

»Wirklich?«, erwiderte ich. »Gratuliere.«

Er schnaubte.

Ich nahm ein paar tiefe Züge. Der Polizeibeamte drehte und wand sich und warf dem Kommissar einen fragenden Blick zu.

»Und wie ist es abgelaufen?«, fragte ich.

»Selbstmord«, sagte Mort.

»Selbstmord?«

»Ja, es hat sich herausgestellt, dass es so war ... als alle Karten auf dem Tisch lagen.«

»Welche Karten?«

Mort gab dem Beamten ein Zeichen, dass seine Anwesenheit nicht länger nötig war. Wartete, bis er außer Hörweite war, bevor er fortfuhr.

»Es gab einen Brief.«

»Einen Abschiedsbrief?«

»Ja. Der war unter den Kleiderschrank geweht worden, als er das Fenster öffnete, um sich hinauszustürzen ... nun ja, jedenfalls nehmen wir an, dass es sich so zugetragen hat.«

Ich zögerte eine Weile.

»Ich habe gestern Abend mit ihm gegessen«, sagte ich. »Ich fand nicht, dass er den Eindruck machte, als wollte er ... als stünde er im Begriff, sich das Leben zu nehmen.«

»Haben Sie ihn näher gekannt?«

»Nein, überhaupt nicht. Ich habe ihn noch nie zuvor gesehen.«

»Aha«, sagte Mort und putzte wieder seine Brille. »Und woher können Sie dann wissen, ob er sich das Leben nehmen wollte oder nicht?«

Ich gab keine Antwort. Überlegte, ob ich ihm erzählen sollte, was Singh über seine Position unter den anderen Telepathikern erwähnt hatte, beschloss aber dann, es sein zu lassen. Vielleicht kannte Mort bereits die Lage, und auf jeden Fall wäre es wohl kaum noch von Bedeutung ... stattdessen war es der Gedanke an ein heißes Bad im Belvedere, der mich immer mehr mit Beschlag belegte. Die Versuchung, mich überall zu kratzen, wuchs mit jeder Sekunde. Früher oder später sind es doch immer die Bedürfnisse des Körpers, die entscheiden, und jetzt war es die Ungeduld, die in jeder Beziehung dominierte. Ich drückte die Zigarette auf dem Boden aus.

»Es gibt auch eine Zeugin«, fuhr der Kommissar fort. »Nachdem er sich von Ihnen im Hotel verabschiedet hatte, suchte er noch eine Bar auf ... Arno's. Er verbrachte dort zwei Stunden. Unter anderem mit einer Frau, der er gewisse Dinge anvertraute.«

»Ich verstehe.«

»Ja, wirklich? Das ist gut. Darf ich Sie dann bitten, mir zu folgen, damit wir die Sache aus der Welt schaffen können.«

Mit einem leicht ironischen Raubtiergrinsen hielt er die Tür auf, und auf schweren Füßen verließ ich meine Zelle.

»Obwohl – der Teufel mag wissen«, brummte er, als ich ihn bereits im Rücken hatte. »Der Teufel mag wissen, wie das mit Ihren Schuhen und mit Ihrer Brieftasche zusammenhängt.«

Ich erwiderte nichts.

15

Nächtliche Arbeit
Eine Einsicht

Freundlich, aber entschieden lehnte ich das Angebot, mit dem Wagen zurück ins Belvedere gebracht zu werden, ab. Nachdem ich mein Hab und Gut wieder erhalten hatte, verabschiedete ich mich von Mort und verließ das Revier. Immer noch hing der gleiche dünne Regen wie am Vortag über der Stadt, und der gleiche milde Wind strich vorsichtig durch Straßen und Gassen. Irgendwie weichherzig. Noch waren die meisten Geschäfte geöffnet, ich schlüpfte bei einem Herrenausstatter gleich neben Arnini's hinein und versah mich mit einem neuen Hemd, Unterhosen und Strümpfen. Als ich danach den Markt überquerte, entdeckte ich ein Papierwarengeschäft, direkt Wand an Wand mit dem Weinladen, den ich gestern aufgesucht hatte.

Ich blieb stehen, eine Idee war mir gekommen, und zehn Minuten später konnte ich ein dickes Notizbuch mit dunkelblauer Wachspapierhülle sowie zwei neue Kugelschreiber auf den Schreibtisch in meinem Zimmer legen.

Ich badete fünfundvierzig Minuten lang. Löschte das Licht und lag mit dem Kopf an den Badewannenrand gelehnt da, während sich die Spannung meines Körpers langsam in dem heißen Wasser löste.

Etwas später hatte ich ein neues kleines Restaurant gefunden, Vlissingen, in einer anderen Seitengasse. Im Verlauf einer Stunde aß ich ein Gulasch mit Salat und Mortadella. Ich hatte weiß Gott keine Lust, noch einen Abend unter den Telepathikern zu verbringen, auch wenn man sicher davon ausgehen konnte, dass an diesem Tag die Stimmung anders sein würde als am Tag zuvor.

Es war gegen halb elf, als ich mein Zimmer wieder betrat. Ich rief in der Rezeption an und bestellte Kaffee. Nach wenigen Minuten tauchte ein süßes farbiges Mädchen mit einer ganzen Kanne auf. Sie wünschte mir eine ergiebige Nacht … ja, ergiebig sagte sie, und ich gab ihr fünf Gulden Trinkgeld.

Anschließend setzte ich mich am Schreibtisch zurecht und schlug mein Buch auf. Schrieb ganz oben auf die Deckblattseite meinen Namen. Schaute auf den Markt hinaus und verfolgte in Gedanken mit dem Blick die wenigen nächtlichen Flaneure, die ab und zu dort draußen auftauchten, während ich überlegte, wie ich anfangen sollte. Nippte am Kaffee, der stark und gut war und mich auf jeden Fall viele Stunden wach halten würde.

Unter dem Baum standen die Pferde, träumend, dachte ich, und mir ist schon klar, dass Sie mir diesbezüglich nicht folgen können.

Dann begann ich.

»Im November verlor der Holunder endlich seine Blätter, und zu der Zeit begann es«, schrieb ich. Das war der erste Satz, der mir ernsthaft einfiel, und ich wusste, das musste der richtige sein.

Im November verlor der Holunder seine Blätter …

Um halb drei Uhr rief ich wieder bei der Rezeption an, und eine Viertelstunde später erschien das gleiche Mädchen mit Tee und Broten bei mir. Auch diesmal gab ich ihr fünf Gulden, und als sie mich anlächelte, begriff ich, dass wir uns tatsächlich verstanden. Es ist schon möglich, dass ich unter anderen

Umständen versucht hätte, die Gelegenheit zu nutzen oder in irgendeiner Form auf die Situation einzugehen, aber wie es nun einmal war, hatte ich momentan sehr viel wichtigere Dinge zu erledigen, die meine ganze Aufmerksamkeit erforderten.

Ich war zu diesem Zeitpunkt bis zum Ende des ersten Tages gekommen, immer noch schrieb ich mit viel Eifer, und ich wusste, dass ich bis zu Bernards Abreise und der Episode im Arbeitszimmer kommen musste, erst dann war es an der Zeit, das Buch zuzuklappen.

Um fünf Uhr erwachte ich von einem Knall. Vielleicht war es ein Vogel gewesen, der gegen mein Fenster geflogen war, auf jeden Fall hatte ich den Eindruck. Oder es war nur etwas vom Schreibtisch heruntergefallen. Ich war zurückgelehnt auf dem Stuhl eingeschlafen, die Arme gekreuzt, das Kinn auf der Brust. Ich ging davon aus, dass ich auf diese Art und Weise nicht besonders lange geschlafen hatte, vermutlich nur ein paar Minuten. Ich beugte mich vor und las die letzten Zeilen im Buch.

»Hinten am Fenster, das die gesamte Stirnseite einnimmt, gibt es drei Arbeitsplätze. Meinen eigenen, die der Kollegen Friijs und Kasparsen.

Friijs, Marr und Kasparsen.«

Ich konnte mich überhaupt nicht daran erinnern, das geschrieben zu haben. Ich guckte mir einige Zeilen weiter oben an – eine kurz gehaltene Beschreibung meines vertrauten Arbeitszimmers im Elementar ... und plötzlich, ich glaube, es war das dritte oder vierte Mal während der letzten Tage, überfiel mich erneut dieses Würgegefühl. Mein Hals wurde zusammengeschnürt, als würde darin etwas wachsen, anschwellen, sich ausbreiten und langsam die Atemwege verschließen ... oder war es ein äußerer Druck, etwas, das meinen Hals umklammerte, ein paar unsichtbare, unmerkliche Hände, die langsam meinen Kehlkopf hinten gegen die Nackenwirbel drückten?

Oder beides? Warum eigentlich nicht?

Ich reckte mich über den Tisch vor, und es gelang mir, das Fenster zu öffnen. Kühle, feuchte Luft strömte mir plötzlich übers Gesicht, und die Symptome ließen nach. Wieder schaute ich auf die letzten Zeilen.

Friijs, Marr und Kasparsen.

Ich schaute auf die Uhr. Zehn Minuten nach fünf. Um mich herum, außerhalb meines engen Lichtkreises, war die Nacht immer noch schwarz. Plötzlich durchschnitt eine Frage mein frisch erwachtes Bewusstsein.

Was zum Teufel tat ich eigentlich hier?

Warum saß ich zu dieser Tageszeit in einem Hotelzimmer in einer fremden Stadt? Unter dem Baum stehen die Pferde?

Innerhalb weniger Sekunden stand mir alles klar vor Augen.

Friijs, Marr ...

Ich hatte gut drei Stunden Zeit. Es gab keine Zeit zu verlieren.

Als ich mich draußen auf dem Markt ins Auto setzte, hatten die Glocken am Kampanile gerade halb sechs geläutet, aber immer noch war es weit bis zur Morgendämmerung.

16

Eine Reise in der Finsternis

Das wurde eine Höllenreise, ich kann sie nicht anders beschreiben. Diese dunklen, kurvigen Heidewege, diese Müdigkeit, die zu einer schwarzen, bedrohlichen Wolke in mir anschwoll ... hinter den Augen schmerzte das Schlafbedürfnis, und in regelmäßigem Abstand tauchten alle möglichen Bilder und Phantomgestalten am Rand der Scheinwerferkegel des Autos auf – Tiere, die mitten auf der Straße auf mich zusprangen, Schatten, die sich auftürmten und wieder verschwanden, plötzliche Hindernisse, die aus dem Nichts entstanden und sich auflösten, als ich mitten durch sie hindurch fuhr.

Mehrere Male war ich gezwungen, anzuhalten und aus dem Auto zu steigen, um mich wach zu halten. Ich lief ein paar Meter, machte zehn Liegestütz, wusch mein Gesicht mit schmutzigem Schnee oder Tau vom Gras und von den niedrigen Büschen, die am Straßenrand wuchsen.

Einmal wäre ich auch fast vom Weg abgekommen, ich glaube, das war kurz, bevor ich Weid erreichte. In einer scharfen Kurve verlor ich die Herrschaft über das Auto, die Räder kamen ins Schlingern und holperten auf den Rollsplitt am Straßenrand, Äste und Zweige kratzten über die rechte Seite, und eine Sekunde lang erwartete ich nur noch den letzten Knall.

Ich glaube, ich schloss sogar die Augen und hielt den Atem an.

Trotzdem kam ich nach Hause. Bei der Einfahrt nach K- fand ich einen die Nacht über geöffneten Fernfahrertreff, so eine Einrichtung, die sicher schon seit mehreren Jahrzehnten in meiner Stadt existiert hatte, ohne dass ich eine Ahnung davon hatte. Es war ja erst sieben, also hatte ich noch viel Zeit, sowohl, um ein ordentliches Frühstück zu mir zu nehmen, als auch, um mir in den Sanitäranlagen meine Müdigkeit abzuwaschen.

Ein nervöses Jucken lag unter meiner Haut auf der Lauer, als ich durch das Portal des Elementar ging, eine Art flimmernder Juckreiz, so ein Gefühl war das, und ich dankte der Vorsehung, das ich nur eine Doppelstunde vor mir hatte.

Normalerweise habe ich donnerstags vier Stunden, aber gerade in dieser Woche war die naturwissenschaftliche Oberprima auf Studienreise zum Brennerinstitut nach Chadów.

Die Schule war immer noch fast leer; noch war es eine halbe Stunde bis zur ersten Lektion. Einem Uneingeweihten mag es merkwürdig erscheinen, dass mehr als neunzig Prozent aller Menschen, die an unserem Gymnasium arbeiten und studieren, es vorziehen, mit einem Spielraum von höchstens fünf Minuten zu erscheinen, aber so ist es nun einmal. Ich weiß nicht, wie das an anderen Arbeitsplätzen ist, aber es sollte mich nicht wundern, wenn es dort ähnlich aussieht. Die Leute wollen nicht arbeiten, so einfach ist das … noch schneller pflegt sich die Schule wieder zu leeren, die letzte Unterrichtsstunde endet um 15.45 Uhr, und um 16 Uhr findet sich meistens keine Menschenseele mehr in den Gebäuden.

Warum ich das erzähle?, fragen Sie sicher. Das frage ich mich auch. Vielleicht ist es in erster Linie eine Frage der Nerven, wie ich annehme.

Auf jeden Fall stieß ich auf niemanden außer dem Hausmeister und Frau Humperdinck, Chemie und Mathematik, die wie üblich dasaß und die Druckfehler im heutigen »Neuwe Blatt« unterstrich.

Im Filmdepot fand ich glücklicherweise Herrings *139 Tage*, den ich unter allen Umständen noch vor Weihnachten zeigen wollte. Ich schob den Projektor in den XIIer, legte den Film mit zittrigen Fingern ein, zog die Verdunkelungsgardinen vor und ging dann in mein Arbeitszimmer.

Friijs, Marr und Kasparsen.

Ich war allein im Raum. Würde es vermutlich auch bleiben.

Friijs hatte donnerstags frei, und Kasparsen hatte sich überreden lassen, mit nach Chadów zu fahren, was immer ein Historiker im Brennerinstitut zu suchen hat ... ja, also saß ich dort am Schreibtisch, den Kopf schwer in die Hände gestützt, während ich darauf wartete, dass die Minuten bis zum ersten Läuten verstreichen würden.

Nach einer Weile fiel mein Blick auf einen Stapel Papier, der aus dem Zeitschriftensammler ganz rechts auf dem Tisch herausragte. Ich zog ihn heraus und begann ihn durchzublättern.

Das waren die Aufsätze ... der Test, den ich am Dienstagmorgen hatte schreiben wollen, als ich mich genau hier traf. Hastig blätterte ich den Stapel durch.

Korrigiert und fertig. Ganz oben auf jeder Arbeit war die Punktzahl notiert, daneben die Anzahl der zu erreichenden Punkte. Unter die letzte Frage hatte ich wie üblich mein Namenszeichen geschrieben.

Ich begann die Korrekturen genauer zu kontrollieren, wie auch einen Teil der Kommentare, die ich zu den Antworten der Schüler geschrieben hatte, aber bald schob ich die Papiere wieder in den Sammler. Es gab keinen Zweifel. Der Studienrat Marr hatte die Arbeiten korrigiert und benotet. J. D. Marr.

In meinem Kalender, den ich immer in der obersten Schublade verwahre, kontrollierte ich, ob ich auch das Ergebnis eingetragen hatte.

Dem war so.

Warum hätte ich es auch nicht tun sollen?

Immer noch fünfzehn Minuten. Plötzlich bemerkte ich, dass meine Beine zu zittern begannen. Ich legte die Hände auf die

Schenkel, versuchte das Zittern zu beherrschen. Versuchte mich auf etwas zu konzentrieren. Schaute aus dem Fenster … immer noch hingen Reste der Nachtfinsternis draußen. Das kahle Astwerk der Ulmen vermochte sich gerade eben vor der düsteren Längsmauer der Kauniskirche abzuzeichnen – das ist die Aussicht, die sich mir bietet, seit dieses Bauwerk errichtet worden ist – ein modernistischer Tempel in grauem Beton und dunkelbraunen Ziegeln. Es ist bereits einige Jahre her, vorher gab es hier nur den Kaunispark, in dem man vormittags die Pensionäre aus dem Stadtteil ihre Haustiere spazieren führen sehen konnte, nachmittags herrschte dort eine andere Art von Verkehr, mit Transaktionen verschiedener, mehr oder weniger zweifelhafter Waren. Aus dem Blickwinkel der Schule, im Hinblick auf unsere Schüler, meine ich, war es vielleicht ein Segen, dass die Kirche gebaut wurde, auch wenn ich nie jemanden aus unserem Haus dort sitzen und auf jemanden warten gesehen habe … Dennoch besteht kein Zweifel, dass meine Aussicht sich verschlechtert hat.

Während ich hier sitze und auf das Klingeln warte, das nie zu kommen scheint, versuche ich mich daran zu erinnern, wann ich das letzte Mal in der Kirche war, außer in der Kaunis natürlich, in der wir während der letzten Jahre unsere Weihnachts- und Sommerabschlussfeiern abhalten. Ich kann es nicht sagen. Vielleicht war es sogar bei Ellehardts Begräbnis – ein Kollege, in gewisser Weise sogar ein Freund. Das würde bedeuten, dass ich seit mehr als einem Jahrzehnt das Wort des Herrn nicht mehr gehört habe.

So ist es nun einmal, wenn man alles in Betracht zieht. Meine Beine zittern immer noch, aber ich habe die Hände auf den Tisch gelegt, dort liegen sie also und ballen sich so fest, dass es wehtut. Ich schließe die Augen. Grüne und gelbe Flecken tanzen am Rand meines Blickfelds … Grün und Gelb in der Dunkelheit.

Jakob Daniel Marr. Studienrat für Geschichte und Philosophie. Jakob Daniel …

Es ist nur ein ganz normaler Donnerstag im Dezember.

Es ist nur die Müdigkeit. Sonst nichts.

Gleich wird die Schulglocke läuten, und ich werde zusammen mit den Schülern Herrings *139 Tage* sehen, danach werde ich nach Hause fahren und schlafen …

Ich schaltete nur eine der Lampen ein, die ganz hinten am Projektor. Ließ die Schüler ins Halbdunkel hinein, und ich erinnere mich, wie mich ihr vertrautes Geplapper und Lachen freute, bevor der Film anfing.

Ihr Gähnen, ihr Jargon, ihre penible Art, Stühle und Tische zurechtzurücken, um es in der Dunkelheit bequem zu haben. Das charakteristische Scharren über den Boden und der Geruch nach klammer Straßenkleidung, die die meisten mit ins Klassenzimmer nahmen und die jetzt zum Trocknen an Haken und über den Stuhlrücken hing.

In dieser Dunkelheit, bei dem vertrauten Brummen des Filmprojektors, in dieser heimeligen Gebärmutter, lehnte ich mich an die Wand zurück, schloss die Augen und spürte, wie mich eine warme, freundliche Menschlichkeit umschloss.

Genau das. Eine Menschlichkeit.

Nach fünf Minuten schlief ich tief.

Mima war nicht zu Hause, und es lag keine Nachricht von ihr auf dem Tisch. Ich wählte die Nummer des Museums und bekam sie fast sofort an den Hörer.

»Dieser Polizist, der gestern angerufen hat, was wollte der eigentlich?«, fragte ich.

»Wieso fragst du? Das war doch nur ein Missverständnis, er hat mich um Entschuldigung gebeten.«

»Von wo aus hat er angerufen?«

Es blieb still im Hörer.

»Worüber machst du dir eigentlich Sorgen?«, fragte meine Ehefrau schließlich, und in ihrer Stimme fanden sich ein starkes Zögern und noch etwas anderes, das ich seit mehreren Jahren nicht mehr gehört hatte und das ich nicht so recht identifizieren konnte.

Ein Ton, ein Hauch, der etwas mit unseren Kindern zu tun hatte, als sie noch klein waren, denke ich. Eine Art Zuversicht vielleicht, das Versprechen, Trost zu spenden …

Aber sicher war das reine Einbildung.

»Ach, es ist nichts. Ich wollte es nur wissen.«

»Jaha?«

»Jedenfalls ist meine Migräne besser.«

Wieder zögerte sie.

»Du weißt noch, dass ich heute Abend nicht nach Hause komme?«, fragte sie dann.

»Ja, natürlich«, log ich.

Dann hatten wir uns nichts mehr zu sagen, und wir beendeten das Gespräch. Ich blieb noch eine Weile mit der Hand auf dem Telefon sitzen und spürte, wie ihre Stimme langsam im Bakelit abebbte.

Anschließend suchte ich mein dickes Notizbuch heraus und fing an zu schreiben.

II

In der Stadt Neubadenberg
arbeitete nach dem Krieg
ein Psychoanalytiker namens
Schenk.

17

Der 14. Januar

Zögernd ergriff ich den Kugelschreiber. Meinen Wassermann/Frisch, der die ganze Zeit im Notizbuch gelegen hatte, seit ich das letzte Mal mein Schreiben abgebrochen hatte. Wo der andere geblieben war, davon hatte ich im Augenblick nicht die geringste Ahnung.

Irgendwo gab es einen verborgenen Raum. Dinge nahmen einen anderen Weg, als man vielleicht erwartet hatte, möglicherweise haben Sie diesbezüglich eine abweichende Meinung, was natürlich Ihr gutes Recht ist – unsere Perspektive ist ja aus verständlichen Gründen ein wenig abweichend. Auf jeden Fall trat ein neues Element in den Angriff auf meine Existenz ... aber erst jetzt, in diesen Tagen, als mein Besucher nach einer mehr als einen Monat langen Pause wieder aufzutauchen beliebt, beschließe ich also, erneut mein Buch hervorzuholen und bestimmte Notizen zu machen.

Mit offensichtlichem Zögern und ohne große Hoffnung hinsichtlich Klarheit und Kontinuität.

Eine Verschiebung, schrieb ich. Eine neue Form eines Symptoms. Mal sehen, was Sie dazu sagen.

Am 14. Dezember, eine gute Woche nach meiner Rückkehr aus Weigan, stieß mir Folgendes zu: Es war ein kalter, windiger Tag im Leisnerpark, spät am Nachmittag, die Dämmerung war dabei, sich zu senken, ziemlich schnell ging ich Richtung Osten ... auf Pampas zu, diese tief gelegene Gegend unterhalb des Stadtbergs, wo sich immer noch die gut erhaltene Bebauung aus dem 19. Jahrhundert befindet. Ich trug meine Aktentasche locker in der Hand, der Kragen war hochgeschlagen und der Mantelgürtel fest zugeknotet gegen den rauen Wind, der in die Wangen biss.

Ich ging noch schneller, meine gesamte Erscheinung muss einen gewissen Eifer gezeigt haben, ich weiß, dass ich dachte, wie schön es wäre, ins Haus zu kommen, etwas Wärmendes zu sich zu nehmen, und im gleichen Moment wurde mir der Zustand der Dinge bewusst.

Ich wurde mir meiner Unwissenheit bewusst.

Noch einige schnelle Schritte machte ich, als wollte ich nichts überstürzen. Als wollte ich die Dunkelheit in irgendeiner Weise herausfordern. Dann blieb ich stehen, genau an der Ecke des Sportplatzes, der zwischen dem Park und Pampas liegt.

Wohin führte mich mein Weg?

Ich verzog den Mund. Ja, ich lachte sogar – mit anderen Worten, ich war also alles andere als unfähig, die absurde Komik der Situation zu erfassen. Ich zündete mir eine Zigarette an und begann langsam, äußerst langsam den Weg zurückzugehen, den ich gekommen war. Unter anderen Umständen, zu einer anderen Jahreszeit und Wetterlage, hätte ich mich sicher auf eine Parkbank gesetzt. Hätte dort in Gedanken versunken eine Weile gesessen und vielleicht den einen oder anderen Entschluss gefasst.

Woher kam ich?

Ich schaute auf die Uhr. Halb sechs genau. Während der folgenden Minuten war ich kaum in der Lage, irgendetwas anderes zu tun, als mir selbst folgende zwei Fragen zu stellen. Immer und immer wieder. Nachdrücklich und methodisch. Um nicht die Gelegenheit zu verpassen, unmittelbar die Antwort hervorzulocken.

Wohin wollte ich?

Woher kam ich?

Ich zog tiefe Züge aus der Zigarette und strengte mich wirklich an, aber selbst das Absurde in der Unklarheit schien, zumindest temporär, einen Deckel auf alle Öffnungen zu legen. Bald versuchte ich stattdessen meine Aufmerksamkeit in eine andere Richtung zu lenken. Vielleicht würde sich das schon von allein klären, überlegte ich, wie wenn man in einem fremden Zimmer aufwacht und nicht sofort sagen kann, wo man sich befindet. Das wird schon kommen, dachte ich.

Aber dem war nicht so. Ich betrog mich selbst.

Nichts tauchte auf, und nichts klärte sich.

Meine Unwissenheit bezüglich der Situation war vollkommen. Dunkel und bodenlos. Ich warf meine Zigarette weg und zündete eine neue an. Beschleunigte meine Schritte. Als ich gleichzeitig in meinen Gedanken zurückwanderte, musste ich einsehen, dass der gesamte Nachmittag genauso leer war. Er besaß die gleiche undurchdringliche Leere.

Bis zur Mittagspause kam ich, erst dann brach das Eis ... Ich saß im Speisesaal und aß zusammen mit Friijs und Frau U. Friijs erzählte von dem Bretonvertrag und seiner Bedeutung für die Indianerstämme Südamerikas, Frau U stand auf, um die Kaffeekanne zu holen, wurde von zwei Schülern aufgehalten, Friijs lehnte sich zurück und kontrollierte die Zeit auf seiner Silbertaschenuhr, die er immer in der Westentasche trägt ...

Ein paar Minuten nach zwölf muss das gewesen sein. Ich kann mich nicht daran erinnern, dass Frau U mit der Kaffeekanne zurückkam.

Obwohl ich eine ganze Weile dagesessen und versucht habe nachzurechnen, kann ich nicht sagen, wie oft mich diese neue Unannehmlichkeit im vergangenen Monat überfallen hat. Aber wohl nicht häufiger als zwölfmal. Auf jeden Fall mehr als achtmal. Einige Male war nur die Rede von wenigen Minuten, die verschwunden sind, zehn oder fünfzehn, aber bei mindestens vier Malen hat es sich um einige Stunden gehandelt.

Wie beim folgenden Mal beispielsweise.

Nur zwei Tage nach meinem Aufwachen im Leisnerpark befand ich mich plötzlich – das war auch am Nachmittag, diesmal an einem Samstag – in der Straßenbahn draußen in Leimaar, einem der Vororte, wie man es wohl bezeichnen kann, und zwar fast schon an der Endstation. Ich hatte keinerlei Erinnerung daran, dass ich nach dem Frühstück überhaupt meine Wohnung verlassen hatte, erinnerte mich nur, eine Dusche genommen zu haben und dass Mima, meine Frau, an die Badezimmertür geklopft und sich verabschiedet hatte, bevor sie sich auf den Weg machte, ihre Freundin Uli in Hellensraut zu besuchen.

Aber jetzt saß ich also, sechs Stunden später, in der Straßenbahn Nummer 12, eingezwängt zwischen einer fülligen farbigen Frau und einem nach Cognac duftenden Herrn in Anzug mit kaputter Brille.

Ich stieg an der Endstation aus. Machte einen kürzeren Spaziergang in der Umgebung, die mir vollkommen unbekannt war. Kaufte eine Zeitung am Kiosk und nahm die nächste Bahn wieder zurück in die Stadt.

Ich war nie zuvor mit dieser Linie gefahren, benutze sowieso nur selten öffentliche Verkehrsmittel (ich habe das Gefühl, dass ich diese Tatsache schon früher erwähnt habe), und obwohl ich einen großen Teil des Abends damit verbrachte, mögliche Ursachen für meinen Besuch in Leimaar zu finden, eine verrückter und phantasievoller als die andere, konnte ich zu keinem Schluss kommen, der auch nur annähernd an eine Erklärung erinnerte.

Vielleicht stehen die meisten Fragezeichen gerade hinter dieser Straßenbahnfahrt. Auf jeden Fall haben sie sich in mir festgebissen, fast wie eine Warnung, ein Zeichen oder ein Fingerzeig, denke ich. Etwas Großes und nicht Aufzuhaltendes lauert vor mir im Dunkel, und auch wenn ich dem natürlich mehr oder weniger ausgeliefert bin, so werde ich nicht behaupten können, dass ich nicht gewarnt worden bin.

Weitere weiße Flecken, oder wie man sie nun bezeichnen soll, variieren hinsichtlich Glaubwürdigkeit und Dauer; Glaubwürdigkeit, die Situation betreffend, in der ich aufwachte – meistens war es eine vollkommen alltägliche und in keiner Weise ungewöhnliche: daheim an meinem Schreibtisch, im Klassenzimmer, im Auto, einmal in der Sauna des Zentralbads, die ich normalerweise einmal in der Woche abends aufsuche … und auch wenn ich aus Kuritz' Buchladen herauskomme mit dem Buch eines Autors unterm Arm, von dem ich noch nie etwas gehört habe, so ist es ja nicht schwer, sich eine Kette von Ereignissen vorzustellen, die genau zu dieser Szene führen kann.

Und ich bin auch nie – vielleicht ist gerade das eigentlich ein äußerst merkwürdiger Umstand –, nie durch diese Gedächtnislücken in irgendwelche unangenehmen Situationen gekommen. Möglicherweise mit Ausnahme der Beziehung zu meiner Frau Mima, die einige Male zu ahnen schien, dass etwas nicht stimmte. Ich bin mir sicher, dass sie zumindest ein Mal, als ich ein verabredetes Treffen nicht einhielt und außerdem nicht die geringste Ahnung hatte, was wir vor ein paar Stunden überhaupt verabredet hatten, glaubte, dass ich nicht ganz zurechnungsfähig wäre.

Auf jeden Fall für eine Weile nicht. Nicht in diesem Moment. Aber bis jetzt hat sie den Takt besessen, mich nicht damit zu konfrontieren, meine Ehefrau Mima.

Meine Geliebte Nancy habe ich wie üblich weiter regelmäßig getroffen, auch wenn ich das Gefühl habe, dass einer dieser Besuche verschwunden ist.

Was natürlich etwas dumm ist, da ich immer wieder gern an unsere Schäferstündchen zurückdenke.

Ich habe den Anfang dieses Abschnitts noch einmal gelesen. Verschiebung, habe ich geschrieben. Ein neues Symptom …

Am 13. Januar, das heißt gestern, kehrten jedoch die alten Gespenster von Dezember und Ende November wieder zurück.

Mit voller Kraft, so kann man wohl sagen. Und nicht ohne neue Ingredienzien vorzuweisen.

18

Der 13. Januar

Ein Wintertag. Kalt und neblig. Kein Monat kann sich so wie der Januar in die Länge ziehen …

Ich zitiere, weiß aber nicht, wen.

Die Schule hat vor drei Tagen wieder angefangen. Suurleitner hat aufgehört Er hat erst zwei Tage vor Unterrichtsbeginn eine Forschungsstelle in der Hamburger Filiale angeboten bekommen. Bisher ist noch keine Vertretung da, ich habe in der kurzen Zeit schon sechs Stunden zusätzlich geben müssen. Fühle mich bereits jetzt ziemlich erschöpft. Vielleicht glauben Sie ja, dass die Arbeit eine Art Sinn in mein Leben bringt … ein Gegengewicht oder einen Anker in meinem unausgewogenen Dasein.

Aber so ist es absolut nicht. Meine Arbeit bedrückt und belastet mich. Die Ferien über Weihnachten und Neujahr waren eine Erholung, auch wenn der Umgang mit unseren Kindern manchmal ein wenig anstrengend war. Für alle Beteiligten, will ich meinen. Wir beschränkten uns hinsichtlich des Zeitrahmens nur auf das Notwendigste, auf das, was die Konvention erfordert … Anschließend verbrachte ich ein paar Tage mit Friijs in seiner Hütte in den Bergen. Den Górabergen. Wir spielten Schach, aßen, tranken, unternahmen lange Skitouren in die Umgebung. Ich hegte natürlich eine gewisse Unruhe, dass neue Blackouts auftauchen könnten, aber nichts Diesbezügliches trat ein. Ich habe wirklich Vertrauen in Friijs. Bekam auch einen deutlichen Beweis dafür, dass auch er meine Gesellschaft schätzt, als er mir am letzten Abend den Entwurf für eine größere Arbeit über das Kendovolk zeigte, an der er heimlich bereits seit mehreren Jahren arbeitete.

Natürlich hatte ich keine Gelegenheit, mich an diesem einen Abend intensiver mit der Materie zu befassen, aber wir kamen überein, dass ich es genauer studieren sollte, wenn es fertig war, bevor er es an einen Verlag schickte.

Aber es ist wie gesagt kalt und neblig. Der Januar dauerte in diesem Jahr eine Ewigkeit. Es war erst der dreizehnte, und ich war mit einer schweren, viel Arbeit enthaltenden Aktentasche von der Schule nach Hause gekommen.

Der Fahrstuhl war kaputt. Das war er schon seit einiger Zeit, und das Versprechen, dass er repariert werden würde, fand sich genau so lange an seiner Tür.

Also die Treppen.

Zu meiner Überraschung ist die Tür nicht verschlossen. Ich trete ein. Rufe nach Mima, bekomme keine Antwort. Die Aktentasche auf den Korbstuhl, den Mantel an den Haken, die Schuhe ins Gestell.

Jemand kommt aus der Küche. Bleibt in dem Durchgang zum großen Zimmer stehen. Steht da, eine Hand im Nacken, als wäre er gerade aufgewacht und wollte den Körper strecken, die andere Hand ruht auf der Türklinke.

Das bin ich selbst.

Ich sehe mich an.

Sehe, wie ich mir mit der Hand über den Nacken streiche, und betrachte mich mit einem vorsichtigen Lächeln. Einem Lächeln, das nicht verschwindet, das sicher im Sattel sitzt, halb ironisch, denke ich, halb mitleidig.

Ich erwidere den Blick, aber ich lächle nicht. Keiner von uns bewegt sich, keiner macht auch nur den Ansatz, weiter zu gehen … aus dieser still stehenden Spiegelung herauszukommen.

Langsam rinnt die Kraft aus mir heraus. Bereits nach wenigen Sekunden weiß ich, dass ich der Schwächere bin und dass ich wieder verlieren werde, aber ich halte dennoch, solange es geht, aus.

»Verzeihung«, sage ich dann. Setze mich auf den Korbstuhl, während ich mir die Schuhe binde. Stehe auf. Nehme wieder Mantel und Schal und verlasse meine Wohnung.

»Verzeihung«, murmle ich noch einmal.

Die Treppen ohne Hast. Ich zähle die Stufen. Meine Müdigkeit ist groß.

Ich überquere die Straße, zögere für einen Moment vor der Bibliothek, sehe aber, dass dort drinnen viele Menschen sind. Ich gehe weiter die Domgasse hinunter. Am Grote Markt gehe ich ins Kino Fox. Der Nachmittagsfilm läuft bereits eine Weile, aber ich habe ihn schon einmal gesehen. Die Marionetten von Colchis. Außerdem interessiert er mich nicht.

Das müssen Sie doch wohl verstehen?

Ich brauche einfach einen Ort, wo ich mich hinsetzen kann.

Wo ich in der Dunkelheit und Einsamkeit sitzen kann.

19

Der 14. Januar

Genauer gesagt die Nacht zum fünfzehnten. Ich sitze an meinem alten Schreibtisch, die Lampe heruntergedrückt, so dass der Lichtkegel nur einen kleinen Kreis um das Notizbuch selbst bildet. Ich spüre die Wärme der Glühbirne auf dem Handrücken.

Vor mir, durch das Fenster, kann ich auf die Dachgiebel schauen, die von einem leichten Schneefall, der vor ein paar Stunden vorbeizog, gepudert sind. Der Himmel ist grauviolett, aber in keiner Weise bedrohlich, er wölbt sich wie eine schützende Kuppel über die weiße Stadt. Alles ist vollkommen still. Kalt vermutlich. Kein Wind.

Ich werde morgen nicht arbeiten können. Die Kräfte haben mich verlassen. Ich habe nachmittags einen Termin bei Lorenz Piirs, das ist derjenige meiner Therapeuten, zu dem ich beim letzten Mal, als es passierte, das größte Vertrauen aufgebaut habe. Vielleicht der Einzige übrigens, natürlich ist es viel verlangt, von ihm zu erwarten, dass er mich so kurzfristig drannimmt, aber er stimmte der Sache ohne Diskussion sofort zu.

Ich muss mit jemandem reden, es hat seine Zeit gedauert, diesen Beschluss zu fassen, aber jetzt habe ich mich so entschieden. Gestern, das war eine finstere Geschichte, sehr, sehr finster. Erst nach der letzten Vorstellung habe ich das Fox verlassen. Wäre es möglich gewesen, ich glaube, ich hätte auch noch die Nacht dort verbracht, aber als der Hausmeister in den erleuchteten Saal trat, trottete ich gehorsam mit dem zärtlichen Liebespaar hinaus, das ich während der letzten Stunden vor mir gehabt hatte.

Draußen auf dem Markt versuchte ich von einer Telefonzelle aus anzurufen. Ich wollte Nancy sprechen, bekam aber nicht einmal eine Verbindung. Für einen Moment zögerte ich, rauchte eine Zigarette und lief ziellos zwischen den Tauben herum, die die Überreste des Tages aus dem Rinnstein pickten. Dann nahm ich den Wagen und begab mich zum Elementar.

Eine Schule nachts, das ist eine gottverlassene Kathedrale. Die Leere und die fehlenden Menschen rufen aus den Ecken, jede Treppe ist ein Gewölbe, jeder Klassenraum eine Krypta. Die Flure hallen von Todessehnsucht wider, hinter verschlossenen Türen brütet Gottweißwas. Ich eilte, so schnell ich konnte, hindurch. Der Mond warf bleiche Lichtganglien nach mir, ich nahm die Treppe in den Munckflügel hinauf, fand dort den Ruheraum. Schloss die Tür auf, schaltete die Lampe über der Liege ein. Schloss die Tür, zog die Decken über mich. Normalerweise benutze ich diese Örtlichkeit nicht, ich kann mich nicht daran erinnern, es überhaupt jemals getan zu haben, und sicher werde ich es niemals wieder tun.

Es war schon nach zwölf Uhr. Die Kammer war kleiner als meine Zelle in Weigan, da gab es keinen Zweifel. Ein Bett und ein Tisch, das war alles. Ein Haustelefon. Fenster ohne Vorhang, durch das der Mond bald hereinkroch und seinen kalten Schein über die ganze Wand ergoss.

Irgendwann zwischen drei und vier muss ich eingeschlafen sein, und Sie müssen wissen, dass die folgenden Stunden zu denen gehören, an die ich mich nicht mehr erinnern möchte, über die ich keine Rechenschaft ablegen und keine Zeile schreiben will.

Der Tag danach, heute (gestern ... schließlich ist es schon früher Morgen), war eine Segelfahrt ohne Ruder. Ich verspürte nur einen Ekel und das Gefühl des Ausgeliefertseins gegenüber all diesen jungen Augen und Ohren. Und eine große Müdigkeit natürlich. Die letzte Stunde brach ich zehn Minuten vor dem Klingeln ab, etwas, was ich mir im normalen Fall niemals erlauben würde ... Ich spürte das unterdrückte Misstrauen und die Feindlichkeit der Schüler, wie ein Gewebe, wie der muffige Geruch ungewaschener Wunden hing es im Klassenraum.

Im XIIer, ja, genau.

Ich floh fast aus der Schule. Meine Nervosität wurde mit jedem Schritt stärker, als ich erneut die Treppen hinauf ging – die versprochene Fahrstuhlreparatur ließ immer noch auf sich warten. Mit jedem Pulsschlag und angestrengten Atemzug. Eine weitere Begegnung mit mir selbst konnte nur in einem Zusammenbruch und einem Aufgeben enden, das wusste ich. Das stand mit Flammenschrift an der Wand. Als ich den Flur betrat, wurde ich aber nur von den Stimmen von Mima und Catherine, ihrer Arbeitskollegin und Freundin, empfangen, die sich in der Küche unterhielten.

Artig begrüßte ich sie. Machte mir Tee und Brote, und den Rest des Tages und Abends habe ich in meinem Zimmer zugebracht. Nach der positiven Antwort von Piirs ist es mir gelungen, mir eine gewisse Ruhe einzureden.

Sicher, das kommt und geht, aber es bleibt in Reichweite.

Ich habe ein paar Stunden geschlafen. Habe unkonzentriert hier und da ein paar Seiten gelesen, in erster Linie in Zeitschriften, und schließlich habe ich also mein Notizbuch hervorgeholt.

Aber jedes Mal, wenn ich versuche, mich meinem Eindringling zu nähern (ich habe jetzt beschlossen, dass ich ihm diesen Namen geben will), schlägt er einen Haken. All das weckt so starke Gefühle in mir, erzeugt so eine Unruhe, dass sie nicht mehr zu bewältigen ist. Ich kann keine Gedanken oder Ideen mehr fassen, kann keine Linien ziehen, Ursache und Wirkung schweben frei im Raum, und mein ganzes Ich scheint in einem unnahbaren Flimmern aus Worten, Bildern und ekstatischer Energie aufgelöst zu werden.

Als würde mein Bewusstsein im nächsten Moment explodieren.

Was sagen Sie dazu?

»Je später der Tag, umso greller die Bilder.«

Wirklich? Ja, schon möglich, dass ich Ihrer Meinung bin. Und übrigens, wie nett, dass Sie sich endlich herablassen, auch etwas zu sagen. Dass ich Sie so weit gebracht habe. Ich wage es dennoch zu behaupten, dass Sie keine Spur meines inneren Aufruhrs bemerkt hätten, selbst wenn Sie direkt hinter mir gestanden hätten ... ich sitze ja immer noch einfach nur hier und schaue über die Dächer. Sie existieren. Die Stadt dort draußen existiert, die ganze Welt.

Und die Worte, die ich schreibe, bleiben auf dem Papier. Tatsächlich! Ich reiße alle Sicherheit an mich, die ich nur kriegen kann, das ist ja verständlich. Meine hysterische Seele muss heute Nacht gefesselt werden. An diese Bojen aus Ordnung und Trivialität befestigt werden. Durch diese Worte, die ich ununterbrochen für meine eingebildeten Leser aus mir herausbringe.

Jakob Daniel Marr.

Der fiktive Erzähler des fiktiven Publikums. Welch ein Schauspiel!

Morgen ist ein neuer Tag. Den Vormittag werde ich schlafen. Am Nachmittag überlasse ich mich Lorenz Piirs.

Es ist vier Uhr. Die Müdigkeit schlägt Nägel in meinen heißen Kopf.

20

Der 22. Januar

Nacht.

Die gleiche gepuderte Schneedecke. Die gleiche blaulila Kuppel über der Stadt. Die gleiche Welt. Der Januar setzt sich fort. Mein Tagesablauf hat sich verschoben. Ich bin die letzten Nächte erst um zwei, halb drei ins Bett gekommen. Stehenden Fußes hat Piirs mich für vierzehn Tage krankgeschrieben, natürlich bin ich ihm dankbar dafür. Die Morgenstunden ziehen sich in die Länge, jeden Tag ein bisschen mehr, ich versuche dennoch, der Ordnung halber, vor zwölf Uhr zum Frühstück hoch zu kommen.

Ich bin überanstrengt, das habe ich meine Frau wissen lassen. Zu meiner Überraschung scheint sie sich damit zufrieden zu geben. Sie stellte keine Fragen, hob nicht einmal die Augenbraue. Ich weiß nicht so recht, wie ich das deuten soll, aber es ist nichts, was mir Sorgen macht. Im Augenblick ist sie weggefahren. Eine Konferenz in Würgau für vier Tage. Ich bin allein in der Wohnung. Denke über mein Leben nach, lese alte Bücher oder Teile daraus … vor allem Kriminalromane und Lyrik. Warnock. Rilke und Quentin. Höre Radio. Spiele Schach mit dem Computer. Jetzt seit einer Woche keine Gedächtnislücken mehr. Kein Eindringling.

Piirs entsprach meiner Erwartung, das muss ich sagen. Ich habe häufig Termine, ganz nach meinen und seinen Wünschen.

Der letzte war gestern. Der dritte innerhalb von sechs Tagen. Der nächste ist morgen.

Natürlich war ich ziemlich nervös vor unserem ersten Gespräch. Gespannt, wie er auf meinen Bericht reagieren würde, wieweit er dem Glauben schenken würde oder nicht … ob er alles als wildes Hirngespinst und ein Produkt meiner Phantasie ansehen würde oder ob er mich ernst nehmen würde. Das Unerhörte als das, was es ist, akzeptieren könnte.

Er ist natürlich viel zu sehr Profi, als dass er sofort seine Meinung zeigen würde, aber während ich erzählte, war ich die ganze Zeit äußerst aufmerksam. Bereit, das geringste Zeichen in seiner Physiognomie oder seinem Verhalten wahrzunehmen, das auf Zweifel hindeuten könnte.

Nicht eine Sekunde lang, nicht um eine Haaresbreite verriet er sich, und ich konnte beruhigt feststellen, dass er mir auf Punkt und Komma glaubte. Natürlich war ich auch erleichtert, aber, wie gesagt, von dem halben Dutzend an Therapeuten, mit denen ich in Kontakt gekommen bin, ist es eigentlich nur Lorenz Piirs, zu dem ich wirklich Vertrauen habe. Ich spüre, dass ich bei unseren Sitzungen vollkommen offen sein kann … mit seiner Intelligenz und großen Sensibilität begreift er oft Dinge schon lange, bevor ich sie selbst habe in Worte fassen können, bevor ich sie überhaupt formuliert habe. Ich muss nicht überdeutlich sein, mich nicht anstrengen. Er versteht es auch so.

Klein und dünn. Immer im schwarzen Anzug sitzt er hinter seinem großen Schreibtisch und hört zu, das Kinn auf die Hand gestützt. Er nickt ab und zu und brummt oft zustimmend, sagt aber eigentlich nicht besonders viel.

Er ist ein alter Hase, ich nehme an, er hat die Sechzig schon erreicht, auch wenn er einen sehr drahtigen, vitalen Eindruck macht. Das Haar ist ergraut, an den Schläfen fast weiß, der schüttere Bart dunkler, es würde mich nicht wundern, wenn er ihn gefärbt hat. Ein sehr ansehnlicher Herr alles in allem.

Distinguiert, wenn Sie es so nennen wollen.

Eigentlich weiß ich nicht sehr viel über ihn, seine Praxis liegt in dem Viertel hinter der Universität, in einem alten Jugendstilhaus mit vergoldetem Gitteraufzug und Wappenschildern über den Türen. Soweit ich es verstanden habe, ist die Praxis von seiner Wohnung abgetrennt worden, einer Wohnung mit fünf oder sechs Zimmern mit Fenstern zur Universität und zum Park, wenn ich es richtig vermute. Es gibt auch eine Ehefrau, auf jeden Fall eine Frau, ich habe sie einmal kurz zu Gesicht bekommen, aber viel mehr weiß ich nicht über ihn. Es geht ja auch nicht gerade um Lorenz Piirs, wenn wir uns treffen. Vielleicht interessiert es Sie ja auch gar nicht weiter, dass ich versuche, ihn näher zu beschreiben.

Jedenfalls hat er ein Ledersofa, genau wie in den klassischen Analysezimmern. Die Wände sind dunkelgrün mit vereinzelten Landschaftsgemälden. Gainsborough oder Reynolds, nehme ich an. Das Licht ist gedämpft, nur eine braungelbe Lampe über dem Schreibtisch, das Tageslicht wird durch die schweren Damastvorhänge vor den hohen Fenstern ausgesperrt. Allein in diesem Zimmer zu sein ist schon ein besonderes Erlebnis, ich schätze es sehr, die Atmosphäre hier drinnen hat etwas tief Beruhigendes an sich, vielleicht handelt es sich nicht wirklich um Zeitlosigkeit, aber auf jeden Fall handelt es sich hier nicht um unsere Zeit.

»Interessant«, sagte er, als ich zum Ende gekommen war. »Sehr interessant. Warum sind Sie nicht früher gekommen?«

Ich zog mich auf die Ellbogen hoch. Trank etwas stilles Wasser aus dem Glas, das immer auf dem Tisch neben dem Sofa steht. Ich hatte wohl so dreißig Minuten ununterbrochen berichtet … Ich habe den Eindruck, dass man schneller einen trockenen Mund bekommt, wenn man im Liegen spricht, als wenn man steht oder sitzt, ich weiß nicht, ob dieser Eindruck mit der Realität übereinstimmt.

Er betrachtete mich über den Rand seiner graugetönten Brille hinweg, und ich sah, dass er wirklich meinte, was er sagte. Es gab eine Falte auf seiner Stirn, und er nickte irgendwie nachdenklich, während er seinen Füllfederhalter zwischen den Fingern hin und her wandern ließ.

»Zweifellos eine interessante Geschichte«, wiederholte er. »Es wundert mich nur, dass Sie das so lange ausgehalten haben.«

»Kennen Sie ähnliche Fälle?«, fragte ich.

Er lehnte sich auf seinem Schreibtischstuhl zurück.

»Einen«, sagte er.

»Einen?«

Er nickte.

»Ich fürchte, wir haben heute nicht mehr die Zeit, uns damit zu befassen, aber ich erzähle Ihnen gern das nächste Mal davon. Im Augenblick möchte ich Ihnen nur noch gern ein paar Fragen stellen, wenn Sie nichts dagegen haben?«

»Natürlich nicht.«

»Ihre Träume?«, fragte er. »Haben Sie bemerkt, ob Ihre Träume sich in irgendeiner Weise verändert haben, seit dieser Eindringling aufgetaucht ist?«

Ich überlegte. Konnte mich kaum an einen einzigen Traum aus der letzten Zeit erinnern.

»Nein«, sagte ich, »Ich glaube nicht. Jedenfalls ist es nichts, worüber ich schon mal nachgedacht habe.«

»Könnten Sie dann in der nächsten Zeit in der Richtung etwas aufmerksamer sein? Es kann ziemlich schwierig sein, aber wenn Sie sich zum Beispiel gleich nach dem Aufwachen ein paar Minuten Zeit nehmen ... das funktioniert meistens!«

»Gibt es etwas Spezielles, wonach Sie suchen?«

»Nein. Man weiß ja nie ...« Er breitete die Arme aus. »... aber Träume sind immer Schlüssel. Meistens wissen wir nur nicht, zu welchem Schloss sie passen, aber es schadet nie, etwas genauer hinzusehen.«

Er lächelte kurz. Ich trank den Rest Wasser.

»Ich muss natürlich erst mehr von Ihnen hören, bevor ich mir eine sichere Meinung bilden kann«, fuhr er fort. »Bevor ich eine Hilfe sein kann, Sie wissen ja, wie ich arbeite. Aber da ist schon eine Sache, über die ich mich bereits jetzt wundere.«

»Ja?«

Er zögerte. Rieb sich mit Zeige- und Mittelfinger der rechten Hand über die Schläfe, als wolle er die Blutzufuhr stimulieren .... Ich erinnerte mich an die Geste aus unseren früheren Gesprächen.

»Widerstand«, sagte er dann. »Wie wäre es, wenn Sie ihm ein wenig mehr Widerstand böten?«

Ich sagte nichts.

»Ist das schwer für Sie?«

»Ja ... ich weiß nicht.«

»Sie haben das Gefühl, dass er die Oberhand hat?«

»Ja, ungefähr so ...«

»Fühlen Sie sich auch schuldig?«

Ich dachte eine Weile nach.

»Kann schon sein«, sagte ich dann. »Jedenfalls eine Art Scham.«

Er nickte und schrieb etwas auf seinen Notizblock.

»Diese Gedächtnislücken?«, fragte ich. »Was glauben sie ... worauf die beruhen?«

»Schwer zu sagen. Natürlich gibt es da einen Zusammenhang, aber ich kann nicht sagen, welchen. Auf jeden Fall sind sie ja einfacher zu erklären, oder was meinen Sie? Sie können uns alle überfallen ... haben Sie so etwas nie zuvor erlebt?«

»Nein.«

»Ganz sicher nicht?«

»Jedenfalls nicht in diesem Umfang. Natürlich ist es vorgekommen, dass ich Dinge vergessen habe, aber nicht auf diese Art und Weise.«

»Alles ist weg?«

»Ja. Das ist ein Gefühl, als ob ...«

»Ja?«

»Als ob ich in diesen Zeitintervallen gar nicht dabei gewesen wäre.«

»Als hätten Sie etwas übersprungen?«

»Ja ...«

Er machte sich wieder Notizen. Ich setzte mich auf dem Sofa auf. Die Stunde näherte sich ihrem Ende. Piirs stand auch auf. Er knöpfte seine Jacke zu und zog den Schlipsknoten gerade.

»Sind Sie bereit, soweit meinem Rat zu folgen?«, fragte er.

»Träume und Widerstand?«

»Ja. Und ich möchte unbedingt, dass Sie sich melden, wenn Ihnen irgendetwas zustößt, bevor wir uns das nächste Mal sehen.«

Ich nickte dankbar. Dann schrieb er mich für zwei Wochen krank, wir verabredeten die Termine für vier weitere Gespräche, und er begleitete mich hinaus.

Ich war kaum unten auf dem Bürgersteig, als mir mein Traum einfiel, den ich im Belvedere gehabt hatte. Den über René Singh und seine Flugkünste, von dem ich schon berichtet habe ... vielleicht wäre es ja auch von Wert, von meiner kleinen Halluzination in der Zelle im Weiganer Polizeirevier zu berichten. Einen Moment lang überlegte ich, ob ich nicht auf dem Absatz kehrtmachen und sofort zu Doktor Piirs zurückgehen sollte, aber dann ließ ich es doch bleiben. Ebenso gut konnte ich damit bis zu unserem nächsten Termin warten.

Stattdessen ging ich weiter. Als ich an Freddy's vorbeikam, einem kleinen Restaurant, das ich ab und zu aufsuche, bemerkte ich plötzlich, wie hungrig ich war. Ich studierte die Speisekarte im Fenster, überprüfte, ob ich genügend in der Tasche hatte, und dann ging ich hinein.

Auf diese Art traf ich Heinz, einen alten Bekannten, den ich seit Jahren nicht mehr gesehen hatte und der möglicherweise eine gewisse Rolle im weiteren Geschehen spielen wird.

Jedenfalls habe ich so ein Gefühl.

21

Heinz

»Entschuldigung, aber ist das nicht Jakob Daniel?«

Es war die Stimme, an der ich ihn erkannte. Wenn ich nur nach dem Aussehen gegangen wäre, dann hätte ich es kaum geschafft. Zu den vielen Besonderheiten von Heinz gehört die Tatsache, dass er es ablehnt, fotografiert zu werden, und das erst recht, seit sein Name bekannt geworden ist. Graue Haare, dick und verfilzt. Bart, Koteletten und Augenbrauen in gleicher Konsistenz. Er sah mindestens zehn Jahre älter aus, als er wirklich war. Tief liegende Augen, die Wangen eingefallen, schlaksige Haltung und hochgezogene Schultern, als fröre er … doch als ich wusste, dass es sich um Heinz Hellers handelte, erkannte ich ihn auch wieder.

»Heinz! Das ist aber lange her.«

Er zupfte sich am Bart.

»Willst du dich nicht setzen?«

»Ich weiß nicht …«

»Aber klar. Setz dich!«

»Du wartest nicht auf jemanden?«

»Nein. Ich sitze hier ganz einsam und allein. Schön, dich wiederzusehen.«

»Danke.«

Heinz Hellers, wie er leibt und lebt, kein Zweifel. Immer noch nicht in der Lage, sich irgendwo anzupassen. Die gleiche unterdrückte Nervosität. Ich konnte nur mit Mühe ein Schmunzeln unterdrücken. Ich erinnerte mich daran, dass es immer welche gegeben hatte, die ihn gern ärgerten. Seine Unschlüssigkeit nachäfften und sich auf seine Kosten amüsierten. Die rothaarige Kellnerin kam mit der Pastete, die ich bestellt hatte.

»Willst du auch etwas essen?«

»Ich weiß nicht.«

Heinz hat immer einen schweren Kampf gegen seine Entschlusslosigkeit austragen müssen.

»Ein bisschen Pastete und ein Bier?«, schlug ich vor.

»In Ordnung.«

Er hängte die Jacke über die Stuhllehne. Darunter trug er einen dicken, gestrickten Rollkragenpullover, der über und über mit Farbe bekleckert war. Als er mir nun gegenüber saß, konnte ich feststellen, dass auch sein Bart und seine Haare deutliche Spuren seiner Berufsausübung trugen.

»Das ist aber lange her ...«

»Zwanzig Jahre, glaube ich.«

Er hustete etwas verlegen.

»Und dir geht es gut?«

Ich zeigte auf seinen Pullover.

»Ja, schon ... habe Glück gehabt.«

»Glück? Meine Frau behauptet, dass du einer unserer drei besten Künstler bist.«

»Sagt sie das wirklich?«

Ich glaube, er wurde sogar rot, aber es gab nicht besonders viele haarfreie Partien in seinem Gesicht. Wir saßen eine Weile schweigend da. Ich überlegte, ob ich schon mit meiner Pastete anfangen oder auf meinen Tischnachbarn warten sollte. Beschloss dann zu warten. Bot ihm eine Zigarette an.

»Was treibst du hier in der Stadt?«

Wie üblich war Heinz nicht derjenige, der ein Gespräch am Laufen hielt. Er zündete sich die Zigarette mit unsicherer Hand an.

»Meine Mutter ist gestorben. Ich komme gerade von der Beerdigung.«

»Das tut mir Leid.«

Ich konnte nicht umhin, mich zu fragen, ob er tatsächlich in der gleichen Kleidung in der Kirche gesessen hatte, die er jetzt trug. Es war nicht leicht, sich Heinz Hellers in einem dunklen Anzug vorzustellen. Ich glaube, er trug nicht einmal eine Krawatte, als wir zusammen das Abitur machten.

»Deine Mutter?«

Er nickte.

»Hat sie die ganze Zeit hier in der Stadt gelebt?«

»Nur die letzten Jahre ... draußen in Miijskens.«

»In Miijskens?«

»Ja. Weißt du, wo das liegt?«

»So ungefähr.«

Wir schwiegen, während die Rothaarige sein Essen servierte.

»Das ist alles etwas schwierig ...«

»Schwierig?«

»Ja.«

Wir begannen zu essen.

»Inwiefern ist es schwierig?«

»Ich soll mich um das Haus kümmern, aber in zehn Tagen fahre ich nach Argentinien ...«

Ich erinnerte mich, über seine Reise gelesen zu haben.

»Du sollst zusammen mit Pereira arbeiten?«

»Ja.« Er nickte. »Mit Augostino Pereira in Córdoba.«

Er kaute. Pastetenkrümel fielen ihm aus den Mundwinkeln. Blieben im Bart hängen oder fielen weiter hinunter auf den Boden.

»Kennst du Augostino Pereira?«

»Nicht besonders«, musste ich zugeben. »Bei uns in der Familie ist es meine Frau, die sich um die Schönen Künste kümmert ...«

»Ach so.«

Es vergingen ein paar Sekunden, dann kam es plötzlich.

»Du hast keine Lust, dich für mich darum zu kümmern?«

»Was meinst du?«

»Um das Haus. Willst du mir dabei helfen?«

Nach und nach – wir blieben mehr als eine Stunde bei Bier, Kaffee und Zigaretten zusammen sitzen – gelang es mir, den Zusammenhang zu verstehen. Während ihrer letzten Jahre hatte die alte Frau Hellers wieder in ihrem Elternhaus gelebt, einer Kate in der Gegend von Miijskens. Heinz selbst hatte das Haus zurückgekauft, einen richtigen Schuppen mitten im Wald, wenn seine Beschreibung zutraf, aber es war der inständige Wunsch seiner Mutter gewesen, ihre Tage an dem Ort beenden zu dürfen, an dem sie sie begonnen hatte. Natürlich hatte das auch eine gewisse Linderung für Heinz' schlechtes Gewissen bedeutet, ihr zumindest diesen Wunsch nach all dem Kummer und den Sorgen erfüllen zu können, die er ihr bereitet hatte.

Aber jetzt war sie tot und begraben, und das Haus sollte, wenn es denn möglich war, weiterverkauft werden. Und hier kam Heinz' Schwester ins Bild – Ulrike, an die ich mich noch vage aus der Gymnasiumszeit erinnerte. Ich glaube, sie war nur ein Jahr älter, ein groß gewachsenes Mädchen, das etwas Abweisendes an sich hatte. Es war natürlich Sache beider Geschwister, sich um das Erbe zu kümmern, aber Ulrike befand sich im Augenblick unter schwierigen Umständen (wie Heinz es ausdrückte) irgendwo in Kanada; sie hatte nicht einmal zur Beerdigung nach Hause kommen können, ihm aber Bescheid gegeben, er solle sich um das Haus kümmern, bis sie die Möglichkeit hatte, die Sache Ende März selbst in die Hand zu nehmen. Er solle es nur wagen, es einfach verkommen zu lassen!

Ungefähr so war die Lage, wenn ich es richtig verstanden hatte.

»Und Pereira wartet auf mich. Ich muss am ersten Februar

hinfliegen … wir wollen mit dem Guss am zehnten anfangen.«

Ich nickte. Fühlte mich langsam etwas gedrängt. Und langsam erkannte ich auch Heinz Hellers wieder, er hatte schon immer etwas Unangenehmes an sich, daran konnte ich mich jetzt wieder erinnern. Etwas, das wir nur schwer hatten akzeptieren können, wir alle …

»Wo wohnst du denn hier in der Stadt?«

»Bei Hermann.«

»Hermann?«

»Bei Hermann Aaker. Du musst dich doch noch an ihn erinnern?«

Aber natürlich. Unser alter Religionslehrer. Mit dem Gerücht behaftet, in der Kriegszeit keine reine Weste gehabt zu haben … und da war noch etwas, an das ich mich aber nicht mehr erinnern konnte.

»Ich habe ihn schon gefragt, aber er hat Probleme mit dem Laufen. Und außerdem kann er schlecht sehen.«

»Ich bin im Augenblick ziemlich beschäftigt …«

»Es reicht ja, wenn mal jemand nach dem Rechten schaut, bis Ulrike kommt … sich um die Blumen kümmert, das Wasser eine Weile laufen lässt, damit es nicht einfriert. Es liegt nur ein paar Kilometer von der Stadt entfernt, aber du hast wohl deine eigenen Sachen zu erledigen?«

Wieder nickte ich. So langsam fand ich seine Beharrlichkeit etwas peinlich, aber sie stimmte schon mit dem Bild von ihm überein, das mir wieder ins Gedächtnis kam. Das mit jeder Minute, die verging, deutlicher wurde. Wenn man ihn erst einmal über die Türschwelle gelassen hatte … so war es schon immer gewesen.

Plötzlich brach er auf. Obwohl Kaffee und Bier noch nicht getrunken waren, hatte er es plötzlich sehr eilig. Er zwängte sich in seine Jacke, fischte 45 Gulden aus der Hosentasche.

»Ich glaube, ich habe ganz die Zeit vergessen. Du kannst doch für mich bezahlen, ja? Ich denke, das müsste reichen.«

»Natürlich.«

»Könntest du mich nicht anrufen, falls du deine Meinung änderst ... bei Aaker, wie gesagt.«

»Schon, aber ich glaube nicht, dass das etwas wird.«

»Er steht im Telefonbuch. Also dann, tschüs!«

»Ja, tschüs! Jedenfalls war es schön, dich einmal wiederzusehen.«

»Ja ...«

Und dann war er verschwunden.

Ich blieb noch eine Weile sitzen und dachte über Heinz nach. Mir fiel ein, welche Probleme ich damals mit ihm gehabt hatte, so wie die meisten, wie gesagt. Außerdem kam mir in den Sinn, wie wenig erwachsen er doch geworden war, wie pubertär er sich immer noch verhielt, obwohl er doch inzwischen so einen anerkannten Namen hatte.

Die gleiche zweifelhafte Mischung aus Scheu und Arroganz. Das gleiche Unvermögen, sich von außen zu betrachten und seine eigene momentane Situation zu erkennen ... der gleiche Egoismus.

Eine Weile dachte ich in diesen Bahnen, und ich weiß, dass es mir gerade während dieser Minuten tatsächlich gelang, alles, was mit dem Eindringling, meinen Gedächtnislücken und meiner schwierigen Situation zu tun hatte, auf angenehme Distanz zu halten. Vielleicht zum letzten Mal. Ich trank meinen Kaffee aus. Seinen übrigens auch.

Heinz Hellers.

Dann tauchte er plötzlich vor mir auf, der Name einer seiner frühesten Skulpturen, eine Geschichte mit Büsten in Bronze, die sich inzwischen in einem der Gebäude des Europaparlaments in Brüssel befindet, wenn ich mich recht erinnere.

Ich und die anderen.

Ja, so hatte es geheißen, und ich spürte, wie meine Beine wieder zu zittern begannen.

Ich verließ das Freddy's, und auch wenn es natürlich nicht einfach war, Heinz aus meinen Gedanken zu verscheuchen, so fühlte ich mich dennoch einigermaßen ruhig, als ich heimkam. Der Besuch bei Piirs war ja zumindest besser verlaufen, als ich es nur hatte hoffen können.

Mima war mit irgendeiner Schreibarbeit in ihrem Zimmer beschäftigt. Ich schaute nur kurz bei ihr hinein, dann ging ich in mein Zimmer. Setzte mich ans Telefon und wählte Nancys Nummer.

»Darf ich heute Abend mit einer Flasche Wein zu dir kommen?«, fragte ich.

»Heute Abend?«, erwiderte sie verwundert. »Aber du warst doch gestern erst hier.«

22

Der Fall R

»Und da haben Sie natürlich den Hörer aufgelegt?«, fragte Piirs und betrachtete seinen Füller.

»Ja ...«

»Ja, da kann man Ihnen kaum einen Vorwurf machen. Wo waren Sie übrigens an dem betreffenden Abend?«

»Ich war zu Hause. Habe geschrieben. Es war der gleiche Tag, an dem ich Sie angerufen habe. Wir haben eine Zeit für eine Sitzung abgemacht ... ich glaube, meine Frau kann bezeugen, dass ich den ganzen Abend nicht weggegangen bin.«

»Wollen Sie Ihre Frau da mit hineinziehen?«

»Nein.«

Er nickte.

»Ich verstehe. Haben Sie die Liste gemacht, um die ich Sie gebeten habe?«

Ich zog das Papier aus der Innentasche. Reichte es ihm.

»Sie können sich inzwischen schon auf die Liege legen.«

Ich zog die Schuhe und die Jacke aus und legte mich zurecht. Er studierte meine Aufzeichnungen einige Minuten lang. Machte sich ein paar Notizen auf seinem Block. Dann räusperte er sich und nahm die Brille ab.

»Zweimal in der Schule und zweimal bei Ihnen zu Hause«, fasste er zusammen. »Und einmal bei Ihrer Geliebten. Acht Gedächtnislücken plus eventuell noch einige, an die Sie sich nicht genau erinnern können. Nun ja, vergessene Gedächtnislücken brauchen wir wohl nicht mitzuzählen, das ist zu dünnes Eis …«

Er lachte kurz auf. Ich sagte nichts. Trank von dem stillen Wasser.

»Ich könnte natürlich mit Nancy sprechen, aber ich fürchte, dass das nicht viel bringen würde«, fuhr er fort. »Ich nehme an, Sie sind der gleichen Meinung?«

»Ja.«

Einen Moment lang lag es mir auf der Zunge, ihm von Heinz Hellers zu erzählen, aber ich hielt mich zurück. Konnte nicht sehen, inwiefern diese Begegnung eine Relevanz für unsere Gespräche haben könnte. Auch Piirs schien einen Augenblick lang zu zögern, wie er weiter fortfahren sollte. Er schob sich die Brille an Ort und Stelle. Nahm seine übliche Pose ein, das Kinn in der Hand, während er den Blick über die Wand ein Stück über meinem Kopf wandern ließ. Zwischen zwei Landschaftsbildern entlang, schätze ich.

Es vergingen einige Sekunden, vielleicht eine halbe Minute. Unten auf dem Fußweg hörten wir einige Frauen vorbeigehen, in eine fröhliche, lautstarke Diskussion vertieft. Vermutlich stand hinter den schweren Gardinen ein Fenster auf Kippe. Es war nicht üblich, dass Geräusche in die Praxis drangen, ich erinnere mich, dass ich darüber etwas verwundert war.

»Möchten Sie, dass ich Ihnen von dem anderen Fall erzähle?«, fragte er schließlich. »Ich habe das Gefühl, dass Sie darauf warten.«

Ich war mir dessen nicht bewusst gewesen, aber in dem Moment, als er es aussprach, war mir klar, dass es genau so war.

In aller Kürze.

Wie Piirs es auch beschrieb. Als er seinen Bericht zu Ende gebracht hatte, widmeten wir einen Teil der Zeit der Diskussion und dem Vergleich des Falls, aber ich möchte Sie nicht mehr als nötig ermüden.

Also, mit anderen Worten, direkt zur Sache:

In der Stadt Neubadenberg praktizierte in den Jahrzehnten nach dem Krieg ein Psychoanalytiker namens Schenk. Irgendwann gegen Ende der Fünfziger bekam er eines Abends im Herbst Besuch von einem Mann mittleren Alters, in der Dokumentation R genannt, den er vorher schon ein paar Mal wegen anderer Dinge behandelt hatte. R war fast ein Schulbeispiel für fehlende Ablösung von der Mutter. Der Vater starb früh, und als einziges Kind hatte R mit seiner dominanten und fordernden Mama weit bis in deren hohes Alter zusammengewohnt und sich um sie gekümmert. Nach ihrem Tod wurde er von Depressionen und verschiedenen Zwangsvorstellungen geplagt und schließlich an Schenk überwiesen. Dieser leitete unmittelbar eine Reihe erfolgreicher Gespräche ein, so erfolgreich zumindest, dass R bereits nach ein paar Monaten wieder seiner Arbeit nachgehen konnte, einem unteren Posten in einer bekannten Versicherungsgesellschaft, und ohne andere Hilfe als die wöchentlichen Treffen zu einem einigermaßen normalen Leben zurückkehren konnte. Nach einem halben Jahr konnte man auch diese beenden.

Als R an diesem Herbstabend wieder zurückkam, hatten die beiden seit mehr als drei Jahren keinen Kontakt mehr gehabt, und das, was er jetzt berichtete, wies einen ganz anderen Grad an Komplikation auf.

Während der letzten Zeit hatte R nämlich entdeckt, dass er zwei Leben lebte. Buchstäblich gesprochen. Eine Reihe unerklärlicher Ereignisse hatte ihn mit der Zeit zu dieser Einsicht gebracht, und aus diesem Grund war er erneut zu Doktor Schenk gekommen.

Von außen gesehen war seine Geschichte ganz einfach.

Auf Grund der dominanten Mutter war Rs Verhältnis zu dem anderen Geschlecht ein ungeschriebenes Kapitel in seinem Leben. Im Alter von 43 Jahren war er immer noch unschuldig und hatte eigentlich schon seit langem die Hoffnung aufgegeben, dass sich an diesem Zustand etwas ändern könnte. Die Frau war für ihn ein unbekanntes Wesen, der Liebesakt etwas aufregend Unerhörtes … ein verbotenes, sonderbares Zimmer, für jeden verschlossen, der sich nie aus dem Eisengriff der Pubertät, aus Angst und Selbstbefleckung hat winden können.

Ganz grob gesagt.

Wie viele andere Männer in der gleichen Situation lebte R in seinen Träumen ein stark erotisiertes Leben, eine Tatsache, die ihm mehr oder weniger peinlich war. In erster Linie waren es die weiblichen Arbeitskollegen, die R nachts auf den Rücken legte. In seiner Phantasie, in wachem wie in schlafendem Zustand. Er schilderte Schenk freiwillig, welche verschiedenen Situationen und Positionen er sich vorstellte … wie er beispielsweise von hinten in die junge Frau Lingen aus der Telefonzentrale eindrang, während sie an seinem Herd stand und ihre gemeinsame Liebesmahlzeit zubereitete, wie die kleine dunkle Frau Emmenthal rittlings auf ihm saß, auf seinem Schreibtisch, nach Büroschluss, wie die Ehefrau des Chefs, diese unglaublich dicke Frau Spinckel, ihre Röcke hob und sich seinen Kopf zwischen die Beine schob, noch bevor er seinen Mantel in der Villa draußen in S- hatte ablegen können, während man davon ausging, dass Direktor Spinckel selbst auf Dienstreise im Ausland war …

»Woher kommt es, dass Sie den Fall so genau kennen?«, unterbrach ich Piirs.

Dieser hustete. Etwas peinlich berührt, hatte ich den Eindruck.

»Ich weiß es von Schenk persönlich. Er war ein guter alter Freund von mir. Ein Freund und Lehrmeister …«

Ich nickte.

»Außerdem ist das meiste dokumentiert«, fügte er hinzu. »An mehreren Stellen in der psychoanalytischen Literatur … am besten und anschaulichsten in der ›Psychiatrischen Zeitschrift‹ 6/63, wenn es Sie interessiert.«

Ich schüttelte den Kopf.

Aber wie gesagt, in aller Kürze.

Eines Tages entdeckte R etwas Merkwürdiges. Eine der Frauen im Büro, eine gewisse Frau L, gibt ihm ganz eindeutige erotische Signale, und als er sich, zitternd vor Erregung und Angst, auf ein Gespräch mit ihr einlässt, stellt sich heraus, dass er in der vergangenen Nacht bei ihr zu Hause gewesen ist und sie geliebt hat.

Die ganze Nacht über. Sie ist ganz wund, wie sie ihm etwas errötend beichtet.

R weiß natürlich, dass er sich während des Abends und der ganzen Nacht in seiner eigenen Wohnung befunden hat, aber in seinem verwirrten Zustand ist er nicht in der Lage, sie über den Irrtum aufzuklären. Etwas Unbegreiflicheres hat er nie zuvor erlebt, hinzu kommt, dass er sich deutlich daran erinnern kann, genau mit dieser Frau vor Augen am vergangenen Abend phantasiert und onaniert zu haben ... vielleicht in seinen Träumen auch mit ihr gerungen zu haben.

Dann wiederholt sich das Szenario. Andere Frauen, bekannte und unbekannte, stoßen im Laufe der folgenden Tage zu R. Danken ihm für wunderbare Liebesstunden, machen Pläne für kommende Begegnungen, schlagen Zeitpunkte vor ...

Und R schluckt alles. Geht am Ende des Arbeitstages zurück in seine Hütte, lebt sein einsames Leben. Er träumt von diesen Frauen, die ihn angesprochen und ihm das eine oder andere berichtet haben, Geschehenes und zu Erwartendes ... und natürlich versteht er nicht die Spur von dem, was da vor sich geht. Er hat den Verdacht einer Art Konspiration gegen ihn, um ihn lächerlich zu machen, alles Mögliche in der Art, aber letztendlich kommt er zu keinem Ergebnis.

Dann nimmt er endlich all seinen Mut zusammen. Nachdem er mehrere Wochen in diesem erotischen Nebel verbracht hat, beschließt er herauszubekommen, wie es sich wirklich verhält, auszuspionieren, was da tatsächlich zwischen ihm und diesen attraktiven Frauen läuft.

Mit einer gewissen Frau M hat er abgemacht, sie an einem

Abend im September in ihrem Haus zu treffen, während der Ehemann auf Geschäftsreise ist ... und das ist nicht das erste Mal. In aller Heimlichkeit hat R sich vergewissert, wo Haus und Schlafzimmer gelegen sind, und er hat ausgerechnet, dass er, wenn er auf die riesige Kastanie im Garten klettern kann, von dort einen guten Überblick über alles bekommt. Das Schlafzimmer liegt im Obergeschoss und hat nur ganz dünne Gardinen vor dem Fenster, außerdem weiß er aus früheren Gesprächen, dass Frau M gern vor dem Fenster stehend liebt, ihren schönen Körper gegen die Scheibe gedrückt.

Alles geht nach Plan. R sitzt versteckt oben im Baum, er beobachtet, wie Frau M in einem halb durchscheinenden schwarzen Unterkleid im Haus herumläuft, Essen und Trinken vorbereitet ... ein Herr erscheint auf der Straße, klingelt an der Tür, wird hereingelassen ... nach zehn Minuten tauchen die beiden oben im Schlafzimmer auf, er nackt und mit einer ansehnlichen Erektion, sie in Strumpfbändern und hochhackigen Schuhen.

Es herrscht kein Zweifel: Der Mann ist R selbst. Das Zimmer ist erleuchtet, der Abstand beträgt höchstens fünf, sechs Meter. Während fast zwei Stunden wird R Zeuge, wie er selbst mit Frau M Geschlechtsverkehr ausübt.

Er hat noch nie zuvor eine nackte Frau gesehen.

Drei Tage später ... in dieser Zeit hat er keine Sekunde die Augen zugemacht, keinen Fuß vor die Tür gesetzt ... sucht er Doktor Schenk auf.

»Und wie ging es weiter?«

Lorenz Piirs seufzte.

»Leider nicht so gut. R war in sehr schlechtem Zustand, als er zu Schenk kam. Aufgewühlt und neurotisch. Es dauerte mehrere Tage, die ganze Geschichte aus ihm herauszuholen. Schenk war gezwungen, ihm Medikamente zu geben, um ihn zu beruhigen, eine Zeit lang hat er ihn sogar bei sich zu Hause einquartiert. Gleichzeitig unternahm er natürlich andere

Untersuchungen. Er ging zu mehreren der involvierten Frauen, und …«

»Ja, und?«

»Und konnte ziemlich schnell jeden Verdacht hinsichtlich eines Doppelgängers ausräumen. Dahingehend, dass es eine andere Person gewesen sein kann als R, die als Liebhaber der Frauen aufgetreten ist …«

»Wie?«

»Durch eine ganze Reihe von Umständen. Die Kleidung, das Aussehen … die Kenntnis des Arbeitsplatzes … ja, dass er pünktlich zu den vereinbarten Verabredungen kam natürlich … ein kleines Muttermal an seinem Penis, was wollen Sie noch? Es war wirklich R, der alle diese Liebeskunststücke ausgeführt hatte, während er gleichzeitig daheim in seinem Bett lag und phantasierte.«

Piirs faltete die Hände. Eine Weile blieb es still. Die Geräusche von draußen von der Straße drangen erneut herein. Ein paar Kinder liefen hintereinander her. Ich schluckte und zögerte. Plötzlich war ich mir nicht mehr sicher, ob ich noch mehr hören wollte.

»Und danach?«, fragte ich schließlich.

Er betrachtete mich mit ernster Miene.

»Danach … geschah eigentlich nichts mehr. Keine der Frauen bekam noch einmal Besuch, nachdem R alles Schenk erzählt hatte.«

»Und R?«

»Schenk behandelte ihn lange, ich glaube, ein paar Jahre lang. Er nahm nie wieder seine Arbeit auf. Wurde dann in Breytenberg aufgenommen, nein, ich glaube, das reicht. Schließlich geht es ja hier um Sie, nicht um ihn.«

Wieder eine Pause.

»Warum haben Sie mir das erzählt?«, fragte ich.

Er legte seufzend seinen Füller hin.

»Es gibt keine Abkürzung«, sagte er. »Sie wissen ja, wie ich arbeite.«

Ich nickte.

»Wissen Sie, ob er noch lebt?«

»R?«

»Ja.«

Er zuckte mit den Schultern.

»Wer weiß. Es ist ja noch nicht länger her als ... als fünfunddreißig Jahre.«

Ich blieb noch eine Weile liegen, aber weitere sinnvolle Fragen fielen mir nicht mehr ein, und zehn Minuten später verließ ich die Praxis.

Ich schaue auf mein verfluchtes Dach hinaus. In sechs Tagen muss ich wieder arbeiten. Die letzte Sitzung bei Piirs hat mir ein wenig Kraft gegeben, zumindest habe ich das Gefühl. Es regnet.

Die Stadt ist schwarz. Ich versuche alles zu überdenken. Der Eindringling. René Singh. Das Café Freiheit. R. Heinz Hellers, nehme ich an.

Die Straßenbahn nach Leimaar hinaus ...

Träume? Ich habe seit vierzehn Tagen nichts geträumt.

Widerstand?

Jakob Daniel Marr?

Jakob Daniel?

Der Januar zieht sich endlos hin. Der Himmel ist heute Nacht nicht zu sehen. Haben Sie noch Geduld mit mir?

23

Der 25. Januar

Jetzt bricht alles zusammen.

Mit großer Gewissheit wird mir heute Nacht alles aus den Händen rinnen. Auf Gedeih und Verderb gehe ich über frisch gefrorenes Eis, es knackt und schwingt bereits, gleich wird es brechen, und ich werde in die Tiefe gezogen. Hilflos in einem dunklen Mahlstrom wirbelnder Wassermassen zappelnd. Oder wie Sie es nun sehen, die Bilder sind unzählig.

Er hat die ganze Woche gearbeitet. Ja.

Heute Morgen rief ich an, um mich über die Lage zu informieren, konnte zunächst Frau deHuuis' verwunderten Tonfall nicht deuten, aber dann begriff ich alles. Es wurde ein merkwürdiges Gespräch, nicht zuletzt für Frau deHuuis ... nun ja, wenn ich dem Eindringling in irgendeiner Weise Knüppel zwischen die Beine werfen kann, dann habe ich nichts dagegen. Eine kurze Zeit lang freute mich dieser Gedanke direkt, ich spielte mit dieser umgekehrten Variante ... dass ich in die Domäne des Eindringlings eindringen würde. Zurückschlagen würde. Es ihm mit gleicher Münze heimzahlen, aber dieser schwache Trost verrann schnell.

Mit großer Unruhe im Körper ging ich hinaus. Lief in der Stadt herum, merkte nach einer Weile, wie ich anderen Menschen auswich, wie ich versuchte, mich ihren Blicken und ihrer allzu aufdringlichen Aufmerksamkeit zu entziehen. Als ertrüge ich es nicht, direkt angesehen zu werden, als wollte ich nicht einmal von so etwas Flüchtigem wie einem Blick im Menschengewühl berührt werden. In meinem Inneren wusste ich natürlich, dass es sich hier um etwas Grundlegendes handelte: um das Recht, sich hier aufhalten zu dürfen, um die Gnade, sich unter anderen Menschen frei bewegen zu können ... als müsste ich erwarten, jeden Moment festgenommen zu werden, um mich auszuweisen, meine Aufenthaltsberechtigung zu zeigen und zu erklären. Oder Ähnliches. Sicher schwebte mir auch ein alter Film vor, ich erinnere mich, dass ich das Gefühl hatte, die Situation und die Stimmung von der Leinwand zu kennen. Orson Welles vielleicht oder Fritz Lang? Der Fremde in der fremden Stadt.

Unten am Zollamt schlüpfte ich in eine Bar und bekam etwas zu trinken. Es war erst ein Uhr, was die Sache nicht gerade besser machte.

Gegen zwei kehrte ich nach Hause zurück, rief Piirs an und hinterließ ihm eine Mitteilung auf dem Anrufbeantworter.

Dann versuchte ich eine Weile zu Hause zu bleiben, aber die Nervosität trieb mich wieder hinaus. Ich lief die Böttchergasse hinunter, auf den Grote Markt. Suchte nach meinem Auto. Stellte bald fest, dass es nicht dort war.

Ich weiß nicht, ob ich es wirklich hatte benutzen wollen, aber auf jeden Fall hätte es ja dort stehen müssen. Am Abend zuvor hatte ich es auf einem der Plätze vor der Jüdischen Gemeinde abgestellt, nach einer Fahrt an die Seen, aber jetzt standen dort nur ein alter Volvo und ein Touristenbus aus Kopenhagen, der gleich fünf Plätze belegte. Ich suchte auf dem ganzen Markt, was ehrlich gesagt sehr schnell gemacht war ... mein blauer Fiat war nirgends zu sehen.

Nein, nein, meine Frau Mima fährt nie Auto. Ich höre, was Sie denken! Sie hat nicht einmal den Führerschein und sowieso eine starke Aversion gegen alles, was mit Technik und Motoren zu tun hat. Es gab nur zwei Alternativen, entweder es war gestohlen oder aber ... nun ja, Sie wissen schon.

Die Uhr zeigte inzwischen ein paar Minuten nach halb drei. Wenn alles stimmte, müsste ich an so einem Donnerstag gegen drei Uhr aus dem Elementar heimkommen.

Widerstand?, dachte ich. Spürte, wie plötzlich ein bitteres Grinsen meine Wangen straffte. Entschlossen überquerte ich den Markt. Fand im Café Kraus einen Fenstertisch. Bestellte Kaffee und einen kleinen Cognac. Zündete mir eine Zigarette an und wartete.

Viertel nach tauchte er auf. Ich hatte gerade meinen zweiten Cognac ausgetrunken und überlegt, so langsam meinen Beobachtungsposten zu verlassen.

Er kam die Langgracht entlang. Fuhr um den Markt herum, bis er einen Platz an der Ecke beim Kloster fand. Ich wartete, bis er eingeparkt hatte, dann ging ich hinaus. Erreichte ihn genau in dem Moment, als er sich umdrehte und aufrichtete, nachdem er die Tür abgeschlossen hatte.

Er schob die Schlüssel in die Tasche. Sah mir direkt in die Augen.

»Was machen Sie mit meinem Auto?«

Zu meinem Schrecken merkte ich, dass meine Stimme nicht sicher trug. Zwei Drinks, zwei Gläser Cognac ... sollte das schon reichen?

»Was meinen Sie? Wer sind Sie?«

Seine Stimme versetzte mir eine Art Schock, da gab es keinen Zweifel. Ich hatte ihn zwar schon einmal gehört, aber nur am Telefon ... Ich weiß nicht, wie ich das Gefühl beschreiben soll, das mich befiel, vielleicht war es das gleiche unangenehme Erlebnis, wie es sich einzustellen pflegt, wenn man sich selbst vom Band sprechen hört, man erkennt sich nicht richtig wieder, aber alle anderen tun es natürlich, und dennoch weiß man es selbst am allerbesten. Eine gewisse Peinlichkeit, ein Gefühl der Scham sind fast unausweichlich, als hätte man sich entblößt, etwas Unerlaubtes und äußerst Privates enthüllt ... Ich weiß, dass viele Schüler mit Bestürzung und

Sprachlosigkeit in diesem Zusammenhang zu reagieren pflegen.

Sehr entschlossen klang er, der Studienrat Marr. Mir war sofort klar, dass ich genau diesen Eindruck den Schülern vermittelte, wenn ich sie zur Ordnung rief.

Die Autorität war unerschütterlich. Der Blick abweisend.

»Entschuldigung, ich habe mich geirrt.«

Ich drehte mich auf dem Absatz um und eilte davon. Hinten am Café blieb ich stehen. Biss die Zähne zusammen und schaute zurück. Er war verschwunden.

Ich holte tief Luft. Widerstand, dachte ich erneut. Ich lief zur Böttchergasse. Als ich um die Ecke kam, konnte ich ihn ganz oben auf dem Hügel sehen. Ich wartete, bis er außer Sichtweite war, dann eilte ich ihm nach. Sah ihn wieder, wie er mit entschlossenen Schritten den Klosterplan überquerte. Es gab keinen Zweifel, er war auf dem Weg zu meinem Zuhause.

An der Ecke zur Bibliothek sah ich, wie er das Haus betrat. Ich lehnte mich an die Wand und spürte, wie mein Herz raste. Was zum Teufel sollte ich tun? Plötzlich spürte ich die Welle des Brackwassers kommen, einen starken Impuls, einfach nur auf dem Bürgersteig zusammenzusinken … mich hinzulegen, die Augen zu schließen und zu warten, dass jemand kommen und sich um mich kümmern würde. Ich glaube, dass ich sogar ein paar Mal versuchte, die Knie zu beugen und die Augen zu schließen, vielleicht fehlten nur noch wenige Millimeter bis zu so einer Entwicklung. Vielleicht wäre das auch gut so gewesen. Ich weiß auch noch, dass ich die Stirn gegen die raue Häuserfassade presste, während ich dachte, jetzt, jetzt gebe ich auf, jetzt reicht es, aber etwas … etwas hinderte mich, das immer noch da ist, das mich hartnäckig weiter an diesem widerlichen Spiel teilnehmen lässt.

Spiel?

Im Leseraum der Bibliothek gibt es zwei Tische, von denen aus man einen guten Blick auf den Eingang des Hauses hat, in dem ich wohne. Nachdem ich eine Viertelstunde mit den Zeitungen unterm Arm gewartet hatte, konnte ich mich an einem dieser Tische niederlassen, ich wünschte nur, dass es stattdessen ein Restaurant gewesen wäre, dann hätte ich etwas essen können, während ich wartete. Und trinken.

Vor allem trinken.

Nach zwei Stunden kam er heraus. Ich hatte reichlich Zeit gehabt, alles durchzugehen, was ich tun würde. Hatte mir sogar Papier und Bleistift am Tresen ausgeliehen und eine Liste aufgestellt.

Er verschwand in Richtung Busbahnhof, und ich verließ meinen Aussichtsplatz. Ging schnell durch die Haustür, die Treppen hinauf, in die Wohnung. In mein Heim.

Mima war in der Küche.

»Bist du schon zurück?«

Ich gab keine Antwort. Schloss mich in meinem Zimmer ein. Rief zuerst Piirs an. Hinterließ eine weitere Nachricht, teilte ihm mit, dass ich ihn um sieben Uhr aufsuchen wollte. Packte eine Tasche mit Kleidung, Toilettenartikeln, ein paar Büchern … genug, um ein paar Tage zurechtzukommen. Schob das Notizbuch ins Seitenfach. Den Kontoausweis in die Brieftasche. In meine neue Brieftasche, an die ich mich immer noch nicht so recht gewöhnt hatte.

Ich hörte, wie Mima wegging. Nahm in der Küche etwas Tee und zwei Brote zu mir. Dachte eine Weile nach. Ging dann in mein Zimmer zurück. Holte das Telefonbuch und suchte unter Aaker. Wählte die Nummer.

Ach ja, jetzt wusste er, wer ich war. Hellers hatte gesagt, dass er mich getroffen hätte … Nein, der war noch nicht abgereist, er sollte morgen fliegen … Ja, es war schon möglich, mit ihm zu sprechen, warum sollte das nicht möglich sein?

»Können wir uns heute Nachmittag treffen?«, fragte ich Heinz. »Wegen des Schlüssels und so.«

Heinz war nicht der Typ, der unnötig Dankbarkeit zeigte, aber auf jeden Fall trafen wir uns wieder um halb sieben im Freddy's. Er trank sein Bier an der Bar stehend, während er mir Anweisungen und eine Karte gab, die er in aller Eile gezeichnet hatte. Er trug die gleiche Kleidung wie beim letzten Mal, und ein deutlich wahrnehmbarer Schweißgeruch umgab ihn. Ich wünschte ihm viel Glück mit Pereira, und er versprach, seiner Schwester einen Brief zu schreiben und ihr die Situation zu erklären.

»Was wäre denn gewesen, wenn ich es nicht übernommen hätte?«, fragte ich, als wir uns trennten.

Er zuckte mit den Schultern.

»Keine Ahnung«, sagte er nur.

Ein paar Minuten später klingelte ich an der Tür zu Lorenz Piirs' Praxis.

24

Auf Piirs wartend

Wie immer drückte er nur auf einen Knopf, und die Sperre im Schloss öffnete sich. Ich ging ins Wartezimmer. Hängte Mantel und Schal an die Garderobe, schob die Tasche unter den Tisch mit den Zeitschriften.

Dann setzte ich mich in einen der Sessel und schaute mir die Karte von Heinz an. Ein ziemlich abgelegener Ort, nach allem zu urteilen … das Haus lag offenbar an einem kleinen Weg, ein paar Kilometer in den Wald hinein. Ein paar Kilometer in die andere Richtung lag die Ortschaft Miijskens. Ich überlegte eine Weile, was Leute dazu bringen mochte, sich an so einem Ort niederzulassen. Nun ja, zu Beginn war es sicher ein Hof mit Tieren und Feldern gewesen … übrigens hatte ich es ja noch nicht gesehen. Und war mir nicht sicher, ob ich es jemals sehen würde.

Piirs ließ auf sich warten. Die Tür zu dem grünen Zimmer war geschlossen, ein leises Murmeln war von drinnen zu hören, wahrscheinlich hatte er einen Klienten dort … ich war ja gekommen, ohne meinen Termin bestätigt zu kriegen, und musste mich darauf gefasst machen, warten zu müssen. Ich fand es auch nicht besonders überraschend, dass er so spät am Tage noch arbeitete – die meisten hatten sicher tagsüber ihre Arbeit und anderes zu erledigen.

Nach zwanzig Minuten wurde ich aber dennoch ein wenig ungeduldig. Er hätte zumindest einmal kommen und mich begrüßen können. Sich dafür entschuldigen, dass ich hier sitzen und noch warten musste. Ein gewisses Interesse zeigen ...

Ich stand auf und ging zur Tür.

Wann genau der Verdacht in mir keimte, kann ich nicht mehr sagen, aber ich weiß, dass er in dem Moment bestätigt wurde, als ich mein Ohr gegen das kühle Holz legte, um zu versuchen, in etwa herauszubekommen, worüber auf der anderen Seite gesprochen wurde.

Ich weiß auch noch, dass ich tatsächlich ein paar Minuten dort stehen blieb, mir selbst überlassen. So im Nachhinein möchte ich das als ein Zeichen großer Geistesgegenwart ansehen. Oder was meinen Sie?

Dann zog ich mir den Mantel wieder an, nahm die Tasche und schlich mich hinaus.

Sie meinen, Sie hätten anders gehandelt?

Ja, ich höre Ihre Stimme.

Aber lassen Sie mich Ihnen eins sagen: Das hätten Sie absolut nicht. Vergessen Sie nicht, dass ich weiß, wovon ich rede.

Ich kehrte ins Freddy's zurück. Aß Fischgratin und trank eine Flasche Weißwein. Kurz nach neun Uhr bezahlte ich und verließ das Etablissement. Ging Richtung Zentrum. Leiser Schneefall begleitete meine Schritte, ich erinnere mich, dass ich versuchte, ein paar Flocken mit meiner freien Hand aufzufangen, mit der, die nicht die Tasche trug, aber sie waren zu dünn, um irgendwelche Berührung zu ertragen.

Kaum die Nähe meiner Haut.

Ja, ich war ein wenig betrunken.

Unten am Karlsplatz holte ich mir Geld aus dem Automaten. Ich schwankte eine Weile zwischen Ritz und Palace, bevor ich mich fürs Ritz entschied. Ich hatte noch nie zuvor in meiner eigenen Stadt in einem Hotel gewohnt, und als ich oben das Zimmer betrat, war das schon ein eigenartiges Gefühl, die wohlvertrauten Silhouetten aus dieser Perspektive zu sehen. Als wäre die Stadt irgendwie auf den Kopf gestellt worden. Das Zimmer befand sich im siebten Stock, und ich konnte meine Wohnung westlich der in den Himmel strebenden Türme der Karlskirche erahnen.

Und jetzt bricht alles zusammen, wie gesagt.

Wenn Sie mir verzeihen, dass ich das sage, dann finde ich dennoch langsam eine gewisse bittere Genugtuung darin, den Verfall zu dokumentieren. Ich habe jetzt drei Stunden am Stück geschrieben. Habe außerdem meinen verlorenen Wassermann/Frisch wiedergefunden, jetzt habe ich beide.

Es ist zwei Uhr. Es hat aufgehört zu schneien. Jetzt gehe ich ins Bett.

III

als hätte es dagelegen und in einer
stummen, ausgestorbenen Sprache
gesprochen, dort unten in dem
grünen Fruchtwasser

25

Der 30. Januar

Ich befinde mich in dem Haus.

Erneut muss mich eine Gedächtnislücke überfallen haben, da ich nicht weiß, wie ich hierher gekommen bin. Heute Morgen bin ich aufgewacht, weil ich gefroren habe. Ich lag eingewickelt in zwei der nach Rosshaar riechenden Decken in dem kleineren Zimmer. Vollständig angezogen. Hatte Feuer in dem offenen Kamin gemacht, aber offensichtlich war es irgendwann im Laufe der Nacht ausgegangen.

Es war also kalt. Eine stumme, abgestandene Kälte, die ich nicht vollkommen loswerden konnte, obwohl ich im Laufe des Tages reichlich einheizte. Es dauerte natürlich nicht lange, bis mir der Zusammenhang klar wurde, auch wenn ich nichts mehr davon weiß.

Ich muss gestern Nachmittag mit dem Bus hierher gekommen sein, genau wie ich es geplant hatte. Bin die Landstraße entlang gegangen, meine Fußspuren sind noch zu sehen, es hat in der Nacht nicht geschneit. Ich hatte mich auch reichlich mit Proviant versorgt … Brot, Butter, Käse und Kaffee liegen in der Speisekammer hinten in der Küche. Einige Päckchen Trockenfrüchte auch. Zigaretten und eine Flasche Cognac, die kommt mir gerade recht, um die Kälte aus dem Körper zu treiben.

Ich kann mich nicht daran erinnern, etwas eingekauft zu haben. Wenn ich zurückdenke, dann weiß ich nur noch, dass ich das Ritz irgendwann im Laufe des Vormittags verlassen habe, ich bin auf den Karlsmarkt getreten und wurde von der weißen Sonne geblendet, die über dem Rathaus hing ... ja, da ist Schluss. Dann erwachte ich wieder gegen acht Uhr am Morgen. Es handelt sich diesmal also fast um einen ganzen Tag.

Während ich das schreibe, fällt mir ein alter Prozess ein, über den ich gelesen habe, ich weiß nicht, ob er sich tatsächlich zugetragen hat oder nur in der Literatur. Der Angeklagte wurde jedenfalls für ein Verbrechen zum Tode verurteilt, an das er sich erwiesenermaßen nicht erinnern konnte. Der gesamte betreffende Tag war in seiner Erinnerung ausgelöscht, dennoch wurde er deshalb zur Verantwortung gezogen.

Dennoch bekam er seine Strafe. Vielleicht ist das von Interesse.

Das Haus entspricht im Großen und Ganzen Heinz' Beschreibung. Es liegt abgeschieden im Wald, der Weg führt aber weiter den Berg hinauf. Das Gelände ist ziemlich hügelig, zur Landstraße und zum Fluss fällt es fast die ganze Zeit ab, ein paar Kilometer weit, ich bin heute Nachmittag hin und zurück gegangen. Es gibt noch ein paar kleine andere Höfe, aber sie scheinen nicht bewohnt zu ein.

Der Wald hüllt das Haus von drei Seiten ein, ungepflegter Mischwald, in den sich Birkenschösslinge, Ebereschen und Espen verschlungen haben. Zum Weg auf der Vorderseite hin ist es offen, dort stehen nur ein paar altersschwache Obstbäume, ein Fliederbusch hinter dem Schuppen, der sehr mitgenommen aussieht.

Holzboden im Giebel, Trockenklo und ein Vorratsschuppen voll mit Gerümpel.

Einen Briefkasten gibt es nicht, hierher kommt wahrscheinlich kein Briefträger. Ein Brunnen ist da, aber Wasser und Strom sind ins Haus gelegt, das muss einiges gekostet haben, ich vermute, dass das zu Heinz' Abzahlung seines schlechten

Gewissens gehört. Ich weiß nicht, wo die Quelle ist, aber in den Rohren zischt und blubbert es, wenn man den Hahn in der Küche öffnet. Anfangs war das Wasser braun und roch intensiv nach Mineralien und Rost, aber nachdem ich es einige Minuten hatte laufen lassen, wurde es klar und rein.

Zwei Zimmer also und eine Küche mit einem großen Eisenherd, ich habe eingesehen, dass man hier einheizen muss. Wenn man richtig Feuer gemacht hat, hält sich die Wärme stundenlang. Vielleicht wäre es am besten, auf der Küchenbank zu schlafen.

Ein offener Kamin in dem größeren Zimmer und ein kleines elektrisches Heizelement im Schlafzimmer, das sind die anderen beiden Wärmequellen, das Element habe ich nicht zum Laufen gekriegt. Das Dach ist so niedrig, das ich nur mit Mühe und Not aufrecht stehen kann. Es ist außerdem eng hier, die Möbel würden für ein weiteres Zimmer reichen, sicher ist Frau Hellers aus einer größeren Wohnung hierher gezogen und wollte nichts zurücklassen. Schrank, Kommoden, drei Tische, von denen der größte gut und gern ein Viertel des Zimmers einnimmt, zehn Stühle insgesamt.

Überall Teppiche. Die Wände voller Bilder. Kleine, billige, grelle Hässlichkeiten ... ein bisschen peinlich bei diesem Sohn natürlich. Krüge, Vasen, Nippes, Puppen. Fünfundzwanzig Bücher, zehnmal so viele alte Zeitschriften. In der Garderobe und im Schrank im Schlafzimmer hängen und liegen noch alle Kleider ... es gibt auch einen Dachboden, aber den werde ich nicht kontrollieren. Und wie gesagt, jede Menge Gerümpel im Schuppen. Überladen, so kann man es bezeichnen. Ich verspüre eine gewisse Dankbarkeit bei dem Gedanken, dass ich nicht derjenige bin, der sich um das alles hier kümmern muss.

Aber kein Fernseher. Kein Telefon. Ein altes Radio, das nur leise rauscht, wenn man es einschaltet.

Die Außenwelt ist das, was man durchs Fenster sieht, sonst nichts. In drei Richtungen Wald und dann der schneebedeckte Fleck vorn. Die knorrigen Holzapfelbäume. Der Schuppen und der Fliederbusch. Der schmale, selten benutzte Weg zur Ortschaft Miijskens. Den ganzen Tag über habe ich nicht eine Menschenseele hier laufen gesehen. Vielleicht ist er ja auch ein Stück weiter den Berg hinauf zu Ende. Vielleicht untersuche ich diese Sache morgen einmal.

Ich bin nicht bis zum Ort gegangen. Nur bis zur Bushaltestelle, dort entdeckte ich einen Kaufladen und ein Postamt. Die große Straße geht einmal quer durch, man schaut von dem einen Schild mit Geschwindigkeitsbegrenzung bis zum anderen. Eigentlich gibt es nur ein paar Häuser, die sich zwischen Fluss und Berg aneinanderdrängen. Ein paar kurze Querstraßen vermutlich. Eine Schule und eine Kirche.

Mein Seitenweg liegt ein paar hundert Meter davor. Ich brauchte eine halbe Stunde dort hinunter. Fünfundvierzig Minuten zurück. Die Steigung ist kräftig, wie gesagt. Es muss anstrengend gewesen sein, meine Tasche und den Proviant mit hochzuschleppen.

An den Plastiktüten kann ich sehen, dass ich bei Clauson & Clauson eingekauft habe, in dem Geschäft gegenüber der Bushaltestelle. Also bin ich mit dem Bus gekommen, aha.

Jetzt ist es draußen dunkel. Der Wind wandert durch die Bäume.

Ich fühle mich ziemlich unerreichbar.

Fühle, dass es richtig war, hierher zu kommen.

26

Der 1. Februar

Ein neuer Monat.

Ich wachte mit einem Gefühl der Erwartung auf. Ich habe jetzt die zweite Nacht auf der Küchenbank geschlafen. Der Herd ist morgens immer noch warm, ich hatte auch noch einmal nachgelegt, bevor ich mich hinlegte.

Bin früh eingeschlafen. So gegen zehn Uhr, wie ich denke. Elf Stunden tiefer Schlaf, so tief, dass es mich fast überrascht, dass ich überhaupt in der Lage bin, wieder aufzustehen. Es scheint in meinem Körper ein aufgestautes Bedürfnis nach Ruhe zu geben, jetzt endlich ist die Zeit gekommen, dem nachgeben zu können. Die frische Luft, das Feuer und die Einsamkeit, das sind die Bestandteile, aus denen meine Therapie aufgebaut ist.

Vielleicht auch noch die Zeit, die unbegrenzt erscheint, jedenfalls mehr oder weniger.

Mein Ziel steht fest, aber der Weg dorthin ist noch nicht abgesteckt. Ich sehe ein, wie wichtig es ist, nichts zu überstürzen. Ich weiß, was ich zu tun habe, wenn die Zeit gekommen ist, aber bis dahin mache ich lieber eins nach dem anderen und alles mit Sorgfalt, als zu versuchen, möglichst viel zu schaffen. Geld habe ich genug, um erst einmal eine Weile zurecht zu kommen. Heinz' Schwester wird nicht vor zwei Monaten auftauchen … die Situation ist gut geplant, da herrscht kein

Zweifel. Mir ist klar, dass mir das Spiel, das jetzt schon so lange währt, in die Hände gelegt wird.

Es ist natürlich ein schönes Gefühl, wieder die Kontrolle zu bekommen, wieder Herr über das eigene Schicksal zu werden. Nach nur wenigen Tagen hier draußen wage ich das festzustellen. Ich werde es schaffen.

Der gestrige Tag verlief im Großen und Ganzen so, wie ich es mir gedacht hatte. Das Wetter war feucht und grau, aber ohne direkten Regen. Als ich am Vormittag zum Ort hinunterging, lief das Schmelzwasser in kleinen Bächen die Wände hinunter. Die Temperatur muss deutlich über Null gelegen haben, ich habe überall im Haus nach einem Thermometer gesucht, aber keins gefunden.

Der Kaufmannsladen ist nicht einmal ein richtiger Laden, nur ein ganz einfacher Kiosk. Eine Servicestation mit dem üblichen begrenzten Angebot. Ich kaufte wieder Brot, Käse und Butter. Ein Stück geräucherter Wurst. Joghurt, ein bisschen Gemüse und eine Flasche Cognac. Fragte nach einem Telefon. Doch, es gab eins im Postamt im nächsten Haus.

Ich bedankte mich. Dafür doch nicht, sagte das Mädchen und warf mir ein finsteres Lächeln zu.

Das Postamt befand sich in einem Zweifamilienhaus. In einem Raum im Erdgeschoss mit gelb gestreiften Tapeten und Blumentöpfen auf der Fensterbank war offenbar geöffnet, wenn die Frau des Hauses daheim war. Ich drückte eine Klingel neben der Tür und wurde hereingerufen. Eine große Frau stand hinter einem provisorischen Tresen und bügelte Kleider. Lockenwickler im Haar und Zigarette im Mundwinkel.

»Ich möchte telefonieren«, sagte ich.

Sie nickte in eine Ecke des Raums. Ich drängte mich in die Kabine. Zweifellos ein umgebauter Schrank, immer noch hing in ihm ein Geruch nach Naphthalin und alten Anzügen.

Ich fing mit Piirs an.

Hatte nicht erwartet, ihn an den Hörer zu bekommen, und so war es auch. Ich hinterließ ihm die Nachricht, dass ich übermorgen zur gleichen Zeit wieder anrufen würde, und bat ihn, sich dann bereit zu halten.

Machte weiter mit Mima.

Sie saß in irgendso einer Besprechung bezüglich des Museums, wie mir gesagt wurde. Ich ließ nicht locker. Erzählte, dass es um einen Verwandten ging, der sehr krank war, und schließlich wurde sie doch geholt.

»Ja?«, meldete sie sich, gleichzeitig voller Zweifel und Unruhe.

Ich verstellte meine Stimme, so gut ich konnte, und ging ins Deutsche über.

»Ihr Mann ist ein Betrüger.«

Sie sagte nichts, aber ich konnte hören, wie sie den Atem anhielt.

»Seine Handlungen werden nicht länger toleriert.«

»Mit wem spreche ich bitte?«

»Mit einem Freund.«

»Was ... was wollen Sie eigentlich?«

»Nur das, was ich sage. Sagen Sie ihm, dass wir von uns hören lassen werden.«

»Ich verstehe nicht ... soll das ein Scherz sein?«

Ich legte den Hörer auf. Überlegte eine Weile, ob ich auch im Elementar anrufen sollte, beschloss dann aber, damit noch zu warten.

Lieber immer eins nach dem anderen, wie gesagt. Stattdessen holte ich die kleine Liste hervor, die ich mir gemacht hatte, und suchte im Telefonbuch. Bei zweien von fünf hatte ich Erfolg, mit ein bisschen Glück sollte das reichen. Ich notierte die Nummer neben den Namen.

Joachim Braas 671 42 09
Verner Maasleitner 624 24 53

Aber heute habe ich noch keinen von beiden angerufen. Ich habe noch keine Vorstellung, wie ich mein Problem darlegen soll, wenn ich den Kontakt bekomme, ich muss erst noch darüber nachdenken.

Also faltete ich den Zettel zusammen und schob ihn wieder in die Brieftasche. Verließ den Schrank und bezahlte meine Gespräche bei der rauchenden Hausfrau. Dann kaufte ich noch eine Packung Briefpapier, Umschläge und Briefmarken bei ihr.

Bevor ich den Ort verließ, lief ich noch einmal um die Kirche herum, eine graue Ziegelgeschichte mit Treppengiebel und Schieferdach, ein ziemlich traditionelles Gebäude aus der Mitte des letzten Jahrhunderts, wenn ich mich nicht irre, möglicherweise noch mit Teilen aus früheren Epochen. Ich machte mir nicht die Mühe hineinzugehen, vielleicht ja beim nächsten Mal.

Als ich an der Schule vorbei kam, einem Betonklotz deutlich jüngeren Datums, läutete es gerade zur Pause. Eine Kinderwolke stob auf den Schulhof, begann gegen die Spielgeräte zu hämmern und einander an den Haaren zu ziehen, die große Menge verwunderte mich, es waren sicher so um die siebzig, alle zwischen sechs und dreizehn Jahren. Gewiss, nicht meine Alterskategorie, aber dennoch spürte ich eine fast überwältigende Dankbarkeit dafür, dass ich mich in nächster Zeit nicht dem Unterricht widmen musste.

Natürlich ist das ein Paradox.

Darüber dachte ich nach, während ich durch den Wald zurückging. Es ist gewiss nicht einfach, meine genaue Beziehung zu dem Eindringling zu definieren. Vielleicht ist es so, wie Klimke schreibt, dass das Verhältnis zwischen einem neutralen Subjekt und einem als negativ bewerteten Objekt sehr wohl gut sein kann.

Das Verhältnis an sich, meine ich.

Ich schaue über die nassen, nackten Birkenschösslinge, aber sie geben keine Antwort. Stehen nur abwartend in der Dunkelheit.

Und schaue auf das Licht und die Wärme auf der anderen Seite der Dunkelheit. Vielleicht in erster Linie dorthin.

27

Der 2. Februar

Ein Tag ohne andere Ereignisse als die, für die ich mich selbst entschieden habe.

Erneut schlief ich bis weit in den Vormittag hinein in der Herdwärme. Ein Traum hatte mich während der frühen Morgenstunden beunruhigt, aber ich bekam ihn nicht zu fassen, obwohl ich eine ganze Weile dalag und versuchte mich zu erinnern.

Das Wetter war bedeutend besser als am Tag zuvor, ein fast weißer Himmel, an dem die Sonne später noch durchbrach. Ein paar Grade kälter war es auch, und es wehte ein frischerer Wind. Nach dem Frühstück ging ich hinaus. Ich folgte dem Weg in die andere Richtung, den Berg hinauf. Er verfolgte weiter die gleiche beharrliche, verschlungene Steigung, Kurve um Kurve, Hügel um Hügel, bis er plötzlich oben auf einer Lichtung im Wald aufhörte. Büsche und Gestrüpp wuchsen mannshoch, aber dennoch ging ich vom Weg ab und begutachtete die Gegend. Bald stieß ich auf Reste einer alten Hausruine. Als ich hier und da den Schneematsch wegkratzte, konnte ich sehen, dass hier ein Haus ungefähr von gleicher Art wie das Hellerssche gestanden haben musste. Vor einer unbekannten Anzahl von Jahren.

Vielleicht abgebrannt, dachte ich. Ja, bestimmt hatte das Feuer es vernichtet ... ein Blitzschlag, es war hoch gelegen, soweit ich es beurteilen konnte, hatte die Steigung hier ihr Ende. Ich befand mich im Großen und Ganzen auf der obersten Höhe. In alle Himmelsrichtungen hin fiel die Landschaft um mich herum ab.

In alle Himmelsrichtungen.

Ich blieb stehen, rauchte ein Zigarette, bevor ich mich an den Abstieg machte. Ein paar Rehe tauchten am Waldrand auf, nahmen Witterung auf und verschwanden gleich wieder. Ich überlegte, wie oft sich hier wohl ein Mensch befand, an dieser Stelle. Wie lange es her war, dass jemand hier gewohnt hatte. Gab es überhaupt noch einen lebenden Menschen, der seine Wanderung auf dieser Welt eben hier begonnen hatte?

Ich spürte, wie ich anfing zu frieren, und ärgerte mich, dass ich die Cognacflasche zu Hause gelassen hatte.

Den Nachmittag verbrachte ich größtenteils mit dem Brief. Er wurde nicht besonders lang, gut eine Seite, aber ich zögerte lange, bevor ich einige der Formulierungen dann doch benutzte. Wog die Worte ab und war überhaupt sehr genau mit meiner Ausdrucksweise. Ich denke schon, dass es mir insgesamt gelungen ist, die Balance zwischen Schärfe und Zweideutigkeit, die ich anstrebte, auch zu erreichen.

Was natürlich eine Voraussetzung ist.

Ein außenstehender Leser soll nicht ahnen können, worum es geht. Ein eingeweihter umso mehr.

So wird es wohl auch einem Teil von Ihnen gehen, wie ich mal vermute.

Ich werde ihn morgen im Ort einstecken.

Bevor ich mit der Aufzeichnung für heute begann, hatte ich einige Stunden damit verbracht, auf dem Tisch im großen Zimmer Patience zu legen – ich fand zwei Spiele in einer der Schreibtischschubladen.

Ich saß also am Tisch. Nur mit dem Feuer im Kamin und einer Kerze als Abwehr gegen die Dunkelheit …

Und Cognac und Zigaretten.

Ich habe früher über einige Partien gelesen.

Sie fielen mir wieder ein, und ich dachte darüber nach. In gewisser Weise ist ja alles nur zu deutlich, am allerdeutlichsten vielleicht dann, wenn ich gar nicht erst versuche, es zu verstehen. Ich wünschte mir, ich hätte den Rimley dabei, um in ihm zu blättern, aber ich weiß wirklich nicht, wo ich ihn gelassen habe. Irgendwo in Weigan muss es wohl gewesen sein.

Außerdem spüre ich, dass ich meine fiktiven Leser immer mehr übergehe. In gewisser Weise scheinen Sie Ihre Rolle ausgespielt zu haben, aber ich möchte Sie natürlich nicht für immer und ewig abschreiben. Es ist nicht leicht zu sagen, welche Bedürfnisse in den Tagen, die noch bleiben, entstehen können.

Aber natürlich habe ich die Kontrolle.

28

Spieleröffnung

Im Postamt, am Montag.

»Ja, Lorenz Piirs.«

Ich stieß einen Seufzer der Erleichterung aus. Trotz allem war ich leicht beunruhigt gewesen, dass er meinen Wünschen nicht hätte nachgehen können.

»Hier ist Marr. Danke, dass Sie dran sind.«

»Keine Ursache. Warum kommen Sie nicht stattdessen her? Sie haben einen Termin versäumt.«

»Ich bin weggefahren.«

»Weggefahren?«

»Ja.«

»Arbeiten Sie nicht?«

»Im Augenblick nicht.«

Kurze Pause. Verwunderung in der Luft.

»Nun? Was haben Sie auf dem Herzen?«

Ich erklärte die Situation. Dass ich mich momentan an einem anderen Ort befand. Dass es mir gut ging, dass ich aus einem besonderen Grund anrief – ich war wieder von einer Erinnerungslücke befallen worden, noch einer, und die schien offenbar mit meinem letzten Besuch zusammenzufallen …

»Am Dienstagabend?«

»Ja.«

»Sind Sie sicher?«

»Natürlich bin ich mir sicher.«

»Ja, so ... ja, natürlich.«

Für einen Augenblick schien es, als wäre er aus der Fassung gebracht worden.

»Ich möchte gern wissen, worüber wir geredet haben.«

»Worüber wir geredet haben?«

»Ja, ich kann mich an nichts erinnern.«

Jetzt war sein Zögern deutlich zu hören.

»Sind Sie das wirklich?«

»Natürlich bin ich es! Was wollen Sie haben? Meine Personenkennziffer?«

»Ja, bitte.«

Ich leierte sie herunter. Er hustete etwas peinlich berührt.

»Entschuldigen Sie. Wir ... wir haben über alles Mögliche gesprochen, in erster Linie natürlich über Ihren Traum. Aber ich glaube nicht, dass hier am Telefon der richtige Platz ist, um das zu besprechen ...«

»Wovon handelte der Traum?«

»Daran erinnern Sie sich auch nicht mehr?«

»Nein.«

»Herr Studienrat Marr, darf ich darum bitten, dass wir dieses Gespräch verschieben, bis Sie die Möglichkeit haben, in meine Praxis zu kommen? Wie lange wollen Sie denn noch fort bleiben?«

»Das weiß ich nicht. Ein paar Wochen auf jeden Fall ... einen Monat. Aber vielleicht komme ich ja dazwischen mal in die Stadt ... tagsüber jedenfalls.«

»Wo halten Sie sich auf?«

»Das hat keine Bedeutung. Können Sie mir nicht wenigstens einen Tipp hinsichtlich des Traums geben? Ich denke, das könnte gerade im Augenblick für mich sehr wichtig sein.«

Wieder zögerte er.

»Haben Sie noch andere Träume gehabt?«

»Ja.«

»Na gut. Es handelte sich ... um einen Bruder von Ihnen.«

»Ich verstehe.«

»Gut. Lassen Sie von sich hören, sobald Sie zurück sind. Sie brauchen keinen Termin zu machen. Kommen Sie einfach so vorbei.«

Ich bedankte mich, und wir beendeten das Gespräch.

Ich wählte die nächste Nummer.

»Hallo?«

»Ich möchte Joachim Braas sprechen.«

»Der wohnt hier nicht mehr.«

»Wissen Sie, wo ich ihn erreichen kann?«

»Wahrscheinlich über seine Mutter ...«

»Haben Sie ihre Nummer?«

»Nein, aber die steht bestimmt im Telefonbuch.«

»Frau Braas?«

»Ja, verdammt, wie soll sie denn sonst heißen?«

Ich seufzte und legte auf.

»Verner.«

»Verner Maasleitner?«

»Ja.«

»Kann ich offen mit Ihnen reden?«

»Warten Sie ... ja ...«

Ich kann nicht behaupten, dass ich seine Stimme wiedererkannte. Möglicherweise war etwas Bekanntes in ihr, aber mehr auch nicht. Schließlich ist es aber auch fünfzehn Jahre her, seit ich ihn loswurde.

»Tut mir Leid, aber ich muss anonym bleiben. Ich habe Ihre Nummer von einem guten Freund gekriegt. Ich habe versprochen, seinen Namen nicht zu verraten. Verstehen Sie?«

»Nein. Reden Sie weiter!«

»Die Sache ist die, dass ich eine Waffe brauche. Ich bin bereit, gut dafür zu zahlen ... ist das was für Sie?«

»Könnte schon sein.«

»Können Sie mir helfen?«

»Das weiß man nie.«

»Ich habe solche Transaktionen noch nie gemacht …«

»Wofür brauchen Sie sie?«

»Das möchte ich lieber nicht sagen. Glauben Sie, dass Sie mir helfen können?«

»Schon möglich. Aber das kostet einiges.«

»Ich bezahle, was es kostet. Wie gehen wir vor?«

Ich hörte, wie er sich eine Zigarette anzündete.

»Haben Sie es eilig?«

Ich zögerte.

»Ich will sie auf jeden Fall in den nächsten zehn Tagen haben.«

»Kein Problem. Ich muss mich nur auf Sie verlassen können … wollen Sie jemanden töten?«

»Die Frage will ich nicht beantworten.«

»Aber Sie wollen jedenfalls eine Waffe haben, die dazu taugt, jemanden zu töten?«

»Ja.«

Ich hörte, wie er rauchte. Hörte jemanden in das Zimmer kommen, in dem er sich befand. Hörte ihn den Betreffenden bitten, wieder hinauszugehen und die Tür hinter sich zuzumachen. Er räusperte sich.

»Ich vermittle nur den Kontakt. Werde dann nichts mehr damit zu tun haben. Kapiert?«

»Ja.«

»Wenn Sie mir einen Umschlag mit dreihundert Gulden schicken, dann können Sie mich in drei, vier Tagen anrufen … wenn ich es erledigt habe … und dann verabreden wir ein Treffen. Okay?«

»Okay. Und woher weiß ich, dass Sie mich nicht reinlegen?«

»Das können Sie nicht wissen.«

»Ich verstehe.«

Er nannte eine Straße und Postleitzahl im Deijkstraaviertel. Ich notierte sie mir und versprach zu tun, wie er gesagt hatte.

Schließlich rief ich im Elementar an. Musste ziemlich lange warten, wie immer wollte man den Lehrer nicht holen, aber ich blieb hartnäckig.

»Sie haben noch eine Chance, sich zurückzuziehen, Herr Studienrat Marr«, sagte ich, als er endlich am Apparat war.

»Wer ist da?«

»Aber es ist die letzte. Hören Sie?«

»Die letzte was?«

»Warnung.«

»Was zum Teufel ...«

Die Empörung war nicht zu überhören. Ich war bestimmt kurz davor, die Fassung zu verlieren. Normalerweise würde ich niemals einem Fremden gegenüber so am Telefon reden.

Ein Fremder?

»Ich wollte Sie nur informieren«, sagte ich. »Sie müssen doch einsehen, dass ich es nicht zulassen kann, dass Sie endlos so weitermachen?«

»Darf ich Sie darum bitten ...«

Ich legte den Hörer auf. Zwängte mich aus der Kabine und bezahlte. Warf meine beiden Briefe ein.

Der eine war an Studienrat Jakob Daniel Marr.

Der andere an Verner Maasleitner, seinen alten Schüler, der sich offensichtlich im Augenblick auf dem breiten Weg befand, der sich bereits während seiner Gymnasialzeit schon so deutlich für ihn abgezeichnet hatte.

Dann suchte ich den Laden auf. Füllte meinen Vorrat auf, kaufte zwei Tageszeitungen und ging anschließend wieder zurück in den Wald.

Nicht ohne eine gewisse Befriedigung.

29

Wieder R

Heute Nacht träumte ich von R.

Ein ekliger Traum, der mir noch einen Großteil des Tages nachhing. Ich hätte viel dafür gegeben, hätte ich ein paar Gedanken mit ihm austauschen können, aber das scheint wohl unmöglich zu sein. Laut Piirs ist R vor mehr als dreißig Jahren in Breytenberg aufgenommen worden ... vor fünfunddreißig vielleicht schon ... natürlich ist es möglich, dass er immer noch dort ist. Achtzig, fünfundachtzig Jahre alt. Ein Teil der Psychiatriepatienten erreicht tatsächlich ein sehr hohes Alter, ganz im Gegensatz zu den Vorstellungen einiger Menschen. Aus meiner eigenen Zeit dort erinnere ich mich noch an zwei alte Greise, die unter den Namen Tod und Pein liefen und die beide fünfundneunzig geworden sind.

Aber auch wenn er noch am Leben ist ... an wie viel erinnert er sich noch? Wie soll ich Kontakt zu ihm aufnehmen? Über Piirs? Und würde er mir etwas geben können? Worauf will ich eigentlich hinaus? Auf jeden Fall erscheint die Sache sehr kompliziert, und je länger ich darüber nachdenke, umso überzeugter bin ich, dass ich gar nicht erst den Versuch wagen werde. Der mögliche Ertrag ist den Einsatz nicht wert.

Aber dennoch denke ich über ihn nach. Vielleicht könnte ich zumindest versuchen, die »Psychiatrische Zeitschrift« zu bekommen ... 6/63 war es, oder?

Im Traum wanderte er, R also, durch eine leere, nächtliche Stadt. Schmutziggelbes Licht reflektierte sich in nassen Straßen, seine Schritte hallten zwischen den Wänden wider, und in weiter Ferne waren Polizeisirenen zu hören, die sich aber nicht näherten, sie schienen ihn eher zu umkreisen, draußen in abgelegenen Vororten.

Mit schnellem Schritt ging er, Straße auf und Straße ab, überquerte eine Gasse, lief über einen Markt, hastete über eine Brücke, ich folgte ihm ohne Probleme, je mehr Zeit verging, umso deutlicher wurde, dass ich nicht nur Zuschauer und Beobachter in dem Stück war, ich war ihm wirklich auf den Fersen … zweifellos war es eilig, zweifellos war er sich dessen bewusst, dass ihn jemand verfolgte. Während er seine Geschwindigkeit beschleunigte, warf er immer häufiger einen Blick über die Schulter, und ich konnte sehen, dass ihm die Angst ins Gesicht geschrieben stand. Bald verstand ich auch, dass ich derjenige war, den er fürchtete, nicht, weil ich ihm etwas antun könnte, sondern weil ich ihn daran hindern könnte, sein wichtiges Ziel zu erreichen, das irgendwo in der widerhallenden, leeren Stadt vor uns lag. Schräge Schatten und schiefe Lichtblitze schossen aus allen möglichen Ecken hervor und kreuzten unseren Weg. Wieder Wells oder Lang offenbar. Das Geräusch unserer Schuhe auf den nassen Pflastersteinen verstärkte und verzerrte sich immer mehr, plötzlich war die Stille voller Geräusche und Widerhall … Hunde, die bellten und Mülltonnen umwarfen, kreischende Gitter, die vor dunklen Nischen geschlossen wurden, Autoreifen, die auf dem Asphalt quietschten, und dann kamen wir, inzwischen fast Schulter an Schulter, zu einer hohen, offenen Tür. Wir stürmten in den großen Saal, leer bis auf eine Marmorbank ganz hinten unter dem spitz zulaufenden Dach, einen erhöhten Tisch, an dem ein halbes Dutzend Laborarbeiter eifrig die letzten Details korrigierte, bevor alles vollendet werden konnte … auf diesem Tisch, hell erleuchtet durch einen fast blendenden weißen Lichtschein, thronte ein Glaskasten, gefüllt mit grünlicher Flüssigkeit und einem Fötus. Einem Fötus in Mannsgröße, mit ausgestreckten Armen, der Mund in dem grotesken Gesicht öffnete und schloss sich, als spräche er in einer stummen, ausgestorbenen Sprache dort unten in dem grünen Fruchtwasser.

Und wir beide drängten uns gewaltsam laut keuchend an den Tisch, die Assistenten zerstreuten sich, und in dem entscheidenden Augenblick packte ich mit beiden Händen R bei den Schultern und warf ihn zu Boden. Sah ihn in einem Wirbel durch das Abflussrohr verschwinden, das sich direkt unter dem Tisch befand und das mit Zähnen und etwas Rotem, Vibrierendem, Würgendem besetzt war. Die Übelkeit stieg in mir auf, aber dennoch beugte ich mich über den Tisch, schloss die Augen und fiel in den Kasten. Der Fötus kam mir entgegen, und ich drückte ihn an mich, und bevor mein Bewusstsein sich verdunkelte, spürte ich, wie er sich langsam und geduldig mit mir vereinte und direkt in meinen eigenen Körper schlüpfte.

In kalten Schweiß gebadet wachte ich nach diesem morbiden Kampf auf. Eine ganze Weile blieb ich vollkommen still in der Dunkelheit liegen und lauschte dem Wind draußen vorm Haus und dem Puls in meinen Schläfen.

Dann stand ich auf und machte Licht an. Es war kurz nach vier Uhr. Ich legte ein paar Scheite in den Herd, in dem es noch glühte.

Dann schenkte ich mir einen Cognac ein. Setzte mich an den Tisch, holte eine Zigarette und machte das Licht wieder aus.

Blieb unbeweglich dort sitzen und spürte erneut diese Anwesenheit. Jemand oder etwas befand sich in meiner unmittelbaren Nähe, fast greifbar und ganz nahe bei mir ... Ich hatte den Eindruck, als wäre er oder es auf der anderen Seite einer dünnen Tür, zu der nur ich selbst den Schlüssel hatte.

Die zu öffnen mir gar nicht einfiel, trotz aller starken Kräfte, die dafür sprachen.

Was hatte Piirs noch gesagt?

Träume sind immer Schlüssel, die Frage ist nur, zu welchem Schloss sie passen.

Ich erinnerte mich plötzlich an die doppelte Funktion eines Schlüssels. Abzuschließen und auch aufzuschließen.

Dann schlief ich bis spät in den Vormittag, wie in letzter Zeit üblich.

Und habe wie gesagt an R gedacht.

Den ganzen Tag schüttete der Regen herab, und ich hielt mich im Haus auf. Der gesamte Schnee war weggespült, die Umgebung dunkel geworden. Vor ein paar Stunden war ein größeres Tier, vielleicht sogar ein Elch, ganz in der Nähe des Fensters zum kleineren Zimmer aufgetaucht. Ich hörte, wie es knackte, wie Zweige brachen und dann etwas Großes, Dunkles wieder in den Wald hinein verschwand.

Ich habe außerdem versucht, meinen Aufenthalt hier draußen in irgendeine Form von Zusammenhang zu stellen. Aber ich komme zu keiner eindeutigen Antwort. Was ist es eigentlich, was mich hier so stark anspricht?

Dieser Ort und das einfache Leben an sich?

Oder mein sich dahinziehendes, aber langsam sich steigerndes Warten darauf, was kommen wird? Die Schönheit des vorletzten Zugs?

Die Ästhetik der elften Stunde, ich glaube, so hat Giesling es bezeichnet.

Außerdem habe ich festgestellt, dass die Anzahl der Seiten begrenzt ist. In meinem dicken Buch gibt es nur noch zwanzig leere Seiten.

Also geht jetzt alles seiner Vollendung entgegen. Wenn Sie mir immer noch folgen wollen, gebe ich Ihnen dieses Versprechen.

30

In der Stadt

Der Bus war so einer von der gelbroten Sorte, und ich konnte mich nicht daran erinnern, früher schon einmal mit ihm gefahren zu sein. Die Fahrt nach K- hinein dauerte nicht einmal vierzig Minuten, zweifellos war es merkwürdig, dass nur eine so kurze Zeitspanne uns trennen sollte.

Es war auch merkwürdig, wieder zurück zu sein. Ich begriff, wie leicht es war, sich von alten Gewohnheiten wieder schlucken zu lassen. Beschlüsse und Pläne einfach im Sand zerrinnen zu lassen, diese Gefahr lag wirklich auf der Lauer, die gleichen Schwindelgefühle, glaube ich, wie sie mich an der Ecke der Bibliothek übermannt hatten, als ich ihn durch die Tür gehen sah. Die gleiche Versuchung, sich anderen zu überlassen ... etwas anderes, zu dem ich hätte zurückkehren können, gab es wohl kaum, und vielleicht war das gerade die Tatsache, die mich meine Stabilität zurückgewinnen ließ. Dass ich mir nicht nur selbst die Schuld geben musste. Dass ich der Betroffene war. Dass es trotz allem eine Art Recht auf Notwehr gab und dass das auf meiner Seite war.

Die Straßenbahn nach Leimaar hinaus ... auch so eine Tatsache, die in irgendeiner Art vorbestimmt zu sein schien. Wie beim letzten Mal fuhr ich mit ihr, stieg an der Endstation aus, fragte im Kiosk nach der Pizzeria Paloma, und nach einem kurzen Fußweg fand ich sie.

Ich war früh da. Hatte noch eine halbe Stunde totzuschlagen, bevor mein Kontaktmann kommen sollte. Ich verspürte keine große Lust, etwas zu essen, ging dennoch hinein und bestellte mir einen Cappuccino. Zwei Vorstadtfrauen kamen herein und tranken grüne Drinks. Ich rauchte zwei Zigaretten. Ansonsten geschah nichts.

Um Viertel vor eins tauchte er auf, fünf Minuten zu spät, ein langer, magerer Jüngling mit bleichem, pickligem Gesicht und wässrigen Augen. Kurz gestutztes Haar, so kurz, dass die Kopfhaut durchschien. Lederjacke, schwarze Jeans und Stiefel. Mir war sofort klar, dass es sich hier nur um einen weiteren Kontaktmann handelte.

»Claus Rütter?«

Das war der Name, für den ich mich entschieden hatte. Ich nickte und stand auf.

»Folgen Sie mir.«

Er sprach die Worte wie ein Schauspieler aus, der wusste, dass er nie im Leben die Rolle kriegen würde. Diese nicht und auch keine andere. Mit entschlossenem Schritt ging er vor mir über die Straße. Zeigte mit der Hand auf ein schwarzes Auto, das am Bürgersteig parkte. Ich stieg hinten ein, der Kontaktmann verschwand, und wir setzten uns in Bewegung.

Zwei Männer. Beide mit dunkler Sonnenbrille, beide Kaugummi kauend. Der Fahrer sah wie ein ganz traditioneller Bodybuilder aus, ab und zu sehe ich mal einen in der Schule, auch wenn sie einen verschwindend geringen Teil unserer Schülerschar ausmachen.

Der Mann an meiner Seite war dünner und älter. Er trug einen hellen Anzug und duftete intensiv nach Rasierwasser.

»Angenehm«, sagte er und schüttelte mir die Hand.

»Angenehm?«, fragte ich.

Die ganze Transaktion war nach zehn Minuten vorüber. Ich wurde an der Haltestelle herausgelassen, achthundert Gulden ärmer, aber mit einer Handfeuerwaffe der Marke Berenger 39 und Munition, die ausreichte, dreißig Menschen umzubringen, wenn ich Lust hatte. Das alles trug ich in einer Schultertasche, die ich mir von der verstorbenen Frau Hellers ausgeliehen hatte, und als ich schließlich wieder in die Straßenbahn stieg, ertappte ich mich dabei, meinen Namen vor mich hinzumurmeln.

Jakob Daniel Marr. Jakob Daniel Marr.

Fast wie eine Beschwörung. Ein hilfloser Versuch, die Wirklichkeit in den Griff zu kriegen, die schon vor langer Zeit etwas Stärkerem und sehr viel Unbezähmbarerem gewichen zu sein schien. Vergeblich natürlich ... ebenso sicher, wie jede Münze eine Vorder- und Rückseite hat, ebenso unmöglich ist es, beide gleichzeitig vor Augen zu haben.

Ich drücke mich unklar aus.

Ich war fast ganz allein im Wagen, nur ich und eine alte Frau, die ein paar Reihen weiter saß und Armut verströmte. Auf weite Entfernung. Ihr roter Mantel war in einer Weise abgetragen, wie es rote Mäntel nie sein dürfen, die beiden Plastiktüten zu ihren Füßen waren überfüllt mit altem Krempel, aus ihren Überschuhen ragte Zeitungspapier heraus, unter der Baskenmütze schmutzigbraunes, ungekämmtes Haar. Vielleicht war sie eine der Obdachlosen unserer Stadt, vielleicht hatte sie noch eine Art Zuhause ...

Ich weiß es nicht, und ich weiß nicht, warum es mir so schwer fiel, den Blick von ihr abzuwenden. Ich saß da, meine Waffe auf den Knien, und plötzlich wurde mir bewusst, dass mir die Tränen über die Wangen strömten.

Ruhig und ungehemmt. Ich umklammerte meine Tasche, ich schaute die verlebte Frau an, die Straßenbahn rumpelte über die Weichen, und zum ersten Mal seit einem Vierteljahrhundert weinte ich.

Am Karlsmarkt stieg ich mit einem beunruhigenden Brennen in der Magengegend aus. Offensichtlich war alles bei weitem nicht so stabil, wie ich es mir während meines Aufenthalts draußen in Miijskens eingeredet hatte ... plötzlich konnte ich nicht mehr sagen, ob ich wirklich das durchführen wollte, was ich mir am Nachmittag vorgenommen hatte. Eigentlich sehnte ich mich nur noch danach, mich wieder in den rotgelben Bus zu setzen und zu meiner sicheren Heimstatt im Wald zurückzukehren. Oh ja, ohne Zweifel und ohne Bedenken.

Dennoch überwand ich den Widerstand. Ich stieg aus der Straßenbahn aus und betrat das Telegrafenamt. Wählte Piirs' Nummer.

Zuerst antwortete nur der Automat, und ich wollte schon auflegen, als die aufgenommene Nachricht unterbrochen wurde und Piirs selbst am Apparat war.

»Hallo! Piirs hier.«

Er klang gehetzt. Schnell beschloss ich, mich aus dem Spiel zurückzuziehen.

»Marr«, sagte ich. »Ich bin in der Stadt, aber ich kann nicht in die Praxis kommen. Ich wollte nur ...«

»Ja?«

»Wo kann ich diese ›Psychiatrische Zeitschrift‹ finden? Ich möchte das über R lesen.«

»In der Staatsbibliothek«, sagte Piirs. »Die haben alle dort. Was zum Teufel soll das denn heißen? Sie waren doch gestern erst hier, haben Sie das auch vergessen?«

»...«

»Hallo?«

Ich zögerte ein paar Sekunden, dann hängte ich den Hörer in die Gabel.

Mir war klar, dass auch Piirs ein abgeschlossenes Kapitel war.

Als ich wieder auf den Marktplatz hinauskam, ereignete sich etwas, von dem ich nicht so recht weiß, wie ich es deuten soll.

Besser gesagt ereignete sich gar nichts, obwohl es das hätte tun sollen. Ich lief Friedendorff direkt in die Arme, meinem Kollegen, von dem ich bereits im Zusammenhang mit den schwarzen Trikots berichtet habe. Direkt vor Millers Antiquariat wären wir fast zusammengestoßen.

»Hallo«, sagte ich. »Freier Nachmittag?«

Er schaute mich verwundert an, als wäre er plötzlich aufgewacht und könnte sich nicht daran erinnern, wo er war. Dann schüttelte er den Kopf und setzte seinen Weg fort.

Ohne ein Wort.

Nein, das kann ich nicht deuten. Sicher, ich habe die Bartstoppeln von ein paar Tagen, aber trotzdem …

Nachdem ich kontrolliert hatte, dass Mima zur Arbeit war, traute ich mich nach Hause. Lief schnell in mein Zimmer und schnappte mir die Kleidung, die Platz in der Tasche fand, das war nicht sehr viel. Ich klebte meine bereits geschriebene Mitteilung an den Computerschirm, gratulierte mir zu dem Entschluss, sie vorher schon zu schreiben. Ich wäre kaum in der Lage gewesen, sie so ad hoc zu formulieren.

Dann verließ ich die Wohnung, so schnell ich konnte. Die Unruhe pochte quälend in mir, und am allerwenigsten wollte ich jemandem begegnen. Draußen auf der Straße überlegte ich eine Weile, ob ich in die Bibliothek gehen und nach der »Psychiatrischen Zeitschrift« suchen sollte, ließ es dann aber bleiben. Das Ganze erschien mir inzwischen ziemlich sinnlos …. je längere Zeit ich hier in der Stadt verbrachte, umso sinnloser erschienen mir meine Anstrengungen.

Umso aussichtsloser mein Kampf.

Gleichzeitig wusste ich natürlich, dass ich in dieser Verfassung Opfer zufälliger Stimmungen war, dass eine plötzliche Schwäche in keiner Weise etwas mit dem Ausgang zu tun haben durfte … dass ich nach ein paar Tagen Ruhe bereit sein würde, das zu vollenden, was ich mir auferlegt hatte. Die wichtigste Sache des Tages, das Besorgen der Waffe, hatte ich schließlich auch ohne großes Federlesen erledigt.

Also gab es eine Hoffnung jenseits der weiter existierenden Diktatur.

Erneut versorgte ich mich bei Clauson & Clauson. Mit meinem üblichen Vorrat plus einer Flasche Cognac zusätzlich, und als ich den Bus erreichte und er sich endlich in Bewegung setzte, konnte ich mich zumindest beruhigt im Sitz zurücklehnen und konstatieren, dass ich keinerlei anstrengende Planungen mehr vor mir hatte, mit denen ich meine Kräfte vergeuden würde.

Keine weiteren Ablenkungen.

Nur noch die endgültige Lösung.

31

Vorbereitungen

Der Nebel stieg von dem öden Land auf. Es mochte kaum später als neun sein. Ausnahmsweise war ich einmal früh aufgewacht, hatte meinen Rucksack gepackt und mich auf den Weg gemacht, noch während die Dunkelheit unter den Bäumen lag. War den sich hinaufwindenden Weg entlanggewandert, durch den schlafenden Wald.

Auf einem der Ziegelsteine mitten auf der Lichtung packte ich aus: Pistole, Magazin, Munition … Cognac, Zigaretten, Streichhölzer. Ich wartete eine Weile, bis der Himmel langsam heller wurde. Im Osten war die Sonne dabei aufzugehen, nicht mehr lange, dann würde sie über die Baumwipfel klettern und die Lichtverhältnisse ändern. Der Tag würde ziemlich warm werden, daran bestand kein Zweifel, sicher war die Temperatur bereits auf einige Grade über Null gestiegen. Ich hängte meine Jacke über einen Birkenschössling, der lange Fußmarsch war noch im Körper zu spüren. Ich schob die Mütze in den Nacken und zündete mir eine Zigarette an.

Wog die Waffe abschätzend in meiner Hand. Ein ziemlich schweres Teil, siebenhundert, achthundert Gramm wahrscheinlich … zwei Magazine, jedes enthielt sechs Schuss … dreißig Patronen in der flachen Blechschachtel … geladen wurde sie natürlich noch schwerer.

Ich drückte die Zigarette aus. Trank einen Schluck Cognac.

Das volle Magazin laden, hatte er gesagt. Das Gehäuse ein bisschen schütteln ... die Waffe mit beiden Händen halten, die Linke als Stütze ums rechte Handgelenk ... breitbeinig dastehen ... den Mund öffnen ... auf den Rückschlag gefasst sein ...

Der Knall war ohrenbetäubend. Das Echo rollte über den Berg, es muss bis weit nach Miijskens hinein zu hören gewesen sein. Tiere flohen, die Vögel in der unmittelbaren Nähe flogen auf, ein Raubvogel, Hohltauben und ganz gewöhnliche Krähen ... der Rückstoß hatte mir die Arme hochgerissen, und einen Moment lang fühlte ich mich eher als Zielscheibe denn als Schütze.

Als ich mich gefasst hatte, stellte ich jedoch fest, dass der Schuss tatsächlich ein großes Loch in den Baumstamm gerissen hatte, auf den ich gezielt hatte. Fünfzehn, zwanzig Meter entfernt, vielleicht etwas höher, als ich gedacht hatte, aber es war wirklich kein schlechter erster Versuch.

Ich nahm die Jacke als Unterlage, setzte mich auf den Stein und trank noch ein wenig Cognac. Wartete darauf, dass Menschen auf dem Weg auftauchen und sich wundern würden, was denn hier los war. Dort, wo ich saß, konnte ich eigentlich unmöglich entdeckt werden, und ich beschloss, mich mindestens fünfzehn Minuten nicht zu rühren. Mein Puls pochte heftig, und ich versuchte mir einzureden, dass diese Erregung, die in mir vibrierte, eigentlich etwas ganz anderes war.

Nach zwei Zigaretten war immer noch nichts passiert, und ich machte mich für den nächsten Probeschuss bereit. Ich veränderte meine Position, zielte auf einen anderen Baum, der etwas näher stand, acht, zehn Meter ungefähr, und entschied mich für einen Punkt ungefähr hundertfünfzig Zentimeter über der Erde.

Ich trat vor, hob die Waffe und schoss.

Immer noch etwas zu hoch, aber mitten im Baumstamm. Außerdem parierte ich diesmal den Rückschlag besser und hätte problemlos gleich danach einen weiteren Schuss abgeben können.

Bei meinem dritten und letzten Versuch bemühte ich mich, die Situation noch realistischer zu gestalten. Fünf Meter Abstand, plötzliches Auftauchen, zwei schnelle Schüsse in Brusthöhe.

Das Resultat war fast perfekt. Die Kugeln rissen zwei große Löcher in den Baum in nur wenigen Zentimetern Abstand.

Ich setzte mich auf den Stein. Wartete wieder eine Viertelstunde und atmete tief durch. Dann stopfte ich alles in den Rucksack und machte mich auf den Rückweg.

Es verwunderte mich ein wenig, wie einfach und mit welchem guten Resultat das Probeschießen abgelaufen war. (Das letzte Mal – und das einzige Mal außerdem – hatte ich eine Schusswaffe im Zusammenhang mit meiner Militärzeit vor fast dreißig Jahren in der Hand gehalten, ein Theater, das ich glücklicherweise nach nur wenigen Wochen beenden konnte.) Jedenfalls hatte ich mir vorgestellt, dass das Ganze mit größeren Schwierigkeiten verbunden sein würde. Zumindest mit gewissen Komplikationen.

Aber so war es nun einmal nicht.

Vielleicht wollte ich auch nur nicht zugeben, dass Töten eine ziemlich einfache Sache ist? Das Leben ist ja oft so überwältigend in seinem Verlauf.

Blieb nur noch, den Zeitpunkt festzulegen. Vielleicht würde ich gezwungen sein, im Elementar anzurufen, um mich zu vergewissern, dass an dem entscheidenden Tag keine besonderen Aktivitäten geplant waren. Ich musste ja wissen, wann er kam. Ich wollte natürlich nicht umsonst warten und unverrichteter Dinge zurückfahren müssen.

Aber an welchem Tag? Ich denke über viele Faktoren nach, die eigentlich gar nicht so relevant in diesem Zusammenhang sind: den Stand der Sonne, die Anzahl der Menschen auf den Straßen, den Busfahrplan … entscheide mich schließlich für

Donnerstag, vielleicht in erster Linie, weil heute Sonntag ist und ich keine Eile habe, von hier fort zu kommen.

Überhaupt keine Eile, um ganz ehrlich zu sein.

Ich zähle die leeren Seiten. Es bleiben mir nur noch vier.

Vier Tage und vier Seiten. Vielleicht ist das ein guter Fingerzeig.

Donnerstag also.

32

Schlussspiel in der Böttchergasse

Donnerstag.

Klares Wetter, ein wenig kalt. Das Kraus ist zu dieser Tageszeit ziemlich leer. Ich hänge meine Jacke über den Stuhl. Setze mich, lege den Rucksack zu meinen Füßen. Hole das Notizbuch heraus.

Es ist der gleiche Tisch wie letztes Mal. Die gleiche Aussicht auf den Grote Markt. Die Markthalle im Hintergrund. Die Klostermauer. Die enge Treppe hinauf in den Chor der Domkirche. Die Sonne funkelt in den Glasscheiben des Rathausgiebels, zwei Arbeiter waschen den Taubendreck von dem Denkmal von Torquemada ab.

Kein Problem mit Parkplätzen … hinten beim jüdischen Gemeindezentrum an der Mauer, auf dem Marktplatz selbst. Es ist halb drei. In einer Stunde kommt er. Ich bestelle mir Kaffee, ein Stück Torte, ein kleines Glas Cognac. Fange an zu schreiben.

Mein Plan ist einfach. Es besteht kein Zweifel, dass er klappen wird. Ich fühle nicht mehr diese Unruhe und dieses unangenehme Gefühl, das mich bei meiner ersten Rückkehr überfiel. Die letzten Tage draußen in Miijskens haben mir sehr gut getan. Ich weiß jetzt, dass es richtig war, sie mir zu gönnen.

Ich bin ein wenig in der Gegend herumgewandert. Bin Tierspuren gefolgt, habe Rehe gesehen, Füchse und Elche, war jeden Tag wohl fünf, sechs Stunden draußen ... der Wald ist eine Kathedrale, wie Friijs immer sagt, jetzt verstehe ich ihn. Zweimal war ich auch unten in der Stadt, das letzte Mal gestern. Habe dort die Kirche aufgesucht. Auf einer der hintersten Bänke saß ich eine ganze Weile vollkommen allein mit gefalteten Händen, vielleicht wartete ich darauf, etwas zu erfahren, aber dem war nicht so. Dann spendete ich fünfzig Gulden für Instandsetzungsarbeiten.

Ich bin mit dem Elf-Uhr-Bus hergefahren, um reichlich Zeit zu haben. Ich habe alle Details kontrolliert, sie sogar noch ein paar Mal durchgespielt, die ganze Szene, natürlich ohne den Schuss selbst.

Möglichst einfach sollte es sein, das war mein Leitziel. Von einer Position oben am Klosterplan, die ich zehn Minuten, bevor es soweit ist, einnehmen werde, halte ich Ausschau über die Langgracht. Wenn das Auto auftaucht, wechsle ich in die Böttchergasse. Nehme meinen Posten in dem dunklen Portal in der Mauer ein, hole die Waffe heraus, lade und entsichere sie ... in dem ovalen Verkehrsspiegel auf der gegenüberliegenden Seite sehe ich ihn die Gasse heraufkommen. Ich lasse ihn passieren. Das Portal ist tief und geräumig, das Risiko, entdeckt zu werden, ist gering. Sobald er vorbei ist, springe ich hinaus und schieße. Möglicherweise werde ich erst meinen Namen rufen, aber bezüglich dieses Details habe ich mich noch nicht entschieden, vielleicht entscheide ich mich erst, wenn ich dort stehe. Auf jeden Fall wird der Abstand nicht mehr als vier, höchstens sechs Meter betragen. Ich kann ihn gar nicht verfehlen.

Auf jeden Fall werde ich einen oder zwei Schüsse abfeuern, das werden die Umstände entscheiden.

Danach laufe ich die wenigen Schritte wieder zum Klosterplan hinauf. Genau in dem Moment, wenn ich um die Ecke biege, hole ich eine Touristenkarte von K- heraus, entfalte sie, und beginne, ruhigen Schrittes zu flanieren. Von dem Zeitpunkt an, da ich mich am Klosterplan aufstelle, werde ich die ganze Zeit einen dunklen Hut mit Krempe tragen, der mein Gesicht verdeckt. Wenn ich mich ein paar hundert Meter vom Tatort entfernt habe, stopfe ich die Waffe, den Rucksack und den Hut in einen schwarzen Plastiksack und werfe alles zusammen in den Müllcontainer hinter der Feuerwache.

Anschließend gehe ich nach Hause und nehme ein Bad.

Ich schaue von meinen Notizen auf. Gewisse Befürchtungen hinsichtlich Zeit und Papiervorrat hatte ich ja doch, aber es hat gereicht. Mein Kaffee und meine Torte stehen unberührt da. Der Cognac auch. Ich nehme es in Angriff. Es ist jetzt ein paar Minuten nach drei, in einer Viertelstunde gehe ich hinaus ... Es ist Chartreuse in der Torte, wenn ich mich nicht irre, Mandeln und Kirschen. Sie müssen entschuldigen, wenn diese Zeilen etwas unstrukturiert werden. Etwas sagt mir, dass ich so viel wie möglich niederschreiben muss vor der Tat. Ich bin mir nicht sicher, ob ich hinterher noch etwas schreiben werde. Für alle Fälle spare ich ein paar Seiten auf, aber wenn nichts daraus wird, dann eben nicht. Wenn Sie aus Ihrer Fiktion heraustreten könnten – übrigens, wer weiß denn, ob Sie das nicht schon getan haben –, dann ist es natürlich ein Leichtes für Sie, diese Frage zu ergründen.

Vielleicht höre ich ja so auf, wie ich angefangen habe. Mit zu vielen Worten.

Aber jetzt ist es soweit. Lassen Sie mich zum Schluss noch einmal daran erinnern, wer ich bin.

Jakob Daniel Marr.

Jakob Daniel.

Glauben Sie mir.

IV

Und während ich hier stehe
und mich wie üblich mit dem Ellbogen
an der Buchstütze anlehne,
sehe ich aus dem Augenwinkel,
wie die Tür
langsam aufgeschoben wird,
und eine Sekunde lang
spüre ich einen heftigen
Schwindel.
Aber dann wird sie wieder
vorsichtig geschlossen, und mir
ist klar, dass das nur etwas
Vorübergehendes war.

33

Erwachen

Ein Wirbel miteinander verflochtener Wahrnehmungen. Grelles Licht, schrille Geräusche. Langsam abnehmend, Sehvermögen und Gehör trennen sich … flimmerndes Weiß, Stimmen.

Leuchtstoffröhren und Stühlescharren. Es wird zur Ruhe gemahnt. Ein Krankenhaus? Ja, das ist ein Krankenhaus.

»Er wacht auf …«

»Wartet ab! Lasst ihn erst einmal die Augen öffnen!«

Jemand, der hustet. Zwei Personen am Bett.

»Jakob Marr?«

Links ein weißer Kittel. Ein Arzt? Rechts ein dunkler Anzug. Breites Gesicht, fleischige Nase. Polizei?

»Sind Sie wach? Jakob Marr?«

»Ja …«

Die Stimme trägt halbwegs. Der Blonde in dem weißen Kittel hält mir ein Fruchttrinkpack mit Strohhalm hin.

»Denken Sie, Sie können uns ein paar Fragen beantworten, Herr Marr?«

»Ja.«

»Danke. Haben Sie die Person gesehen, die auf Sie geschossen hat?«

»Geschossen?«

»Erinnern Sie sich daran, dass auf Sie geschossen wurde?

Sie waren in der Notaufnahme immer wieder kurz bei Bewusstsein …«

»Ja … nein, ich glaube nicht, dass ich mich erinnere …«

»Wie geht es Ihnen?«

»Müde …«

»Fühlen Sie sich dennoch in der Lage, uns ein wenig zu helfen? Das wäre sehr wichtig für uns …«

»Kann ich noch Saft haben?«

»Aber bitte.«

»Ein Mann hat versucht, Sie zu töten, aber der Schuss ging daneben. Sie sind in der rechten Schulter getroffen worden und haben viel Blut verloren, aber das ist nichts, worüber man sich Sorgen machen muss.«

»Haben Sie … haben Sie ihn geschnappt?«

»Ja. Er ist tot.«

»Tot?«

»Zwei unserer Männer kamen genau in dem Moment auf den Platz, als er schoss. Wir hatten Informationen bekommen, dass sich dort jemand herumtrieb und merkwürdig verhielt. Eine der Nonnen aus dem Kloster rief uns an …«

»Sie haben ihn erschossen?«

»Der Polizeibeamte Molnar hat unmittelbar das Feuer eröffnet … Sie haben nichts bemerkt?«

»Nein …«

»Sie scheinen sich genau in dem Moment umgedreht zu haben, als er schoss.«

»Wer war es?«

»Das wissen wir nicht. Er hatte keine Ausweispapiere bei sich, nichts, was uns weiterbringen könnte … ein Mann, ungefähr in Ihrem Alter, Ihnen übrigens ziemlich ähnlich. Wohin wollten Sie?«

»Wohin ich wollte? Natürlich nach Hause … ich kam von der Arbeit. Wie spät ist es?«

»Gut neun Uhr … haben Sie irgendwelche Feinde, Herr Marr? Haben Sie eine Ahnung, wer das gewesen sein kann?«

»Feinde? Nein … nein, ich habe keine Feinde.«

»Sie haben in letzter Zeit keine Drohbriefe erhalten … oder Warnungen? Ihre Frau hat so etwas angedeutet.«

»…«

»Nun?«

»Ja … nun ja, das kann schon möglich sein … dass da so etwas war.«

Der Blonde wieder:

»Sind Sie sehr müde, Herr Marr?«

»Ja, sehr.«

Der Blonde:

»Ich denke, wir sollten den Herrn Kommissar bitten, doch bis morgen zu warten. Herr Marr muss sich erst ausruhen. Ich sehe nicht ein …«

»Nur noch eine Sache. Das ist doch Ihre Aktentasche?«

»Ja … ja, natürlich.

»Und Ihr Notizbuch?«

»Notizbuch? Ja, das ist meins …«

»Warum war es nicht in der Tasche? Es lag auf der Straße zwischen Ihnen beiden.«

»Daran kann ich mich nicht erinnern … Ich muss es unter dem Arm getragen haben …«

»Ja, wahrscheinlich … nun gut, ich will Sie heute nicht länger stören, Herr Marr. Ich lege es hier auf den Tisch … was schreiben Sie eigentlich? Einen Roman?«

»Haben Sie darin gelesen?«

»Nein, nur ein wenig geblättert … solange ich warten musste, dass Sie aufwachen.«

»Ach, das ist nichts … nur so ein Zeitvertreib.«

»Ich verstehe. Also, auf Wiedersehen morgen … und danke, Herr Doktor.«

»Aber bitte, Herr Kommissar. Hier geht es raus.«

Ich schließe die Augen. Lasse mich in die Kissen fallen und hole ein paar Mal tief Luft. Spüre plötzlich eine große Dankbarkeit. Eine Erleichterung darüber, dass jetzt alles wohl vorbei ist. Vorsichtig betaste ich meine verletzte Schulter. Der ganze Arm ist unbrauchbar, da gibt es keinen Zweifel. Ich suche in der Aktentasche. Finde einen Stift. Fange an zu schreiben. Es ist mühsam mit der falschen Hand … sieht auch nicht schön aus, aber es wird schon gehen.

Diese Abgründe. Dieses schwarze Loch.

INHALT